흥륭한 대원제국의 청사 3

大元盛世青史演義

Их Юань улсын мандсан төрийн Хөх судар

The Blue Sutra of the Rise of the Great Yuan State

지은이

웨. 인잔나쉬 V.Injannash, 1837~1892

내몽골 조스틴 출간(현재 요녕성 몽골자치구)의 투메드 서부 지역에서 칭기스 칸의 27대손인 왕친 발의 일곱째 아들로 태어났다. 그는 몽골의 뛰어난 사상가이자 문인으로 19세기 몽골문학계를 대표하는 거성으로 손꼽힌다. 그는 원래 시로 창작을 시작하여 100여 편의 사색적이고 철학적인 시를 남겼다. 또 18세부터 소설 창작을 시작하여 『두견새전』, 『붉은 구름 같은 눈물』, 『단층 누각』, 『붉은 눈물을 흘리는 탕힘』 등의 작품을 저술했다. 그의 인생에 고난이 극했던 34세부터 그는 부친의 미완성 원고인 『청사』를 약 20여 년에 걸쳐 완성하는데, 이 작품으로 인잔나쉬는 몽골 역사소설뿐 아니라 몽골문학사에 불멸의 이름을 남겼다. 그는 시인이자 소설가, 미술가, 예술 이론가, 번역가, 뛰어난 역사가로 몽골 민족의 깊이 있고, 폭넓은 정신문화를 유산으로 남긴 대문호로 평가된다.

옮긴이

이안나 Lee, Anna

몽골 구비문학과 몽골문화를 연구해 오고 있으며, 몽골 현대문학 작품을 번역, 출간해 왔다. 현재 한국외국어대학교 몽골어과 학술연구교수. 저서로 『몽골 구비서사문학과 문화의 상관성 연구』, 『몽골 영웅서사시의 통섭적 연구』, 『동몽골의 가치와 미래』(공저), 『몽골의 생활과 전통』, 『몽한사전』(공저), 『몽골 민간신앙 연구』, 『몽골인의 생활과 풍속』 등이 있으며, 『낙타처럼 울 수 있음에』, 『한 줄도 나는 베끼지 않았다』, 『샤먼의 전설』, 『*Сүхэян бүсгүйн домог*』(공역), 『*Гэрээ орхисон минь*』(공역), 『몽골의 설화』, 『몽골의 가정예절과 전통』, 『눈의 전설』, 『나뭇잎이 나를 잎사귀라 생각할 때까지』, 『말을 타고 가는 이야기』, 『칭기스 칸 영웅기』, 『몽골 현대시선집』 등의 역서와 30편 이상의 논문이 있다.

흥륭한 대원제국의 청사 3

초판인쇄 2024년 6월 20일 **초판발행** 2024년 6월 30일
지은이 웨. 인잔나쉬 **옮긴이** 이안나
펴낸이 박성모 **펴낸곳** 소명출판 **출판등록** 제13-522호
주소 서울시 서초구 사임당로14길 15 서광빌딩 2층
전화 02-585-7840 **팩스** 02-585-7848
전자우편 somyungbooks@daum.net **홈페이지** www.somyong.co.kr

값 35,000원
ISBN 979-11-5905-944-5 94830
ISBN 979-11-5905-941-4 (전6권)

이 저서는 2019년 대한민국 교육부와 한국연구재단의 지원을 받아 수행된 연구임(NRF-2019S1A5A7069254)

한 국 연 구 재 단
학술명저번역총서

흥륭한 대원제국의 청사 3

大元盛世青史演義

Их Юань улсын мандсан төрийн Хөх судар

The Blue Sutra of the Rise of the Great Yuan State

웨.인잔나쉬 저
이안나 역

시간의물레 출판

일러두기

1. 이 역서는 몽골 건국 800주년을 기념해 몽골 현대문으로 출판된 인잔나쉬의『청사』I, II, III권을 번역한 것이다. 이 역서는 몽골문자(몽골비칙)로 된 69장『청사』1957, 1991년 간행본을 대조하여 몽골 국립대 교수팀이 몽골 현대문으로 옮겨 2005년 울란바토르에서 출간된 저서를 텍스트로 했다.
2. 본 저서는 공간적으로 넓은 지역을 아우르고, 시간적으로 오랜 세월에 걸쳐 벌어졌던 사건을 다루면서, 저자가 다양한 문헌을 인용했기 때문에 고유명사 전사에 통일성을 갖기 어려운 점이 있다. 그러나 몇 가지 원칙을 따랐다. 먼저, 인명이나 지명 등의 고유명사 전사는 가능하면 저자가 사용한 단어를 발음에 따라 전사하는 것을 기본으로 했다.
3. 다만 몽골비칙에서 호환되어 사용되는 자음 д, т에서 д가 끝에 사용되는 경우 т로 전사하거나 т를 д로 전사하기도 했다. 예를 들어, 케레이드를 케레이트, 탕구드를 탕구트 등으로 번역했다. 또 베트국은 원래 '우리나라'라는 의미가 있어, 빈번히 사용되는 '베데국'으로 전사했다. 또 у, ү 역시 호환이 되며, у는 몽골비칙에서 외국어 전사일 경우 ү로 발음되기도 하고, ү가 у로 발음되는 경우도 있다. '탕고트'의 경우 '탕구트'로 전사하는 일반적인 표기를 택하여 사용했다. 그러나 현재 일반적으로 사용되는 인명, 지명 표기가 다르더라도 у를 a나 그밖에 다른 모음으로 바꾸어 전사하지 않았다. 예를 들어, 한국에서 모홀리(Мохули)를 일반적으로 '무칼리'라고 하지만, '홀(хул)'의 у를 a로 전사하기 어렵기 때문에 모홀리 그대로 표기했다.
4. 또 х의 전사 표기가 к로 호환되기도 하지만 특별히 역사적으로 고착된 경우에만 호환된 к 발음을 택하고, 현재 일반적으로 사용되는 단어의 х발음을 그대로 х로 전사했다. 예를 들어, '호빌라이'를 '쿠빌라이'로 '헤를렌'은 '케를렌'이 아닌 '헤를렌'으로 전사했다.
5. 영문 표기의 경우 다음과 같이 했다.

а	б	в	г	д	е	ё	ж	з	к	и	й	л	м	н	о	ө
a	b	v	g	d	ye	yo	j	z	k	i	i	l	m	n	o	ö

п	р	с	т	у	ү	ф	х	ц	ч	ш	ъ	ы	ь	э	ю	я
p	r	s	t	u	ü	f	kh	ts	ch	sh	i	y	i	e	yu	ya

6. 본 역서의 각주는 3가지 형태로 이루어져 있다. 인잔나쉬 원저자의 각주는 본문 중에 **[원주]** 표기 후 설명을 달아 주었다. 몽골 현대문으로 옮긴이의 각주는 아래 각주를 달아 주었으며, 설명 앞 괄호 안에 [**몽골 현대문 역주**]라고 붙여 주었다. 역자의 부연 설명이 필요한 경우 **[역자 주]** 표기 뒤에 설명을 넣었다. 또 한국어 역자의 각주인 경우 여타의 표시 없이 아래 각주를 달아 설명을 하거나, 인용한 경우 뒤에 인용 서지를 붙이는 방식을 취했다.

옮긴이의 말

몽골학에 뜻을 두고, 몽골을 배움의 터전으로 삼은 지도 어언 25년이 지났다. 몽골에서 지냈던 10년 남짓한 세월 동안 유목민의 생활에 깊이 경도되어, 그들의 삶과 문화를 이해하고자 나름 시간을 잊고 살았던 것 같다. 몽골 생활 가운데 내게 가장 보람되고 기쁨을 주는 일 가운데 하나는 관심 주제에 관련된 도서를 찾고 수집하는 일이었다. 그렇게 모았던 도서 가운데 두툼한 3권의 『청사』도 포함되어 있었는데, 이 책을 언젠가 번역해 보리라는 막연한 생각을 했다.

세월이 흘러 『청사』를 번역할 기회가 왔고, 근 4년 가까운 긴 시간을 소요하며 번역 작업에 매진했지만, 처음부터 이 작업은 내 능력을 넘어서는 일이라는 것을 알았다. 이 저서는 19세기 저서로 무엇보다 현대문이 아닌 옛 문장 형태가 주를 이루어 주술 관계를 파악하는 데도 어려움이 있었다. 단어도 오늘날 쓰임과 다르거나, 쓰이지 않는 사어, 단어 형태가 다른 경우도 있어 번역 작업은 참으로 지난하기 이를 데 없었다. 또 고전 작품이 일반적으로 그렇듯 산문이라도 운문적 요소가 내재되어 있기 때문에 한 문장 안에서도 같은 단어가 반복되어 사용되는 경우가 적지 않아 문장 이해를 더욱 어렵게 했고, 또 사건의 공간적 배경이 광대해 중국이나 그밖에 외국 관련의 전사된 고유명사를 다시 전사하는 데도 어려움이 있었다. 할 수 없는 일을 하고 있다는 자책이 들 때마다 이 책을 저술할 당시 저자 인잔나쉬의 각고의 노력과 인고의 세월을 생각했다.

이 저서는 인잔나쉬가 아닌 그의 부친이었던 왕친발이 큰 뜻을 품고 저술을 시작한 것으로, 처음 8장을 쓰고 청나라 지배기의 혼란한 시대 상황 속에서 생을 마감하게 된다. 그때 인잔나쉬의 나이 11세였다. 이후 상당한 지적 소양을 가진 그의 자식들이 이 저서를 이어서 완성하고자 여러 번 머리를 맞대고 고민했지만, 흩어진 역사서를 정확히 짜 맞추고 시대와 인명, 지명 등을 정확히 찾아내는 데 상당한 시간과 노력이 요구되었기 때문에 집필을 이어가지 못한 채 결국 원고는 오랜 세월 그대로 방치되고 만다. 그러다 인잔나쉬의 삶에 고난의 회오리가 밀어닥쳤을 때 그는 다시 이 저서에 주의를 기울이고, 부친이 저술을 위해 모아둔 문헌 자료들을 샅샅이 살피면서, 부친의 미완성 원고를 이어서 저술하게 된다. 그런데 이 일은 그리 녹록한 작업이 아니었으며, 그의 생애를 바치는 일이 되었다. 그가 저술할 때의 생활을 언급한 것을 보면, "참으로 우둔한 지력으로 마음의 피를 토하고, 어두운 눈이 보이는 대로 수많은 자료를 살피며, 일천한 지식으로 인명과 지명을 찾아갔다. (…중략…) 먹고 마셔도 글을 쓰고, 쓴 글을 보고 또 보고, 살피고 또 살펴 어느 부분에 저술의 큰 사건이 누락되었는지, 구절이 잘못되고 빠지지나 않았는지 온 힘을 다해 자세히 그리고 면밀하게 살폈다. 머리가 희어지고, 얼굴에 주름이 생기고, 살이 빠지고 근육이 늘어지도록 저술 작업에 심혈을 기울였다"라고 했으며, "이것은 진실로 온 마음과 육신, 눈, 손, 오장이 다 지치도록 혼신의 힘을 기울인 작업이었다"라고 했다.

번역 작업이 힘들 때마다 이렇게 혼을 바쳐 저술한 작품을 평이하게 번역할 수 없는 것은 당연한 일이라고 마음을 다지며 번역에 임하곤

했다. 한편 저자는 그의 나이 34세 때인 1871년부터 1891년까지 약 20년에 걸친 인고의 세월을 견디며 작품 완성에 온 힘을 다한다. 인잔나쉬가 이 저서를 쓸 때는 아마도 모종의 큰 힘이 그를 음우하지 않았나 싶다. 칭기스 칸의 28대손이라는 그의 가계 내력이 이를 더욱 분명히 시사해준다.

이 작품은 칭기스 칸이 태어난 1162년부터 약 200여 년 동안의 역사적 사건을 바탕으로 한 120장의 대작이었다고 하나, 현재는 1162~1236년까지의 역사적 사건을 다룬 69장 본이 전해진다. 원래 몽골비칙몽골문자으로 전해지던 필사본이 여러 차례 다양한 방식으로 출간되었는데, 이 번역은 1957년 69장 3권 간행본을 소드빌릭의 1991년 수정본과 대조하여 2005년 건국 800주년을 기념하여 몽골 현대문으로 옮겨 출간된 것을 텍스트로 하였다. 오늘에 이르기까지 이 저서에 대한 다양한 연구가 끊이지 않고 계속되는데, 그것은 인잔나쉬의 정신이 여전히 살아 숨쉬고 있음을 말해주는 것이라 하겠다.

웨.인잔나쉬는 이 작품이 필생의 저술이었던 만큼 독자들의 이해를 돕기 위해 매우 세심한 주의를 기울였다. 먼저 본격적인 서사 이전에 12절의 요목을 기술하여, 책을 읽기 전에 반드시 이 부분을 숙지하기를 독자들에게 권했다. 현재는 8절만 전해지는데, 이 여덟 절에는 이 책을 저술하는 목적과 과정, 저자의 세계관, 독자가 알아야 할 내용 등이 기술되어 있다. 또 나라와 지역, 옛 성읍, 관직, 몽골명 등을 묶은 별도의 사전이 저서 앞쪽에 있었던 것으로 보이지만, 오늘날 그 내용은 전해지지 않는다. 또 이 저서의 보충판이 발견되기도 한 것을 보면 그가 이 저서에 얼마나 큰 의미를 부여하고, 혼신의 힘을 다했는지 알 수 있다.

웨.인잔나쉬는 청나라 지배기인 1837년 내몽골 조스틴 출간의 투메드 서부 지역에서 태어났다. 이 당시는 나라의 주권을 갖지 못한 때로 몽골 민족이 자신의 정체성을 찾기 어려운 시기였다. 이러한 시대적 상황 속에서 이 저서는 이민족의 압제와 멸시에 저항하고, 자민족의 역사를 바로 제시함으로써 몽골인의 민족적 자존감을 회복하고자 하는 목적으로 저술되었다. 또한 수동적이고 타성적인 삶에 익숙해진 몽골인들에게 민족애를 일깨우고, 이를 후대에 전승하여 유산으로 남기려는 원대한 뜻이 있었다. 또한 중국의 편향되고 왜곡된 몽골 역사 기술을 바로잡기 위해 방대한 자료들을 토대로 정확한 서지를 찾아내며 20여 년에 걸쳐 분투했던 이 저서는 몽골 민족의 역사혼을 담은 역사문학의 고전이라 할 수 있다.

한편 내용적으로 민족정신의 회복이라는 거시적인 관점에서 몽골의 12~13세기 역사적 사건을 다루고 있지만, 그 기술방식은 전통적인 몽골의 문학적 기법 이외에 『수호전』, 『삼국지연의』 등의 중국 고전문학의 영향을 받아 기술함으로써 몽골 역사소설의 새로운 혁신을 꾀한 고전으로 평가되기도 한다. 그렇기에 많은 이들이 이 작품을 소설로만 알고 있는 경우도 있다. 이러한 창작기법을 배경으로 이 저서를 역사소설의 범주에 분류하기도 한다. 그러나 인잔나쉬는 부친이 수집한 방대한 역사적 자료에 더하여 자신이 직접 발로 뛰어 모은 여러 언어의 수많은 자료들을 토대로 한 장에 1년의 사건을 시간적 추이로 묘사하고, 사건의 연도나 인물의 서지 등을 정확히 하기 위해 애썼기 때문에 사건이 비교적 객관적이며, 장식적이고 부가적인 내용이 크게 없다고 할 수 있다. 이는 작가 자신이 언급한 내용이기도 한데, 인잔나쉬는 "무슨 여유가 있어 이런 많은 기록에 내용을 더하고 장식할 문구를 넣을 수 있겠는가? 많은 사건을 또 구성해 낼 수 없어 버려지는 자료의 수가 무수히 많은데, 어찌 내용을 덧붙이고 장식하는 일을 하겠는가?"라고 했으며, 인잔나쉬 자신은 이 저서를 몽골 정사라고 언급했다. 실제로 번역을 하면서 내용의 상당 부분이 역사적인 사실에 부합하고 있다는 점이 놀라웠다. 또 사건의 연도와 지명, 인명 등을 최대한 정확하게 하기 위해 힘썼던 실증적인 측면 등의 노력은 이 저서가 결코 역사소설로만 규정할 수 없음을 말해준다.

이처럼 이 작품은 『몽골비사』에 버금가는 역사·문화적 가치를 갖는 저서라 할 수 있다. 칭기스 칸을 주인공으로 하여, 그 가까운 주변의 충성된 장수와 신료들의 협력으로 부족들을 통합하고, 나라를 확대해 간다는 점에서 『몽골비사』와 유사하지만 이 작품은 『몽골비사』에 비해 사건과 인물들이 풍부하게 나타나고, 각 장마다 중요 인물들을 중심으로 인물의 심리와 사건들이 입체적으로 전개되는 소설적 구성을 취한다. 이 작품의 문학적 특징의 하나는 인물 형상화에 생동감을 불어넣어 살아있는 인물로 만날 수 있게 한 점이라 할 수 있다. 예를 들어 테무진이 칸의 보위에 오를 때 『몽골비사』의 경우, 테무진이 칸으로 추대된 세밀한 심리적 과정이 없다면 『청사』의 경우 테무진은 자신이 칸의 자질이 부족하다며 보위에 오르기를 계속 거부하고, 신료들의 간절한 청을 받아들이기까지의 여러 사건들이 상세히 묘사된다. 테무진이 칸이 되기 위한 조건으로 자신이 보위에 오르는 것이 하늘의 뜻인지 천신의 증거를 구하고 확인하는 절차는 저자 인잔나쉬가 바람직하게 여기는 진중하고 올바른 지도자상과 무관하지 않다.

이처럼 구체적인 사료를 바탕으로 12~13세기 당시의 몽골인들의 삶과 풍속, 그 주변 국가들과의 역학적이고 역동적인 관계를 정치 · 사회적인 측면에서 보여주는 이 작품은 문학적 가치 이상의 문화적이고 역사적인 가치를 지닌다고 할 수 있다. 특히 그 서사에는 축시, 찬시, 속담, 전설 등 몽골의 다양한 구비문학의 갈래를 아우르고, 전통적으로 내려오는 몽골인의 풍속, 세계관, 정서, 삶의 방식 등을 보여준다는 점에서 몽골 유목민의 역사 · 문화적 삶을 이해하고 조명하는 데 없어서는 안 될 중요한 자료라고 본다.

이 책의 번역 작업은 참으로 쉽지 않은 일이었으며, 능력이 있어서 번역했다기보다 '시간의 힘'으로 작업을 꾸준히 진행했다고 보는 것이 맞을 것이다. 아직도 해결되지 못한 부분들을 남겨놓고 책이 나오는 데까지 이르렀다. 아무쪼록 이 역서가 몽골에 대한 관심을 갖는 일반인, 학자 모두에게 몽골을 이해하는 유익한 자료가 되었으면 한다. 이 책을 번역하는 데 귀한 시간을 내어주셔서 힘을 보태 주신 몽골 아카데미 학술위원 데.소미야Д.Сумъяа 선생님께 감사를 드리며, 크고 작은 도움을 주신 선생님들께도 고마움을 전한다.

2024년 6월, 역자 이안나

몽골 현대문으로 옮긴이의 서문

성조 칭기스 칸의 28대손이자 대문호 왕친발 인잔나쉬는 "몽골 민족 모두가 자신의 근본과 혈통을 알기를 바란다"며, 푸른 몽골의 훙륭한 역사와 성조 칭기스 선조의 비할 데 없는 덕과 복록을 만대에 기리고 남기기 위해 "몸과 말, 마음 깊이 온 힘을 다해" 『청사』라는 이 정선된 작품을 후손인 우리에게 남겼다.

우리 가운데 교육을 받은 사람이라면 누구라도 '인잔나쉬'와 '청사'라는 두 이름을 듣지 못한 사람은 없다. 그렇지만 실제로 역사와 문학 선생들을 비롯해 자국의 역사를 존숭하고, 지식을 가까이하는 존경할 만한 사람, 많은 일반인들 가운데 『청사』를 완전히 이해하며 완독한 사람이 얼마나 될까 하는 점에는 그리 만족할 만한 답을 기대하기 어렵다. 이것은 어디까지나 우리의 적극적인 노력 부족의 소산이다.

우리 몽골에 『청사』를 대중화하여 출간한 적이 전무후무하다. 내몽골에서는 여러 번 출간되었지만, 우리 외몽골 사람들이 기회를 얻는 데는 매번 어려움이 있었다. 그런데다가 전반적으로 언중들이 민족의 언어인 몽골비칙몽골문자에 능통하지 못한 데도 원인이 있었다. 또 몽골비칙을 알고 있다 해도, 이 정도의 대작을 읽고 내용을 이해할 만큼 독서 훈련이 되어 있는 사람이 드물다. 또 고전문의 이해하기 쉽지 않은 단어와 문체, 익숙하지 않은 적지 않은 고유명사, 외국의 지명, 인명을 만나게 되면 곧 어려움을 느끼고, 책을 읽을 용기를 잃거나 어느 정도 보다가 그만두기도 한다. 이러한 정황에 따라 『청사』를 오늘날의 많은 독자들이 읽기에 쉬운 문자로 옮겨 출간할 필요가 대두되어 오늘에 이르렀다.

몽골 대통령의 자문관인 올호노드[1] 야담 돌고르자브는 이러한 필요성을 인식하고, 자신이 주관하는 『우리 몽골』 잡지를 통해 『청사』를 몽골 현대문인 키릴문자로 출간하는 일을 구상하고 기획하여 이 책을 펴내게 되었다. 우리는 이 보람된 일을 도모한 자문관께 깊은 감사를 드린다.

내년은 몽골 건국 800주년이 되는 해이다. 그렇기에 성조 칭기스 칸의 황금 가문의 저명한 작가 인잔나쉬의 『청사』를 우리의 외몽골 독자들에게 전하는 것은 매우 뜻깊은 일이라 생각한다. 성조 칭기스 칸이 세운 대몽골국의 역사를 문학적인 언어로 빚고 저술한 역사소설이 바로 이 작품이기 때문이다. 인잔나쉬가 다시 반복하여 일깨운 저서 편찬의 본래 뜻은 몽골 후손들에게 위대한 군주 칭기스 칸이 온갖 신고辛苦를 겪고, 분투하며 세운 나라의 역사적 진실을 대대로 잊지 않기를 바란 것이다. 또 그 역사를 남기고자 한 것이 그의 진정한 바람이었다.

『청사』를 출간하는 기회를 빌어 독자들을 위해 몽골 민족의 위대한 선구자의 약력과 작품, 본 저서의 필사본과 출간 현황에 대한 대략적인 사항을 소개하고자 한다.

---

1 **[몽골 현대문 역주]** 올호노드는 몽골의 한 씨족으로 유명한 어울룬 왕비의 친정 가계이다. 칭기스 칸은 이 씨족을 자신뿐 아니라 나라의 외가라고 칭하고, 지극히 존중했던 것을 인잔나쉬는 이 작품에서 여러 번 언급했다.

웨. 인잔나쉬 그의 어린 시절의 이름은 하스촐로이다. 청나라 도광제道光帝 17년 4월 16일양력 1837년 5월 15일 조스틴 촐간의 투메드 서부 지역의 '쇼드락 바트 호로'라는 몽골 귀족의 궁전에서 태어났다. 인잔나쉬는 칭기스 칸의 후손이며, 아버지 왕친발은 지역의 부관이었다. '쇼드락 바트 호로' 사람들은 '큰 쇠북'과 '서화書畵'를 수호정령으로 삼아 소중히 여겼는데, 이에 대해 언급한 집안의 가훈시가 있다.

신실한 효를 지극히 행하는
큰 쇠북의 가정
용사가 의에 힘쓰는
서화가 있는 천 년이라네

왕친발은 중심이 곧고 강직한 성품에 문무를 겸비한 인물이었다. 그런 그의 기질대로 네 명의 자식들을 전통적인 가정교육 방식으로 가르쳐, 자식들은 모두 문장에 뛰어난 지식인으로 성장했다. 왕친발은 인잔나쉬가 11살 때 53세의 나이로 운명했다. 왕친발은 1839~1840년에 『청사』의 처음 8장을 저술했다.

어머니 마야요쉬카는 하르친 서부 지역의 한 부마의 딸이었다. 그들 사이에서 8명의 자식이 태어났는데, 그 가운데 큰아들 굴라란사1823~1851와 다섯째 아들 군나촉1833~1866, 여섯째 아들 순웨이단존1834~1898, 일곱째 아들 인잔나쉬 등이 성장했다. 굴라란사는 19세기 몽골의 저명한 시인 가운데 한 사람으로, 불과 스물아홉 해를 살면서 90여 편의 시를 창작한 것이 오늘날에야 알려졌다. 또 그는 중국의 유명한 소설 『수호전』한산기을 몽골어로 번역했다. 인잔나쉬의 둘째 형인 군나촉 역시 어려서부터 시를 창작하고, 그림을 그렸다. 시를 쓰는 동시에 시론에 흥미를 갖고 몽골 시와 한시의 특징을 비교 연구했다. 그러다가 1866년 35세 되던 해 운명했다. 왕친발의 여섯째 아들인 순웨이단존은 역사가이며, 실력 있는 번역가이자 시인이었다. 그는 형 굴라란사가 끝내지 못한 『수호전』을 몽골어로 완역했다. 또 역사 대사전인 『통감강목』을 몽골어로 번역하고, 동생 인잔나쉬가 『청사』를 저술하는 일을 돕고 조언해 주었다. 『청사 보충판』의 어떤 장의 앞뒤에 순웨이단존의 시가 삽입되어 있는데, 예를 들어 제47장 말미에 동생을 고무하고 지지하는 시가 있다.

사나운 적을 조복시킬 수 있는 능력자
위대한 성조 칭기스 칸의
신령한 명을 받아
진심으로 이를 저술하고자 했네
무릎 꿇고 들으며, 탄복하고 기뻐한
순웨이단존 나는
빛나는 아우 인잔나쉬의 말처럼
붓의 힘을 자랑스럽게 여기네

인잔나쉬는 자신의 저서의 한 부분을 쓰고, 형에게 그것을 읽고 들려주며 서로 의견을 나누었던 것이 분명하다.

인잔나쉬가 겨우 다섯 살 때 아버지는 그에게 가계의 족보를 외우게 하고, 조상의 행적을 말해 주었으며, 민족에 대한 뜨겁고 친밀한 마음을 되새기게 했는데, 그는 「원뿌리를 잊어서는 안 된다」라는 글에서 이에 대해 언급하기도 했다. '큰 쇠북'과 '서화'를 '쇼다륵 바트 호로'의 수호정령으로 삼아 존귀하게 여기는 집안의 영향으로 아들 하스출로는 어려서부터 몽골어, 중국어, 만주, 티베트어를 열심히 익하는 동시에 많은 아름다운 그림을 그리고, 그림에 서정을 조화시켜 시를 결합시켰다. 예를 들어, 구름 그림을 그리고, 그 위에 다음과 같은 글을 썼다.

지평선 너머 흰 구름이 일어나
유심히 살피니 구름이 끝없이 이어지고
휘감기고 접히더니 북풍에 날려
깊고 깊은 푸른 바다에 잠기누나

「흰 구름」이라는 시는 그의 활기찬 어린 시절에 쓴 초기 시의 하나이다. 그의 10대 시기에 붓과 먹의 즐거움을 경험하며 쓰기 시작한 시들을 후에 『인잔나쉬의 어린 시절 배운 습작시』라는 제목으로 책을 엮기도 했다. 그 시집에는 「푸른 바위」, 「어머니를 꿈꾼 시」, 「일깨움」, 「고운 무지개가 스미다」, 「해악 많은 붉은 진세」, 「인간 세상을 견디다」, 「혐오스러운 인간」, 「단비 신선한 비」, 「비할 데 없는 아름다움」,

「특별히 깊고 신성한 것」 등 12편의 필사한 시가 우리 시대에 전해져 내려온다. 산문 저서에 삽입된 시들을 포함하면 인잔나쉬는 수백 편의 시를 썼다.

그 시들을 갈래별로 구분해 보면, 축시와 찬시 계열의 시, 애도시, 비애적인 시, 희극적인 시, 교훈시, 애정시, 자연경관을 노래한 시 등 여러 가지 갈래가 있다. 연구자 델게르산은 그가 몽골 시 장르에 이룬 개혁에 관해 다음과 같이 언급했다.

> 인잔나쉬는 몽골 시의 주된 요소인 두운, 운율의 조화, 음보 등의 관습적인 특징을 가능한 한 철저히 따르는 것을 중시하고, 고대 중국 시의 절구, 율시 규범의 엄격한 규칙을 실제적으로 활용했다. 또 이 두 가지 면의 우수한 구조를 하나의 체계로 만들어 창조적으로 사용하고, 몽골 시 범주에서 리듬은 엄격하지만, 구조가 짧고 간편한 하나의 형태를 창조했다.

1847, 1851년에 아버지 왕친발과 큰형이 연이어 사망하고, 쇼다락 바트 호로의 권한과 위엄이 상당히 떨어지고, 어려서 입양된 형 군나촉은 '친 바트 호로' 사람들에게 억울하게 따돌림을 당했다. 또 3년에 걸친 송사로 인해 상당히 많은 재산을 탕진했다.

인잔나쉬는 18세부터1854 『두견새전*Saran Khökhöö-nii namtar*』이라는 첫 번째 중편소설을 썼다. 20~30세 사이에 여러 지역을 돌아다니며 문인들과 만나 묻고, 사회적 삶과 사회의 그릇된 모순을 눈으로 보고, 귀로 듣고, 마음으로 느끼며 직접 체험했다. 이 기간에 『붉은 구름 같은 눈물』1863, 『단층 누각』1865 등의 소설을 창작했다. 그는 30세 이후 삶의 고통을 연이어 겪었다. 형 군나촉이 사망한 뒤 3년 후에 아내 사란볼로르가 죽고, 또 일 년 뒤에 형 순웨이단존이 왕궁의 관직에서 물러났다. 1870년에는 서부 투메드 호쇼에서 농민봉기가 일어나 이 난리통에 인잔나쉬의 가족들이 피해를 입었다. 인잔나쉬는 이 일에 대해 "종살이를 하던 노비들이 집안의 온갖 종류의 재물을 약탈해 가고, 또 장사 밑천을 잃었으며, 곡식과 감자가 부족해지고 처자가 죽었다. 생각하면 너무도 참을 수 없이 분통이 터지고, 생각하면 할수록 더욱 답답해져 거의 병이 날 지경이 되었다"라고 기록하고 있다.

그는 생활의 악화, 슬픈 이별, 그 당시의 불안정한 혼란 속에서 좌절하여, 편히 지내지 못했다. 이러한 상황에도 마음을 굳게 먹고, 1876~1877년부터 소설 『붉은 눈물을 흘리는 탕힘*Ulaanaa ukhilah tankhim*』[2]을 끝냈으며, 34세부터 아버지가 시작했던 『흥륭한 대원제국의 청사』를 연이어 저술하기 시작했다. 1875년에는 『청사』의 초반부 50장을 이미 끝냈던 것이 분명하다. 이 저서를 쓰는 과정은 거의 10여 년 동안 끊어지고, 1883년부터 다시 계속 작업을 이어 1886년경 제69장을 썼을 것으로 생각된다. 또 1891년에 일어난 소대회 폭동을 피해 진저우 시에서 지냈으며, 그 다음 해 많은 책과 글, 작품의 초고를 분실하는 등의 사건으로 인해 병이 들고, 그로 인해 2월 25일 진저우 시의 의원에서 사망했다.

2　여기서 '탕힘(tankhim)'은 '큰 방', '넓은 강당', '부서' 등의 뜻이 있다.

웨.인잔나쉬는 작가요, 시인일 뿐 아니라 미술가이자 예술 이론가, 번역가, 뛰어난 역사가였다. 그는 "몽골 민족문학의 우수한 유산과 전통을 계승, 발전시키려는 목적으로 문학적 모색을 추구하여 새로운 것을 창조하고, 몽골문학의 주제, 유형, 표현 방법, 형태 등을 매우 풍부하게 발전시켰다".

『청사』를 간행했던 내력을 간략히 언급하면 다음과 같다.

-1924년 경전연구소에서 출간한 『칭기스 성조의 기념서』라는 편저에 『청사』의 제16, 18장 가운데 일부를 편집해 포함시켰다. 이 편저를 1925년 템게트가 주관하는 북경의 몽골문헌위원회에서 재출간했다.

-1928년 북경에 있는 몽골문헌위원회에서 『원나라 역사』라는 제목으로 『청사』 앞 12장을 4책으로 하여 인쇄본으로 출간했다. 이 간행본에는 요목이 포함되지 않았다.

-1937년 공훈 교사인 헤.달흐자브는 중학교 교과서에 『청사』의 제3, 4장 가운데 일부를 포함시켰다.

-1939년 카이루에 있는 '몽골 오탁 소르갈 호랄Mongol utag sorgaal-yn khural'[3]을 주관하고 있던 부흐히식이 필사가인 샤란가를 인잔나쉬의 고향으로 보내 제69장과 요목 제8절을 찾아내, 1939년 석판으로 간행하여 배포했다. 처음의 서언이 없고, 요목이 완전하지 않으며, 어떤 장에는 서두의 표제시가 없기는 하지만 현재 발견된 원본 가운데 가장

---

3 몽골의 윤리적인 것을 가르치고 교화하는 모임.

온전한 원본이다.

-1944년 촐랄트 할가의 테루궁 노욘 인쇄소에서 『청사』의 제18장을 서언과 요목과 함께 납 활자본으로 출간했다. 이 판본의 서두에는 서언이 있으며, 요목 제8절, 각 장마다 끝에 부기인 평언評言이 있다.

-1957년에 내몽골인민출판위원회에서 카이루의 69장 판본을 바탕으로 부족한 부분을 다른 원본과 출판된 저서에서 보충해 3권으로 출간했다.

-이 간행본을 1979년, 1981년에 각각 출판위원회에서 조금 수정하여 재출간하였으며, 1991년 소드빌렉이 다시 수정하여 세 번째 출간을 했다. 우리는 1957년 간행본과 1991년 수정 원본을 대조하고, 자세히 검토하여 이 역서의 번역 작업을 했다.

-1959년 아카데미 학술위원인 체.담딘수렌은 『몽골문학 100선』에 『청사』 요목의 제3절과 본문 제33장을 포함시켰다.

-1961년 데.차간은 중학교 10학년에서 공부하는 읽기 교과서에 『청사』 제3장의 일부를 포함시켰다.

그밖에 오르길은 중국어로 번역하고, 한긴 곰보자브 교수는 요목을 영어로 번역했다.

『청사』는 1939년 69장 석판으로 출간될 때까지 그리고 그 이후에도 몽골인들 가운데 필사본으로 흩어져 있었다. 현대에 발견된 필사본을 언급하면 다음과 같다.

-제.체웬은 1909년 상트페테르부르크 도서관에서 『청사』의 일부인 15책 필사본이 보관되어 있는 것에 대해 보고했다.

-코펜하겐 왕립도서관에 '대원 울루스의 역사'라는 제목의 『청사』 제29장이 있는 15책 필사본의 영인본을 보관하고 있는데, 카이루에서 출간된 원본과 같다.

-북경도서관에는 18장 12책의 완전하지 않은 필사본이 있다. 이 영인본의 원본이 파리에 보관되어 있다.

-울란바토르 국립도서관에 『흥륭한 대원제국의 청사』라는 제목으로 12책 271행의 필사본이 보관되어 있다. 이것은 한길 곰보자브 교수가 북경 몽골문헌위원회에서 1928년에 출간한 원본과 같은 것이라고 밝혔다. 잠스란자브는 『몽골 문학개론』 3권에 "1914년 노스가이 다그단이라는 사람이 호르츠 왕 투덴호르츠 왕 투덴 호쇼는 지금의 수흐바타르 아이막 에르덴차간 솜이다 주변의 도서관에서 『청사』를 발견해 그것을 필사했다. 예전에는 『청사』 필사본들이 상당히 많이 있었다. 임민정부의 초기부터 경전연구소의 연구원들은 웨.인잔나쉬의 작품을 모두 갖추기 위해 조사하고 찾아냈다"라고 기록했다. 이것을 보면 현재 도서관에 있는 필사본은 닥단이 필사한 원본일지 모른다.

-내몽골의 사회과학연구소의 도서관에는 붓과 펜으로 쓴 필사본 원본 8부가 보관되어 있다. 이것들은 1930~1940년대에 필사한 것으로 완전하지 않으며, 어떤 것은 1928년 북경 간행본, 어떤 것은 1939년 카이루 간행본, 1944년 출랄트 할가 간행본과 부합한다. 다만 부분적으로 단어와 문장을 생략하고, 바꾸어 고친 것이 있으며, 크고 작은 정도의 차이가 있다.

1957년 간행본은 카이루의 판본을 기초로 하여 거의 같은 내용을 포함시키고 있다면, 1981, 1991년 간행본에서는 적지 않은 단어를 수정했다. 1991년 출간된 『청사』 초반부에 있는 편집자의 말에 의하면 "1957년에 출간된 『청사』의 잘못된 단어와 인명, 지명과 적합지 않은 부분을 소드빌렉이 수정하여 바로 잡았다"라고 했다. 간행본의 오자와 한 단어가 엇갈려 있는 것 등을 일정하게 교정하는 것은 올바른 일이라 할 수 있다.

한편 이해하기 어렵거나 의문이 드는 단어를 고치고, 문장 성분의 위치와 단어 결합 조건 등을 바꾸어 문체를 수정하는 등은 작가의 권리를 침해하는 일이며, 작품 원전에 충실해야 하는 요구에 위배된다. 우리가 번역하는 과정에서 이 두 가지 간행본을 대조해 보니, 1991년 간행본에는 제대로 수정되었음을 인정할 만한 것이 있는 동시에 잘못 이해하여 의미를 잃게 한 것, 이해를 돕기 위해 의도적으로 단어를 바꾼 부분도 적지 않았다. 예를 들어, 1957년 간행본에 첫 번째 장의 표제시를

하늘로부터 새 시대를 열고, 성조가 세상에 태어났네
대지의 힘으로 수증기가 피어오르고, 영웅호걸이 한곳에 운집했네

라고 한 것을 1991년 간행본에는 다음과 같이 바꾸었다.

하늘의 힘이 시대를 열고, 성조가 세상에 태어났네
대지의 힘과 수증기가 피어오르고, 영웅호걸이 한곳에 운집했네

이처럼 각행마다 단어가 다르고, 내용을 이해하기 어렵게 만들었다. 13~17세기에 활발하게 사용되었던 탈격조사의 '데체~deche, ~에서' 형식을 '다츠daach'라는 단어의 잘못된 쓰임이라고 이해함으로써 '하늘로부터'라고 한 것을 '하늘의 힘'으로 바꾸었다. 또 2행의 '대지의 힘으로'라고 한 것을 시행과 시행을 일정하게 맞추는 대구對句 방식으로 '대지의 힘'이라는 조사가 없는 형태로 생각했던 것 같다.

1957년 출간된 간행본 제8장에 '아! 흥하고 발전하는 나라의 군신은 서로 모두 원수'라고 했는데, 1991년 간행본에는 '원수'라고 한 것을 '은혜로운 자'로 수정했다. 해당 문장을 문맥의 전후 관계에 비추어 생각해 보지 않는다면, 그렇게 고치는 것이 옳은 것처럼 생각될 수도 있다. 그러나 그 부분에 여섯 명의 공훈 대신들 가운데 시리호톡이 전투의 명을 어기고 공격했기 때문에 모훌리 장군이 그에게 처벌을 내리는 내용이 나온다. 그것은 군법을 어기면 그 누구라도 같은 벌을 받게 되며, 칸과 대신, 일반 백성 그 누구도 전혀 차이가 없다. '흥하고 발전하는 나라의 군신'들이 잘못을 했다면 어떤 누구라도 용서하지 않기에 진실로 '서로 모두 원수'였던 것이다. 이렇게 깊이 생각하면 '원수'라는 것은 매우 적합한 단어라 할 수 있다. 또 이 장 앞에서 언급한 것을 확인해 주는 '군주의 법에 우호적인 것을 의지하거나, 군법에 도움을 바라서는 안 된다'라고 한 어구가 있다.

1957년 간행본의 요목 제7절에는 "비유하자면, 오늘날의 일반적인 습속은 자기 일이면서 다른 이의 행위가 잘못되었다고 하기 때문에 여러 가지 충돌이 그칠 때가 없다. 그래서 불경에는 이 세상을 곧 투쟁의 세상, 고통의 세상이라고 했다"라고 했는데, 1991년 본에는 '그칠 때가 없기에'라고 한 것을 '때가 멈추지 않기에'라고 수정했다. 이것은 잘못 고친 것이며, 세상사와 살아있는 자들의 싸움이 결코 멈추지 않고 계속되는 이치를 가리킨 '그칠 때가 없기에'라는 깊은 의미를 잃게 했다.

제51장에는 '끝이 좁은 소매 가리개[4]에 활을 준비하고'라고 한 것을 어미를 바꾸어 '끝이 좁은 소매에 가리개 활을 준비하고'라고 했다. 또 1957년 출간된 책 제3장과 제37장, 1,242쪽에 '봉랍을 녹여 밀봉하고티즈레흐'라고 쓴 것을 새로운 출간본의 1,159쪽에는 '봉랍을 녹여 봉하고롬보더흐'라고 단어를 바꾸었다. 이렇게 단어를 바꾸어서는 안 될 뿐 아니라 비교적 후대의 러시아어에서 차용된 '롬보'라는 단어를 사용한 것은 더욱 도움이 되지 않는다. 그밖에 '시대가 바뀌다'라는 것을 '시대가 지나다', 문어체 '가다에치흐'를 구어체 '가다', '떠나다'로 바꾸었다. 또 '도망치다'의 '조그지흐'라는 단어를 '조그타흐도망가다', '돌아가다에게흐'를 '돌다', '돌아가다에르게흐' 등으로 단어를 바꾸어 쓴 곳이 상당히 많다.

대문호 인잔나쉬는 이처럼 '매우 깊고', '매우 치밀하며', '표현이 매우 적합하고', '매우 집약적으로' 서술한 것을 후대 사람들이 이해하거나 깨닫지 못하고, 자신의 생각대로 수정한 것은 큰 실수라고 할 수 있다. 그러기에 우리는 이 두 간행본의 차이가 있는 곳을 가능한 한 바르게, 최초의 원전에 가깝게 하는 것을 원칙으로 했다.

---

4 여기서는 'холховч'라고 했지만 제51장 본문에는 'халхавч'라 하여 다른 단어를 썼다. 여기서는 본문대로 'халхавч'로 번역했다.

한편 고유명사 가운데 중국어와 몽골어로 섞어 쓴 것을 1991년 간행본에서는 몽골어로만 쓰는 동시에 중국 명칭을 하나의 원칙으로 질서 있게 정리했다. 우리는 많은 독자들에게 좀 더 쉽게 도움을 주고자 하는 생각으로 일정한 규칙에 따라 옮겼다. 예를 들어, '진국'을 '금나라'로 한 것과 같은 경우이다. 또 독자들에게 이해를 쉽게 하기 위해 드물게 나오는 단어의 의미를 분명히 해서 역자의 해설을 대괄호 안에 이탤릭체로 넣어주고, 뒤쪽에 '역주'[5]라고 썼다. 참고로 저자 자신의 설명은 소괄호를 써서 차이를 두었다. 단어 뜻의 자세한 설명과 다른 부가 정보가 있는 해설을 각주로 처리했다. 드물게 나오는 희귀한 단어의 뜻을 분명히 하여 역주와 각주를 독자들이 이해하기 쉽도록 하기 위해 반복해서 넣은 것도 있다. 또 예를 들어, 카이루 판본과 1957년 출간본의 제43장과 제69장 앞부분에 표제시가 없는데, 이 번역본에 있는 두 장의 표제시는 인잔나쉬가 쓴 것이 아니고, 1991년 출간을 준비하는 사람들 가운데서 부족한 부분을 완성하기 위해 삽입한 것이다.

현재 3책으로 몇 번 출간된 69장 『청사』 이외에 30장 『청사』 보충판 즉, '투메드 필사본'이라고 명명하게 된 다른 한 『청사』의 원본을 발견했다. 독일 몽골학자 에.하이시히가 1942년 내몽골에 체류해 있던 기간에 케신게라는 사람이 가지고 있던 1,400쪽 정도의 필사본으로 영인본을 제작했다. 케신게에게 있던 그 원본은 오늘날 어떻게 되었는지 분명하지 않다. 어찌 되었든 내몽골에서 1958년에 10책으로

---

5 이 역서에서는 '몽골 현대문 역주'라고 표기했다.

제본한 30장 『청사』의 보충판의 한 필사본을 발견했다. 이 필사본의 30장에는 43-72장이라는 번호가 붙어 있다. 학자 에르덴토그토흐는 그 가운데 22장은 69장 『청사』 2책의 36장 뒤에 들어가고, 8장은 40번째 장 뒤에 들어가면 들어맞는다고 했다.

2002년 소드빌렉이 이를 대조해 맞추어 보고 새롭게 얻은 제40~72장이 있는 필사본은 『청사 보충판』이라는 제목으로 후흐시에서 출판되었다. 인잔나쉬는 69장 『청사』를 쓴 다음, 그 72장을 부기, 보충판으로 새롭게 저술한 것으로 그 가운데 처음 39장은 아직 발견되지 않았다. 우리는 이 보충판을 잊지 않고 별도로 번역하여 한 권의 저서로 출간하는 것이 옳다고 본다.

『청사』의 요목 2절에는 이 저서를 읽기에 앞서 12절의 요목을 반드시 읽을 필요가 있음을 언급했다. 그런데 9~12절 항목은 오늘날까지 아직 발견되지 않고 있다. 또 제2절에는 잘못된 몽골 명칭과 옛 몽골 단어를 모두 설명을 붙여 알기 쉽게 하고, 연도와 나이, 시대, 사건을 분명히 구분했다고 언급했다. 그밖에 또 나라와 지역, 옛 성읍, 몽골 이름들을 앞에 모두 묶어서 출간했으며, 훗날 지식인들이 이 글을 볼 때 반드시 앞에 차이점을 언급한 별도의 사전을 자세히 살필 것을 고한다고 했다. 이것을 보면, 요목의 앞에 또 별도의 사전 한 권이 있어야만 한다.

인잔나쉬는 실제로 작품을 쓰고 완성한 다음, 비로소 그러한 별도의 사전을 한 권으로 엮어 마칠 준비를 했던 것 같다. 『청사』의 앞 60장에는 칭기스 칸시대의 사건을, 마지막 9장에는 우구데이 칸이 보위에 오른 다음에 있었던 사건을 다룬다. 인잔나쉬는 이 69장에서 더 나가 작품을 계속해서 썼는지 어떤지 입증하기는 어렵다. 어쨌든 『청사』는 토곤투무르 칸시대가 끝날 때까지가 전체가 아니라고 한다면 쿠빌라이 칸시대를 온전히 쓰려고 계획했던 것은 의심할 여지가 없다. 예를 들어, 연구자 데스라이자브가 주목한 대로 제21장 평언評言에, "쿠빌라이 세첸 칸 세조 성군시대에 나타난 이 바얀 활불의 이름이 또 바얀이다. 그 바얀이 송나라를 공격한 것을 보라" 이 제21장의 바얀은 오래전의 바얀이다. 그 바얀은 나중의 바얀이다. 이 두 바얀은 다르다. 아주 오랜 후에 비로소 바얀이 나타난다고 했다. 쿠빌라이시대에 공로를 세운 대신이자 군대 대장인 바얀이라 자는 역사적인 인물로 실제로 존재했었다는 것을 『원사』는 기록하고 있다.

어떤 학자가 언급한 대로 『청사』는 전체 120장이어야 한다고 했지만, 그것은 실제로 어떤 근거를 가질 뿐 분명하지는 않으며, 그런 자료가 있다 해도 후대에 부록으로 보충한 저서가 이와 관련이 있는지 없는지 분명히 말하기 어렵다.

인잔나쉬는 『청사』를 기술할 때 몽골 역사에 관한 열 가지 종류의 문헌을 인용했다고 요목에 언급했지만, 그 열 가지 문헌의 제목에 포함되지 않은 다른 여러 자료들을 보고 연구했던 것 같다. 제59장 마지막에 몽골 『황금사*altan tobch*』, 제5장에 『일트겔 샤스티르*Iltgel shastir*』, 제27장에 『칭기스 칸 성조의 제문*Chinggis Bogd-yn san sudar*』 등의 저서명이 나오며, 그밖에 보충판에 사간 세첸의 2행시를 인용했다. 제27장에 "우둔한 사가史家인 내가 이 대원제국의 열세 가지의 많은 문헌과 전기

류에서 보니, 칭기스 칸은 인간의 근본 관계를 침해하는 일이 추호도 없었다"라고 했다.

일반적으로 인잔나쉬가 『청사』를 쓸 때 보고 인용한 저서가 풍부했다는 것을 요목 제3장에서 알 수 있다. 그 장을 보면 한 문인에게 성군 칭기스에 대한 많은 것을 세세히 묻자, 그 문인이 "부관이신 그대 아버님께서 모으신 다섯 수레의 책이 있는데, 어찌 다른 사람에게 묻는 것인가? (…중략…) 부관께서 져나르시어 천장에 닿을 정도로 엄청나게 많이 보관해 놓은 자료와 책장 가득히 수집해 놓은 사서가 집에 있는데, 어쩌자고 다른 동네를 돌아다니면서 다른 이에게 물으며 사람을 이처럼 귀찮게 하는 것이오?"라고 하는 등 화를 냈던 것을 언급했다.

그는 요목 제4절에 또 이렇게 언급했다. "그렇게 이 칭기스 성조에 대한 역사적 기록, 전기, 고사는 위구르어, 티베트어, 한어 또 몽골어, 만주어로 된 여러 문헌에 상당히 많이 나온다."

인잔나쉬는 이러한 여러 언어의 역사서를 보고 이용할 때 적당하다고 생각되는 내용을 선택, 발췌하는 소극적인 편집자가 아니었으며, 자료를 서로 비교하고 대조하여, 사건의 인과, 시기, 고유명사가 어긋난 곳을 자세히 추적하고 연구했다. 그는 무엇보다 먼저 역사적 자료에 신빙성이 있는가 하는 원칙을 따르고, 왜곡되고, 잘못된 단어를 찾아 바로잡는 일에 힘썼다. 인잔나쉬의 『청사』를 역사소설이라는 점에서 평가할 때 그가 이렇게 따랐던 원칙을 잊어서는 안 된다. 만약 『청사』에 『몽골비사』 등의 역사서와 맞지 않는 부분이 있다면, 그것은 인잔나쉬가 실제 어느 자료의 정보를 사실에 부합한 것으로 보았는지 그것을 분명히 해야 할 문제이지, 작가가 마음대로 역사적 진실을 변화시킨 것은 아니라고 할 수 있다. 인잔나쉬는 몽골 자료들의 정보를 대조하고 인용할 때 어떤 단어나 문장 그리고 시행을 그대로 포함시키는 것 외에 대부분 자신의 문학적인 창작 방법론으로 그 의미를 잃지 않게 하여 간략하게 요약하거나, 보충하여 자세히 하는 등으로 내용을 다듬어 포함시켰다. 여기에 술의 해악과 유익에 대해 칭기스 칸의 아홉 대신과 고아 소년의 지혜를 겨루는 이야기 부분에서 토르곤 샤르가 한 말을 예로 들어보자. 『칭기스 칸 전*Chinggis khaan-y tsedeg*』[6]에는

지고하신 칸 주군이시여, 말씀해 주십시오
세상의 이 큰 잔치 모임에
마실 것이 없다면
평이하고 무미한 것이 될 것입니다.

라쉬폰착이 저술한 『수정 염주*Bolor erkhi*』에서는

---

6 **[몽골 현대문 역주]** 1925년, 템게트는 북경 몽골문헌위원회에서 『황금 약사』의 원본을 처음 『칭기스 칸 전』이라는 제목으로 출간했다. 이 저서는 전체 196쪽으로 되어 있으며, 처음 126쪽에 『황금 약사』가 포함되었다. 저서 뒤에는 「3백 타이치오드를 굴복시킨 이야기」, 「칭기스 칸의 아홉 대신과 고아 소년이 지혜로 겨룬 이야기」 등 여덟 가지 종류의 이야기를 합본하여 출간했다. 그것은 대개 칭기스 칸의 지혜와 교훈에 관련된 것들이며, 각각에 독자적인 작은 책자였을 것이다. "내몽골의 조스틴 출간의 하르친 서부 호쇼에서 태어난 템게트(1888~1939)는 몽골 납활자본을 스스로 만들었으며, 1922년 북경에서 몽골문헌위원회를 창립했다. 또 꽤 많은 희귀본 저서를 출간하여 널리 보급한 일이 있는 자이다"(이쉬.초이마, 「몽골 연구논문집」, 69쪽). 인잔나쉬는 17세부터 하르친 서부 호쇼(템게트의 고향)의 군왕 세웩도르지의 왕궁에서 지낼 때 왕의 도서관에서 상당한 양의 몽골 역사서를 읽고 연구했다고 한다.

지고하신 칸 주군이시여, 말씀해 주십시오
풍성한 큰 잔치에 술을 마시지 않는다면
무미한 것이 될 것입니다

롭산단잔의 『황금사』에는

지고하신 칸 주군이시여, 말씀해 주십시오
풍성한 큰 잔치 모임에
마실 것이 없다면
사람들이 모여들지 않아 무미해질 것입니다.

라고 했다면 『청사』 제2장에는 다음과 같이 언급했다.[7]

성대한 이 잔치 모임에
세상의 진미가 모두 갖추어져 있어도
흥을 돋우는 데 도움이 되는 좋은 술이 없다면

---

7 **[몽골 현대문 역주]** 우리가 아는 대로 이 역사적 이야기는 다만 롭산단장의 『황금사』, 『칭기스 칸 전』, 『수정 염주』 세 원전에 기록되어 남아있다. 롭산단장의 『황금사』와 『칭기스 칸 전』에는 고아 소년의 이름을 언급하지 않았다면 『수정 염주』에는 대칸이 그에게 '몽골 보하'라는 이름을 붙여주고, 모홀리에게 맡겨 기르도록 한다. 이처럼 아이의 지식과 능력이 탁월했기 때문에 군사를 지휘하도록 한 것에 대해 언급했다. 그러나 인잔나쉬는 그 소년은 바야고드의 13살 된 고아 소년으로 '소치'라는 이름을 가지고 있었는데, 태조가 오요트 세첸(지성을 가진 현자)라는 이름을 하사했다고 썼다. 소치와 오요트 세첸이라는 이름은 인잔나쉬가 작품화하여 지은 이름일 것이다. '몽골 보하'라는 이름은 『청사』 제64장에 금나라 균주성을 에워싸고 싸울 때 그 이름이 한 번 나온다.

잔치가 한낱 평이해져

최고의 잔치 분위기를 잃게 할 것입니다.

또 『칭기스 칸 전』에는

화살의 갓간[8]이 비록 곧아도

오늬와 깃을 벗어나 쏘면 아니 된다네

『수정 염주』에서는

화살의 갓간이 비록 곧아도

오늬와 깃에서 벗어나 쏘아서는 아니 된다네

라고 했다. 한편 『청사』에서는

화살의 갓간이 비록 매우 곧아도 깃이 없어서는 아니 되고

활의 좜새가 비록 단단하고 힘이 있어도 시위가 없으면 아니 된다네

라고 하여 의미를 확실히 하는 동시에 한 쌍의 대구 형식으로 묘사한 예가 있다.

---

8 오늬 아래 깃을 다는 곧은 부분.

인잔나쉬는 『청사』를 쓸 때 『몽골비사』를 활용했음을 증거할 만한 자료가 작품 속에 상당히 많다. 예를 들어, 『몽골비사』와 그것을 이용한 자료에 기록한 역사적 사건과 어구를 『청사』에서 적지 않게 만날 수 있다. 그러한 예를 대조해 보면 『몽골비사』 164절에 칭기스 칸과 왕 칸이 서로 대화하는 내용을 들 수 있다.

우리를 시기하여
이빨 있는 뱀에 부추김을 받아도
그 부추김에 빠지지 말자
이로 입으로 말하며 서로 믿자
어금니 있는 뱀에게 꼬임을 당해도
꼬임에 넘어가지 말자
말로 대화를 나누며 믿자

이에 반해 『청사』 제6장에는

독사가 물어도 둘이 변치 말고
입으로 의논하며 방법을 모색합시다, 우리가
시기하는 자가 부추겨도 그 계략에 넘어가지 않고
말로 의논하며 방법을 모색하겠나이다, 제가

라고 이해하기 쉬운 말로 문체를 다듬어 표현했다.

또『몽골비사』118절에는

형제여, 산 가까이에서 설영하자
말치기가 우리의 움막에 이를 것이다
강 가까이에서 설영하자
양치기, 새끼양치기들이
우리의 먹을 것을 얻을 것이다

라고 자모하가 테무진에게 말한다. 그 말은『아스라그치의 고사*Asragch nert-iin tüükh*』라는 저서에는 다음과 같이 나온다.

형제여, 산 가까이에 설영하자
말치기들이
쉴 것이다
강 가까이 설영하자
양치기들이
음식을 먹을 것이다

라고 한 것을 볼 수 있다. 또 다른 원전에는 이에 대해 기록하지 않았다. 그 말을『청사』에서는 다음과 같이 언급했다.

구원의 주군께서는 분을 내지 마십시오

아주 오래 천천히 기다리시면 아실 것입니다
산 가까이 설영하겠나이다, 내가
말치기, 양치기를 쉬게 하겠나이다, 내가
강 가까이 설영하겠나이다, 내가
홀몸인 내 육신을 먹이겠나이다, 내가

『몽골비사』에 예수헤이 바타르가 죽고, 그의 속민들이 주군을 잃고 이동하는 시기에 테무진이 그들에게 떠나지 말 것을 설득할 때 타이치오드의 투둔 기르테는 "깊은 물이 사라졌다. 흰 돌에 금이 갔다"라고 하며 떠나간다. 『청사』에는 또 그 말을 "깊은 호숫물이 마르고, 단단한 바윗돌이 이미 부서졌다"제1장라고 표현했다.

롭산단잔의 『황금사』에는 두 가지 다른 사건에 주르치데이에 관해 언급한 것을 삭제하고 썼는데, 그 가운데 『몽골비사』 제176~208절에 나오는 나이만을 평정한 일, 왕 칸이 사망한 사건, 자모하가 패한 사건, 몽골국을 건립한 것, 천부장들을 제수한 것 등 역사적으로 중요한 사건을 생략시켰으며, 몽골어로 쓰여진 다른 몽골 역사서에도 이러한 내용을 자세히 언급한 것이 없다.

인잔나쉬가 『몽골비사』를 인용할 때 어떤 원전을 사용했는가 하는 문제가 제기된다. 우리가 주목한 바로는 중국어로 된 『몽골비사』를 이용한 것이 거의 분명하다. 『청사』 제60장에는 "또 『대원 울루스의 비사』에 언급한 바로는 잿빛 늑대와 흰 사슴에서 시작되었으며, 25대에 태조를 낳았다고 한다 (…중략…) 많은 중국 사관들이 몽골에 대한 원한을 드러낼 수 없자 (…중략…) 몽골은 원래 잿빛 늑대와 흰 사슴이 관계하여 몽골의 조상을 낳고, 이로써 태조 성군을 낳았다고 멸시하듯 말하며 원한을 풀었다"라고 쓴 것은 이에 대한 분명한 증거이다. 첫째, 『대원 울루스의 비사』라는 것은 『몽골비사』를 가리킨다. 둘째, 잿빛 늑대와 흰 사슴이라는 것은 한자어 번역을 주목한 것일 수 있다.

이 모든 것을 관련시켜 보면 인잔나쉬의 『청사』는 몽골 역사의 다른 문헌과 자료들을 자세히 비교하고, 몽골의 역사서, 연구서와 『청사』의 역사 문헌에 관련된 여러 문제를 분명히 해줄 원전을 연구할 필요가 있다.

이 저서에서는 인물의 구체적인 형상을 더욱 분명히 하는 면에서 역사적 인물의 이름을 바꾸거나 새로이 형상화한 부분이 있다. 예를 들어, 토릴의 딸 차오르 베히를 '솔롱고', 닐하 생굼의 '닐하'를 '얄고'라고 한 것 외에 일부 인물의 이름을 중국 자료에 있는 발음과 가깝게 하여 명명한 경우도 있다. 예를 들어, 알탄, 호차르, 다리다이 등의 이름을 아르타, 호소르, 달지다이라고 했다. 만약 이들이 긍정적인 인물이었다면 아르타는 분명 알탄이라고 했을 것이다. 또 보르치, 모호라이, 보로훌 등 일부 인명이 붙여진 내력을 자신의 견해대로 설명했다. 우리는 이 작업을 하는 데 있어 저자가 쓴 대로 보가르지, 모훌리, 보랄 등으로 전사했다.

웨. 인잔나쉬는 몽골시와 한시를 비교하고, 각각의 특성을 살펴 연구하는 데 그치지 않고 한시의 운율적인 특징을 작품의 시에 흡수시켜 몽골 운문에 새로운 개혁을 꾀한 아름다운 시를 적지 않게 썼다. 한편 『청사』를 저술함으로 또 몽골 산문에 새로운 개혁을 꾀하기도 했다.

『청사』에 몽골의 고대 운문 갈래와 축시, 찬시가 상당히 많이 삽입되어 있으며, 그 외에 민요의 성격을 띤 것도 있다. 게.잠스란자브는 "『청사』에 나오는 찬시의 대부분을 이와 같은 리듬과 발음으로 노래할 때 두음을 맞추어 연결하고, 시의 음보와 리듬에 음운의 길이를 호르[9] 가락에 맞추어 노래하자 정확히 맞았다. 그것을 자세히 살펴보면 구비문학의 특징을 갖는다"라고 했다. 인잔나쉬는 속담, 교훈 등을 그와 같이 운을 맞추어 관련된 상징적인 어구를 여러 번 사용했다. 그 가운데 몇 가지 예를 들어보면 다음과 같다.

사내대장부는 갑옷이 없이도 적을 제압하고
뜻을 가진 사내는 맨몸으로 일을 성취한다제1장

장골에 힘 있는 자는 자신의 몸을 부리고
마음에 힘 있는 자는 만인을 부린다제2장

말 무리 속에서 장대를 잡지 않고
가축의 젖에 손가락을 담그지 않는다제21장

사내대장부에게는 뜻이 필요하고
못된 자에게는 몽둥이가 필요하네

9 몽골 전통 현악기.

큰 위엄을 보이지 않으면

큰 자비를 알지 못하네제12장

사람이 태어나면 일대一代

풀이 자라면 가을 한 철제6장

군주의 법은 우호적일 수 없고

군법에 다른 이의 도움을 바라서는 안 된다제8장

성인은 천지를 신봉하고

군자는 인의를 따른다.

범인은 권력과 힘을 따르고

소인은 물질적 이익을 따른다제12장

한 가지 이익을 취하면 하나의 잘못이 있고

한 가지 훈육을 받으면 하나의 노력이 있다제3장

흥기하는 나라의 신하들은

자신의 죄를 드러내 보이고,

망해가는 나라의 군신들은

자신의 잘못을 덮고 지우네제11장

가축의 젖을 젓고 끓이는 것을 멈추기보다
솥 아래 불을 끄라! 제6장

옷이 너무 많아지면 입는 사람의 몸에 짐이 되고
안장이 너무 무거우면 안장 얹은 말 잔등에 무게가 되네
지나치게 귀해지면 사람의 마음에 사단이 생기고
의관에 너무 치중하면 나라의 하층민들에게 괴로움이 되네 제39장

일을 성취하는 자식에게는 날라다 모아다 주지 않아도 일을 이루고
일을 이루지 못하는 자식에게는 비록 모아다 주어도 일을 이루지 못한다 제50장

육신의 영혼은 몸에 없고
지혜로운 정신은 가슴에 없다 제47장

중요한 말은 평화로울 때 하고,
치밀한 전략은 여유로울 때 숙고한다 제54장

역사적 사건을 일반적인 이야기로 서술함과 동시에 사건과 일의 내력을 야담, 축시, 찬시, 시와 노래 등 구비문학의 여러 갈래의 형태로 표현하고, 문학적 형상화, 언어의 여러 가지 조화로운 방법을 폭넓게 이용했다. 이것은 고대로부터 전승되어 내려온 몽골의 역사 기술의 한 특징이다. 웨.인잔나쉬 역시 『청사』를 이러한 방식으로 기술했다. 또

표제시와 각 장의 첫머리에 전체 내용을 압축하여 시화하고, 한 장이 끝날 때 독자들의 흥미를 끌면서 문제를 제기했다. 또 연이은 사건 전개를 뒷장에서 보여줄 것이라고 하며 서사의 마지막을 종결짓는 등 고대 중국의 『삼국지연의』와 『수호전』한산기 등의 고전 작품에서 풍부히 만날 수 있는 문체의 한 형태를 이용했으며, 고대 국가의 역사와 황제들의 실록 등 연대기적인 기록과 마찬가지로 각 장의 앞에 어느 왕정의 어느 해인지를 명시했다. 이렇게 웨.인잔나쉬는 몽골문학과 중국고전문학의 전통과 역사 기술의 특징 등을 창의적으로 결합시켜 몽골문학사에 하나의 혁신을 이루었으며, 또한 몽골 산문문학의 첫 역사문학 작품을 저술하는 데 있어 다방면에서 새로운 변혁을 꾀했다.

웨.인잔나쉬가 『청사』를 쓴 주된 목적을 요약하여 말하자면 다음과 같다. 첫째, 그 시대 몽골 민족을 우둔하고 어리석다고 따돌리며 얕잡던 이민족의 멸시에 저항하고, 민족의 얼을 드높이고자 한 것. 둘째, 귀족과 왕족 가운데 자신의 뿌리를 생각지 않은 채 물질적 이익의 노예가 되고, 대다수의 몽골인들이 자민족의 역사를 알지 못한 채 자기 민족을 혐오하는 시각이 생겨난 것을 비판하고, 이를 일깨워 민족애를 갖게 하려는 것. 셋째, 이민족의 문헌에 몽골의 역사와 풍속을 왜곡시켜 기록해 온 것을 논박하고, 이를 바로잡으려고 한 것. 넷째, 몽골인 모두에게 자신의 원 역사를 알게 하고, 더 나가 이를 후대에 전승시켜 유산으로 남기기 위해 이 책을 저술했다.

웨.인잔나쉬는 군주 칭기스 칸 일대기의 위대한 행적을 문학적으로, 매우 진정성 있게 저술하였으며, "성인이라는 존재는 특별히 진정한 마음에서 비롯된 자를 말한다. 인간 세상에서 일반적으로 성인을 터득한 성인과 모방한 성인으로 구분할 수 있는데, 이들은 궁극적으로 타고난 성인의 경지에 이를 수 없다. 태조 칭기스 칸은 타고난 성인이라고 할 수 있다"라고 간략히 결론지었다.

『청사』를 집필할 때 인잔나쉬는 또 자신의 세계관과 세계를 인식하는 철학을 드러내 언급했다. 그는 모든 사실에 중립적인 입장을 견지했다. 부분적으로 인용해 보면, "세상은 천지, 일월로부터 시작해 만물에 이르기까지 모두 음양의 두 기운에서 생겨나고, 오행의 이치가 결합하여 인연을 이루면서, 세상 가득 만물이 퍼져 나갔기 때문에 세상 만물에 이치 아닌 것이 없다. 다만 그 이치를 아둔하게 생각하는 데 가 있다 할 수 있다……". 요목 제7절

'존재'와 '공空'이라는 단어를 말할 때 이것은 서로 다른 두 개 단어이지만 그 뜻은 하나이다. 그것은 존재가 있기에 공없음이라는 단어가 생겨난 것이기 때문이다. 공이라는 하나의 단어가 있기 때문에 또 존재라는 하나의 단어가 만들어진다. 이 존재와 공은 머리와 꼬리가 연결된 하나의 고리와 같은 단어이다. 대략적으로 비유하자면 인간이 살아있을 때는 존재요, 죽으면 공이다. 구체적인 형태를 이룰 수 있으면 존재요, 망가져 수명이 다하면 공이다. 또 비유하면, 지나간 고대 수천, 수만 종류의 정치가들이 살아있을 때는 모두 존재하는 것이었으나, 이제 지나가 모두 공이 되었다. 현재의 우리의 이 나라, 이 육신은 지금 보면 모두 존재하나, 마침내 또 공이 되는 것에서 벗어날 수 없기에 존재이면서 공인데, 어찌 공이 아니라 하겠는가? 우리는 공이 되어 돌아간

뒤 훗날 또 후대인이 되기에 공이면서 어찌 존재가 아니라 하겠는가? 그렇기에 존재라고 한다면 모두 존재하는 것이요, 공이라 하면 모두 공인 것이다. 존재한 뒤에 곧바로 공이 뒤따르며, 공 가운데 존재가 생성되어 나타난다. 그렇기에 존재도 역시 공이요, 공도 역시 존재이다. 이것은 존재와 공이 서로 매우 친밀한 관계로 뗄 수 없는 관계에 있으며, 곧바로 하나의 단어가 될 수 있음을 말해주는 것이 아니겠는가. 요목 제7절

인간 세상에 인류는 천자로부터 거지에 이르기까지 모두 인간이기는 마찬가지이지만 어떤 자들은 행복을 발견했다 하고, 어떤 자들은 고통을 맛보았다고 한다. 행복을 얻은 자는 부귀하고, 고통을 맛보는 자들은 궁핍하다. 이것은 이미 정해진 이치이지만 이 가운데 또 부귀를 누리면서도 괴로움을 맛보는 자가 있고, 가난하면서도 행복을 누리는 자들도 적지 않다. 대부분 고대에 나라를 잃은 군주와 개국한 군주들, 물질을 더 풍요롭게 한 부자들, 물질에 탐욕을 부렸던 백성들은 대부분 모두 괴로움을 겪고 신음했다. 의를 이룬 성인들과 지식을 얻은 학자, 소원을 일룬 백성, 자신의 욕망을 인내한 현자들 대부분은 모두 행복한 삶을 영위했다. 이렇게 괴로움과 행복의 근원은 모두 인간의 마음에서 비롯된다. 요목 제4절

어떠한 행위에 있어 그 잘한 것을 칭찬해도 그 잘못된 점을 살피라. 그 잘못된 점을 혐오하여도 그 좋은 점을 깨달으라 (…중략…) 이 세상의 수만 가지 사건의 좋고 나쁜 점은 세상의 음양의 두 기운처럼 머리와 꼬리로 연결되어 있다. 요목 제5절

이처럼 깊은 의미를 가진 말을 꽤 많이 인용할 수 있다. 여기서 인잔나쉬는 자신이 견지하는 이론적 견해가 이렇다 저렇다 하며 현재화하여 설명하는 대신 어떻게 서사를 기술했는가를 곧바로 근거 삼는 것이 옳다고 보았다.

대문호는 자신의 세계관과 성찰 이외에 깊이 없이 가볍게 생각하는 자의 해악된 행동을 비판하고, 많은 독자에게 몽골을 위해 그 정신을 일깨우는 교훈의 말을 여러 번 기록해 남겼다. 예를 들면, "다른 나라의 사건은 분명히 알면서 자기 민족의 푸른 몽골국의 일은 전혀 알지 못한다", "자신의 뿌리를 자세히 살피지 않고, 불필요한 당나라, 송나라의 서정시에 힘쓰는 태도에 대해 타이지[10] 인잔나쉬는 많은 날 한숨을 내쉬었다" 등 다른 나라에 기대어 몽골 문화와 몽골 관습이라고 비하하는 정신적으로 자존감이 없는 자들을 비판한 일이 적지 않다. 또 우리 지역의 신중하지 못한 자들은 최선의 노력을 경주하여 자신의 언어와 문자를 살피지도 않으면서, 한두 가지 한자어를 알면 곧 몽골어를 얕잡고, 몽골어로 한인들의 생각을 어떻게 온전히 표현해낼 수 있느냐며 입에서 나오는 대로 지껄인다. 그것은 크게 잘못된 일이다! 그렇게 스스로 애써 노력하지 않고, 은유적이고 함축적인 단어들을 충분히 알지 못하면서 몽골어에 무슨 깊이 있고, 심오한 뜻이 반영되어 있겠느냐고 한다. 그것은 바닷가에서 몸을 씻으면서 바다가 얕다고 하는 것과 무엇이 다르겠는가!"라고 했다.

---

10 왕이나 귀족의 후계자 또는 황족의 후손에게 부여되던 칭호.

인잔나쉬의 이와 같은 말을 이 시대에 연장시켜 말하자면 오늘날 우리 몽골 사회의 매우 심각하고, 마음을 괴롭히는 많은 문제와 직결된다. 위로 부모와 연장자들을 존중하지 않고, 아래로 자식과 손아래사람들을 훈육하지 않는다. 후대 몽골인들은 영원한 일을 생각하는 대신 오직 오늘 내일의 육신의 이익만을 바라보고, 몽골의 물질적, 정신적 자산을 조금도 아끼지 않고 낭비한다. 또 민족의 언어, 문화, 역사를 존숭하기는커녕 뒤처지고 낡은 것처럼 여기며, 다른 나라에 우호적인 자들의 경박함을 모방하고, 아첨꾼들이 알랑대는 것을 믿고, 위선적으로 무언가를 이루고 쉽게 얻고자 한다. 많은 것을 마음으로 또 여러 가지 방법으로 몽골을 해치는 몽골인들이 많아졌는데, 대부분 이를 인식하지 못하는 것이 우리 시대의 쓰디쓴 진실이 아닌가!

우리는 몽골 현대문으로 옮기는 작업을 할 때 원문을 대조하고, 여러 방법을 모색하여 전사하고, 다시 반복해서 자세히 살피며 각주를 붙이는 등 적지 않은 노력을 기울였다고 생각한다. 대문호 인잔나쉬가 『청사』를 저술하기 위해 여러 언어로 문헌 자료를 읽고, 세밀히 살펴 온 힘을 다해 부단히 노력하고 애쓴 것을 생각할 때 참으로 존경스러운 마음을 금할 수 없다.

인잔나쉬 나는 여러 문헌을 대조하여, 이 『흥륭한 대원제국의 청사』를 오류나 의심스러운 점이 없이 서사를 연결해 저술해 나갔다. 이러한 저술 작업은 진실로 마음과 생각, 간장과 폐, 온몸, 눈과 손을 함께 지치게 했다.

천 년의 사건의 내력을 붓과 먹에게 묻고
어지러이 벌어지는 사건을 문헌 자료와 대화하며 기술했네

나의 이 몸과 말, 마음을 지치게 한 것을
후대 지성인들은 살필까, 그렇지 않을까?

민족의 위대한 계몽가 웨.인잔나쉬의 이 정선된 저서를 모두 진심으로 존숭하는 마음을 갖고, 손에서 손으로 전하며 자랑스러운 마음으로 읽기를 바란다. 우리 조상들이 온갖 신고를 겪으며, 독립적인 몽골국과 불후의 풍부한 기록문화 유산을 우리에게 자산으로 남겨준 은덕을 더욱 잘 알고, 과거를 향해 민족적 긍지로 자부심이 더하는 동시에 미래에 몽골 민족의 자긍심을 갖기 위해 온 마음을 다해 뜨거운 의지를 갖는다면, 대문호께서 후대를 믿고 일깨우며, 몸과 말과 마음을 다한 이유를 비로소 깨달을 수 있을 것이다.

마지막으로 몽골비칙에서 현대 키릴 문자로 옮기는 작업을 할 때 상당한 시간을 들여 애쓰며 도와준 제자 페.밤바호롤과 그 외에 제자들에게 깊은 감사를 표한다.

몽골국립대학 정교수 샤라브 초이마
몽골국립대학 교수 막사르자브 바야르사이한

흥륭한 대원제국의 청사 전체 차례

제2권

청사

제21장

지략 있는 모홀리가 물살을 살펴 강물의 흐름을 알고 역으로 계략을 써 공격했네 해악을 끼치는 사르락은 잠들어 있다가 물과 불에 나라가 망했네

송나라 영종 경원慶元 원년, 금나라 장종 명창 6년, 을묘년乙卯年. 태조 나이 34세 되던 해였다.

나라를 위해 자기 몸을 잊은
　　　　한 대신을 놀라워할 때
많은 이 앞에서 목숨을 걸고 분투하는
　　　　네 명의 장군을 내보냈네
사르락의 생각 없는
　　　　세 신하가 비웃을 때
울며 서서 문을 지키던
　　　　한 사내아이가 나타났네

한편 사르락의 한드가이가 와서 젤메에게 "사신들께서는 진정 우리 사르락에 인물이 한 명도 없다고 보셨습니까?"라고 묻자, 젤메와 호드간 베히가 화들짝 놀랐다. 호드간 베히가 정색을 하며 말했다.

"그대의 나라에 진정 인물이 없지 않다는 것은 무슨 말씀입니까? 만약 한 사람의 충신이라도 있었다면 어찌 먼 나라에서 우호적인 마음으로 가지고 온 후한 예물을 이렇듯 도적질하여 가져간단 말입니까?"

호드간 베히가 시치미를 떼고 모른 체하고 앉아 있었다. 그러자 한 드가이가 크게 웃었다.

"사신께서는 또 잡아떼시려는 겁니까? 그리하신다면 당신들이 말떼 쓰레기를 불 질러 대 사르락국의 많은 자를 사라지게 하려는 계략을 내가 모두 소리쳐 발설하면 어찌하시겠습니까?"

젤메가 아무리 생각해도 그를 범상한 사람으로 볼 수 없었기 때문에 할 수 없이 상처의 고통을 참고 일어나 앉았다.

"귀하신 대신께서 이미 우리의 상처 입은 사신을 찾아오셨으니 필시 우리에게 일러줄 좋은 소식이 있는 것 같습니다. 우리에게 일러주실 좋은 말씀이 있는 것이 분명하니, 우리 서로 복된 인연의 좋은 형제가 되도록 합시다! 우리가 서로 우호적인 형제가 된다면 대신께서는 아마도 흥기하는 저희 나라의 중신이 되실 것입니다. '사내가 안장을 얹어 말을 몰면 어느 곳에 이를지 기약할 수 있겠는가?'라는 말이 있습니다. 그러니 이리 소리 지를 이유가 무엇이겠습니까?"

바로 그때 호드간 베히가 젤메의 뜻을 깨닫고, 그 말에 이어 말하기를 "대신께서 우리에게 손을 뻗어 곤경에 처한 우리를 구해 도와 주신다면 우리가 그 은혜를 갚을 때가 있을 것입니다"라고 했다.

그러자 젤메가 또 연이어 말했다.

"옛말에 '망할 나라에 충성하지 말고, 평안한 나라에서 멀어지지 말라'고 했소"

그러자 한드가이가 땅이 꺼져라 한숨을 내쉬었다.

"아, 우리나라는 참언에 속고, 곧고 충성된 신하를 미워하여 나를 저버렸소. 망할 날이 머지않은 것이지요. 허장성세로 대업을 이루기는 어려운 일입니다. 아, 이런 지경에 이르러 내가 무엇을 숨길 것이 있겠소?"

그리고는 자신이 주군을 저지하며 간언했던 일, 주군이 자신의 간언을 받아들이지 않았던 일을 모두 토로했다. 또 이미 신하로서의 관직을 박탈당하고, 더 이상 나라를 지킬 수 없게 된 것과 이제 다만 자신의 가정을 지키고자 하는 진심을 말하자 젤메가 크게 기뻐하며 상처에서 흐르는 피를 뿌리고 맹세하면서, 그의 뜻을 확고히 받아들였다.

한편 사르와 오한트, 타르바, 자모하가 바로 그때 강물을 막고 병사를 매복시키고, 또 불을 준비케 하고 있을 때 다른 나머지 병사를 점검하는 신하가 와서 고하기를 "이번 병사를 점검하는데, 다른 나라에서 온 병사와 우리나라 병사들이 모두 마음이 변해 다른 지역에서 온 병사들은 모두 돌아가겠다고들 합니다"라고 했다.

그러자 자모하와 사르 대신이 크게 놀라 이 문제를 상의하고 있을 때 변경의 정탐꾼이 또 달려와서 고했다.

"베데국의 군주가 정말 당도했습니다!"

그러자 성시 전체가 솥에 물이 들끓는 듯 술렁거렸다. 종과 징, 북이 동시에 울리며 자일트 칸이 몸소 12만 명의 군대를 이끌고 나왔다. 포를 쏘고 베데국 병사를 반대편에서 맞으러 진군하여, 자신의 병사들을 사르락강 북쪽 강가에 주둔시켰다.

베데국의 병사들이 오래지 않아 차례로 당도하여, 사르락 강기슭 물이 줄어든 곳에서 내렸다. 그러자 모홀리가 또 화친의 예대로 자일트 칸의 평안을 묻게 하기 위해 호일다르 선봉과 길루겐 바타르를 보내면서 "이번에 그대들이 가고 돌아오는 길을 잘 살피고 오시오!"라고 일렀다.

그러자 그 두 사람이 빈손, 빈주먹으로 사르락강을 건너 사르락 진영의 중문에 이르러 자신들이 온 일을 고하고, 자일트 칸에게 절하며 문안 인사를 했다. 그리고 금은의 값지고 희귀한 예물을 건네며 절하자 자일트 칸이 "그대들 나라에서 온 젤메와 호드간 베히 두 사신이 그대 나라의 군주께서 화친을 위해 보낸 1천 바리의 예물을 모두 도둑맞고, 몸에 상처를 입은 채 우리 성에서 치료를 하고 있소이다. 그렇지만 내가 또 그대 군주의 지극한 자애심을 생각하여, 자비로운 마음으로 사고를 당한 사신을 또 죽이지 않고 잘 거두고 있소."

그러자 호일다르 선봉이 묻기를 "우리의 사신들이 분명 이곳에 오는 도중 도둑의 피해를 당했습니다. 그런데 어찌하여 나라에 돌아가 병사를 풀어 수색하지 않는 것입니까?"라고 하자, 자일트 칸은 그 말에 입을 다물고 아무 말도 하지 않더니 한참 있다가 "도중에 물건을 잃은 것이 아니라 우리 성시 아래쪽에서 물건을 잃긴 했지만, 그것이 분명치 않소. 매우 의심스러운 일이오"라고 했다.

그러자 길루겐 바타르가 그 말을 받아 따져 물었다.

"그렇다면 분명 우리 사신이 스스로 가져간 것이겠군요. 그러면 그 진영과 그들 숙소를 어찌 수색하지 않았습니까?"

"다른 곳을 모두 수색해도 찾지 못했소."

그 말에 호일다르가 "1천 바리라는 것은 결코 적은 짐이 아니고, 비교적 지역이 작은 곳에 다 들어가지도 않는데, 그 일을 눈치채지 못했다는 것이 말이 되는 것입니까?"라고 하자, 자일트 칸이 할 말이 없어 아무 말을 하지 못하고 있자 옆에서 신하 오한트가 대꾸했다.

"비록 흔적을 찾아내긴 했지만 모두 사리에 맞지 않습니다."

그러자 호일다르가 또 물었다.

"우리의 사신이 상처를 입고 치료를 받고 있다는 것은 무슨 말입니까?"

신하 오한트가 "몇 명 다치긴 했지만 심한 것은 아닙니다"라고 했다.

"심하고, 가벼운 것이 문제가 아니라 어떻게 해서 상처를 입었냐는 것입니다."

호일다르가 따지듯 묻자 오한트가 아무 말 못하고 한쪽에 가만히 서 있었다.

그러자 길루겐 바타르와 호일다르 선봉의 말에 두 군신이 아무런 말도 못하고 있었다. 자일트 칸은 부끄러운 마음이 분노로 변하면서 질타하듯 큰소리를 쳤다.

"만약 테무진 그자가 투항하러 오는 것이 아니라면 저 두 악귀를 끌어내게 해 난도질을 했을 것이다. 참으로 말참견하기 좋아하는 막돼먹은 종놈들이 아니더냐? 썩 물러가거라!"

자일트 칸은 호통을 치며 그들을 내보냈다. 호일다르와 길루겐이 돌아와서 이러한 정황을 모홀리에게 모두 고하자, 모홀리가 크게 웃었다. 그때 사르락에서 사르, 타르바 두 대신이 답례를 하기 위해 왔다. 모홀리는 그들을 크게 존숭하며 풍악을 울리게 하고, 몸소 나가 큰 예로 맞아들여 태조에게 인도하여 절하게 했다. 태조를 알현한 사르 대신은 정신을 잃고, 타르바는 대여섯 번 탄성을 질렀다. 두 사람 모두 자기도 모르게 무릎을 꿇었다. 그들이 한 마디도 고하지 못하자 태조가 할 수 없이 그들을 일으키게 하고 물었다.

"대신들의 군주께서는 이미 나와 화친하기로 했는데, 이리 많은 병사로 무엇을 하시는 것입니까?"

그러자 사르가 한숨을 쉬며 "화친의 예물을 손에 넣지 못한 채 아직 기다리고 있나이다"라고 하자, 태조가 가볍게 미소를 지었다.

"물건을 어찌 사람보다 더 귀하게 보시는 것입니까?"

태조는 사신을 위해 잔치를 벌이고, 존숭의 예로 융숭히 대접해 돌려보냈다.

이튿날 모홀리는 아침 일찍 산과 초원, 크고 작은 강의 지세를 살펴보았다. 그런데 사르락 강물이 이전에 흐르던 경계에서 아래로 흘러 들어가는 것과 또 물이 모두 둥글게 거품이 일며 흐르는 것을 보고 깜짝 놀라, 서둘러 장막으로 돌아와 촐론과 투무르 두 장수에게 5천 명의 병력을 내어주며 말했다.

"그대 두 장군께서는 이 사르락 강기슭을 따라 올라가서 살펴보도록 하시오. 분명 물줄기 위쪽을 막아 놓은 것이 분명하오. 그렇지 않다면 이렇게 건조한 봄에 강물이 거품이 일면서 흐르는 법은 없소. 이곳은 산과 바위가 많기 때문에 물길을 막을 수 있소. 만약 그런 일이 있다면 수비하는 병사를 한 사람도 내보내지 말고, 그곳을 포위하고 내가 보내는 신호탄을 듣자마자 곧 강둑을 열어 물을 내보내시오. 만약 물길을 막지 않았다면 돌아올 때 내 뒤쪽으로 복병이 있나 없나 그 자취를 추적하여 살피도록 하시오. 그대들도 포를 쏘아 신호로 삼으시오."

그렇게 두 사람을 보낸 뒤 예전에 풀어 주어 돌려보냈던 사르락 병사 중 한 사람이 달려왔다. 알고 보니 이 병사는 앞서 병사들 가운데 있었던 자세한 정보를 젤메에게 알렸던 사람으로, 이 강을 막은 것을 알고 서둘러 와서 고했다. 그러자 젤메가 황급히 그 병사에게 은자를 상으로 주고, 모홀리에게 고하도록 보내는 한편 그에게 몸조심하라고 당부했다.

그때 모홀리는 그 병사에게 후한 상을 주고, "사신을 잘 돌보고, 할 수 있다면 위험에서 구해내 오라!"고 명하고, 젤메의 치료 약을 주어 보냈다.

그리고 서둘러 알흐, 수흐 형제를 불러서 이르기를 "그대들은 오늘 밤 몸에 날카롭고 작은 무기를 지니고, 사르락의 자일트 칸을 만나 세 가지 죄를 물으라. 먼저 첫째, 우리 두 나라가 원래 아무런 원한이 없는데, 어찌 칠게르 부흐에게 500명의 병사를 내어주고, 숨어들어 땅을 기는 여자를 보내 우리나라를 침범한 것인지. 둘째, 우리가 작은 일도 트집을 잡지 않고, 우호적으로 지내고자 하여 보낸 1천 바리의 귀한 예물을 왜 도적을 내보내 빼앗게 했는가? 또 우리 사신과 병사에게 상처를 입히는 것을 제지하지 못하고, 어찌 고통을 주었는가? 셋째, 우리가 원래 우호적인 마음으로 화친하기 위해 왔는데, 그대들은 어찌하여 이토록 많은 병사를 주둔시켜 길을 막고 있는 것인가? 이 세 가지 죄를 묻고, 그들이 이미 우리 물건을 약탈하고, 필시 또 싸우기를 원하니 우리는 또 달리 방법 없이 일군의 병사들을 불러 대적할 수밖에 없다고 언명하고, 서로 사이가 틀어지면 그대로 나오도록 하게. 만일 그가 그대들을 그 자리에서 붙잡아 포박한다면 내게 그대들을 구해내 올 확실한 방법이 있네."

알호와 수호 형제는 아직 10대였기 때문에 지략과 용맹함을 갖추고 있어, 기꺼이 모홀리의 명을 받들며 고했다.

"우리 형제는 서로 힘을 합해 싸우는 기술을 어려서부터 익혔기 때문에 무기는 필요 없습니다. 맨몸으로 들어가서 만약 그들이 저희를 잡으려고 하면 곧바로 그들이 가진 무기 가운데 하나를 빼앗아 싸울 것입니다. 그렇게 할 수 있으면 자일트 칸을 베어 죽이겠나이다. 최소한 그들이 준비해 놓은 포를 쏘아 신호로 삼겠나이다."

그러자 모홀리는 그들 형제를 크게 칭찬했다. 그리고 호일다르 선봉과 길루겐 바타르 두 사람에게 용맹무쌍한 8천 명의 강철부대를 내어주고, 기쁨이 넘치도록 상을 내리고 배가 부르도록 먹이고서 일렀다.

"그대들은 함께 강을 건너시오. 그리고 알호와 수호 형제 다음으로 호일다르와 길루겐 장수가 곧바로 돌격해 들어가시오. 자일트 칸의 장막에 이르러 가능하다면 그를 생포하고, 곧바로 북쪽으로 빠져나가 성쪽으로 가시오. 젤메 장군이 오늘 밤 성시 밖에 불을 놓으면 남문을 빼앗아 열고, 우리 병사를 맞아들이시오. 그대들은 상대의 병력이 많다고 두려워하지 마시오. 그들 병사의 수가 비록 많지만 첫 번째, 그들은 이미 싸울 마음이 없고, 원망하는 마음이 있소. 두 번째, 우리가 화친한다고 만 배나 확고히 생각하고 있소. 세 번째, 대군의 기민성이 상당히 떨어지기 때문에 제때 출격을 할 수 없을 것이오. 네 번째, 전혀 생각지 않은 때라, 제대로 준비를 하지 못하고 있을 것이오. 다섯 번째, 내가 보니 다만 많은 병사를 오합지졸 모아놓았지, 열심히 훈련하는 것을 전혀 알지 못하고 있소. 여섯 번째, 대부분 우호적인 병사들이기 때문에 상을 받을 줄 알았지, 명령으로 강력하게 제재하기 어려운 자들이오. 일곱 번째, 자일트 칸이란 자는 평범한 인물이요, 조심성이 없고 사려가 깊지 못한 자요. 여덟 번째, 많은 자들의 마음이 자기편 병사가 많다는 것에 자만하여 이미 경계심을 갖고 있지 않소. 아홉 번째, 그대 네 장수는 용맹하고 뛰어난 장수이며, 나라를 위해 죽을힘을 다할 뜻을 갖고 있소. 열 번째, 우리의 새로 뽑은 8천 명의 용맹무쌍한 병사들은 공을 세우기 위해 싸울 일을 애써 찾는 때이기도 하오. 열한 번째, 우리 주군과 총사령관 모두 그대들을 돕고, 그들 뒤를 쫓아 남쪽으로 공격해 들어갈 것이오.

우리의 이러한 전략은 실제 칠게르 부호를 붙잡은 때부터 지금까지 깊이 생각한 계략이오. 분명 오늘 밤 일시에 큰 공을 세울 것이오. 그대 네 사람은 조금도 두려워할 것 없소. 특별히 호일다르 선봉과 길루겐 바타르 두 장수는 이번에 사력을 다해 주군의 귀한 은혜에 보답하는 것이 마땅할 것이오. 가능하다면 자일트 칸을 생포하시오. 그것이

안 되면 최소한 죽일 수 있어야 하오!"라고 지시하자 네 사람은 뛸 듯이 기뻐했다.

호일다르 선봉이 말하기를 "이처럼 많은 호위병과 함께 공격하는 것은 말할 것도 없고 비록 혼자서라도 기꺼이 쳐들어가 자일트 칸을 죽일 수 있습니다. 터럭만큼도 두렵지 않습니다!"라고 했다. 네 사람은 기쁜 마음으로 흔쾌히 길을 떠났다.

그러자 모훌리는 또 톡그통고 바타르와 수베데이 바타르를 불러 5천 명의 병사를 내어주며, "밤이 되자마자 사르락강 위쪽 물길이 얕은 곳으로 강을 건너시오. 그리고 곧바로 질주하여 사르락의 소론촉성에 이르러, 우리의 포와 신호용 불을 보면 곧 성의 남문 밖에서 횃불을 들어 신호로 삼으시오. 젤메 어른을 안에서 맞으시오"라고 하고 보냈다.

그리고 또 남은 호장 주르헨 부족의 줄게데이 바타르를 불러 명했다.

"내가 그대를 남게 한 것은 매우 중요한 일이 있기 때문이오. 그대는 300명의 정예병을 이끌고, 사르락국의 문밖에 있다가 신호탄이 울리고, 물을 방류하라는 신호탄을 쏘자마자 불로 공격할 병사 500명을 이끌고 곧바로 사력을 다해 싸우면서 사르락 진영 서남쪽 문으로 쳐들어가 불을 놓으시오. 그리고 포위망을 뚫고 동북쪽으로 나가시오!"

그러자 줄게데이가 다른 사람은 모두 임무를 부여받았으나 자신에게는 임무를 부여하지 않자 매우 착잡한 심정으로 있다가, 이러한 전투 명령을 받자 가슴이 터지도록 기뻐하며, 모훌리에게 머리가 깨지도록 열 번을 절하고 펄쩍펄쩍 뛰어갔다. 또 모훌리의 동생 다이산다락그치와 운두르 세첸을 불러 곧바로 1천 명의 병력을 이끌고, 진영을 부수고 물이 줄어든 곳에서 상류로 올라가 풀이 있는 강가에 주둔케 하고, 주위에 있는 풀을 모두 베게 했다. 그리고 불을 철저히 조심하고, 등 뒤쪽에서 병사들이 돌격해 나오는 것을 철저히 경계하라고 일렀다.

또 울렌 치르비와 볼로 두 젊은 장수를 불러 쇠뇌를 든 1천 명의 병사를 내어주고, 사르락 강가에 대오를 이루고 있다가 만약 사르락 병사가 패해 강을 건너면, 그들을 맞아 활을 쏘고 말과 갑옷을 빼앗으라고 단단히 명했다. 그리고 하브트 하사르, 부흐 벨구테이, 오욘 세첸, 오욘고, 사이한 소르탈트, 투그스촉그트는 주군을 가까이에서 잘 보호하고, 우넨 투르, 아르가손 호르골즈는 주군의 침소를 잘 지키고 살피도록 하라고 각각 명하고, 모두에게 임무를 부여했다. 그리고 낙타의 흰 기름등으로 불을 밝히는 것을 신호로 삼았다.

어느덧 날이 저물고 어두워지자 대군이 막 진군을 시작하려 할 때 촐론이 사람을 보내 소식을 전해왔다. 정말 사르락강 상류 30리 바깥쪽에 있는 두 산이 만나는 곳의 물길을 300명의 병사가 막고 있었다. 이것을 1천 명의 병사가 포위하여 한 명도 빠져나가지 못하게 해 손쉽게 모든 병사들을 붙잡아 결박했다는 것을 고하러 온 것이었다. 그러자 곧 "오늘 밤 신호를 기다리라."는 명을 내려 전령을 달려가게 했다.

또 그믐날이었기 때문에 많은 무리의 병사들 모두의 입에 막대기를 물게 하고, 말의 종을 풀고, 강 상류로 소리 없이 건너갔다. 모홀리는 남은 병사들을 모두 이끌고, 태조의 앞머리가 되어 사르락 병사의 서북쪽으로 진격해 들어갈 준비를 했다. 동쪽 편으로 나가는 강 아래쪽

길만 남겨놓고, 적을 도망치게 하여 쫓을 길을 준비했다.

그때 사르락의 군주와 대신들은 마음이 크게 동요되어, 어떻게 적을 죽일까를 논의하고 있을 때 갑자기 베데국이 또 다른 두 사신을 보내 칸 앞에 고할 말이 있다고 하자 자일트 칸이 그들을 들이게 하여 평안의 인사를 나누었다. 그런데 사신으로 온 알호와 수호 형제가 무례하게 따지듯 말했다.

"죽음을 불사하고 온 알호, 수호 형제 우리는 주군의 명을 받들어 자일트 칸께 죄를 물으러 왔소. 첫째, 우리 주군과 아무런 원한 관계가 없고, 말 떼에 장대를 던져 말을 잡은 일도 없고, 또 가축의 젖에 손을 담근 적도 없는데, 우리와 척지고 있는 원수 같은 적을 받아들여 먹일 뿐 아니라, 그에게 계략을 교사하고 병사를 내어 주어, 우리 주군을 유인하여 죽이러 보낸 것은 무엇 때문이오? 이것이 죄의 하나요. 둘째, 우리 주군께서 작은 허물을 덮고, 관대한 마음으로 포용하여 항시 우호적으로 지내자는 의미에서 젤메와 호드간 장수를 통해 1천 바리의 후한 예물을 보냈는데, 자신의 병사들에게 상을 주는 것을 아깝게 여겨 도적을 시켜 그것을 빼앗아 갔소. 그뿐 아니라 우리 사신과 수행원을 모두 중상을 입게 하고, 또 얼마나 많은 사람을 감금하여 죽게 하였는지 모르니 이것이 두 번째 죄요. 셋째로 우리 주군께서 단 2만 명의 수비병만을 대동하고, 대왕과 맹약을 하여 영원히 우호적으로 지내자고 화친을 하기 위해 오실 때 대왕께서는 또 이와 같이 20만 명의 병사로 우리를 포위하고, 우리 주군 앞에 먼저 평화의 인사를 고하기 위해 온 사신을 쫓아낸 이것이 세 번째 죄요. 이렇게 삼중의 죄를 짓고도 부끄러움도 없이 병사의 수가 많은 것에 자만하여, 공격을 멈추지 않으니 우리도 물러서지 않고 싸울 것이오. 속설에 '사내대장부는 몰래 공격하지 않으며, 준마는 낑거리끈을 맬 때 차지 않는다'고 했소."

그의 이런 말에 자일트 칸은 크게 진노하며, 앞에 있는 탁자를 차서 쓰러뜨리고 큰소리로 외치며 욕설을 퍼부었다.

"쥐새끼 같은 별 볼일 없는 종들이 감히 이같이 미친 소리로 우리 조종을 모욕하는 것이더냐?"

그러자 알흐, 수흐가 또 크게 화를 내며 욕설을 퍼부으며 대거리를 했다.

"스스로 여우와 토끼처럼 도둑질과 거짓말을 하면서 다른 사람이 말하는데 화를 내는 것은 어찌 된 일입니까?"

양편에서 소리를 지르기 시작하자 아우인 수흐가 서둘러 군대 대오의 무기 가운데 큰 검을 빼어들고, 장막 가운데 소똥으로 피운 불을 꺼내 자일트 칸이 준비해 놓은 대포에 가져다 쏘자, 열 대의 대포가 함께 포성을 울렸다. 천지가 무너지도록 엄청난 굉음을 내자 바로 그 순간 길루겐 바타르와 호일다르 선봉이 달려 들어가 병영 밖에 이르러 함께 함성을 외치며 곧바로 돌격해 들어갔다. 그 모습은 마치 거침없는 무인지경을 가는 것과 같았다. 도중에 마주치는 것은 모두 남김없이 초토화시키며 갔다. 무기가 부딪치는 소리가 하늘을 울리고, 천둥이 치듯 맹공격을 하며 쳐들어갔다.

이때 자일트 칸은 불같이 진노하며 "즉시 저 종놈을 가루가 되도록 베라." 하고 소리치자, 양편의 검과 도끼를 든 병사들이 함께 함성을 지르며 앞으로 돌격해 들어왔다. 그러자 알호가 이미 그 상황을 대비하고 있었기 때문에 한 병사의 겨드랑이 아래로 빠져나가 몸을 피하고 뒤돌아 그의 다리를 쳐서 넘어뜨렸다. 그리고 검을 빼앗은 뒤 차례로 몇몇 병사들을 베어 쓰러뜨렸다. 형제가 두 개 검을 가지고 바람과 불처럼 휘두르며 마치 양 떼 속에 호랑이가 들어간 것처럼 왼쪽을 치고 오른쪽을 베며 사정없이 공격했다. 자일트 칸의 측근 병사들의 수가 비록 많았으나, 밤이라 어두웠기 때문에 사물의 형체가 불분명해 다만 "빨리 붙잡으라!" 하고 소리치는 것이 고작이었을 뿐 곧바로 공격해 들어가는 자가 한 사람도 없었다.

그러자 알호와 수호 형제가 서로 힘을 합해 혼연일체가 되어 종횡무진하며, 수많은 병사 가운데서 치고 베는 형국이 마치 공과 바퀴가 도는 것 같아 사람들이 그 옆에 감히 가까이 범접하지 못했다. 이에 자일트 칸이 천둥처럼 분을 토하고, 장막 난간에서 발을 구르며 내려와 "베어버려! 서둘러 내리치라" 하고 거듭거듭 소리를 지르며 펄떡펄떡 뛰었다. 그 사이에 알호와 수호가 10여 명을 베어 쓰러뜨리자, 이들을 붙잡으려던 병사들이 두려워하며 감히 가까이 다가가지 못한 채 그 주위를 돌면서 공연히 큰소리를 지르기만 했다. 솥에 음식이 끓듯 시끌벅적 난리가 벌어질 때 갑자기 밖에서 산이 무너지고, 바위가 구르는 듯한 요란한 굉음이 울리자 두 장수가 진영 가운데로 달려들어 갔다.

그러자 그 뒤에서 바닷물이 들끓고, 강물이 출렁이며 넘쳐흐르듯 대군이 크게 함성을 지르며 밀려들어 왔다. 선두에 선 두 장수가 진영 가운데 가로놓인 호랑이 방패막이를 들이받아 쓰러뜨렸다. 또 그대로 있지 못하고 곧바로 자일트 칸의 용으로 장식한 장막을 향해 공격해 들어가 탁자와 보좌를 모두 부수고, 두 장군도 말과 함께 굴러떨어졌다. 그때 자일트 칸이 부딪쳐 쓰러졌다. 두 장군의 말이 자일트 칸의 장막 안에서 위아래로 미친 듯이 날뛰고 차고 뒷발질하는 모습은 실로 놀랍기 그지없었다.

호일다르 선봉장과 길루겐 바타르가 벌떡 일어나 다가오자 자일트 칸의 호위병들이 알호와 수호를 버려두고, 자신의 군주를 구하기 하기 위해 다가갔다. 그러자 알호와 수호 형제의 기백이 솟구쳐, 또 틈을 타 도망치는 일반 병사 뒤에서 검을 휘둘러 몇몇 사람을 쓰러뜨렸다. 또 자일트 칸을 죽이려고 앞으로 달려가자 호일다르 선봉과 길루겐 바타르가 벌써 와서 자일트 칸의 두 팔을 잡고 서로 빼앗으려고 다투고 있었다. 그때 이들 형제가 또 급히 자일트 칸의 두 다리를 낚아채 잡고, 서로 빼앗으려고 기를 썼다. 네 사람이 사지를 잡고 물에 빤 옷을 태양에 말리듯 잡아 털 때, 길루겐 바타르가 말했다.

"이자는 이미 죽었소. 우리 네 사람이 똑같이 나누도록 합시다."

말이 떨어지기가 무섭게 네 개의 검이 동시에 자일트 칸의 몸에 닿자 그의 육신은 이미 네 부위로 나누어졌다. 호일다르 선봉은 자일트 칸의 머리와 오른팔, 흉부 반을 가져갔다. 알호는 한쪽 팔과 흉부 반을, 길루겐 바타르와 수호는 두 다리를 얻고 네 사람은 크게 기뻐했다. 각자 그것을 허리에 매달고, 많은 병사를 이끌고 자일트 칸의 호위병들을 찾아 추격할 때, 호위병이었던 3, 40명의 병사들이 이미 흩어져 사라지고 없었다.

이때 자일트 칸의 성안을 지키고 있던 호위병들이 무기를 서로 갖고, 성시 안쪽 진영을 빙 둘러 에워쌌다. 용맹한 8천 명의 강철부대가 모두 바위를 부수고 돌을 굴리듯 맹렬히 쳐들어가자, 자일트 칸의 중앙 진영은 우박 맞은 나뭇잎처럼 짓밟혔다. 네 장수는 함께 불을 붙이고, 자일트 칸의 용무늬 대 장막에 불을 지르고, 중간 진영에 큰불을 놓아 거센 불이 활활 타올랐다. 그러자 호일다르 선봉은 자일트 칸의 머리를 단칼에 내리쳐 그 머리털을 입에 물고, 모두 앞에서 선두로 크게 한 번 일갈하며 적진을 빠르게 뚫고 나가 공격했다. 그것은 마치 가축의 젖을 퍼올려 쏟고, 마유주를 세차게 젓는 듯한 기세였다. 북쪽으로 핏길을 내며 돌진해 나가자, 두려워하며 감히 범접하는 자가 없었다. 사르락의 호위병이 보니, 베데국의 네 장수가 이미 자일트 칸의 사지를 잘라 나누어 맬 것은 매고, 허리에 찰 것은 차 가져갔기 때문에 병사들은 슬피 절규하며 사방으로 흩어져 달아났다.

이때 날이 칠흑같이 어둡고 하늘에 구름이 끼어 사물을 제대로 분간할 수가 없었다. 한편 사르락의 장수인 사르, 타르바, 오한트 등은 모두 다른 나라 병사들의 여러 진영을 돌아보고 있었다. 많은 병사들이 질서도 없고, 조금도 경계하는 모습 없이 술에 취한 자는 술에 취하고, 자는 자는 자고 있었다. 이를 도저히 봐줄 수가 없었다. 분통이 터져 잔소리하며 호통을 치고 있는데, 갑자기 수문지기 정탐꾼이 와서 고하기를 "서남쪽 문으로 한 무리의 베데국 병사들이 쳐들어 왔습니다!"라고 하자 남쪽 중앙 문을 지키던 보초병이 달려와 고했다.

"난데없이 남문으로 한 무리의 베데국 병사들이 쳐들어 왔습니다!"

그때 멀리 있는 서쪽 편의 정탐꾼이 또 달려와 고했다.

"사르락강의 상류 얕은 물길로 베데국 병사들이 지나갔지만, 어느 정도로 많은 수인지 알 수 없습니다."

그러자 사르 등의 장수들이 서남쪽 병사에게 신호탄을 쏘게 하여 많은 병사를 불러 모을 때, 갑자기 칸의 중군 진영에서 포성이 요란히 울리더니, 큰 소란이 일어나고 병사들이 큰 소리로 아우성치기 시작했다. 또 계속해서 서북쪽 편에서 연속 세 번의 포성이 울리자마자 바람결에 바다가 끓는 듯한 함성소리가 들려왔다.

그때 "죽여라!" 하는 소리가 났다. 병사들이 어찌 된 영문인지 알지 못하고 있을 때 갑자기 또 서남문 밖에서 하늘이 무너지는 듯한 엄청난 포성이 울리고, 일군의 병사들이 곧바로 천둥, 번개가 내리치듯 화살을 쏘며 공격해 들어왔다.

그러자 사르락 병사들에게 서둘러 활을 쏘라고 명령을 내려 활을 쏘게 했지만, 베데국 병사들은 조금도 주저하지 않고, 함성을 지르며 바람을 거슬러 쏜살처럼 진영으로 쳐들어갔다. 수문 병사들은 그들을 맞서지 못하고 양편으로 갈라졌다. 한 갈래의 몽골 병사들이 공격해 들어가는 것이 마치 초원의 풀 위로 거대한 뱀이 지나가듯 했으며, 피 길을 내며 동북쪽으로 돌격해 들어갔다.

한편 사르 장군이 서둘러 동쪽 편 병사를 이끌고, 그들을 맞으러 갈 바로 그때 줄게데이 바타르와 정면으로 마주쳤다. 줄게데이 바타르는 사르를 단번에 두 도막으로 베어 쓰러뜨렸다. 그리고 그 머리를 주워 말 안장 장식 술에 달아매고, 그 수하 병사를 죽여 없앴다. 이에 다른 지역에서 온 많은 부족의 병사들은 뭐가 어찌 된 영문인지 알지 못했다. 여러 곳에서 포성을 울리자, 병사들은 어느 편의 신호인지 몰라 허둥댔다.

이렇듯 사방에서 솥 안이 끓는 듯한 아비규환 속에서 멍해져 있는데, 갑자기 뒤에서 연이어 큰 함성소리가 나더니 베데국의 대군이 횃불을 들어 불빛을 밝히고, 총사령관의 대수호기를 앞세워 산이 무너질 듯이 쳐들어왔다. 그러자 수많은 병사들이 간담이 서늘해져 곧바로 대적해 싸우지 못하고, 서쪽으로 달아났다. 그때 또 돌격해 들어오는 줄게데이 바타르의 한 군단의 병사들과 마주치게 되자 방향을 바꾸어 동쪽으로 도망쳤다. 그러다 호일다르 선봉의 1개 군단의 병사들에게 죽임을 당하고, 남은 패잔병들은 북쪽으로 달아났으나, 북쪽 편의 몇 진영 역시 이미 모두 혼란에 빠져있었다. 베데국의 군대에 패해 병사들이 모두 말을 타지 못한 채 앞으로 달리면서 도망쳤다. 이에 사르락의 다른 나라 병사들은 이미 어찌할 바를 모르고 동남쪽을 향해 가면서 "베데국 병사가 하늘에서 내려왔다!"라고 외치며 혼비백산 달아났다.

한편 타르바가 서둘러 나팔을 불게 해 많은 병사에게 동남쪽 진영으로 가서 대오를 정렬하라고 명했다. 병사들이 동남쪽으로 갈 때 타르바가 먼저 달아나는 바로 그때, 호일다르가 이끄는 한 무리의 병사들과 마주쳤다. 타르바가 보니 자신의 칸의 머리가 높은 수호기 위에 그의 황금관과 함께 매달려 있었고, 그 옆에는 또 기름 불등이 묶여 있었다. 또 보니 3면의 병사들이 모두 중앙의 호일다르, 길루겐, 알흐, 수흐 장수의 포성에 맞춰 손을 흔들며 연이어 공격해 들어가자, 태조와 모홀리가 두 군단의 병사와 함께 북쪽 편에서 횃불을 들고 돌격해 들어왔다.

이때 사르락 병사들은 전혀 생각지 못한 상황이었기 때문에 말에 안장을 채우고, 갑옷을 입을 여유가 없었다. 곧바로 대적해 싸우지 못하고 동남쪽으로 달아날 때 알흐와 수흐가 이끄는 병사들을 만나게 되어 대오가 두 부분으로 끊어졌다. 남은 병사들은 서남쪽에서 쳐들어온 줄게데이 병사에게 크게 살육을 당하면서 어디로 가야 할지 몰라 혼란에 빠져 서로 밟고 밟혀 죽은 병사의 수를 헤아릴 수가 없었다. 살아남은 자들은 모두 남쪽 사르락강 쪽을 향해 달아났다.

한편 이때 몽골 측에서는 서북쪽과 동북쪽에 있던 병사들에게 모두 불을 놓게 하고, 곧바로 뒤에서 태조의 대군이 횡으로 대오를 이루고, 천천히 진격해 들어갔다. 혼란에 빠진 사르락 병사들은 불빛을 보고 간담이 서늘해져 감히 북쪽으로 가지 못하고, 자신의 진영을 모두 부수고 범람한 물이 넘쳐 흐르듯 동남쪽으로 흩어져 갔다. 사르락 동남쪽의 몇몇 진영의 병사들은 크게 놀라 서둘러 말에 안장을 채우고 갑옷을 입고 상부의 명령을 기다리고 있자니 패한 병사들이 물밀 듯 달려왔다.

자모하는 그 상황을 보고 명령을 내려 이를 멈추게 할 수 없다는 것을 알고, 정신없이 허둥대며 급히 동남쪽에서 오는 병사들을 향해 활을 쏘아 오는 것을 멈추게 하라고 명을 내렸다. 병사들이 몇 발의 화살을 쏘자 사르락의 압박을 받고 있던 병사들이 크게 분개하며 말했다.

"당신들은 어찌 우리를 구해주지는 않고 활을 쏘는 것이오?"

앞에 있던 병사가 일갈하자 병사들이 바닷물이 밀려오듯 달려 들어왔다. 이로 인해 좌군 진영의 병사들이 큰 혼란에 빠졌다.

자모하는 이런 상황을 목도하고, 이미 저지할 수 없는 상황이 되었음을 깨닫고 서둘러 징을 치게 했다. 그리고 자신의 소속인 케레이트와 톡그목국의 병사 2만 명을 이끌고, 진영을 버리고 넓은 곳으로 나와 정비하리라 생각하고 강 하류로 달아났다. 다른 나라의 남은 병사들이 그들을 따라 도망치려고 하자 북쪽 편에서 불빛이 솟아오르고, 동북쪽에서 함성소리가 들렸다. 그러자 동쪽으로 가지 못하고 곧바로 사르락강을 건너리라 마음먹고 남쪽으로 달아났다. 사르락 강가에 이르자 강 상류에서 1만 마리 말이 달려오는 듯 우르릉 쿨쿨 소리가 나더니 강물이 강 유역으로 엄청나게 넘쳐흘러 병사들이 모두 물에 흩어져 아래쪽으로 떠내려갔다.

이때 강물을 건너려고 했던 자모하의 병사들이 모두 물에 빠져 버리고, 자모하 역시 물살에 떠밀려 마구 굴러갔다. 그러자 병사들이 서둘러 그를 구해 북쪽으로 갈 때, 사르락에서 강물을 엄청나게 막아놓고 있었기 때문에 제방을 열자 물이 강 유역으로 범람하여, 북쪽 편으로도 한 갈래 물줄기가 밀려들어 왔다. 자모하는 가는 길이 막히자 서둘러 물줄기를 가로질러 가려 했지만, 물살이 너무 세서 병사와 말과 함께 구르고 또 넘어져 200미터 정도 흘러가자, 북쪽 강가의 병사들이 끄집어내 정신을 차리게 했다. 물을 삼킨 병사들이 입과 코로 물을 흘리고, 물을 많이 먹은 병사는 배에 물이 가득해 움직이지 못했다. 남은 병사들은 자모하를 말 잔등에 싣고 밤새 달려 겨우 위기에서 벗어났다.

한편 베데국 군대가 압승을 거두고, 사르락의 진영을 모두 장악했다. 사르락 병사들 앞에는 큰 강이 가로놓여 있고, 북쪽 편에는 베데국의 대군이 버티고 있었다. 동서 양편에는 불이 일어나 갈 곳을 찾지 못해 울부짖는 소리에 강이 술렁댔다. 이렇게 포위되어 있을 때 갑자기 구름이 열리며, 달이 나오고 바람이 멈추었다. 그러자 베데국 편에서 누군가 큰 소리로 외쳤다.

"사르락의 투항한 병사를 죽이지 말라. 갑옷을 벗고 무기를 내리지 않으면 죽이라!"

이런 말소리가 강물 멀리서 들려왔다. 물이 범람하기 전에 막 강을 건넌 병사들은 울렌 치르비, 볼로 등의 군대에 포위되었다. 또 뒤에서 엄청난 물살이 밀려오자, 허둥대며 모두 갑옷을 벗고 무기를 내던지고 무릎을 꿇고 항복했다.

한편 모홀리는 태조를 사르락 진영에 머물게 하고, '적을 제압할 때는 과단성 있게 곧바로 해야 좋고, 적병을 공격할 때는 번개처럼 신속해야 좋다.'라는 말처럼 네 군단의 병사를 연합시켜 정렬시키고, 동쪽으로 돌격해 들어가 사르락 칸의 머리를 높이 들어 올리게 하고, 자신이 몸소 앞서 추격해 갔다. 30리를 넘게 가서 넘쳐 흐르는 물에 떠내려가는 병사와 물에 잠긴 병사들을 모두 모아 항복시켰다.

동이 트자 진영으로 돌아와 태조의 측근에 있던 친위병을 부흐 벨구테이와 하브트 하사르에게 내어주고, 양쪽 강가에 흩어진 시체를 거두고, 갑옷과 무기를 줍게 했다. 또 투항한 병사의 수는 전후로 8만 7천 명 이상이 되었고, 갑옷과 투구, 무기가 8백 점 이상, 수레 말, 안장 등 9만 점 이상의 전리품을 얻었다.

해가 뜨고 많은 장수와 병사들이 각각 자신의 공과를 고할 때 호일다르 선봉과 길루겐 바타르, 알흐, 수흐 네 장수는 자일트 칸의 네 부분의 육신을 각각 가져와 태조 앞에 합쳐 놓자, 모홀리가 그 머리를 가져오게 하여 또 합쳐 놓았다. 태조가 그것을 보고 있는데 줄게데이도 사르의 머리를 가져와 자일트 칸의 사타구니 사이로 던졌다. 타르바는 동남쪽에서 베데국 병사들이 마구 쏜 화살에 맞아 죽었다. 다만 오한트는 어디로 갔는지 자취를 찾을 수 없었다.

태조가 모홀리를 향해 자애로운 얼굴로 물었다.

"자일트 칸을 왜 죽인 것이오?"

"신도 죽이지 말라 하였습니다. 그런데 이 네 사람이 서로 다투며 사지를 나누어 잘랐습니다. 그러나 죽였다 해도 과한 일은 아닙니다. 여러 나라를 연합하게 하는 일이 이자로부터 비롯되었습니다. 만약 이자를 죽이지 않으면 오히려 나중에 못된 악습이 되어 툭하면 이렇게 병사들을 모아 장난질을 치지 않겠습니까!"

그러자 태조는 할 수 없이 자일트 칸의 시신에 왕관을 씌워 가죽으로 싸서 매장하게 했다. 그리고 네 장수를 불러들여 공로 중에 공로를 세운 네 사람에게 똑같이 상을 하사하고, 그 아래로 공훈의 경중에 따라 포상을 할 때 태조가 또 모홀리를 향해 말했다.

"이제 사르락의 칸을 죽이고, 그 병사들을 물리쳤지만 성을 함락시켰는지 어쩐지 알 수 없소. 더욱이 사려 깊은 나의 친지 오리안한 젤메와 배반을 모르는 신중한 호드간 베히는 어찌 되었소? 몹시 애가 타는구려. 특별히 이 자일트 칸은 간계를 썼지만, 대장군 그대에게 걸려들어 틈이 없어 빠져나가지 못했소. 그의 시신을 일반 병사의 예로 묻는 것은 참으로 못할 일이오. 서로 싸우는 군대의 일이라 장수들이 그를 죽였소. 실제 군대를 공격하고, 나라를 얻으면 끝나는 일이었소. 그 한 사람을 죽이지 않는다 해도 그들은 이미 힘을 잃었는데 어찌할 수 있겠소? 이미 죽임을 당해 다시 살릴 수 없으니, 그 시신을 존중의 예로 장례를 치르려 하오. 그의 측근의 장수들 가운데 살아서 투항한 자가 한 사람이라도 있소?"

태조는 적군 가운데 살아있는 장수가 있는지 알아보도록 했다. 그러자 사르락의 병사들이 고하기를 "사르 장수는 줄게데이 바타르 장수에게 죽임을 당했습니다. 타르바 장수는 자모하가 활을 쏘게 하여 죽었습니다. 오한트 장수는 도망쳐 사라졌습니다"라고 했다.

이에 태조는 할 수 없이 자일트 칸의 시신을 염하게 하고, 시신을 잘 연결케 하여 가죽끈으로 묶고, 그의 장막에 있는 칸의 다른 옷으로 갈아 입혔다. 그리고 그가 패전하여 죽임을 당한 곳에 묻게 했다. 태조는 손수 술을 뿌려 그 영혼을 위무하고, 잘잘못을 따져 축수하고 장례를 치렀다. 이에 사르락의 투항한 병사와 붙잡혀 투항한 다른 나라 병사들이 모두 눈물을 줄줄 흘리며, 태조의 자비와 은혜에 감동했다.

그리고 사르락 병사를 조로 편성하는데, 갑자기 젤메와 호드간 베히가 또 낯선 장수를 데리고 와 태조에게 절하게 했다. 한편 모훌리는 서둘러 낯선 장수에게 술을 따라주며 피로를 풀게 했다. 그리고 그에 대해 묻자 젤메가 말하기를 "이 사람은 자일트 칸의 자문 대신입니다. 이름은 한드가이라고 합니다. 자일트 칸이 그의 간언을 받아들이지 않고 벌하고 관직을 박탈하여, 우리에게 투항했습니다. 이자의 도움으로 우리가 살아서 나올 수 있었습니다"라고 했다.

젤메는 모훌리가 보낸 약 꾸러미에 분명 서한이 있을 것을 알고, 그 속에서 약속 날짜를 알았다. 이 한드가이와 또 이전에 풀어 주어 은혜를 갚은 100명 이상의 병사와 협력해 두 맹장이 오는 것을 기다렸다가, 불 신호를 보자마자 곧 손을 써서 남문을 빼앗고, 성문을 열자마자 곧 두 장군의 병사들이 검에 피를 묻히게 않고 사르락 병사의 소론촉 성시를 공격하여, 죄를 진 많은 병사를 모두 조사하여 잡아들이게 했다.

그러자 태조가 이러한 정황을 모두 듣고 크게 기뻐하며 젤메를 칭찬했다. 그에게 손수 술을 따라주고, 그 상처를 보며 연민의 마음으로 언급하기를,

부모에게서 받아 태어난
자신의 신체를
자신의 군주를 위해
이처럼 참을 수 없는 고통을
아랑곳하지 않고
자신의 어깨를 벤 일은
예로부터 오늘에 이르기까지
몇 번 있었다 하네
기예가 있는 젤메의 자손들이
영원히 내 자손들과 함께 하길 바라네!

라고 축원했다[원주] 이 축원에 따라 네 기(旗)의 부마들이 오늘날까지 다른 대신의 자손들보다 더 잘 살아간다고 한다.

그리고 자신이 마시는 백마의 젖으로 빚은 진한 증류주인 아르즈를 순금 잔에 따라 주어 세 잔을 마시게 하고, 몸에 입고 있던 황금과 진주가 박힌 갑옷과 투구를 벗어 입히고 씌워 주었다. 금강석이란 이름의 보검寶劍을 상으로 내려 차게 했으며, 쾌속의 송골매라는 이름의 말을 황금 안장, 고삐와 함께 상으로 하사해 타게 했다. 또 호드간 베히를 예법대로 두 번째 공로자로 포상했다. 상처 입은 병사들 모두에게도 후한 상을 내렸다. 그리고 그들 각 가정에 가축 떼를 내려 주어 키우게 하고, 세금을 면제해 주도록 했다. 또 3대까지 나라의 병역의 고된 의무를 부과하지 않도록 정했다. 세금과 나라의 의무를 면제해 주는 것은 이때부터 시작되었다. 부모에게서 얻은 자신의 신체를 해치고, 견딜 수 없는 고통을 겪으며 평화로운 나라를 위해 분투하여 비로소 존귀하게 되었다고 했다. 이 시대 사람들처럼 관직을 사서 귀하게 되자마자 자신의 군주를 자신의 손안에서 주무르는 것과는 같지 않다.

한편 강 상류의 물을 방류한 촐론, 투무르 형제의 공을 치하하여 후한 상을 하사했다. 대군을 이끌고 사르락의 소론촉성에 이르자, 톡그통고와 수베데이 두 장군이 성문 양쪽에서 무릎을 꿇고 축하주를 올리고 절하며 일행을 영접했다. 그러자 곧 모홀리가 답주로 술을 따라주고 성시로 들어갔다. 태조가 중앙궁의 보좌에 앉자 많은 신하와 장수들이 축하의 예대로 절을 했다. 그런 뒤 두 장수는 군민과 지역, 성시, 창고의 모든 장부를 태조에게 올렸다. 태조는 창고에서 금은, 모직물,

견직물을 내어 자신의 몸에 상처를 내고 선두에 서서 간교한 자일트 칸을 죽이고, 이 중요한 전투에 힘을 바친 장수들을 비롯해 일반 병사들에 이르기까지 3등급으로 공훈을 구별하여 상을 나누어 주었다. 또 창고의 곡식을 꺼내 사르락 병사와 백성들에게 나누어 주라고 명하고, 상하고저의 사람들이 모두 경축의례로 큰 잔치를 즐겼다.

약간 우스운 다음 같은 일이 있었다. 톡그통고 바타르 등이 자일트 칸의 내궁에 여자와 자녀들을 조사하여 잡으러 들어가자, 누군가 궁문을 닫고 문틈 사이로 포의 걸쇠를 드러내고 있었다. 그런데 옥같이 빼어난 모습의 십대 어린 장수가 한 손에 횃불을 쥐고, 다른 한 손에 보검을 잡고 문을 막고 서서, 이맛살을 찌푸리며 톡그통고를 향해 호통을 치며 말했다.

"그대는 공연히 서두르며 나를 몰아세우지 마시오. 이런 필요한 물건들을 찾으려고 당신들이 우리 성을 빼앗은 것일 터인데, 이 포에 불을 붙여 내궁의 모든 것들을 불태워 이 모든 것이 타게 되면 무슨 소용이 있겠소? 그대가 만약 문을 부수거나 혹은 나를 화나게 하면 나는 이 포에 불을 붙이고, 이 검으로 목을 베어 죽을 것이오. 내가 죽는 것은 전혀 필요치 않은 일일 것이오. 다만 이 포에 포성이 울리자마자 내궁에 준비된 불이 함께 타올라, 왕비와 공주들이 모두 함께 불에 타 죽고 옥석이 모두 부서질 것인데, 참으로 아깝지 않소? 그대가 궁중의 모든 것을 얻기를 원한다면 내가 원하는 한 가지를 따라주기 바라오. 나를 꼭 그대의 칸을 만나게 하여, 몇 마디 말을 하게 해 주시오. 그러면 양쪽 편 모두 일이 잘 될 것이오!"

톡그통고 바타르는 이 소년의 언행에 깜짝 놀라, 잠시 태조가 오는 것을 기다리고 있다고 했다. 마침 일행이 당도해 톡그통고 바타르가 있었던 일을 고하자 태조를 비롯해 모두가 놀라움을 금치 못했다. 곧 모홀리가 궁에 들어가 궁문을 봉랍하고, 붉은 기를 꽂고 스무 명의 병사에게 단단히 살피도록 명하고, 소년을 향해 "우리는 어느 나라를 공격하더라도 그 나라의 여자와 아이를 살상하지 않으니 마음을 놓거라. 내가 너와 같은 어린아이에게 신뢰를 주지 못한다면 어찌 베데국의 백만의 사람들을 품어 다스리겠느냐?"라고 하며 검을 내려놓게 하고, 태조 앞에 인도해 데리고 가 절하게 했다. 그러자 그 아이가 전혀 예를 행하지 않고 태조를 한 번 살피며 말했다.

"제가 대왕님을 보니 인간 군주의 상이 있습니다. 다만 인간의 군주가 되는 자는 모름지기 다른 사람의 마음을 자신에게 견주어 보아야만 합니다. 만약 우리 주군께서 대왕님을 이와 같이 살상하고, 그 처자를 괴롭힌다면 대왕님의 마음이 어떠할지 깊이 생각해 보십시오!"

태조가 아이의 말을 듣고 크게 놀라는 한편 아이를 칭찬하며 그 이름을 물었다. 그러자 아이가 고하기를 "소신은 바얀이라고 하며, 올해 열세 살입니다"라고 했다.

태조가 "우리 병사는 원래 다른 나라 사람들의 부인과 여식들을 건드리지 않는다. 너의 군주의 부인과 딸들을 네가 원하는 대로 하게 해주마. 그런데 너희 사르락에 다른 신하는 없느냐? 왜 너 혼자 이렇게 남아있게 되었느냐?"라고 물었다.

그러자 바얀이라는 소년은 태조가 자기 주군의 부인과 자식을 가엾이 여기는 것을 보고, 비로소 눈물을 흘리며 무릎을 꿇었다. 그리고 그 은혜에 머리 숙여 절하며 고했다.

"특별한 은덕이 없는데, 어찌 특별한 보답의 예가 있겠나이까?"

태조는 아이의 말을 옳다 하고 그 말을 받아들이고, 자일트 칸의 아내와 자식을 아이가 말한 대로 관대하게 처벌하게 했다. 그리고 궁 안을 살피게 하자 불같은 것은 전혀 없었다. 그러자 태조는 아이의 총명함을 알고 자신의 곁에 있게 하였으며, 공작새의 깃털을 꽂아주고 주변 일을 시켰다. 그렇게 해서 베데국은 사르락의 다섯 지역과 일곱 개 성을 모두 평정했다. 그리고 이곳에 진을 치기 위해 준비하고 나라의 대 수호기에 성대히 제의를 드리고, 중앙 대전 앞에 수호기를 세웠다.

【평언】

고대 당나라 태종 이세민이 왕세춘[1]을 공격하러 갈 때 두건덕[2]이 20만 대군을 이끌고 와서 왕세춘을 비호하자, 당 태종이 산에 올라가 반나절을 내려다보다가 내려와서 곧바로 5천 명의 병사를 이끌고, 두건덕의 20만 대군을 향해 돌격해 들어갔다. 그리고 두건덕을 생포한 한 가지 사건이 『강목』에 분명히 기록되어 있다. 이것으로 보면, 처음 나

---

1 왕세충(王世充, ?~621) : 수나라 신풍 사람. 본성은 지(支)인데, 아버지가 왕씨 성을 가진 사람의 양자가 되어 왕씨가 되었다. 성격이 흉계와 속임수를 좋아했고, 병법을 특히 좋아했다. 정(鄭)나라를 세우고 연호를 개명이라 했다. 이세민이 이끄는 당군(唐軍)에 패한 뒤 항복했으며, 장안에 왔다가 원수에게 피살되었다(임종욱, 『중국역대인명사전』, 이회, 2010, 1094쪽).

2 두건덕(竇建德, 573~621) : 수말당초에 활약했던 군웅의 한 사람. 당나라 고조 무덕 3년(620) 이세민이 왕세충을 토벌할 때 군사를 이끌고 왕세충을 도왔으며, 나중에 이세민에게 패하고 장안에서 피살되었다(위의 책, 353쪽).

라를 세운 황제들은 분명 남다른 지성을 가지고 태어난 것을 알 수 있다. 이 장에서 태조가 사르락을 정복한 이 한 가지 사건은 당태종이 두건덕을 생포한 것과 무엇이 다른가? 진정 다르지 않은 사건이다!

특히 고대 오나라의 황개黃蓋[3]의 고육지계苦肉之計의 한 장을 볼 때마다 마음이 조인다. 이제 이 장에서 그만큼 인간의 육체적 고통에 마음이 더욱 불안하다. 황개의 사건은 그의 군주와 그 자신 이외에 다른 사람이 알지 못했기 때문에 불안이 적은 반면, 젤메의 이 사건은 100사람이 알고 있기 때문에 불안이 상당히 크다 할 수 있다. 그런데 그것이 어찌 느껴지지 않았을까? 거기엔 이유가 있다. 첫째, 젤메는 군주를 배반한 것이 아니기 때문이다. 둘째, 많은 부족의 병사들이 있고 셋째, 진실이든 거짓이든 적의 군주를 속이고, 죽이려는 큰 뜻이 있었기 때문에 일로 보지 않아 불안으로 느끼지 않았다. 그러니 어찌 병사의 마음을 변화시키고, 병사의 근본을 해친 것으로 느끼겠는가!

모홀리는 다섯 호장을 시험할 때부터 이 사르락을 공격할 전략을 준비하고 오랜 시간 계획을 세워왔기 때문에 이때 충분히 숙고하고, 날카로운 단도로 사물을 자르듯 행한 것이다. 실제로 옛 손무자의 말처럼 "천 리 밖에 병사와 맞서 싸우는 전략을 방 안에서 결정한다"라고 한 것은 바로 이를 두고 말한 것이다. 이미 1년 전에 타이치오드의 칠

---

3 황개(黃蓋, ?~?) : 삼국시대 오나라 영릉 천릉 사람. 건안 13년(208) 오나라 주유(周瑜) 등이 연합군을 이끌고, 조조를 공격할 때 화공계(火攻計)를 제안하여 적벽대전을 승리로 이끌었다. 또 거짓으로 항복하여 불을 놓도록 유인하여 위나라에 대승을 거둔다(임종욱, 위의 책, 2153쪽) 황개가 위나라에 거짓 항복할 때 주유에 의해 처절한 곤장을 맞게 되는데, 여기서 고육지계(苦肉之計)란 고사성어가 나왔으며, 황개는 거짓 항복하여 위에 승리를 거둘 수 있었다(위의 책, 2153쪽).

게르 부호를 생포한 때부터 모홀리가 사르락에 마음을 둔 것을 독자 제위는 주의를 기울이지 않았을 것이다! 그 당시 죽음의 올무에 버려진 100명 이상의 병사에게 은혜를 보인 것을 깨달아 아는 것이 좋을 것이다.

나중에 또 다섯 호장을 선발할 때 일반 병사 가운데서 호일다르 선봉을 얻고, 능력 있는 자를 살펴 기용하지 않고 숨어 지내게 했다고 스스로 벌을 받은 것처럼, 후에 병사가 출발할 때 태조의 수호기가 흔들리지 않자 자신을 포박하게 한 것은 그 그림자이며, 실체적인 것은 중요하지 않다. 그러나 후에 마침내 그것은 매우 중요해졌다.

고대 많은 나라는 손무자가 오나라 병사를 가르칠 때 무왕이 사랑한 두 명의 비를 죽인 한 사건을 드러냈는데, 이번의 태조는 스스로 잘못을 인정해 벌금을 내는 데 이르게 된 것은 그 손무자 병법에 비해 어떠한가? 그 전략은 이 장에서 열 가지 이유를 들어 자세히 말하고, 병사를 10개 군단으로 나누어 밤에 사르락을 흩어지게 한 것이다. 이처럼 지혜로운 군주에게 또 이처럼 영민한 신하가 힘을 합쳤는데도 13세 된 바얀이라는 소년에게 속임을 당해 말문이 막히고 만다. 또 주변을 살펴보아도 불에 관련된 것이 전혀 없다고 한 것은 분명하다. 이것은 아마도 베데국이 물질적인 것을 위해 죄를 면해 주었다는 뜻이 아닐까? 아니다. 아니다! 고대에 공자가 항탁 선생에게 가르침을 받았다는 말을 남겼다.[4]

---

4 항탁은 7세의 어린아이지만 공자의 질문에 막힘없이 대답하며 공자를 놀라게 했다. 한편 공자는 항탁의 질문에 아무런 답을 하지 못해 항탁을 스승의 예로 가르침을 청했다는

그밖에 바얀은 작은 총의 방아쇠를 문틈에 끼워 넣어, 군주의 한 집안을 구한 것은 한드가이가 젤메와 연합하여 성문을 열어준 것에 비유하면 어떠한가? 한편 한드가이는 단 한 번 부끄러움을 당하고, 외적과 연합하는 데 이르렀지만, 바얀은 작은 아이임에도 두 번이나 부끄러움을 당했지만 의로움이 더해졌다. 인간의 타고난 기질이 이처럼 쉽지 않은 것이다! 한드가이는 얼마나 부끄러운가! 이 바얀이 죽을 때 한 말을 문인들이 기록했다. 후대 태조의 손자 쿠빌라이 황제 세조의 때에 나온 바얀의 신통한 이름 역시 바얀이며, 이 바얀이 송나라를 공격한 것을 보라. 사관은 잘 기록하라. 이 21장의 바얀은 예전의 바얀이다. 그리고 그 바얀은 후대 바얀이며, 그 둘은 다른 바얀이다. 그렇지만 이 바얀의 도전으로 그 바얀이 나온 것이다. 아주 후에 그 바얀이 등장한다. 그렇기에 여기에 기록했다.

이야기가 있다.

제22장

바위가 구르는 큰 위험 속에서 진정 군주의 황금 용이 나타났네 메흐트 칸이 죽을 때에 이르러 청년 주치의 보검에 죽임을 당했네

송나라 영종 경원慶元 2년, 금나라 장종 승안承安 원년, 병진년丙辰年. 태조 나이 35세 되던 해였다.

진정 신령한 용龍이 천자天子를 따랐던 일이 나라마다 전해지고
고귀한 칭기스 칸의 신령함이 대대로 회자되었네
음우하는 황족에게 신이 도우심을 수시로 드러내고
후손들에게 유업을 반복해 이르셨네

한편 태조는 사르락의 소론촉성을 점령하고, 젤메의 공훈을 가장 으뜸으로 여겨 5백 냥의 은을 포상으로 내리고, 아래로 호드간 베히와 알흐, 수흐 형제, 특히 다섯 명의 호장, 용맹스런 병사들 모두에게 그 공로의 경중에 따라 상을 하사했다. 여름에 사르락국을 정벌하여 평정하고, 그 사이에 또 큰 활과 대검으로 병사들을 시험하여 사르락국에서 또 2천 명 이상의 용맹스런 병사를 모았다. 특히 매제 일궁의 부마

보토의 숙부 야보치다이 노욘을 젤메의 아버지 노욘 자르치오다이 노인에게 연합시켜 주고, 아래로 소년 바얀을 정사正使, 한드가이를 부사副使로 삼아 사르락의 병역과 공물을 거두어 올 것을 명했다. 또 사르락 칸의 가솔들을 바얀에게 살피게 하고, 그들의 체면을 세워주도록 했다. 그리고 존중의 예를 갖추어 모두를 데리고 늦은 가을 돌아가려고 할 때 북쪽 먼 곳에 있는 정탐꾼이 와서 고했다.

"북쪽의 톡그목국의 교활한 술드 칸이 케레이트의 자모하의 군대와 연합하여 우리나라 북쪽 변경을 침범했습니다!"

그러자 태조가 대수호기에 제의를 드리고 서둘러 나라로 돌아가 변경에 이르자, 첫 번째 영접단으로 아우 오란 가촉이 태조의 두 아들 주치와 차가타이를 데리고 태조를 맞았다. 나라의 중간에 이르자 두 번째로 아우 오이트 오칙이 태조의 두 아들 우게데이와 톨리를 데리고 일행을 영접했다. 그리고 보르한 갈돈 가까이에 이르자 토르곤 샤르, 멩게릭 등의 친족들이 신민들 모두를 데리고, 축하의 예법대로 절하며 태조 일행을 맞이해 큰 잔치를 베풀었다. 잔치의 첫 번째 상석에 젤메와 모홀리를 앉혔다.

이때 보가르지 장군은 시리 호톡, 하르 히루, 찬드간 세첸, 호르츠 바이르, 초 메르겐, 울후 대신과 어린 장수인 제브의 큰아들 하트 투무르, 초 메르겐의 큰아들 호빌라이, 하르 히루의 큰아들 우드, 시리 호톡의 큰아들 안드 등을 데리고, 3만 병사를 이끌고 톡그목의 병사를 맞아 싸우러 가서, 단 두 번의 접전으로 톡그목의 5만 병력을 크게 무찔렀다. 그리고 사흘 동안 추격하여 말과 안장, 갑옷과 투구, 무기, 게르 궁, 장막과 수백 대의 수레를 전리품으로 얻고, 곧바로 나라로 돌아오자 태조가 크게 기뻐하며 자신의 네 아들로 하여금 군대를 맞게 했다. 그리고 공로를 세운 자들에게 후한 상을 내리고 잔치를 벌여 공로를 치하하고, 두 군단의 병사들에게 2개월 이상 논공행상을 했다.

이전 장의 을묘년이 끝나고, 새로운 한 해를 맞는 풍습대로 경사스러운 신년 명절을 맞아 병진년이 시작되었다. 이해는 남송의 영종 경원 2년이요, 금나라 장종 완안경은 연호를 바꾸어 승안承安 원년으로 삼았다. 자신이 죽은 것도 아니고, 다른 왕이 새로 보위에 오른 것도 아닌데, 시운이 나쁘다 하여 연호를 바꾸었다. 태조는 이해 35세가 되었다.

한편 태조는 톡그목을 반드시 공격하리라 마음먹고 모홀리, 보가르지와 논의할 때 모홀리가 고했다.

"신은 톡그목이 우리나라 변경을 침범했다고 한 이후 줄곧 생각해왔습니다. 용병술에는 진실하면서도 거짓된 것이 있고, 거짓되면서도 진실한 것이 있습니다. 적편으로 하여금 자신의 계략을 알아채지 못하게 하는 것, 이것이 가장 중요한 관건입니다. 지난해 사르락을 섬멸했던 것은 거짓 안에 진실을 숨기고 제압한 것인데, 이번에 톡그목을 평정할 때에는 진실 가운데 거짓을 이용하여 공격하려고 합니다. 이렇게 뒤집었다 엎었다 하며 계략을 사용하면 적을 이기지 않을 수 없습니다.

신이 지난해 사르락을 공격할 때 보니 사르락의 병력이 매우 강했지만, 자일트 칸이 용병술에 능하지 못해 패한 것입니다. 이제 보가르지 아형께 들으니 톡그목국의 병사는 사르락의 병사보다 그 힘에서 조금도 뒤지지 않는다고 합니다. 그러니 신이 보가르지 아형과 함께 사르락에 가서 많은 병사를 선발하여 하나의 군단을 준비하고, 주군께 소식을 올리겠나이다. 병사들을 훈련시켜 확실히 무예가 숙련되려면 아무래도 초가을이 되지 않으면 안 될 것입니다. 사르락은 풀이 무성하고, 물이 풍부하기 때문에 가을이 되어야 군마가 확실히 힘이 생길 것입니다. 그러면 톡그목을 공격할 때 곧 사르락 병사를 사용할 수 있을 것입니다.

또 주군께서는 이곳에서 두 분의 작은 주군에게 전투를 위한 훈련을 시키게 하시면 좋을 듯합니다. 모두 15, 6세가 되고, 신체의 힘이 가장 왕성할 때이며 무슨 일이든 잘 터득할 수 있는 나이입니다. 주군께서는 곧 첫째와 둘째 두 작은 주군에게 병법과 무예를 가르치는 잠발과 톡그통고 두 스승에게 그 벗들과 함께 내어 주시고, 아래로 수베데이, 길루겐 두 장수에게는 새로 선발한 2만 명의 병사들을 내어 주어 지휘케 하고, 우리나라 북쪽 지경과 톡그목국의 남쪽 지역 위아래로 흩어지게 하여 병사를 훈련시키고, 말을 잘 먹여 봄과 여름 한 철 훈련을 시키면 좋을 듯합니다.

그때 또 몇몇 조를 조직하고 10만이라고 소문을 내고, 작은 주군께 주군의 붉은 사자 신호기와 보개를 들여보내 건네주고, 이날 톡그목을 공격할 것입니다. 그다음 날 톡그목을 공격한다고 소문을 내고, 톡그목의 병사가 진격해 오면 뒤로 퇴각해 병사를 흩어지게 하여 다시 훈련시키고, 그들 병사가 멀어지면 또 느닷없이 공격해 들어가 그들이 놀라서 모이면 다시 퇴각할 것입니다. 저편에서 보가르지 아형과 제가 사르락 병사를 이끌고 또 이런 방식으로 그들의 서쪽 편에서 위협하고, 우리 양측이 양면에서 협공을 하면서, 한쪽에서 퇴각하면 다른 한쪽에서 진격해 들어가 봄 한철, 여름 한철 이렇게 혼란스럽게 하면 톡그목 병사들이 점차 지쳐가고 마음이 약한 병사는 안정을 찾지 못하게 될 것입니다.

이렇게 지치게 하고 심신을 동요케 한 뒤, 8월 초하루에 주군께서 직접 측근 장수와 정예군을 통솔하여 천천히 진격해 가셔서, 톡그목 지경에 이르러 한밤중에 곧바로 기습을 가하여 성을 포위하면 될 것입니다. 주군께서는 뒤로 상당히 멀리 물러나, 수베데이와 톡그통고 두 장수에게 1만 명의 병사를 내어 주어 진격하여 들어가게 하고, 톡그목 성시를 포위하게 하십시오! 신이 보가르지와 촐론 두 아형과 특별히 줄게데이와 호일다르 두 장수와 사르락 병사를 이끌고, 7월 15일 톡그목의 서남쪽에서 공격해 들어갈 것입니다. 그렇게 되면 톡그목국의 말과 병사들이 지쳐, 병사들은 싸울 뜻을 잃고 마음이 멍해져 필경 패하게 될 것입니다. 또 토르곤 샤르 아형께서는 대군을 통솔하여 나라를 지키고, 케레이트부와 나이만을 잘 경계하시기 바랍니다. 잘하면 톡그목을 일 년 안에 평정할 수 있을 것입니다."

그러자 태조가 기뻐하며 모훌리를 칭찬하고, 그의 전략을 받아들였다.

또 그달에 모훌리는 보가르지, 촐론, 보랄 세 장군과 줄게데이, 호일다르 두 장수를 데리고 사르락국으로 병사를 징집하기 위해 갔다. 주치와 차가타이 두 작은 군주는 잠발, 톡그통고, 수베데이, 길루겐 등의 장수들을 이끌고 2만의 새로운 병력을 지휘하고, 톡그목국을 공격할 것이라며 병사를 훈련시키고, 말에게 풀을 먹이기 위해 떠났다.

한편 사르락국의 다섯 지역 백성들은 지난해 모홀리에게 은혜를 입고 그를 크게 숭앙했기 때문에, 이번에 모홀리가 오자 자신의 부모가 오는 것처럼 기쁘게 맞이했다. 연장자인 자르치오다이 노욘과 야보치다이가 함께 영접했다. 그리고 병사를 모집하여 훈련시키고, 군대를 정비할 때 모홀리는 공이 있는 자들에게 후한 상을 내리고, 과오가 있는 자들에게는 엄격하게 군법으로 벌하자, 사르락 병사들은 모홀리를 천신처럼 우러러보았다. 몇 달 사이에 배운 무예였지만, 베데국의 병사들보다 더 민첩하고 날렵했다. 또 사르락 사람들은 신체가 크고, 힘이 대단하였으며 체력이 좋았다. 그렇게 해서 사르락의 새 병사와 이전 병사들을 함께 합치고, 노인과 병약자들을 구별해 내 강하고 힘센 자 전체 8만 7천 명만을 남겼다. 그리고 병사를 8개 군단으로 조직해 변화하기, 뒤집기, 돌아가기, 퇴각, 멈춤, 펼치기, 굽히기 등의 여덟 가지 기술을 훈련시켜 실력이 상당히 고른 병사들로 만들었다.

이 이야기를 잠시 멈추고 이제 톡그목국의 칸에 대해 언급해 보려 한다. 아홉 지역을 다스리는 톡그목국의 군주의 이름은 멩겔레이며, 칭호는 술드, 나이는 40세 가까이 되었다. 그 성격과 생김새는 매우 변덕스럽고 사나우며, 음란하고 색정이 엄청나게 강했다. 오른쪽 뺨에는 알 만한 푸른 반점이 나 있었다. 그 반점 위에는 한 뼘 정도의 긴 검은 털이 나 있었기 때문에 많은 사람들이 그를 멩게트[1] 칸이라고 불렀다. 또 메흐트[2] 칸이라고 부르기도 했는데, 메흐트라는 것은 아내와 여인들을 수중에 넣는 술수를 말한다. 그의 곁에 지나간 여인들은 수백 명에 이르렀다.

지난해 봄 사르락의 자일트 칸이 베데국을 공격할 때 이 나라에서 갔던 병사를 케레이트국의 자모하가 자신의 병사와 톡그목의 병사를 아무 해 없이 무사히 데리고 오자, 메흐트 칸은 자모하를 매우 사려 깊은 사람이라고 하며, 곧바로 자신과 힘을 규합해 베데국을 제거하자며 공격할 계략을 상의했다.

그러자 자모하가 "베데국이 무방비 상태일 때 쳐들어가, 베데국의 근간을 무너뜨려 힘을 약화시키고 나서 다시 공격하면 무너뜨리기 쉬울 것입니다"라고 하자 메흐트 칸이 "그것이 진정한 묘책이요!"라고 하며 자기 수하에 있는 네 명의 무관을 불렀다. 그 가운데 한 사람의 이름은 보르 아르스란갈색 사자, 다른 한 사람의 이름은 소드 가리드뛰어난 금시조, 또 다른 무관은 갈조 바르스용맹한 호랑이, 속그토 로사나운 용 이렇게 네 명의 무관이었다. 이 네 신하와 의논하여 5만 명의 정예군을 이끌고 베데국의 변경을 침범하기 위해 가서 국경을 정찰하는 보가르지와 보랄 등의 장수와 마주쳐 교전하였으나, 일시에 대패하고 자기 나라로 돌아왔다.

그러자 메흐트 칸이 격노하며 한겨울을 견디고 지냈다. 새봄이 되자 군대를 조직하여 원수를 갚고야 말겠다고 벼르고 있을 바로 그때 남쪽 수비대에서 정탐꾼이 와서 고했다.

---

1 '점이 있다'는 뜻.
2 메흐트는 '술수가 있는', '꾀가 있는'이라는 뜻.

"남쪽 모래땅의 베데국이 20만 대군을 이끌고 올 것이라고 합니다. 그들은 북쪽 국경에 대규모 숙영지를 준비하고 기다리고 있습니다."

또 서남쪽 사르락의 변경에 있는 정탐꾼이 달려와서 고했다.

"베데국의 장수들이 사르락의 10만 병력을 이끌고 지난해의 원수를 갚기 위해 출격할 것이라며 이미 준비를 끝냈습니다!"

이 말을 들은 메흐트 칸은 크게 충격을 받고, 여러 명의 아내와 비들을 버려두고 자신의 구르라는 시 남쪽에 와서 자신의 아홉 속지에서 모두 병사들을 모집하여 10만 병력의 군대를 조직했다. 대장군 보르 아르스란과 소드 가리드 두 사람에게 2만 명의 병사를 내어주고, 베데국의 병사를 대적하기 위해 베데국의 국경과 자기 나라 사이에 있는 갈 하이르한이라는 산으로 그들을 보냈다. 자신은 10만 대군을 통솔하고, 두 군대 가운데 주둔하면서 양편을 지원하기 위해 준비했다. 이윽고 3월 하순이 되어 보르 아르스란의 병사가 와서 고했다.

"사르락의 병력이 매우 강하다고 합니다. 더욱이 병사의 수가 15만을 넘습니다. 군주를 지원하기 위해 오고 있습니다!"

메헤트 칸이 그쪽에서 별다른 소식이 없자 곧바로 대군을 이끌고 사르락을 향해 진격했다. 그곳에 이르자 보르 아르스란이 자신의 군주를 맞으며 고했다.

"모홀리의 군대가 폐하께서 오신다는 소식을 듣고 이미 돌아갔습니다."

그 말을 들은 메흐트 칸은 마음이 편치 않았다. 그때 남쪽 변경에서 지내고 있는 자모하를 대신해 사신이 와서 지원병을 요청한다고 하자,

메호트 칸이 몸소 대군을 이끌고 달려갔다. 그러자 자모하가 메호트 칸을 영접했다.

"베데국의 병사들이 주군께서 몸소 오고 계시다는 소식을 듣고, 주군의 큰 위세에 겁을 먹고 갑자기 퇴각했습니다."

메호트 칸이 비로소 마음을 놓고 있는데, 서쪽 변경의 보르 아르스란을 대신해 또 사신이 와서 고했다.

"베데국의 병사들이 또 달아났습니다!"

그때 자모하의 진영에서 소그토 로 장군이 달려와 고했다.

"베데국의 군주가 몸소 10만 대군을 이끌고 북쪽 변경에 주둔하고 있습니다. 수호기와 보개를 분명히 보았습니다."

그러자 메호트 칸이 그 즉시 천둥처럼 진노하며 벌떡 일어나, 곧바로 뒤에서 기습해 죽여 버리겠다고 달려가자, 자모하가 하루 거리에서 그를 맞으며 고했다.

"주군의 위엄과 덕이 신령과 같다는 것을 베데국의 병사들이 듣고 벌써 도망쳤습니다!"

메호트 칸이 더욱 진노하며 뒤에서 추격하며 죽여 버리겠다고 하자 자모하가 고하기를, "이미 추격해도 따라잡을 수 없습니다"라고 하며 뒤로 한발 물러서고 있을 때, 보르 아르스란 편에서 또 사신이 달려와서 "베데국의 병사들이 이곳에 와서 주군의 소식을 듣고, 이곳을 떠나 서쪽 사르락으로 들어갔습니다. 그들을 찾으려면 주군께서 필히 그리로 가셔야 하지 않겠습니까?"라고 했다.

그러자 메호트 칸이 불같이 화를 냈다.

"이것이 도대체 무슨 일이란 말이더냐? 이 더운 여름에 그대들이 양쪽에서 나를 가지고 놀이를 하는 것이란 말이냐?"

메흐트가 펄떡펄떡 뛰자, 자모하가 옆에서 거듭 고개를 박고 절하며 황급히 진정하도록 저지하자, 메흐트 칸이 할 수 없이 또 대군을 이끌고 사르락국을 향해 달려갔다.

그해 봄여름 내내 거의 천 리나 되는 곳을 위아래로 몇 번을 오가며 소리를 치고, 말잔등은 모두 상처가 나고 피가 묻었다. 병사들의 엉덩이는 모두 벗겨지고, 병사들은 체력이 약해지고 말도 지쳐 버렸다. 사실상 메흐트 칸도 지쳐서 정신이 어질거렸다. 주야로 달리오자 보르아르스란이 또 주군을 맞으며 고했다.

"이번에는 적병이 돌아가지 않고 사르락강 건너편에 주둔하고 있습니다."

그러자 메흐트 칸이 머리끝까지 화가 치밀어 전쟁을 선포하기 위해 사신을 보냈다. 사신이 강을 건너 베데국 진영으로 가서 보니, 무슨 베데국의 군주가 있단 말인가! 모흘리가 물과 풀이 좋은 곳을 찾아 많은 병사의 말에게 풀을 먹이며 지내고 있었다.

사신이 모흘리를 만나 전쟁 포고문을 올리자, 모흘리가 서한을 보고 웃었다.

"이것은 또 참으로 이상한 일이 아니오? 우리는 당신들의 나라를 침범한 적이 전혀 없소. 우리의 이 진영은 우리가 새로 정복해 얻은 병사들을 훈련시키고, 말에게 풀을 먹여 체력을 보강하는 곳이오. 당신들과는 전혀 상관없는 일이오. 만약 사신께서 믿지 못하겠다면 우리 진영을 둘러보시오. 병사들이 출격할 태세가 되어 있는지 말이오. 그대는 어찌하여 이렇게 느닷없이 소란을 피우는 것이오? 그대가 만약 우리 병사를 그대 나라 변경 가까이 풀을 뜯게 하지 말라고 하면 우리는 곧 갔을 것이오. 그러니 서로 죽이며 싸울 필요가 없지 않겠소? 처음 몇 번 온 것은 또 병사와 군마에게 맑은 물을 마시게 하고, 좋은 풀을 찾아 풀을 뜯게 하려 했던 것이오. 상황이 이와 같은데 그대 나라에서는 또 이처럼 느닷없이 난리를 피우고, 까닭 없이 자신의 힘을 스스로 빼며 고생을 하니 얼마나 우스운 일이오!"

그러자 톡그목의 사신이 또 말하기를 "우리나라는 여름철이 지나고 가을이 시작될 때까지 조금도 멈추지 않고 달리기만 했소!"라고 하자, 모홀리가 크게 웃으며 말했다.

"우리 북쪽 변경에 또 병사들이 말을 방목하고 있소. 사신께서는 이제 그것을 또 뭐라 하실 겁니까? 그대 나라는 모두 자모하의 농간에 놀아나 이렇게 된 것이오. 우리도 그대 나라에 원한을 품고 있지 않소. 다만 케레이트의 자모하에게 원한이 있소. 특히 우리나라는 지난해 사르락을 점령할 때 병사들이 서로 교전하면서 우리는 당신 나라의 병사를 추격해 죽이지 않았는데, 무슨 원한이 있단 말이오? 다만 우리가 얻은 사르락국의 병사를 훈련시키고, 말에게 풀을 먹일 뿐인데 무슨 다른 일이 있단 말이오? 그대 군주께서 자신의 나라 가까이서 풀을 먹이지 말라고 하시면 우리는 곧바로 떠날 것이오. 이에 무슨 원한이 있어 죽이며 싸울 일이 있겠소!"

사신에게 병영을 둘러보게 하고, 갑옷과 무기가 없는 것을 모두 조사하도록 보여 주었다. 그리고 성대히 잔치를 치러 존중의 예를 보이고, 또 많은 상을 내려 돌려보냈다. 그리고 밤에 즉시 진영을 없애고 자취 없이 떠났다.

톡그목의 사신이 돌아가 이러한 정황을 자세히 고했다. 마침 메흐트 칸이 술을 과하게 마시고 있을 때라 이러한 정황을 듣고 크게 수치스러움을 느끼며 분노가 솟구쳤다. 그리고 속임에 빠져 병사들을 고생시킨 것에 화를 풀 곳이 없는 터에 몇 잔 술이 뱃속에 들어가자 성질이 사나워져, 보르 아르스란을 눌러 쓰러뜨리고는 막무가내로 엉덩이 40대를 떡이 되도록 치고 끌어냈다. 그리고 자신의 병사들을 이끌고 막 돌아가려고 하는데, 자모하 지역에서 또 사람이 와서 베데국의 병사들이 진격해 오고 있다고 했다. 그러자 메흐트 칸은 크게 진노하며 자모하를 저주했다.

"이 말 많고 아첨하는 자모하 종놈이 염소 새끼처럼 무슨 일이 있으면 모두 베데국에 돌리고, 또 어찌하여 우리를 칼끝으로 삼아 우리의 병사들을 이토록 힘들게 만든단 말인가?"라고 하며 돌아가는데, 도중에 또 몇몇 사람이 와서 고했다.

"베데국의 북쪽 변경에서 방목하는 병사가 갑자기 우리 진영을 급습해서 갑옷과 투구, 무기와 몇 대의 수레를 약탈해 갔습니다."

그러자 메흐트 칸이 크게 진노하여 서둘러 달려가 남쪽 진영에 이르자, 베데국의 병사가 돌아가고 보름 가까이 되었다고 했다. 메흐트 칸은 극도로 고통스러워하며 분노가 치밀어 자모하를 조금도 호의적인 태도로 대하지 않고, 머리를 흔들며 돌아갔다. 이에 자모하는 한숨을 길게 쉬었다.

"길들여지지 않은 용기 없는 말이 장대에 걸리기 쉽고, 멈추지 않고 달리는 자가 괴로움에서 헤어나기 어렵도다!"

옆에서 이 말을 들은 갈조 바르스가 "그대의 말을 들어보니, 그대는 분명 마음이 답답한 것 같소이다. 케레이트로 돌아가고 싶다는 것이오?" 하고 물었다.

자모하가 또 한숨을 내쉬었다.

"속설에 '사나운 젖소가 뒷발질을 한다고 해서 곧바로 암소의 젖을 걷어차서는 안 된다'고 했소. 그러니 내가 그대 주군께서 잠시 성질을 부리는 것에 어찌 전투의 대사를 버려둘 수 있겠소이까! 나는 또 경의 나라의 준비된 병력으로 위험하기 짝이 없는 테무진을 제거하고, 마음 편히 지내자고 생각했던 것이오. 그런데 어찌 돌아갈 수 있겠소!"

한편 메흐트 칸은 대군을 이끌고 자신이 지내는 구르 성시로 들어와 내궁에 내리자 여러 부인과 비들이 모두 그를 맞아 절하고, 갖가지로 아양을 떨기 시작했다. 이자는 그리웠다 하고 저자는 보기를 간절히 소망했다 하고, 어떤 이는 너무 보고 싶어 거의 마음의 병이 되었다고 하고, 또 어떤 자는 계속 기다리다가 검은 눈이 말랐다고 했다. 한 여인이 메흐트 칸의 손을 잡자 다른 여인은 그의 목을 껴안았다. 또 어떤 여인이 그의 무릎에 앉으니, 다른 여인이 그의 다리를 당겼다. 이처럼 메흐트 칸은 봄과 여름 내내 말을 달리며 힘들고 지쳐 있었기 때문에 목마른 영양이 강을 만난 듯, 갇혀 있던 수사슴이 발정이 난 듯 국사를 완전히 제쳐두고 많은 여인의 숲에 누워 보름 가까이 계속해서 음주와 주악에 빠져 쾌락을 즐겼다. 어떠한 중요한 군대 일도 모두 듣지 않게 되었고, 처첩을 베개 삼아 지내며 주지육림에 빠져 있었다.

> 권세 있는 자는 능력 없이 색정에 빠져 잘못되는 자가 많고
> 일을 도모하는 자는 성취가 없어, 귀함에 이르는 자가 적네

한편 베데국의 북쪽 변경에서 병사들에게 훈련을 시키고 말을 먹이는 주치와 차가타이 형제의 대군이 톡그목국의 병사들을 혼란케 하고 지치게 만들었다. 초가을이 되어 군마들이 살이 많이 오르고, 병사들도 꽤 훈련이 되었다. 병사들은 여전히 몇 번을 물러나고 돌아오는 작전을 계속했다.

그러는 동안 톡그목 병력이 약해지자 갑자기 서쪽 사르락에서 사신이 와서 주치와 차가타이에게 절을 하고, 모홀리의 선물을 올렸다. 보낸 것을 받아 보니 쇠자루가 없는 아주 커다란 부시였다. 그것을 열어 보니, 부시의 쇠자루와 부싯돌이 모두 안에 들어 있었다. 이에 주치와 차가타이가 문무文武의 두 스승인 잠발과 톡그통고 그리고 동료 장수들을 모아 모홀리가 이것을 보낸 뜻을 묻자 잠발이 말했다.

"이것은 우리 병사가 몇 번을 톡그목 변경에 가서 싸우지 않았기 때문에 그들은 분명 우리를 쇠자루가 없는 부시로 알고 있다. 그렇게 부시의 쇠자루와 부싯돌을 안에 함께 넣은 것은 '불이 없다고 생각하고 있을 때 갑자기 불을 붙여 나오게 하라!'라는 뜻이 내포되어 있는 것입니다. 분명 '톡그목이 우리를 경계하지 않는 이때 갑자기 쳐들어가 한

번 싸워 보라!'는 뜻입니다"라고 했다.

그렇게 해서 이들은 곧 밤에 돌격해 들어가 자모하의 진영을 일시에 덮치고 많은 전리품을 얻어 돌아왔다. 그리고 모홀리의 전령에게 후한 상을 내려 돌아가게 하자 모홀리가 그 정황을 듣고 크게 기뻐하며, 다른 세 장군을 향해 "작은 주군들이 이와 같은데 후일에 대해 무엇을 염려할 게 있겠소?"라고 했다[원주] 모홀리는 진실로 의로운 신하였다.

중추 8월 초하루 정한 날에 태조는 부호 벨구테이, 하브트 하사르, 젤메, 제브, 시리 호톡, 하르 히루, 초 메르겐, 호르츠 바이르, 그리고 측근 대신 운두르 세첸, 우넨 투르, 오요트 세첸, 오욘고, 사이한 소르탈트, 투그스촉그트, 울후 대신과 수행원 바얀 그리고 문무의 16명의 신하와 장수들을 이끌고 톡그목국을 향해 진격해 갔다. 그때 토르곤 샤르가 호드간 바타르, 부마 보토 등을 데리고 나라를 지키고, 밖에서 솔롱고스의 보호 차간 칸 또 왕축 등으로 나라의 변경을 살피게 하고, 그 사이를 마그낙그트-유럴이 위아래로 순찰했다.

한편 새로 병사를 훈련시키는 북쪽 변경의 대장 주치와 차가타이 등이 태조가 온다는 소식을 듣고, 스승 안드와 장수들을 이끌고 태조를 영접했다. 그리고 대진영에 주둔하면서 군대를 3세 군단으로 나누어, 태조가 젤메, 제브 등을 데리고 중군을 통솔하고, 부호 벨구테이와 주치 등이 숙부인 잠발, 수베데이 두 장수를 데리고 우군을 통솔하면서 진영을 간소히 하여 기습할 준비를 했다.

그때 태조는 북쪽의 울룬 강가에서 신참 병사를 점검해 보니, 말은 살지고 활은 단단했으며 병사들은 강인하고, 장수들이 공격하고 물러

가는 것, 뒤집고 뒹구는 것이 송골매가 하늘을 다시 날아오르는 듯 참으로 민첩했기 때문에 크게 기뻐하며 칭찬하고, 잔치를 베풀었다. 그리고 군사軍師를 위시하여 주치, 차가타이와 동료 장수, 병사들에 이르기까지 상을 하사했다.

또 서쪽 나라 사르락에서 훈련시킨 모훌리의 병사들은 호랑이처럼 힘이 강해지고, 군마는 알처럼 튼실하게 살이 쪘다. 기旗의 신호를 따르고, 북과 나팔의 신호를 좇는 것이 마치 바람과 불처럼 날쌔고 민첩했다. 병사들은 공격해 들어갈 태세를 취하고, 오직 깃발이 흔들리는 것만을 기다리며, 모두 서둘러 손발을 춤추듯 움직였다. 이때 톡그목국의 병사들은 봄, 여름 동안 조금도 쉬지 못한 채 위아래로 달려 말의 엉덩이가 메밀처럼 여위고, 병사들의 눈은 수레의 종처럼 움푹 들어간 채 용맹한 기상이 떨어지고, 싸울 마음이 사라졌다.

한편 태조는 새로 훈련시킨 병사와 이전의 정예군을 합해 모두 6만 명의 병력을 통솔했다. 이를 3개 군단으로 조직해 톡그목의 변경을 기습적으로 공격해 들어갔다. 톡그목의 남쪽에 크게 가로놓여 있는 산을 넘어 병사들이 잇따라 쳐들어가자, 톡그목의 5만 명의 수비병들이 대경실색했다. 자모하와 속그토 로, 갈조 바르스 세 사람은 병사를 3군으로 고르게 편성하여, 자모하는 중군을 이끌고 태조를 맞았다. 속그토 로는 우군을 이끌고 벨구테이를 대적하고, 갈조 바르스는 좌군을 이끌고 하사르와 대적했다.

한편 자모하가 태조 진영 앞에 와서 사나운 말로 욕설을 퍼붓자, 태조가 자모하를 보자마자 불같이 진노하여 대포를 한 번 쏘게 하고, 스스로 큰 북을 쳤다. 이어 3개로의 병사들이 함께 쳐들어가 공격을 개시했다. 진시부터 오시까지 무기를 맞부딪치며 맹렬히 싸워 톡그목 군대가 패하자 더 맞붙어 싸울 수가 없어 퇴각하기 시작했다.

베데국의 용맹하고 힘센 병사들은 1개 조에 세 사람씩 돌아가며 먹고 마시고, 자고 쉬면서 훈련을 했다. 병사들은 힘이 강해지고, 군마는 싸움에 능숙하게 되고, 갑옷은 튼튼하고, 무기는 예리했다. 더욱이 선두에 선 장수들이 모두 정예화된 탁월한 장수들이었기 때문에 톡그목 병사들이 아무리 해도 맞서 싸울 수가 없었다. 톡그목 병사들은 베데국의 첫 번째 조의 병사들에게 곧바로 패하기 시작하자 오시午時에 무리 끝에서부터 흩어져 달아났다. 누구보다 자모하의 중군이 가장 앞서서 달아났다. 20리 정도를 갔을 때 갑자기 포성이 울리자 원래대로 3개 조로 대오를 이루고 기다렸다. 이윽고 베데국의 병사들이 다시 추격해 가다가 그들이 또 돌아서 다시 대오를 정렬하는 것을 보고, 태조는 자신의 3개 군단의 병사들에게 명했다.

"우리 3개 군단의 병사들은 6개 조로 9번의 순번을 조직해, 순번대로 돌아가며 그들 3개 군단을 멈추지 않고 밤낮없이 추격해야 할 것이다. 이것을 거스르는 자에게는 죄를 물을 것이다!"

그리고 포를 쏘게 하고 북을 치고 돌격해 들어가자, 중군에서 자모하가 달려 나와 소리쳤다.

"태조는 나와서 싸우라! 그렇지 않으면 예수헤이 바타르의 아들이 아니다!"

그러자 태조가 불같이 격노하며, 많은 신하가 만류하는 것을 뿌리치고 곧바로 자모하를 향해 돌격해 들어갔다. 18명의 장수와 신하들이 태조를 저지할 수 없는 상황이 되자 모두 크게 두려워하며, 장수들이 모두 함께 공격해 들어갔다. 그러자 자모하는 태조와 다섯 번을 맞붙어 싸우지 못하고, 서둘러 태조의 쇠 창 아래로 빠져나가자마자 곧바로 병사들을 데리고 달아났다.

적의 중군이 달아나는 것을 보고, 우로 좌로의 병사들이 또 두 편으로 길을 내어 서로 갈라져 도망쳤다. 태조의 병사가 연이어 두 번 승리했기 때문에 많은 병사들이 사기가 충천하여, 그들을 미친 듯 추격해 쫓을 때 중군에서 젤메가 서둘러 대대기로 막고 섰다.

"이 일은 의심스러운 점이 있습니다. 주군께서는 잠시 추격하시는 것을 멈추어 주십시오!"

그때 자모하의 군대도 멈추어 서서, 자기편 병졸에게 태조를 욕하게 했다. 젤메는 태조를 저지하여 멈추게 할 수가 없자 또 추격하여 7, 8리를 가지 못했는데, 자모하의 병사들이 강의 상류를 따라 올라가 몇 번을 꺾어 돌더니 자취를 감추어 사라져 버렸다. 태조가 불같이 화를 내며 멈추지 않고 추격해 들어가자, 젤메가 허둥거리며 다급히 와서 태조의 말 멍에의 재갈을 붙잡았다.

"주군이시여! 이 일은 크게 의심스럽습니다. 분명 치밀한 계략과 함정이 있습니다. 어찌 되었든 경홀히 추격하여서는 아니 됩니다!"

젤메는 많은 사람을 데리고 태조를 제지하여 멈추게 하자, 자모하가 깊은 계곡의 입구 가운데 한 언덕진 곳에 서서 태조를 향해 큰 소리로 욕설을 퍼부었다.

"그대가 진실로 예수헤이 바타르의 아들이라면 있는 힘을 다해 이곳에서 한바탕 싸워 보자!"

그러자 태조는 갑자기 불에 또 기름을 부은 것처럼 분노가 솟구쳐 큰 소리를 외치며, 젤메 등 장수들의 손을 뿌리치고 혼자 몸으로 말을 박차고 계곡 입구로 달려가자, 많은 장수들이 혼비백산하여 서둘러 태조의 뒤를 따라 달려갔다. 그러나 이미 자모하의 모습은 보이지 않았다. 많은 장병들이 깊은 계곡 입구에 들어가서 의심스럽게 사방을 살펴보니, 서북쪽 강 초입에 군 진영이 있는 듯 깃발이 보이자 많은 장수와 병사들이 태조를 모시고 그곳을 향해 달려가 보니 아무것도 없었다. 병사들은 크게 의구심을 갖고 태조를 모시고 다시 돌아가려 할 때, 적군이 계곡 입구를 막고 양쪽에서 빗발처럼 활을 쏘아대 이미 그곳을 빠져나갈 수 없는 상황이 되었다.

그러자 태조가 급히 군대를 되돌려 바위 협곡을 피해 넓은 평지에 가서 멈추어 섰다. 그때 서쪽 편의 말갈기 모양의 바위가 있는 산 위에서 바위 너머로 자모하가 혼자 말을 타고 서서, 태조를 창으로 가리키며 큰 소리로 외쳤다.

"천하무적의 천자라는 테무진, 힘이 있으면 이곳으로 올라오라! 그러면 비로소 네가 보르지기드의 어린 새끼라는 것을 내가 알 것이다. 어디 한 번 열심히 기어 올라와 보라!"

자모하가 사나운 말로 험담을 하자 태조의 눈에서 불이 뿜어져 나오도록 분노가 솟구쳤다.

"천부여! 지켜주소서!"

태조는 크게 일갈하고, 말을 세차게 치며 산 위로 날듯이 달려 올라가자 위에서 자모하가 손뼉을 치며 웃어댔다.

"테무진 네 놈은 이제 끝났다. 이제 끝장났어!"

자모하가 한 번 크게 소리치자, 산정상에서 엄청난 굉음을 내며 포성이 울리고 동시에 그 말갈기 모양의 바위가 "쩍!" 하고 갈라졌다. 그러자 소만하고, 집채만한 두 쪽의 큰 바윗돌이 곧바로 태조를 향해 덮쳐왔다. 태조의 많은 장수들이 혼비백산하여 소리쳤다.

"아, 어찌하나, 어찌하나!"

태조가 보니 굴러오는 바위가 이미 눈앞에 와서 피할 겨를이 없었기 때문에 어차피 죽을 몸, 도망가다 바위에 맞아 죽느니 차라리 맞서 죽는 것이 나으리라 생각하고 "하늘이시여, 굽어 살펴주소서!" 하고 한 번 큰 소리를 외치고, 바윗돌이 굴러오는 방향으로 돌진해 갔다. 그 돌이 튀어 내리며 굴러떨어지다가 태조 앞 몇 길 앞에 이르러 땅에 박힌 한 작은 바위에 부딪히자 두 바윗돌 사이에서 붉은빛이 퍼져 나갔다. 그러더니 아무 일 없던 평지에서 벼락이 치고, 그 집채만한 큰 바윗돌이 퍽 소리를 내며 튀어서 곧 그 붉은빛 세 발 높이 위로 튀어 올라, 산의 몇몇 그루의 나무를 덮치더니 큰 아름드리 나무에 걸려 멈추었다. 이 바윗돌 뒤에서 또 지름이 몇 발이나 되고 두께가 한 발 이상이나 되는 한 부분의 바윗돌이 긴 돌처럼 가로로 굴러내려와 벼락 소리를 일으켜 "팍!" 소리를 내며, 그 가운데가 잘려 두 조각이 되었다. 그러더니 태조 옆 아래쪽으로 굴러내려 나무와 돌에 부딪히며 다른 계곡 틈으로 들어가 버렸다.

붉은빛이 퍼지고 벼락이 내리자, 태조 등 뒤에서 집채만한 열 자 길이의 거대한 황금 용이 나타나더니, 앞쪽 두 발의 5개 발톱으로 그 큰 바윗돌의 중간을 홱 낚아채 잡아 두 조각으로 만들어 보낸 것을, 위아래에 있는 다른 장수와 병사들이 모두 뚜렷이 보았다. 다만 그것을 태조 자신만이 알지 못했다. 이 평지의 불벼락으로 강물 속에 유황 냄새와 푸른 연기가 가득 남아 있었다. 이때 자모하는 경악을 금치 못하고 서둘러 계곡의 진영으로 돌아가 그곳을 단단히 지켰다. 태조가 산 위로 달려 올라가자 이미 자모하는 종적을 감추고 없었다. 돌아보니 많은 장수들이 산 위로 쓰러질 듯 비틀거리며 올라오고 있었다. 젤메는 태조의 뒤를 쫓아 와서 태조의 말 목을 껴안고 연신 눈물을 흘리며 말했다.

"신성한 주군이시여, 노여움을 가라앉히십시오. 비할 데 없이 귀한 옥체를 생각하셔야 합니다! 저 하찮은 종 자모하가 무슨 대수이겠습니까? 천자의 옥체가 소중합니다."

일행은 드넓은 초원에서 설영하고 사방에 길을 찾게 했지만, 주위가 모두 깎아지른 듯한 산과 바위만이 거칠게 솟아있을 뿐 금수도 건너가기 어려운 험한 지역이었다. 계곡 입구를 자모하가 단단히 사수하고 있었다. 그것은 자모하가 벌써부터 준비하고 있던 계략이었다. 그 강의 이름은 '모하르 올고이'[3]강이라고 했다. 강의 입구가 작고 협소했다. 자모하는 이 말갈기 모양의 산의 바윗돌을 파헤쳐 들어내서 끈으

3 '맹장'이란 뜻으로, 구불거리는 강의 모양을 이르는 것으로 생각된다.

로 잘라 갈라지게 하고, 끈을 끊어 곧 모두 굴러떨어지도록 준비했다.

태조의 마음을 들쑤셔 분노를 일으키며 충동질해 다가오게 해서, 이 돌들로 눌러 죽이려고 했던 것이다. 만약 이 일이 잘 안 되면, 강 입구를 막아서 태조의 병사들을 목말라 죽이려는 작전을 세웠다. 이 강은 또 매우 건조하고 샘물이 조금도 흐르지 않았기 때문에 태조가 1개 조의 병사를 이끌고 들어오게 해서 죽이려 했다. 비록 태조의 덕으로 무너져 내리는 바위의 큰 위험을 넘기긴 했지만 메마른 모하르 올고이 강에 이미 막혀서 갇혀 있는 형국이었다. 하사르와 벨구테이의 병사들은 톡그목의 용과 호랑이[4] 두 군대를 크게 제압하고, 추격하여 곧바로 구르성을 향해 돌진해 들어갔다.

잠시 위의 사건을 멈추고, 서쪽 사르락의 모홀리의 병사에 대해 언급하자면 다음과 같다. 지난번 메흐트 칸을 부끄럽게 하여, 보르 아르스란의 엉덩이를 매질하게 하고, 메흐트 칸의 병사가 돌아간 다음 열흘이 되지 않아, 네 명의 장군이 병사들을 정렬하고, 밤에 강을 건너 새벽이 밝아올 때 보르 아르스란의 진영을 기습 공격해 들어갔다. 보르 아르스란이 엉덩이의 상처를 더듬고 있을 때 소드 가리드가 놀라서 나오다가 보가르지와 정면으로 마주쳤다. 그는 보가르지의 칼에 맞아 두 도막이 나고 말았다. 보랄과 촐론이 함께 쳐들어가자, 보르 아르스란이 자기 주군을 원망하고 있을 때라 곧 투구를 벗고 투항했다.

한편 베데국 병사들은 조금도 막힘없이 쏜살같이 톡그목국의 구르

---

4 '속그트 로'와 '갈조 바르스' 두 장수를 이른다.

성 가까이 달려가 이제 하루 거리를 남겨두고, 모홀리가 보르 아르스란에게 "구르성을 정복한 후에 그대에게 성을 다스리게 하겠소. 그대는 먼저 자신의 병사 반과 나의 병사 반을 이끌고 촐론과 보랄 장수와 함께 가서 '베데국의 총사령관 모홀리의 머리를 가져왔다'고 하며 성으로 들어가시오. 곧바로 내가 보가르지 아형과 함께 대군을 이끌고 성으로 들어갈 것이오"라고 하며 보냈다.

그리고 자신의 병사를 출발시키려 하자 갑자기 정남쪽에서 한 쌍의 흰 까치가 날아와 대장막 위에 앉아 모홀리를 향해 여러 번 우짖었다. 그러자 모홀리가 의심스러워하며 활시위를 튕겨 소리를 듣고 밀어보니, 시위 소리가 구리줄 같은 굵직한 소리가 울렸기 때문에 모홀리는 대경실색하여 보가르지를 향해 말했다.

"이걸 보면 분명 주군께서 도중에 심각한 어려움을 만난 것입니다. 아형께서 호일다르 선봉, 줄게데이 바타르와 톡그목의 구르성을 정복하고, 그 칸을 생포하세요. 나는 병사 반을 이끌고 주군을 맞으러 가겠습니다."

그리고 황급히 병사를 반으로 나누어 주고, 모홀리는 남쪽을 향해 하룻거리를 달려갔다. 그때 자모하는 태조를 모하르 올고이 강에 억류했다는 기쁜 소식을 메흐트 칸에게 전하고, 또 베데국 병사들을 추격할 것을 요청하기 위해 세 명의 병사를 보냈는데, 그 세 명의 병사가 모두 모홀리에게 붙잡혔다. 그들에게 모든 정황을 들은 모홀리는 하늘을 향해 두 손을 모으고 기도했다.

"하늘이시여, 진정 주군을 멸하시지는 않으시겠지요?"

모홀리는 붙잡은 세 명의 병사에게 투항한 보르 아르스란을 따라온 병사들을 보여주며 말했다.

"우리는 이미 너희들의 도성을 정복하고 너희의 군주를 죽였다. 병사들이 모두 투항한 것을 보고 있지 않느냐? 너희들 모두 성안에 있는 병사들이기에 처자식도 모두 성인에 있을 것이다. 너희들은 곧장 돌아가 자모하에게 '우리의 칸이 몸소 지원병들을 이끌고 도우러 가다가 도중에 대군을 만났다'고 말하라. 만약 자모하를 붙잡으면 너희 세 사람에게 후한 상을 내릴 것이요, 만약 이 일을 누설하면 그때는 너희들의 처자식을 모두 몰살시킬 것이다."

그러자 세 명의 병사가 모홀리의 말을 크게 신뢰해 기꺼이 맹세하고 되돌아 말을 타고 달려갔다. 계속해서 모홀리는 톡그목의 깃발을 앞세우고, 한밤중에 모하르 올고이산으로 달려가 산의 바위 은신처로 가자, 자모하가 이미 불을 피워 큰불을 일으켜 불빛을 밝히고 일행을 맞았다.

모홀리가 크게 기뻐하며 활과 화살을 겨드랑이에 끼고 앞으로 나가서 기다렸다. 그때 자모하의 앞으로 올빼미 한 마리가 꽉꽉 웃으며 가로질러 날아가자, 자모하는 매우 경계심이 있고 영악한 사람이었기 때문에 서둘러 멈춰 서서 가까이 가는 한 수행원을 먼저 보내 탐색하게 했다. 그 사람이 그곳에 이르자마자 소리를 지르며 도망치자, 모홀리가 곧 화살을 쏘아 쓰러뜨렸다. 그자를 보니 자모하가 아니고 일반 군졸이었다.

자모하가 크게 두려워하며 달아나자, 모홀리가 곧 포를 쏘게 하고 대군을 이끌고 쳐들어가 자모하의 진영을 빼앗았다. 이때 자모하는 길이 없는 험한 길을 뚫고 들어가 협곡을 찾아가다가 자신의 흩어졌던 한 무리의 병사들을 만났다. 그들로부터 진영을 이미 빼앗겼다는 소식을 듣고, 한밤중에 곧바로 케레이트국을 향해 쥐새끼처럼 달아났다.

한편 모훌리는 자모하를 찾는 것을 서두르지 않고 먼저 막아놓았던 계곡 입구를 헤쳐 열고, 태조가 갇혀 있는 곳으로 달려가 태조에게 절했다. 태조는 친위병들을 데리고 물 없는 메마른 강에 갇혀 있었다. 바가지는 있었지만, 물이 없는 곳이었기 때문에 어찌해도 물을 마시지 못하고 있었다. 그래서 많은 병사와 마찬가지로 야생의 신 풀을 뜯어 씹으며 갈증을 해소하면서 이틀째 밤을 맞았다. 모훌리가 태조의 무릎을 껴안고 울면서 고했다.

"주군이시여, 이처럼 병사들을 가엾이 여기시는데, 앞에서 지내는 종 된 우리가 무슨 걱정할 일이 있겠습니까? 이러한 일로 주군의 대업이 반드시 이루어질 것입니다. 이로써 더욱 굳게 분발하여 새롭게 하심이 마땅할 것입니다!"

그리고 모두 계곡 입구에서 나와 병사와 말에게 천천히 물을 마시게 하고, 음식을 준비해 두 개 조의 병사들이 모두 식사를 했다. 다음 날 아침 곧바로 톡그목의 구르성 쪽으로 들어갔다. 이때 보랄과 촐론은 보르 아르스란을 데리고 구르성에 들어가고, 계속해서 보가르지의 대군 역시 소리 없이 와서 성으로 들어갔다. 이때 메흐트 칸은 술에 취해 나라의 어떤 일도 전혀 듣지 않고, 밤낮으로 많은 여인네에 둘러싸여 연회를 벌여 주지육림 속에서 벌거벗고 술을 마시며 향락에 취해 있었다.

그때 갑자기 성시 가운데서 포성이 울리고, 북소리가 나고 병사들의 함성이 들렸다. 웅성대는 사람들 소리가 솥에 물이 끓듯 술렁댔다. 베데국의 병사가 보르 아르스란과 성에 들어왔다고 할 때 메흐트 칸의 전략은 이미 사라지고 없었다. 벌거벗은 몸에 갑옷을 입고, 몇백 명의 친위대를 이끌고 안쪽 성의 북문으로 나가 성시의 동문으로 달아났다. 보가르지는 성을 평정하고, 한편 태조의 소식을 듣기 위해 줄게데이 바타르를 보냈다.

이때 벨구테이와 하사르 두 노욘의 군대가 톡그목의 속그트 로와 갈조 바르스 장군의 군대를 놓치지 않고 추격하여, 두 군대를 함께 아니르 오스라는 강 쪽으로 몰아넣었다. 수베데이 바타르는 갈조 바르스를 생포하고, 길루겐 바타르는 속그토 로를 베어 죽였다. 또한 2개 군단의 병사들을 모두 투항시키고, 곧 톡그목의 군기를 들게 하고 성을 정복하러 갈 때, 구르성의 동쪽 편 50리 거리에서 또 한 무리의 톡그목 병사들을 만났다. 병사들의 수는 많지 않았지만 모두 멋진 갑옷에 말이 살져 있었기 때문에 하사르와 벨구테이, 수베데이, 길루겐 두 장수가 놀라서 바라보았다. 그런데 적편에서 자기 나라의 군기가 있는 것을 보고 크게 기뻐하며 달려오자, 수베데이와 길루겐이 기뻐하며 공격해 들어가 싸우자, 호일다르 선봉이 그 병사의 뒤를 바짝 따라붙어 추격했다. 이처럼 세 방향에서 메흐트 칸과 맹렬히 싸우고 있을 때, 하사르와 벨구테이, 주치, 차가타이 숙부와 조카 등의 군대가 또 다가오자 메흐트 칸이 베데국에 속은 것을 알고, 뒤로 길을 찾아 빠져나가려고 하는 순간 주치와 정면으로 마주쳤다. 주치는 그의 목 아래 늑골 사이를 향해 한 발의 화살을 쏘아 쓰러뜨리고, 그의 목을 베어 높은 기에 매달게 했다. 톡그목의 병사들은 멩겔레 칸[5]의 반점 있는 얼굴을 보자마자 모두 고개를 땅에 박고 절하며 투항했다.

그리고 구르성 쪽으로 가자 길에서 떼를 지어 도망치는 사람들에게서 "베데국 병사들이 이미 성을 점령하고, 그 군주가 또 당도했다"라는 말을 듣고, 주치가 멩겔레 칸의 반점이 있는 머리를 보여 주었다.

"그대들의 성을 정복했을 뿐 아니라, 그대들의 칸도 이미 죽였소."

주치는 모두를 투항시켜 성으로 데리고 들어갔다. 베데국 사람들이 만나 서로 기뻐할 때 태조 앞에 가는 장수들이 쌍으로 차례로 달려 열쌍이 성으로 들어갔다. 곧바로 많은 병사들이 주치를 앞세워 멩겔레 칸의 머리를 들게 하고, 성시 밖에 나와 태조를 영접했다. 태조는 큰아들 주치가 멩겔레 칸의 머리를 높이 들고 있는 것을 보고, 호랑이 같은 용안에 화색을 드러내며 말했다.

"나라를 다스리는 자들은 죽이지 말라 했는데, 어찌하여 내 아들은 또 한 사람을 죽였단 말이냐?"

태조는 성으로 들어가 일곱 겹의 대전으로 올라가 좌정했다. 동생들과 장군, 장수들이 모두 모이고, 또 아홉 지역의 대국을 정복한 것을 경축하여 태조에게 절하고 축원했다.

천자의 신이한 일이 많은 나라에 퍼졌네

---

5 '메흐트 칸'을 이른다.

신성한 자손들은 이러한 이적을 대대로 전하네
황당무계한 일이라 하여 쓰기를 멈추려 해도
그러한 일이 예로부터 있어왔던 것을 어찌하리!

【평언】

이 장에서 톡그목을 공격한 한 가지 사건은 앞장의 사르락을 공격한 사건과 음양 관계를 이룬다. 사르락을 공격할 때 먼저 연성 전략을 사용하여 상대에게 두려워하는 모습을 보여 주어, 병사의 마음을 주의를 기울이지 않게 유도했다. 이번에 톡그목을 공격할 때는 경성 전략을 사용하여 위협하는 모습을 보여주며, 다시 공격하지 못하도록 적의 기상을 꺾었다. 처음에는 사르락이 준비했던 기존의 전략을 빌려 다시 사용했다. 이번에 톡그목이 질겁을 한 것을 기회로 손을 뻗자마자 승리를 거두었다.

처음에는 빈 채로 있는 성을 무너뜨리고, 이번에는 있는 상태 그대로 함락시켰다. 처음 번에 젤메 등 백여 명의 사람의 일은 비록 작은 것 같지만 위험은 매우 컸다. 이번에 베데국의 10만 병사의 전투는 비록 규모가 크지만 위험은 적었다. 처음에는 상대편을 두려워하는 모습을 보이면서 시작하여 사르락을 정복했다. 이번에는 상대를 두렵게 하면서 공격을 시작하여 톡그목을 또 정복했다. 이것이 병서의 중요한 진실이면서 거짓이요, 거짓이면서 진실이다. 또 진실 속에 진실을 사용하다가 갑자기 뒤집어 거짓으로 만든다. 또 거짓 위에 거짓을 사용하다가 갑자기 뒤집어지게 하여 진실로 만드는 매우 신중하고, 치밀하며 비밀스런 병법이다. 이것으로 보면, 사건을 이루고 일을 가능하게 하는 것은 범인이 특별히 배움으로 가능한 것이 아니며, 일반적으로 천부적으로 타고난 지성으로 가능한 일이다!

모홀리가 진정 북극성을 따라 태어난 장군별이 아니라면 이들이 다시 반복하여 뒤집고 엎어 사용할 전략을 또 어느 병서에서 보았겠는가! 고대 타고난 지성을 가지고 있으면서 또 배움과 수련을 두루 갖춘 관중과 손무자, 장자방, 제갈량 이들 현인들 가운데 누가 세상을 이처럼 종횡무진 공격하며, 대원제국과 같이 통일을 이룰 수 있었는가? 이 모홀리는 한 마리 소처럼 힘 있고, 우직한 일반 남성인데 어찌 이토록 경이로울까! 옛말에 "호랑이와 표범의 위엄이 대단하고 힘도 엄청나지만, 기고 펄쩍 뛰고, 피하고, 구르기는 어렵다고 하는 것은 일반적으로 몸집이 큰 동물의 힘의 한계라고 했다. 고양이, 야생마, 여우, 늑대는 비록 재주가 상당해도, 작은 동물이며 일반적으로 일을 이루지 못한다"라고 했다.

이처럼 모홀리의 계략과 본래 능력을 다른 나라에서 알기 어려울 뿐 아니라 최소한 자신의 장수와 병사들도 깨닫거나 생각하지 못했다. 그러니 여우와 늑대와 같은 보통의 범인들이 어찌 대적할 수 있겠는가? 또 한 가지 흥미로운 것은 모홀리가 어떠한 수련이나 사부를 따른 일이 전혀 나타나지 않는데, 활의 시위 소리로 점을 쳐보는 것을 무슨 여유가 있어 배웠겠는가? 이는 곧 큰 그릇은 배운 것을 보여주지 않기 때문이다.

그가 만약 태조의 이번의 신이한 사건을 알지 못했다면 어찌 적을 제압하는 두 동생을 데리고 갔겠는가? 그렇게 모홀리는 모하르 올고이강의 위험을 분명히 알았던 것이 드러났다. 만약 이번에 모홀리가 태조 곁에 있었다면 태조를 그 강에 들어가게 하지 않았을 것이다. 그렇게 용과 호랑이는 구름과 바람에서 벗어나지 않는다고 한다. 저자인 나는 원래 이 메흐트 자일트라는 호칭을 보고 분명 다른 사람에게 꾀를 쓰는 것으로 붙여졌다고 생각했다. 그런데 도리어 다른 사람의 꾀에 빠져 망해서 붙여진 칭호였던 것이다!

또 태조가 급한 위험에 처했을 때 황금 용이 나타나고, 불벼락이 떨어진 이와 같은 사건을 믿지 말라고 한다면 예전에 동탁[6]이 죽을 때가 가깝자 또 세 가지 불길한 징조가 나타나 그를 막았다. 이제 자모하가 거의 붙잡히려고 할 때 또 올빼미가 일깨우고, 말이 곱드러져 그를 구해 냈다. 이러한 못된 소인배에게도 일종의 비호하는 것이 있는데, 큰 나라를 세우고 천하를 건설하는 성군에게 모름지기 한 가지의 수호신이 따라와 지키는 것을 어찌 없는 일로 할 수 있겠는가! 그렇게 고대 성군 문왕은 번개 빛에서 뇌진자雷震子를 얻었다.

---

6 동탁(董卓, ?~192) : 후한 말기 사람. 젊어서 강중을 오가며 호걸들과 교제하여 양주의 호강(豪强)이 되었다. 그는 후에 낙양에 입성하여 소제를 폐하고, 헌제를 옹립하면서 정권을 잡았다. 그러나 그의 횡포가 날로 심해지자 왕윤의 미인계에 걸려 여포에게 살해되었다(임종욱, 『중국역대인명사전』, 이회, 2010, 351쪽). 그의 죽음과 관련해 동탁이 궁궐을 향해 갈 때 수레바퀴가 부러지고, 광풍이 불어 어둑한 안개가 하늘을 덮고, 붉은 안개가 일어났다고 한다.

제23장

베데국의 군신은 구슬과 사슴의 송곳니로 귀한 병법을 드러내고, 케레이트부의 부자는 사납게 저항하며 위세를 부렸네

송나라 영종 경원 2년, 금나라 장종 승안承安 원년, 병진년丙辰年. 태조 나이 35세 되던 해였다.

황금 가지를 주어 교훈한 것은 뭇 신하들의 기쁨
열여덟 개 터키석 구슬은 대신들의 충심
수호해 주는 사슴 송곳니는 영원의 가르침
공주 솔롱고가 말하고, 고하는 것은 모름지기 진정한 예도

한편 많은 신하에게 논공행상을 할 때, 두 아우, 네 명의 장군, 다섯 호장들을 왕실 친척인 젤메와 함께 상석에 앉혔다. 그러자 많은 공훈자들이 모두 태조의 큰아들 주치를 첫 번째 자리에 앉게 하고, 태조에게 용병술에 대해 말해달라고 하자 태조는 할 수 없이 그 청을 받아들였다.

장자 주치의 대단한 힘은 칭찬할 만하지만
사형師兄들의 엄청난 노고가 지대했소
10대에 불과한 주치는 원정에서 훌륭히 전공을 세웠지만
숙부 용사들의 신중한 가르침의 공이 지대했소
절대 그를 높이 추켜세우지 마시오!
나의 지시를 따르지 않고 첫 번째 적인
톡그목 칸을 무참히 죽였소
장차 그대들은 모두 한 지역의 주인이 될 자들이지만
한순간이라도 나라의 군주를 함부로 죽여서는 아니 되오!

그리고 메흐트 칸의 머리와 몸을 함께 모아 엮어서, 차가타이를 보내 술을 뿌리고 톡그목에서 투항한 보르 아르스란에게 내어 주어 가족을 데리고 장례를 치러주도록 했다. 이것은 자식이 죽인 실수를 부왕은 받아들이지 않을 것이라며, 아우 차가타이로 하여금 술을 뿌리게 했던 것이다.

한편 모홀리는 톡그목국의 성시와 여러 지역을 정복하고 점검했다. 7개 시, 9개 지역으로 북쪽 지경이 러시아 국경과 인접해 있고, 성시가 매우 정교하고 튼튼했으며, 금은이 매우 풍부했기 때문에 모홀리는 밤에 태조 곁으로 가서 고했다.

"이 지역은 대단히 중요한 지역입니다. 주군께서 이를 짐작하셨습니까?"

태조가 마침 저녁 식사를 하던 시간이어서 손에 러시아제 칼을 잡

고, 고기를 잘라 먹고 있었기 때문에 모홀리의 말을 듣고 기쁨의 미소를 지으며, 곧 그 칼로 엉덩이 살을 반으로 잘라 그 러시아제 칼과 함께 모홀리에게 선물로 주었다.

그러자 모홀리가 고하기를 "주군께서 이미 알고 계셨군요"라고 하며 그 은혜에 절하고, 그 고기를 다 먹고 나갔다. 이것은 군신이 러시아제 칼을 신호로 삼아 러시아를 정복하겠다는 은밀한 논의를 한 것이었다! 측근의 신하들은 아무도 그것을 눈치채지 못했다.

한편 톡그목의 메흐트 칸의 처자들을 점검해 보니, 메흐트 칸의 큰 부인 뭉군후는 시기심이 많고 인색한 성품을 드러내 메흐트 칸에게 진작에 죽임을 당했다. 그녀에게서 태어난 지게르, 지르게라는 두 딸은 기름기 있는 손으로 잡을 수 없을 정도로 아름다웠다. 나이가 모두 15, 6세가 되었기 때문에 태조는 아우 벨구테이에게 데려다 주겠다고 하자 벨구테이가 고했다.

"지난해에 보가르지 장군이 전투에서 싸워 이겼고, 올해는 모홀리가 승리했습니다. 주공께서 그들에게 상으로 주십시오. 나라에 도움이 될 것입니다. 제 조카가 그녀들의 부왕을 살해했는데 제가 어찌 그녀들을 취할 수 있겠나이까?"

그러자 태조가 깜짝 놀라며 동생을 칭찬했다. 그리고 지게르 공주를 보가르지의 아들 울렌 치르비에게 내어 주고, 지르게 공주는 모홀리의 아들 볼로드에게 내어 주었다. 보르 아르스란을 중매로 하여 예물을 보내고, 그들을 아내로 맞게 했다.

한편 톡그목의 9개 작은 지역과 5개 큰 성시의 창고를 점검하고, 상당량의 물품과 곡식을 내어서 먼저 자신의 나라의 공로자들에게 포상을 내리고, 그 다음 사르락의 병사와 톡그목 백성들에게 나누어 주었다.

이렇게 하여 초겨울이 되자 러시아는 원래 톡그목과 사르락 두 나라가 생각이 없고 어리석으며, 다른 자의 흠을 찾는 무식하기 짝이 없는 야생적인 힘을 두려워했다. 그런데 이제 그보다 힘센 베데국이 모든 나라를 정복하자, 러시아의 군주인 후헨 칸이 이를 크게 두려워하여 사신과 함께 여러 가지 진귀한 물건과 총 무기 등 후한 선물을 보내와 우호적으로 지내자고 했다. 그러자 태조가 젤메와 사이한 소르탈트로 하여금 남쪽 지역의 값비싼 물건으로 선물을 보내 답례했다.

요 몇 달 사이에 톡그목에서 또 몇천 명의 힘센 정예병을 뽑았는데, 이전과 나중에 뽑은 병사가 모두 1만 2천 명이 되자, 모홀리는 크게 기뻐하며 태조에게 고했다.

"무릇 병사의 힘은 그 수가 많은 데 있지 않고, 그 기동력에 있습니다. 또한 장수의 우수함은 그 용기에 있지 않고, 지혜에 있습니다!"

그 말을 들은 태조가 그렇다며 모홀리를 칭찬했다. 그리고 울렌 치르비와 볼로 두 사람에게 톡그목을 잠시 지키게 하고, 메흐트 칸의 헤르와 주르라는 두 아들을 울렌 치르비와 볼로에게 내어주며 일렀다.

"이들을 잘 다독여 마음을 얻으라. 이 땅은 훗날 우리에게 필요하다."

그런 뒤 수호기에 다시 제의를 드리고 회군하여 나라로 향했다. 선달 나라에 이르는 도중 우게데이, 톨리, 오칙, 가촉 등 두 아들과 두 동생이 네 번째 영접단으로 일행을 맞았다.

태조는 궁에 내려 나라를 지킨 모든 사람을 위해 잔치를 베풀고 포상을 내렸다. 밤에 모홀리가 태조에게 절하고, 몇 가지 은밀한 말을 주고받고 돌아갔다. 다음 날 아침 사방에서 큰 신호 소리가 울리고, 많은 장수들이 모두 총사령관의 장막 아래 모여 세 발의 대포를 쏘고, 북을 여섯 번 두드리고, 나팔을 아홉 번 불었다. 모홀리가 장막에 앉자마자 장군들의 이름을 써놓은 화살이 든 통에서 한 줌의 화살을 꺼내 장막 아래로 던졌다. 많은 장수들이 대경실색하며 땅에 던져진 화살을 주워 이름을 불렀다. 이름인 즉, 젤메, 제브, 시리 호톡, 하르 히루, 초 메르겐, 호르츠 바이르, 운두르 세첸, 우넨 투르, 오요트 세첸, 오욘고, 사이한 소르탈트, 투구스촉그트, 울후 대신과 바얀 왕실 호위병 등 14명이었다. 그들은 차례대로 모두 장막에서 나와 대열을 이루고 섰다.

모홀리가 책망하며 말했다.

"그대들은 모두 들으시오. 군주란 한 나라의 우두머리요, 대신이란 한 나라의 수족이요, 병사란 한 나라의 갑옷과 무기라 할 수 있소. 백성은 한 나라의 음식과 옷이오. 그대들은 열네 명이나 되는데 어쩌자고 주군을 톡그목국의 모하르산으로 들어가게 하여, 그러한 큰 위험에 빠지게 하였소?"

여러 사람이 무릎을 꿇고 말하기를 "우리가 만류했지만 주군의 힘을 당할 수가 없었습니다"라고 했다.

"몸을 굽히지 않고 머리가 땅에 닿을 수 없고, 다리를 땅에서 떼지 않고 몸이 앞으로 나갈 수 없는 법. 주군의 아우들이 잠시 옆에 없던 사이에 대신들께서는 그렇게 오래 대신으로 계시면서 보셨을 터인데, 어찌하여 주군을 사지로 몰아넣은 것이오? 주군을 위해 한두 사람은 함께 갈 수 있었을 터인데, 어찌 주군을 위험한 곳으로 몰아넣을 수 있단 말이오? 이를 보면, 젤메 장군께서는 사르락을 점령해 흩어지게 할 때 자신의 어깨를 베었기에 지금은 무사하오. 만약 그 머리를 베었다면 다시 살아날 수 있었겠소? 저번에 주군께서 잘못되셨다면 베데국은 끝장이 났을 것이오. 우리는 누구를 의지하고 살아간단 말이오!

그대들은 또 힘이 미치지 못했다고 변명을 할 것이오? 주군의 네 아우, 세 명의 장군은 잠시 밀어 내보내고, 여섯 대신은 명예로운 반열에 들어 죽일 수는 없으니 그 머리털을 잘라 많은 사람들에게 보여주시오! 나머지 사람들은 모두 참수하여 법을 공고히 하시오! 누군가 끼어들어 저지한다면 총사령관인 나의 검에 목이 베일 것이니 그리 아시오!"

모홀리가 천둥처럼 외쳤다. 그리고 그곳에 있던 탁자를 박살이 나도록 발로 걷어차고, 검을 홱 뽑아 들자 장막 안에 서서 검과 도끼를 쥐고 있던 병졸들이 요란한 발소리를 내며 달려나가, 열네 명의 장수들을 모두 눌러 포박하여 밀며 데리고 갔다. 연병장 가득 장수들이 모두 두려워하며 얼굴이 흙빛이 되어 어찌할 줄 모르고 있었다.

그때 태조의 네 아들은 모두 군영에서 명을 듣고 직무를 수행하고 있었기 때문에 세 명의 장군, 네 아우, 네 명의 작은 주군, 다섯 호장들이 함께 병영 막사 앞에서 명을 듣고, 모홀리 아래 무릎을 꿇고 간절히 용서를 구했다. 모홀리가 이를 보고 자신의 투구와 깃발을 모두 거두어 앞쪽 탁자에 놓았다.

"그렇다면 내가 이 총사령관의 직책에서 물러나겠소."

그리고 서로 실랑이를 벌이고 있을 바로 그때, 마침 연말이 되어 예법대로 태조가 몸소 산제를 드리기 위해 올라와 이 정황을 알게 되어, 토르곤 샤르에게 서한을 주어 서둘러 보냈다. 문지기 병사들이 모두 토르곤 샤르의 말 다리 앞에 무릎을 꿇고 매달리다시피 하며, "총사령관의 법이 엄격합니다. 주군의 사신이 고하는 것을 잠시 기다려 주십시오!"라고 했다.

그리고 병사들이 북을 치고 주군의 전령이 왔음을 고하자, 안에서 보가르지가 나와 토르곤 샤르를 영접해 모셔 들이라고 했다. 모홀리가 자리에서 일어나 북쪽을 향해 무릎을 꿇었다. 토르곤 샤르는 말을 탄 채 주군의 서한을 전했다.

"14명의 장수와 신하들이 말리는 것을 듣지 않은 것은 모두 내 생각이 조급하고, 격한 분노가 일었기 때문이었소. 내가 이후로 성급히 위험한 지역에 들어가지 않을 것을 기꺼이 약조하겠소. 또 그 14명의 장수들을 걸고 확실히 약조하겠소. 다시 사고가 발생했을 때 그들에게 2배의 벌을 내릴 것이오. 이번에 그들의 죄에 대해 내가 기꺼이 1천 마리의 말로 벌금을 낼 터이니, 그들의 죄를 사해주기 바라오. 어찌 되었든 총사령관께서는 그들을 용서해 주기 바라오!"

토르고 샤르는 서한을 읽기를 마치고 비로소 말에서 내렸다. 모홀리가 또 일어나 주군의 지시에 따라 많은 장수와 병사들의 죄를 용서했다. 또 그 죄의 경중에 따라 벌금을 부과할 때 모홀리 자신이 먼저 신중히 생각지 못했던 죄로 100마리 군마를 스스로에게 벌금으로 부과했다. 벨구테이, 하사르는 특별히 주군을 저지하고 지키기 위해 갔는데 두 사람 모두 주군에게서 떨어져 가서 그 명을 어겼기 때문에 50마리 수말을, 열네 명의 장수들은 비록 주군께서 벌금을 낸다 했지만, 여섯 명의 장수는 각각 아홉 마리 수말, 나머지 여덟 명의 측근 신하들은 각각 일곱 마리 말을 벌금으로 내게 했다. 그리고 이를 모두 모아서 공로를 세운 장병들에게 배로 상을 주기로 결정했다.

그리고 모두에게 선포하기를 "주군의 네 아우, 세 명의 장군, 네 아들과 여섯 명의 대신, 9경, 다섯 용사를 위시하여 많은 장수, 병졸들에 이르기까지 주군을 저지하지 못하고, 주군을 사지에 들어가게 하여 주군께서 위험에 처하게 되면, 그자는 곤장 80대에 처해질 것이요, 만약 주군께서 상처를 입고 피를 흘리시면 그자는 죽음에 처해질 것이오. 만약 주군께 상처를 입혀 옥체를 다치게 하면 그자의 집안은 모두 죽음을 면치 못하게 될 것이오. 만약 주군의 생명을 잃게 하는데 이른다면 그자의 집안의 9족을 멸하여 집안의 뿌리를 뽑게 할 것이오. 이것은 총사령관 나로부터 병졸인 일반 백성에 이르기까지 모두 마찬가지로 적용될 것이오. 조금도 차별 없이 모두 가슴 섶에 기록해 달고, 그 뜻을 깨달아 마음에 깊이 새기시오!"

모훌리는 모두에게 강력하게 명하고, 또 네 동생과 네 명의 장군, 네 명의 상경[원주] 젤메, 제브, 초 메르겐, 시리 호톡과 나라의 네 명의 친인척[원주] 올고노드, 홍기라드, 솔롱고스, 일구네 이 열여섯 명에게는 각각 호신용 녹색 터키석 한 알씩을 주고, 또 네 명의 자녀들에게는 먼지를 제거한 빛나는 진주 네 알을 주었다. 네 개씩 다섯 번 총 20개의 구슬을 가지고, 태조의 네 아우와 네 명의 친척에게 네 알씩의 진주를 나누어주고, 그것을 네 무릎으로 삼아 묶어 연결하게 했다. 또 태조가 어려서부터 수호 부적으로 차고 있던 귀한 사슴 송곳니에서 금강석 구슬을 받아서, 그것을 중심으로 하여 무릎 위로 이중으로 묶어 그것을 태조의 옥체에 장식하고, 또 그 위에 전체 20명의 이름을 쓰고 모두 와서 태조에게 간언했다.

"18가지 무예는 남성의 몸을 지키는 중요한 요체요, 18개의 터키석은 목숨을 지키는 아름다운 돌입니다. 네 아우, 네 친척, 네 명의 자식, 네 장군, 네 명의 대신들은 모두 금강석 같은 황금 가문의 주군을 지킬 것입니다. 주군 한 몸을 잃으시면 이 모든 끈이 끊어지는 것과 같습니다. 주군이시여, 이것을 가슴에 다시고, 이들 모두의 간언을 생각하시어 귀한 옥체를 가벼이 여기시어 위험한 곳에 뛰어들지 마시기 바랍니다! 이러한 상황을 비유하자면, 이 염주의 모든 것이 모두 이 금강석의 중심에 엮여 있기에 금강석의 중심이 부서지면, 염주는 연결할 곳이 없어져 사방으로 흩어지게 되는 것과 같습니다. 염주에 금강석의 중심이 없으면 염주라고 할 수 없습니다. 네 개 진주가 묶인 무릎이라는 것은 주군의 네 아들이며, 훗날 어느 누군가 주군의 기예와 지략, 능력을 본받을 수 있다면, 곧 이처럼 어느 무릎이라도 이 금강석을 그 위에 더하면 곧 금강석 중심이 되어, 주군과 같이 한 나라의 기강을 잡고 염주가 되는 군주가 될 것입니다. 주군께서는 깊이 헤아려 주시기 바랍니다."

그리고 그것은 바치자 태조가 매우 기뻐하며 얼굴에 미소를 띠고, 모홀리를 칭찬하며 그것을 받아 가슴에 달았다. 그리고 허리춤에서 말을 탈 때 장식으로 삼았던 아홉 가지 보석이 박힌 사슴 송곳니, 칼, 술

장식을 함께 꺼내 그 보답으로 상을 내릴 때 그에 대해 이르기를 "아홉 가지 보석은 남자의 아홉 가지 본령이오. 아홉 가지 본령은 무엇인가? 그것은 첫째, 다른 사람의 고통을 나의 고통으로 여기는 것. 둘째, 무슨 일이 있어도 부정적이고 그릇된 행동을 하지 않는 것. 셋째, 모든 사람을 존중하도록 애쓰는 것. 넷째, 일에 있어 깊이 생각하고 세심하게 살피는 것. 다섯째, 죽어도 자신이 한 번 한 말에 대해 식언하지 않는 것. 여섯째, 음란함에 취해 빠지지 않는 것. 일곱째, 다른 사람의 재물에 욕심을 부리며 탐하지 않는 것. 여덟째, 자신의 잘못을 반성하고 부끄러움과 두려움을 아는 것. 아홉째, 잘못을 고치는 데 있어 용기를 잃지 않는 것을 이르오. 이 아홉 가지를 갖출 수 있으면 그는 비로소 효자요, 사내대장부라 할 수 있소.

사슴의 송곳니를 사용한 것은 사나이는 만 가지 일에 결단력을 가지고 행동하라는 강단 있는 용사의 의미가 있소. 보석의 테두리를 뿔로 댄 것은 재능과 힘을 안에 숨기고, 용맹함으로 싸서 보이지 않게 하려는 것과 밖은 조야하고, 안은 치밀하며, 재능이 있다 해도 자랑하지 말라는 뜻이 담겨있소. 여러 지혜로운 신하와 용사, 대신 그리고 황실 친인척, 신민들은 모두 내 명을 따라 행동하길 바라오. 최소한 한두 가지라도 철저히 지키며 살아갈 수 있다면, 그대들의 군주인 나는 이 18가지의 무예로 확실히 내 자신을 지키며 지내도록 힘쓰겠소!"라고 했다.

많은 신하들이 이를 듣고 모두 감격하여 태조를 우러르며, 기꺼이 그 가르침을 받아들이고 태조에게 절하고 나왔다. 모홀리는 나라 전체에 이 아홉 가지 가르침의 명을 알리게 하고, 이 가르침을 기록하게 하여 자신을 비롯해 수하 병사와 신민 등에 이르기까지 이 아홉 가지 본령의 의미를 지닌 어금니를 칼에 연결하여 차게 하고, 이 아홉 가지 가르침을 서로 이야기하고 깊이 새기며 이를 익히고 전하게 했다. 여기서 열여덟 개 알의 묵주와 아홉 개 보석을 박은 사슴 송곳니를 다는 풍속이 생겼다. 이때 '18나한羅漢'이라는 염주와 특별히 칼과 함께 푸른 사슴 송곳니를 다는 것은 그 시대 습속이었다.

한편 많은 공로자에게 논공행상을 했다. 이전 장의 병진년이 여기서 끝나고[원주] 한 해를 마무리하는 예법대로 제의를 올리고, 상을 하사하고 축하연을 벌였다 정사년이 시작되었다. 새해 인사를 하며 명절을 지내고, 신춘가절에 원근의 친척들이 한자리에 모여 모두 즐거운 잔치를 벌였다.

이해 남송의 14대 황제 송영종 조확趙擴 경원 3년, 금나라 6대 황제 장종 완안경 승안 2년이었다. 이때 태조 나이 36세가 되었다.

한편 베데국은 특별히 번거로운 일없이 평화롭고 태평한 때를 지내고 있었다. 얼마 지나지 않아 여름이 되자, 동쪽 케레이트의 다정다감하고 가엾은 여인 솔롱고는 또 시원한 숲에서 맑은 샘물가 푸른 풀밭을 걸으며 자신의 옥 같은 얼굴을 물에 비추어 보고, 나이팅게일의 지저귀는 소리에 귀를 기울이면서 나이만의 친절하고 준수한 알탄샤를 그리워했다. 물가에 자라난 버드나무 아래 엎드려 맑은 물을 내려다보며 자신의 모습을 물에 비춰 보았다. 청옥빛이 감도는 푸른 숲에 하얀 옥 같은 선녀가 턱을 괴고 있었다. 푸른 연무 속에서 아미를 따라 이길 수 없는 근심을 간직한 채 수정같이 맑고 정감 있는 두 눈에 잊을 수 없는 정이 서려 있었다. 연꽃 뿌리처럼 곱고 가느다란 손을 비단 소매에서 반쯤 밖으로 드러낸 채 수양버들 가지처럼 늘씬한 몸매의 여인이 푸르른 그늘 아래서 시름에 젖어 있었다. 솔롱고는 갓 스무 살이 되었다. 가슴에 시름을 품고 천천히 휘파람을 불며 알탄샤의 모습을 생각하다가, 자기도 모르게 헤어질 때 아름다운 눈썹을 찡그리며 이별을 견디기 힘들어 하는 그의 모습을 생각하며 알탄샤를 그리워했다. 그리고 갑자기 그가 떠나면서 "이생에서 그대 이외에 다른 인연을 찾으면, 이 화살처럼 될 것이오"라고 한 말을 생각하자 두 눈에서 눈물이 번갈아 흘러내렸다. 솔롱고는 인적 없는 곳에서 갑자기 훌쩍훌쩍 울먹이기 시작했다.

아, 붉은 피를 가진 남녀의 정이란 참으로 견디기 힘든 것
아, 어찌하면 부드럽고 뜨거운 연정이 사랑하는 이에게 이를 수 있을까!

가엾게도 아름다운 젊은 여인이 깊은 숲속 보이지 않는 나무 뒤에 숨어 작은 소리로 참으로 가슴이 미어지게 울었다. 솔롱고는 흐느끼며 노래했다.

고귀한 자제가 어느 생애에
내게 운명이 된단 말인가?
사랑의 깊은 정을 품은
이 내 몸은 기다리다 늙어가게 되었네
나날이 그리워하다 나는

이미 버티기 어렵게 되었네
살아있는 몸이 죽어도 마음은 체념할 수 없고
나의 뼈가 백골이 되어도
이미 약속한 것을 되돌리지 않으리
아, 내 마음은 이리도 참을 수 없이 힘든데
그대는 어찌 이리도 모지시오?
지고의 행복을 누리며 지내고 있을 그대
말문이 막힌 나를
북쪽 지역에 버려둔 그대
가슴이 터질 듯하네, 나는!
언젠가 죽어서 가리

그녀는 버드나무에 가슴을 대고 흐느껴 울었다. 흐르는 샘물에 눈물을 더하며, 알탄샤를 생각하고 또 생각하며 슬피 울면서 흐르는 눈물에 가슴을 적셨다. 여전히 슬퍼하며 눈물을 흘릴 때 따라온 시종들이 찾아오자 서둘러 얼굴을 돌려 샘물로 얼굴을 씻고 앉았다.

그러자 시종들이 고하기를 "옛 신하이신 안도, 호로가, 갈바, 폴고다이 네 대신께서 아가씨를 뵙고자 기다리고 계십니다. 고할 중요한 일이 있다고 하십니다"라고 했다.

솔롱고가 놀라며 머리와 얼굴을 새로 단장하고, 장막 게르로 나가 인사하자 대신들이 무릎을 꿇고 고했다.

"우리 작은 주군께서 특별히 베데국을 공격하신다며 이미 준비를 하셨습니다. 이 썩을 놈의 말 많은 자모하란 종놈이 사방으로 다니면서 몇몇 나라의 재를 날리다가 돌아와서 거듭 거듭 말하며 문제를 일으키더니, 베데국과 곧바로 맞붙어 싸우기 위해 진군하기로 결정을 했습니다. 이 일은 무슨 일이 있어도 가능한 일이 아닙니다. 우리 입장에서 전혀 도리가 아닐 뿐 아니라 비록 싸운다 해도 베데국을 이기라는 법은 없습니다. 베데국은 변경의 나라들을 모두 싸워 투항시켰습니다. 우리나라를 침범하지 않는 것은 그 나라가 우리나라를 옛 우호국으로 보아 침범하지 않는 것이라 할 수 있습니다. 이것은 곧 우리에게 더할 수 없는 은총인데, 우리가 뒤로 다른 자와 결탁하여 어떻게 침범할 수가 있단 말입니까?

최근에 새로 부임한 신하들은 첫째, 베데국이 우리에게 깊은 은혜를 베푼 나라라는 것을 알지 못합니다. 둘째, 최근 2년 동안 징집된 병사에 완전히 자만하여 만용을 부리며 자신을 대단하게 여깁니다. 그들이 어찌 우리나라 앞날의 먼 것을 생각할 수 있겠습니까! 또 밖에서 온 바람에 이리저리 흔들리는 그들 작은 부족들이 어찌 우리를 위해 죽음을 불사하고 싸우겠습니까! 베데국을 침범하다가 안타깝게도 우리 케레이트가 무너질 것입니다! 그렇기에 주군 몰래 공주님께 고하는 것이니 주군을 제지해 주시고, 적의 심기를 건드려 화를 초래하지 말도록 해 주십시오!"

그러자 영리한 공주 솔롱고가 한숨을 내쉬며 네 신하를 일으켜 세웠다.

"부왕께서 그냥 계시다가 갑자기 또 무슨 일로 그런 생각을 하셨을까요?"

안도가 고하기를 "이것은 모두 근래 새로 태사가 된 후르겔즈겐의 말에서 비롯되었습니다. 원래 계략은 모두 자모하란 놈에게서 나온 것입니다!"라고 하자 솔롱고가 슬퍼하며 말했다.

"실제로 이 일은 여식인 제게는 관계가 없는 일입니다. 비록 그렇다 해도 늙으신 아버님의 옥체를 위해 생각지 않으면 아니 될 것입니다. 제가 가만히 있다가 상황을 보고 말려 보도록 하겠습니다. 그때 대신네 분께서는 저를 좀 도와주십시오."

이 케레이트의 왕 칸 토릴은 또 어찌하여 베데국과 전쟁을 일으킬 생각을 한 것일까? 그것은 몇 년 전으로 돌아가 케 왕이 왕위에 오른 때부터 언급해야 할 것이다.

그해 얄고와 자모하는 경성과 연성 전략의 여섯 가지 대오를 준비하고, 태조를 해하려고 하다가 도리어 케 왕이 붙잡혀 갔다. 그러자 불효자 얄고는 패역한 신하 자모하의 말을 듣고 부왕의 자리를 빼앗아 왕이 되었다.

그런데 갑자기 부왕인 케 왕이 죽임을 당하지 않았을 뿐 아니라 많은 예물을 가지고 돌아오자, 얄고는 홍을 잃고 할 수 없이 아버지에게 왕 칸이라는 과도하게 큰 칭호를 올리고, 수레 궁을 정도 이상으로 장식하여 비할 데 없이 휘황찬란하게 치장을 했다. 금나라 칸의 형식을 모방하여 들어오고 나갈 때 천자의 대오를 정렬하여 의전을 갖추었다. 남쪽 나라의 악기와 아름다운 그릇, 무기를 상당히 많이 사들였다. 수레를 여러 차례 가져오고, 또 노란 비단류를 황소로 상당량 실어와 많은 물자를 마구 사용하여 장식했다. 견문이 부족한 북쪽의 작은 부족의 감탄을 잘하는 사람들은 눈이 현란하고, 마음이 움직여 겉치장에 속았다. 사방팔방에서 작은 부족, 작은 무리들과 이름 없이 버려진 나라들, 대단치 않은 부족들, 흩어진 무리, 반역해 도망쳤던 작은 무리의 사람들이 케레이트 칸 칭호와 허명을 듣고 또 그 빛나는 치장과 허장성세에 모여들었다. 또 아첨하며 따르는 자들이 파리와 각다귀처럼 헤아릴 수 없이 많았다.

단 몇 년 사이에 위세를 크게 떨치며 강성해지자 얄고의 못된 자만심이 더해졌다. 그는 주야로 병사들을 모아들이고, 남쪽 금나라의 중원 신하의 칭호로 몰지각하게 벼슬을 주면서 신하들을 관직에 봉했다. 자신은 황태자 이신왕이라고 칭했으며 전군全軍의 도독 원수로, 자모하를 무문관을 함께 겸해 지휘하게 하고, 대외적으로 나갈 때는 원수, 조정에 들어와서는 승상의 직무를 맡게 했다. 처삼촌인 타타르부의 후르겔즈겐 노인에게 나라의 중대사와 군민, 창고의 모든 사무를 총괄 지휘하게 하고, 나라에서는 재상, 출정할 때는 군사軍師를 맡게 했다.

또 타타르부의 테멜즈겐 노인의 두 아들과 얄고의 두 처남, 한 사람의 이름은 올린다이이고, 다른 한 사람의 이름은 골린다이인데, 올린다이를 태사太師, 골린다이를 태보太保에 봉했다. 특히 작은부인의 오라버니인 타이치오드의 오란 자돌이란 자를 소사小師, 또 와이란이라는 작은 부족의 수장인 후헤르 부드네라는 자를 소보少保에 봉했다. 그 외에 또 새로 투항한 졸리오 부족의 수장인 호르고스, 독그나이 부족의 수장 솜볼, 또 홀리 부족의 수장 일착그, 쉴리 부족의 수장 바타, 지르메 부족의 수장 부호시르 이 다섯 명을 다섯 호장虎長으로 봉했다.

또 옛 가신인 안도, 호로가[원주] 어떤 지역에서는 '호라가'라고 쓰기도 한다 폴고다이, 갈바 이 네 사람을 조정의 네 기둥 신하로 봉하고, 또 측근이었던 발다르라는 자를 대 선봉으로 임명하고, 또 믿을 만한 측근인 올론호, 고르기라는 두 사람을 칸의 소식을 전하는 사자使者로 봉했다.

이렇게 계교를 쓰자, 이태 사이에 북쪽 지역 일대의 아첨하는 많은 부족들이 투항해 왔다. 이로 인해 얄고는 야심만만해지고, 매우 오만해져 반드시 베데국을 공격해 없애 버리겠다고 다짐했다. 이를 위해 몇몇 나라에 자모하를 보내 충동질해서 병사를 지원하게 하고는, 뒤로 모두 베데국에 패하게 했다. 자모하는 또 톡그목의 한 나라를 패망하게 하고, 도망쳐 나와 조금도 부끄러운 기색 없이 웃으며 말했다.

"사르락의 원숭이, 톡그목의 토끼 등은 대개 쓸모없는 놈들입니다. 결국 우리 스스로 힘을 쓰지 않으면 아니 될 것입니다. 다른 이의 복을 의지해서는 아니 되고, 사슴뿔로 멍에를 만들어서는 아니 된다고 했습니다."

얄고가 베데국을 공격할 계략을 묻자 자모하가 곧 얄고의 귀 가까이 입을 대고 이런저런 말을 속닥대자 얄고가 크게 기뻐했다. 그리고 곧 올론호, 고르기 두 사람에게 남쪽 지역의 채단과 자기 지역의 정교한 모피와 백 은괴, 순금의 여러 가지 물건을 올리게 하고, 베데국 태조의 친족인 아르트, 호소르, 달지다이에게 보내면서 그들에게 이르게 하기를, "이곳에 이미 직위를 만들고, 그대들의 자리인 동편의 태사, 태보, 소사의 세 자리를 남겨놓았소. 이제 오면 지체 높은 신하가 될 것이오.

그렇지 않으면 이제 내가 곧 공격하기 위해 갈 것이니, 그곳에서 중요한 때에 앞에서 도우면 또 큰 공이 될 것이오"라고 했다.

그런 뒤 그들을 상인처럼 꾸미게 하여 비단류, 금은을 잘 숨기게 하고, 작고 흰 버섯을 팔고 사는 상인으로 가장하여 가게 했다.

한편 나라 가운데 열다섯 살에서 예순 대여섯 살에 이르는 남자들을 징집해 자기 나라와 다른 나라 병사들을 합쳐 모두 7만 8천 명을 만들고, 10만이라고 소문을 내게 했다. 이 군대에 아비 없는 자식을 따라 나온 어머니, 누나, 아내 등의 수가 상당히 많이 포함되어 있었다. 또 외아들을 따라온 여인, 하나뿐인 동생을 따라온 누나도 있었다.

한편 케 왕은 보위에 올라 후광이 비치고 위풍당당해지자 진심으로 기뻐했다. 애비 된 자가 아들이 뜻하는 바를 없는 일로 할 수가 없었기 때문에 베데국과 싸울 것인지 그대로 있을 것인지 결정하지 못하고 망설이며, 아들의 생각과 딸의 말을 모두 무시하지 못하고 있었다. 그때 자모하가 얄고에게 가만히 고하기를 "주군께서 결단을 내리지 못하고 있는 것은 여동생이신 영리한 공주님과 조정의 기둥이신 네 분의 신하들이 암암리에 설득했기 때문입니다. 존귀하신 아우님께서는 후르겔즈겐 승상에게 이렇게 저렇게 하라고 보내시면 일이 분명 성사될 것입니다"라고 했다.

그러자 얄고는 어느 날 큰 잔치를 준비하고, 후르겔즈겐 태사를 상석에 앉히고 그가 즐거워하도록 극진히 대접했다. 그리고 그의 곁에 가서 귀에 대고 이런저런 말을 이르자 후겔즈겐 노인이 흔쾌히 그 말을 수락했다. 다음 날 자신이 왔다는 것은 알리도록 하고 내궁으로 들어가 왕 칸에게 절하고 가까이에 서 있자, 왕 칸이 인척의 우호적인 친절을 보이며 자리를 내주어 앉게 했다.

"귀하신 사돈 친왕께서 나라에 무슨 중요한 일이 있어 오셨습니까?"

그러자 후르겔즈겐이 고했다.

"주군의 만 년 백 대에 걸친 천자의 보위를 생각하여 몇 마디 고할 일이 있습니다. 황태자 이신왕께서 조상을 빛내시고, 후손들에게 풍족한 삶을 남기시고자 주야로 애쓰고 계십니다. 위로 하늘에 고하시어 가호를 받으시어 이 몇 해 사이에 칸의 보위에 오르게 하시고, 많은 자들을 모아 선봉 1인, 두 사람의 칸의 사자, 네 분의 대신, 다섯 호장, 여섯 명의 자문관 등 많은 대신과 문무백관을 모두 갖추었습니다. 칸을 지키는 3만 명의 호위병과 모든 지역을 정벌하여 거두어들이는 10만 명의 기민한 병사들을 모두 갖추었습니다. 이처럼 중요한 요건을 갖춘다는 것은 참으로 얻기 어려운 기회입니다. 그러한데 있는 것을 다 작살내 버리게 하는 베데국, 모든 것을 흩어지게 하는 보르지기드가 다른 부족을 종으로 만들어 버리고, 보르한 갈돈의 명아주를 짓밟은 테무진 녀석을 없애지 않고 무슨 때를 기다리십니까?

주군께서 만약 그들과 함께 하시고, 옥 같은 공주님을 그자의 아우인 벨구테이에게 주셔서 인척이 되겠다고 하시면 마침내 그의 보좌 아래 무릎을 꿇고 절하는 신하가 되는데 지나지 않을 것입니다. 이제 우리 젊은 이신왕이 비록 그다지 좋지는 않지만, 주군께서 용의 깔개가 있는 단향 보좌에 좌정하시고, 금으로 장식한 비단궁에서 지내시며 나가실 때 보개로 태양을 가리고, 들어오실 때 산호와 진주로 눈을 밝게 하고, 식사를 하실 때는 풍악을 울리고, 밤에 취침에 드실 때는 향유가 피어오르고, 아홉 개 문 앞에 9*9 81개의 야수상을 세우고, 시방에서 만국의 사신이 이르게 했습니다. 이처럼 효를 다하는 태자를 오래도록 귀하고 온전히 잘 될 것을 생각지 않으시고, 도리어 주군을 잡아간 패역하고 포악한 베데국의 군주, 단단히 포박하여 데리고 간 보르지기드의 테무진을 비호하시는 것이 종국에 주군께 무슨 유익이 되겠습니까!

베데국의 군주가 비록 병사를 지원하고 몇 번 우리를 구해 주기는 했지만, 꽁꽁 묶어 끌고 가서 죽이지 않고 황금 비단으로 장식하게 한 것은 결국 주군을 강하게 들이박고, 부드럽게 문질러 온갖 행태로 속이고, 계략에 빠져들게 하여 종으로 삼아 발바닥에 두고 짓밟고자 하는 계략입니다. 옥과 바위 같은 칸께서 정권을 잡고 계시온데, 못된 적의 속임수에 빠져 관계도 없는 보르지기드에 종이 되는 것은 너무도 애석한 일이 아니겠습니까?

그들이 풀어주면서 사용한 이 계략은 비유컨대 성년이 된 욕정이 가득한 여인네를 이리저리 구슬려 충동질하고 즐겁게 해주다가 자신의 옷자락에 들어오게 하고, 자기 아래 눕게 하는 것과 같습니다! 주군께서 베데국과 연합할 것인가를 숙고하여 주시기 바랍니다. 악랄한 테무진이 주군을 뜨거운 마음으로 생각하고, 진실로 관대히 대한다고 하면서, 그해 주군을 암늑대, 개새끼처럼 구를 정도로 둥굴게 포박하여 데리고 갔습니다. 그리고 부모에게서 받은 육신을 사냥에서 죽임을 당한 토끼와 꿩처럼 얇게 입혀 피부와 살을 노출시키고, 모두에게 조롱이 되게 했습니다! 도대체 존중한다고 했던 구석이 어디 있습니까? 겉으로 보면 비록 포박당한 주군을 풀어주게 하고 자신이 입었던 옷을 벗어 입혀드렸지만, 존귀하신 주군을 비인간적으로 괴롭히지 않았습니까? 그의 신하들이 주군을 포박해 가는 것을 그들이 정말 전혀 보지 않았다는 것입니까? 온몸을 보이게 얇은 옷을 입혀 주군을 붙잡아 말에 태운 것을 테무진이 정말 몰랐던 것일까요? 비유컨데 이불 속에서 뒹굴던 여인을 온전히 정절 있는 여인으로 만들 수 있겠습니까? 폐하께서는 가려진 마음을 사랑으로 응답해 주시고, 닫힌 마음을 열어 주십시오. 가식적인 테무진 자식에게 속임을 당해 따라서는 아니 됩니다!" 라고 하며 무릎을 꿇고 머리를 조아렸다.

그러자 케 왕이 원래 변덕스러운 데다가 이 청산유수 같은 그럴듯한 말에 부끄러움을 느끼다가 괴로워하고, 괴로워하다 분노가 솟구쳐 올랐다. 이런 상황에서 그 당시 태조가 자신을 죽이지 않은 큰 은혜를 어찌 생각하겠는가! 잠시 그럴싸하게 지어서 한 말에 현혹되어 분노가 타올라, 케 왕은 자신의 허리에 찼던 검을 빼어 들고 후르겔즈겐을 향해 말했다.

"사려 깊은 후르겔즈겐 그대는 곧은 뜻을 가진 승상이오. 자고 있던 나를 일깨웠소. 잊었던 것을 생각나게 했소. 의미 있는 그 말을 이에 이르기까지 하지 않았더라면 영리하지 못한 내가 마침내 그들에게 속임을 당했을 것이오. 깨달은 이 기회에 교활한 테무진을 공격해 제거하지 못한다면 앞에 있는 이 잔처럼 될 것이오."

그는 앞에 놓고 차를 마시던 아홉 가지 보석으로 장식되고, 안쪽이 금으로 된 자비야라는 이름의 옹이로 된 나무 찻그릇이 부서지도록 내리치며 맹세했다. 그리고 곧 군대에 신호를 내리라고 명했다. 그러자 후르겔즈겐이 내궁에서 나와서 있었던 일들을 모두 말하고, 자모하를 칭찬했다.

“자모하 재상께서 이르신 말씀이 진정 주군의 심장에 적중했소. 내가 한 그러한 강경한 말이 상당히 영향을 미쳤소. 다만 재상이 다시 반복해 말씀하셨기에 어쩔 수 없이 말을 했소. 이를 말하지 않았다면 이 일이 정말 이렇게 급물살을 타고 이루어지지 못했을 겁니다!”

그러자 자모하가 웃으며 말했다.

“주군을 분노케 하지 않으면 무슨 일이 있어도 스스로 나서지 않으실 것이고, 주군께서 몸소 나서지 않으시면 많은 부족이 힘을 쓰지 않게 될 것입니다. 그렇기에 또 이 같은 방법을 사용한 것입니다!”

다음 날 아침 백관들이 모두 조정에 나와 “주군께서 가려진 것이 사라지고, 성군의 탁월한 혜안이 열리셨네!”라고 하며 경축의 예로 절을 올릴 때, 조정의 기둥이 되는 네 명의 대신이 나오지 않은 것을 보고, 얄고가 크게 이를 갈고 분노하자 이를 갈바가 듣고 혼자 나와서 절했다. 이러한 계략의 말과 생각은 오직 자모하 한 사람에게서 나온 것이었다.

한편 병사들이 황급히 모여들며 요란스러운 소리가 났다. 남쪽 나이만국에서 이데르 도보가 와서 혼례를 재촉하자, 안도와 폴고다이 등이 이 일의 정황을 말하기를 “이제 바야흐로 전란이 일어날 때가 닥쳤습니다. 어찌하여 베데국의 일에 갈피가 잡히는 것을 기다리지 못하는 것입니까?”라고 하고, 예물을 남게 두게 하고 돌려보냈다.

한편 케레이트의 백관들이 절을 하고 나간 뒤 케 왕이 내궁으로 들어가자, 얄고의 영리한 여동생 솔롱고가 안도, 호로가, 폴고다이 등을 데리고 내궁으로 들어가 부왕께 절하며 설득했다.

"베데국은 첫째, 우리나라에 연거푸 몇 번의 도움을 준 나라이고 둘째, 작은 원한을 산 적이 없는데 어찌하여 침범을 하려 하십니까? 셋째, 베데국의 군주는 현명하고 대신들은 충성스러우며, 장수와 병사들은 용맹하기 때문에 쉽게 패하지 않습니다. 비록 우리가 승리한다 해도 아무런 이유 없이 다른 나라를 침범한 죄를 우리가 뒤집어쓸 수 있습니다. 부왕께서는 잘 살피심이 옳을 줄 아옵니다!"

솔롱고가 이렇게 쓴소리로 설득하자 왕 칸이 또 조금 마음이 기울어졌다. 그러자 이신왕이 크게 놀라 서둘러 그 말을 받아 이르기를 "누이는 어쩌자고 베데국을 이처럼 비호하는 것이더냐? 베데국의 군주가 계략을 써서 우리 부왕을 데리고 간 것을 누이는 어찌 말하지 않는 것이냐? 그가 우리를 극도로 괴롭히지 아니 하였느냐?

그러자 솔롱고가 "그것은 베데국의 군주가 죽음의 위험에 처했기 때문에 부왕으로 자신의 생명을 보호하기 위해 데려간 것입니다. 반드시 범하려는 뜻이 있었던 것은 아닙니다"라고 했다.

얄고는 말문이 막히고, 부끄러움을 느끼게 되자 도리어 화를 냈다.

"아! 너는 유독 베데국의 테무진을 그처럼 비호하는데, 참으로 테무진의 동생 벨구테이에게 시집을 가겠다는 것이냐? 벨구테이는 먹처럼 얼굴이 시커멓고, 기괴할 정도로 못생기고, 갈고리 나무처럼 얼굴이 울퉁불퉁하고, 재수 없게 생겨 먹은 작자다. 청옥같이 아름답게 태어난 네가 어찌 그와 혼인을 할 수 있단 말이냐?"

솔롱고는 이 일련의 무지하고 뜬금없는 말에 말문이 막히고, 견딜 수 없이 무안해 얼굴이 붉어졌다. 그녀는 원망스러운 마음에 눈물을 흘리며 북쪽 장막으로 돌아갔다. 안도 등의 세 신하가 이 상황을 보고 감히 아무 말도 하지 못했다.

한편 왕 칸은 딸의 말에 비록 어느 정도 뉘우치고 깨닫는 기색이 있었지만 이미 말을 내뱉어 맹세하고, 그릇을 부셔 버렸기 때문에 어쩔 수 없이 전투를 위해 병사를 정렬시켰다. 성시에 9*9 81개 누런 군대 막사가 있는 게르 숙영지, 황금 첨봉의 비단 궁과 해를 가리는 용무늬 일산, 해와 달이 그려진 수호기와 금시조와 가릉빈가가 그려진 깃발들이 나부끼는 천자의 대오를 이루고 중군에 진을 치고 주둔했다.

원수 자모하의 군단을 구별 짓는 것은 다음과 같았다. 갈바가 다른 마음을 품었다 하여 선봉으로 가장 선두에서 5천 명의 병사를 이끌게 하고, 산을 만나면 길을 열고, 물을 만나면 다리를 놓으라, 인가를 만나면 설영을 준비하고, 군대를 만나면 앞에 선 자를 잡으라. 오직 전진만이 있을 뿐이요, 후퇴하면 죽임을 면치 못할 것이라고 하며 선봉에서 싸우는 장수로 삼고, 말 위에 올라 즉시 출발하게 했다. 또 다섯 호장인 호르고스, 숌볼, 일착, 바타, 부흐시르 다섯 사람에게도 각 5천 명씩의 병사를 지휘하게 하고, 적을 만났을 때 임기응변으로 대처하는 전략을 쓰는 것을 노리라고 명하고, 곧 정벌을 위해 출정하도록 했다.

자모하 자신은 올린다이, 골린다이 두 태사, 태보를 데리고, 1만 명의 병사를 지휘하여 좌익 장군이 되고, 태자 얄고 이신왕은 소사 오란 자돌, 소보 우헤르 부드네를 데리고, 1만 명의 병사를 지휘하여 우익 장군이 되었다. 왕 칸은 몸소 재상 후르겔즈겐, 선봉 벨테르 등을 이끌고 중군을 총괄하고 지휘했다. 3군의 법의 군기를 선두로 하고, 길상의 담비 꼬리 기를 뒤따르게 했다. 몇십 개의 노란 일산과 깃발, 차양이 태양을 가리고, 몇 쌍의 줄이 달린 향로가 길에서 향기를 발했다. 말 위에서 악기 소리가 나고, 눈앞에서 온갖 장식들이 현란하게 흔들렸다. 이때의 위풍당당함은 바론 조[1]의 달라이 라마, 반친 에르덴[2]보다 훨씬 더했다. 참으로 눈을 부시게 하고 마음을 술렁거리게 했으며, 마음을 일깨우고 기백을 용솟음치게 했다. 깃발이 해를 가리고, 무기가 초원을 덮었으며, 사람과 말이 끝도 없이 계속되었다. 병사들이 행렬은 진정 칸 산이 알을 품듯 했고, 하탄강[3]이 나뭇잎들을 흘려보내는 것 같았다. 총성이 천지를 진동하고, 병사들이 일으키는 먼지가 하늘에 닿았다. 살상의 무기는 구름을 뚫는 듯했고, 북소리는 영혼을 흩어지게 했으며, 베데국을 향해 바닷물이 밀려가고 강물이 흘러넘치는 듯 꼬리를 물고 진격해 들어갔다.

이때 케레이트의 사신으로 가 있던 아소리는 자모하가 권력을 장악한 것을 보고 분명 그가 옛 원한을 따지며 자신을 쓰러뜨릴 것이라 생각했다. 그래서 말에 차여서 가슴뼈가 다쳤다고 핑계를 대고 관직에서 물러나 집에서 일없이 그냥 지내고 있었다. 오래지 않아 남쪽으로 몇

1 티베트의 중심 사원.
2 황교의 수장 달라이 라마 다음의 권한을 가진 승려를 이르는 칭호.
3 '칸 산'과 '하탄 강'의 '칸'과 '하탄'은 황제와 황후를 일컫는 것으로 신성시하는 산과 강에 대한 존숭의 수식어.

천 마리의 말을 몰고, 만리장성 밖 금나라 동북쪽에 있는 북쪽 수도의 흥중부, 흥중현, 영덕현, 영파현 등지[원주] 이들 지역은 모두 서쪽 툭그목 지역이다. 금나라시대 오늘날 세 개의 탑파가 있는 차오양 현 지역을 흥중부라 했다. 또 하르시는 천주라 했다에서 말 장사를 하고 다니다가 돌아오는 길에 케 왕이 베데국과 전쟁을 일으킬 거라는 소문을 듣고 속으로 남몰래 냉소했다. 남방에서 가져온 정교하고 부드러운 물품들을 그들에게 팔려고 케레이트 동쪽 변경에 이르자 곧 많은 부족민이 모여들어 장사를 했다.

그때 흰 버섯 장사를 하는 케레이트의 첩자 올론호, 고르기 두 사람을 만나 알게 되었다. 베데국의 동부 변경의 정탐꾼 톡그통고 바타르의 아들 안돈 친이 이들이 몰래 서로 이야기하는 것을 듣고 크게 놀라 장사하는 것을 그만두고, 그 두 버섯 장수를 주시하며 멀리서 따라가다가, 베데국의 보르한 갈돈에 가까이 이르자 밤을 타서 들어가 올론호, 고르기 두 사람을 생포하고, 증거로 모홀리 앞에 데리고 갔다.

모홀리는 안돈 친에게 후한 상을 내리고 칭송했다.

"솔롱고스의 우넥강을 쏜살처럼 건넜다는 것을 듣자마자 주의를 기울이고, 또 케레이트의 그릇된 일을 알아낸 명문 집안의 자손 안돈 친 그대의 충정은 참으로 비할 데 없소."

그리고 연회를 베풀어 주고, 다시 정탐꾼으로 보내 두 상인의 짐수레에 있는 것을 모두 수색하게 하여 은과 비단 등의 물건을 모두 노획했다. 다만 금과 서한을 찾지 못하자 모홀리가 안쪽 장막에 앉아 모든 것을 가져오게 하고, 측근 병사에게 일러 수색하게 하여 안장깔개 밑에서 서신을 발견했다. 그는 일반 병졸들을 모두 물러가게 하고, 그 버섯 장수의 어깨에 검을 올려놓고 명했다.

“사실대로 모두 고하라. 한 마디라도 숨기는 것이 있으면 너희 두 사람의 목을 벨 것이다.”

이 두 객이 죽을 것인지, 그 위기에서 빠져나갈 수 있을 것인지 알고자 한다면 사관[4] 타이지 인잔나쉬 나의 충신, 성신 두 부의 귀공자, 귀공녀들이 견우성과 직녀성을 제의하는 멋진 축제를 조금 구경하며 웃다가 연속해서 쓴 것을 다음 장에서 보게 될 것이다.

【평언】

독자 제위들은 이 장을 자세히 살펴보았는가? 첫 번째 부분에는 태조의 여러 장수가 태조의 큰아들 주치의 용맹스러움을 격려하기 위해 잔치 자리 앞에 앉혀, 존숭의 예를 보이려고 태조에게 청했다. 그러자 태조는 ‘아’ 두음에 맞춰 숙부와 의형제들을 칭송한 이 일은 고대 삼국시대 말기 나라의 기초를 세운 사마의司馬懿[5]의 두 아들 사마사와 사마소를 칭송한 것에 비유하면 어떨까? 조조가 자기 자식을 칭찬할 때 “나의 만 리의 망아지”라고 했다면, 사마의가 자기 자식을 칭찬할 때는 “우리 집 처마에 둥지를 튼 집안의 종달새”라고 했다. 조조는 자기 자식을 용사라고 칭찬했고, 사마의는 자기 자식을 사려 깊다고 칭찬했다.

---

4 저자 인잔나쉬는 공적인 사관(史官)은 아니지만 이 저서에서 스스로를 사관이라 칭했다.

5 관노야(179~251) : 삼국시대 위나라 인물. 사족(士族) 출신이다. 사마선왕 또는 진나라 고조선제라고도 함. 제왕(齊王) 조방이 즉위하자 정치를 보좌했으나 황제를 살해하고 승상이 되어 정권을 장악한다. 그가 죽은 뒤 아들 사마사와 사마소가 계속 정권을 장악했고, 손자 사마염이 제위를 빼앗아 진(晉)나라를 건국했다(임종욱, 『중국역대인명사전』, 이회, 2010, 640쪽).

한 사람은 위나라 태조이고, 다른 한 사람은 진나라 태조인데, 이 두 태조가 어찌 이 원나라의 태조에 이를 수 있겠는가? 원나라 태조는 비록 훈육하는 것을 보여 주어도 입을 열자 곧 숙부나 의형제들을 칭송하면서 그 너머에 주치의 자비 없음을 좋지 않게 여기지 않았던가? 이것은 곧 팔이 안으로 굽는 태도가 아니라 할 수 있다.

처음 부분에서 자모하가 준비해 놓은 바위를 굴리는 계략에 빠져 이미 피할 수 없는 상황에 이르렀을 때 태조는 도망치며 박살이 나기보다 그 상황에 맞서 박살이 나 죽겠다고 한 생각은 실제로 만대의 영웅호걸임을 드러낸 것이라 할 수 있다. 이것은 곧 자기 앞에 죽음이 닥친다 해도 눈 하나 깜빡이지 않고 받아들이는 의기가 충천한 사내대장부의 지극한 용맹함이 아니겠는가? 만약 죽음에 직면해 맞서보지 않은 자가 어찌 오직 유일한 사내대장부요, 놀라운 용사라 칠 수 있겠는가? 고대 관노야[6]가 동쪽 나라에 수호신이 될 때 눈도 깜빡이지 않고 정면으로 죽음에 맞서 받아들인 것은 또 이 당시의 최고 영웅호걸의 모습이었다. 이전의 관우가 조조의 병사들에 갇히고 또 죽음이 닥쳤다고 한 장료의 몇 번의 말을 되돌려, 나중에 두 형수가 더럽혀지는 것을 우려하여 할 수 없이 살았다. 그렇지 않았다면 그때 곧바로 죽었을 것이다.

그밖에 태조가 이미 닥친 죽음의 위험을 피하지 않은 것은 관노야의 영웅적인 태도보다 조금도 못하지 않다. 그리고 아들 주치가 메흐트칸의 머리를 들어 올리는 것을 보고 만면희색을 띤 것은, 여러 신하들

---

6 관운장을 높여 이르는 명칭.

이 자기 자식을 지지하는 것을 기뻐한 것이지, 아들이 용맹했기 때문이 아니었다. 그렇기에 입에서 "너는 또 나의 원래 뜻을 행하지 못하고, 또 어찌 나라를 다스리는 군주를 죽이는 데 이르게 했느냐?"라고 한 것에서 드러나지 않는가? 이것이 영웅호걸이 아니라면 지극한 자비로움으로 행할 수 없다는 것을 말해준다.

두 번째 부분에서는 곧 자애로움을 진실되이 행하는 것을 보여준다. 14명 대신의 잘못을 용서해 줄 것을 청하고, 위험에 직면하게 된 것은 자모하에 대한 자신의 분노로 인한 것임을 인정하여 벌금을 낸다. 또 열여덟 개의 은유적인 구슬을 받고, 대신 아홉 개의 귀한 사슴 송곳니를 하사하여 나라 전체에 알린 것은 진정 만대에 걸친 현철한 군주의 태도라 할 수 있다. 이 같은 군주가 또 모훌리와 같이 충성되고 먼 것을 내다보는 혜안을 가진 신하를 만난 것이다. 모훌리는 자신의 주군을 위해 후대를 생각하여 구슬을 바칠 때 중심이 되는 금강석을 무릎에 더하면, 네 작은 주군들이 부왕 군주의 지혜와 재능을 익힌 것과 같다고 한 것은 고대 당나라의 위징[7]보다 뛰어나다 할 것이다.

세 번째 부분에서는 러시아를 정복하겠다고 하자 곧 러시아에서 예물을 보내왔다. 천자의 입에서 말이 떨어지자마자 일이 그렇게 진행된 것은 하늘의 뜻이라 하지 않을 수 없다. 네 번째 부분에서 솔롱고가 우

---

7 위징(魏徵, 580~643) : 당나라 초기 사람. 황태자 이건성이 동생 이세민과의 경쟁에서 패했지만, 그의 인격에 끌린 태종의 부름을 받아 간의대부 등의 요직을 역임한 뒤 나중에 재상으로 중용되었다. 평소 담력과 지략을 가져 굽힐 줄 모르고 직간을 거듭해 황제의 분노를 사기도 했다. 그러나 태종은 그가 죽자 거울 하나를 잃었다고 슬퍼했다(임종욱, 앞의 책, 1279쪽).

호적인 것을 바란 것은 비록 작은 일 같지만, 사실대로 말하자면 그녀는 용기 있는 의로운 여인이라 할 수 있다. 또 자신의 아버지를 말린 것은 참으로 지혜로운 일이었다. 케 왕이 후르겔즈겐의 말에 격노하고, 자모하의 계략에 빠져 단번에 큰 실수를 범한다. 이미 중심이 없어졌기에 후르겔즈겐의 말에 정신을 팔고, 일생에 의롭지 않은 행동을 벌였다. 그렇게 해서 옛말에 "단 하나의 동전 조각이 날아가서 쟁반에 가득 모여든다"라고 한 것은 이를 두고 한 말이다.

제24장

모홀리는 타스산에서 5개로의 케레이트 군대를 격파했네 태조는 타락강에서 남다른 의로움으로 케 왕 토릴을 놓아 주었네

송나라 영종 경원 3년, 금나라 장종 승안 2년, 정사년丁巳年. 이해 태조 나이 36세였다.

승냥이 무리에 돌 우박이 내리고
피바람 부는 격전의 중요한 때에 군대 사령관을 놓아 주었네
섬멸할 수 있지만 폐망시키지 않은 것은 진정한 천자
분투하여 남기신 복록을 오늘날까지 누리며 사네

모홀리가 안색이 변해 엄히 중형에 처하겠다고 하자, 올론호, 고르기 두 사람은 다른 말을 하기가 어려워 어쩔 수 없이 모든 일을 사실대로 고했다. 그러자 검을 거두고, 그들을 지하 감옥에 가두게 하고, 측근의 병사들에게 이 일을 밖으로 절대 발설해서는 안 된다고 엄히 단도리를 시켰다. 또 한편 나이만에서 투항한 병사 가운데 신변 가까이 두고 심부름을 시키기 위해 뽑은 데르게이 돈[원주] 이 아이는 음색이 매우 아름답

기 때문에 데르게이 돈이라고 했다이라는 아이를 보내 여러 병영에서 이 일을 아는지 모르는지 귀 기울여 잘 듣고 오라고 했다.

그리고 케레이트의 예물과 서한을 자신이 가지고 있었다. 또 토르곤샤르가 오기를 기다렸다가 함께 태조가 국사를 전하는 궁으로 갔다. 그리고 국사를 의논하는 장막에 등불을 켜게 하고, 문을 지키는 병사들에게 일반 병졸들을 절대 들이지 말 것을 단단히 지시했다. 그리고 비로소 중요한 일을 알리는 나무를 아홉 번 치자, 태조가 잠에서 깨어나 곧바로 옷을 입고 나와 반갑게 두 대신을 맞으며 물었다.

지용智勇을 갖추신 두 대신께서
저를 깨우시어 고할 말씀이 무엇입니까?
우회하지 마시고 곧바로 말씀을 꺼내세요
아무리 생각해도 나라를 위한 일일 듯합니다

그러자 모홀리가 급히 무릎을 꿇고 고했다.

"케레이트부의 케 왕이 악랄하고 못된 성격을 버리지 못하고, 은혜를 저버리고 우리를 공격하기 위해 가까이 달려오고 있습니다!"

그 사건의 자초지종을 낱낱이 고하며, 태조에게 예물과 서한을 보여주자 태조가 순간 크게 진노하며 이르기를,

아르트, 호소르, 달지다이는
최소한의 양심도 없는 놈들이오

죽어 마땅할 죄에서
구해 주었더니
아! 어찌 은혜를 잊고
먼 적들과 연합하였는가?
붙잡아 와 죽여 버리리라!

라고 하자, 지혜로운 책략가 모홀리가 황망히 절하며 고했다.

밝게 빛나시는 주군이시여
갑작스러운 진노를 가라앉히십시오!
이는 뒤통수를 치는 계략일지 모릅니다
가만히 가서 진실을 알아보도록 하겠나이다.
진정 그것이 사실이라면
다른 방책을 쓰겠나이다
소란을 일으키려 하는 것이라면
말없이 기다리도록 하겠나이다
만약 계략을 쓰는 것이라면
우리는 계략에 계략을 쓰겠나이다
만약 이것이 흉악한 음모라면
천천히 대처하도록 하겠나이다!

모홀리는 모자를 벗고 사자춤을 추듯 큰 걸음으로 절하고, 허리띠를 잡고 몸을 구부려 무릎을 꿇었다. 또 옷자락을 거두면서 두 번 절하고, 뒤로 물러났다 앞으로 나아갔다. 태조는 그 모습을 보자마자 필시 분명한 계략이 있음을 알고, 크게 기뻐하며 웃음 띤 얼굴로 말했다.

깊고 원대한 지략을 가진 총사령관 모홀리의
암시적 신호를 내 십분 이해했소
총사령관께서 운용하는 계략을
내 십분 알았소
복된 나라의 많은 것을 이끌어 가져올 것을
총사령관께서 결정하시오!

그리고 태조는 밝은 여섯 개 등불로 인도하게 하고, 내궁에 돌아가 휴식을 취했다. 토르곤 샤르와 모홀리가 시종에게 등불을 들게 하여 돌아가는 길에 젤메, 제브 두 장수를 만났다.

"선봉장과 총사령관께서 이 야심한 밤에 주군께 논의하러 들어가신 것을 보면 이는 필시 군대에 관련된 일이 분명합니다. 가장 위험한 일에 저희를 보내십시오. 저희가 힘이 미치는 대로 온 힘을 다해 온전한 공을 세워 천자께 곧은 길을 이루어 드리겠나이다!"

그 말은 모홀리의 뜻과 정확히 일치했다.

"아주 중요한 곳에 충직하신 아형들을 보내드리겠습니다. 최선을 다해 분투하시어 피 같은 공훈을 세우기 바랍니다!"

모홀리는 두 사람의 손을 잡고 가서 거짓과 진실을 섞어 싸우며 이길 계략을 이르고 서로 헤어졌다.

한편 모홀리는 자신의 장막에 돌아와서 곧 아르가손 호르골즈를 불러 사람들을 모이게 하여 전할 명을 일러주고, 누워 잠시 쉬고 있었다. 그때 사람들이 모두 흩어져 조용해지자 각 진영을 정탐하고 온 데르게이 돈이 모홀리에게 와서 조용히 고했다.

"진영의 병사들이 알고 있는 바로는 안도 친 대신께서 정탐을 하시다가 버섯 장수들을 붙잡았다는 것입니다. 그러나 그가 케레이트의 사신이라는 것은 알지 못하고 있습니다."

그러자 모홀리가 기뻐하며 곧 데르게이 돈에게 꽤 많은 말을 이르고, 신호용 화살을 주고 버섯 장수의 어깨에 검을 대고 위협해 데리고 오라고 보냈다. 데르게이 돈이 오자 그 두 사람이 검을 보고 혼비백산하여 큰 소리로 울며 머리를 조아렸다. 그러자 데르게이가 "나의 상전이신 대장군께서 곁에 있는 나를 사랑해 주시오. 그대들을 도와서 풀어준다면 오만한 그대들이 데르게이 나의 은혜를 충분히 갚을 수 있겠소? 그럴 수 있다면 내 그대들을 도와주도록 해 보리다!"라고 하자 올론호와 고르기 두 사람이 고개를 연신 숙이며 절했다.

"우리의 생명을 구해 줄 수 있다면 은혜를 갚겠소. 아르트, 호소르, 달지다이에게 보낸 금붙이가 가죽구두 바닥에 있소. 은혜를 갚는다는 것은 이것이오."

그러자 데르게이 돈이 크게 기뻐하며 곧 그들에게 일러 말했다.

"당신들이 대장군 앞에 갔을 때 죄를 용서하여 그대들을 풀어주면 케레이트 안의 정탐꾼이 되겠다고 확실하게 말씀을 잘 하시오. 그때 내가 옆에서 적극 도와서 풀어주도록 하겠소!"

그런 뒤 두 사람을 이끌고 가자, 모홀리가 벌써 궁전 문밖에서 귀를 찌르는 두 개의 작은 법의 화살을 들고 기다리고 있었다. 그 두 사람을 보고 그 화살을 데르게이에게 주며 명했다.

"이 두 화살을 저들 두 사람의 귀뿌리에 찌르고, 문밖에 끌어내 단칼에 베어 죽이고, 그 머리를 높이 걸어서 사람들에게 응징의 본으로 보이도록 하라!"

그 말을 들은 올론호와 고르기가 두려워 떨며 고개를 박고 절하며 맹세했다.

"저희 생명을 살펴 주시면, 악한 케레이트의 모든 기밀을 정탐하여 보고를 올리도록 하겠나이다!"

옆에서 데르게이 돈이 무릎을 꿇고 머리 숙여 절하며 고했다.

"필요도 없는 케레이트 사람이 아닌 저들을 죽이는 것보다 은혜를 베풀어 살려 주시면 중요한 이때 일에 도움이 될 수 있을 것이 분명하오니, 이에 주권자이신 총사령관께서는 그들을 풀어 주어 정보를 가져오도록 해 주시기를 바랍니다!"

그러자 모홀리는 한참 생각하더니 답해 말했다.

"부덕한 저 두 악귀에게 일을 맡기면 어찌 되겠느냐? 필요 없으니 저들을 끌고 가 죽이라. 곧 가증스러운 케레이트를 정벌할 것이다!"

데르게이가 다시 절하며 고했다.

"필요 없다 해도 풀어 주어 한 번 써 보십시오. 덕이 없지만 재량껏 일을 할 수 있도록 부려보시기를 청합니다!"

모홀리가 또 한참을 생각하다가 말했다.

"너희 두 사람을 풀어주게 되면 너희들에게 시킬 작은 일이 있다. 너희들은 힘써 일을 할 수 있겠느냐, 없겠느냐?"

그들은 땅에 엎드려 머리를 조아리고 목청을 돋우어 "저희 목숨을 살려 주신다면 죽음 속에라도 들어가지 못할 일이 있겠나이까?"라고 다시 다시 맹세하자, 모홀리가 가볍게 웃으며 궁전 밖에 호랑이 가죽을 깐 자리에 좌정했다.

"그렇다면 그대들은 이 서한을 델 앞섶에 넣어서 가져다주고, 답장을 받게 되면 밤을 타서 내게 가져오도록 하라. 예물은 다음에 보낼 것이라고 서한을 고쳐 썼다. 그들이 자네들을 심문할 말이 없을 것이다. 자네들이 돌아온 연후에 다시 돌아갈 때 할 말을 가르쳐 주겠다. 만약 자네들이 도망쳐 오면 분명 일이 들통났다고 의심하여 자신의 주군에게 죽임을 당할지도 모른다. 그럴 경우 내가 또 자네들에게 살 방책을 일러줄 것이다. 그대들에게 이 작은 일을 시켜 보겠다. 정말 그대들이 이 일로 진실하다는 것이 확인되면 다른 좋은 일에 쓰일 수 있을 것이다!"

그런 뒤 그들을 데리고 가서 가두고, 젊은 데르게이가 지키다가 놓쳤다고 소문을 냈다. 데르게이는 벌로 네 마리 양을 냈다.

한편 올론호, 고르기는 간담이 서늘하고 심장이 오그라져 모홀리의 계략대로 가서 답신을 받은 후에 올론호는 달아나 돌아가겠다고 했다. 그러자 고르기가 "아니 되오. 돌아가면 뭐라고 말할 겁니까? 그들 세 사람의 답신에 예물을 말하지 않으리라는 법이 있겠소? 우리는 어찌 되었든 죽임을 당할 것이오. 그곳에 가서 죽느니 이곳에서 살 방도를 찾아봅시다"라고 하며 돌아가 모홀리 아래로 와서 이들의 서한을 올렸다.

모홀리가 답신을 받아 보니 아르트 등이 안에서 돕겠다고 한 서한이 었기 때문에 그들 두 사람이 앞서 말한 것과 일치한다고 칭찬하고, 후한 상을 내리고 연회를 베풀어 주었다. 또 그들이 가져온 은과 주화를 그들 두 사람에게 다시 상으로 돌려주고, 서한의 내용을 또 고쳐 쓰고 그들을 대신해 답례를 준비해 주고 일러 말했다.

"만약 일이 발각되면 자네 두 사람은 곧바로 죽임을 당하게 될 것이다. 무슨 일이 있어도 내 말을 어겨서는 아니 될 것이다."

그러자 올론호과 고르기는 모홀리가 이처럼 확고한 믿음을 갖고, 또 이같이 은혜를 베푸는 것을 보고, 이전에는 그 위엄을 두려워했지만, 그 다음에는 그 은혜를 신뢰하게 되었다. 이제 그것이 확고해지자 갑자기 감동으로 눈물을 흘리며 곧바로 따르겠노라고 간절한 마음으로 고했다. 모홀리가 또 가볍게 웃으며 "그것은 아니 될 일이오. 그대들의 부모, 형제, 처자가 모두 케레이트에 있으니, 그들에게 괴로움이 되지 않겠소? 세상에 남자로 태어나 처자를 지키지 못하는 것은 고사하고 오히려 고통을 만들어 주면서 어찌 살아갈 수 있겠소? 따른다 하면 마음으로 따르는 것이 곧 따르는 것인데, 몸만 여기에 있어 무엇하겠소? 진정 그런 의로운 생각이 있다면 케레이트에 돌아가 능력이 닿는 일에 정보를 전하면 그것이 곧 큰 공이 될 것이오. 그때 원근에 사는 친지 모두에게 버터와 비단이 풍부하여, 부귀를 누리게 될 것이오!"라고 했다.

그 말을 들은 올론호와 고르기가 모홀리를 우러르며 절하고, 이로 엄지손가락을 물어 피를 내어 뿌리며 맹세했다. 그들은 울며 모홀리에게 마음으로 귀순하고, 밤에 말을 질주해 케레이트로 돌아갔다. 이것은 진실로

> 위엄과 은혜를 고루 사용할 수 있는 지혜로운 대신이
> 도끼와 검도 녹일 만큼 감동케 하고, 경외심을 낳게 하네

이튿날 모홀리는 급히 서둘러 나라의 모든 사람을 서쪽으로 300리 떨어진 곳인 타스라는 산 아래 큰 강으로 이동시켰다. 많은 신하가 막지는 않았지만, 크게 놀라며 보이지 않는 곳에서 모두 발을 구르며 쓴소리를 했다.

"우리 대장군께서 이번에 무슨 일로 이렇게 겁을 내실까? 케레이트의 7만 병력으로 인해 이처럼 지역을 이동케 하는 것이라면 만약 훗날 20만 대군이 공격해 온다면 그때는 어디로 이동해 도망칠까?" 하고 볼멘소리를 했다.

그것을 모홀리가 정탐하며 다니는 젊은 데르게이에게서 듣고 크게 기뻐했다. 그리고 서둘러 큰북을 치게 하고, 많은 장수를 불러모아 케레이트와 접전하고 달아나는 것에 대해 논의하자 모두가 손가락을 꺾고 발을 굴렀다.

"우리 베데국의 군신이 함께 모여 나라가 흥성한 이래 위로 주군의 큰 덕과 위엄, 나아가 총사령관의 지략을 믿고, 상당히 여러 차례 많은

적과 접전하여 승승장구하고, 한 번도 주둔지를 옮긴 적이 없습니다. 그런데 이번에 이처럼 갑작스레 달아나면 예전의 여러 해 동안 분투했던 장수들의 명예가 모두 실추되고, 장병들의 마음이 또 견디지 못하게 될 것입니다!"

그러자 모홀리가 웃으며 "속설에 '두려워하면 생명에 도움이 되고, 피하면 길이 많다'라고 한 말을 듣지 못하셨소? 이제 먼 곳에 있는 대군에게 알릴 여유가 없기에 지금 준비되어있는 6, 7만의 병사로 적을 대적해야 하오. 그렇기에 두려워하지 않을 수 없소. 이제 달아나다가 사정없이 추격할 계략이 있소! 오직 대적할 일만 있을 뿐이오. 많은 장수들께서는 군법을 힘써 따르기 바라오!"라고 했다.

또 말하기를 "예전의 대신 멩게릭과 멩게트, 그리고 새로운 친우 톡그통고, 잠발은 여덟 명의 젊은 장수들을 지휘하고, 네 명의 작은 주군들은 5천 명의 병사를 이끌고 주군의 게르 내궁 전체를 거두어, 타스산으로 가서 간편하게 진을 치고 주둔하시오. 모든 권한을 모두 멩겔릭이 총괄할 것이니, 그의 명을 잘 따르시오. 보가르지 아형께서는 벨구테이와 더불어 시리 호톡과 하르 히루 두 장수와 네 명의 젊은 장수들을 데리고 1만 병력을 지휘하여, 타스산의 샤릴즈타이 평원에 가서 매복하십시오. 보랄 아형께서는 하사르와 더불어 찬드간 세첸과 호드간 베히 그리고 네 명의 젊은 장수들을 데리고 1만 병력을 지휘하여 타스산의 나르스타이[1]숲에 가서 매복하세요. 촐론 아형께서는 오치르

1 '소나무가 있다'는 뜻인데, 지명으로 사용되고 있다.

와 더불어 초 메르겐과 호르츠 바이르 그리고 네 명의 젊은 장수들을 데리고, 1만 명의 병사를 지휘하여 보르가스타이 사구에 가서 매복하세요. 토르곤 샤르 아형께서는 가축과 더불어 운두르 세첸, 우넨 투르 장수와 네 젊은 장수들을 이끌고, 1만 병력을 통솔하여 타스산의 홀스타이강에 가서 매복하세요.

수베데이와 줄게데이, 길루겐, 호일다르 네 장수는 오요트 세첸, 오욘고, 사이한 소르탈트, 투그스촉그트, 울후 대신과 바얀 왕실 호위병, 여섯 대신과 1만 명의 병사를 통솔하고, 주군의 옥체를 지키며, 타스산의 대평원에 주둔하시오. 나는 젤메와 제브 장수와 함께 신구 장병들을 데리고 각 지역을 순행할 것인데, 어느 곳에 이를지 향방이 일정치 않소. 아르가손의 호르골즈와 안돈 친은 교대로 소식을 전하시오!" 라고 각각 명하여 임무를 배정해주고, 내궁으로 들어가 태조에게 타스산에서 초가을 대사냥을 하며 병사를 훈련시킬 것을 청하고, 이튿날 아침 인시寅時에 모두가 함께 출발했다.

한편 아르트, 호소르, 달지다이 세 사람은 이러한 명을 자세히 기록하여 사람을 시켜 케레이트의 얄고에게 보냈다. 이보다 먼저 케레이트의 올론호와 고르기는 케레이트로 돌아와 모홀리가 고친 서한을 올렸다. 얄고가 서한을 펴보니 상당히 아첨하는 뜻을 담아 은혜에 절하고, 또 이번에 전투가 있을 것이며 우리 세 사람이 안에서 죽을힘을 다해 돕겠다. 반드시 우리가 예수헤이 바타르의 다섯 아들을 모두 붙잡아 베데국을 평정하여 큰 공을 세울 것이며, 입신양명의 큰 문으로 삼겠다고 했다.

그러자 얄고와 자모하가 크게 기뻐하고 있을 때 이어서 또 한 통의 서한이 이르렀는데, 그 내용인 즉 "교활한 종놈 모홀리가 숙영지를 이동시켜 타스산으로 들어갔습니다. 예수헤이 바타르의 다섯 아들을 붙잡기가 어려워졌습니다. 이러 이러한 지역에 매복했습니다. 병력을 나누어 공격하면 분명 전부 생포할 수 있을 것입니다. 대군을 모을 여유가 없어 병력이 전부 7만이 되지 않습니다"라고 했다.

이에 얄고가 참으로 기뻐하며 그 서한을 부왕께 보이며 "이것은 하늘이 내려 주신 절호의 기회입니다"라고 하며 급히 재촉하여 공격하려고 했다. 그 사이에 올론호와 고르기가 벌써 사람을 보내 이 정보를 모홀리에게 전하게 했다. 모홀리는 "내 생각대로 되었다"라고 하며 곧바로 여러 진영을 은밀히 순행하며 모두에게 계략을 일러주고 사냥을 하도록 명했다.

한편 케레이트 군의 원수元帥 자모하는 대군을 이끌고 곧바로 타스산을 향해 달려가서, 보르한 갈돈을 들르지 않고 그대로 지나쳐 타스산 가까이 이르자마자 병력을 분할하고 명했다.

"태사 올리다이는 졸리오 부족의 수장 호르고스를 데리고, 1만 병력으로 샤릴즈타이 평원에 매복한 베데국의 보가르지의 병사들을 포위하여 공격하고, 태보 고린다이는 독그나이 부족의 수장 숌볼과 함께 1만 명의 병력으로 나르스타이 평원에 매복해 있는 보랄의 병사들을 포위하고 공격하시오. 소사 오란 자돌은 홀리 부족의 수장 일착을 데리고, 1만 명의 병력으로 홀스타이 강가에 매복해 있는 토르곤 샤르의 병사들을 포위하고 공격하시오. 주군과 태자 그리고 나는 여러 작은 부족의 수령들과 여러 장병과 함께 3개로로 베데국의 군주와 총사령관의 대진영을 포위하고 공격하겠소. 듣자니 그들은 보르한 갈돈을 텅 빈 채로 남겨두고 밖으로 병사들이 매복해 있다고 하니, 곧바로 가까이 접근해서는 아니 될 것이오!"

그리고 각각 병력을 나누어 배치하고, 다음 날 묘시卯時에 포성이 한 번 울리자, 케레이트의 7개 진영의 병사들이 일제히 움직여 사방으로 돌격해 타스산 어귀로 들어갔다. 중군이 타스산의 대평원에 이르자 망망한 초원에는 인적도 그림자도 아무것도 없었다. 키 큰 풀에 야생 영양들만이 무리 지어 달려가는데, 그 풍광이 참으로 황량하기 그지없었다.

그러자 왕 칸과 황태자, 승상, 원수元帥들이 크게 두려워하며, 눈을 휘둥그렇게 뜨고 놀라 입이 벌어졌다. 분명 모홀리의 간계에 빠졌다며 말머리를 돌려 달려갈 때 갑자기 산의 영양들이 놀라 달아나고, 초원의 야생동물들이 놀라 먼지를 일으키며 달아났다. 그때 한 무리의 병사들이 날듯이 달려와 크게 소리치자, 왕 칸을 위시하여 모두가 혼비백산하여 급히 북을 치고 병사들을 3개 무리로 나누었다. 그때 병사들이 맞은편 군기軍旗를 가리키며 말했다.

"저것은 베데국의 군기가 아니라 우리 올리다이 태사님의 기입니다!"

그러자 비로소 안심하고 북 치는 것을 멈추었다. 정황을 물어보려고 할 때 건너편 병사들 가운데서 포성이 울리자마자 북을 두드리고 깃발이 움직였다. 그리고 대오의 문이 열리자마자 베데국의 총사령관 모홀리가 쇠 방망이를 가로로 잡고, 말을 타고 나와서 큰 소리로 왕 칸을 향해 욕설을 퍼부었다.

"배은망덕한 토릴, 의를 저버린 얄고, 반역한 자모하, 개 방귀 같은 후르겔즈겐 너희들이 이제 죽으려고 찾아왔느냐?"

큰소리로 일갈하며 호랑이 기를 한 번 흔들자, 한데 모여있던 병사들이 갑자기 뒤로 물러나더니 2개 조가 되어 양 갈래로 나뉘어 움직였다. 또 날아가는 매의 날개같이 비스듬히 대오를 짓더니, 여우가 토끼를 낚아채듯 맹렬하게 돌격해 들어왔다. 케레이트의 병사들은 느닷없는 상황인데다가 또 진을 칠 시간적 여유가 없었기 때문에 대경실색했다. 자모하가 먼저 달아날 틈을 찾을 때, 모훌리가 군대 가운데서 크게 외쳤다.

"토릴의 머리를 가져 온 사람에게는 1천 냥의 금은을 상으로 내릴 것이다!"

그 소리에 산천이 진동했다. 그러자 왕 칸은 금관을 꺼내 안장 끈에 매달고, 제대로 공격도 한 번 하지 못한 채 똥오줌을 질질 싸면서 서북쪽으로 달아났다. 꽤 멀리 도망쳐 갔을 때 서북쪽 산정상에서 가릉빈가라는 봉우리 위에서 불을 지펴 올린 연기의 신호가 시작되자 천지가 폭발하는 듯한 포성이 울리고, 병사들의 함성소리가 났다.

왕 칸은 혼비백산하여 다시 돌아 북쪽으로 도망쳐 30리 되는 곳의 우주르 얌트라는 초원에 이르러 태보 골린다이 부대의 흩어진 패잔병들을 만났다. 그들은 사방에 매복한 병사들을 공격하기 위해 갔던 병사들이었는데, 막상 목표한 곳에 갔을 때는 베데국 병사가 한 명도 없었다.

"듣자니 태사 올린다이의 병사가 또 도중에 베데국의 군대와 만나

겁을 먹고 크게 패해 도망친 몇 명의 병사들이 우리 군대와 만나 합류했습니다. 다른 조의 병사들은 어찌 되었는지 모릅니다!"

병사의 말에 왕 칸은 모자를 쓰고, 등자 가운데 발을 디디며 크게 한탄했다. 그리고 곧 그 얌트 평원의 은신처가 될 수 있는 곳에 내려 비로소 병사들이 식사를 준비할 때, 자모하가 보니 느닷없이 산 계곡 입구에서 또 한 무리의 병사들이 돌격해 오고 있었다. 그러자 세 군단의 병사들이 혼비백산하여 한 번 크게 소리를 지르더니 진영을 버리고 산으로 기어 올라갔다. 그 병사들이 가까워져 온 후에 보니, 그것은 적편의 병사들이 아니라 자신의 나라 태사 올린다이가 이끄는 한 무리의 병사들이었다.

그들이 산에서 내려와 올린다이에게 정황을 묻자, 이들 병사들은 샤릴즈타이 평원으로 달려갔는데, 한 사람의 자취도 없었기 때문에 할 수 없이 타스산 입구를 거슬러 올라가고 있을 때 갑자기 베데국 군주의 한 무리의 병사들과 만나 그들에게 크게 패해 도망쳐 가다가 이곳에 숨어들어 왔다고 했다. 정황을 보니 베데국의 병사들이 사방에 매복해 있다는 것은 모두 거짓된 소문이었으며, 모든 병사를 케레이트 군대가 돌아가는 길에 매복시키기 위해 보냈던 것이다. 타스산에는 태조와 모훌리가 네 명의 작은 군주의 세 군단이 주위에서 사냥을 하고 있었다. 가릉빈가산의 봉우리에 있는 가짜 진영은 톡그통고 등이 이미 병사들을 이끌고 나왔지만 사실상 이튿날 밤 다시 돌아가서 보르한 갈돈 바깥에 병사들이 매복해 있었다. 그리고 태조와 모훌리만이 각각 2만 명의 병사를 이끌고, 타스산을 둥글게 돌아 머리와 꼬리를 연결하여 케레이트의 4개 군단의 병사들에게 길을 잃게 하면서 그들을 공격해 살상했던 것이다.

한편 샤릴즈타이 초원의 병사들을 포위하기 위해 갔던 케레이트의 대장 올린다이는 태조의 군대와 마주치게 되었다. 그때 태조가 갑자기 돌격해 들어가 케레이트의 병사들을 추격해 죽이자 올린다이는 생각지 않은 느닷없는 일이었기 때문에 대패하고, 2개로로 갈라져 달아났다. 졸리오 부족의 수장 호르고스 역시 태조와 정면으로 마주치게 되었다. 그때 태조가 크게 한 번 호통을 치는 소리에 심장이 오그라져 말에서 굴러떨어진 것을, 그의 병사가 겨우 끌고 가 말에 태워 싸우지도 못하고 도망쳤다.

그러자 태조는 북을 치고 네 명의 용사들과 함께 돌격해 들어가 일시에 적군을 정신없이 흩어지게 하고, 깃발, 갑옷, 무기 등의 전리품을 몇 수레나 얻었다. 그 사이 모훌리의 병사들이 왕 칸 군대의 한 무리의 병사들을 물리치고 돌아올 때, 태조의 군대는 또 나르스타이 숲의 케레이트 병사들을 마구 죽이며 가다가 케레이트의 태보 골린다이의 군대와 마주치자 대포를 쏘고, 옆에서 나팔을 불면서 화살을 맹렬히 쏘아대기 시작했다. 케레이트의 골린다이는 독그나이 부족의 수장 숌볼의 병사와 함께 모두 바람이 부는 아래쪽에 있었기 때문에 눈을 뜰 수가 없어, 곧바로 강 하류 쪽으로 도망쳤다. 그러자 호랑이가 양 떼에 달려들 듯 베데국 병사들이 뒤에서 일시에 추격해 달려갔다. 한편 골린다이와 숌볼이 말의 갈기를 낚아채 잡고 죽을힘을 다해 꽤 멀리 달아나, 흩어진 병사들을 모으고 있을 바로 그때 모훌리의 군대가 왕 칸의 군대를 무찌르고 회군하고 있었다. 이렇게 만난 케레이트의 병사들은 또 죽임을 당하고, 골린다이와 솜볼은 겨우 목숨을 부지한 채 남쪽을 향해 날듯이 달려갔다.

태조가 모훌리의 군대와 함께 연합해 케레이트의 군대를 서쪽으로 유인하려고 계속 추격했다. 그때 훌스타이강의 복병을 포위하다 케레이트의 소사 오란 자돌과 또 훌리 부족의 수장 일착이 이끄는 한 무리의 병사들을 만났다. 태조가 곧바로 총성을 울리고 북을 치게 하고 돌격해 들어가자, 훌리 부족의 수장 일착이 멀리서 태조의 붉은 일산을 보고, 하늘이 내게 테무진을 보내 주었다고 크게 기뻐하며 병사를 모두 이끌고 태조를 맞았다. 태조가 정황을 묻게 하자, 일착이 크게 웃으며 고성을 질렀다.

"대 케레이트국의 왕 칸의 패배를 모르는 호장虎將 일착이라고 하는 자가 바로 나다. 하늘이 오늘 내게 테무진 너를 보내 주었다. 빨리 말에서 굴러내려 포박이 된다면 죽음에 처하게 될 죄를 용서해 주겠노라!"

그러자 태조가 그 말을 듣고 미소를 지었다.

"누가 나가 싸울 것인가?"

알락이 벌써 달려나가자 일착이 소리쳐 말했다.

"테무진은 빨리 나와서 머리를 내어놓아라, 잘라주……!"

그 말이 끝나기도 전에 그의 입에 화살이 적중하여 순간 말이 끊어지며 괴성을 질렀다. 많은 사람이 보니 알락이 벌써 달려가 일착을 낚아채서, 발을 잡고 바윗돌에 그 머리를 힘껏 내리쳤다. 그 장면을 보고 있자니 화살이 그의 목을 뚫고 나와 있었다. 일착의 말이 참으로 극악무도하여 수베데이가 분노를 참지 못하고, 그에게 활을 쏘았던 것이다. 그러자 많은 병사들이 크게 웃었다.

이때 건너편에서 모홀리가 케레이트의 소사 오란 자돌과 접전하다가, 오란 자돌이 모홀리의 쇠 곤봉 한 방에 머리를 맞아 머리가 박살이 나고, 다시 몸에 맞아 진흙처럼 흐느적댔다. 그때 케레이트의 병사들은 수세에 몰리고, 장수들이 죽임을 당하자 산을 넘어 동쪽 타스산의 큰 강가 쪽으로 달아났다. 그러자 태조와 모홀리는 곧바로 추격해 들어갔다. 이때 케레이트의 소보 우헤르 부드네와 또 실리 부족의 수장 바타가 보르가스타이에서 망한으로 가서 한 무리의 병사들을 찾으며 다니다가, 한 사람도 찾지 못하고 도리어 독사에 물리고 말았다. 타스산 앞에 와서 보니 병사들의 발자취가 있었지만, 진영의 자취는 전혀 없었기 때문에 할 수 없이 해가 져 설영했다.

그때 강 초입에서 석양에 먼지가 일어나는 것이 비쳐 보이고, 함성소리가 나더니 한 무리의 병사들이 날듯이 돌진해 달려왔다. 지는 해에 눈이 부셔 수호기가 잘 보이지 않았다. 그들을 응시하고 있자니 일군의 병사들이 달려왔는데, 그들을 보니 오란 자돌과 일착의 패잔병들이었다. 그 뒤에서 베데국의 대군이 산이 무너지고 돌이 구르는 듯 힘차게 추격해 오자 우헤르 부드네와 바타 등은 대경실색하여 곧 진영을 버리고 동쪽 강 하류를 따라 도망쳤다. 이때 해가 떨어지고 어두워졌기 때문에 모홀리는 태조를 또 준비된 숙영지에 묶게 하고, 자신은 5리를 추격해 가서 케레이트의 병사를 살육하고, 그곳에서 숙영했다.

밤에 네 명의 작은 군주는 호위병을 4개 조로 나누어, 케레이트의 자모하가 산에 주둔한 병사와 사방에 매복한 병사의 상황으로 의심하게 만들었다. 다음 날 태조와 모훌리는 양쪽으로 헤어져 두 길로 가서 밤에 케레이트 진영을 공격하기로 했다.

한편 케레이트의 왕 칸의 대군은 얌트산의 남쪽 경사지에 주둔하고, 이틀 밤을 지냈다. 그리고 사방에 사람을 보내 정탐을 하게 했는데, 정탐꾼이 돌아와 다음과 같이 보고했다. 사방의 강가 계곡에 베데국의 병사가 없는 곳이 없으며, 멀리 외치는 소리가 끊이지 않는다. 우리 세 갈래 병졸들이 산에서 길을 잃는 일이 매우 잦으며, 누구에게 물어도 모두 베데국의 군대에 패했다고 말한다고 했다.

그러자 왕 칸과 황태자, 자모하 원수, 후르겔즈겐 승상이 여전히 어찌해야 할지 방법을 찾지 못하고 난감해하고 있을 때 밤 3경쯤에 갑자기 천지가 진동하는 듯한 포성이 울리고, "둥둥!" 북소리가 울리자 산과 바위가 진동했다. 병사들의 함성에 강가의 계곡이 웅웅대고, 사방에서 난리가 일어났다. 적군이 어느 쪽에서 쳐들어올지 알기가 어렵게 되자 횃불을 들어 올리고, 모닥불을 피우고 산의 풀을 베어 묶어 케레이트의 진영을 태워 없애며 돌격하자, 케레이트의 대군이 밤이라 눈이 잘 보이지 않아 무작정 달려갔기 때문에 사람은 행동이 느리고, 말은 빨리 달리지 못해 싸울 수가 없었다. 그뿐 아니라 도저히 상대를 막을 수가 없어 아비규환의 혼란 속에서 사방으로 흩어져 달아났다.

베데국의 4개로의 병사들이 함께 쳐들어가 왕 칸의 대진영을 둥글게 에워싸자, "왕 칸을 생포한 사람에게 1천 필의 말과 1천 냥의 은을 하사하고, 천호로 봉할 것이다!"라고 외치는 소리가 바다가 포효하듯 들려왔다. 그러자 왕 칸은 모자와 델을 벗어 던져 버리고, 일반 병사의 무리 속으로 들어가 함께 섞여 도망쳐 빠져나갈 때, 또 서쪽 편에서 큰 불이 일어나더니 한 무리의 병사들이 공격해 들어왔다. 그러자 왕 칸의 수염이 모두 타고 옷이 모두 그슬리고, 많은 병사들이 탄 말의 다리와 갈기, 꼬리가 모두 타고 까슬렸으며, 늑대가 울부짖고 곰이 소리쳤다. 베데국의 병사들은 불의 뒤쪽을 따라 순풍을 타고 가서, 케레이트의 군대의 말미를 제압하여 돌격해 들어갔다.

이 하룻밤 전투에서 얌트 초원에 죽은 뼈가 종횡으로 흩어지고, 귀신이 울고 신령이 소리쳤다. 여우가 울고 호랑이가 포효하며, 여인들이 울고 부인네가 짐승처럼 소리쳤는데, 그 소리가 너무나 끔찍하여 소름이 끼쳤다. 산과 바위 사이에 병사들의 시체가 있고, 나무 뿌리에도 병사들의 시신이 늘어져 있었다.

다음 날 아침 태조는 울후 대신과 바얀 왕실 호위병에게 1천 명의 병사를 남겨주고, 케레이트 병사들의 시신을 묻어주게 했다. 케레이트의 왕 칸의 대 진영과 거주 지역을 모두 거두어들이고, 갑옷과 무기를 주워 오게 했다. 또 한편으로 아침에 동이 트자마자 북을 치고, 곧바로 모홀리와 다시 추격해 들어갔다.

한편 왕 칸은 왔던 길로 말을 달려 도망쳤다. 해가 뜰 때쯤 타스산의 어귀를 나가 해가 솟아오를 때쯤 잠시 한숨을 돌리자며 말의 안장을 정돈케 했다. 그런 뒤 태보 골린다이의 병사와 만나 많은 병사를 먹이고 있을 때, 갑자기 토르곤 샤르의 한 무리의 병사들이 포를 쏘고 북을 치며 좁은 골짜기 어귀에서 돌격해 들어왔다. 이에 케레이트의 병사들이 간이 오그라지고 혼비백산해 진영을 대충 거두고 곧바로 왔던 길로 달아났다.

그러자 토르곤 샤르의 수하 병사들이 기다린 지 한참 된 데다가 또 큰 상을 내리겠다는 공고가 이미 났기 때문에 양 떼에 미친 호랑이가 들어간 것처럼 적들을 추격하여 뒤쫓아가 죽였다. 20리 이상을 추격하는 사이 태조 역시 주력부대를 이끌고 돌격해 들어갔다. 케레이트의 병사들은 죽을힘을 다해 황급히 도망치다가, 자신들의 4개 조의 병사들을 약속이라도 한 것처럼 자주 마주쳤는데, 이를 베데국의 병사라고 두려워하며 가다가 하룻길이 지나서 량호아트호수[2]라는 지역에 이르렀다. 그러자 무성한 풀숲에서 또 총성이 울리고, 장군 촐론의 병사들이 북을 치며 나와 길을 가로막았다.

왕 칸이 여전히 어찌해야 좋을지 갈피를 잡지 못하고 있을 때 태조가 두 번째 조의 주력부대를 이끌고 또 추격해 가자, 왕 칸은 먹을 것을 씹으며 작은 진영을 없애고 또 말을 달려 달아났다. 50리가 지날 때 멜히트 사구 아래서 포성이 울리고 또 한 무리의 병사들이 달려오자, 왕 칸은 혼비백산하고 간이 오그라져 먹고 있던 말린 유제품과 아끼던 치즈를 모두 땅에 떨어뜨리며 탄식했다.

"아, 칸인 내가 꼼짝없이 죽게 생겼구나!"

그리고 전혀 대적해 싸우지 못한 채 달아나자 베데국의 병사들이 돌격해 들어가 적의 대오 뒤쪽 반을 끊고, 공격해 들어가 병사의 물품과

---

2 '연꽃이 있는 연못'이란 뜻의 호수명.

식량을 모두 빼앗았다. 그러자 왕 칸은 자신이 사용하는 여러 가지 물건, 무기, 천자의 보개, 군주의 악기를 모두 길에 던져 버렸다. 베데국에서는 예전에 보지 못한 것들이 매우 많았다. 보랄의 병사들이 이곳에서 기다리다 갑자기 나타나 케레이트의 값지고 귀한 것을 모두 전리품으로 얻었다.

그러자 왕 칸은 말 위에서 괴롭게 신음하며 울었다. 보르한 갈돈 남쪽 100리 거리에 있는 바얀 하르, 메르겐 도브라는 두 산 사이에까지 톡그통고 바타르의 젊은 제자 장수들의 병사가 나타나 또 일시에 싸워 갑옷과 투구, 무기, 안장, 멍에, 깃발을 무수히 빼앗았다. 왕 칸은 병사들에게 명하여, 남아 있던 물건을 모두 버리게 하고, 베데국의 많은 병사가 서로 그 물건을 빼앗으려고 다투는 사이에 또 도망쳤다. 이것은 자모하가 사용했던 짧은 시간에 위기를 모면하고 달아나는 계략이었다.

한편 왕 칸은 목놓아 울며 달아나다가 꽤 멀리 도망쳐 나와 잠시 숨을 돌리고 쉬면서 병사들의 안장 끈과 가슴 섶에 있던 말린 유제품을 갉아먹고, 탔던 말을 죽여 풀에 불을 붙여 그 위에 통째로 놓고 구워 먹고 있었다. 그때 갑자기 또 한 무리의 병사들이 길을 막아섰다. 그러자 왕 칸과 황태자, 승상, 원수 등의 목에 말고기가 걸리고, 입에 남아 있던 고기는 입에 물고 말을 타고 황망히 달아났다. 그 뒤에서 베데국의 병사들이 빠르고 힘차게 추격해 오자 왕 칸의 병사들이 더욱 빨리 달리며 뒤돌아보니, 그 병사들은 베데국의 병사가 아니라 먼저 달아났던 케레이트의 소사 우헤르 부드네, 바타의 병사들이었다. 그들은 5, 6

리를 가서야 비로소 그 사실을 알고 목에 걸리고 입에 물고 있던 고기를 목으로 넘기고, 다시 음식을 조금 얻어 서로 나누어 먹었다.

그런 뒤 자브호란산의 험한 계곡에 숨어들어 이틀 밤낮을 누워 쉬려 할 때 갑자기 바람이 세차게 불고, 모래가 날리며 사방에서 외치는 소리가 들렸다.

"이름뿐인 칸 토릴을 놓쳐서는 아니 된다!"

그리고는 모두 함께 달려오자 왕 칸이 그 말을 듣고 황급히 병졸의 안장 없는 말을 잡아타고 벌거벗은 몸으로 달아났다. 그것을 보고 보랄의 병사와 톡그통고의 병사들이 모두 추격해 공격했다. 이번에는 모든 병사의 갑옷과 투구, 무기, 안장, 멍에, 깃발 등 털끝조차 남지 않고 모두 빼앗기고, 병사도 3분의 1을 잃었다. 그렇게 빠져 도망쳐 가다가 케레이트의 타락 오스라는 강가에 이르자 또 몇몇 작은 나라의 군주들이 투항해 와서 그곳에 진을 치고 기다리고 있었다. 그들을 만나고 나서야 왕 칸은 비로소 한시름 놓았다.

"아, 천부께서 인간의 살길을 끊지 않으셨도다."

그 말이 끝나기도 전에 갑자기 천지가 진동하도록 요란한 포성이 연이어 나고, 몇 무리의 병사들이 길을 가로로 막아서자, 왕 칸은 목이 막혀 더듬대며 말했다.

"아, 이제 나는 끝났구나!"

그러자 베데국 대군이 번개처럼 쳐들어 와 병사를 둘로 끊고 2개 조로 포위해 막아섰다. 또 계속해서 뒤에서 상당수의 병사가 함성을 지르며 추격해 왔다. 밤에 세 겹으로 포위하고, 낮이 되고 태양이 질 때쯤 태조의 군대가 또 달려왔다. 그리고 듣자니 토릴을 붙잡는 병사와 얄고, 자모하를 붙잡는 사람에게 모두 똑같이 2천 필의 말과 2천 냥의 은, 2천 호의 장으로 봉하겠다고 외쳤다. 그러자 많은 병사들이 웅성대는 소리에 강물이 요동치고 바다가 들끓는 듯했다.

한편 몇 십 겹으로 에워싸인 왕 칸과 황태자 등이 달아날 틈을 찾고 있을 때 갑자기 세 사람이 무리 속으로 파고 들어왔다. 그들을 보니 베데국을 등지고 반역한 아르트, 호소르, 달지다이 이 세 사람이었는데, 일이 잘못되자 할 수 없이 그들을 향해 달려온 것이었다. 그때 그 세 사람은 왕 칸을 데리고 나가겠다며 죽을힘을 다해 뚫고 들어왔다. 왕 칸은 그들을 보자 곧 면박을 주었다.

"그대 세 사람이 안으로 도왔다는 것이 이것이오?"

그들이 발을 구르고 탄식하며, 왕 칸을 데리고 나가려고 할 바로 그 때 베데국의 젤메, 제브와 마주쳤다. 두 장수가 밀고 들어와 왕 칸을 생포하여 태조의 말 앞으로 데리고 가자 왕 칸이 말하기를 "자모하와 아들 얄고가 나를 데리고 다니다가 이렇게 되었소!"라고 울며 머리를 조아렸다.

"군주께서는 자비를 베풀어 못난 내가 이전의 부친과 의형제를 맺고 지냈던 것을 생각하여 목숨을 살려주기 바라오!"

그러자 태조가 말하기를 "그 옛일을 생각하여 내가 일곱 번을 도와주어 이미 충분하다고 할 수 있습니다"라고 하자 왕 칸이 울부짖으며 말했다.

"그 후에 고르로드의 아홉 부족을 무너뜨릴 때 못난 내가 진정 정의로운 마음으로 도왔소!"

그 말에 태조는 곧 맞다고 응수하며 창을 들고 왕 칸을 놓아 주었다. 그러자 얄고와 자모하, 아르트, 호소르, 달지다이, 후르겔즈겐 등이 모두 벌거벗고 일반 병사들의 무리 속으로 달려 들어가자, 젤메가 매우 조급해져 "이들을 놓아주면 분명 또 적이 될 것입니다"라고 하며 추격해 가서 죽여 버리자고 했다.

그러자 태조가 젤메의 갑옷의 속옷을 잡아당기며 멈추게 하고, 한숨을 내쉬며 말했다.

"후안무치의 토릴을 죽이지 않고 놓아준 것은 선친의 깊은 우의를 좇은 것이오. 이처럼 관대히 대했는데 돌아오지 않을 사람이 있겠소? 조만간 반드시 그들을 좋게 투항시킬 수 있을 것이오."

젤메가 태조의 말에 감동하여 더 이상 추격하지 않았다. 그 틈에 제브가 크게 분노하며 벌써 추격해 뒤쫓아가서 "소인배 종놈들이 진정 달아나는 것이더냐?" 하고 큰소리로 호통을 치자 얄고가 크게 두려워하며 돌아보니, 제브가 활을 쏘고 있었다. 그 활이 바로 얄고의 코를 가로질러 맞추자, 그가 뒤로 벌러덩 자빠진 것을 좌우의 신하들이 부축하여 황망히 말을 달려 도망쳤다.

태조가 서둘러 사람을 보내 제브를 데리고 돌아오게 하고, 추격하는 것을 그만두게 했다. 이것은 참으로

진정 천자의 자애로움은
진실로 바다같이 깊고

높은 성인의 진정함은
하늘처럼 비할 데 없이 넓고 넓도다!

이때 날이 어두워졌다. 모훌리는 이 일에 대해 전혀 알지 못했기 때문에 큰 횃불을 들어 올리게 하여 불화살을 난사하라고 나무를 두드려 알렸다. 화살이 날아가자 케레이트의 포위된 병사들의 울며 외치는 소리가 푸른 구름을 뚫고, 애절한 탄식 소리가 사람의 마음을 견딜 수 없게 만들었다. 그러자 태조가 몸소 말을 달려 모훌리 곁으로 와서 길게 한숨을 내쉬며, 그의 오른쪽 어깨를 짚으며 말했다.

무릇 사내대장부는 수세에 몰린 병사를 포위해 죽이지 않고
생각 있는 군주는 피해 들어간 자를 강요해 괴롭히지 않소
내 이미 토릴을 풀어 주었으니
사려 깊은 총사령관께서는 구실을 만들어 부상당한 병사들을 놓아 주세요!

그러자 모훌리는 크게 안타까워했다. 속으로 괴로워하며 답답함을 견디지 못하고 길게 탄식했다.

비할 데 없이 신령한 주군의 자애로움은 참으로 진실하나
성심 없는 종 토릴은 어떠한 일이 있어도 회심치 않을 것이네
털끝만한 작은 말로 원수를 놓아 주었으니
화근의 뿌리를 뽑기 위해 얼마나 큰 노고가 필요한가!

모홀리는 "이미 주군께서 관대한 은혜를 베푸셨기에 끝까지 덕의 씨앗이 심어질 것입니다"라고 하며 사방에 징을 치게 하고, "주군께서 이미 토릴을 놓아 주시고, 이 병사들 모두의 목숨을 또 살려 주셨다"라고 하고, 병사들을 모아 대진영에서 설영했다. 그때 케레이트의 포위되었던 많은 병사들이 한 목소리로 산천이 떠나가도록 "천자의 만세를 축원하나이다!" 하고 외치며 달아났다.

이튿날 아침 날이 밝아지자 차일즈 부족의 수장인 오르트라는 자가 왕 칸에게 귀순하기 위해 왔다. 어젯밤 태조의 자애로운 일의 자초지종을 모두 보고 마음 깊이 감동하여 아침에 7천 명 이상의 부족민을 이끌고 와서 모홀리에게 절하고, 태조를 만나 울며 고했다.

차일즈 부족의 오르트 나는
어언 20여 년 동안 전투에 출정했지만
그대와 같은 이러한 군주를
들어본 적이 없소
작은 부족의 수장 오르트 나는
20여 년 동안 많은 부족을 다녔지만
그대와 같은 군주를 지금껏
찾지도 듣지도 못했소
서로 살육하는 사이에도 보살피는 마음을 가진 군주께서는
크나큰 자애로움을 지니셨소
서로 싸우는 사이에도 관대히 용서할 뜻을 가지신 군주

모름지기 크나큰 보살핌과 은혜로움을 지니셨네
죽음에 이른 케레이트의 토릴을
죽이지 않고 관대한 마음으로 놓아 주시고
포위된 케레이트의 병사 모두를
제거하지 않고 용서해 가도록 놓아 주셨네
필시 천신이 분명하며
천하를 모두 지배하실 것이네
불멸의 복록을 쌓으시고
반드시 지고의 황위를 계승할 것이네!

그는 감동하여 눈물을 흘리며 고개 숙여 절했다.

성심을 다해 절하나이다
얼굴에서 피를 내어 뿌리고
화살을 부러뜨려 맹세하며
건장한 병사 7천 명을 이끌고 귀순하나이다.

태조가 그의 마음이 진심인 것을 알고 칭찬해 말했다.

물결 같은 병사들 가운데 있다가
나를 알아볼 수 있었던 차일즈의 수장
수많은 병사 가운데 있다가

특별히 나를 알아보았던 오르트

모두 도망칠 때 숨어서 남아 있다가

잘못을 버리고 복된 지략을 발휘한 오르트

천명을 받은 사직을 도와 성심을 다해 분투한다면

분명 평화와 복을 얻을 것이오

태조는 수장 오르트를 축복하며 '지모 있는 자'라는 칭호를 하사하고, 자신의 신변에 있게 했다.

한편 승리한 병사들을 이끌고 사냥을 하며 나라로 돌아올 때 길에서 태조의 네 아들과 양 친가 사람들이 차례로 일행을 영접했다. 베데국에 속해 있는 멀리 있는 부족민들이 모두 태조를 영접하기 위해 병사들을 이끌고 달려왔을 때 이미 승리한 겨울 전투에서 공을 세운 자들의 공로의 경중을 구분하고, 전리품으로 얻은 많은 물건을 살피고 있었다. 태조는 먼 지역에서 달려온 사람들을 모두 남게 하여 큰 축하잔치를 벌였다. 연말이 되었기 때문에 모두 돌아가지 않고 새해 명절을 지낼 아침을 기다리며, 태조를 칸으로 추대하자는 논의를 했다. 이 일이 어떻게 되는지 알고자 한다면 사관인 내가 정원에서 그 뒤를 이어 쓰는 것을 기다리기 바란다. 정사년이 여기서 끝을 맺었다.

【평언】

이 장에서는 표면적으로 위엄과 은혜, 이면적으로 덕과 지성을 보여준다. 덕과 지성의 근본은 위엄과 은혜에 기대며, 은혜의 근원은 존재하는 지성에서 비롯된다. 그렇기에 완전한 승리를 거두고 열반에 든 석가모니 부처님도 왕가에서 태어났으며, 부처의 형상을 세우셨다. 실제로 부처가 되는 것은 마음에 있는 것이다. 부처가 되는 것은 출신에 있는 것은 아니지만 특별히 출신을 중시한 것은 또 부처가 되는 데 용이함을 찾았던 것은 아닐까? 덕은 부처가 되는 근본이며, 출신은 부처가 되는 문이다.

그렇게 부처의 덕은 위엄이요, 부처의 출신은 은혜이다. 위엄이 없다면 은혜가 있어도 사람들은 믿지 않고, 위엄은 있으나 은혜가 없으면 우러르지 않는다. 위엄과 은혜의 관계를 보면 서로 매우 멀지만, 진실을 말하면 매우 뜨거운 연인의 관계라 할 수 있다. 왜 그런가 하면 위엄은 앞에 가면서 은혜의 길을 닦고, 은혜는 뒤를 따라가며 위엄의 원한을 씻어내기 때문이다. 상대는 위엄을 두려워하고, 은혜를 칭송한다.

그렇기에 위엄이 없다면 은혜라고 하지 않는다. 또 은혜가 없다면 위엄이라 하지 않는다. 위엄의 근본은 은혜에 있다. 은혜의 근본은 위엄에 기대있다. 이렇듯 위엄은 태양과 같고, 은혜는 달과 같다. 위엄이 길어지는 대개의 것을 은혜가 잡는다. 인간이 바라는 은혜의 능력을 위엄이 발전시켜 주기 때문에 위엄이 없으면 은혜도 없으며, 은혜가 없으면 위엄도 없다. 위엄과 은혜를 말할 때 그것은 두 글자이지만 결합시켜 말하면 '현명함'이라는 한 글자로 압축할 수 있다. 현명함이 아니면 위엄과 은혜를 균형 있게 사용할 수 없으며, 위엄이 과도해져 끊어지거나 아니면 은혜가 과도해져 재난을 일으켜 위엄도, 은혜도 없게 만든다.

위엄과 은혜를 서로 상보시킬 수 있는 것은 오직 현명함에 기대있다. 만약 현명함이 없다면 어딘가에서 오는 위엄과 은혜가 현명함에서 태어날 때 덕이라는 자산이 필요하다. 덕을 쌓고 지식을 구축하는 데 동기를 이루는 것이 필요하다. 어떤 행위의 동기를 이루게 할 때 또 위엄과 은혜가 필요하다. 그렇게 덕과 지식, 위엄과 은혜 이 네 가지는 수레의 바퀴와 같이 머리와 꼬리가 이어져 돌아가며, 중심축은 현명함으로 모아진다.

이 장에서 모홀리는 케레이트의 두 사신을 깊이 생각하게 하고, 믿고 경외할 수 있게 한 것은 모두 위엄과 은혜를 적절히 고르게 사용할 수 있었기 때문이다. 또 밤에 태조를 깨워 나오게 할 때 권력자의 모습이 아니라 웃으며 말하고 미소 지으며 물은 것은 은혜요, 배반하고 거역하는 자를 죽이라고 한 것은 위엄이다. 모홀리가 진실을 찾으려 했던 것은 은혜요, 찾은 것을 후에 논하리라고 한 것은 위엄이다. 그렇게 태조와 모홀리 두 군신은 한 사람이 위엄을 높였다면 다른 한 사람은 은혜를 알리고, 한 사람이 은혜를 베풀면, 다른 한 사람은 위엄을 사용했다. 이 두 힘이 끊어지고 문제가 생기는 데 이르게 하지 않는 것은 모두 현명함의 능력에 있는 것이라고 할 수 있다.

이 장이 시작되면서 위엄이 연이어 전개되나 끝에는 갑자기 한량없는 은혜로 끝을 맺는다. 고대 촉나라의 제갈무후가 만국을 일곱 번 은혜로써 탄복하게 했던 일[3]을 볼 때마다 나는 놀라움을 금치 못한다. 이

---

3 '칠종칠금(七縱七擒)'의 고사로 제갈량이 남만국의 맹획을 일곱 번 잡았다 일곱 번 놓아주며 진정한 심복이 되게 했다는 이야기.

장의 태조 성군은 케레이트부를 여덟 번 은혜로 믿게 하는 일이 있어 왔던 것은 진정으로 놀라울 따름이다. 만국의 맹획孟獲이 비록 윤리가 전해지지 않은 나라에서 태어났지만, 마지막 번에 제갈량의 은혜에 참을 수 없이 감복한다. 이 케레이트국의 케 왕 역시 예법이 이르지 않은 곳에서 태어났지만, 케 왕은 원래 타고난 우둔함으로 인해 죽임을 당하고 패망했다.

그렇게 태조의 은혜가 비와 같을 때 모훌리의 위엄은 벼락과 같았기 때문에 대원제국의 새로운 나라를 이룰 수 있었다. 전체를 요약해서 말하면 덕, 인연, 길조, 동기라고 할 수 있다.

제25장

태조는 뭇사람이 원하는 칸의 보위에 오르지 않고 사양했네 하브트 하사르 등이 함께 뜨거운 피를 섞어 뿌리며 맹약했네

송나라 영종 경원 4년, 금나라 장종 승안 3년, 무오년戊午年. 성조 태조의 나이 37세였다.

은혜에 대한 보답을 원수로 갚는 자들이 세상에 어찌 이리도 많은가!
반면 분노를 웃음으로 흘려보내는 자들은 세상에 참으로 적네
용의주도하지 못한 케 왕의 순결하고 빼어난 자는 그 여식이요,
죽어 마땅한 토릴의 참으로 못난 자식은 거꾸로 그 아들이라네

무오년 복된 정월 초하루 명절 아침 축시에 태조는 천지 신령께 제의를 드리고, 조상께 절을 올렸다. 우진 어머니에게 세배를 올리고 덕담을 듣고, 주순 부인과 신년 축하 인사를 나누었다. 그리고 조정에 나가 대소신료들의 절을 받고, 신년 대 축하연을 베풀었다. 해 질 무렵 베데국에 속한 외방의 많은 부족의 수장들을 위시해 안으로 친인척과 토르곤 샤르가 무릎을 꿇고, 태조에게 선왕의 보위를 이어 칸에 오를

것을 언급하며 상서를 올렸다. 태조가 그 상서를 받고 사이한 소르탈트에게 주어 읽도록 하자 그 내용은 다음과 같았다.

"내외 조정에 속한 중신과 친인척, 백성, 베데국 전체가 두려운 마음으로 무릎 꿇고 고하나이다. 고대 개국 천자이신 부르테 치노로부터 10대, 두 번째 천손인 보돈차르 성인이 태어나시어 보르지기드 씨족 키야드 족을 이루시고, 7대가 지나 많은 나라와 부족이 눈으로 보고, 귀로 듣도록 천상에서 세 가지 길한 증표를 내려주시어, 흰빛이 주군의 몸으로 변해 태어나셨나이다. 첫 번째 천손이신 부르테 치노로부터 흰빛에서 태어나신 주군에 이르는 25대가 될 때까지 베데국은 대대로 보위를 이어왔습니다. 이제 주군의 명철하심을 보니 상천의 백천신의 보우하심으로 태어나시어, 13세부터 부왕 예수헤이 바타르의 원수를 추격하고, 병사를 조직해 원수를 갚으시면서 사방으로부터 온갖 신고를 겪으셨나이다. 타시고 계신 말에서 내리시어 다른 이를 태우시고, 입고 계셨던 옷을 벗어 다른 이에게 입히시며 고통과 행복을 함께 하시며 지내셨나이다. 많은 병사와 신하를 모으고 나라와 부족을 거두어들이시고, 나라를 안정시키셨나이다. 전란에 하늘의 가호를 다시 다시 드러내시어, 나라 전체에 알리시고, 원근 천 리의 나라와 부족을 거두셨나이다.

비록 가까운 케레이트와 나이만 등의 몇 개의 작은 나라와 부족들이 있지만, 주군의 권세와 덕에 마침내 또 거두어질 것입니다. 그러하오니 신령한 주군께서는 조상들의 황위를 계승하시고 보좌에 오르시면, 이미 끝난 것과 다름없는 남아있는 작은 부족들과 버려진 많은 나라를 모으시기에 쉬워져 천하를 평정하실 것입니다. 그렇게 하오시면 이전 조상 칸들의 뜻을 계승하고, 위로 선친 주군의 신령을 밝게 하시며, 후에 자손들에게 보위를 물려 주시고, 아래로 나라와 신민들에게 은혜가 될 것입니다. 천상 천하와 보이지 않는 신령님과 보이는 사람들 모두의 뜻을 한데 모아 간절히 바라오니 조상의 보위를 계승하시고, 천손의 9가지 보배로 만든 높은 용상에 좌정하시어 모두의 소원을 이루어 주시기 바라나이다. 아득하고 드넓은 이 세상 모든 것을 통솔하시어 살아있는 모든 백성을 평안하고 행복하게 해 주시기를 간구하나이다! 모두가 두려워 떨며 간구하나이다!"

태조가 그 말을 다 듣고 한참 동안 무시하듯 미소를 띠었다. 그리고 오요트 세첸으로 하여금 주필朱筆을 들어 자신이 한 몇몇 행의 말을 쓰게 하고서, 풍악을 울리고 북을 울리게 했다. 태조는 편안히 내궁으로 들어갔다. 이에 조정의 중신과 속국이 모두 구름처럼 몰려와서 보니, 그 특별히 한 말은 다음과 같았다.

칸의 보위에 올라 천자가 된다는 것은
모든 이의 부모가 되는 것이오
모든 백성을 자기 자식처럼 자비를 베풀어야 하는데
아, 내 진정 그러하지 못하기에
허명일 뿐인 그 칸을
부족한 내가 어찌 감당할 수 있겠소
뜨거운 마음을 가지신 중신, 대신 제위들께서는

적합지 않은 이 일을 다시 언급하지 마시오!

그러자 총사령관 모홀리가 이를 보고 사람들을 향해 이르기를 "어떻습니까? 제가 말한 대로 되지 않았습니까?"라고 했다. 원래 이 일을 논의할 때 모홀리가 앞서 언급하기를, "이 일은 어찌 되었든 이루어지기가 어려울 것입니다. 우리 주군께서 원래 칸이라 이름한 모든 자를 매우 멸시하시기 때문입니다. 그렇기에 나는 주군께서 칸의 보위에 오르지 않을 것을 알았습니다"라고 했다.

그러자 많은 무리가 태조의 진정한 마음을 경외하고, 그 강직함과 예리함에 두려워하지 않는 사람이 없었다. 연이어 운두르 세첸이 와서 주군의 지시를 전했다.

"주군의 명입니다. 지난해 케레이트의 전투에서 거두어들인 칸의 게르와 궁, 장막과 보개, 수호기와 술 장식, 깃발, 수레 행렬, 도끼와 곤봉 등 수레 100대 이상의 물품과 무기들을 모두 한데 모아 창고에 저장해 두시오. 나의 의전에는 황제들이 사용하는 황룡 장식 등의 물건을 절대로 들여 사용하지 않을 것이오. 진정한 칸이 아니라 칸처럼 행세하려고 해서는 아니 될 것이오. 그렇게 한다면 마음으로부터 수치심을 느낄 것이오!"

한편 온 나라 사람들은 태조의 깊고 원대한 생각에 탄복했다. 다음 날 나라의 큰잔치에 수석 신하인 토르곤 샤르가 축하주를 올리고 경축하며 절한 뒤, 군신이 술잔을 올리며 연회를 즐길 때 토르곤 샤르가 자신의 잔을 올리며 한 가지를 물었다. 태조께서 지난해 케레이트 병사가 돌아갈 때 총사령관이 밤에 절하기 위해 들어와 모자를 벗고 씨름 선수가 날갯짓하며 춤추듯 절하며, 허리띠를 잡고 고개를 숙여 무릎을 꿇고, 옷자락을 모아들고 두 번 절하고 뒤로 물러났다가 앞으로 나아가며 멈춘 것에는 무슨 연유가 있는지 묻자 태조가 미소를 지었다.

"총사령관께서 모자를 벗고, 땅을 구르며 날갯짓하고 절한 것은 내가 먼저 크게 두려운 것처럼 행세하고 도망치라는 말이었소. 허리띠를 잡고 고개를 숙여 무릎을 꿇었던 것은 모든 신하를 다 데리고 가라는 뜻이었고, 옷자락을 여며 두 번 절한 것은 지역 사람들을 모아 데리고 가라는 말이었소. 또 뒤로 물러나고 앞으로 나간 것은 패한 것처럼 도망치라는 것이요, 상황을 보아가며 추격하자는 뜻이었소!"

조정의 사람들이 그 말을 듣고 놀라지 않는 이가 없었다.

오래지 않아 입춘이 되어 눈이 녹아 흐를 때가 되자 파수병이 와서 "패역한 나이만이 타지의 병사를 선발하여, 어디로 출병하는지 모릅니다"라고 하자 모홀리가 미심쩍어하며 주군께 이를 고하고, 젤메와 제브를 데리고 6천 명의 병사를 뽑아 변경을 순시하기 위해 떠났다.

그런데 나이만이 어찌 출병시켰을까를 생각해 보니, 지난해 자모하가 은밀히 나이만에 사신을 보내, 만일 군대를 지원한다면 솔롱고를 내어 주어 혼인을 하겠다고 할 때 나이만의 알탄샤가 어찌 또 혼사를 물리는 말이 나왔느냐며 곡사레를 불러 의논을 했다. 그리고 혼사를 재촉하기 위해 군대를 거느리고 길을 떠날 때, 타이얀 칸에게 케레이트의 이전 원한을 들추고, 베데국에 패한 것을 설욕하리라는 것을 구실 삼아 곡사레는 홀소브츠『몽골비사』에는 호리 수웨치라고 함와 이데르 도보를 데리고 2만 명의 병사를 선발하여 케레이트의 변경에 다다랐다. 자모하가 이미 그들이 오는 것을 정탐해 은밀히 그들을 맞으러 가서는 "어찌 좋게 혼약을 맺지 않겠습니까? 이번 가을에 공주를 보내 즐거이 혼약을 맺읍시다!"라고 했다.

곡사례 일행이 그의 말을 믿고 돌아가는 길에 곡사례는 아버지 곡설오의 원한을 생각하고, 준비되어 있는 병사로 베데국이 무심하게 있을 때 뒤통수를 치고 들어가 일시에 베어 버리겠다고 생각하고, 베데국의 하브트 하사르가 지내고 있는 갈로트산으로 갔다. 그러자 모홀리의 5개 군단의 병사들이 산 뒤편에서 나와 나이만의 병사를 동시에 포위하자 곡사례가 대경실색했다. 또 모홀리의 계략에 빠졌다며 징을 쳐 병사들이 퇴각할 바로 그때 북쪽 강가에 매복하고 있던 하사르의 병사들과 느닷없이 마주쳤다. 그러자 군대의 선두와 후미에 혼란이 일어나면서 곡사례의 군대가 일시에 패해 달아났다. 50리 정도 갔을 때 갑자기 마른 대나무 풀숲에서 포성이 울리더니, 젤메와 제브의 병사들이 양쪽에서 압박하여 적군을 죽이고, 앞에서 또 촐론의 병사들이 치고 들어왔다.

그러자 곡사례가 크게 놀라 병사들에게 말을 달리게 해 돌아가려 하자, 뒤쪽에서 하브트 하사르의 병사들이 또 달려와서 적을 따라붙더니 활을 쏘아 죽이기 시작했다. 곡사례가 포위되어 매우 당황하여 어찌할 바를 모르고 있는데, 북소리가 더욱 요란하게 울렸다. 그때 모홀리의 다섯 호장의 대군들이 또 물밀듯이 밀려와 곡사례의 병사들을 커다란 갈로트 호숫가로 몰아갔다. 그들이 호숫가에 헝클어져 있던 대나무 뿌리에 말 다리가 걸려 넘어지자, 갈고리 창을 잡고 있던 병졸이 나와 곡사례를 제압해 포박했다.

홀소브트와 이데르 도보는 맹렬히 싸우며 병사를 이끌고 포위망을 뚫고 달아났다. 그러나 모홀리는 그들을 추격하지 않았다. 다만 곡사례의 포승줄을 스스로 풀어주며 예를 갖춰 대접하고, 후한 선물을 주어 돌려보냈다. 그러나 곡사례는 조금도 감사하는 태도 없이 자신의 병사들을 뒤쫓아 하룻밤 말을 달려갔다. 다음 날 병사들을 점검해 보니 열의 하나둘 정도는 죽고, 열의 셋 정도는 상처를 입은 상태였다. 곡사례는 어쩔 수 없는 상황에 발을 구르며 울분을 토하고 자기 나라로 돌아갔다. 그리고 케레이트에서 공물을 바쳤다고 하며 물품을 내어놓고, 또 도중에 베데국을 맞아 싸워 병사들을 잃었다고 거짓으로 고하자, 타이얀 칸은 베데국에 또 원한을 품고 원수 갚을 것을 생각했다

[원주] 곡사례는 아버지 곡설오에 비해 진정 한참 미치지 못한다는 것을 이 한 가지 사건이 드러내준다. 사내대장부가 어찌 이런 거짓말을 한단 말인가?.

한편 모홀리는 나이만을 단번에 물리치고 돌아와 하브트 하사르가 지내는 곳을 살펴보고, "이곳은 케레이트국에서 가깝고, 우리나라 진흙밭이 있는 바조나이강에서 멀리 떨어진 매우 위험한 곳입니다. 방비를 단단히 하셔야 합니다"라고 하면서 위험한 상황을 일깨워 주었다.

그리고 승리한 장수와 병사들을 이끌고 보르한 갈돈에 돌아와 보니 태조가 궁에 없었다. 태조는 장인의 홍기라드 부족이 온질라 부족에 포위되자 이를 구하기 위해 두 아들을 데리고 말을 달려갔던 것이다. 한편 모홀리는 나이만의 전리품을 절반으로 나누어 하사르에게 한 몫을 주어 보내고, 자신은 병사를 선발해 이끌고 태조의 뒤를 쫓아 달려

갔다. 이 사건을 또 자세히 이야기해야 해야 할 필요가 있다. 바로 지난해 케레이트는 자신의 분수를 알지 못하고, 거칠게 행동하여 베데국을 선불리 공격했다. 그러나 왕 칸 토릴은 있는 모든 것을 그대로 빼앗기고, 늙은 몸도 붙잡히고 말았다. 그는 안장 없는 말을 타 엉덩이가 갈색이 되도록 문질러져 까지고, 황태자 얄고는 코에 화살을 맞았다. 7만 병사 가운데 1할은 죽고, 반은 상처를 입었으며, 남은 5할은 모두 벌거벗은 처지가 되었다. 또 많은 병사가 안장 없는 말을 타고, 자기 나라로 도망쳐 나라에 도착했을 때는 모두 정신없이 달려왔기 때문에 이미 체력이 고갈되고 근육이 늘어져 기진맥진하여 신음했다. 왕 칸은 안장 없는 말 위에서 앞뒤로 마구 흔들거린 통에 고통으로 울고 징징거리며 나라의 지경으로 들어왔다.

한편 영리한 공주 솔롱고가 조정의 대신들을 데리고 친위대를 사열시켜 부왕을 영접했다. 솔롱고는 부왕의 볼 수 없을 정도로 처참한 모습을 보고, 그의 무릎을 부여안고 눈물을 흘리며 절했다. 그리고 델을 입게 하고, 말을 바꾸어 타게 하여 고향으로 돌아왔다. 아깝도다! 참으로 오랜 세월 동안 수많은 말에 실어 사들인 게르 궁과 물품들이 한순간에 날아가 버렸다. 왕 칸이 벌거벗은 채 맨몸으로 돌아오자 모든 사람이 목 메여 탄식하며 한숨을 내쉬었다. 토릴 칸은 고개가 수그러들도록 부끄러움을 느끼며 자모하를 저주했다.

"사악한 자모하의 주둥이에서 나온 말에 놀아나 모든 것을 잃고, 하마터면 목숨까지 잃을 뻔했다. 내게 해를 입힌 자모하를 베어 죽여 버리고 말리라."

왕 칸이 안장 받침대 위에서 말의 갈기를 내리치면서 다짐하자 솔롱고가 깜짝 놀라 부왕을 만류했다.

"악한 마음을 가진 자의 귀는 듣는 것이 어렵고, 쓸데없는 말을 하면서 뒤에 붙어 앉아 혐오감을 일으키며 날카로운 화살처럼 힘들게 합니다. 혹 다른 변화를 일으킬까 두렵습니다!"

솔롱고는 부왕을 별궁에 모셔 아침저녁으로 마음을 위로하며 간호했다. 이에 황태자 얄고의 증오와 부끄러움이 더욱 커져 사악한 자모하와 상의하자, 자모하는 두세 번 냉소하며 말했다.

"용기가 없는 사내는 땅다람쥐와 같다고 했습니다. 쉬지 않고 노력하면 백 가지 일을 이룰 수 있다고 했습니다."

그렇게 말하더니 또 한 가지 계략을 끄집어냈다.

"이제 그들의 힘을 분산시키고, 틈을 타서 갑자기 뒤통수를 치며 공격하는 것입니다. 혼질라 부족의 수장 공칙이라는 자는 홍기라드 부족에 패해 절치부심하고 있지만, 힘이 부족하여 등을 돌리고 나갈 수 없는 처지입니다. 우리가 소보 우헤르 부드네에게 1만 병사를 내어 주어 홍기라드를 포위하게 합시다. 모홀리는 지금 나이만의 변경에 있기 때문에 분명 테무진이 몸소 자신의 장인을 지원하기 위해 갈 것입니다. 그 사이에 태사, 태보에게 또 한 갈래의 병사를 내어 주어, 갈로트산의 하브트 하사르의 영지를 포위하면, 분명 보가르지 등이 그들을 지키기 위해 갈 것입니다. 그러면 많은 장수와 병사들을 이끌고 공격해 들어가 베데국의 둥지를 무너뜨리고, 알을 깨고, 처자를 모두 죽이고, 다시 테무진이 돌아오는 길에 그를 맞아 죽여 버립시다!"

이렇게 논의하고, 곧 우헤르 부드네에게 1만 병사를 내어 주어 홍기라드를 포위하게 하고, 자신들은 2개로의 병사를 준비하여 공격해 들어갈 만반의 태세를 갖추었다. 그렇게 자모하와 얄고가 홍기라드에 싸움을 일으키자, 데이 세첸은 두 아들 아즈나이 메르겐과 호다륵 바타르에게 동서 양로의 병사를 지휘하게 하고, 자신은 중군을 이끌고 적을 맞았다. 또 힘이 약해질까 두려워 아우 오치르 세첸을 태조에게 보내 지원군을 요청했다.

그러자 태조가 "그는 내 몸의 일부요, 아버님이시다!"라고 하며 즉시 좌우 호위 병사들을 이끌고 출정했다. 우헤르 부드네와 공촉의 병사들은 태조가 홍기라드 부를 향해 진격해 오고 있다는 것을 듣자마자 모두 혼비백산하여 무리를 지어 뿔뿔이 흩어져 달아나기 시작했다. 우헤르 부드네와 공촉은 이미 병사들을 명령으로 다스릴 수 없는 상황에 이르자 그들도 역시 달아났다. 태조의 병사가 홍기라드의 병사와 연합하여 일시에 적을 추격하며 돌격해 들어가 크게 승리를 거두자, 우헤르 부드네는 곧바로 공촉을 따라 혼질라 부족으로 달아났다.

태조는 그들을 놓치지 않고 추격해 가서 혼질라부의 변경으로 들어갔다. 그곳에 있던 공촉의 아우 린첸이라는 자는 원래 요나라에서 신하를 지냈던 사람이었다. 요나라에는 불교가 널리 전파되어 티베트 사람들이 많았다. 그런데 이 린첸이 태조를 보고 감복하여 나라의 절반을 이끌고 태조를 맞아 투항했다. 그러자 태조가 그에게 '오한트'[1]라는

1 '사려 깊다'는 뜻.

칭호를 내려주고, 그를 선봉으로 삼아 돌진해 들어가려 할 때 모홀리가 오자 보가르지, 보랄, 제브, 촐론, 수베데이, 줄게데이, 길루겐, 호일다르 여덟 명의 장수들을 데리고, 4만 명의 병사로 혼질라 부족과 가까이 관련 있는 부족들을 모두 공격하여 투항케 하라고 명하고 출격하게 했다.

또 케레이트의 수많은 악행을 낱낱이 헤아려 그 죄를 묻기 위해 멩릭의 두 아들 알호와 수호 형제를 보내고, 태조는 좌우의 장수들을 데리고 3천 명의 병사들을 이끌고 돌아가는 도중 갑자기 나라에서 벨구테이가 전령을 보내 소식을 전했다.

“케레이트 병사들이 하브트 하사르가 지내고 있던 갈로트산을 포위하고 공격해 조석지간 패할 위기에 처해 있습니다!”

태조가 그 소식을 듣고 크게 놀라 말 등자에서 발을 빼지도 않고, 곧바로 갈로트산을 향해 달려가면서 부호 벨구테이, 오이트 오칙, 오란 가촉, 큰아들 주치, 둘째 아들 차가타이 등에게 나라의 대군을 이끌고 식량을 가지고 뒤쫓아 오라고 명했다. 찬드간 세첸과 호드간 베히에게는 멀리 있는 병사를 통솔하여 달려오라고 명하고, 스스로 3천 명의 병사를 이끌고 곧바로 갈로트산을 향해 가는 도중에 세 명의 동생과 두 아들을 만났다. 그들은 대군을 젤메와 톡그통고에게 함께 보내기로 결정하고, 태조의 명령이 이르기 전에 나와서 태조에게 절하고 상황을 고한 뒤 함께 연합해 갈로트산을 향해 진격했다.

한편 케레이트의 상황은 이러했다. 황태자 얄고는 우헤르 부드네에게 1만 병사를 내어주고, 하브트 하사르를 포위하게 하려고 보냈다.

또 중원 대국인 금나라에 사자를 보내 이름난 명마 500필을 바치게 하고, 약간의 천군을 보내줄 것을 청했다. 그로 베데국을 멸하고, 그해 천국의 사신을 부끄럽게 만든 원한을 갚고 북방 지역을 평정하겠다고 전했다. 그리고 자신은 또 나라 가운데서 다시 병사를 징집하고, 그 수를 더해 군대를 조직했다. 그리고 호장虎將 호르고스와 북그세르에게 예물을 주어 동쪽 요나라의 야율유가와 또 거란의 군주 해백준 그리고 서하의 군주 이준욱, 또 서역국의 군주 바바포 등에게 선물을 보내고, 지원병을 요청했다.

그런 뒤 그들은 병사를 상당수 얻어와서 이제 베데국에 다시 한 번 돌격해 들어가 싸우기로 결의를 다지고, 계략을 상의하고 있을 때 갑자기 베데국에서 알호와 수호라는 두 사자가 와서 왕 칸에게 절하고 화친할 것을 원하며 투항서를 올리자 얄고와 자모하가 크게 기뻐했다. 얄고는 만면에 희색이 가득하여 왕 칸의 궁에 들어가 곁에서 고했다.

"베데국의 군주 테무진 녀석이 우리가 남쪽의 금나라 등 다섯 나라와 연합한 것을 듣고, 간이 오그라져 투항하겠다고 사신을 보냈습니다!"

그리고 북을 쳐 많은 신하를 모으고, 또 징을 쳐 모든 병사를 모이게 하여 큰 위엄을 보이며, 베데국의 사신 알호와 수호를 철저히 수색하게 하여 궁으로 데리고 들어오게 했다. 그러자 알호는 대수롭지 않게 앉아서 "죽이시오! 죽이시오!" 하고 소리쳤다. 그러자 왕 칸이 물었다.

"다른 나라 사신을 죽이는 법이 있소?"

"알호 나는 나라에 죽임을 당할 죄를 저질렀기에, 특별히 대왕께 죽고자 왔나이다. 죽이지 않으면 가져온 서한을 다 읽고 죽겠나이다. 알흐 나를 주군께서 보내신 것은 함께 힘을 합쳐 우호적으로 지내며, 대왕의 이 한 번의 죄를 묻지 않고 용서해 주겠다는 뜻입니다. 대왕님이 여러 번 계속된 죄상을 낱낱이 물어 만약 알면 아는 대로 모르면 모르는 대로 협의하자고 하셨습니다. 여러분 모두 잘 들으시오! 우리 주군의 말씀은 다음과 같습니다.

가장 먼저 왕 칸 그대는 자신의 삼촌 주르에게 나라와 속민, 자신에게 속한 모든 것을 빼앗겨 살길이 없게 되자 나의 선친 바타르 군주께 기어와서 절해 울자, 선친께서 병사를 이끌고 호쉬라는 곳의 갈론산에서 그대의 삼촌 주르의 병사를 추격하여 나라와 신민, 처자와 부락을 모두 빼앗아 그대에게 다스리게 하고, 처자를 품을 게르와 말에게 풀을 뜯게 할 초지를 갖게 해 주었소. 이처럼 뿌리를 다지고 세워준 이것이 하나의 큰 은혜라 할 수 있소.

후에 나의 때에 그대는 첫 번째 마일즈 부족과 나이만 병사에 완전히 패해 나라가 패망하여, 부족이 흩어지고 친족들이 사방으로 흩어져 도망치고, 그대는 서하로 달아났소. 그대 아우 사인 오한트가 금나라의 장성 밖에서 한인의 노예가 되었던 것을 내가 사방으로 사람을 보내 부족민들을 모아오게 해 모두를 합쳐 주었소. 또 칸의 첫 번째 원수인 마일즈 부족이 다시 기습해 올 때 나는 또 형제처럼 지냈던 사인 부흐 칸의 사란 부르흐, 사인 뎀트 두 사람에게 병사를 내어 주어 마일즈 부족의 군대를 제압하고, 그 부족의 반을 빼앗아 그대에게 내주고, 그대 처자가 배고파하고, 아이들이 굶주리는 심한 고통에서 구해 주었소. 이것이 두 번째 크나큰 은혜요. 또 그대 나라의 배고픈 사람들이 더욱 많아지고, 도망치고 반란을 일으키는 사람이 엄청나게 많아져 살아가는 일에 어찌할 바를 모르고 있을 때 내가 몸소 군대를 이끌고 가서 도망치고 배반한 자들을 모두 모아 그대에게 데려다 주어 다스리게 했소. 그러자 단 몇 달 만에 굶주린 자들이 배불리 먹게 되고, 지친 자들이 살이 찌고, 부인들이 머리를 돌려 웃고, 어린아이들과 정답게 웃게 되었소. 이것이 세 번째 큰 은혜라 할 수 있소.

또 그대의 셋째 아우인 일루 하르가 재차 나이만의 병사를 데리고 와서 그대의 나라, 부족 전체의 모든 것을 빼앗아 차지했소. 그때 그대는 몸소 낙타의 봉을 잘라 피를 마시고, 양과 염소젖을 짜서 먹고 배고픔을 달래며, 나의 나라에 달려왔을 때 내가 톨 강가에서 지역을 떼어 주고, 또 신민을 다스리게 하고 그대의 자녀들에게 자장가를 불러주며 먹이고, 그대 부인이 자식을 자애롭게 기르며 몇 년을 평안하게 지낼 수 있게 해 주었소. 이것이 네 번째 큰 은혜라 할 수 있소.

계속해서 나이만이 3차에 걸쳐 그대 나라의 뿌리를 자르고, 그 재를 날려 버리기 위해 추격해 와서 포위한 것을 나는 네 명의 장군에게 병사를 보내, 그대의 보금자리가 파괴되고 자손들이 망가지고 약탈당해 흩어지는 것을 구해 주었소. 또 그대의 옛 지역의 케레이트부를 일루 하르에게서 빼앗아 그대에게 찾아주고, 그대를 이전 나라의 군주로 삼아 모든 것을 다스리도록 해 주었소. 이처럼 그대를 존귀하게 해주고, 아무 일 없이 평안하게 지낼 수 있게 해준 이러한 큰 도움이 다섯 번째 은혜라 할 수 있소.

또 내가 고르로드의 전리품과 라이하드의 전리품을 모두 그대에게 나누어 주었소. 그대 지역 사람들이 배고프고 지쳤을 때 먹을 것을 주어 체력을 회복시켜 주고, 나라를 평화롭게 해준 이러한 도움이 여섯 번째 은혜요. 또 나를 죽이려고 데리고 갔지만, 오히려 나의 신하들이 그대를 붙잡아 데리고 왔을 때 나는 그대를 죽이지 않고 금과 비단을 주어 보냈소. 또 그대 병사들이 나를 죽이려고 왔을 때도 그들이 붙잡혔으나 그들을 죽이지 않고 돌려보냈소. 이것이 일곱 번째 큰 은혜요.

내가 그대에게 베푼 이러한 크나큰 은혜를 그대만 아는 것이 아니라 우리 북방 지역의 모든 사람이 매우 분명히 알고 있소! 내가 이러한 은혜를 여러 차례 베풀었음에도 불구하고, 그대는 한 번도 제대로 보답한 적이 없을 뿐만 아니라 도리어 몇 번씩이나 배반하고 적대시하며 지낸 것은 무슨 까닭입니까? 그대가 우리를 괴롭힌 죄를 손가락으로 꼽아 헤아려 보자면 첫째, 우리에게 투항했던 메르겐부의 마그나그트 우익의 많은 병사를 짓밟았소. 그대들의 반역적인 행동의 첫 번째 죄가 그것이오. 우리는 이에 대해 아무 말도 하지 않았는데, 자모하는 그 일로 배반하고 도망쳤소.

그다음 고르로드를 공격할 때 그대는 자신의 맹약을 어기고, 고르로드가 준 뇌물을 받고 병사를 모아 몰래 도망쳐 우리를 위험에 빠뜨렸소. 이것이 두 번째 반역적인 행동이오. 그래도 우리는 아무 말도 하지 않았소. 또 나이만의 곡설오가 병사들을 이끌고 와서 우리를 괴롭히고, 달론이라는 곳에서 큰 전투가 벌어지고 있을 때 그대는 그것을 듣고 지원병을 보내 돕지 않은 것은 말할 것도 없고, 적병을 보내 물건을 빼앗고 노략질했소. 이것이 세 번째 불의하고 반역적인 행동이오. 그래도 우리는 아무 말도 하지 않았소.

계속해서 도망자 자모하가 하늘의 뜻을 거역하고 칸을 자칭하고, 내가 공격해 그자를 패하게 한 것을 그대가 붙잡았으나 내게 넘겨주지 않았을 뿐 아니라, 그 수하 장수로 하여금 내게 공격하게 했던 것이 네 번째 불의하고 반역적인 행동이오. 그래도 우리는 아무 말도 하지 않았소. 그다음 또 나의 원수를 놓아보내고, 톨강 앞에 있는 나의 겨울 영지에 불을 놓게 하고, 우리 속민의 게르와 지역, 물건과 가축을 마구 약탈한 이 불의한 일이 다섯 번째 반역적인 행동이오.

또 나를 속여 데리고 가 연성 전략의 세 가지 대오와 경성 전략의 세 가지 대오를 준비하고, 여섯 가지 악랄한 계략을 준비하여 나를 죽이려고 한 것이 여섯 번째 불의하고 반역적인 행동이오. 그러나 우리는 그에 대해 또 아무 말도 하지 않았소. 이제 그대는 스스로 칸이라 칭하고, 은혜를 베푼 자에 대해 보답하는 대신 죽이려고 했으며, 달아나고 있는 우리를 타스산까지 추격해 죽이려고 한 것이 일곱 번째 불의한 일이오.

그대는 이렇게 일곱 번의 큰 은혜를 입고도 한 번도 갚지 않았을 뿐 아니라 오히려 매번 반역적으로 일곱 번이나 공격하여 배신한 것은 대체 무슨 원한 때문이오? 타는 말이라도 주인에게 복이 되는 점이 있고, 개라도 집안 식구에게 친근한 마음이 있거늘, 하물며 칸이라 이름하면서 이같이 행동하는 법이 어디 있단 말이오? 이제 또 여러 지역, 여러 나라에서 병사들을 징집하여 또 어찌하겠다는 것이오! 모름지기 그대는 내게 대군을 출동시켜 지역이 붉게 물들 때까지, 재가 날리고 자손이 끊어질 때까지 뿌리가 뽑히도록 패해서 망하게 되는 것을 바라는 것이오? 지금 그대의 과한 어리석음으로 이처럼 말하여 서신을 보내도 그대는 깨닫지 못할 것이오. 조신하게 몸을 구부려 투항하러 오지 않는다면 훗날 모든 것이 다 파괴되고 뜨거운 생명이 떠날 것이며, 그때 잘못을 회피하고 후회하면서 포악한 아들에게 잘못을 떠넘기지 말고, 여자처럼 울며 성질을 부리지 마시오!

이렇게 말씀하시며 알호 저를 보냈습니다. 먼저 대왕님께 투항서를 올린다고 했던 것과 내가 들어오자마자 대왕님을 시험해 보고자 했던 말들은 죽을 기회를 찾기 위함이었소. 이 서한은 대왕님께 투항하겠다는 서한이 아니라 도리어 대왕님께 투항할 것을 권하는 서한입니다. 말이 끝났으니 대왕님께서 저를 죽이시는 것을 제가 어찌 두려워하겠습니까? 저희 주군께서 대왕님을 일곱 번 구원한 은혜에 대왕님께서는 이제 저를 단 한 번에 죽여 은혜를 갚으실 수 있을 것입니다. 저는 나라에 죄를 지어 죽어야 할 사람이기에 특별히 이곳에서 죽기 위해 왔습니다!"

그렇게 말하고 보니 태조를 배반했던 아르트, 호소르, 달지다이 세 사람이 왕 칸 옆에 신하로 서 있었기 때문에 알호는 곧장 손가락으로 그들을 가리키며 말했다.

"주군의 명이오. 그대 세 사람에게 알리라고 하신 말씀은 이것이오."

> 옛날에 우리 베데국에 군주가 없었을 때 많은 이들이 나를 왕실의 후예라 하여 베데국의 군주로 삼아 절할 때 나라의 형제인 사란 부르흐, 사인 뎀트 등에게 힘을 합해 베데국을 다스리게 하자고 하니 그들이 그럴 수 없다고 하였기에 내가 그대 세 사람을 우리 혈육이라 하여 오기를 청하니 그대들은 낙타의 짐이 무겁다고 거절하였소. 이에 나라에 주군이 없을 수 없기에 베데국의 많은 이들이 아직 나이가 어리지만 나를 군주의 후예라고 하여 우두머리로 추대하여 나라를 다스리게 했소. 내가 스스로 자리를 빼앗아 차지한 것이 아니라는 것을 그대들 모두가 잘 알지 않소?

그런 후 나는 나라의 기강을 바로잡고, 병사들을 뽑아 기용할 때 그대들은 우리 집안의 손위 형들이면서 내가 바로잡은 법질서를 거역하는데, 내 어찌 베데국 전체의 기강을 세워 다스릴 수 있겠소? 그럼에도 그대들은 나의 법을 어기고 많은 병사와 함께 얻은 전리품을 차지하고 마음대로 할 때 또 나는 당신들을 데려다 나라의 법으로 엄하게 벌하는 것이 마땅하였지만, 그렇게 하면 친족에 대한 우애를 해치면 어쩌나 하고 당신들을 처형하는 법에서 구하고, 공평치 못하게 죄에서 벗어나게 해 주었소. 그렇지만 그대들은 도리어 나를 믿지 않았소. 그뿐 아니라 이를 갈고 나를 죽이려는 적과 내통하여 연합하고 있을 때 나는 그에 대해 또 신경을 쓰지 않았소. 이제 분명 배반하고 떠났는데, 내가 당신들에게 시기하고 증오하게 할 만한 무슨 일을 행한단 말이오?

이제 북방의 이 세 개 강은 우리 조상들이 나라를 열었던 산천이오. 당신들은 그 땅을 한인들에게 점령당하게 해서는 아니 되오. 당신들 세 사람은 왕 칸에게 진정 힘을 바치겠다 하지만 무슨 일이 있어도 다른 나라에 우리 부족을 빼앗기는 일을 하지 말기 바라오. 어떠한 일이 있어도 그들을 또 배반하고 도망쳐 한인의 종이 되지 말기를 바라오! 선조의 보르지기드의 히야드 종족을 욕되게 하지 마시오. 왕 칸에게 가는 것은 괜찮소. 원래 그와는 인척 관계를 맺어왔소. 다만 왕 칸이란 자는 신뢰할 수 없고, 경박하고 변덕스러우며 깊이가 없는 사람이오! 일곱 번이나 도움을 준 나를 배반하고, 도리어 그 은혜를 일곱 번 악으로 갚은 인물이오. 그런데 그대들이 무슨 할 말이 있단 말이오? 또 힘으로 따지자면 나는 그와 우열을 가릴 수 없이 대등하오. 그런데 또 이처럼 나를 괴롭히고 공격한다면 당신들의 그 같은 주둥이 외에 가진 것이라고는 없는 자들에게 이제 무슨 말을 하겠소?

이처럼 일시에 말을 하자 아르트와 호소르, 달지다이는 한마디도 대꾸하지 못했다. 알호가 또 말하기를 "주군의 명이오. '당신들의 처자를 위해 걱정하지 말라고 하셨소. 사내대장부는 처자로 복수를 하지 않고, 나는 또 어린아이가 아니오. 무슨 일이 있어도 도망자처럼 행하지 않소. 당신들은 아버님의 원수이기 때문에 같은 하늘을 함께 이고 살 수는 없소. 당신들은 나의 혈족이니 무슨 일이 있어도 처자를 모욕하고 괴롭히지는 않을 것이오. 만약 떠나겠다고 한다면 보내줄 것이오. 만약 이곳에 속해 살 수 없다면 돌아가 살아도 좋지 않겠소?'라고 하셨소"라고 했다.

그리고 태조의 서한을 다 읽고 말하기를 "서한에 말씀이 이것이오. 이제 내 할 일이 끝났소. 빨리 죽이시오. 빨리 죽이시오, 빨리 죽이시오!"라고 하자 태자 얄고가 몸을 비스듬히 돌리고, 코끝을 들어 올리며 화를 냈다.

"무어라 말하고, 아무리 성질을 부려도 이미 일은 다 끝났는데 어찌 그리도 잔소리가 많은 것이냐? 참으로 염치없는 놈 같으니라고! 이제 이미 그대로 있을 수가 없는 상황이 되었다. 내가 마음먹은 대로 공격하러 갈 것이다. 우리가 승리하면 너희를 우리가 취할 것이요, 너희가 승리하면 우리를 취할 것이니 많은 말은 필요 없다."

그리고 얄고는 왕 칸 앞에 있는 태조가 보낸 서한을 집더니 아무것도 알아볼 수 없도록 찢어 버리고, 양쪽의 검과 도끼를 쥔 병졸을 향해 호통을 쳤다.

"이 두 사신을 끌어내 베어 죽여라."

그때 케레이트의 영리한 공주 솔롱고는 달라이 샤르라는 큰 장막 궁 뒤에 서서, 베데국의 사신이 요목조목 언급한 태조의 은혜와 또 부왕이 배신한 일을 듣고 가슴이 뛰었다. 그녀가 코를 훌쩍이며 눈물을 흘리고 있을 때 또 베데국의 사신을 끌어내 죽이라고 하자, 솔롱고는 베데국이 부왕을 두 번이나 죽이지 않았던 은혜를 생각하고, 어찌하든 이 상황을 잘 넘기리라 마음먹었다. 그때 갑자기 한 연성의 계략이 떠올라 다급히 부왕의 높은 보좌 뒤에서 나와 오라버니를 저지했다.

"태자인 오라버니께서 어찌 이렇게 대왕의 보좌와 검을 더럽히며, 베데국의 죄인을 죽여주려 하시는 것입니까?"

얄고가 생각해 보니 또 그 말이 일리가 있었기 때문에 죽이는 것을 멈추고 사신을 내보내자, 알호가 크게 웃으며 말했다.

"나를 그저 죽일 수가 없는 모양이구려. 당신의 일착이라는 자를 내가 가루로 만든 것을 듣지 못했소? 당신의 그 검과 도끼가 누구의 것이 될지 누가 알겠소?"

그가 궁에서 나오며 재능과 미모를 겸비한 솔롱고를 보고 남몰래 감탄했다.

알호와 수호 형제가 자신의 장막과 물건을 가지고 돌아가겠다고 하자, 영리한 솔롱고 공주가 오빠 몰래 폴고다이에게 피륙을 들리워, 알호와 수호 형제에게 건네주게 하여 진심으로 고마움을 표했다. 그들이 급히 말을 달려 나라에 도착하자, 태조는 아우 하브트 하사르가 포위된 것을 구하기 위해 날듯이 말을 타고 달려갔다. 병사들이 식량을 가지고 가지 않았다고 하자 두 사람은 뒤에서 밤새 뒤쫓아갔다.

잠시 이 이야기를 멈추고, 이제 하사르가 포위된 상황을 말하려고 한다. 하사르는 나이만의 병사들이 돌아간 뒤 전리품을 많이 갖고 있었는데, 느닷없이 케레이트의 태사, 태보인 올린다이와 골린다이의 1만 병사에 포위되었다. 그렇게 하여 사흘이 되지 않아 싸움에서 패해 삶의 터전과 물건, 가축 등 모든 것을 빼앗겼다. 하사르는 토즈라는 큰 아들을 자기 말에 같이 태우고, 전통에 화살을 가득 채우고 혼자서 활을 쏘며 힘든 포위망을 뚫고 나갔다. 부자는 한 필의 말로 보르한 갈돈 쪽을 향해 달려가다가 음식이 없었기 때문에 도중에 새로 만든 여름 영지에 있는 거위 알을 주워 불에 구워 먹고, 또 보르한 갈돈 쪽을 향해 달려갔다. 그런데 도중에 습지의 진흙 때문에 말발굽에 진흙이 묻은 채 보조나이라는 강에 이르렀다. 그때 몇백 명의 기병을 이끌고 달려오는 태조를 만났다. 하사르는 아들을 안고, 말에서 내려 땅에 무릎을 꿇고 눈물을 흘리며 절했다.

주군 형님께서 일찍부터 아시고 일러 주신 말씀을
가벼이 여기고 힘써 따르지 않았기에, 제가
처자도 지키지 못하고
포악한 케레이트에게 모든 것을 빼앗기게 되었나이다, 제가
주군 형님께서 멀리 보시고 이르신 말씀을
게을러 힘써 따르지 않았기에, 제가
신민들을 지키지 못하고
위험하고 포악한 케레이트에게 모든 것을 빼앗겼나이다, 제가

지혜로운 주군께서 미리 알고 이르신 말씀을
어리석은 제가 힘써 따르지 않았기에
지역과 신민도 지키지 못하고
근본이 못된 케레이트에게 모든 것을 빼앗겼나이다, 제가
은혜로우신 주군께서 이미 아시고 이르신 말씀을
진지하지 못한 제가 힘써 따르지 않았기에
모두를 지키지 못하고
악랄한 케레이트에게 모든 것을 빼앗겼나이다, 제가

하사르가 머리를 조아리며 울었다. 태조가 너무도 가슴 아파하며 무슨 일이 있어도 케레이트를 몰살시키지 않을 수 없다고 불같이 진노하며, 자신의 보검의 칼집을 꽉 움켜잡고 말에서 뛰어내릴 때 자신도 모르게 오른손의 중지 위쪽 부분이 조금 베어 피가 났다. 그러자 병졸들이 지고 가던 독주를 보석으로 장식한 그릇에 서둘러 붓게 하고, 술에 손가락의 피를 떨어뜨려 천지의 신령과 산천 수호신에게 사찰[2]을 올리고 맹세했다.

그리고 곧 바조나이강[3]의 북쪽 강가에 설영하고 뒤처진 병사들을 기다릴 때 식량이 이미 떨어져 병졸들이 하룻낮, 하룻밤을 아무것도 먹고, 마시지 못했다. 몸에 지니고 다니는 약간의 마른 식량이 이미 다

---

2 존숭되어야 할 존재 내지 대상을 향해 술이나 가축의 젖 등을 뿌려올리는 신앙적 행위.
3 **[몽골 현대문 역주]** 『몽골비사』에는 '발조나 호수(Балжуна нуур)'라고 언급하고 있다. 발조나 호수의 혼탁한 물을 마시고, 맹세한 사건이 역사서에 분명히 기록되어 있다.

바닥이 났고, 대군의 식량을 실은 짐이 또 상당히 먼 곳에 떨어져 있었다. 또 주변에는 물도 없고, 풀도 거의 없었기 때문에 말들이 조금도 살집이 없었다. 그곳에는 이동민들이 전혀 살지 않았고, 야생동물도 아주 드물었기 때문에 태조를 따라 쉼 없이 달려온 장병들은 모두 굶주리고 목이 말라 매우 지친 상태가 되었다.

그러자 사람들은 할 수 없이 이 바조나이강의 혼탁한 흙탕물을 마시고, 배고픔을 때우면서 군량이 오기를 기다리고 있었다. 태조가 그것을 보고, 많은 장수와 병사를 가엾이 여기고 참을 수 없이 괴로워하며 애를 태웠다. 태조는 길게 숨을 내쉬고 손을 모아 빌며 하늘을 향해 고했다.

천부시여, 테무진 저를 가호하시어 세상에 태어나게 하셨으니
먹여 살리실 길을 풍부히 남겨 주시기 바라나이다!
신민들이 견딜 수 없이 배고파 굶주리는 상황을
테무진 저는 차마 볼 수가 없나이다!
아, 등위에 걸터타고
위기에서 빠져나가는 군마를
아, 제가 어찌 죽여 병사들을 먹이겠다고 하겠나이까!

말이 끝나기도 전에 알타이 하르라는 산 뒤편에서 손바닥만한 작은 구름에서 작은 뇌성이 울렸다. 그러자 갑자기 산 뒤편 풀숲에서 대여섯 마리의 야생나귀[원주] 어떤 사서에서는 '야생마'라고 하며, 어떤 사서에서는 '야생나귀'라고 썼다. 대 북방지역과 서장, 탕구트에서는 야생나귀가 많이 서식한다가 천둥소리에 놀라 도망

치며 태조의 병사들 쪽으로 날듯이 먼지를 일으키며 달려왔다. 모두 하늘이 보살폈다고 했다.

태조는 병사들을 보고 크게 기뻐했다. 하브트 하사르와 벨구테이 등을 위시하여 모두 풀숲으로 들어가 서로 협력해 화살을 당겨 야생나귀를 쏘아 전부 쓰러뜨렸다. 그리고 초원의 풀을 검으로 베어 큰불을 일으켜, 이들 야생나귀를 통째로 불에 묻어 가죽 안에 돌을 넣고 음식을 만들었다. 이때 군대 솥과 화덕이 모두 오지 않은 상태였는데, 마침 태조의 차와 술을 담당했던 왕실 호위병 투그스촉그트가 깨끗한 물과 마른 유제품을 가지고 달려왔기 때문에 좌우 신하들이 태조에게 맑은 차와 마른 유제품을 올렸다. 그러자 태조가 사양하고 말하기를

형제, 대신, 장수, 병사
신민 모두가 굶주려 생명이 위태로울 때
어쩔 수 없이 산의 야생나귀를 잡아 통째로 익혀 먹으려 하는데
진정 혼자서 좋은 차와 맛있는 음식을 어찌 먹을 수 있겠소
가져가시오! 평화와 행복을 함께 할 수 없다면
어찌 존재하는 모든 이의 군주라 하며 지낼 수 있겠소
가져오시오, 그것을! 같이 함께 야생나귀 고기를 먹을 것이오, 내가
많은 이와 더불어 동고동락할 것이오

라고 하며 좋은 차와 유제품을 먹지 않겠다고 사양했다. 그리고 손에 칼을 쥐고 좋지 않은 고기를 썰며, 기진맥진한 병사들에게 좋은 것을

먹으라고 했다. 모두 나귀고기를 배불리 먹고, 말발굽에 밟혀 탁해진 바조나이 강물을 실컷 마시고 입을 헹구고 손을 씻었다. 그때 대군이 모두 왔고 군량이 곧 도착했다. 그러자 태조는 곧바로 바조나이강 북쪽 강가에서 남쪽을 향해 무릎을 꿇고 손을 모으고, 하늘을 향해 큰 소리로 기도하며 맹세했다.

지고하신 천부를 위시하여
아래로 자애로운 대지 어머니께
효성 지극한 아들 테무진 제가
성심을 다해 진실하게 맹세를 고하나이다
고귀한 자손을 둔 키야드 족 보르지기드 씨족의
자비로우신 백천신의 자손 테무진 저는
가호하시는 하늘의 돌보심으로
일체 모든 것을 차례로 장악하고
남북을 큰 위엄으로 모으고
천하를 하나로 다스리는 군주
광활한 세상 모두를 지키는 칸의
평화롭고 귀한 나라를 힘써 이루게 될 때
진정 공로 있는 대신과 신하를 비롯해
신민과 백성에 이르기까지 나는
생명을 하나로 하여 부와 지극한 복을 함께 하고
즐거움을 함께 누리겠나이다

아, 만약 맹세를 스스로 어긴다면
차라리 혼탁한 강물처럼 되리라
진정 사람들이 싫어하는 이 물처럼 진흙탕이 되리라
가죽에 달군 돌을 넣어 요리된 이 야생나귀처럼 죽임을 당하리라
이 물을 마신 모든 병사들이여
모름지기 내게 진정 영원히 힘을 다해주길 바라네
이 강물을 건넌 모든 자는
마지막까지 내게 진실한 힘을 다해주길 바라네!

이렇듯 고귀한 언약을 했다. 그리고 먼 하늘에 다시 절하며, 모든 이와 더불어 삶을 향유하겠다고 하자 모든 대신, 신하, 장수, 병사들이 태조가 이같이 확고한 마음으로 성심을 다해 은혜를 베푸는 것을 보고, 감동을 금치 못했다. 하사르와 벨구테이, 오치, 가촉이 모두 코를 훌쩍이며 눈물을 흘렸다. 모두 초원 가득히 무릎을 꿇고, 하사르를 비롯해 큰소리로 맹세했다.

천부께서 세상에 내려보내 태어나신 권세 있는 군주시여
지모께서 살피시며 함께 지켜 주시는 군주시여
모든 곳의 신령과 함께 이 모두
맹세하는 우리 모두를 긍휼히 살펴주소서!
황금빛으로 비추시는 백천신 아버지께서
신성한 흰 게르 궁전에 내려오시어

자애로우신 우겔룬 우진 어머니의 침상을 덮으심으로
놀랍도록 경이롭고 신령한 주군 당신을 낳으셨기에
시방의 신령들이 황금용으로 보살피시네
세상 사람들이 우러러 경배하고
의로운 대신, 신하들은 목숨 걸고 분투할 것이며
은혜를 받은 신민들은 한마음으로 힘을 쓸 것입니다
아, 누군가 약속한 말을 조금이라도 어긴다면
짐승에게 짓밟히는 이 강의 흙처럼 짓이겨지기를!
아, 누군가 두려움에 자신이 한 맹약을 어긴다면
가죽이 벗겨진 야생나귀처럼 죽임을 당하게 되기를 바라나이다!
이곳에 있는 모두가 입으로 고백한 진실한 말을 어긴다면
가죽 채 요리된 야생나귀처럼 그 살이 먹히기를 바라나이다!
인애하신 주군 당신 나라의 모든 이가
영원히 힘을 바쳐 분투할 것입니다, 우리가
새벽 일찍 햇빛이 비치는 땅에 우리 모두가
반드시 힘써 귀한 나라를 이루겠나이다!

모두가 이렇게 맹세하고 절했다. 찬드간 세첸이 호드간 베히의 대군과 새로 투항한 차일즈 부족의 오르트 보드로고트, 혼질라 부족의 오한트 린친, 오랜 인척인 이질즈 부족의 부마 보토, 그리고 그의 가까운 친척 숙부, 토호이트라는 부족을 다스리고 있던 보손을 병사들과 함께 모두 데리고 왔기 때문에 이 맹약에 모두 참여하여 맹세했다.

많은 사람들이 이것으로도 마음에 차지 않아 모두 손가락의 피를 내어 맑은 술에 떨어뜨려 천지, 산천, 초원에 사찰을 올리고 함께 맹세했다. 그때 태조는 네 아우의 피를 떨어뜨린 술이 든 그릇을 가져오게 하여, 손가락이 베어 중지에 감았던 것을 풀어 피를 짜내 그 그릇의 술에 떨어드렸다. 그러자 태조의 피 색깔이 선홍색을 띠고, 짙붉은 핏방울은 둥글게 뭉쳐서 술 가운데 다른 빛깔을 띠었다. 태조의 피는 네 아우의 피와 아무리 해도 합쳐지지 않자, 태조가 그것을 놀라서 보고 있을 때 많은 사람이 모여들어 놀라움을 금치 못했다. 장수와 병사들이 함께 보고 탄복하며 땅에 엎드려 절했다.

신령한 피는 다른 사람의 피와 어찌해도 섞이지 않는 것을
오늘 우리가 분명히 보았네
군계일학의 빼어나신 천손임을
기록하여 영원히 남기는 것이 마땅하리

이처럼 피가 다르다는 것을 오늘날 알지 못하는 자가 참으로 많다. 모름지기 특별히 귀천이 아닌 그 참된 의미를 아는 것이 중요하다.

【평언】

이 장에서는 웃음이 나는 두 부분과 한숨이 나는 두 부분, 탄복할 만한 두 부분, 두렵고 깜짝 놀랄 만한 두 부분이 있다. 첫 번째, 웃음이 나는 부분은 다음과 같다. 케 왕 토릴은 고작 후르겔즈겐 한 사람의 말에

여여 백 가지 위험과 경악스러움을 맛보고, 겨우 목숨을 잃지 않고 돌아갔다. 이것은 참으로 작은 어린아이와 같이 어리석고 무분별한 소인배의 짓이 아닌가? 두 번째로 우스운 것은 천방지축의 우악스러운 얄고는 알호가 일곱 번의 은혜를 일곱 번의 악으로 갚은 것[4]을 그와 같이 묻고 있을 때 부끄러움은 고사하고 "어찌 되었든 일이 완전히 끝났다"라고 하면서 끌어내어 죽이라고 한 것은 얼마나 낯 두껍고, 늑대 같은 마음인가!

또 한숨이 나는 일의 한 가지는 자모하란 종놈이 어찌 그렇게 지치지도 않고 악한 마음을 갖는지, 그 얄고라는 작자도 어찌 그리 질리지도 않고 삐뚤어진 생각을 하는지, 참으로 어찌할 수가 없다. 처음에 한 나라를 지배했던 사람이 다른 자에게 종이 되겠다는 생각을 하는 자는 없다. 그러니 한숨이 나오지 않겠는가?

두 번째 한숨이 나는 일은 나이만의 곡설오가 베데국에서 죽자 아들 곡사레가 아버지의 원한을 잊지 않고, 자신의 힘이 미치지 않는데도 억지로 살육 행위를 좇는 자식이 되었다는 것이다. 이것이 인간이 추구해야 할 일인가? 붙잡아 포박하는 것은 물론이려니와 목을 자른다 해도 방향을 돌리지 않는 것이 아들의 도리인가, 참으로 한숨이 나오는 일이다.

또 탄복할 만한 한 가지 일은 케레이트의 솔롱고가 참으로 지혜롭다

---

4 **[몽골 현대문 역주]** 이것은 앞서 칭기스 칸의 사신 알호가 왕 칸에게 칭기스 칸이 은혜를 베푼 일곱 번의 도움에 대한 보응으로 왕 칸이 일곱 번 해를 끼친 것을 분명히 언급한 것.

는 것이다! 바야흐로 베데국의 때가 되어 흥기한 것을 이미 알고 가서 사신을 구해줄 때 오만한 생각을 가진 오라버니를 자신의 말에 순복하게 하여 몇 마디로 알흐의 목숨을 구해낸다. 연약한 한 여인이면서 사내대장부의 충직하고 의로운 생각을 갖고, 아버지와 오빠의 편향된 생각에 따르지 않는 것은 놀랍지 아니한가?

두 번째로 탄복할 일은 태조가 동생 하사르가 포위되었다는 소식을 듣자마자 지친 몸을 잊고, 말의 등자에서 발을 빼지도 않고 밤낮없이 말을 달려간 일이다. 먹는 것도 잊고 바조나이강 앞으로 진격한 것은 손발과 같은 형제의 우의를 진실되이 지키고, 뼈와 골수처럼 작은 거짓도 없이 한순간 불같이 뜨거운 마음으로 동생을 구하기 위해서였다. 이것은 성인의 우애와 사랑하는 사람의 관계를 더 돈독하게 하는 것으로 조금의 가식도 없는 이러한 행위에 누가 탄복하지 않겠는가?

또 위험한 한 가지 일은 알흐가 사신으로 케레이트의 조정에 나가 비록 말을 시작할 때 말의 여지를 남기면서 왕 칸의 마음을 시험해 알아보자고 했지만, 그가 말을 하다가 마침내 일곱 번의 불의한 행동을 낱낱이 말할 때는 참으로 위험하기 짝이 없었다! 사르락의 왕을 죽인 것처럼 뒤에서 따라오는 장수와 병사들이 있는 것이 아니었는데도, 그처럼 엄중하게 말할 수 있었던 것은 자신에게 직면한 위기 상황에도 불구하고 그의 용기가 그 이상으로 강하고 담대했기 때문이다. 이 두 가지 위기 상황이 겹쳐질 때 참으로 위험하기 짝이 없었다.

두 번째 깜짝 놀랄 일은 이것이다. 이번에 케레이트가 군대를 조직한 것은 앞서 군대를 조직한 것과는 다르다. 남쪽의 금나라, 거란, 옛 요나라, 서하, 회회 등의 서역 지역의 병사들을 징집하게 했는데, 모두 많지 않은 수의 병사가 왔다. 또 자모하가 사용한 계략으로 베데국을 추격하고, 또 하사르 쪽으로 사용한 한 군단의 병사들은 지시한 대로 일을 이루고, 하사르의 한 부족을 모두 빼앗았다. 그러자 모두가 놀랐을 뿐 아니라 이 글을 쓰고 있는 저자 타이쉬 인잔나쉬 나도 가슴이 떨렸다. 이를 보는 독자들 역시 깜짝 놀란 것을 어찌 부정할 수 있겠는가?

이 장에서는 하사르는 쓴맛, 태조는 매운맛, 케레이트는 신맛, 홍기라드는 단맛을 맛보았는데, 이 네 가지가 한 장에 모여있다. 이것은 부기를 쓰는 저자 내가 붓을 댈 수 없을 정도로 긴장하게 만들었다. 훗날 독자들이 가엾이 여기는 것이 마땅할 것이다!

제26장

할진 고개에서 성군 태조는 자애와 강인함으로 싸워 현철함을 보였네 갈조강에서 운두르 세첸은 충성된 마음으로 진격하여 의를 이루었네

송나라 영종 경원 4년, 금나라 장종 승안 3년, 무오년戊午年. 태조 나이 37세 되던 해였으며, 이해는 다사다난했다.

승리하는 나라의 군신은 용과 호랑이 같고
패하는 나라의 부자는 해악을 끼치는 모리배 같네
온 힘을 다해 앞으로 돌격한 운두르 세첸은 천고에 의로운 자
숨어 도망친 울후 준테이는 진정 죽어 마땅한 자

이렇듯 태조의 피가 네 아우의 피와 섞이지 않는 것을 보고, 비로소 자신이 꿈에 나타난 백천신의 자손이라는 것을 의심 없이 사실로 믿었으며, 더 이상 의심하지 않고 많은 이들이 언급한 대로 오요트 세첸에게 붉은 붓으로 이것을 청사에 기록하게 했다.

그런 뒤 태조가 멈추지 않고 병사를 이끌고 갈로트산으로 달려가자, 케레이트의 군대가 하사르의 처자와 신민을 모두 인질로 데리고 회군

한 지 닷새가 되었다고 했다. 그러자 태조를 위시해 사람들이 모두 발을 구르고 탄식하며, 그 뒤를 추격하리라 결심하고 병사들을 정비했다. 멀리 있는 말들을 책임 맡은 착그라시라는 정탐꾼이 와서 고했다.

"케레이트의 병사들이 변경에 이르렀을 때, 건너편에서 3만의 병력을 이끌고 오는 황태자 이신왕을 만나 이들이 함께 돌아갔습니다. 하사르 어르신의 가솔들을 이신왕이 자기 고향으로 보냈습니다. 듣자니 솔롱고 공주가 몰래 폴고다이를 보내 살피게 하고 지키고 있어, 그들 지역의 태사 올린다이와 태보 골린다이가 범접하지 못한다고 합니다. 아파서 뒤처진 그들 병사에게서 그 소식을 들었다고 합니다. 왕 칸은 10만 대군을 이끌고 후방에서 진격해 오고 있다고 합니다."

이것을 보면 왕 칸이 출정하지 않으면 많은 부족의 병사들이 힘을 쓰지 않기 때문에 자모하가 계략을 쓴 것이 분명했다. 그가 꾀를 써서 케 왕에게, 금나라 장종 완안경이 자신이 보낸 사신을 베데국에서 모욕을 준 것에 원한을 품고, 케 왕의 장수와 병사에게 국경 밖에서 상을 주고, 케 왕을 칸으로 추대하고, 또 초토사의 금인金印과 병부兵符를 주어 베데국의 병사를 방비케 할 것이라고 고해 케 왕을 나오게 했던 것이다. 이에 케 왕의 딸 솔롱고가 이는 분명 또 자모하의 계략이라 생각하고, 아버지를 반복해서 제지했으나, 왕 칸은 금나라에서 자신을 칸으로 봉해주는 것을 원하는 마음이 컸기 때문에 이에 전혀 주저할 일이 없다며 병사를 이끌고 길을 나섰다.

그러자 솔롱고는 이상하게 마음이 슬퍼졌는데, 생각지 않게 부녀가 함께 눈물을 흘리며 헤어졌다. 자모하는 왕 칸을 데리고 나와 태자 얄고에게 말하기를 "칸께서 일단 나오시면, 이제 우리의 뜻대로 된 것입니다. 다만 한 발짝 뒤에서 가시게 하고, 우리가 앞으로 들어갑시다. 네 호장들이 많은 병사를 이끌고 모두 베데국에 간다고 다급히 재촉케 하면 우리 분위기를 따르지 않고 어찌하시겠습니까?"라고 하며 앞서서 진군했다.

그때 태조가 갈로트산에 이르렀다는 것을 듣고 곧바로 태조 쪽의 병력이 적은 것을 알고 공격해 들어갔는데, 태조의 병사가 모두 합해 3만 명이 되지 않았다. 케레이트의 병력이 13만이라고 하자 태조의 병사들이 크게 두려워하고, 장수의 얼굴은 흙빛이 되었다. 그 사이에 하브트 하사르의 처자를 솔롱고가 폴고다이에게 돌보며 지키게 했다. 폴고다이가 나라에 이르자 솔롱고가 그를 맞아 자신의 괴로운 심정을 토로하며, 자모하를 심하게 욕했다.

"옛 우정을 깨뜨리고, 새로운 원한을 맺게 하는 잔악한 아첨꾼 자모하 종놈이 귀가 얇은 우리 오라버니를 충동질하고 부추겨, 하사르를 공격할 거라는 말을 얼핏 듣자마자 그러지 말라고 막았지만 멈추게 할 수가 없었어요. 공격할 병사들이 이미 떠났기 때문에 하사르의 부인과 아이들을 지킬 방법을 생각해 내, 예전 신하인 폴고다이 그대를 가장 뒤에서 달려가게 해서 그들이 일을 당하게 되면 살피며 지내라고 보냈습니다. 아아, 그런데 예상했던 일이 벌어져 부인과 아이들이 정말 힘들게 되었어요. 참으로 잔악한 자모하란 놈은 죽음과 고통 없이 무사하지는 못할 거예요."

폴고다이는 예전에 하사르가 잘 살펴 주었던 것을 생각하여 자신의 장막 옆에 좋은 게르 궁을 지어 하사르의 부인과 아이들을 지내게 했다. 그들을 아침저녁으로 보살피며, 예전에 베데국에서 지냈을 때 하사르가 보살펴준 은혜에 보답하기 위해 그들에게서 떨어지지 않고 함께 지냈다.

이 소식을 케레이트의 올론호, 고르기가 이미 서한으로 써서, 태조의 병영에 보냈다. 이에 하사르와 태조는 한결 안심이 되어, 진영을 거두고 밤에 달려가서 케레이트 군대 후방 뒤쪽에서 앞으로 일시에 추격해 공격하자 자모하가 또 크게 의심하며, 왕 칸을 데리고 베데국을 향해 가다가 도중에 젤메의 군대와 마주쳤다. 자모하는 또 미심쩍어하며 왕 칸에게 거짓말을 했다.

“우리가 금나라에서 상을 받으려고 가는데 베데국에서 우리 병사를 막았습니다.”

그리고 대군을 헤를렌강의 북쪽 강가 우헤린 한샤르라는 성산의 험한 자리를 차지하고, 병졸들의 진영을 마련한 뒤 태사와 태보로 하여금 변경을 순시하고 지키게 했다.

이에 태조는 군대를 또 되돌려 할지나 고개 아래 주둔시키고, 병사들을 10개 군단으로 나누어 차례로 10개 진영을 세워 적을 맞아 싸울 준비를 했다. 베데국와 케레이트는 한쪽이 진격하면 한쪽이 후퇴하고, 한쪽이 도전을 해오면 다른 쪽은 단단히 수비를 했다. 멀리 있는 베데국의 병사들이 모두 와서 집결해 있었기 때문에 병사의 수는 1만 5천명이 되었다. 여름과 가을에 케레이트 병사를 연달아 세 번 공격해 승리하고, 두 번 후퇴하면서 양편이 서로 접전하다가 겨울 마지막 달이 되었다.

한편 모홀리의 대군이 북쪽 혼질라 등 7, 8개의 작은 부족들을 공격하여 투항시키고, 지역의 수장들을 모두 항복시켰다. 또 북쪽 러시아의 동남쪽 변경에 있는 후주고, 가주라는 어떤 대국을 또 공격하여 투항시키고 오자, 태조는 네 아들을 보내 술을 올리게 하고, 세 영접단에게 일행을 맞이하게 했다. 그때 태조가 맹세하기를 하사르의 가족을 찾아오지 못한다면 고향으로 돌아가지 않겠다고 다짐하며 외지에서 설을 지냈다. 이해는 다사다난했기 때문에 복잡한 것은 간략하게 요약하고, 잘 준비된 것들을 모아 저술하고, 필요 없는 많은 부차적인 내용을 일괄적으로 삭제했다.

앞의 장의 무오년이 여기서 끝이 나고, 새해가 되어 베데국의 많은 대신은 게르와 초원 양쪽에서 신년 명절을 지냈다. 기미년이 시작되고 중춘仲春에 태조와 모홀리가 케레이트와 승패를 결정지을 대책을 논의했다. 그때 갑자기 서북쪽 먼 곳에 있는 정탐꾼이 와서 고했다.

"케레이트의 왕 칸을 대신해 자모하를 사신으로 삼아 북쪽 일테시강 동쪽에 있는 차일즈 부족의 토도에게 귀한 예물을 올리고, 우리나라를 정복하여 똑같이 분할해 갖자며 지원을 요청하자, 차일즈 부족의 토도가 자모하와 8만 병사를 이끌고 날듯이 달려오고 있습니다. 지금 우리나라 변경에 가까이 접근해 오고 있습니다."

그러자 모홀리가 크게 기뻐하며 밤에 태조의 장막으로 들어가 "주군께서는 이곳에서 호랑이를 잡는 계략을 써서 적을 제압하십시오. 신은 뱀을 잡는 계략으로 토도를 대적하겠습니다"라고 고했다.

그리고 장병을 반으로 나누어 출격할 때 보랄을 데리고 갔다. 보가르지와 촐론에게는 나라를 지키라는 명을 내렸다. 톡그통고 바타르에게는 나라를 순시, 방비하게 하고, 수베데이, 줄게데이 두 장수는 태조 곁에 남게 하고, 길루겐과 호일다르 두 장수는 모홀리가 데리고 갔다. 이렇게 베데국의 군대는 3개 군단으로 나누어져 갔기 때문에 태조가 있는 곳의 병사 수가 적었다. 적군의 3할의 병사 수에 비해 베데국의 병사는 1할에 미치지 못했다. 그러자 하사르, 젤메, 벨구테이, 수베데이를 비롯해 모든 사람들이 불안한 마음으로 안색이 변했다.

그러나 태조는 조금도 대수롭게 여기지 않았을 뿐 아니라 도리어 기뻐하며 미소를 지었다. 5만 병력을 10개 조로 나누고, 첫 번째 조를 태조가 몸소 이끌면서, 제브, 젤메, 오욘고, 사이한 소르탈트를 데리고 지휘하고, 두 번째 조는 부흐 벨구테이, 오란 가촉이 지휘하게 했다. 세 번째 조는 하브트 하사르, 오요트 오칙이 지휘하고, 네 번째 조는 부마 보토와 토호이트 보손이 지휘했다. 다섯 번째 조는 찬드간 세첸, 호드간 베히가, 여섯 번째 조는 시리 호톡, 하르 히루가 지휘했다. 일곱 번째 조는 수베데이, 줄게데이 두 장수가 이끌고, 여덟 번째 조는 오르트 보드로고트, 오한트 린첸, 아홉 번째 조는 알호와 수호 장수가 지휘했다. 열 번째 조는 운두르 세첸, 울후 준테이 등이 이끌었다. 각 조마다 5천55명의 병사가 배치되었고, 말은 50마리가 더 많았다. 모두 간편한 막사에 있었기 때문에 언제든 싸울 준비가 되어 있었다.

그때 젤메가 태조의 법의 화살을 잡고 명을 전했다.

"이 10개 군단의 병사들은 밤에 갑자기 갈로트산에 이르자마자 그곳에서 주군을 따라 30리 간격을 두고 그 뒤로 연이어 주둔하고, 가장 마지막에 운두르 세첸과 울후 준테이의 군대는 하르 할지나 고개 앞쪽 편, 갈조강 건너편 30리 되는 곳에 멈추어 기다리시오! 투그스촉그트, 오요트 세첸은 1천 명의 병사를 이끌고 대군의 진영과 주군의 진영을 곧바로 할지나 고개 위에 구축하시오. 그리고 수호기와 보개, 깃발을 상당량 세우고, 주군이 오실 것을 준비하고, 100개의 가죽 부대로 물을 가져다 언덕 위에 준비하시오. 이제 곧장 출발하도록 하시오!"라고 지시하여 보냈다.

그리고 또 말하기를 "이밖에 조마다 화로와 저장할 물건을 줄여서 가고, 가장 선두에 선 주군의 조에 다섯 사람이 한 개 화로를 세우는데, 이번에는 반드시 5인이 다섯 개 화로를 세우시오. 그것을 사용하지 않아도 재를 뿌리고 화로를 세운 흔적을 남겨야 하오. 이에 조마다 한 개 화로를 모아서, 가장 마지막 조에 이르기까지 10인이 단 한 개의 화로를 세우시오. 이제 우리는 도망가다가 그들을 유인하기 위해 갑자기 북쪽 길로 갈 것이오. 이 10개 군단의 병력이 적을 차례로 유인하여 할지나 고개로 이르게 하고, 잠복해 있는 병사들은 적병이 가까이 다가오는 것을 기다렸다가 그들이 오자마자 곧바로 나타나 적병을 유인하여 도망치시오! 조마다 즉시 할지나 고개 아래 주군 곁으로 가시오. 도망칠 때마다 깃발과 북, 나팔을 상당량 버리고, 케레이트 군이 다가오면 장수들은 나가 싸우자마자 곧 패하는 척하고 달아나시오. 무슨 일이 있어도 거짓으로 달아나는 것을 들켜서는 아니 되오.

울후 대신과 바야 왕실 호위병은 5천 명의 병사를 이끌고 갈조 강가로 가서 모래를 채운 가죽 자루로 상류의 얕은 물길을 막고, 케레이트의 군대가 할지나산에서 우리 군대에 패해 달아나면서 갈조강을 건널 때, 막아 놓았던 가죽 부대를 들어내 적군을 모두 떠내려가게 하시오! 돌아갈 때 각 조마다 주군의 표식이 있는 보개를 전달하면서 가도록 하시오!"라고 하며 각각의 사람에게 모두 명을 전했다.

그런 뒤 태조는 젤메를 불러 지시했다.

"다른 것은 모두 가능하오. 다만 그 물을 막는 것은 그만두시오. 일전에 그들이 사르락강을 막은 것을 우리 총사령관이 다시 이용했을 때 수없이 많은 사람이 익사하여 목숨을 잃었소. 무릇 전투라는 것은 많은 자를 죽이는 데 있지 않고, 많은 자의 마음을 감화시키는 데 있소."

[원주] 태조의 용병술은 병술의 고전이 아니겠는가? 그때 젤메 등 장병들이 태조의 진정한 관대함에 탄복하며 절하고 강물을 막는 것을 멈추었다. 벨구테이, 하사르 등 장수들이 특별히 물을 막는 계략을 사용하겠다고 하자, 태조가 이르기를 "목숨에 관련된 것이 아니라면 많은 사람의 생명을 해치지 말라고 했소. 비록 살육하며 싸우는 것이 전투라 해도, 드러나게 분명히 싸워 승리하면 비록 많은 자가 죽어도 죄가 가볍지만, 보이지 않게 은밀히 꾀를 써서 급습하여 죽이면 죄가 깊어지게 되는 법이오. 내가 본시 천하를 통일하여 세상을 평화롭게 만들겠다고 분투하고 있는데, 시작하자마자 이처럼 악하게 행동하면 천신께서 이를 못마땅히 여기시지 않을까 두렵소. 내게 적을 이길 한 가지 분명한 전략이 있소. 장수들께서는 저들의 병사가 수적으로 많다는 것을 두려워하지 마시오. 내가 승리하는 것을 보시오!"라고 했다.

그리고 3월 21일 하룻밤에 진영을 모두 거두어 진군했다. 이때는 기미년 계춘季春으로, 태조의 나이 38세였다. 남송의 영종 조확 경원 5년, 금나라 장종 완안경 승안 4년이었다.

한편 케레이트의 얄고는 태조가 도망쳤다며 대군을 이끌고 추격하려고 하자, 자모하가 또 차일즈 부족의 군대를 움직여 진격해 달려가며 소식을 보내왔다. 그러자 얄고는 곧바로 대군을 모두 출동시켜 앞길을 지휘하며 왕 칸을 모시고, 돌을 굴리며 산이 무너질 듯 베데국 병사를 추격해 갔다. 그런데 올란차브라는 곳에 이르렀을 때 갑자기 베데국의 한 갈래 병사들이 길을 막아섰다. 자모하가 높은 수레에 올라가 보니, 베데국의 병사의 수는 매우 적었는데, 거짓으로 깃발을 상당히 많이 세워놓고 있었다. 그러자 자모하가 냉소적으로 웃으며 얄고를 향해 말했다.

"이것은 테무진이 우리를 의심케 만들기 위한 계략이 분명합니다. 이 계략을 빌미로 그를 죽여 없애버립시다. 내가 보아하니 테무진의 신호기와 보개가 있는 것으로 보아 그가 온 것이 분명합니다. 테무진은 원래 태생이 고압적이고 오만합니다. 사람들이 두려워하고 아첨하는 모습을 보임으로, 이미 오만해지고 거만해졌습니다. 이번에 오만함의 죄과를 받아 비명횡사할 것입니다. 그가 몇천 명의 병사를 이끌고 우리를 위협해서 어쩌겠다는 말입니까? '오만한 자는 거할 곳이 없고, 늦은 자는 얻을 것이 없다'고 한 것처럼 내일 그는 분명 거만한 태도로 응전할 것입니다. 우리가 훌륭한 궁수 100명을 선발하여, 그가 교전하러 올 때 숨어서 활을 쏘게 합시다. 100명이 한 사람을 겨냥해 활을 쏘는데, 그가 어떻게 벗어날 수 있겠습니까? 테무진 한 사람이 쓰러지면 베데국은 곧 끝장이 나고 말 것입니다."

그리고 1만 명의 병사들 가운데서 1천 명을 뽑고, 1천 명 가운데서 100명을 선발하고, 100명 이상의 탁월한 궁수를 선발하여 세 부족의 병사 가운데 이들을 숨겨 다음 날 공격하기로 했다. 케레이트의 왕 칸이 어찌하여 자기 마음대로 되지 않았을까? 그렇게 된 것을 설명해야 할 것 같다. 원래 자모하가 왕 칸에게 금나라 장종이 금인과 병부를 주어 칸으로 봉한다고 속이고 데려왔기 때문에 이제 또 다른 말을 할 수 없게 되자, 황태자가 이르기를 "이제 부왕께서 베데국의 병사들을 추격해 주지 않으시면 어찌 합니까?"라고 했다. 그러자 자모하가 옆에서 "이것이 무슨 어려운 일입니까? 이 일에 많은 말이 필요치 않습니다" 라고 하며 얄고의 귀에 대고 이런저런 말을 하자 얄고가 박장대소하여 말했다.

"그 계략이 참으로 좋소."

그리고 곧 북쪽 편의 대진영으로 가서 왕 칸에게 고했다.

"부왕께서 자주 베데국의 테무진을 편드시고, 아들인 저를 비난하시며 노여워하시니 이제 어떻습니까?"

왕 칸이 "일이 어찌 되었다는 거냐?" 하고 묻자, 태자 얄고가 고하기를 "우리의 대국 금나라의 장종께서 자신의 친척 가운데 완안수라고 하는 재상을 보내 부왕께 북방지역의 칸의 칭호와 금인과 병부를 올리고, 우리 군대를 보기 위해 오는 것을 베데국의 군주 테무진이 지금까지 군대를 사용해 막고 있어, 금나라가 30만 병력으로 베데국의 지역을 평정하기 위해 갔습니다. 그러자 모호리가 보가르지 등을 보내 자신의 지역 사람을 사르락과 톡그목에 이주시키고, 스스로 단 몇천 명의 병력으로 또 금나라의 책봉을 받지 못하게 하면서 우리 길을 막고 있습니다. 그자는 시기심이 지나치게 많아 사람을 분노케 합니다"라고 하자, 침착하지 못한 토릴은 머리가 어지럽고 정신이 까마득해지며 솥에 물이 끓듯 분노가 들끓었다.

"베데국의 군주 테무진 놈은 금나라가 책봉하는 것을 스스로 받지 못하면서 내가 받는 것을 어찌 막는단 말이냐? 그리 하면서 사신을 보내 나를 또 부끄럽게 했다. 다시 태어나 바닷물로 씻어도 그와 좋게 지내기가 어렵게 되었도다."

그러면서 "지체없이 대군을 이끌고, 베데국의 향해 돌격해 나갈 것이다"라고 하자 태자 얄고는 다시 무릎을 꿇고 고했다.

"부왕께서 돌격하여 나아가시는 것은 마땅한 일입니다."

"베데국의 병사가 얼마나 되느냐? 실제 상황을 잘 탐지한 것이더냐?"

"정탐꾼이 벌써 와서 고한 것을 보면 몇천 명이 넘지 않는 것 같습니다. 적은 수로 거짓 위엄을 보이면서 대항할 것이라고 고한 것은 사실입니다!"

"돌격해 들어가도록 하라!"

그러자 얄고가 크게 기뻐하며 부왕의 처소에서 나와 자모하 곁으로 가자 자모하가 베데국에서 투항해 온 아르트, 호소르와 술을 마시며 담소를 나누고 있었다. 테무진의 성격은 이렇지 않습니까, 저렇지 않습니까 하며 크게 웃다가 성질을 부리다가 하고 있을 때 황태자 이신

왕이 갑자기 들어가자 대원수 자모하와 태수, 태보, 아르트, 호소르가 크게 두려워하는 모습으로 일어나 달려가서 "대태자께서 무슨 일로 오셨습니까?" 하고 물었다.

얄고가 이를 드러내 웃으며 "지략 있는 용사이신 원수께서 생각하신 대로 일이 되지 않았겠습니까?"라고 하자 자모하가 서둘러 물었다.

"어떤 일이 있었습니까? 주군께서 무엇이라 하셨는데요?"

"부왕께서 진격하겠다고 하셨습니다. 다른 길로 가면 뒤에서 일을 꾸며 쳐들어 와 죽일 것을 또 아셨습니다."

그러자 자모하와 아르트, 호소르가 모두 박장대소하며 말했다.

"오늘 우리가 자지기안트라는 산을 지나갈 때, 바야흐로 초여름이 되어 산과 초원의 새와 벌레들이 재잘거려 온 산에 소리가 가득했습니다. 이곳에는 보통 7월 초나 되어야 그런 소리가 났는데, 이렇게 일찍 초원의 벌레들이 우는 것을 보니 우리 주군께서 북쪽 지역을 통일하는 큰 경사를 예조하는 것 같았습니다. 우리는 칸 주군 앞에서 분투하고 죽어도 여한이 없습니다. 그것은 모두 황태자 주군을 위해 만국을 모아 드리고, 만민의 우두머리 신하가 되기 위한 것입니다."

이렇듯 말하고 절하자 얄고가 득의만만하게 웃으며, 그들을 부축하여 일으키게 하고 네 사람이 함께 자리에 앉아 취하도록 술을 마셨다. 얄고가 자신의 숙소에 돌아갈 때 자모하의 손을 잡고 웃으며 말했다.

"내가 어느 날인가 베데국을 완전히 제거하고, 아형이 새로 얻은 그 몇 명의 신첩처럼 아름다운 여인을 얻을 수 있겠지요?"

그 말을 들은 자모하가 겉으로 크게 웃음을 터뜨리며 마음속으로 뻐에 사무치도록 얄고를 증오했다.

지성 있는 현자와 벗하여 지내는 것은
물처럼 부드럽게 멀리 가고
해악을 끼치는 소인배와 벗하는 것은
앞에서는 벗이요, 뒤에서는 적이라네

이러한 말은 진실로 이를 두고 한 말일 것이다. 자모하의 증오심은 케 왕 토릴에만 있었던 것이 아니며, 오히려 더 깊은 증오심은 얄고에게 있었다. 이것은 다음 장에서 잘 알 수 있을 것이다. 아녀자 무리에 탐닉해 지내는 졸부에게 무슨 고귀하고 대단한 뜻이 있겠는가! 이 뜻을 깊이 생각하는 자가 지자智者라 할 수 있다.

한편 아침에 전투를 알리는 사신을 보내 이튿날 진시辰時에 교전할 거라고 하자, 태조가 사신과 몸소 만나 그에게 상을 내리고 잔치를 벌여 대접하고, 말 그대로 받아들이고 사신을 돌려보냈다. 다음 날 아침 양편 군대가 할가이트라는 산 후면에 대오를 정렬하자 원수 자모하가 많은 장수를 향해 소리쳐 물었다.

"누가 나가서 테무진을 잡아 오겠소?"

그러자 태보 골린다이가 나와 웃으며 "보르지기드의 위세를 제압하고, 하사르를 약탈한 것처럼 또 태보인 제가 나가 귀한 공을 세우겠나이다!"라고 했다.

자모하가 말하기를 "테무진의 숨은 위력과 계략을 일반 사람과 비해서는 아니 될 것이오. 내가 예전에 그와 벗하며 지낸 적이 있기 때문에 그에 대해 잘 아오. 태보께서는 진격하여 분투하기 바라오. 절대 실수해서는 아니 되오. 베데국은 양쪽 길에 협공을 받아 당황하고 있소. 첫 번에 우리 군대에 패하면 베데국의 군대는 즉시 위세가 약해질 것이오"라고 잘 이르고 북을 치게 하여 앞으로 나갔다.

베데국의 수호기가 움직이고, 대열이 움직이자 대장수 젤메가 절따말을 타고 창을 쥐고 앞으로 나갔다. 양편 장수가 서로의 이름을 묻고서, 골린다이가 구리 몽둥이의 한 가운데를 잡고 저울대처럼 돌리며 공격해 들어갔다. 젤메는 반월도를 골린다이의 가슴팍에서 떼지 않고 찌르면서 공격해 들어가 열 번을 접전하지 않았는데, 골린다이의 두 어깨가 창에 몇 번 찔렸다. 골린다이가 겨우 젤메의 창을 서너 번 피하면서 온전히 접전하지 못하고, 몸을 숙이면서 곧바로 젤메의 창 아래쪽으로 뚫고 나가 자기 병사의 대오로 들어갔다. 그러자 자모하가 마음이 몹시 다급해져 태조를 충동질하기 위해 자신이 직접 반월 도끼를 돌리며 나왔다. 젤메가 그를 맞자 자모하가 특별히 태조에게 나오라고 크게 소리쳤다.

그러자 젤메가 소리쳤다.

"참견하기 좋아하는 천방지축 도망자의 뜻이 얼마나 대단한가 보자."

그리고 창을 휘둘러 공격해 들어가 열 번 이상을 맞붙어 싸웠다. 자모하가 대적할 힘이 미치지 못하는 상태에 있을 때 태조가 자모하를 보자마자 불같이 진노하여, 쇠창을 비틀어 잡고 앞으로 나가려고 보니, 신하들이 이미 태조가 타는 바람같이 빠른 말 멍에의 두 재갈을 소리가 나도록 꽉 움켜잡고 있었다. 신하들은 서로 엉켜서 무릎을 꿇고 죽어도 재갈을 놓지 않고 간언했다.

"원래 주군께서는 계획에 따라 움직이십니다."

그러자 태조가 분노를 가라앉히고, 다시 기꺼운 마음으로 말했다.

"복되신 총사령관의 위엄있는 법은 가리킨 곳을 향해 날아가는 화살처럼 예리합니다."

그리고 곧 징을 치게 하고 병사들을 거두어들이자, 젤메가 자모하의 투구 앞의 장식을 창으로 찔렀다. 자모하가 화들짝 놀라 급히 틈새를 살펴 도망하려 할 때, 베데국 병사들이 물러나자 크게 기뻐하며 자기편 대열로 돌아갔다. 젤메도 감히 법을 어기며 추격하지 못했다. 양 군대가 모두 자기 진영으로 돌아갔다.

이에 얄고는 몸소 자모하에게 술을 권하고 그를 칭송했다.

"우리 케레이트국이 베데국을 이긴 일이 이번이 처음이오. 용기와 지략을 모두 갖춘 우리 원수元帥 아형의 공로라 할 수 있습니다"라고 칭찬하며 추켜세웠다. 그러자 자모하가 득의에 차서 "이제 꽤 시간이 지체되었으니 젤메의 목숨을 끝장내고, 테무진을 만 개의 화살촉 아래 죽게 할 것입니다!" 하고 장담했다. 그리고 3개 조의 병사들에게 포상을 내리고, 죽을힘을 다해 분투하라고 명했다.

이튿날 아침 날이 밝자마자 베데국 군대가 자신의 진영을 무너뜨리고 달아나자, 자모하는 더욱 득의만만해져 빠르게 북을 쳤다.

"실상이 드러났다. 이번 전투의 목표는 베데국을 끝장내는 것이다."

이렇게 외치며 포성을 울리게 하고, 스스로 선두에서 추격해 달려가 베데국의 진영을 침입해 화덕의 자취를 살펴보니, 병력이 2만 5천 명을 넘지 않았으며, 어떤 화덕에는 재도 없었다. 자모하가 하늘을 향해 껄껄 웃다가 말에서 떨어질 뻔했다. 얄고가 그 이유를 묻자 자모하가 차갑게 웃었다.

"내가 테무진 녀석의 수하 모두를 어린아이처럼 보고 웃었습니다. 그날 그들 병사를 보니 1만 명이 넘지 않았는데, 2만 5천 명의 화로를 받쳐놓은 것은 거짓으로 위세를 드러내기 위함이라는 것이 이제 드러났습니다. 비록 3만 명의 병사라도 우리의 먹을거리도 되지 않습니다.[1] 이번에 진상을 알게 되었습니다. 서둘러 추격하십시오!"

그리고 곧장 30리를 가자 부호 벨구테이의 군대가 그들과 맞서기 위해 나왔다. 그들 가운데 또 태조의 표식인 붉은색 사자 보개와 깃발이 있었는데, 이것은 적을 자극하는 계략의 하나였다.

태조의 군대는 이미 갈조강을 건너 할지나 고개로 갔다. 한편 자모하가 속으로 미심쩍어했지만 할 수 없이 올라가 태사 골린다이를 내보내자, 베데국의 대오에서 벨구테이가 갑자기 말 옆구리에 딱 붙어 쏜 살같이 달려와서 골린다이의 왼쪽 발을 낚아채 잡고, 한 번 당겨 들어 올렸다. 그리고 머리 위로 몇 번을 돌리더니 자모하를 향해 던져 보내고는 곧 병사를 데리고 달아났다. 골린다이가 아무도 없는 곳을 횡으로 돌다가 자모하 가슴팍 위로 떨어졌다. 그러자 두 사람이 함께 굴러 말과 함께 셋이 엉겨붙어 쓰러지자, 양편의 병사들이 엉겁결에 소리를

---

1 우리가 감당하는 데 그리 대단한 병력이 아니라는 의미.

지르며 크게 웃었다. 케레이트 병사들이 입을 다물고, 서둘러 두 사람을 부축해 일으켜 세웠다. 자모하가 크게 부끄럽게 여기며 이를 갈고 죽을힘을 다해 벨구테이를 추격해 갔다.

그런데 또 30리를 가지 못해 하사르의 병사들이 나타나 자신들을 대적하기 위해 진격해 왔다. 자모하는 참으로 미심쩍어하며 높은 곳에 올라가 보니, 선두에 선 장수는 바뀌었지만 병사는 또 그 병사요, 태조의 보개와 깃발도 여전했다. 그것은 분명 몇 개의 부대에 선두에 선 병사와 장수만 바꾸는 것 같았다. 군대를 돌리면서 우리 군대를 대적하고, 매복한 병사들이 있다고 위협하여 의심케 하고 우리 병사들을 돌아가게 하려는 별것 아닌 작은 전략이라며 태사 올린다이를 내보냈다.

그러자 하사르가 콘도르의 깃이 달린 화살을 한 번 쏘아 올린다이의 입술을 찌르고, 앞니를 맞추어 빠지게 하고는 병사들을 데리고 달아났다. 자모하가 이를 악물고 하사르를 추격해 가자 진영을 순찰하는 병졸이 와서 "저쪽 편의 도망친 병사들의 화로가 이전보다 2배가 적어졌습니다"라고 알렸다.

자모하가 "그것은 위장 전술이 분명하다. 의심할 여지가 없으니 추격해 죽여라!" 하고 명했다. 또 군대를 움직여 뒤를 추격해 또 30리 끝에 이르렀을 때 베데국의 네 번째 조의 보토와 보손의 군대와 만났다. 그러자 보토가 나와 공격하고, 보손은 대군을 이끌고 머리를 돌릴 여유도 없이 재빨리 달아났다. 보토가 한 개 화살로 골린다이의 오른쪽 눈을 힘껏 쏘아 떨어뜨리고, 말을 되돌려 날듯이 달려갔다.

이에 태자 얄고가 "운이 따르지 않는다"라고 하며 미심쩍어하자 자모하가 인상을 찌푸리며 말했다.

"태자께서는 어찌하여 암컷이 되셨습니까? 이번 기회를 잃으면 다시 얻기가 참으로 어렵습니다."

그들은 또 추격해 달려가다가 날이 어두워지고 30리 길에 이르자, 베데국의 다섯 번째 조의 찬드간 세첸과 호드간 베히의 군대가 나타나 그들을 대적했다. 밤이 되어 접전하지 못하고, 이튿날 아침 일어나 보니 그 두 장수의 군대는 이미 돌아가고 없었다. 화덕이 4할이 줄었다고 하자, 자모하가 "어떠한가! 이에 조금도 의심할 여지가 없다"라고 하며, 마음을 편히 하고 다시 추격해 가다가 해가 질 때가 되었을 때, 베데국의 여섯 번째 조인 시리 호톡과 하르 히루의 군대와 마주쳤다. 하르 히루가 병사를 이끌고 가고, 시리 호톡이 또 몇 번을 접전하다가 곧 달아났다. 이에 케레이트 병졸들도 긴장이 풀어져, 크게 주의하지 않고 추격해 갔다.

아침나절이 지나서 또 베데국의 일곱 번째 조의 수베데이와 줄게데이 두 용사의 군대와 마주쳤다. 그런데 그 병사들은 이미 되돌아가고, 수베데이와 줄게데이가 남아 케레이트 군대를 향해 말머리를 나란히 붙이며 달려 들어가 태사 올린다이를 생포했다. 수베데이가 그를 옆구리에 끼고, 줄게데이가 지키며 달려갔다. 돌아갔던 병사들이 달려오자 올린다이 태사는 정신을 잃고 쓰러졌다.

수베데이가 한숨을 쉬며, "이런 정도의 인간을 공연히 몇 리나 추격했으니 힘이 아깝도다"라고 하며, 초원에 던져 버리고 갔다. 올린다이는 죽은 체하며 속였던 것인데, 혀를 물어 피를 내자 입과 코에서 피가 흘렸다. 그것은 두 장수의 협공을 받아 죽은 체한 것이었다. 초원에 내던져진 올린다이는 풀에 주저앉아 있다가 수베데이가 보이지 않게 되자, 자리에서 일어났다 앉았다 하며 버둥대고 있을 때 케레이트의 병사들이 날듯이 달려왔다. 안색이 좋지 않은 올린다이가 말하기를 "나는 베데국의 두 장수와 싸워 이기고, 그들을 달아나게 했소"라고 했다.

그리고 말을 타고 추격해서 30리 길을 갔을 때 또 베데국의 여덟 번째 조의 오르트 보드로고트, 오한트 린친의 군대와 마주치게 되자, 자모하가 소리쳐 말했다.

"베데국은 요 몇 년 새 어디에서 그렇게 많은 조무래기를 모아, 이처럼 30리마다 두 사람씩 내보내 사람을 놀라게 하는가?"

그리고 병사들이 연이어 공격해 들어가자, 베데국 편의 오르트, 린친이 이미 돌아서서 달아나 버렸다. 케레이트의 병사들이 깃발과 북 등 무기를 매번 전리품으로 얻게 되자 기쁜 마음으로 추격해 30리를 갔다. 그러자 또 베데국의 아홉 번째 조의 알호, 수호의 군대가 나타나 공연히 욕설을 퍼부으며 달아났다. 안쪽에는 또 태조의 신호기가 있었기 때문에 의심하지 않고 추격해 갔다. 화덕을 순시하던 케레이트 병졸이 와서 보고했다.

"베데국의 병사가 몇천을 넘지 않습니다."

그러자 자모하가 또 병사를 이끌고 추격해 갈조 강가에 이르자, 베데국의 군대가 이미 갈조강을 건너갔기 때문에 자모하는 대진영을 마련하고 한밤중에 병사들에게 명했다.

"베데국은 1만 명 이상의 병력으로 두 개 조를 교대로 바꾸어 진을 치면서, 우리가 추격하는 것을 막으려는 것이 일단 분명해졌다. 테무진은 분명 이 두 군대 중 하나에 있다. 그들 군대는 짐을 간소히 하여 가볍게 다니기 때문에 신속하고, 우리 병사는 무거운 것을 가지고 다니기 때문에 느린 것이다. 진영의 장막과 무거운 물건은 모두 강가에 남겨두고, 내일 새벽이 밝을 때 간편한 행장으로 강을 건너자마자 추격해 베데국의 이 양 갈래 병사들을 함께 섬멸해야 할 것이다. 지체하면 그가 누구라도 죽음을 면치 못할 것이다."

이렇듯 엄히 명하고, 이튿날 새벽 날이 밝아오자 무거운 군기軍旗는 모두 버리고 가벼운 행장으로 먼저 왕 칸에게 강을 건너게 했다. 호장인 호르고스에게는 1천 명의 병사를 내어 주어 대진영을 지키게 하고, 다른 병사들은 달려가 강을 건너 베데국 병사들의 자취를 쫓으며 갔다. 그때 끝에 가던 병사가 말하기를 "강 이쪽 편 먕간 보르가스타이 평원에서 말 울음소리가 납니다"라고 하자 앞쪽의 병사가 와서 고했다.

"서쪽 편의 보르 보이보르 숲에서 또 베데국의 병사가 나오고, 포성 소리가 들립니다."

그러자 자모하가 "그것들은 모두 의심을 낳게 하는 약싹빠른 계략이니 많은 말이 필요 없다. 서둘러 돌진하여 추격해 달려가라"라고 명해 병사들을 빠르게 달려가게 했다. 그때 또 베데국의 열 번째 조의 운두르 세첸과 울후 준테이 두 장수의 군대와 마주쳤다. 또 그 뒤를 바짝 추격해 가서 하르 할지나 아래에 이르자, 한 쪽은 계곡 입구에 들어가서는 보이지 않았다. 그러자 자모하 편의 병사들이 모두 타스산의 일을 생각하며 크게 두려워하며 멈추어 서 있었다.

그때 자모하가 미심쩍어하며 주변 상황을 살펴보니, 고개 정상에 베데국 군주의 진영이 있었다. 깃발은 많았으나, 사람은 보이지 않고 텅 빈 진영이었기 때문에 자모하가 손뼉을 치며 웃었다.

"이 테무진이란 녀석의 운수는 끝났다. 이 고개에는 물이 없으니, 단 몇천 명의 병사로 우리 10만 병사에 포위되면 우리를 바라보다가 목이 말라 죽게 될 것이다."

자모하는 큰북을 치게 하고, 10만 대군을 펼쳐 할지나 고개를 막고 그곳에 주둔했다. 왕 칸과 후르겔즈겐 원수, 아르트 태사 세 사람은 북쪽 편을 막았다. 태자 얄고는 태보 골린다이, 태사 호소르를 데리고 남쪽 편을 지휘했다. 원수 자모하와 태사 올린다이, 태보 달지다이는 동쪽 산록을 에워쌌다. 세 호장인 솜본, 부그세르, 바타 세 사람은 서쪽의 요지를 막았다. 대군이 장막을 세 겹으로 연이어 치고 주둔했다. 그때 또 병사들에게 날이 저물 때까지 자주 소리를 지르고, 욕설을 퍼붓게 했다. 그리고 자모하가 몸소 사방을 순시하며 다녔지만, 케레이트 병사들은 자신들의 수가 많은 것에 자만하고, 계속해서 승리한 것에 기고만장해 있었다. 또 사람과 말이 지쳐 있었기 때문에 자모하가 순시하고 지나가자마자 곧바로 누워 잤다.

한편 태조의 10개 군단 가운데 수베데이와 줄게데이 두 용사와 알호, 수호의 2개 군단의 병사가 모두 갈조강의 먕간 보르가스타이라는 초원에서 케레이트의 병사와 진영이 퇴각할 때 약탈하려고 매복하고 있었다. 할지나 고개에 8개 군단의 병사들은 이미 모두가 신호를 논의하고 결정해 모두 만반의 준비하고 있었다. 며칠 전 바람이 불어 케레이트의 병사들이 몸이 약해지고, 피로가 쌓여 눈을 뜰 수 없을 정도로 깊은 잠에 곯아떨어졌다. 그때 갑자기 고개 꼭대기에서 포성이 울리자, 곧 고개를 빙돌아 사방에서 포성이 울리며 산을 진동시켰다.

그러자 산 정상에서 큰불이 타오르고, 고개 가득 함성소리가 나면서 8개 군단의 병사들이 위에서 아래로 구르는 돌처럼 떼거리로 내려왔다. 마침 그날 밤은 구름이 끼어 칠흑처럼 깜깜했으며, 남풍이 또 더해지며 어둠 속에서 베데국의 8개 군단의 병사들이 모두 고개에서 내려와, 케레이트 진영 밖으로 돌진해 갔다. 한편 할지나 고개 남쪽 산자락에서 큰불이 일더니 바람에 불이 더욱 활활 타올랐다. 화염이 있는 장작에 불이 붙고, 불이 타오르는 소리가 하늘에 닿으며 불빛이 마른번개 불빛과 연이어졌다.

산 정상에서 젤메는 몇백 마리 말 꼬리털에 마른 풀을 다발로 묶게 했다. 그 안에 모두 양의 방광에 기름이 들어있었기 때문에 불길이 더욱 강하게 피어올랐다. 모두 불을 붙여 순풍을 타고 내려와 왕 칸의 진영으로 공격해 들어가게 하고, 뒤에서 적군을 죽이며 돌격해 내려왔다. 이때 왕 칸은 여전히 의심쩍어하며 보고 또 보고 있자, 화염이 하늘에서 내려와 마른 풀이 모두 타고, 그의 진영으로 화룡火龍이 수천 줄로 꿈틀대며 밀려 들어왔다. 그때 건너편에서 불빛 아래로 베데국의 병사들을 보니 모두 몇 척이나 되는 장신으로 보이자, 모두 천신이 내려왔다고 했다. 케레이트 병사들이 장막을 버려두고 동북쪽으로 도망치자, 왕 칸이 화재의 위험에 심장이 오그라져 델과 모자를 벗어 던지고 곧바로 달아났다.

봄의 건조한 풀이 불을 이기지 못한 데다가 또 때마침 큰바람이 불어 눈 깜빡할 사이에 모든 것을 태워 버렸다. 이 불이 말보다 먼저 초원으로 번졌기 때문에 케레이트의 병사들은 모두 타오르는 불 속으로 들어가고, 베데국 병사들은 재 뒤에서 적군을 살육하며 달려가는 모습이 마치 소똥을 줍는 것 같았다. 이런 상황 속에서 왕 칸의 흰 수염은 불에 그슬려 모두 누렇게 되고, 몸도 벌거숭이가 되어 마치 한 마리 늙은 원숭이처럼 된 채 그슬린 눈썹 아래로 두 눈을 부릅뜨고 노려보았다. 말도 갈기와 꼬리가 모두 탔기 때문에 참으로 늙은 원숭이가 양 위에 올라탄 것 같았다. 또 뒤에서 후르겔즈겐 원수 역시 수척해진 한 마리 원숭이 꼴이 되어 엄벙덤벙 뒤따라 왔다. 케레이트의 병사들은 죽기 살기로 도망치는 와중에 그런 모습을 보고는 참지 못하고 입과 코를 가리고 웃으면서 도망쳤다. 케레이트 병사들이 겨우 초원에 내리자 산의 양쪽 계곡에서 벨구테이와 하사르의 두 군단의 병사들이 양쪽에서 협공하며 돌격해 들어가 왕 칸의 군대를 세 방향에서 포위했다.

젤메가 앞서간 다음 태조의 군대가 뒤따라 쳐들어가자 케레이트의 병사들은 머리를 돌릴 새도 없이 동북쪽을 향해 줄행랑을 쳤다. 이번 한바탕 난리 속에서 케레이트 병사들은 이미 흩어져 사라져 버렸다. 또 지형을 제대로 알지 못했기 때문에 굴러 넘어진 병사들이 말과 함께 고랑과 계곡에 가득 처박힌 채 대혼란이 일어났다. 한편 왕 칸이 황급히 달아나는데, 모래밭의 남가새풀 속과 붉은 사구에서 운두르 세첸과 울후 준테이 군대가 갑자기 일어나 함성을 지르며 공격해 왔다. 많은 병사들이 크게 두려움에 떨고, 어떤 자들은 말을 타지 않은 채 도망쳤다. 케레이트의 대군은 죽기 살기로 사방으로 흩어져 달아났다.

그때 젤메는 운두르 세첸과 울후 준테이 장수의 두 병력을 이끌고 날듯이 왕 칸을 추격해 갔다. 그 뒤를 쫓아 벨구테이, 하사르의 군대도 추격해 가자, 케레이트의 병사들은 혼비백산하여 말 경주를 하듯 도망쳤는데, 그 속도가 바람에 번지는 불보다 빨랐다. 그런 상황에서 젤메가 앞으로 돌격해 들어가자고 재촉하자 울후 준테이가 케레이트의 병사 수가 많다고 생각해 주저하며 죽어도 돌진하려 들지 않자, 운두르 세첸이 참지 못하고 돌진해 나가다가 몸을 돌려 준테이를 가리켜 말했다.

"주군 앞에서 이같이 힘을 바치는 법이 있단 말이요? 치마드 부족의 울후 대신이-그대를 그저 관직에 봉한 것이 아니지 않소? 그대는 치마드의 종이요, 치마드 부족의 은혜로 사람다운 사람이 되었소. 울후 대신에게서 등을 돌리고 우리 주군에게 투항해 최고의 자리를 얻고, 이 정도의 지위에 이르렀소. 그런데 주군에게 이런 식으로 보답할 수 있단 말이오? 그만두시오!"

그리고 그는 말에 채찍질을 가하여 뭇 병사들 앞에 나가더니 고개를 돌리며 말했다.

"케레이트의 토릴은 우리의 주군께서 베푼 일곱 번의 은혜를 잊고 배반했소. 내 모름지기 그 불의한 종을 창으로 찔러 설욕할 것이오. 많은 대신과 형제들께서는 내 뒤에서 함성을 지르며 쳐들어가시오. 그럼 내가 알아서 토릴을 추격하여 밀어붙일 것이니, 여러분들은 그를 잘 붙잡도록 하시오. 내가 나를 보호하기 위한 것이 아니라 다만 대업을 이루기 위함이오. 비유하자면 내 몸은 장인의 나무를 파는 끌과 같고, 울후 준테이 아형은 끌을 치는 도끼와 같다 할 수 있소. 끌의 날은 비록 날카롭지만 치지 않으면 뚫지 못하오. 내가 비록 앞으로 돌진해도 우리 조의 병사들이 돌진해 들어가지 않는다면 일을 이루기 어렵소."

그리고 뱃대끈을 단단히 조이고 뭇 병사들을 향해 말했다.

"내가 돌격해 들어가 토릴과 접전할 것이며, 그를 창으로 찔러 말에서 떨어뜨릴 것이오. 그대들은 그를 붙잡기 위해 힘쓰시오. 내가 만약 죽으면, 한 배에서 태어난 나의 노란 머리 세 아들이 있소. 그 아이들을 주군의 길잡이로 삼게 해 주시오!"

그리고 이를 물고 갑옷을 벗어 던지고, 창을 잡고 고개를 돌리지도 않고 큰소리로 일갈하며 안장머리에 엎드려 빠르게 돌진해 들어갔다. 이때 동쪽[2] 편에서 추격전이 일어나고, 사방에서 케레이트의 패잔병들이 모두 함께 달려오자, 운두르 세첸이 눈이거무스름해져 뒤를 돌아보지도 않고 일단 눈을 감고, 케레이트의 10만 대군을 향해 돌격해 들어갔다. 그러자 운두르 세첸의 좌우 심복들이 모두 죽음을 불사하고 주인을 따라 함성을 지르며 공격해 들어갔다. 벨구테이, 하사르, 젤메 등이 그의 병사에게서 이러한 상황을 듣고 급히 그 뒤를 따라 연이어 돌격했다.

이때 바람이 멈추고 한바탕 소나기가 지나갔다. 또 해가 비쳤기 때문에 케레이트의 병사들이 갈조강으로 달려가다 반쯤 갔을 때 갑자기

---

2 본문에는 숫자 '백'으로 되어 있으나, '동쪽'을 잘못 전사한 것으로 보인다. 여기서는 '동쪽'으로 번역했다.

상류에서 엄청난 물이 다섯 자 높이로 소용돌이치며 흘러 내려왔다. 그로 인해 많은 병사가 물에 빠져 죽었다. 왕 칸이 물에 발이 묶이고, 또 뒤에서 운두르 세첸이 번개처럼 추격해 오자 곧바로 물에 휩쓸려 하류로 달아났다. 얄고와 자모하의 병사들은 낮은 물길을 거슬러 달아났다. 이즈음 알호와 수호 그리고 수베데이, 줄게데이의 군대가 지난 밤 강을 건너 새벽이 밝아올 때쯤 일제히 함성을 지르며 공격해 들어가 케레이트의 병영을 점령했다.

정오쯤에 태조의 대군이 또 갈조 강가에 이르러 주둔하고, 강의 상류와 하류 양쪽으로 병사를 보냈다. 이때 운두르 세첸이 혼자서 케레이트의 적진을 향해 돌격해 들어가 무기 아래로 뚫고 들어갔다. 그리고 케 왕을 추격해서 그 뒤에서 창으로 오른쪽 장골의 두툼한 살을 찔러 떨어뜨렸다. 그러자 후르겔즈겐이 두려워 소리를 지르자, 왕 칸의 좌우 병사들이 함께 손을 움직여, 만 개의 검과 천 개의 창으로 운두르 세첸을 쳐서 말에서 떨어뜨렸다. 그때 젤메가 또 달려와 운두르 세첸을 구해 데리고 가고, 케레이트 병사들은 케 왕을 호위하여 달아났다.

해가 지자 태조의 병사들이 연이어 진영으로 왔으나 운두르 세첸과 젤메만 오지 않았다. 그러자 태조가 다시 그들을 돌아오게 하려고 사람을 보냈는데, 한밤중이 되어서 벨구테이와 하사르, 젤메가 운두르 세첸을 안고, 울후 준테이를 포박하게 하여 데리고 왔다. 태조가 보니 운두르 세첸은 창에 찔러 머리에 상처가 나 있었다. 태조가 깜짝 놀라 이유를 묻자, 젤메가 상황을 낱낱이 고하고 울후 준테이를 끌어냈다. 그러자 태조가 크게 진노하며 명했다.

“못난 놈 준테이. 불충한 종, 주인에게 저항하는 인간쓰레기를 서둘러 끌어내어 베어 죽이고, 많은 이에게 보이라.”

그러자 그의 귀뿌리에 법의 화살촉을 찌르고, 젤메에게 넘겨주고 죽이라고 지시했다. 양편의 검과 도끼를 쥔 병졸이 준테이를 떠밀어 데리고 가, 그 머리를 베어 가지고 와서 높이 들어 보였다. 태조는 운두르 세첸이 다친 것을 가슴 아파하며, 자신의 게르 궁에 눕히고, 손수 약을 먹이고 상처에 약을 발라주며 간호했다. 그러자 10개 진영의 병사들이 태조의 위엄과 덕, 상벌의 분명함과 정확함에 크게 탄복하며, 눈물을 흘렸다. 태조가 운두르 세첸을 몸소 지극정성으로 간호했지만 위중한 상처를 이기지 못하고 죽자, 태조는 크게 비통해하며 눈물을 흘렸다. 그리고 손수 술을 뿌려 올리고 이렇게 고했다.

부모에게서 태어난 육신을 주인을 위해 바쳤네
지극한 효와 인의를 한 몸에 갖추었네
주인 된 테무진 나는 참을 수 없는 비통함으로 가슴이 저미네
그대의 자녀들이 오래도록 나의 귀한 신하가 되길 바라네!

그리고 그의 시신을 은관에 넣어 고향으로 보내고, 그의 세 아들인 보릭그트 바르스, 실리그트 바르스, 테스겔 바르스 형제를 모두 백호장으로 봉하고, 1천 필의 말을 상으로 하사했다. 또 다섯 호장虎將의 지위에 오르게 하고, 모두 호랑이 수호기와 호랑이 가죽 겉옷, 호랑이가죽 깔개를 상으로 하사했다. 또 그 세 사람의 어머니가 죽자 그들을 세

첸 주순 부인에게 맡겨 부양하게 했다.

이로써 베데국의 군법이 더욱 엄격해졌을 뿐 아니라 많은 병사가 죽음을 두려워하지 않고, 적에 의해 죽는 것을 원하게 되었다. 활활 타오르는 불처럼 군법을 누구도 두려워하지 않게 되었고, 포상을 봇물처럼 내리니 어느 누가 이를 따르지 않겠는가?

운두르 세첸의 일은 몽골 사서에 잘 기록되었을 뿐 아니라 중국의 『자치통감강목』 18권 하책의 56항에도 있고, 뒤쪽에 태조가 왕위에 오른 것에 대해 일괄적으로 몇 마디 기록했다. 다만 이름이 잘못되어 '위덕이'威德爾라고 썼다. 이것은 곧 '운두르'라는 이름을 이렇게 이른 것이다. 이 운두르 세첸은 몽골 제1위 신하로 정의롭고 지혜로운 대신이었다. 실제로 만대에 걸쳐 불후의 의인이 되었다. 그는 원래 차일즈 부족의 수장이었다. 태조의 아버지 예수헤이 바타르가 죽고 많은 부족이 도망치고 이반해 떠나갈 때 이 운두르의 형 우누가 차일즈 부족을 이끌고 배반하고 떠나가자 동생 운두르는 세 개 강까지 쫓아가서 떠나는 것을 막았지만, 형이 말을 듣지 않고 떠나가 버리자 동생은 돌아와 태조에 투항했다.

그때 운두르가 "주군을 죽을 때까지 따르겠나이다"라고 고하고 화살을 부러뜨려 맹세하자, 태조가 그에게 지혜롭다는 뜻의 '세첸'이란 칭호를 내려 주었다. 그 형 우누는 아래 나오는 토도라는 자에게 살해당하고, 차일즈 부족을 빼앗겼다. 이 장에 나오는 토도라는 자가 바로 그자이다.

효자와 충직한 대신이 세상에 참으로 드문데
그것은 자애로운 군주와 밝은 정치가 적은 탓
자애로운 태조이기에 죽음을 불사하는 충신이 나온 것이요
못된 토릴을 위해 누가 목숨을 버리고 진격할 것인가?

【평언】

이 장에서는 의미 있는 사건이 적지 않기 때문에 여러 번 번다하게 펼쳐 논할 수 없어 가까운 의미별로 언급하려 한다. 첫째, 원래 태조는 혈통이 다른 천자라 한 것이 이 장 서두에 분명하게 드러난다. 이것은 세상에 분명한 증거가 있다. 둘째, 케레이트의 솔롱고가 하브트 하사르의 가솔을 폴고다이에게 돌보게 한 것은 고대 춘추시대 진문공[3]의 고사와 같다. 진문공이 천하를 주유하고 있을 때 조나라에 이르자 조공이 그를 후히 대접하지 않았다. 수하 신하가 그를 집으로 모시고 오자 그의 아내가 중이[4]의 인물됨을 알아보고, 남편에게 일러 중이를 존숭하여 금은으로 돕게 했다. 후에 진문공이 나라를 찾고, 은혜와 원수를 갚을 때 조나라가 패망했지만 희부의 아내를 죽이지 않았다. 후에 그는 예전과 마찬가지로 부귀를 누렸다. 솔롱고는 그 희부의 아내에 뒤지지 않는다.

---

3 진문공(晉文公,기원전 697~628) : 춘추시대 진나라 22대 군주. 춘추오패의 한 사람으로 이름은 중이(重耳). 헌공의 둘째 아들이다. 아버지 진헌공은 첩 여희의 참소를 믿고 태자 신생(申生)을 죽이자, 망명하여 19년 동안을 떠돌아다녔다. 나중에 진목공의 도움으로 귀국해 즉위했다(임종욱, 『중국역대인명사전』, 이회, 2010, 1833쪽).

4 진문공의 휘.

셋째, 모홀리가 차일즈 부족의 소식을 듣고 웃으며 기뻐한 것은, 케레이트 병사들이 모홀리가 떠나갔다는 말을 듣자마자 마음에 큰 의심이 없어져 계략에 빠질 것을 알았기 때문이다. 또 울창한 산의 호랑이가 밤에 인가에 내려와 사람의 토하는 소리를 내며, 인가의 개를 모이게 하여 데리고 가 잡아먹는다. 그래서 호랑이가 토하는 계략이라는 것은 태조가 케레이트의 군대를 유인하여 제압하라는 말이다. 흥미로운 전략이다! 고대 촉나라 제갈량에게 금낭묘계錦囊妙計[5]가 있었다면 베데국의 모홀리에게는 은밀한 말의 요체가 있었는데, 이것은 성취하는 나라의 하늘이 낳게 한 것이라 할 수 있다.

넷째, 태조는 의병을 보내 젤메가 물을 범람하게 하는 것을 금하도록 했는데, 젤메가 적을 불에 그슬리게 하는 것은 왜 멈추게 하지 않았을까! 이것을 어찌 자애롭고 의로운 군대라 할 수 있겠는가? 독자 제위는 설명하여 말하는 것을 들으라. 실제로 그들은 자애롭고 의로운 군대가 되었다. 왜 그럴까? 피할 수 없는 곳을 막다른 곳이라 한다. 궁지에 몰아 모두를 파괴하면 그것을 곧 악이라고 한다. 초원의 화재는 불에서 달아날 마른 땅이 있지만, 강이 범람하여 흐르면 어찌 강을 건널 수 있겠는가? 그렇게 화재로 위협하는데, 마침 하늘에서 비가 내리는 상황을 만나게 된다. 어떤 서사에서는 이 전투를 천병天兵이 내려와

5 제갈공명은 오나라로 떠나는 유비의 호위를 조자룡에게 맡기면서 "어려움이 닥칠 때마다 하나씩 꺼내 실행하라"며 계책이 담긴 비단 주머니 세 개를 주었다. 조자룡은 비단 주머니를 품속 깊숙이 간직하고 있다가 위기의 순간을 맞을 때마다 하나씩 꺼내 난관을 헤쳐나가 소기의 목적을 이루고, 유비를 모시고 형주로 무사히 돌아올 수 있었다고 한다(https://blog.daum.net」ersan.tisory.com/58).

케레이트를 제압했다고 했다. 구름과 바람, 비와 홍수가 도움이 된 것이 사실이다. 어떻게 하늘에서 군대가 내려왔겠는가! 그래서 그들을 자애로운 병사라고 했다.

다섯째, 케레이트의 자모하는 케 왕을 속일 때 특별히 그의 아들로 하여금 속이게 하고, 그 아들을 즐겁게 해주면서 다른 왜곡된 길로 이끌었다. 나중에는 아예 자신의 아내를 좋아하게 만드는 데 이른 것은 이 시대 형제 관계를 맺고, 여인네들을 만드는 것과 같다고 할 수 있다. 아, 참으로 어처구니가 없다! 평범한 백성들의 아녀자를 바쳐 사타구니 아래의 즐거움으로 부귀를 추구하는 인간들이 있으며, 그 가운데도 분명 자모하와 같이 가증스러운 자가 있다. 그 무리에 속한 자들은 애써 정신을 차리고 깨어나는 것이 마땅할 것이다. 하루아침에 물질과 권력이 끝나면, 그들은 모두 반대 세력이 될 것이다! 이를 주도면밀하게 살피지 않으면 안 될 것이다.

여섯째, 케 왕 토릴의 죽음이 정해져 있는 세 가지 요인이 있다. 첫째, 아부를 잘하는 아첨꾼이라는 것. 둘째, 어리석고 무지한 자라는 것. 셋째, 탐욕스러운 자라는 것이 그것이다. 그를 원소袁紹, 원술袁術, 유표劉表,[6] 황조[7] 등을 신하로 삼아 만나게 했다면 매우 잘 어울렸을 것

6 여기서 이 네 사람은 부정적인 존재로 나타나는데, 진수는 『삼국지』에서 "유표와 원소를 묶어 평하기를, "이들은 모두 겉으로는 너그럽고 속으로는 꺼리며 모략을 좋아하나 결단력이 없었으며, 재주가 있어도 쓰지 못하고, 좋은 것을 들어도 받아들일 수 없었으며, 적자를 폐하고 서자를 세우고, 예의를 버리고 편애를 숭상했으니, 그 후사가 고통을 받고 사직이 기울어져 엎어진 것은 결코 불행이 아니었다"라고 했다(https://ko.wikipedia.org/wiki/유표).

7 황조(黃祖, ?~208) : 후한 말기 때 인물. 유표의 장수. 헌제 때 강하 태수를 지냈다. 원술이 손견을 시켜 양양을 공격하게 했을 때 활을 쏘아 손견을 죽였다. 유표가 예형을 보내

이다! 비록 군대 일에 도움을 바라는 것이라도 혈육을 함부로 하고, 나라와 부족을 배반한 자모하, 아르트, 호소르, 달지다이 이 네 사람을 기용한 것은 곧 죽음의 문을 연 것과 다름없다.

일곱째, 베데국의 처음 창건기의 운두르 세첸은 참으로 고귀하고 지혜로운 자였다. 그의 이름이 『청사』 맨 앞에 나올 때 특별히 의로운 분위기를 자아낸다. 그는 마지막 순간에도 최고의 충직함으로 죽었으며, 대원제국의 수많은 충직한 대신들의 가장 으뜸이 되었다. 성산과 같은 고귀한 죽음이라는 것이 곧 이것이다.

여덟째, 태조가 운두르를 몸소 간호하고, 그 자식을 자신의 부인에게 살피게 했으며, 또 준테이를 그 자리에서 베어 죽이게 했다. 이처럼 고락을 함께 하는데 백관들의 마음이 어찌 하나로 모이지 않겠는가? 뜻을 이루기 어려운 무능한 나라가 어찌 이처럼 의가 두터운 나라를 이길 수 있겠는가? 비록 하늘이 낳았다 해도 스스로 노력하지 않으면 어찌 가능하겠는가? 고대 진나라 시황제는 하늘이 낳지 않았던가? 잔인하게 폭정을 일삼음으로써 그 진나라는 몇 년을 이어갔는가? 대원제국은 162년을 이어갔다.

그와 어울리게 했는데, 예형이 불손하게 굴자 화를 내고 죽여 버렸다. 그는 결국 감녕의 화살에 맞아 죽고 만다(임종욱, 앞의 책, 2173쪽).

제27장

우애 있는 형은 동생의 원수를 갚기 위해 이태 동안 적과 싸우며 신고를 겪었네 중신들은 주군을 위해 세 번 점치며 예조를 살폈네

송나라 영종 경원 5년, 금나라 장종 승안 4년, 기미년己未年. 태조 나이 38세[1]였다.

신성한 태조께서 오상五常의 옥체를 이루고 태어나셨네
권세 있는 모홀리의 음양의 능력과 지혜는 본래 타고난 것
토릴은 편협하고 비열하며 생각이 파렴치하고
몹쓸 자모하의 교활한 술수는 혐오스럽기 그지없네

한편 베데국의 10개 군단의 병사들 가운데 비록 운두르 세첸을 잃었지만, 이번 전투에서 얻은 전리품이 엄청나게 많았기 때문에 많은 병사에게 전리품을 나누어 주었다. 이 이야기는 잠시 멈추고, 달아나는 케레이트를 언급하고자 한다.

왕 칸은 창에 엉덩이뼈를 찔렸는데, 정신이 들자 상처가 견딜 수 없

1 몽골 현대문으로 옮긴 본문에는 36세로 되어 있으나, 전후 문맥을 통해 보면 38세임을 알 수 있다.

이 고통스러웠다. 또 많은 병사에게서 자모하가 꾀를 쓴 것을 듣고 분통을 터트렸다. 그는 채찍을 내리치며 자모하를 죽이고 말겠다고 맹세했다. 그 소식을 자모하와 가까이 지내는 병사가 자모하에게 일러주자, 그가 크게 두려워하며 '조만간 왕 칸에게 죽임을 당할 것이니, 그보다 먼저 내가 손을 써 그를 죽이는 것이 나을 것이다. 그가 나를 증오한 것이 이번 한 번이 아니지 않은가!'라고 생각하다가 갑자기 한 가지 계략이 떠올랐다.

그러자 서둘러 아르트, 호소르, 달지다이 세 사람을 불러 술을 대접하며 말했다.

"왕 칸께서 오늘 밤 우리 네 사람을 잡아들여 베데국에 보내기로 결정하셨소. 이제 우리가 먼저 손을 써서 그를 죽이고, 그 아들을 왕위에 앉히면 케레이트국이 모두 우리의 것이 되지 않겠소?"

그 말에 세 사람이 몹시 초조해하며, 곧바로 소속 병사들을 이끌고 태자 얄고의 진영을 에워싸고 그에게 말했다.

"우리의 본심은 그대에게 있소. 이제 뜻밖에 혼군昏君께서 태자 그대와 우리 다섯 사람을 함께 붙잡아 베데국의 진영으로 보내 벌을 받게 하겠다고 이미 결정을 내리셨소. 믿지 못하시겠다면 폴고다이가 온 것을 보지 않으셨습니까? 오늘 밤 우리의 목숨이 위험하게 되었으니 혼군을 제거하고, 명군을 보위에 오르게 할 것입니다!"

그리고 검을 빼어들자 얄고가 처음 부왕이 자신을 붙잡을 거라는 말을 듣고, 부왕을 5할 정도 해칠 뜻을 품었다. 그러다가 중간쯤에 자신을 왕위에 앉히겠다는 말에 온전히 결심했다. 마지막에 또 그 말을 받아들이지 않으면 그를 또 죽이고, 자신의 동생 토스호를 왕위에 앉히겠다고 말하는 것을 듣고 부왕을 죽이기로 결심을 굳혔다. 그리고 웃으며 말했다.

"여러 사람의 뜻을 내가 어찌하겠소?"

그러자 자모하가 "그렇다면 좋습니다!"라고 하고 왕 칸을 죽이기 위해 달려갔다.

이때 딸 솔롱고가 부왕이 출정한 것에 마음이 편치 않았다. 그녀는 연속해서 사흘 동안 부왕이 자신의 머리와 몸통 반을 소의 빈대처럼 구워 먹는 꿈을 꾸었다. 부왕에게 무슨 일이 있을지도 모른다고 크게 의심하며 무당에게 점을 치게 했다. 무당이 흰 솔개로 점쳐 보고는 모두 불길한 점괘가 나온다고 하자, 솔롱고가 폴고다이를 시켜 부왕께 회군하라고 설득하는 서한을 써서 보냈다. 폴고다이가 도착할 바로 그때 병사들이 패하고, 가지고 있는 모든 것을 빼앗긴 채 이전 진영으로 돌아왔다. 다행히 원래 진영에 숙소가 남아 있었다.

한편 폴고다이는 영리한 공주가 부왕을 설득하는 서한을 왕 칸에게 올리고, 울면서 전투를 만류하며 무릎을 꿇고 절했다. 왕 칸은 자신이 입은 상처를 보여주면서 눈물을 줄줄 흘리며 견딜 수 없이 괴로워했다.

"아, 인간이 늙으면 아이의 놀림을 받고, 말이 늙으면 노루의 놀림감이 된다고 했네. 내가 늙어서 수염도 허옇게 되고, 착한 아이의 말을 듣지 않아 수염을 두 번이나 태우고, 창으로 엉덩이와 옆구리를 찔렸네. 이건 다 잔나비 새끼 자모하에게 꾀임에 빠진 탓이야. 내가 그 새끼를 죽여 버리려고 해도 사람이 없어 죽이지 못했네. 그대가 온 것은 참으로 다행스러운 일이야!"

그 말을 들은 폴고다이는 크게 분개하며 몰래 자모하의 장막으로 가 보았다. 그런데 그에 속한 병사들의 분위기가 사뭇 달라져, 모두 왕 칸을 죽이려고 모의를 하고 있었다. 그때 폴고다이가 서둘러 왕 칸에게 상황이 급박해진 것을 고하고 그를 다른 진영으로 피신시켜 숨기고, 스스로 왕 칸의 수하 병사를 데리고 나오는 바로 그때 병사들을 이끌고 오는 자모하와 마주쳤다.

그러자 폴고다이가 느닷없이 공격해, 자모하가 몸을 피하는 사이에 그의 왼쪽 허벅지를 창으로 찔렀다. 자모하가 비명을 지르며 도망치자 아르트, 호소르, 달지다이가 서둘러 그를 비호하며 공격해 들어갔다. 폴고다이가 벼락처럼 호통을 치며 달지다이의 방광을 향해 창을 겨누고 달려들어, 그를 찔러 말에서 떨어뜨렸다. 또 아르트가 목숨을 보존하고 달아나자, 그 등을 또 몇 번이나 찔러댔다. 창을 맞은 아르트가 "아버지!" 하고 소리치며 얼룩말을 빠르게 몰아 달아났다. 호소르는 진지 후미에 있었기 때문에 순간 뒤돌아서 자모하와 함께 달아났다. 폴고다이가 급히 추격해 호소르의 뒤쪽 작은 엉덩이를 몇 번 창으로 찔러 상처를 입히자, 호소르가 현악기 호르처럼 리듬 섞인 목소리로 신음을 하며 도망칠 때 자모하의 대군이 그를 호위하여 데리고 달아났다.

폴고다이가 병사 두세 명을 찌르고 추격하며 돌진해 들어갔다. 갑자기 진흙 있는 호수에 들어가 말발굽이 진흙에 빠져 질척거리며 가는데, 질척대는 진흙이 튀어 눈을 뜰 수가 없었다. 자모하의 말은 우수한 준마였기 때문에 아르트와 호소르를 데리고 몇백 명의 병사와 사력을 다해 위기에서 빠져나와 달아날 수 있었다. 또 토도와 만날 면목이 없자 나이만국으로 잠입해 들어갔다.

왕 칸은 밤에 사람을 보내 자모하의 여섯 명의 부인을 모두 죽여 버렸다. 얄고가 자모하의 부인들 가운데 자이란 호아르라는 여자를 첩으로 삼겠다고 사람을 보냈는데, 이미 그녀는 살해되고 없었다. 얄고는 발을 구르고 분통을 터뜨리며 아까워했다. 이는 진실로

소인배의 죽음의 징후가
조석朝夕에 있는데
고운 여인의 분향을
잊지 못하는 것이 참으로 우습구나!

한편 선봉 폴고다이는 자모하 일행을 일시에 추격하여 살육하고, 병사들을 거두어 진영으로 돌아왔다. 그리고 주군 왕 칸의 무릎을 부여잡고 울며 회군할 것을 청했다. 그때 혼질라 부족을 공격하기 위해 갔던 와일라 부족의 수장 우헤르 부드네가 죽지 않고 도망쳐 나와 많은 도망자 부족들을 규합하고, 또 금나라의 북쪽 변경을 지키는 천총 주사라는 자에게 200필의 말을 뇌물로 주고, 1천 명의 병사를 이끌고 오자 태자 얄고가 크게 기뻐했다. 그는 이 기회에 많은 예물을 준비해 금나라 황제 완안경에게 보냈다고 왕 칸을 속였다. 또 여러 태사와 태보, 네 호장들을 자극하고, 회군하면 모두 흩어질 거라며 왕 칸을 몰아붙이며 겁박했다.

그러자 왕 칸이 금나라의 예물과 장병을 보고 회군할 마음이 반으로 꺾이고, 이제 또 많은 신하가 흩어지는 것을 두려워했다. 또 돌아가면 베데국의 병사들이 뒤쫓아 와 죽일 것이라고 하자 이 세 가지로 인해 이럴 수도 없고 저럴 수도 없어 여러 사람의 말을 좇았다.

폴고다이가 이 상황을 보고 "후~" 소리가 나도록 한숨을 내쉬는 것을 태자 얄고가 듣고, 폴고다이를 데리고 가 저주를 퍼부으며 따귀를 갈기고 내쫓았다. 반면 금나라의 신하와 병사들을 수호신처럼 떠받들었다. 대군을 헴헤트라는 산으로 이동시키고 나라에서 군대 물품을 가져오게 했다.

한편 자모하, 아르트, 호소르 세 사람은 병사들을 데리고 나이만국의 알탄샤 아래로 숨어들어가 뵙기를 고하자, 아직 솔롱고를 그리워하던 때라 곧 그를 불러들여 인사하고 일의 연유를 물었다. 그러자 자모하가 절을 올리며 울면서 정황을 고했다.

"케레이트의 군주 토릴은 보는 눈은 있어도 태산을 모르고, 태자께서 이미 그대에게 공주 솔롱고와의 혼약을 허락하셨습니다. 그런데 이번에 베데국에 병사들이 패하자 그 딸을 테무진에게 데려다주고 우호를 다지겠다고 할 때 저는 이미 혼담이 있었던 것을 생각하고, 그녀를 이곳으로 보내와 혼인을 맺게 하기로 그의 오라비와 논의를 했습니다. 그렇게 함으로 두 나라가 연합하여 베데국과 싸워 베데국에 맞서자고 한 것입니다. 그래서 솔롱고를 꾀여 데리고 나와 군 진영 가까이 이를 때 케 왕이 이를 듣고 폴고다이에게 2천 명의 병사를 내어 주어 우리를 추격하여 죽이고, 그 딸이 돌아가기 싫다고 하는데 억지로 빼앗아 데리고 갔습니다. 그때 우리가 공주를 도로 빼앗아 데리고 와서 태자께 드려 혼사를 이루도록 하려고 분투하다가, 그들 병사의 수가 매우 많았기 때문에 도리어 패하고 우리의 벗인 달지다이가 죽임을 당했습니다. 또 우리 세 사람이 모두 상처를 입어 이처럼 되었습니다!"

그리고 셋이서 상처를 보이며 말했다.

"왕 칸을 죽이지 않고 혼사를 이루기는 어렵습니다. 그의 아들 얄고도 부왕이 고집을 부리는 것에 진저리치고 있습니다. 우리가 기꺼이 태자 그대를 위해 사력을 다해 분투할 것이며, 그대 부인을 데려오도록 하겠나이다!"

그러자 알탄샤가 고개를 끄덕이며 상을 내리고, 연회를 베풀어 주고는 천천히 상의하자고 하고 그들을 숙소에 머물게 했다. 며칠 뒤에 자모하가 케 왕이 자기 처자를 모두 죽여 버렸다는 소식을 듣고 정신을 잃고 쓰러졌다. 정신을 차리고 나서 대장군 곡사례의 처소로 들어가 베데국을 섬멸하기 위한 방안을 논의할 때 곡사례는 베데국에 부왕의 원수를 갚을 뜻이 일치하자 함께 알탄샤에게 가서 고했다.

"제가 변경의 한 갈래의 병사들을 이끌고 자모하와 함께 가서, 그를 도와 케 왕을 죽이고 얄고를 왕위에 앉힌 뒤 그 여동생을 보내게 하여 데려오도록 하겠습니다. 이렇게 연합하여 베데국을 치면 어떠하겠습니까?"

알탄샤가 반 시간가량 생각하더니 한숨을 길게 쉬었다.

"세상에 부왕을 죽이고, 그 딸을 취하는 법이 있단 말입니까? 그렇게 하면 그녀가 무슨 즐거움으로 저를 존중하겠습니까? 저 역시 무슨 마음으로 그녀를 부인으로 의지하겠습니까, 아니 됩니다!"

알탄샤의 말에 자모하가 매우 초조해하며, 갑자기 또 한 가지 꾀를 생각해 냈다.

"태자께서 그렇게 생각하시는 것은 매우 지당합니다. 이와 다른 한두 가지 현명한 방법이 있습니다. 이제 케레이트가 베데국과 접전하려고 하니 태자께서 이곳에서 인척을 돕는다며 대군을 보내시어 왕 칸을 포위하고 있다가 한편으로 부인을 맞아 데리고 와 혼인의 예를 올리시면 일이 모두 잘 되지 않겠습니까? 만약 그렇게 해서 데려올 수 없다면 베데국에 빼앗길 것이 분명합니다!"

그러자 알탄샤가 "그 방법이 좋을 듯싶소"라고 했다. 그리고 뭉굴즈와 다다통가 두 사람을 보내 부왕에게 이 일을 고하고 승낙을 받자 곧 곡사례에게 1천 명의 병사를 내어주고, 이데르 도보로 하여금 선봉에 서게 했다. 자모하 등이 길을 인도하며 갈 때 다다통가와 뭉굴즈가 곡사례에게 말했다.

"장군께서는 무슨 일이 있어도 케레이트의 혼사를 위해 병사들을 데리고 나가 원수를 갚겠다고 베데국을 공격해서는 아니 됩니다. 만약 우리가 제지하는 것을 듣지 않는다면 훗날 귀 나라에 어쩔 수 없이 큰 고통을 불러오게 될 것이오. 베데국의 군주는 금나라 사신 위왕 영제를 위협해 돌려보냈고, 또 지금도 금나라와 서로 예물을 주고받으며 지냅니다. 그러면서도 조금도 아첨하는 모습이 없는 것을 보면 그의 생각이 원대하고, 심원하다는 것을 말해주는 것이라 할 것입니다. 가벼이 공격해서는 아니 됩니다! 그리하면 부질없이 조정에 불안한 원한을 남기게 될 것이오. 더욱이나 저 자모하라는 자를 조심하지 않으면 아니 됩니다. 그는 일곱 개 문의 노예요, 여덟 개 문의 개인 사악하고 심보 더러운 종놈이오. 무슨 일이 있어도 그자를 신뢰해서는 아니 되니 잘 살피기를 힘쓰도록 하세요."

그러자 곡사례가 말하기를 "우리가 베데국을 전혀 침범하지 않았는데, 그는 네 번이나 우리를 공격하여 괴롭혔소. 실제 우리 생각으로는 이 기회에 케레이트 병사와 연합하여 베데국에 승리를 거두어 끝장이 나도록 제거해 버리면 마땅할 듯싶습니다. 베데국이 만약 이번에 케레이트를 섬멸하면 그다음 곧바로 우리와 싸우게 될 것입니다. 어찌해도 전투에서 벗어날 수는 없습니다"라고 하자 뭉굴즈가 길게 한숨을 내쉬었다.

"귀하신 장군께서는 한창 젊어 혈기가 왕성하고, 기백이 넘치시니 그런 생각을 할 수 있습니다. 비록 그렇다 해도 사건에는 허와 실의 배경이 있고, 일에는 옳고 그름의 이유가 있습니다. 아버님은 군대 깃발을 잃고 때를 거슬러 나가셨기에 돌아가시는 불상사를 당하셨습니다. 이제 젊은 장군께서는 조금 근신하는 것이 옳을 듯싶습니다!"

그러자 곡사례가 자신의 선친을 잃은 예민한 사건을 언급하는 것을 듣고 크게 분개했다.

"사람은 본디 제 주인과 부친을 위해 사력을 다해 분투하는 것이 마땅한 일입니다. 저희 선친께서 돌아가신 것은 주군을 위함이요, 제가 베데국을 증오하는 것은 주군과 선친을 위함이니, 이 원한을 어찌 가슴에서 지울 수 있겠습니까?"

그러자 곁에서 나이 든 옛 장수인 홀소브츠가 탄성을 발하며 "곡사례는 참으로 영웅호걸이오!"라고 칭찬하자, 알탄샤가 이르기를 "이번에 가는 것은 혼사에 관한 일이니 베데국의 복수를 생각지 마세요. 이 정도의 병사로 베데국을 공격해서는 아니 됩니다. 가벼이 공격하면 공연히 일이 지체되고, 베데국의 군주는 또 하늘과 풍우가 함께 돕고, 그의 네 장군과 다섯 호장이라 하는 자들은 모두 사자나 코끼리와 같은 자들이라 쉽게 덤벼들어서는 아니 됩니다. 지금은 또 건조한 봄인데 어찌하여 갈조강이 그처럼 물이 불었을까요? 이 홍수는 분명 모두 천우신조일 것입니다. 용맹하신 장수께서는 자신의 힘과 다른 편의 역량을 잘 생각하시는 것이 좋을 것입니다!"라고 하며 병사들을 출병시키기로 했다.

한편 모홀리가 차일즈 부족의 토도를 공격하기 위해 간 것을 간략히 언급하면 다음과 같다. 토도를 맞아 싸우기 위해 모홀리가 5만 명의 병사를 이끌고 가까이 오고 있다는 소식을 듣고, 토도가 8만 병력의 대규모 대오를 이끌고 모홀리를 대적하기 위해 온다고 하자 모홀리가 의미심장하게 웃었다. 그리고 5만의 병력을 5개로로 나누고, 자신은 중군을, 보랄에게는 우로를 지휘하게 하고, 길루겐, 호일다르 두 용사에게는 동서의 후방 병력을 이끌게 했다. 이렇게 하여 5개로의 병사로 하여금 뱀처럼 대열을 이루게 하고, 병사들의 식량을 비롯해 무거운 군수품은 모두 모래에 묻고, 병사들에게 명했다.

"하늘을 나는 새, 물속에서 쏜살처럼 가는 뱀은 날마다 먹을 양식을 전혀 준비하지 않지만 날마다 살아가는 것은 음식을 찾기 위해 애쓰며 살아가기 때문이오. 그렇기에 날마다 음식을 찾아 먹고 살아가는 것이오. 이번에 적의 음식을 먹고 지낼 것을 생각하고, 자신의 음식을 탐하지 말 것이며, 마음과 뜻을 다해 싸우기 바라오!"

곧 포성을 울리고 북을 치게 했다. 병사들은 50리 끝에서 일제히 쏜 살같이 돌격해 들어갔다. 그러자 토도의 8만 병사들은 다섯 무리로 나누어져 큰 혼란에 빠져 사방팔방으로 갈라져 달아나고, 고개를 돌릴 새도 없이 부랴부랴 도망쳤다. 그들이 자신들의 진영을 모두 버리고 가 버리자, 그곳에 있던 식량으로 베데국의 병사들이 먹을거리로 삼았다. 그리고 보름거리를 추격해 가서 적병들을 살육하고, 몇천 수레의 갑옷과 무기, 군수품을 전리품으로 얻고 일거에 큰 승리를 거두었다. 또 그 뿌리를 뽑아 버리겠다며 추격해 가다가 일리 지역의 북쪽 변경에 있는 차스트산이라는 나무가 많은 밀림에 다다랐다. 토도의 병사들이 그 산으로 숨어 들어가 흩어졌는데, 모홀리가 산의 계곡과 초원의 야생영양을 잡아먹으며 그들을 추적했지만, 도무지 찾을 수가 없자 할 수 없이 대군을 이끌고 많은 전리품을 가지고 초가을에 회군하여, 초겨울 나라로 돌아왔다.

그런데 듣자니 태조가 봄에 할지나 고개에서 케레이트의 13만 병력을 고작 3만 명 남짓한 병력으로 일시에 제압하고, 양 군대가 지금까지 접전하고 있다고 했다. 모홀리가 크게 기뻐하며 서둘러 그곳으로 가자, 태조가 그 소식을 듣고 앞서 오르트 보드로고트와 오한트 린친, 또 오리안한 젤메 이 세 사람으로 하여금 모홀리를 차례로 맞이하게 했다. 그들은 진영 앞에서 태조의 네 명의 동생과 많은 장수를 이끌고 모홀리를 맞으며 손수 술을 따라 주고 축사하자, 모홀리가 태조를 보고 무릎으로 기어와서 절했다. 양 대오의 적을 무찌른 것을 기념하여 축배의 잔을 올리고, 동료 신하들 모두가 잔을 들자 모홀리가 축사했다.

하늘이 낳으신 주군이시여
살아있는 만민을 구하시고 돌보시는 주군이시여
모름지기 위험하기 짝이 없는 이 산천 계곡에서
어찌 격전이 벌어졌을까요?
뒤편에 강이 있고, 앞쪽에 높은 고개가 있으며
매우 건조하고 지세가 좁아
위험한 이곳에서 살육전을 벌이고서
아, 이득을 얻고 승리한 것은
불사의 수호신이 뒤에서 쫓아와
고귀하신 주군을 지키고 가호하신 까닭입니다
평소에 범람하지 않는 갈조강이
어찌 돌연 비가 내려 그리 범람했을까요?
매우 건조해 평평해진 사구
어느 곳에서 그런 많은 물이 흘러온 것일까요?
아, 천신이 우리 주군을 도와
세상 만물에 생명력을 북돋게 하신 것입니다

한편 모홀리를 비롯해 네 아들이 "연말이 되었습니다. 태조께서는 보르한 갈돈으로 돌아가셔서 새해를 맞으시지요?" 하고 아뢰자 태조가 고개를 저었다.

어머니에게서 함께 태어난 피붙이 형제의
아내와 어린 자식들을 지키지 못하고
극악무도한 케레이트에 모든 것을 빼앗겼는데
내 무슨 낯으로 우진 어머님을 뵙겠는가?
돌아가는 것은 생각지 말라!
사나이의 뜻한 바를 이룰 것이니
사랑하는 아우들은 가서 우진 어머님께 안부를 묻고 절을 드리라!
마음이 편치 않아도, 괴로움을 겪는 아우의 처자를 찾아
이들 전부가 오면 그때서야 돌아갈 수 있을 것이다

태조가 돌아가지 않을 것이라고 하자 여러 대신들이 어쩔 도리가 없어 우젤룬 우진 어머님의 안부를 묻기 위해 네 아우를 나라로 돌려보냈다. 태조는 진영을 투굴레 강가로 이동시켜 대군을 주둔케 하고, 연말 그믐날의 예속대로 절을 하고 연회를 베풀었다.

기미년이 여기서 끝나고, 태조는 많은 무리를 거느리고 나라 밖 초원에서 새해 명절을 지냈다. 경신년이 시작되고, 태조는 39세가 되었다. 이때는 남송의 14대 황제 영종 조확 경원 6년이었고, 또 중원의 금나라 5대 황제 장종 완안경 승안 5년이었다. 그 다음 해 송나라와 금나라는 연호를 바꾸었다. 황제들이 죽은 것이 아니라 때가 좋지 않고, 징

후가 좋지 않다 하여 바꾸었다.

태조는 이해와 이듬해까지 이태 동안 나라 외지에서 고생을 했다. 특히 "아우 하사르의 원수를 갚고 처자를 되찾아준 연후에 고향으로 돌아갈 것이라며 이처럼 어려움을 겪은 일을 지금 하사르의 자손들도 전혀 알지 못하는데, 칭기스 칸의 자손들은 어떠하겠는가?" 하고 탐탁치 않게 여기며 좋지 않게 말하는 자들이 있다. 또 어떤 이는 칭기스 칸의 자손인 우리는 바닷물 같고, 하사르의 자손들은 우물물 같다고 하여 마음대로 말하는 자들도 있다. 그 두 가지 태도는 모두 올바르지 않다. 칭기스 칸을 백천신으로부터 얻은 하늘의 정수라고 할 때 그들은 또 그다음 천손인 보돈차르 성조의 자손들이 아닌가? 또 한 어머니에게서 태어난 형제이며, 또 네 아우가 분투한 공력으로 다른 나라의 많은 신하를 얻고, 태조가 칸 위에 오를 수 있었다. 그때의 형제들이 서로 다투지 않았는데, 이제 우리가 그것을 구별해 다투며 무슨 짓을 하고 있는 것인가? 이러한 것들은 모두 지나친 처사요, 그릇된 생각이다. 하사르의 형님이 하늘의 정수로 원나라 칸이 될 때 하사르의 자손들에게 빛나는 이름을 갖게 되는 유익한 점이 있었다. 거기에 무슨 수치스러운 일이 있단 말인가?

우리는 그 시대 선조 칸들의 우의友誼를 더해 줄 수 없으면서, 오히려 그들 형제의 우애와 사랑의 관계, 정의로움을 무너뜨리는 것이 옳은 행동이란 말인가? 또 젤메의 자손들은 네 호쇼의 부마들을, 어떤 이는 또 칭기스 칸의 자손들을 못마땅하게 여기며 "당신들의 칭기스 성조가 어떻다는 것이냐? 그 칭기스께서 칸이 된 것이 어떻다는 것이냐? 우리 조상 젤메가 신하가 된 것이 어떻다는 것이냐?"라고 하며 부정적으로 싸우듯이 말하는 자들이 있다. 그들의 행태가 참으로 우습지 않은가? 칭기스 칸은 그들 조상에 상당한 은혜와 도움을 주었다. 괴롭히고 해를 끼칠 만한 원한이 전혀 없다. 그 시대 젤메의 아들 체첵을 태조 칭기스 칸의 공주 세첸 세첵그렉과 혼인을 맺게 하고 부마로 삼음으로써 오늘날 그때와 마찬가지로 모두 4품의 직위을 얻어 부마가 되고, 원나라와 또 대청국에서도 본래 고귀한 신분이라 하여 동쪽 자리의 고귀한 부마가 되어 지냈으면서 도리어 자비를 모르고, 그 은혜를 거스르며, "우리의 조상이 어찌하여 당신 조상의 신하라고 하는가?"라고 하며 싸울 듯이 말하고, 부정적인 생각을 품는 것은 참으로 너무도 웃기는 일이 아닐 수 없다.

태조 칭기스 성조는 황위에 오르지 않았었는데, 부마라는 단어는 어디에서 생겨났단 말인가? 칸의 사위를 중국어로 부마라고 한다. 몽골어로는 '타브난'이라고 하는데, 만주어로 '어푸'라고 한다. 이런 좋은 명칭의 의미를 생각해서라도 존숭하는 마음을 가져야 하는데, 도리어 "타브난의 조상을 어찌하여 황족 조상의 신하라 하느냐?"라고 부정적인 마음을 품는 것은 참으로 가소로운 일이다. 대원제국의 태조의 네 명의 아우와 네 명의 아들, 네 명의 인척, 네 맹장사준을 나중에 모두 사방에 칸으로 봉했던 것이다. 그렇게 해서 오늘날 하사르 왕과 젤메 왕이라 하여 칭기스 성군의 제문에 이들의 명칭이 있다. 그 왕이라는 칭호도 누구의 은혜인가? 그들은 모두 주군이 지켜준 별들이다.

특히 그들이 대칸과 신하를 놓고 말을 다투는 것은 어찌 된 일인가?

태조와 젤메는 이제 이미 지상의 존재가 아니다. 이제 태조 칭기스 칸을 신하로 삼고, 오리안한 젤메를 칸으로 삼을 수 없다. 그 칸과 신하에 대해 우리가 어찌 악의적으로 생각할 수 있겠는가? 그것은 모두 무식하고 못된 아녀자가 자기 생각을 정당화시키려는 사소한 시기심에서 발로한 매우 가증스런 마음이 아니겠는가? 그것을 좇아 조상의 하늘과 땅처럼 큰 인의仁義를 무너뜨리지 말라! 칭기스 칸의 후손 가운데 밥을 구걸하는 자가 많이 있다. 하사르의 자손 가운데 가축을 키우는 목자들이 셀 수 없이 많다. 젤메의 후손 가운데 왕, 베일,[2] 베이스, 공, 부마가 된 자들이 상당히 많다. 오늘날의 시대로 대화하며 살아가면 되지 않겠는가! 옛날의 귀천을 따져 무엇하겠는가? 오늘날 한족의 거북 알, 관목 숲의 어린 새끼라도 지성을 얻으면 곧 과거를 보아 재상이나 중당대학사이 될 수 있다.

이를 몽골 조정에 조금 관련시켜 보면 몽골의 왕공이 헤아릴 수 없이 많으며, 흰 젓을 토할 정도로 무릎을 꿇게 하고 절을 시켰다. 이를 지금 뭐라 하는가? 그들은 대원제국의 친척, 권력자가 아닌 것은 물론이려니와 그 시대에 열 명의 한인에 한 사람의 몽골 장이 책임을 졌으며, 한인은 모두 몽골의 종이었다. 한자어로 우리 몽골을 '다짜'라고 하는데, 그 시대에는 익숙한 단어였다. 그 시대에는 칸의 많은 자식을 모두 태자라고 했으며, 그 가운데 한 명이 칸에 오르면 나머지는 모두 태자라 했다. 이 시대 대청국의 종실 같은 단어가 몽골어에는 없었기

---

2 '베일'과 '베이스'는 만주 청나라시대 작위. 베일(패륵;貝勒)은 청나라 종실 및 몽골 외번(外藩)에 수여된 작명. 직위는 군왕 아래, 베이스(패자)의 위이다.

때문에 '태자'라 하는 단어가 모두 '타이시' 등으로 잘못 사용되었다. 나중에 대청국의 황제가 되어 몽골을 속국화할 때 이러한 많은 타이스가 있다고 하며 '타이시'의 '시'라는 접사를 바꾸어, '자, 제, 지'의 '지' 접사를 붙여 '타이지'라고 했다.

이것을 알지 못하는 사람들은 '타이지'라는 것을 일반적인 단어로 생각한다. 그밖에 '못된 타이지들'이라고 말하고 또 그 타이지는 자신을 타이지라고 부르면서, 상대에게 타이지로 불렸다고 화를 낸다. 또 신중하지 못한 한인들은 몽골을 얕잡아 '다짜'라고 하고, 또 몽골을 다짜라고 부르면 우리를 멸시했다고 화를 내는 이러한 사람들은 모두 참으로 우습기 짝이 없는 자들이다! 그렇게 타이지라고 하는 것과 다짜라고 하는 그들 민중과 한인들은 실제로 옛것을 잊지 않은 정의로운 신하, 정직한 한인들이라고 기뻐하는 것이 마땅할 터인데, 도리어 화를 내는 것이 과연 합당한 처사인가? 원나라시대 타이시들의 종을 '알바트albat'라고 했다. 종의 종을 곧 '햐타드hyatad'[3]라고 했다. 노욘이라는 지위는 한인이라도 그 자리에 앉을 수 있다. 그러나 타이시나 타브난부마은 황제라도 될 수 없다. 언젠가 죽어서 타이시, 타브난의 반열에 들어 태어난다면 가능한 일일 것이다. 우리 몽골을 일반적으로 '멩구'라고 하는데, 이것은 원나라의 옛 명칭이다. '다짜'라는 것은 수장, 우두머리라는 뜻의 단어이니, 독자들은 이를 잘 살피기 바란다.

한편 태조는 병영에서 새해를 맞이해 천지에 제의를 드리고, 조상들

3 오늘날 '중국'을 '햐탸드'라고 한다.

과 우진 어머니께 절하고 비로소 대 장막에 좌정했다. 네 아들이 문안 인사를 드리기 위해 왔기 때문에 나라 백성들을 대신해 평안의 안부를 묻고, 장군 촐론과 톡그통고 등과 모두 새해 인사를 했다. 새해 아침의 예를 마치고 와서 서로 덕담을 나눈 뒤 큰 잔치를 베풀었다. 그때 모홀리가 앉은 자리에서 일어나 9개 탁자에 놓은 양고기 앞에서 무릎을 꿇고 칼을 잡고 고했다.

"주군께서 점을 쳐 주십시오! 이 아홉 개의 양고기 중에서 어느 것을 자를지 보시고, 붉은 주사 붓으로 몇 자 적으셔서 마음에 드시는 보배로운 그릇 아래 숨겨 두십시오. 신이 먼저 고기를 썰겠습니다. 만약 주군의 뜻과 종인 저의 생각이 같으면 올해 분명 케레이트를 완전히 섬멸할 것입니다. 만약 주군께서 쓰신 것과 신이 썰기 시작한 고기가 어긋나면 케레이트의 뿌리는 또 남을 것입니다. 이것이 곧 주군의 길운의 점복이 되기를 바랍니다."

그러자 태조가 미소를 지으며 그렇게 되기를 바란다며, 곧 오요트 세첸의 붉은 주사 붓으로 무소뿔 그릇 밑에 몇 자 적어 많은 신하 앞에 있는 높은 탁자 위에 올려놓고, 모홀리를 시작으로 고기를 자르라고 했다. 그러자 모홀리가 "주군의 길한 운기가 돕기를 바라나이다! 주군의 정기가 밝고 뚜렷하며, 신의 마음은 충직하나이다. 이 보배로운 칼은 주군의 병사요, 이 썰어질 음식은 적군의 몸이니, 반드시 주군의 뜻에 부합할 것입니다. 이것과 함께 저를 보시기 바랍니다!"라고 했다.

그리고 곧 아홉 개 탁자에 있는 양고기 쪽으로 걸어가서 세 번째 탁자에 통째로 놓인 양고기에 칼을 대자마자 오른쪽 편의 고기를 잘라 황금 쟁반에 놓고 태조에게 올리자, 태조가 탄성을 발하며 칭찬해 마지않았다. 보석이 박힌 뿔 그릇을 가지고 오게 하여 그것을 뒤집어 많은 이에게 보여주자, 거기엔 "세 번째 탁자 양고기의 오른편"이라고 적혀 있었다. 이에 잔치 자리에 있던 모든 사람이 크게 놀라워했다. 모홀리가 태조에게 절하며 고했다.

분명 주군께서는 상계의 신령이십니다
무릇 범인은 주군께서 생각하시는 뜻을 알지 못하나이다
노략질하는 케레이트의 뿌리를 날려 버리고
바로 올해 큰 전투를 벌일 수 있게 되었나이다!

그러자 태조가 양고기를 가져오게 하고, 손수 그 양고기 왼쪽 부위를 잘라 모홀리에게 상으로 주고, 군신이 그 양고기의 양쪽 부위를 잘라 먹었다[원주] 오늘날 대청국의 황제가 이 예법을 따라 행한다. 다른 나라 신하를 위한 잔치에서는 손수 한 조각의 고기를 잘라서 가장 지도적인 왕에게 그것을 상으로 준다.

그리고 군신이 서로 대화를 나누며 모두 음식을 먹고, 뼈를 말끔히 발라내며 고기를 뜯어 먹었다. 태조는 또 양고기의 두 허벅지 부분을 잘라서 손수 복사뼈를 발라내어 엎어놓은 황금 술잔 아래 숨겨놓고, 모홀리를 향해 미소를 지으며 말했다.

"위풍당당하신 총사령관께서 이 잔 아래 있는 양의 복사뼈가 양, 말, 염소, 낙타[4] 가운데 어느 것이 위쪽으로 향하고 있는지를 맞춰 보시지요!"

그러자 모홀리가 상으로 받은 양고기 다리의 복사뼈를 이로 꽉 물고

"주군의 운기가 매우 밝고 분명합니다!"라고 하며 던지자 그 복사뼈의 말 면이 위로 향해 멈추자, 모훌리는 태조에게 절하며 고했다.

"주군의 잔 아래 있는 복사뼈는 말이 위로 향해 있습니다."

그리고 많은 이와 함께 와서 황금 잔을 뒤집어 보니 과연 말 면이 위로 향해 있었기 때문에 태조를 위시해 조정의 모든 사람이 크게 놀라며 웃었다. 모훌리가 자리로 돌아가 나무그릇 아래 복사뼈를 숨겨놓고 태조에게 고했다.

"주군께서도 복사뼈를 맞춰 보십시오!"

태조는 그 두 복사뼈가 순간 신기하게 일치한 것을 보고, 이 한 쌍의 복사뼈를 몰래 손안에서 두 번 던져 보니 또 말 쪽이 위로 향하고 멈추자 태조가 미소를 지으며 말했다.

"그대 복사뼈도 말이 위로 향해 있구려!"

그러자 여러 신하들이 모여들어 그릇을 들춰 보니 정말 말이 위를 향해 있었기 때문에 모두 경탄해 마지않으며 태조에게 절했다. 이에 모훌리가 또 한 가지 생각이 떠올라 태조에게 고했다.

"이 두 개 복사뼈를 주군의 손에 함께 쥐시고 흔들어 높은 곳에서 탁자에 던져 올해 전투에서 우리 군대가 승리할지 패할지 다시 한번 점쳐 보십시오. 두 개 복사뼈가 함께 염소가 위로 향하면 우리가 이길 것

---

4 **[몽골 현대문 역주]**이 저서에서는 칭기스 칸이 복사뼈로 점을 쳐 보는데, 두 개 다 말의 면이 세 번이나 나오면, 몽골인들이 그것을 행운의 길조로 여겼다. 몽골인들은 양이나 염소의 복사뼈로 놀이를 하거나 점을 치기도 한다. 복사뼈에는 네 면이 있는데, 그 모양에 따라 말, 염소, 양, 낙타라고 이름 짓고, 각각 가축이 몇 개 나오느냐에 따라 여러 가지 의미를 부여한다. 특히 말이 나오는 것을 길하게 여긴다.

이지만 케레이트는 제거할 수 없을 것입니다. 만약 두 개 복사뼈가 모두 양이 위로 향하면 우리가 패배할 징조가 될 것입니다. 만약 복사뼈 두 개 모두 낙타가 위로 향하면 우리가 그들에게 섬멸될 징조일 것입니다. 만약 두 개 복사뼈가 모두 말이 위로 향해 있으면 우리가 그들을 완전히 섬멸시킬 징후일 것입니다! 두 개 복사뼈가 서로 다르게 나오면 아무런 징후가 아니며, 만약 두 개가 쌍으로 나오면 확실한 점괘일 것입니다!"

태조가 흔쾌히 동의했다.

"그렇게 되기를 바라오!"

태조가 두 손에 그 두 개 복사뼈를 보이지 않게 함께 쥐고 있다가 한 번 흔들며 "천부께서 살펴 주시기를 바라나이다" 하고 복사뼈를 높이 올렸다가 앞에 있는 탁자에 던지자, 두 개 복사뼈가 "툭탁!" 하면서 함께 말 면이 위로 향한 채 멈추었다. 태조를 비롯해 모두가 기뻐하자 모홀리가 또 절하며 고했다.

"점괘는 한 번 보아서는 아니 됩니다!"

태조가 맞다며 다시 한번 던지자, 복사뼈가 앞에서처럼 말이 나와 멈추었다. 모두가 소리를 지르며 탄복하자 모홀리가 또 절하며 말했다.

"분명한 점괘라는 것은 두 번으로 족하지 않습니다."

태조 역시 "나도 그리 생각하오"라고 했다. 복사뼈를 줍게 하여 한 번 더 던지니 또 말이 위로 향한 채 멈추었다. 그러자 태조를 비롯하여 사람들이 큰소리를 지르며 찬탄했다. 모홀리가 크게 기뻐하며 뭇 신하들과 함께 "쿵!" 소리가 나도록 절하고, 높고 유려한 목소리로 축사했다.

칸의 운명을 지니신 주군께서 귀한 복사뼈로 길흉을 점치셨네

성조의 운명을 지니신 주군께서 복된 복사뼈로 길흉을 점치셨네

세 번을 던지자 거짓 없이 모두 길한 점괘가 나오고

두 번 연속해도 거짓 없이 모두 길한 점괘가 나왔네

이는 분명 천신께서 보우하신 것이 아니겠는가?

이는 필시 상천에서 널리 음우하시는 것이 아니겠는가?

크게 길한 점괘로 우리나라가 적을 누르고

쉽게 나올 수 없는 점괘인 만큼 무슨 일이 있어도

케레이트를 섬멸할 것이네

모홀리가 축사를 한 뒤 술을 올리고 절하자, 태조도 흥미롭게 여기며 기뻐했다. 그리고 오요트 세첸에게 붉은 주사 붓을 가져오게 하여, 그 두 개 양 복사뼈의 말 부분을 손수 주사로 붉게 칠했다.

"말 문양에 금 가지가 자라기를 바라네, 금가지 잎이 붉게 되기를 바라네!"라고 축사하고 붉은색을 복사뼈의 말 부분에 칠했다. 한자어로 '홍지紅枝'라는 하는 것이 이것이다.

한편 태조는 한 마리 양의 뼈가 어찌 이리도 신기한가 하고, 자신이 먹은 것과 모홀리가 먹은 한 쌍의 견갑골을 함께 가지고 자세히 살펴보다가 태양을 향해 쥐고 비춰 보니, 그 견갑골의 엷은 회색의 얇은 곳에 오색의 빛이 서려 있는 것이 보였다. 태조는 여러 신하에게 보여주

며, "이 양의 뼈가 참으로 신기하구려"라고 하며 다른 양의 견갑골 조각을 태우게 하여, 그 견갑골의 연기 나는 쪽을 잡고 다시 보니 빛이 더욱 밝아졌다. 태조가 더욱 기이하게 여기며 말했다.

이 복사뼈와 견갑골을 잘 간수해 두시오!
사나운 케레이트를 누르고 승리한 뒤에
그 예조의 진위를 알게 될 것이오

그때 오요트 세첸이 그것을 노란 비단 천에 싸서 가까이에 있는 수레에 보관해 두었다. 이렇게 양의 견갑골로 친 점괘와 복사뼈를 던져서 정한 연월일시는 경신년 새해 아침 병인월, 병인일이었다.

사관 인잔나쉬 내가 이 저서를 쓰다가 이 부분에 이르러 옛 당나라 명황明皇[5]이 회색으로 바랜 뼈에 은혜를 받았다고 한 것을 생각하여, 몇 마디를 부연한다. 당나라 명황의 성은 '이'요, 이름은 '융기'이며, 셋째 아들이기에 어려서 삼랑三郎이라 했다. 태생이 총명하고 용모가 세련되고 만인 가운데 빼어나고 탁월한 인물이었다. 젊어서 사리 분별이 분명하고 용맹했다. 그러나 나이가 든 후에는 매우 방탕하고 나태해졌으며, 양귀비에게 빠져 향락에 젖어 지냈다. 여섯 가지 쾌락이라는 것은 첫째, 술. 둘째, 색色. 셋째, 사냥. 넷째, 풍악. 다섯째, 정원. 여섯째, 연

5 당나라 6대 황제 현종(玄宗)을 이름.

회의 즐거움이 그것이다. 이 여섯 가지 쾌락의 한 가지는 인간의 육체에서 비롯되는데, 여기에 빠지면 나라의 황제인 경우 나라를 잃게 되고, 한 가정의 가장인 경우 생활에 큰 손실을 입게 된다.

명황은 젊어서 무측천[6]의 세력을 제거하고 연호를 개원開元이라고 고치고, 명황이라는 칭호를 얻었다. 그러나 생각이 제멋대로이고, 마음이 해이하여 집안의 손자 수왕의 부인 양옥환을 귀비로 삼아 이름을 바꾸고, 온갖 방탕과 향락에 젖어 지낼 때 하루는 양귀비와 뼈로 된 주사위를 던지며 놀았다[원주] 이는 중국어로 '색자(色子)'라고 한다. 이때 환관 고력사의 등 위에 네모난 그릇을 올려놓고 주사위를 던지다가, 명황이 한 번 던지자 네 개의 주사위의 세 개가 모두 네 개 구멍이 난 4가 나오고, 하나가 그릇 안에서 뱅글뱅글 돌자 명황이 "4! 4!" 하고 외쳤다. 그러자 정말 "탁" 소리가 나더니 네 개 구멍이 있는 4면이 나왔다. 명황은 크게 기뻐하며 "잿빛의 마른 뼈도 내 명령을 존중할 줄 아는구나"라고 하며 손수 그 주사위 네 개 구멍에 모두 붉은 주사로 색을 칠해 주었다. 이로써 이것이 세상에 널리 퍼져 후에 세련되고, 아름다운 것의 즐거움을 향유하는 문인들이 당명황을 칭송할 때 "명황의 은혜가 마른 뼈에도 스며들었다"라고 했다.

오늘날 사관인 내가 자료를 모아 인용한 이 자료에서도 마른 뼈에

---

6 무측천(武則天, 624~705) : 일명 측천무후(則天武后). 당 고종의 황후. 고종 사후에 황태후로 조정의 모든 권한을 쥐고 흔들었다. 천수(天授) 원년(690) 국호를 당에서 주(周)로 바꾸어 스스로 성신황제에 올랐다. 만년에 호화 사치에 빠졌다. 신룡 원년(705) 병이 깊어가자 재상 장간지가 그녀를 폐위시키고, 국호도 당으로 복원시켰다(이병갑, 『중국역사사전』, 학민사, 2006, 139~140쪽).

쌍으로 주사를 칠하고, 원나라 태조가 양의 복사뼈에 붉은색 주사를 먹인 이 두 가지 사건은 모두 뼈 위에서 일어났지만, 그 사건의 본질을 생각하면 전혀 다르다고 할 수 있다. 하나는 방탕의 극이라 한다면, 다른 하나는 노력의 정수라 할 수 있다. 천지가 멀고 멀 듯 이 두 개 복사뼈와 주사위에 관련해 한숨을 쉬며 지난 일을 반추하고, 미래에 남기는 몇 마디를 시로 기록한 것을 사가인 형 순웨이단준이 다듬은 것은 다음과 같다.

방탕한 명황이 귀비와 놀이를 할 때
네 개 주사위의 네 개 홈에 붉은 주사朱砂를 매겼네
온화하고 위풍 있는 태조가 대장군과 잔치를 베풀 때
네 개 복사뼈의 두 개 말 문양 면에 주사를 매겼네

한편 군신이 모두를 이끌고 흥겹게 연회를 벌이며 이렇게 일렀다.

사악한 케레이트를 이번에 공격할 때
우리가 논의한 대로 빠르고
가벼운 전략을 써서 우회적으로 공격하여
두 개 복사뼈의 점괘에 부합케 합시다!

그리고 태조는 많은 장수와 신하, 병사들에게 두 배로 상을 내렸다. 그때 케레이트의 병사들은 자즈기얀트산 너머 헴헤트산 남면에 주둔해 있었다. 케레이트가 공격해 오지 않자, 베데국 역시 공격을 위해 움직이지 않았다. 양편에서 서로 정탐꾼을 풀어 정황을 살폈다. 이렇듯 오고 가는 것을 멈추지 않자 모홀리가 상황을 파악하고, 그 틈에 10만 대군을 힘 있는 네 개 발을 가진 준마의 대오로 4개 조로 나누었다. 하사르 아래 오이트 오칙, 오란 가촉, 부마 보토, 토호이트 보손 등 네 명을 배당해 주고 1만 4천 명의 병사를 지휘토록 했으며, 준마의 오른쪽 앞다리로 삼았다. 벨구테이 아래 젤메, 제브, 알호, 수호 이 네 장수를 내어주고, 1만 4천명의 병사를 지휘토록 했으며 준마의 왼쪽 앞다리로 삼았다. 장군 촐론 아래 시리 호톡, 하르 히루, 찬드간 세첸, 호드간 베히 네 명의 장수를 내어주고, 1만 4천명의 병사를 지휘하게 하고, 준마 왼쪽 뒷다리로 삼았다. 장군 보랄 아래 초 메르겐, 호르츠 바이르, 오르트 보드로고트, 오한트 린친 네 장수를 내어주고 1만 4천 명의 병사를 지휘케 하고, 준마의 오른쪽 뒷다리로 삼았다. 자신은 다섯 호장들을 데리고, 준마의 머리가 되어 1만 8천 명의 병사로 말의 갈기로 삼고, 혼기라드의 아즈나이 메르겐을 준마의 어깨뼈 사이의 융기 부분몬다[7]으로 삼았다. 오요트 세첸, 오욘고, 우넨 투르, 투그스촉그트 네 장수에게 1만 4천명의 병사를 지휘토록 하고, 이들을 고삐와 두 개 등자

7 몽골인들은 말의 이 부분을 '신령이 내리는 곳'으로 여겼다. 특히 전쟁의 검은 수호기와 관련된 일화가 있다. 칭기스 칸이 전투에서 패하자 자신이 탄 말의 땀이 묻은 안장을 들어 하늘을 향해 벌리고 "천신이시여, 저를 지켜 주시렵니까? 버리시렵니까?" 하고 간절히 호소하자 하늘에서 큰 노랫소리가 들리며 검은 수호기가 내려왔다고 한다. 그러자 칭기스 칸이 모홀라이 장군에게 종마의 신령한 몬다에 모셔와 제의를 들였다고 한다(Ч.Арьясүрэн, Х.Нямбуу, *Монгол ёс заншлын их тайлбар толь тэргүүн боть*, Сүүрэнхүүхүү хдийн хэвлэлийн газар, 1992, p.93).

로 삼았으며, 울후 대신을 안장으로, 또 바얀 왕실 호위병을 채찍으로 삼았다. 호다락 바타르에게 아르가손 호르골즈를 합세케 하고, 태조의 네 아들 주치, 차가타이, 우구데이, 톨리를 준마의 뒤 엉덩이 부분과 꼬리로 삼아 많은 병사를 지휘하게 했다.

태조는 한가운데 준마를 타는 주인이 되고, 모홀리는 스스로 준마의 재갈의 쇠로 만든 법의 화살을 잡고, 한 달 넘게 병사들을 가르치며 날 듯이 달려가는 속도를 훈련시켰다. 그리고 각 군단에 명칭을 붙여 주었는데, 하사르의 군단은 '용의 발톱', 벨구테이의 군단은 '사자의 입', 촐론의 군단은 '금시조의 부리', 보랄의 군단은 '호랑이 이빨', 모홀리의 군단은 '벼락 화살'이라고 했으며, 각각의 수호기를 만들어 사용했다. 이 시대의 '히모리'[8]라 하여 종이를 바람에 날리는 습속이 이때 시작되었다.

한편 날씨가 따뜻해지고, 남풍이 불어 얼어붙었던 만물이 녹으면서 벌레들이 고개를 들자, 곧 2월이 지나고 3월이 되었다. 풀밭이 푸르러지고, 쾌적하고 마음이 살랑대는 4월이 되자 이랬다저랬다 하는 변덕스러운 성격의 자모하가 또 이간책을 써서 나이만의 병사들을 데리고 왔다. 한밤중에 자모하가 갑자기 아르트와 호소르를 자기 처소로 데리

8 '히모리(хиймoрь)'라는 동아시아와 중앙아시아의 무속 전통과 관련 있으며, 티베트어로 룬다(лүндаа)라고 하여 '히모리 룬다'라 사용하기도 한다(https://mn.wikipedia.org/wiki/Хиймoрь) 이 단어는 몽골에서는 남성에 관련하여 사용하며, '정기', '기상', '운기', '행운' 등의 의미로 사용된다. 단어 자체는 '바람의 말'이란 뜻으로 몽골의 전통적인 말 신앙을 드러내준다. 여기서는 종이와 관련시켰지만, 오늘날 '히모리 다르착'이라 하여 말을 중심으로 사방을 상징하는 네 동물이 그려진 깃발을 날리는 풍속이 있다.

고 와 몰래 일러 말했다.

"우리가 꾀를 써서 나이만에서 한 무리의 병사를 데리고 온 것은 케레이트의 늙은이 토릴을 죽이려고 했던 것이오. 그는 우리 여섯 식구를 한 명도 남기지 않고 몰살시켰는데, 내가 어찌 그 늙은이의 목숨을 그대로 살려둘 수 있겠소? 다만 우리가 군주를 끊어내지 않으면 곡사례는 무슨 일이 있어도 토릴을 죽이지 않을 것이오. 토릴이 있는 한 우리는 아무리 해도 케레이트의 권력을 쥐고 부귀를 누리지 못할 것이오.

아르트 그대는 계략이 많은 사람이니, 오늘 밤 곧장 달려가 케레이트의 진영에 숨어들어 몰래 얄고를 만나 그에게 이렇게 전하시오. '베데국에서 사신이 가서 순금과 백은 등을 선물하여 나이만의 타이얀 칸과 화친을 하고, 나이만에서는 전략을 써서 그대를 돕기 위해 가는 것으로 지원을 결정하고, 곡사례와 이데르 도보 등 한 갈래의 병력이 이미 출병했소. 이제 그대가 최선의 계략을 써서 화친하는 척 길에 나와 맞이하다가 그들을 죽여 버리시오.'라고 하면 얄고는 어리석고 무지한 놈이라 분명 이 계략을 따를 것이오. 이 둘 사이가 틀어지면 곡사례는 분명 그들 부자를 죽일 것이오. 그 사이에 우리는 병사를 보내 솔롱고를 빼앗아 나이만에 보내면 케레이트국이 떼로 우리를 어쩌지는 못할 것이오. 이것은 장대를 빌려서 말 떼를 모는 계략이오!"라고 했다.

그러자 아르트, 호소르가 두 사람이 크게 놀라 말을 못하고, 곧 그의 말에 따라 밤에 달려가서 얄고에게 절하고 자모하가 시킨 대로 고했다. 그러자 얄고가 크게 분통을 터뜨리며, 그 말대로 우헤르 부드너에게 5천 명의 병사를 내어주고, 나이만의 군대를 도중에 맞아 불시에 습격하기 위해 보냈다. 아르트, 호소르는 먼저 돌아가서 일이 성사된 것을 이야기하자, 자모하는 크게 기뻐하며 곡사례의 장막에 가서 이르기를 "우리 케레이트에 있는 인척 한 사람이 소식을 보내 왔습니다. 케레이트의 왕 칸이 배은망덕하게 그 은혜를 저버리고 솔롱고를 베데국에 주어 화친한다고 하면서, 우리 군대를 도중에서 맞아 일을 무마하려고 병사를 보냈다고 합니다. 대장군께서 주의하셔야 할 것 같습니다!"라고 했다.

그리고 자신의 처소에 가서 진영을 해체하고, 뒤로 5리 되는 곳에 가서 설영했다. 밤에 정말 케레이트에서 태사 우헤르 부드네가 병사를 이끌고 그들을 맞으러 왔다고 하자 곡사례가 그 소식을 듣고 정말인지 의구심이 들었다.

"베데국이 케레이트의 진영을 포위하고 있지 않은데, 어찌 군대를 인솔하고 맞으러 왔단 말인가?"라고 하며 신호를 하게 하고, 병사들에게 경계하라는 주의를 주었다. 그때 갑자기 유숭골이라는 산의 입구에서 1개 조의 병사들이 돌격해 나이만의 군 진영을 뚫고 들어왔다. 그때 많은 병사가 공격해 올 것을 생각지 않고 있었기 때문에 크게 패했다. 곡사례는 이미 일을 도모할 수 없게 되자, 곧바로 좌우 병사들을 데리고 그곳을 뚫고 나가 뒤도 돌아보지 않고 있는 힘을 다해 달아났다. 그때 자모하가 한 무리의 병사를 이끌고 곡사례를 구하기 위해 와서 그를 만나자 곡사례가 말했다.

"진정 그대가 예상한 것을 벗어나지 않았소."

"토릴을 죽이지 않으면 일이 이루어지지 않습니다. 대장군께서 속히 북을 쳐 병사들을 모이게 하십시오. 그가 우리 병사의 수가 많고 적은 것을 어찌 알겠습니까? 서둘러 돌아가 포위합시다!"

그리고 북을 쳐 신호를 보내 흩어진 병사를 모아 다시 돌격해 들어갔다. 그러자 케레이트의 병사 반수가 잡혀 수세에 몰리자 철수해 돌아갔다. 이를 추격해 가자 케레이트 병사가 유숭골의 계곡 입구로 들어가 숨었다. 곡사례는 계곡 입구 양쪽에 병사들을 매복시켜 지키고 있었다.

곡사례가 초조해하며, 다음 날 공격할 거라고 할 때 정탐꾼이 와서 고했다.

"베데국이 케레이트의 자즈기얀트산과 헴헤트산 사이에서 큰 전투를 벌이고 있는데, 케레이트가 패해 케레이트의 병사들이 사방으로 흩어져 도망쳤다고 합니다. 우헤르 부드네는 이미 돌아갔습니다."

한편 계곡 입구를 지키고 있던 깃발을 보니, 정말 모두가 가짜로 세워놓은 것이었다. 곡사례는 이 틈에 급히 서둘러 솔롱고를 데리러 가자 생각하고, 케레이트를 향해 밤낮없이 달려갔다. 이에 대해서는 잠시 언급하지 않겠다.

한편 베데국과 케레이트 두 나라는 어찌하여 갑자기 맞붙어 싸우게 되었을까? 사건을 처음부터 자세히 말해야 할 것 같다. 베데국은 네 개 튼튼한 다리를 가진 준마의 대열로 군대를 훈련시키고, 모든 진영을 모홀리가 몸소 살피며 순찰하다가 하브트 하사르의 진영에서 그의 병사들이 해이하다며, 그날 밤 그의 처소에서 식사를 하고 서둘러 하사르에게 술을 권하면서, 그의 귀 가까이에 대고 적지 않은 말을 이르고 돌아갔다. 분명 소속 병사들을 훈련시키는 것에 대해 이른 말이었으리라. 그리고 닷새째 되던 날 태조가 몸소 모든 진영을 순시하고, 하사르의 진영에 들어가 보니 군대의 조 구분이 안 돼 있고, 처음과 끝이 분명하지 않았다. 또 신호 체계가 잡혀있지 않았으며, 깃발도 앞뒤 질서가 없었다.

태조가 하사르를 불러 일렀다.

"내가 이태 동안 초원에서 고통을 겪고, 나라의 병사들이 힘들고 지친 것은 모두 너 한 사람 때문인데, 너는 스스로 이렇듯 굼뜬 태도로 병사를 정돈하는 일에 힘쓰지 않는 것은 무엇 때문이냐?"

그러자 하사르가 술에 취해 몸을 흔들거리며 콧대를 세워 대꾸했다.

"이태 동안 사악한 적들을 어찌하셨습니까? 온갖 고생을 하는 부인과 아이들은 지금 어디에 있습니까?"

그러자 태조가 크게 소리치며 분기탱천하여 벼락같이 꾸짖었다.

"큰 북을 치게 하고, 모든 장수를 모아 하브트 하사르를 포박하여 문밖으로 끌어내 죽이고, 군법을 엄격하게 하라!"

태조가 엄명을 내려 하사르를 밀고 나가게 하자, 세 명의 아우와 세 장군, 네 명의 아들, 여섯 대신을 비롯하여 만인이 진영에 새까맣게 무릎을 꿇고 소리쳐 울며 살려줄 것을 간청했다. 모홀리가 땅에 무릎을 꿇고 고했다.

"적과 접전을 할 이때 아우를 죽이면 적편의 조롱감이 될 것입니다. 이제 그 죄상을 잠시 기록해 두고 봉했던 관직을 내리게 하고, 이를 계기로 더욱 분투하여 공을 세움으로 속죄할 수 있도록 헤아려 주시기를 간청드립니다!"

그러자 태조가 할 수 없이 분노를 누르고, 하브트 하사르를 문밖에서 데리고 들어오게 했다. 그리고 검푸른 죄수복을 입히고, 관직을 박탈하고 공을 세워 속죄하라며 모훌리에게 넘겨주었다. 하사르는 얼굴이 뜨겁게 달아오르며 수치스러워했다. 어두운 밤이 되기를 기다려 가솔과 자기 소속의 병사를 모두 데리고 돌론 혼호톤으로 밤을 지내기 위해 빠르게 말을 달려 도망쳤다. 문지기 병사들이 이미 들어와 하사르가 떠난 것을 모훌리에게 고했다. 그때 수베데이 바타르가 일을 고하기 위해 모훌리 곁에 와 있었다. 모훌리가 크게 화를 내며 수베데이 바타르에게 '금시조의 부리' 군단을 이끌고 가서, '용의 발톱'의 무도한 하사르를 붙잡아 오라고 했다. 장군 촐론의 병사를 지휘케 하여 추격해 달려가게 했다. 이 소식을 태조가 듣고 수베데이 바타르를 돌아오게 하고, 그를 불러 일렀다.

앞서가는 달빛, 모자의 술 장식 같은 주인의 명을
방망이 돌처럼 진실하고 충직하게 지키며 행하는 그대
철옹성같이 둘러서 있고, 대나무같이 질서정연한
그대의 많은 병사 모두가
모이고 흩어질 때는 목화솜 같은
털을 가진 양처럼 무리 짓기를 바라오
웃고 놀 때는 새끼영양을 쫓듯이 하고
힘써 도울 일에는 송골매가 되기를 바라오

즐기고 웃을 때는 부드러워지고
사냥할 때는 매처럼 용맹하기를 바라오!

수베데이 바타르가 돌아와 무릎을 꿇고 절하며 고했다.

온 힘을 다해 전력투구하겠나이다
분투하는 일이 성취되는 것은
진정 주군의 위엄에 달렸나이다
온 힘을 다해 분투하고 용의주도하게 힘쓰겠나이다
말한 대로 성취시키는 것은 주군의 위엄에 달렸나이다!

그리고 병사들을 이끌고 하사르를 추격해 달려가다가, 수베데이 바타르가 혼자 앞으로 돌진해 들어가며 말했다.

혈육에서 떠나면
다른 사람에게 먹이가 될 수 있네
자기 혈육에서 떠나 멀어지면
다른 자들의 포로가 될 수 있네
만 가지를 모두 다시 얻을 수 있어도
혈육은 얻기 어렵네
신민들은 모두 다시 찾을 수 있어도
형제를 잃으면 찾기 어렵네

그는 좋은 말로 충고하며, 무질서한 병사들의 마음이 동요되지 않도록 하여 하사르를 다시 데리고 와서 태조에게 절하게 했다. 그러자 태조가 명령을 내려 그에게 족쇄를 채웠다. 이 소식이 또 밤에 케레이트의 진영에 전해졌다.

갑자기 어찌 이런 일이 생겼는지를 알고자 한다면 사관인 내가 대서大暑의 삼복더위로 울창한 그늘이 드리운 정원의 노관당 수양버들이 있는 물에 들어가 몸을 씻으며 더위를 식힌 후, 사궐헌에 가서 맑은 달빛 아래서 앞의 이야기를 이어 쓴 것을 다음 장에서 보게 될 것이다.

혈육이 화목하다는 것을 듣는 것은 참으로 흐뭇하고
부자지간의 불화를 보는 것은 진정 편치 않네
귀천을 가리지 않고 화목하게 지내는 것은 아름답기 그지없고
남녀를 불문하고 거세게 반목하는 것은 추하기 그지없네

【평언】

고대 당나라 제2대 군주 태종 황제 이세민[9]은 영민하고 용맹한 영웅으로 비할 자가 없었다. 진정 한나라, 진나라, 당나라, 송나라 이 네 나라의 황제 가운데서도 예리하고 걸출한 군주였지만, 건성과 원길[10] 형

---

9 이세민(李世民, 598~649) : 중국 당나라 2대 황제. 아버지 이연(당고조)과 어머니 두 씨 사이에서 둘째 아들로 태어났다. 왕위 쟁탈전을 치르면서 무덕 9년(626) 아버지의 양위를 받아 즉위했다. 그의 치세는 '정관의 치'라고 칭송을 받았고, 후세 제왕의 모범이 되었다(임종욱, 『중국역대인명사전』, 이회, 2010, 1408쪽).

10 이건성(李建成, 589~626) : 당고조의 맏아들. 고조를 따라 거병하여 많은 전공을 세웠다. 무덕 원년 황태자가 되었다. 왕위를 양위 받기 전 그의 권세가 점점 커지는 것을 불안

제를 모두 죽이고, 거기서 그치지 않고 형수와 손아래 처형을 모두 아내로 취한 것은 도의에 맞지 않는 부적절한 일이었다. 건성과 원길이 그를 살해하려고 했던 것은 어리석은 역모로 끝났다. 이세민이 그들 두 사람을 죽인 것은 안타깝게도 그의 현철함을 욕되게 한 것이 아닌가? 비록 그들의 아내를 취하여 후손을 낳아 대대로 번성하여 제사를 잇게 하고, 황제의 보위를 차지하게 했지만 패륜적인 데서 벗어나기 어려운 일이 아닌가? 비록 나라를 세우고, 많은 백성들을 평안하게 하는 데 이러한 작은 흠과 실수를 하지 않을 수 없다 해도, 희고 깨끗한 가축의 젖이 든 솥에 여인네의 부정한 피 한 방울을 떨어뜨린 것 같은 부정함에서 어찌 벗어날 수 있겠는가?

또 당명황唐明皇[11]이 쾌락을 과하게 탐닉했다는 것은 대단히 잘못한 일이지만, 평상만한 긴 베개와 깔개를 만들어 오랫동안 여러 동생과 아름다운 비들을 데리고 잔치를 베풀어 술을 올리게 했다. 또 밤에는 어린 시절 형제의 우애를 잊지 않고, 큰 이불과 요에 여러 동생들을 데리고 눕게 하였으며, 혈육의 관계와 의리를 존중하여, 세상의 본을 삼게 한 것은 참으로 현자 가운데 으뜸이 아니겠는가?

권력자들은 모두가 몇 명의 여인들을 두었는데, 한 나라의 군왕에 대해 무엇을 더 말하겠는가! 사내를 죽이고 그 아내를 취한 그 조부에 비해 볼 때, 그 가계의 사촌 동생이 소왕의 아내를 취한 것과 어느 것

하게 여긴 형이자 황태자 이건성과 막내동생인 제왕 이원길이 이세민을 죽일 계책을 세웠으나 도리어 이세민에 의해 죽임을 당했다(위의 책, 1379).

11 당나라 현종(玄宗) 이융기의 별호.

이 더 무겁고, 어느 것이 가벼운지는 말하지 않아도 알 것이다. 이를 읽는 독자 제위께서 대원제국의 사건을 쓰면서 어찌 당나라의 고사를 비판하는가 할 테지만 거기에는 이유가 있다.

이 장에 나오는 사건은 처음부터 끝까지 전체가 모두 형제와 혈육의 우애에 대한 것이기 때문에 이 두 형제의 사건에 이끌리게 된 것이다. 중원에서는 우리 몽골을 오상五常이 없다고 생각하지만, 그렇다면 어찌 이러한 태조 황제가 나타나셨겠는가? 삼강오륜, 4덕, 오상이 있는 그들 한인 당나라의 훌륭한 황제들이 이런 덕을 행한 일은 보이지 않는다. 그들의 삼강, 4덕, 오상, 육례가 있다는 실상이 이것이다. 우둔한 저자가 이 대원제국의 열세 가지의 여러 역사서와 고사 등을 살펴보면 칭기스 칸에게는 인간의 근본적인 관계에 침해되는 일이 털끝만치도 없다. 만약 그런 일이 있다면 무지한 몽골의 사가는 인간의 똥오줌도 모두 낱낱이 헤아리는데, 그런 일을 숨길 리가 있겠는가? 그것을 누를 생각도 들지 않을 것이다.

또 한인 사관들은 못된 소인배적인 마음으로 몽골인들의 나쁘지 않은 점에서 나쁜 것을 찾아 비난하지만, 만약 그런 흠이 있다면 그들은 턱이 빠지도록 말하지 않겠는가? 이것으로 보면 우둔한 몽골의 올곧음은 그들 영리한 한인보다 한참 멀리 가 있다. 이것은 올곧음의 도움을 받은 것이다. 그렇게 해서 원나라 태조를 성무황제라고 했던 것이다. 참고로 칭기스 칸의 자식들이 태조의 네 형제의 자식들과 인척 관계를 맺은 것은 혈통이 다르기 때문인데, 태조로부터 5대가 지난 후에 비로소 인척 관계를 맺었다. 칭기스 칸시대에는 전혀 없었던 일이다.

또 나는 일반인들이 젤메의 자손 부마들을 도둑의 자식들이라고 말하는 것을 13부족의 사서에서 보았다. 그런 일은 전혀 없는 일일 뿐 아니라 그런 흔적도 없다. 독자들은 그렇게 말하는 자들을 만나면 반드시 어느 서적에 있는지, 증거가 있는지 물으라. 만약 그것을 분명히 가리켜 증거를 대지 못하면 이제 그의 입을 못된 여인네의 속바지로 처넣어 막아 버리는 것이 마땅할 것이다.

나도 어렸을 때 그런 이야기를 들으면서 무지한 시절에 나온 말이 아닌가 하고 의구심을 가졌기 때문에 이번에 자세히 찾아 살펴보면서 전혀 근거가 없는 말이라는 것을 알았다. 지자들은 다른 사람을 욕하지 말라고 하다가 자신의 입을 부정하게 만들어 버린다. 그렇게 전해진 저속한 말들이 상당히 많다. 역사서에 없는 말을 다른 사람에게 말하지 말라. 이 장의 형제의 일은 끝나지 않았으므로 마지막 장에서 강조한 것을 살펴보게 될 것이다.

제28장

케레이트는 운수가 다해 훌룬 보이르에서 패망했네 베데국은 흥기하여 타힘강에서 9개로의 군대를 조직했네

송나라 영종 경원 6년, 금나라 장종 승안 5년, 경신년庚申年. 태조 나이 39세 되던 해였다.

용맹한 성군 태조의 덕은
진실로 끝이 없네
전력투구하는 총사령관
모홀리의 지략은 참으로 신묘막측하네
무능한 케 왕 토릴의
죽음은 참으로 끔찍하고
피눈물 흘리는 솔롱고의
운명은 너무도 가혹하네

하브트 하사르는 비록 자신의 직분에 있었지만, 감시를 받게 되자 불평하는 말이 벌써 케레이트의 진영으로 들어갔다. 태자 얄고는 이를 듣고 크게 기뻐했다.

“이 보르지기드가 망할 날이 이르렀소.”

그는 하브트 하사르를 오게 하기 위해 호르고스와 부그세르 두 사람에게 서한과 예물을 들려서 한밤중에 보냈다. 하사르가 서한을 펴보니, 서두에 평안을 묻는 말이 써있었다.

고귀하신 아형, 테무진이 그처럼 권력을 갖게 되자마자
혈육을 죽이는 이런 때가 이르렀습니다
일찍부터 깨어있지 않으면 마침내 그에게 죽임을 당할 것이니
이러한 때에 패악한 그를 죽이고
군주가 되어, 귀한 두 나라가
화친하여 오래 오래 열락을 누리면 어떠하겠습니까?
아형의 처자는 지금 우리에게 있으니
깊이 숙고해 살피시기 바랍니다!
여기서 우리가 아형을 도울 것입니다

하사르가 그 서한을 보고, 호르고스와 부그세르를 향해 “나의 형 테무진이 포악하게 우리를 괴롭힐 때, 우리 4형제는 벌써부터 돌아서겠다고 생각했습니다. 그렇지만 힘이 부족하여 내가 떨어져 지냈는데, 왕 칸께서 이유를 잘 모르고 보잘것없는 내 처자를 거두어 간 것입니다. 이로 인해 우리 형님이 당신의 나라를 공격하는 빌미가 되었던 것으로, 좋지 않은 일을 나에게 덮어씌우고 여러 가지 구실을 찾아 나를

죽이려고 했지요. 그렇기에 난 할 수 없이 도망쳐 서남쪽 돌론 홍고톤[1] 으로 숨어 들어가 지내리라 마음먹었는데, 그때 또 붙잡혀 갔소. 이제 그를 죽여 버리려 해도 힘이 미치지 못해 근심하고 있는 와중에 대왕께서 이처럼 자비를 베푸시어 힘을 더해 주시고, 포악한 자를 제거하고서 하사르 나를 왕으로 삼아, 나의 처자들과 행복하게 지낼 수 있게 해 주시겠다고 하니 하사르 나를 다시 태어나게 하는 큰 은혜라 하겠습니다. 다만 나의 1개 군단으로 테무진을 죽일 수 있지만, 그의 다른 군단의 병사들이 나를 죽이지 않겠습니까? 그렇기에 제가 감히 손을 쓰지 못하고 있습니다.

만약 대왕께서 이렇듯 자비를 베푸시어, 날을 정해 밤을 타서 대왕의 천군을 이끌고 오시면 내부에서 이반하여 들고일어날 것입니다. 그러면 곧 대업을 이루게 될 것입니다. 부왕과 이신왕께서 은혜를 베푸시어, 날짜를 정하시고 대군을 보내주실 수 있다면 매우 좋을 듯싶습니다. 특히 벨구테이 형과 오칙, 가촉 두 아우의 처자가 모두 나라에 있지만, 이번 일이 성공한다면 그들은 저절로 따라오게 될 것입니다. 저의 처자는 이미 귀 나라에 있으니 매우 믿을 만한 인질이 아니겠습니까? 제가 만약 거짓된 일을 모색한다면 처자와 어린 자식들이 모두 죽임을 당하지 않겠습니까? 제가 한 이 말을 두 신하께서 돌아가셔서 잘 고하도록 하십시오"라고 하며 그 두 사람을 자기 병사의 경비병인 것처럼 하여 전송해 보냈다.

---

1 앞에서는 '혼호톤'으로 나오는 것을 보면, 이 홍고톤은 '혼호톤'을 이르는 것이라 볼 수 있다.

그 두 사람이 돌아와 일이 성공적으로 이루어진 것을 고하자 태자 얄고가 크게 기뻐했다. 이제 보르지기드가 달아날 수 없을 거라며, 두 장수에게 상을 내리고 연회를 베풀어 주었다. 하사르와 연합할 것을 상의해 결정하고, 이미 상처를 입고 망가진 올린다이, 골린다이 태사와 태보를 또 베데국의 병사처럼 꾸미게 해서 하사르의 진영으로 몰래 잠입하게 했다. 그리고 5월 14일 저녁을 거사 일로 정하고, 피를 뿌리고 맹약하자고 할 때 하사르가 "삽혈동맹을 맺으려면 우리 식구들이 그곳에 다 있을 때 맹세하면 더 확고하지 않겠습니까?"라고 했다.

올린다이와 골린다이가 맞다고 하며 약조하고 돌아와 있었던 일들을 상세히 고하자 태자 얄고가 크게 기뻐했다. 그리고 천지에 제의를 드리고, 수호기에 술을 뿌려 올렸다. 이전 진영의 자리를 불태워 없애고, 3*3 9리 밖으로 진영을 이동했다. 그리고 14일이 되는 날 해가 지자마자 칸을 위시하여 15만 명의 병사들이 말 방울을 모두 떼고, 병사들의 입에 하무를 물리고, 아주 조용하고 천천히 베데국의 진영을 향해 달리며 움직였다. 천우신조인지 밤하늘에 구름이 꽉 끼어 칠흑같이 어두웠다. 그러자 케레이트 병사들이 크게 기뻐하며 자지기얀트산과 헴헤트산 속 비탈진 골짜기 길의 20리 거리의 강으로 들어서자 양쪽 산 가까이에서 산 가득히 가을 벌레[2]들이 울자 후르겔즈겐 승상이 왕칸을 향해 고했다.

"만세의 주군께서 세상을 통치할 길조로 금나라가 대군을 보내고,

---

2 본문에는 '가을 벌레'는 '때가 아닌 벌레'의 의미로 사용된 것으로 보인다.

산의 백 가지 곤충들이 소리 내어 맞이하고 있습니다."

그러자 왕 칸은 길조라고 했다. 대군이 모래가 있는 풀밭으로 가며 작은 소리도 내지 않고 조용히 가다가, 훌룬 보이르라는 지역의 제렉 그렌트 고개의 달란 볼락그트라는 곳의 협곡 20리 되는 긴 강 오른편 하구에 이르러서 보니, 강 건너편 하구를 나무와 돌로 단단히 막고 말을 쓰러뜨릴 구덩이가 종횡으로 셀 수 없이 많이 패여 있었다. 이에 왕 칸이 보고 크게 놀라 비명을 질렀다.

"아, 이게 어찌 된 일이오? 모훌리의 간계에 또 빠졌도다. 후군은 잠시 철수하라."

그 말이 끝나기도 전에 강의 서쪽 하구 건너편에 돌로 메워놓은 곳에서 산이 폭발하는 듯한 엄청난 포성이 울렸다. 또 산 양옆으로 계속해서 동쪽 편 하구에 이르기까지 "펑! 펑!" 하는 포성이 이어졌다. 그러자 강 서쪽 편 어귀에서 불이 일어나고, 양쪽 강가에서 또 연달아 큰 불이 일어나며 불길이 치솟았다.

그때 베데국의 병사들이 모두 일어나 북과 바라, 징과 북을 모두 함께 치고 울리며 크게 함성을 지르자, 산이 무너지고 강이 뒤집히듯 엄청난 굉음이 울렸다. 사방팔방에서 틈새 없이 일정한 대오를 이루며, 왕 칸의 병사를 세 겹으로 포위했다.

이것은 태조와 모훌리, 하사르 세 사람이 이미 논의하여, 일부러 하사르에게 피해자인 척하며 케레이트에 소문을 퍼뜨려 생긴 일이었다. 특히 그들로 하여금 하사르를 회유하기 위해 오도록 유도하고, 또 하사르의 처자가 모두 케레이트에 있는 것을 기회 삼아 믿음을 갖게 하는 데 이용했다. 그리고 적을 이곳으로 오도록 유인했다. 이때 하사르, 벨구테이, 가촉에게 다섯 호장을 내어 주어 케레이트의 기지를 포위하기 위해 보내고, 보랄의 한 갈래 군대를 케레이트 진영의 북쪽에 매복시키고, 태조와 모홀리는 많은 병사를 이끌고 이곳에 매복해 있었다.

한편 케레이트의 병사들은 앞쪽 길이 막혔다며 후방 군대를 회군시키라고 했다. 그때 후방 쪽에서 젤메의 군대가 이미 주둔하여 포위하고, 화살을 마구 쏘아대며 가까이 접근해 오고 있었다. 케레이트 군대는 이미 계곡 가운데서 수세에 몰려 비록 힘이 있어도 힘을 쓸 수 없는 상황이 되었다. 병사와 군마가 한곳에 들어차 떠밀리며 움직이기도 어려웠다. 이런 상황에서 양쪽에서 돌을 굴리고 화살을 쏘아대 쉴 새 없이 돌과 화살이 날아들자 케레이트의 병사들은 심장이 터질 것 같아 더 이상 싸울 수가 없었다. 더욱이 적이 산 위쪽에 있었기 때문에 전혀 방도가 없는 상황에 이르자 많은 병사들이 정신을 잃고 서로 싸우며 큰 혼란이 일어났다.

한편 높은 언덕에서 베데국의 총사령관 모홀리가 큰불을 피우고, 그 빛 아래 신호기를 잡고 서서 신호를 보냈다. 그러자 태조는 서쪽 편으로 나란히 있는 산 정상 위에서 측근 대신을 데리고 불을 피워 불빛을 내고 서서, 양 군대가 서로 싸우는 것을 지켜 보고 있었다.

그때 베데국의 총사령관이 깃발을 세 번 흔들자 양쪽의 병졸들이 쏘는 화살과 굴리는 돌이 한꺼번에 무더기로 쏟아져 내리고, 병사들의 외치는 소리가 하늘에 닿았다. 챙챙 소리를 내며 격렬하게 싸우는 소리로 산이 무너지는 듯하고, 케레이트의 병사들의 울며 외치는 소리가 구름에 이르고, 비통한 외침 소리가 강물에 가득했다. 그러자 태조는 병사를 빠르게 달려가게 해 흰 깃발을 모훌리에게 보냈다. 그리고 케레이트의 군주 케 왕을 무슨 일이 있어도 죽이는 상황에까지 이르게 하지 말라고 지시했다. 모훌리는 많은 병사에게 명해 케레이트의 병사들 쪽을 향해 소리쳐 말하게 했다.

"너희 병사들이 배은망덕하고, 반역적인 토릴과 얄고 등을 비롯해 거짓된 칭호를 가진 자들을 붙잡아다가 바치면 너희 병사들을 한 사람도 죽이지 않고, 모두 목숨을 살려줄 것이다!"

그러자 케레이트의 승상과 태사, 태보 등이 크게 놀라 두려워하며, 서둘러 병사들에게 전투를 개시하라는 명을 내렸다. 그리고 북을 치고 포를 쏘아 싸울 것을 재촉해 맹렬히 접전하게 하자, 베데국의 병사들은 불에 기름을 부은 격으로 더욱 용맹해져 한번에 두 개 화살을 쏘고, 두 개 돌로 치고 공격하며 내려왔다. 가엾은 케레이트 병사들은 피할 길이 없어 머리가 깨지고, 눈이 뛰어나오고, 서로 짓밟혀 죽은 자들의 수가 헤아릴 수 없이 많았다. 베데국의 병사들은 수레바퀴의 홈 같은 저지대에 모인 딱정벌레를 수레바퀴로 누르듯이 돌격해 들어가자, 케레이트 병사의 10분의 2가 그 맹공격으로 죽었으며, 죽은 자의 뼈가 강에 가득했다. 말발굽 아래 죽은 시체 밑으로 살아있는 병사들이 숨어들었다.

베데국 병사의 무기인 돌이 줄어들자 갑자기 먹구름이 끼면서 회오리바람이 불어오고, 하늘에서는 천둥과 번개가 치면서 거친 폭우가 내려 반 시간도 되지 않아 훌룬 보이르 달란 볼락의 긴 강에 만 개의 샘이 넘쳐 흘렀다. 큰 홍수로 강물이 범람하여 양쪽 강가로 넓게 퍼져 흘러 내려오자, 비가 멈추고 구름이 걷히더니 운무가 흩어졌다. 그리고 14일 밤 보름달이 깨끗이 닦은 거울처럼 맑게 떠올랐다. 그때 베데국의 병사들이 모두 산기슭에 있었기 때문에 홍수가 나는 것을 틈타 케레이트의 병사를 막아서서 마구 죽이자, 범람한 강물이 핏물로 흘러내리고 성난 물살에 시체가 둥둥 떠내려갔다.

그러자 모홀리가 명령을 내려 하구를 지키게 하고, 케레이트의 장병들을 도랑에 흘러가는 땅다람쥐를 낚아채듯 공격하자, 케레이트의 남은 병사들이 이미 건너갈 길이 없어졌기 때문에 자신의 장수들을 붙잡아 투항한 자가 반 이상이었다. 이때 왕 칸과 태자 얄고는 자신의 병사들에게 붙잡히는 것이 두려워 칸의 투구와 태자의 갑옷을 벗어 던지고, 죽은 병사의 피 묻은 옷을 벗겨서 입었다. 여전히 많은 양의 비가 쏟아지는 혼란한 와중에 내리는 비를 무릅쓰고, 좁은 골짜기 위로 올라가 몇십 명의 기마병을 데리고 빠져나가 자신의 진영을 향해 달아났다. 그러자 베데국의 장군 보랄이 벌써 그들이 빠져나간 것을 알고, 즉시 그들이 남긴 발자취를 쫓아 들어가 진영을 점거하여 장수들을 붙잡고 병사를 투항시켰다. 그리고 기를 바꾸어 세우게 했다. 왕 칸과 태자 얄고는 자신의 진영에서 도망친 병사들을 만나 소식을 얻어듣고, 탄식하고 울면서 자기 나라를 향해 달아났다.

그러자 비가 걷히고 달이 떴다. 얄고가 돌아다보니 뒤따르는 앞뒤의 병사들이 도합 200명이 채 되지 않았다. 그는 죽을힘을 다해 30리 길을 달려가 여명이 밝아올 때쯤 보록그트라는 초원에 이르러 풀밭에 누워 그곳에서 하루를 숨어 지냈다. 해가 떨어지고 달이 뜨자 말의 날고기를 몇 입 먹고 곧바로 달려갔다. 그런데 반대편에서 한 무리의 병사들이 날듯이 달려왔다. 왕 칸은 그들이 분명 자신들을 지원하기 위해 나라에서 보낸 폴고다이의 군대일 거라고 생각하고, 속으로 일말의 안도감을 느끼며 큰 소리로 울며 말했다.

아무 일 없이 편히 지내던 나의 옥체를
가증스러운 아들놈이 등을 떠밀어
적진으로 보내 이렇게 만들었네
무탈하게 잘 있던 편안한 육신을
저주스러운 아들놈이 보내 이렇게 만들었네
칠순이 넘은 백발의 내가
훈육해 키운 자식놈이 잘나서 이렇게 되었네
백발이 성성한 노구를
마음 써 키운 자식이 잘나서 이 지경이 되었네, 내가!

왕 칸이 앞으로 달려가 그들을 맞으려고 하자, 그 앞선 무리의 병사 가운데서 한 장수가 앞으로 달려 나왔다. 그리고 곧 괴성을 지르면서 정신없이 맞으러 나온 왕 칸을 단번에 두 도막으로 베어 버렸다. 얍고가 급히 살펴보니, 그들은 자기 나라 병사들이었다. 또 보니 나이만의 곡사레와 자모하 등의 한 갈래 병사들이 케레이트 지역에서 솔롱고를 빼앗기 위해 가다가 도중에 베데국의 군주의 네 동생과 다섯 호장의 한 무리 병사들을 만나 일시에 대패하고, 되돌아 도망치고 있을 때 베데국의 통그통고 바타르가 고삐를 늦추지 않고 추격해 오자, 나이만 병사들이 활을 쏘며 말을 달려 도망치다가 마침 왕 칸을 만났던 것이다. 왕 칸이 거북살스러웠던 자모하가 그를 알아보자마자 이를 꽉 물고 "어찌 기회가 이리 좋은가!" 하고 큰 날이 있는 검을 돌리며, 구시렁대고 있던 왕 칸을 베어 버리고, 뼈와 살이 있는 머리와 몸을 두 도막으로 만들어 버렸다.

이에 얄고가 자모하의 목소리를 알아채고 모골이 송연해져 "나요!" 하고 말하자마자, 급히 말머리를 돌려 서남쪽으로 도망치다가 길에서 만난 자신의 몇백 명의 병사들을 데리고 남쪽에 있는 서하 강역으로 들어가 냄새를 맡으며 지나가는 자를 엿보는 강도가 되었다. 이에 대해서는 잠시 말하지 않으려 한다.

한편 나이만의 병사 뒤를 베데국의 병사들이 추격해 왔기 때문에 얄고를 쫓아가는 것은 말할 것도 없고 케 왕의 시신을 가져갈 여유도 없이 정신없이 달아났다. 톡그통고 바타르가 나이만 병사들을 계속해서 추격하다가 케 왕의 시신을 발견하고, 그 머리를 자르고 몸체는 덮어주게 하여 표로 놓아두고, 나이만의 뒤를 곧장 추격해 갔다. 이에 대해서도 잠시 말하지 않으려 한다.

달란 볼락 대전투에 대해 언급하면 다음과 같다. 모홀리가 달란 볼락에 있는 강 가운데서 케레이트의 13만 병력을 막고 있다가, 다음 날 정오까지 병사, 갑옷, 무기, 화살, 돌, 홍수로 싸우다가 적군을 모두 투항시켰다. 이들을 군단으로 나누어 통솔케 하고, 태조를 선두로 케 왕의 헴헤트산의 숙영지에 이르자, 보랄이 네 명의 젊은 장수들을 데리고 승리의 축하 예법대로 태조를 맞아 절했다.

그러자 태조는 대 장막에 들어가 좌정하고, 호피로 된 북을 치게 했다. 그리고 그곳에 있던 많은 장수의 공훈을 점검할 때 여러 장수가 내놓은 것은 적군의 머리였다. 대부분의 케레이트 중신들은 비록 생포했지만, 태조가 또 놓아줄 것을 두려워하여 대부분 죽여 그 머리를 바쳤다. 촐론 장군과 태조의 인척인 젤메 두 사람만은 후르겔즈겐 승상과 올린다이 태사를 산 채로 바쳤는데, 두 사람의 어깨를 베었기 때문에 보기가 매우 흉했다. 모홀리는 그 모습을 보고 실소를 금치 못했다. 보랄 장군도 몇 명의 한인들의 머리를 바쳤다. 그들을 살펴보니 금나라 북쪽 변경의 천총千摠 주사의 동료 등을 진영에서 붙잡아 우두머리 되는 자들을 모두 죽이고, 그들 병사를 나누어 관리하게 했다.

사흘째 되는 날 논공행상을 하고, 케레이트의 병사를 점검하니 1만 명 이상이 상해를 당하고, 2만 명 가까이 사라지고 없었다. 남은 9만 명 이상의 병사에 다른 나라의 병사가 상당히 많이 끼어 있었기 때문에 모두 구별해 내어, 우두머리 되는 자들을 모두 케레이트의 후르겔즈겐 승상과 올린다이 태사와 함께 머리를 베어 죽이고, 병사들을 모두 나누어 지휘하도록 했다.

한편 대군이 케레이트 지역인 헤를렌강에 이르자 도중에 영접단이 나와 차례로 그들을 영접했다. 하사르의 군대는 케레이트의 올론호, 고르기를 이미 받아들이고, 서로 논의하여 계략을 정했다. 올론호와 고르기는 케레이트의 군대가 포위되자 즉시 모홀리에게 투항했기 때문에 모훌리는 그 두 사람을 하사르의 뒤에 보내 함께 케레이트를 모아 거두라고 명했다. 그러자 올론호와 고르기는 왕 칸과 태자가 모두 잡혔다고 솔롱고와 안도, 폴고다이를 속이고, 검에 피를 묻히지 않고 논의하여 케레이트를 투항케 했다. 하사르는 그 처자를 만나 눈물을 흘리며 서로 안부를 물었다.

한편 태조의 대군이 케레이트에 이르러 대 진영에 주둔하자, 네 명의 아우와 네 호장이 생포한 케레이트 사람들을 데리고 절을 올렸다. 태조는 얄고의 부인을 결박하고, 다른 사람들은 결박하지 않았다. 한편 솔롱고는 머리를 풀고 오른손에 작은동생 토스호를 이끌고, 왼손에는 민첩하게 사용할 수 있는 작은 검을 쥐고, 두 무릎을 꿇었다. 두 눈에 피눈물을 흘리며 옷자락을 여미고 비통하게 말했다.

"소녀가 듣자니 깨인 사람은 다른 사람을 자신처럼 대하고, 상록수는 겨울에 더욱 푸르다고 했습니다. 정신 나간 마음에 하고 싶은 몇 마디가 있습니다. 고해도 되겠나이까?"

그러자 태조가 할 말이 있으면 하라고 했다. 솔롱고가 고하기를 "사냥한 야생동물의 피를 보고, 죽음에 처한 사람의 말을 듣는다고 했습니다. 죽든 살든 세 가지 청이 있습니다. 생살권은 주군의 손에 달렸습니다."

태조가 말하기를 "청이 있다면 거짓 없이 고하라. 쓰디쓴 고통은 누구에게나 닥치는 일이 아니겠느냐?"라고 하자 솔롱고가 몸을 구부리고 슬픈 목소리로 고했다.

"저희 부왕께서는 관대하시고 정직하시며, 마음이 유하신 연고로 어리석고 포악한 오라버니 얄고와 악질적인 자모하 두 사람의 계략에 말려들어 속임을 당해 싸움에 나가셔서, 이제 나라가 패망하여 게르가 무너지고, 둥지가 파괴되고 알이 부서지는 데 이르렀습니다. 원래 모두가 넘치도록 크나큰 자비를 베푸시는 베데국 군주께서는 타던 말을 다른 사람에게 내어 주어 타게 하고, 입고 있던 옷을 벗어 다른 자에게 입게 하신다고 하시기에 소녀에게도 삶의 길이 있지 않을까 생각하였나이다. 우리 케레이트국은 여러 번 과한 은혜를 입었으나, 도리어 뒤에서 공격하며 몇 년을 싸우다가 이 지경에 이르렀습니다. 주군께서는 마음을 여시고 다시금 긍휼을 베푸시어 저의 간절한 세 가지 소원을 꼭 들어 주시기 바랍니다."

그녀는 흙바닥이 패일 정도로 땅에 머리를 대고 절했다. 그러자 태조가 이르기를 "그대는 마음속 생각을 낱낱이 고하라. 내가 들어줄 수 있다면 청하는 것을 들어주겠노라. 말해 보라!"라고 하자 솔롱고가 절하며 고했다.

"첫 번째 소원은 저의 부왕께서 살아 계시다면 저를 만나게 해 주십시오. 돌아가셨다면 그 뼈를 보여 주십시오. 제가 시신을 거두어 묻겠습니다. 두 번째 소원은 저의 이 작은 동생의 생명을 살려 주시어, 케레이트 가문의 온상을 이어가도록 해 주십시오. 그 뿌리를 잇도록 도와 털끝만큼의 가는 맥이라도 남겨 주시기 바랍니다. 세 번째 저를……"라는 말에 이르러 목이 잠겨 소리가 나오지 않고, 목이 메여 말을 할 수가 없었다. 그저 슬프게 울기 시작하자 태조가 말했다.

"말을 들을 터이니 빨리 말을 하라. 지금 한가한 시간이 아니라는 것을 알지 못하는가?"

그러자 솔롱고가 길게 한숨을 쉬며 말했다.

"아, 세 번째 청은 제 몸을 더럽히지 마시고, 원래 정한 정혼자에게서 떼어놓지 마시기를 바랍니다. 이 세 가지 중에 하나라도 충족되지 않으면 솔롱고 저는 이 검으로 제 동생을 죽이고, 저도 자해하여 다른 사람의 조롱거리나 다른 사람의 웃음거리가 되어 능욕을 당하는 것에서 벗어나고자 하나이다."

그러자 옆에서 벨구테이와 모홀리가 올론호, 고르기를 데리고 무릎을 꿇고 간청하자 태조가 낯에 희색을 띠며 벨구테이에게 물었다.

"벨구테이 아우는 이 여인의 간구를 어찌 생각하는가? 하사르 아우의 처자를 솔롱고 공주가 돌보고, 알호, 수흐의 생명을 구해 주었다. 올론호, 고르기는 옛 주인의 체면을 중시했고, 대장군은 의를 중시했다. 아우가 원하는 바에는 어떤 뜻이 있는가?"

벨구테이가 절하며 고했다.

"제가 생각하는 바는 주군의 귀한 명성이 널리 퍼지고, 모든 나라로 하여금 주군을 우러르고 따르게 하려는 뜻이 있습니다."

그러자 태조가 벨구테이를 진정으로 칭찬하며 크게 기뻐했다. 솔롱고의 이러한 고백은 모두 진실한 말이었기 때문에 성군의 큰 자비의 마음이 움직여 솔롱고의 세 가지 청을 모두 받아들였다.

"하사르의 처자를 보살핀 대가로 옛 신하 안도, 호로가, 폴고다이, 아소리, 갈바 등을 솔롱고에게 내어주고, 또 다른 부족 사람들 가운데 200명의 속민을 내어 주어 부리게 하시오. 하사르는 이를 책임지고 살피라" 하고 명을 내렸다.

또 총사령관 모훌리에게 지시하여, 열 명의 병사를 선발하여 내어주며 지시했다.

"케 왕이 달아났다면 수소문해 데려오도록 하고, 죽었다면 그 시신을 찾아오도록 하시오. 이제 사악한 자모하와 얄고의 행태로 일이 이처럼 되었지만, 무슨 일이 있어도 예전의 좋았던 일을 잊어서는 아니될 것이오. 나의 친동생의 처자를 모두 가두었기 때문에 할 수 없이 상황이 이렇게 되었소. 그렇지 않았다면 이리 되지 않았을 것이오. 전날에 여러 번 트집을 잡고 우리를 괴롭힐 때 우리가 병력을 동원한 적이 없지 않소? 케레이트의 병사를 5개로로 균등히 하고, 8개 군단으로 나누어 네 아들과 네 명의 장군에게 잠시 지휘케 하시오. 또 금나라에서 온 병사와 대장은 죽임을 당하고, 또 그 황제는 이 일을 모른다고 하니 그 나라에 사신을 보내 사정을 묻게 하고, 사실이면 사신을 보내 남은 병력을 데려다 돌려주도록 하시오. 특히 서하와 거란, 동요, 서역 등의 나라의 병력을 모두 이런 방식대로 처리하도록 하시오. 훗날 유용한 일이 있을 것이오."

태조가 각각 사건을 분류하여 일을 처리하자 여러 나라 병사들이 서로 기뻐하며 외치는 노랫소리가 초원을 진동시키며 울려퍼졌다. 그리고 태조는 얄고의 처첩들을 모두 하사르에게 종으로 삼도록 상으로 내려 주었다. 하사르는 솔롱고가 자신의 가솔들을 돌보아준 것을 생각하여, 얄고의 처첩들을 잘 살펴 주었다.

한편 적을 누르고 승리한 것을 기념하여 헤를렌강에서 축하연을 벌이고 있을 때, 태조의 친족인 톡그통고 바타르가 나이만 진영의 변경으로 들어가 병사들을 추격해 죽이고, 군대 치중輜重을 모두 전리품으로 가지고 돌아올 때 케 왕을 찾고 있던 병사를 만나, 왕 칸의 시신을 끄집어내 싣고 돌아왔다. 그때 케레이트에서 또 케 왕이 자모하에게 죽임을 당하고, 톡그통고 바타르가 그 뼈를 거둔 것을 이미 들어 알고 있었기 때문에 솔롱고는 동생 토스호를 데리고 부왕의 시신을 맞아 절했다.

그러자 톡그통고 바타르가 자루에 든 토릴의 머리를 모홀리에게 내어주자, 모홀리가 이를 태조에게 고하니, 태조가 토릴의 머리를 몸과 함께 술로 씻기게 하고, 금사로 짠 비단으로 시신을 싸서 관에 넣고 하사르에게 내주고, 그것을 솔롱고에게 가져다주게 했다. 또 톡그통고 바타르에게 3할에 해당하는 후한 상을 내리고, 오른편 자리 두 번째 줄의 탁자 자리에 앉게 하여 수고한 공을 위로했다. 또 대장군은 손수 술을 따라주고 길운의 복된 수호기를 제의하고, 사흘 동안 큰 잔치를 베풀었다.

한편 태조는 케레이트 지형을 살피다가 그해 경성, 연성의 여섯 대오에 대해 이야기하며, 헤를렌강의 서북쪽으로 휘돌아 흐르는 굽이를 가리켰다.

"이 강의 이 한 굽이가 위로 휘어져 들어간 것을 케 왕이 어찌 길지로 삼아 지냈을까? 이 지형은 자기 아들이 저항하고, 종이 배반하는 지역이오."

그러자 갑자기 올해 정월 초하루 설날 아침 한 해를 길흉을 점칠 때 나온 양의 견갑골과 복사뼈의 점괘가 떠올랐다. 오요트 세첸을 데리고 와서 보니, 그 안에 붉은 물감이 가득한 것 같은 색깔을 띠고 빛이 났다. 그러자 이 점괘가 참으로 이상하다고 놀라며 그것을 탁자 위에 놓고 향을 피워 올렸다.

“적을 누룰 것을 반복해 아는 견갑골의 점괘여, 사나운 적을 가려 살피는 복사뼈 점괘여”라고 하며 제의를 드렸다. 태조에게 양의 복사뼈와 견갑골의 점괘가 길하게 나오자, 축하의 큰 연회를 배설했다. 초원에 가득한 오방 악기, 초원 가득 5천 마리의 경주마, 수천 수만의 걸출한 명궁수, 9천 명의 활기 넘치는 씨름선수 등 네 가지 즐거움으로 마음껏 즐기며 화기애애한 분위기 속에서 축제를 즐겼다. 악기 연주가에게 가장 먼저 상을 주고, 준마의 칭호를 부르는 자에게 상을 내렸다. 탁월한 명궁수들을 권면하고, 잘 겨룬 우승한 씨름선수를 칭송하며 마음껏 즐겼다.

그때 케레이트 진영에서 솔롱고가 부왕의 관을 열고 보니 비록 비단천을 함께 맞대어 꿰매고, 염을 하고 천으로 둘러 얼굴색은 식별할 수 있어도, 시기가 여름철인지라 얼굴이 검게 부풀어 부패한 채 구더기가 끼어 냄새가 나고 얼굴을 볼 수가 없었다. 솔롱고가 그것을 보고 큰 소리로 울며 쓰러져 이를 갈며 자모하를 죽도록 증오했다. 마침내 부왕의 시신에 술을 뿌리고 울며 맹세했다.

인자하신 부왕께서 몹쓸 놈의 자모하에게 죽임을 당하시고

은혜를 모르는 오라버니는 짐승 같은 자모하의 꼬임에 빠졌네
살아남아 있는 나는 하루를 살더라도
맹세컨대 자모하 종놈의 붉은 피를 마시리라!

솔롱고는 비통해하며 부왕의 장례 의식을 행했다. 갑자기 태조를 대신해 하사르가 와서 이르기를 "내일 새벽이 밝을 때 태조께서 몸소 오셔서 술을 뿌리고, 처음 우호적이었던 관계로 의식을 행하고, 망령을 위로하며 그 혼을 편히 쉬도록 천도제를 지낼 것이오"라고 하고 갔다.

이튿날 이른 아침 정말 태조가 몸소 장수와 대신들을 데리고 와서 모자의 술 장식을 가다듬고, 소매를 내리고 술 장식이 있는 허리띠를 걸치는 등 의관을 정돈하고, 왕 칸의 시신에 술을 뿌리며 두운을 맞추어 고했다.

젊은 시절 코끼리와 같았던 의형제 그대는
나이를 먹어 늙어지자 생각이 변했네, 의형제 그대는
패역한 못된 아들을 가르치지 않고 지내다가
가증스러운 자모하 종놈에게 죽임을 당해 비명횡사했네
전투 중에 내가 말한 바를 따랐더라면
도중에 가증스런 자모하 종놈에게 죽임을 당하지는 않았을 것을
고치기 힘든 아들을 따라 틈을 찾으며 도망치다가
결국 사악한 종 자모하의 손에 죽고 말았네
급사하여 한을 품은 영혼이여, 평안히 안식하길 바라네

간사한 자모하 종놈을 무슨 일이 있어도 죽여주리라
젊은 처자 가솔 모두에게
백 호戶의 속민들을 부리게 하고, 집안의 대를 이어나가게 할 것이며
세상에서 멀리 떠나가는 동안 영혼이 평안하기를 기원하네
빠져나간 자모하를 준엄한 법으로 처단할 것이며
진심 어린 마음으로 원한을 풀어드리리다!
그대 영혼은 멀어지지 말고 나의 말을 들으소서!

그리고 세 번 술을 뿌리고 거짓 없이 눈물을 흘리자, 솔롱고와 토스호 두 남매가 무릎을 꿇고 울며 절했다. 제의를 통해 그들은 마음속 깊이 태조를 경외하고, 신뢰하며 감동했다. 남매는 무릎 꿇고 절하며 태조를 떠나보냈다.

그때 하브트 하사르가 합세하여 일을 살피고, 알호와 수호가 모든 것을 세심히 처리해 나갔다. 케 왕의 죽은 시신을 케레이트의 선영에 묻고, 장례를 치르고 제사에 사용되었던 것을 불태웠다. 케레이트의 모든 사람을 이동시키고, 베데국을 향해 길을 떠났다.

한편 태조는 이번 일에 크게 공로가 있는 신하들의 노고를 자세히 살피는 것이 옳다고 여겨, 8월 나라의 남쪽 변경의 타힘강[원주] 이타힘강이라는 것은 주자의 『자치통감강목』에 '테매해천'이라고 하고, 헤를렌강을 '헤린'이라고 썼다이라는 강가에 대 진영을 마련하여 주둔했다. 그 지세가 사람의 오금처럼 굽어 있어 그곳을 타힘강[3]이라고 불렀다.

태조는 타힘강에서 네 명이 힘센 장수의 준마 대오를 정비하고, 15

만 명의 대군을 자세히 구별하여 장병의 공훈을 다시 높이며 상을 내릴 때, 많은 병사들이 모두 합세하여 적을 누른 것을 축하하는 잔치를 베풀자고 했다. 태조가 그것을 허락하고 잔치에 소요되는 비용을 넉넉히 주어 모두가 한 입의 고기를 먹고, 한 그릇의 술이라도 마시게 했다. 많은 병사들에게 술과 고기를 제공하여 먹이기 위해 큰 솥에 고기를 삶게 했다. 또 호수같이 넘치는 술에서 세 잔을 마시고, 산만큼 많은 고기에서 한 접시를 받아먹고, 바다처럼 많은 국에서 한 그릇을 먹고, 바다처럼 많은 술에서 세 잔을 마셨다. 남은 것은 장수와 병사들이 함께 마시며 큰 축하연을 벌이고, 총사령관을 비롯하여 일반 장수와 새로운 왕실 호위병에 이르기까지 각각의 합당한 몫을 내어 주었다. 많은 병사에게는 두 배로 넘치도록 몫을 주고, 축사해 주었다. 군신, 병사가 모두 바다처럼 풍성한 즐거움을 누리며 잔치를 즐겼다.

여러 신하가 올 새해 첫날 아침 태조와 모홀리가 양고기로 은밀하게 대화를 나눈 것에 대해 묻자, 모홀리가 그것을 풀어서 설명했다.

"주군 앞에 아홉 개 탁자에 놓인 양고기는 주군의 9경卿의 대국과 같은 것이오. 세 번째 탁자의 양고기라는 것은 주군의 셋째 동생 하사르를 비유한 것이오. 세 번째 탁자의 고기부터 자른 것은 하사르 노욘의 처자를 케레이트에서 싸워 빼앗아가 가둔 것을 비유한 것이고, 그들이 그렇게 한 것처럼 같은 방식으로 빼앗아 오겠다는 말이었소. 그리고 양고기에는 또 세 가지 비유적인 의미가 있소. 첫 번째 비유는 한 마리

3 타힘은 몽골어로 '오금'을 뜻함.

통으로 된 양고기라는 것은 비유하자면 우리나라라 할 수 있소. 오른편 견갑골을 가른 것은 주군의 오른편 어깨와 같은 아우 하사르를 거짓으로 억압하는 것처럼 꾸며 케레이트국을 유인하여 오게 하자고 했던 말이오.

두 번째 비유는 또 우리 베데국이 모두 양고기의 오른쪽 견갑골로 은혜를 구하지 않았소? 그렇게 주군의 오른팔과 같은 하사르 아우를 매개로 케레이트를 유인해 오게 하는 계략을 써서 무너뜨리자고 했던 말이오. 세 번째 비유는 양의 견갑골의 '달'어깨뼈의뜻과 숫자 '달'70이 모두 같은 '달'이 아니겠소? 또 이제 케레이트를 섬멸하고 끝낸 것이 훌룬 보이르의 달란 볼락강이 아니오? 이 세 가지를 모두 합해서 말하면 주군의 오른팔과 같은 하사르로 하여금 케레이트의 케 왕을 유인해 와서 달란 볼락강에서 그를 누르자고 했던 말이오. 겉으로 불화해 헤어진 듯이 속이고, 서로 절교한 것처럼 하여 적을 무너뜨리자고 했던 말이오. 행동을 시작하자 곧바로 주군께서 살펴 아셨던 것이오."

그러자 15만 명의 사람들이 자신의 입을 누르며 놀라 탄복해 마지않았다. 모홀리는 많은 사람을 데리고 축하 의례의 법도에 따라 태조에게 절하고, 금사로 된 비단을 넓은 초원에 덮은 것처럼 모두 무릎을 꿇자 모홀리가 소리 높여 유려하게 축사했다.

선견성善見城[4]에서 온

4 수미산 꼭대기에 있는 호르마스트 천신의 성.

소다다니 칸의 후예
밤에 꿈으로 내리신
정기 가득하신 주군이시여!
일월같이 빛나시며
소나무, 측백나무 같은 위엄이 있고
나뭇잎과 꽃 같은 자식
호수와 바다와 같은 나라가 있나이다
성산과 같이 은혜롭고
황금빛 세상 같은 덕과
음양 같은 지성이 깃들여 있나이다
공기와 하늘같은 자애로우심과
별과 천체 같은 아우들
많은 별자리 같은 신민들
궁전 같은 나라가 있나이다
옷자락의 먼지가 이른 곳의
쓰레기를 없애고
말발굽이 밟은 나라의
완악한 무리를 섬멸하였나이다
군화의 먼지가 이른 곳의
고랑을 평평하게 만들고
주군의 빛나는 후광을 본 나라의
재난이 잠잠해졌나이다

북방의 모든 권력을
자신의 손에 장악하였다고
언제까지나 행복해하며 사냥에
탐닉해서는 아니 될 것입니다
북방 지역의 모든 것을
자신의 옷자락 안에 모아들였다고
게르 상석에 앉아 독주에
빠져서는 아니 될 것입니다
사막 지역의 백성 모두를
자신의 품에 넣었다고
거만하게 여기며 여색에
빠져서는 결코 아니 될 것입니다
주위의 모든 지역을
자신의 깔개 아래 넣었다고
오만하게 생각하며, 궁전 침소에서
늦잠을 자서는 아니 될 것입니다
남쪽 대송국에
포악한 금나라가 나타나고
넓디넓은 요나라 지경에
용맹한 거란국이 나타났나이다
화평한 서하국에
반역적인 서역국이 나타나고

이제 우리 베데국에
위세 있는 나이만국이 있나이다
은혜로우신 주군이시여
모여든 많은 나라 신민의
맹렬한 힘을 규합하기 위해
각각 가르쳐
훗날 적과 악한 나이만이
공략해 오는 것을
뒤처지지 않고 언제든 맞서 싸울
준비를 해야 할 것입니다

모홀리가 절하며 태조에게 고하자, 조정 전체가 탄성을 지르며 놀라 탄복했다. 이때 베데국에 속한 친인척, 신민, 부족들이 모두 모여들었다. 케레이트를 섬멸한 성대한 축하연에 절하기 위해 와서 모두 잔치 자리에 있었다. 태조가 외지로 나가 적을 누른 총사령관 모홀리와 안에서 나라를 지킨 장군 보가르지에게 손수 두 잔의 순도 높은 술을 따라주고, 모여든 모든 사람을 향해 잔을 들어 축사했다.

천부께서 인간 세상에 태어나게 하신
테무진 내게 도움을 준
훌륭한 용사
지혜와 용기를 겸비한 총사령관께서

특별히 나를 일깨우며 고한
그러한 권면의 말씀이
안정되고 번창하는 우리나라에
비할 데 없이 큰 도움이 될 것이오
내일부터 개시해
우리의 군대를
안개 낀 타힘강에 집결시켜
비단처럼 정렬하시오
50일 동안의 사냥에
투항한 나라의 병사들을
타힘강 초원에
질서 있게 잘 정렬시키시오
여기 모인 모든 신하
모든 이는 함께 들으시오
뜨겁고 부드러운 말에
위기와 해악이 많고
강직하고 올곧은 충고에
보호받을 일이 많네
옥같이 아름다운 여색에
대왕들이 패망하는 일이 많고
엄하고 거슬리는 말에는
오히려 큰 도움의 손길이 있네

봄, 여름 사냥에서
몽매하게 죄짓는 일이 참으로 많네.
왕실 조정의 일에
아첨하는 무리가 참으로 많고
교활하게 충동질하는 간신에게
현혹되는 몽매한 군주가 참으로 많네
빠르게 달리는 말 위에서
활을 쏘고 사냥할 일이 많고
거짓 없이 간언하는 신하에게
뜨거운 충의가 가득하네
함께 하고 울타리가 되는 신하들이
그릇됨 없이 한 말에는
뼈 있는 말이 참으로 많네
이를 기록해 간직하기 바라오

태조의 말이 끝나자 조정 가득 신하들이 탄복하며 머리 숙여 절하고, 청사에 기록하여 만인에게 널리 알렸다. 사관 인잔나쉬 내가 이 글을 쓰면서 이 대목에 이르러 태조를 경외하며 시 한 수를 지어 기록한다.

천자 성조 주군의
타고난 지성과 능력은
세상에 비길 자 없고

이 세상을 초월해 있네
세상에 놀랍도록 박학다식한 대왕은 수없이 들었지만
신령한 칭기스 칸에게 이를 수 있는 자 모름지기 얼마나 있었던가?

이렇게 해서 간언하는 대연회, 계책을 올리는 모임, 새로움을 위한 회의, 축시가 있는 이레 동안의 대축하연을 베풀었다. 이때 모홀리는 붉게 무두질하고, 둥근 회오리 문양을 그리고, 금사로 산천의 문양을 수놓은 한 짝의 목 있는 가죽구두를 가져와 태조에게 바쳤다. 태조가 그것을 보자마자 그의 지혜로움을 알고, 미소를 지으며 두 손으로 구두를 받았다.

"온전히 짝을 이룬 연후에 지체하지 않고 신겠소."

태조는 이렇게 답하고, 그 보답으로 자신이 타는 풍마風馬[5]라는 이름의 명마를 한 조의 은으로 된 등자와 안장, 멍에를 얹은 말을 상으로 주었다. 다만 등자의 오른쪽 것을 벗겼다. 모홀리는 크게 기뻐하며 그 은혜에 절하고, 일어나 곧장 장막에서 내려와 그 말의 왼쪽 등자를 또 풀어서 오른쪽 팔뚝에 걸고, 안장과 멍에를 모두 내려 뒤에 묶고, 안장 없는 말 위에 훌쩍 올라탔다. 얼룩무늬의 쇠로 된 활을 들고, 검은 깃이 달린 화살 열 개를 허리춤에 꽂고, 위아래로 산을 달리며 열 개 활로 원앙새 십여 마리를 쏘아서 가져왔다.

이에 여러 대신은 이들 군신이 은밀한 신호로 무슨 대화를 나누는지

5 바람같이 빠른 말을 이름.

알지 못했다. 다만 탁월한 지혜를 가진 오리안한 젤메가 그 뜻을 알고, 기뻐하며 자기도 모르게 웃었다. 많은 사람이 그 연유를 묻자 "시간이 지나면 자연히 알게 될 것이오. 그전에는 말할 수 없소"라고 했다.

한편 모홀리는 아흐레 동안 시합을 하고, 아홉 가지 색의 아홉 가지 궁宮[6]으로 아홉 개 대오로 나누고, 병사들을 훈련시켜 9월 초아흐레에 태조를 아홉 개 지역이 연결된 언덕 위에 아홉 가지 색으로 만든 큰 장막에 모시고 고했다.

"아홉 개 군단을 점검해 주십시오."

태조가 사자 장막에 올라가 모든 것을 살펴보니 원래 처음 조직했던 9개로의 대오 가장 앞의 신하를 아홉 가지 궁의 색으로 구분하고, 아홉 색의 큰 수호기를 세웠다. 그리고 잇달아 대오를 이루고, 제1로의 수호기 아래 모홀리가 부마 보토, 대신 멩겔릭, 찬드간 세첸, 호드간 베히 네 장수를 두고, 붉은[7] 깃발을 들고 푸른 갑옷과 투구로 무장한 1만 9,999명의 병사를 이끌고 대열을 지어 서 있었다. 제2로의 붉은 수호기 아래 장군 보가르지가 아즈나이 메르겐, 호르츠 바이르, 울후 대신, 우넨 투르 네 장수를 데리고, 붉은 깃발을 들고 붉은 갑옷과 투구를 쓴 1만 9,999명의 병사를 이끌고, 대열지어 서 있었다. 제3로 군단

6 몽골 점성술에 9년 후의 주기적인 반복을 계산하여 그 이름을 따온 추상적 개념. '멩게'라고 함. 태어난 해에 따라 각각의 사람들에게 영향을 미치는 운명의 표시. 색으로 표시됨. 1.흰색 2.검은색 3.파란색 4.녹색 5.노란색 6.흰색 7.빨간색 8.흰색 9.빨간색(Ч.Аръяасүрэн, Х.Нямбуу, *Монгол ёс заншлын дунд тайлбар толь*, Ñүүлэнхүү хүүхдийн хэвлэлийн газар, 1991, pp.140~141).

7 본문에서는 '붉은색'이라고 했지만, 내용상 '푸른색'이어야 맞다. 원문을 잘못 옮긴 것으로 생각된다.

의 노란 수호기 아래 장군 촐론이 멩게투, 다인산, 알호, 수호 네 장수를 데리고, 노란 깃발을 들고 노란 갑옷과 투구를 쓴 1만 9,999명의 병사를 이끌고 대열지어 서 있었다. 제4로의 흰 수호기 아래 장군 보랄이 톡그통고 바라트, 호다르간 바나르, 토호이트 보손, 오요트 세첸 네 장수를 데리고, 흰 깃발을 들고 흰 갑옷과 투구를 쓴 1만 9,999명의 병사를 이끌고 대열 지어 서 있었다. 제5로의 검은 수호기 아래 왕실 친척 젤메가 후베데이 바타르와 오욘고, 오르트 보드로고트, 오한트 세첸 네 장수를 데리고, 검은 깃발을 듣고 검은 갑옷과 투구를 쓴 1만 9,999명의 병사를 이끌고 대열을 이루고 서 있었다. 제6로의 엷은 푸른색 수호기 아래 대신 제브가 줄게데이 바타르, 메르기드의 마그나그트, 아르가손의 호르골즈, 투그스촉그트 네 장수를 데리고, 엷은 푸른색 깃발을 잡고, 엷은 푸른색 갑옷과 투구를 쓴 1만 9,999명의 병사를 이끌고 대열을 이루고 서 있었다. 제7로의 녹색 수호기 아래 대신 초메르겐이 길루겐 바타르, 사이한 소르탈트, 볼로, 울 치르비 네 장수를 데리고, 녹색 갑옷과 투구를 쓴 1만 9,999명의 병사를 이끌고 서 있었다. 제8로의 주황색 수호기 아래 대신 시리 호톡은 호일다르 선봉, 보가 에르덴, 바얀 황실 호위병, 신하 한드가이 네 사람을 데리고, 주황색 깃발을 잡고, 주황색 갑옷과 투구를 쓴 1만 9,999명의 병사들을 이끌고 서 있었다. 제9로의 담황색 수호기 아래 하르 히루가 안돈 친과 보르 아르스란, 아소리, 폴고다이 네 사람을 데리고, 엷은 노란색 깃발을 잡고 담황색 갑옷과 투구를 쓴 1만 9,999명의 병사를 이끌고 대열을 이루고 서 있었다.

태조의 양쪽에 외숙인 리데르 세첸, 우르루게 노욘, 나라의 장인 데이 세첸, 차간 칸, 나라의 인척 어르신인 자르치오다이, 을지트, 야보치다이 노인, 국사國師 잠발, 수석 신하 토르곤 샤르 등 9경卿이 대오를 지어 서 있었고, 그 앞에 부흐 벨구테이, 하브트 하사르, 오이트 오칙, 오란 가촉 등 태조의 네 아우가 나란히 서 있었다. 뒤쪽에는 주치, 차가타이, 우게데이, 톨리 등 네 아들이, 벨구테이의 아들 야스부흐, 하사르의 아들 토즈, 부마 보토의 아들 난사르, 젤메의 아들 체첵, 아즈나이 메르겐의 아들 볼가드, 호다르가 바타르의 아들 조럭그트, 리데르 세첸의 아들 톡그타고 베히, 우르루게 노욘의 손자 오치르베히, 국사 잠발의 손자 아하이, 이 아홉 명의 친인척의 젊은 장수를 데리고 또 9개 군단의 신하들의 자식과 동생들, 토르곤 샤르의 막내아들 침바이, 모홀리의 작은 아들 수르트, 장군 촐론의 두 아들 오치르와 알마스, 장군 보가르지의 둘째 아들 알리아, 장군 보랄의 두 아들 보도란, 오고다이, 멩게툭의 아들 탕곤, 초 메르겐의 두 아들 호보라이, 소보라이, 시리 호톡의 두 아들 아난드, 소보디, 제브의 두 아들 하트 투무르, 돌가 투무르, 찬드간 세첸의 동생 알리진, 호드간 베히의 두 아들 후데르 부스, 후렐 부스, 하르 히루의 두 아들 우드, 수드, 호르츠 바이르의 두 아들 보가트호아, 알락그토갈, 운두르 세첸의 한 배에서 함께 태어난 볼럭그트바르스, 쉴리그트바르스, 테스겔바르스 세 사람, 노욘 오욘고의 두 아들 온지가이, 손지가이, 수베데이 바타르의 작은 동생 라샨, 길루겐 바타르의 작은 동생 돈도이 치르비 등 13위의 친인척, 28명의 젊은 장수들이 열 지어 서 있었다. 태조가 한가운데 앉자 나팔을 불고, 태조가 앉아 차를 마신 뒤 첫 번째 포성이 울렸다. 그리고 첫 번째 북을 요란하게 두드리고, 신호기를 흔들자마자 9개로의 병사들이 몸을 뒤로 돌리고, 네 개 힘센 다리를 가진 준마 형태로 일제히 대열을 지었다.

이윽고 두 번째 포성이 울리고, 두 번째 북소리가 둥둥거리며 크게 울렸다. 그리고 신호기가 올라가자 9개 군단의 병사들이 두 번을 돌자 곧 32개 어금니를 가진 사자 입의 전투 대열로 정돈이 되었다. 세 번째 포성이 울리고, 세 번째 북소리가 크게 울리면서 신호기를 내리며 흔들자마자, 9개로의 병사들이 세 번 비틀며 움직이자 네 개 송곳니를 가진 날카로운 호랑이 이빨 모양의 대열을 이루었다. 네 번째 총성이 울리자, 네 번째 북이 크게 울렸다. 신호기를 돌리자마자 곧 9개로의 병사가 네 번 갈라지더니 신령한 다리를 가진 용의 네 개 발톱 형상의 대열로 바뀌었다.

다섯 번째 총성이 울리고, 다섯 번째 북이 큰 소리로 울렸다. 신호기를 흔들자마자 9개로의 병사가 다섯 차례 나누어지자마자, 두 개의 쇠날개를 가진 금시조의 부리 모양의 대열로 변했다. 여섯 번째 총성과 여섯 번째 북소리가 크게 울리며, 신호기를 흔들자 곧 9개로의 병사들이 아홉 군데로 흩어졌다. 그러더니 용알의 9마리 새끼 모양의 대열로 정렬했다. 용의 아홉 종류의 새끼라는 것은 아홉 가지 다른 형태를 띠며, 아홉 가지가 다른 능력을 갖고 있기 때문에 아홉 가지를 달리 사용한다. 위엄이 대단한 세 마리 용은 모두 궁전, 게르, 진영, 궁 장막 위의 깃발, 보개, 작은 깃발 위에서 사용한다.

일곱 번째 총성이 울리고, 일곱 번째 북소리가 울리면서 신호기가 흔들리자 9개 군단의 병사들이 45개 조로 나누어져, 아홉 마리 용의 사지와 머리, 꼬리 형상으로 대열을 이루었다. 여덟 번째 총성이 울리고 여덟 번째 북이 울리며, 신호기가 흔들리자마자 9개로의 병사들이 36개 사지와 180개의 발톱을 함께 펼치고 나가는 형상의 대열을 만들어냈다. 아홉 번째 총성이 울리고 아홉 번째 북소리가 나면서, 신호기가 펄럭거리자 9개로가 갑자기 하나로 합해져, 재빨리 천둥 화살이 일으키는 불의 형상으로 대열을 이루었다. 마지막 열 번째 총성이 울리고, 열 번째 북소리가 둥둥거리면서 신호기가 한 번 이리저리 흔들리자, 9개로의 병사가 또 뒤로 물러가 네 개 힘센 다리를 가진 준마의 대열로 형태를 바꾸고, 또 돌아가 원래대로 9개 군단의 병사로 각각 나누어져 대열을 이루고 섰다.

이것을 보고 있던 나이 든 9명의 원로 대신과 13개 씨족의 장, 28명의 용맹한 젊은 장수들은 그 현란한 모습에 눈이 어질 거렸으며, 이 장면을 본 사람들은 모두 탄복하며 칭송을 아끼지 않았다. 서로 즐거워하는 가운데 태조는 그 다양한 변화와 뒤집는 기술이 바람과 불처럼 날쌔고, 나누어지고 합하는 것, 공격하고 연합하는 것이 귀신같이 일사불란한 것을 크게 칭찬하고 기뻐했다. 또 아흐레 동안 성대한 잔치를 벌일 때 9로의 신하들에게 아홉 번의 잔치를 배설하고, 9개로로 나누기로 결정한 지략과 일사불란하게 열 가지의 변화를 보여준 대오는 참으로 놀라움을 금할 수 없다고 찬탄했다. 그리고 태조는 황금잔에 술을 따라 주며 축사하기를,

맞붙어 씨름할 때 이기기 쉽지 않은 용사
병사들을 하나로 결집해 훈련시키는 데 능한 자
부자의 아들이지만
조금도 자만하지 않고
용맹함은 사나운 호랑이 같고
놀라운 지성은 비단 같은 자
공격하여 싸울 때는 강렬히 빛을 발하고
앉으나 서나 전략을 생각하네!

라고 칭송하며, 아홉 군단의 신하 모두에게 손수 술을 따라주고 상을 내렸다. 아홉 명의 장군은 연회를 끝내고, 기꺼운 마음으로 신구의 병사들에게 모두 세 배로 상을 더해 주고, 수호기에 아홉 가지 희생제물로 제의를 드렸다. 태조는 몸소 무릎을 꿇고 아홉 번 절하며, 나라를 향해 술을 뿌려 올렸다. 태조의 이 위엄 있는 의례는 금나라 오환烏桓의 북쪽에 크게 소문이 났다. 중원의 많은 나라가 깜짝 놀라며 두려워했다. 남송에까지 그 소문이 퍼졌으며, 주자의 『자치통감강목』에는 태조가 타힘강에서 그 명성을 떨쳤다고 기록했다.

한편 한 나라를 격파하고 투항시킨 큰 경축의 예대로 북을 치고 피리를 불며 15만 병사가 산과 초원에 우렁찬 풍악 소리를 울리며 나라로 돌아올 때, 대부분의 대신이 나라에 없었기 때문에 세첸 주순 부인은 첫 번째 영접단에 예전 신하이자 우진 어머니의 신하인 슈헤르트에게 케레이트의 안도와 호라가 두 사람을 딸려 보내 일행을 맞이하게 했다. 두 번째 영접단으로는 모흘리의 부친 텔게트 바얀에게 자모하의 동생 에루제와 서쪽 지경을 지키는 파수꾼 야보가를 보내 일행을 영접하게 했다. 세 번째 영접단으로 보가르지의 아버지 라호 바얀에게 여진족의 우루스 구메이태조가 개명해준 이름은 오르쉬그츠이다와 히첸귀라고 개명해 준 여진의 군주 오란 장고를 데려다 주며 일행을 맞게 했다. 보르한 갈돈에 잘로드의 왕촉은 케레이트의 토스호와 솔롱고를 데리고, 나라 전체의 경사의 예법대로 절하여 태조와 일행을 맞이했다.

태조는 아우 하사르의 처자를 데리고, 우겔룬 우진 어머니의 무릎을 껴안고 울며 절했다. 또 세첸 주순 부인과 팔을 잡고 서로 기쁨의 인사를 나누었다. 그런 뒤 대 수호기에 제의를 드리고, 큰 경축의 의례대로 천지와 산천, 선조의 묘에 제의를 지냈다. 태조는 나라에 남아 지역을 지킨 장병들에게 후하게 포상하고, 멀고 가까운 사람들이 모두 잔치를 벌이며 즐거워했다. 경신년 마지막까지 즐기며, 나라의 모든 신민이 축하 인사를 나누었다. 이해는 여기서 끝났다.

처음 나라를 열고, 나라를 건설해 나갈 때는 큰 어려움이 있어도
운수가 끝나고 나라가 망하는 것은 아, 얼마나 쉬운 일인가?
나라를 지키는 충신은 곰곰이 생각해 본다
헤아릴 수 없이 많은 나라 중 어느 나라인들 그러하지 않겠는가?

【평언】

『대학』에는 다음과 같은 말이 있다. "말이 어긋나게 나가면 마찬가

지로 어긋나게 돌아오고, 재물이 어긋나게 들어오면 역시 어긋나게 나간다"라고 했다. 참으로 힘든 일이다. 이 장에서 케레이트의 케 왕은 죽임을 당하고, 그 아들은 달아났다. 군대는 무너지고, 나라는 패망했으며, 가옥은 파손되었다. 손자와 자식들은 다른 사람의 손에 붙잡혀 목에 칼을 대게 하고서, 다른 이에게 목숨을 구걸하는 것은 참으로 비참한 일이 아닌가! 이처럼 가혹한 일의 뿌리는 어디에서 온 것일까?

그것은 첫째, 자모하를 받아들인 것. 둘째, 옛 신하 안도의 말을 듣지 않은 것. 셋째, 하사르의 집안을 기습한 것. 이 세 가지로 인해 이렇게 빠르게 패망했던 것이다. 독자들은 케레이트가 패망하고, 그 어린 자손들의 고통을 보면서 그들이 가엾게 생각된다면 하사르가 부인과 자식들과 헤어지게 된 것을 또다시 생각하는 것이 옳을 것이다.

불의하게 얻은 것은 한 집안의 가족인데, 어긋나게 나간 것은 한 나라의 산천이요, 나라의 모두가 함께 투항한 것이다. 이것을 보면 불교의 '업보에 의한 인과응보'라는 말과 부합한다. 또 솔롱고는 옛날의 강씨, 손씨, 초선貂蟬, 소군昭君 등의 공로가 있는 부인에 비길 수는 없지만, 고대 자신의 집안을 지키던 삼종지도, 4덕을 갖추었다. 삼종지도, 4덕이라는 것은 집에서 부모의 교훈에 따르고, 시집을 가면 남편의 말을 따르며, 남편이 없으면 자식이 일깨우는 것을 듣는 것, 이것이 삼종지도이다. 아침에 부모님께 안부를 묻고, 겨울에는 따뜻하게 해드리고, 여름철에는 시원하게 해드리는 것. 남편을 공경하는 것. 자신의 속민 자녀들을 돌보고, 어린아이들을 관심 있게 돌보며 키우는 것. 굳은 의지로 자신의 정조를 굳게 지키는 것. 이것을 4가지 덕목이라 이른다.

이를 지키는 자는 미인보다 더 뛰어난 자라 할 수 있다.

그것은 어떤 것인가? 솔롱고가 태조에게 청한 세 가지 부탁 가운데 첫 번째는 부모에게 효를 다하는 것이었다. 두 번째는 자신의 근본을 이어나가는 것이었고, 세 번째는 자신의 몸을 지키는 것이었다. 그렇게 해서 케레이트의 수만 가지 고통에서 벗어나게 하고, 한 나라를 안정시켰다. 이런 지혜로운 여인이 예로부터 오늘날에 이르기까지 몇 명이나 나왔을까? 특히 그녀의 용맹함은 그 후로 또 보이지 않는다. 다만 여자였기에 나라와 부모를 온전히 지키지는 못했다.

그래서 사관인 나는 케 왕이 자모하를 따르게 한 그 장에서 곧 케레이트가 망했다고 강조했고, 또 그다음으로 솔롱고에 대해 오빠보다 뛰어나고, 여인네 가운데 남자라고 했던 것은 이러한 연유에서이다. 또 고대 당명황唐明皇[8]은 동생들과 한 이부자리에 누워 우애를 보여 주었지만, 그의 동생 민왕과 매비梅妃[9] 제수가 작은 진주가 있는 깔개를 밟고, 진주를 뜯어낸 것을 보면 형을 그다지 존중하지 않았던 것을 알 수 있다. 당명황의 동생이 태조의 동생 하사르에 어찌 미칠 수 있겠는가? 하사르는 처자가 케레이드에 붙잡혀 있었기 때문에 손가락을 베어 맹세하고, 자신의 손을 포박하는 계략을 썼다.

그러나 다른 세 동생도 역시 한결같이 피를 낸 것은 그들의 처자가 또 케레이트에 붙잡혀 있었기 때문일까? 그런 것은 아니다. 그것은 모

---

8 당명황(唐明皇, 685~762) 당나라 제6대 황제, 본명은 이융기, 예종의 셋째 아들.

9 당나라 현종(玄宗) 때 사람. 현종의 총희 강채빈을 일컫는 말. 처음에 현종의 사랑을 받았지만 양귀비가 입궁한 뒤 총애를 잃고 안록산의 난 때 죽었다(임종욱, 『중국역대인명사전』, 이회, 2010, 420쪽).

두 태조가 오직 동생을 위해 더러운 물을 마시고, 야생마를 잡아먹었기 때문이며, 많은 이가 태조를 경외했기 때문이다. 특별히 하사르의 처자가 붙잡힌 일 때문만은 아니지 않는가? 놀랍고 탄복할 만한 일은 태조가 동생을 위해 그 더러운 물을 마시고, 그릇 아래 주사로 써 묻어 놓았던 순번의 고기를 먹었다는 것이다. 그런데 태조의 동생이 명황의 동생보다 더 낫지 않다고 말할 수 있겠는가? 태조의 옥체는 명황의 옥체보다 우위이기 때문에 이들 형제와 우의는 고대 형제의 우애보다 더 한 것이라고 했다.

세 아들을 함께 죽게 한 아버지 명황제가 동생들을 그처럼 생각했다는 것을 독자 제위들은 믿을 수 있는가, 없는가? 친자식을 돌보지 않는 아버지가 방해되는 동생들에게 그처럼 우애가 있었다는 것을 누가 믿겠는가? 다만 위선적인 모습일 뿐이다. 친형제에게 거짓된 행동을 했다면 어찌 다른 사람을 귀히 대하는 것을 말하겠는가?

그러니 무엇이 태조의 진정함에 이를 수 있겠는가? 태조가 동생을 위해 자신의 목숨을 내놓은 것은 이번 한 번이 아니다. 케레이트의 솔롱고를 벨구테이에게 데려다주려고 헤를렌 연회에 간 것을 독자 제위들은 잊지 않았을 것이다! 이처럼 친형제가 목숨을 다해 분투하는 것은 말할 것도 없고, 만군이 사력을 다해 분투하지 않는다면 어찌 하겠는가?

제29장

권세와 덕을 지닌 성군 태조는 케레이트와 나이만의 혼사를 정하게 했네 기예와 지혜를 겸비한 모홀리는 완구드, 부드니 두 부족을 투항시켰네

송나라 영종 가태嘉泰 원년, 금나라 장종 태화泰和 원년이었다. 송나라와 금나라가 모두 연호를 바꾸었다. 신유년辛酉年으로, 태조 나이 40세였다. 이해는 상당히 많은 사건이 있었기 때문에 간략하게 기록했다.

부모에게서 잉태하여 태어난 일시日時의 귀함을
권세 있는 태조부터 비로소 중시했네
힘든 고난을 겪는 고아, 과부를 가엾이 여기는 예법이
지혜 있는 성조로부터 오래도록 널리 전해져 오늘에 이르기까지 이를 따르네

신유년 새해 정월 초하루 설날 아침, 태조와 부인의 나이가 40세가 되었다고 하여 베데국 원근의 친지들이 모두 모여 우겔룬 우진 어머니께 절하고, 태조와 부인에게 축하하며 절을 올렸다. 그리고 토로곤 샤르와 모홀리 등이 태조에게 나라에 큰 은혜를 내려 죄인들을 사면해 줄 것과 큰 경축의 예대로 강과 초원에서 잔치를 벌일 것을 고했다.

그러자 태조가 "우리가 마흔 살이 되어 나라의 죄수들을 풀어주자 하는 것은 마땅한 바이나 그 죄인에게 해를 입고, 그들에게 피해를 받은 선량한 일반인들은 억울하지 않겠소? 살인자 이외에 다른 죄인을 풀어주도록 하시오! 살인자들은 사면하지 않았으면 하오. 특히 온 나라가 부부인 우리 두 사람에게 절하며 벌이는 축하연은 어머니 배에서 태어나 제일 먼저 천부와 지모, 해와 달을 보고, 부모를 기쁘게 하며 이름을 얻은 4월 16일 나의 생일을 기다려 행하였으면 하오!"라고 했다.

많은 사람들이 태조의 명을 기쁘게 여기며 절을 올리고 흩어졌다. 우겔룬 우진 어머니는 갑자년생으로 이해 춘추 58세였다. 태조와 부인은 40세가 되었으며, 두 사람은 똑같이 임오생이었다. 둘째 동생 벨구테이는 39세로, 태조보다 한 살 어린 계미생이고, 셋째 동생 하브트 하사르는 38세로, 태조보다 두 살 어린 갑신생이었다. 넷째 동생 오이트 오칙은 36세로, 태조보다 네 살 적었으며 병술생이다. 다섯째 동생 오란 가촉은 34세로, 태조보다 여섯 살이 적은 무자생이고, 첫째 여동생 토나말 타즈는 33세로 태조보다 일곱 살 어린 기축생이다.

태조의 용감한 큰아들 주치는 스물두 살로 경자생이며, 태조가 19세에 얻은 아들이었다. 법에 엄격한 둘째 아들 차가타이는 스무 살로 임인생이며, 태조가 21세에 얻은 아들이다. 유일한 딸인 세칙그렉는 열일곱 살 을미생으로, 태조 나이 24세에 얻었다. 인정 많은 셋째 아들 우게데이는 열여섯 살로 병오생으로, 태조의 나이 스물다섯에 얻었다. 사나운 넷째 아들 톨리는 열다섯 살로 정미생이며, 태조 나이 스물여섯에 얻었다.

장군 보랄은 45세로 무인생이다. 장군 출론은 태조와 동갑이며, 장군 보가르지는 태조보다 한 살 적었고, 계미생으로 39세이었다. 모홀리는 칭기스 칸의 나이보다 일곱 살 적었으며, 기축생으로 33세이었다. 태조의 아들들은 별명이 있는데, 큰아들 주치는 목적한 것을 중도에 포기하지 않는 성질이 있기 때문에 '용맹한조릭그트'이라고 했다. 차가타이는 법에 대해 매우 엄격했기 때문에 '법이 있는차자트'이라고 했다. 우게데이는 늘 풍성히 베풀었기 때문에 '인정 많은우그룩그트'이라고 했다. 그런데 막내인 톨리는 열세 살 때인 어느 날 13마리 길들이지 않은 사나운 말을 마음대로 날뛰게 하다가 모두 토하고 쓰러지게 하자 많은 사람이 크게 놀라 '사나운 톨리 용사'라고 했다. 그의 큰아들 뭉흐, 넷째 아들 쿠빌라이 세첸이 후에 모두 대칸의 자리를 계승했기 때문에 톨리 군주를 예종睿宗으로 추봉했다.

톨리는 스스로 칸의 자리에 앉은 것은 아니었다. 태조가 서거한 그 이태 동안 다른 태조들이 모두 먼 이국에 원정을 나가 나라에 없었기 때문에 톨리가 나라를 안정적으로 다스리고 국사를 해결하며, 형 우게데이를 기다리면서 나라를 지켜 주었다.[1] 형이 돌아왔을 때 형을 재촉해 대칸의 보위에 앉게 했다. 그는 태생이 충직하고, 용맹스러운 타고난 용사였다.

이해 남송의 13대 황제 송영종 조확趙擴은 시운이 좋지 않고, 전란으로 세상이 혼란하다 하여 '경원'이라는 연호를 '가태嘉泰'라고 바꾸었

1 역사적으로 톨리는 1227~1229년까지 임시로 보위에 있었다.

다. 가태 원년이라 했을 때 중원의 금나라 5대[2] 황제 완안경 역시 이전의 '승안'이라는 연호를 '태화泰和'로 바꾸고, 이해를 태화 원년이라 했다. 두 나라 황제가 모두 바뀐 것은 아니다.

한편 베데국에 특별한 일 없이 태평한 시기가 되고, 백성들은 평화로운 나날을 보냈다. 시나브로 기분 좋은 기운이 날로 더해가고, 따뜻한 날이 길어지자 초원의 푸른 풀밭에 말들이 가득히 달렸다. 외진 초원의 기러기가 다시 돌아와 오래지 않아 2월이 지나고, 또 3월이 쏜살같이 흘러 4월이 물밀 듯 다가와 16일 태조의 탄신일이 되자, 헤를렌강, 오논강 두 강의 대초원에 베데국의 백만 명의 사람들이 모두 모여 우겔룬 우진 어머니에게 절하며 축하를 드리고, 태조와 부인에게 40세를 기념하여 탄신일을 경축하며 절을 올렸다. 위에서 상을 내리고 잔치를 베풀자 많은 속국과 부족들이 모두 모여들었다. 100리가 되는 곳의 초원에 장막이 가득했는데, 그 모습은 마치 바닷물결이 일듯이 질서정연했다. 이 축하연과 전체 모임에 1만 필의 말 경주, 1천 명의 씨름, 백 가지 악기와 음악이 초원 가득 울려 퍼졌다. 이 이레 동안의 큰 잔치의 즐거움과 왁자지껄한 흥겨운 소리를 한마디 말로 표현하기가 참으로 쉽지 않다. 한가운데서 태조가 81걸음 거리에 '드넓은 푸른 바다'라는 이름의 사자 장막을 세우자, 멀리서 보면 물결이 이는 바다 가운데 여러 색깔로 장식한 큰 성산이 우뚝 솟아오른 것처럼 높고 불룩하게 보였다.

---

2 역사적으로 보면 완안경 장종(章宗)은 6대 황제이다.

그러한 가운데 사람들이 노래하고, 씨름선수들이 발을 구르며 사자의 위엄을 보이고, 현악기의 리듬에 맞추어 축사를 했다. 또 피리 소리, 북과 징 치는 소리, 활 쏘는 소리, 포성, 둥근 화살촉을 표적에 맞추는 소리 등 모든 것이 흥겨운 소리를 냈다. 10리의 먼 거리에서도 흥겨운 소리와 사람 웃는 소리, 말 우는 소리, 말발굽 소리가 들렸다. 참으로 바다에 물결이 치고, 강물이 솟구치듯 엄청나게 시끌벅적한 소리를 내며 잔치는 그야말로 장관을 이루었다. 모래언덕 위에 흥겨운 축제의 소란스러움에 웃음이 절로 난다.

끝없이 광대한 모래언덕에서 긴 담뱃대 끝을 위로 들어 물고
아무 거리낌 없이 잔치에 찾아와 마유주를 마시시오!
길들이지 않은 어린 말을 타고 있는 힘을 다해 달려가다
천천히 가서 담배를 청하는 것은 얼마나 웃음이 나는 일인가!

한편 '호시절은 빠르게 지나고, 흥겨운 잔치는 빨리 끝난다'라고 하듯 이레 동안의 잔치가 끝이 났다. 오래지 않아 또 모기와 각다귀가 들끓는 뜨거운 여름이 지나고, 솔솔 청명한 바람이 불어오고, 북쪽 지방의 말을 장대로 잡아 길들이는 때가 되었다. 모홀리가 800마리 말 가운데 힘 있는 준마를 선별하고 있을 때 멀리 국경 수비대에서 우리나라에 나이만의 사신이 다가오고 있다고 전했다.

나이만에서 무슨 사신이 온단 말인가? 이에 대해서는 처음부터 좀 자세하게 말할 필요가 있다. 지난해 곡사레와 자모하 등은 케레이트에

서 솔롱고를 데리고 가기 위해 한 발짝 늦게 와서, 자모하가 도리어 톡 그통고 바타르의 군대에 대패하고, 병사들의 중요한 군수품을 모두 빼앗기는 일이 있었다. 그가 나라로 돌아가 상황을 자세히 보고할 때 곡사례는 베데국에 이를 갈며 앙심을 품었다. 계속해서 베데국이 케레이트를 모두 규합하고, 또 타힘강에서 9개로의 병력을 편성하여 준마의 대오로 훈련을 했다는 위세당당한 베데국의 소식을 듣고, 마음이 썩 편치 않았다. 타이얀 칸도 그 소문을 듣고 생각을 하게 되었다. 곡사례는 대장군 홀소브츠와 이에 대해 대책을 치밀하게 논의했다. 다음 날 아침 홀소브츠는 조정에 나가 타이얀 칸 앞에 자모하를 불러 베데국을 이제 어떻게 대적할 것인가를 묻자, 자모하가 비위를 맞추며 또 한 가지 계략을 찾아내 말했다.

"베데국이 우리 북쪽 지역의 크고 작은 75개 부족 가운데 8할을 투항시켰다 해도 그 가운데 흘러나간 자, 도망쳐 간 자, 갈라져 나간 자, 버려진 자가 또 매우 많습니다. 주군께서 소인에게 1천만의 병력을 주시면 자모하 제가 저의 병사들과 연합해 나가서 이들 흩어진 잔병들을 모두 모아 데리고 올 것입니다. 그리하면 베데국을 반드시 섬멸할 수 있습니다. 또 일테시의 마일즈 부족의 토도를 비롯해 다른 힘 있는 부족을 차례로 헤아려 보면 케레이트의 패잔병, 도망병들이 있는데, 이에 대해 듣자니 케레이트족의 엘레라는 자가 이들을 규합해 고르로스 변경에 있다고 합니다. 동쪽 바일라 부족의 수장 호비트 오하, 바얀치르 부족의 수장 보돈, 또 두르워드의 수장 갈조 보호, 타타르부에서 도망쳐 나온 메넉, 또 하타긴 부족의 수장 라호, 살지고드 부족에서 갈라져 나온 수장 마니르, 또 동남쪽의 베두네 부족의 수장 얄고산, 서남쪽의 완구브 부족의 수장 데친호롤, 그리고 나이만국을 통치하는 군주의 형 볼로, 이들 나라의 병사를 모두 모으면 틀림없이 베데국을 제거할 수 있을 것입니다. 이들 작은 부족들이 최근 베데국이 타힘강 지역에서 명성을 떨치고, 9개로의 대군을 조직한 것을 보고 모두 크게 두려워하고 있습니다. 가능하면 칸 주군의 비호를 받으며 위험을 극복하겠다고들 합니다. 이들 나라를 모두 모아들이면 베데국의 20년 동안 거두어들인 모든 길운을 주군께서 얻지 못하리란 법이 어디 있겠습니까?"

타이얀 칸은 비록 자모하가 몇몇 나라를 돌아다니며 헤매고 다닌 것을 혐오스럽게 생각했지만 그래도 나라에 도움이 되는 일을 말하고 있기 때문에 머리를 끄떡이며 그의 말을 받아들였다. 그리고 그에게 1천 병력을 내어주고, 여러 부족들을 모으기 위해 보냈다. 이에 다다통가와 뭉굴즈는 타이얀 칸에게 절을 올리고, 자모하를 협력하는 일에 대해 말렸다.

"주군께서는 그릇되고 간교한 자모하의 말을 들으셔서는 아니 됩니다. 베데국은 테무진까지 25대를 이어온 나라입니다. 다른 나라와 부족들이 모두 베데국에서 갈라져 나왔거늘 어찌 근본이 있는 베데국을 없애 버리고 멸하자 하시는 것입니까? 천하라는 것은 단 한 사람의 세상이 아니기에 우리 자신의 강역을 철통같이 지키고, 넘치는 복에 즐거워하며 행복하게 살아가는 것이 상책입니다. 베데국은 진정 천명을 갖는 나라이기에 세상을 호령하는 것입니다. 우리가 또 선의로 협상하여 인척이 되고, 어느 정도 공물을 바치면 또 한 방향의 지역을 다스리며 평화롭게 살아갈 수 있을 것입니다. 우리 눈앞에 솔롱고스의 보호 차간 칸을 보고 있지 않습니까? 그는 우호적으로 연합하여 이제 어느 정도 귀한 평안을 얻어 평화롭게 지내지 않습니까?

케레이트는 원래 베데국과 우호적으로 잘 지냈는데, 불화를 자초하여 반목하다가 마침내 둥지가 부서지고, 알이 깨져 자손들이 종이 된다는 것을 주군께서는 어찌 모르신단 말씀입니까? 또 베데국의 군주 테무진이 신하와 대신들을 대하는 것을 보면 북방 지역의 몽매한 모양새가 없습니다. 그는 진군할 때마다 공을 세운 모든 사람에게 후한 상을 내리고, 죄를 지은 모든 자를 엄격히 법으로 심판합니다. 이처럼 위엄과 상벌의 분명함이 평범하지 않습니다. 더욱이나 그의 군대를 책임지는 총사령관 모훌리라는 자를 보면 결코 범상하지 않은 군계일학으로 지략이 뛰어나고, 그 모습에 위엄이 서려 있습니다. 주군께서 그가 공격할 때 사용하는 책략을 보시면 모두 귀신도 알 수 없을 만한 그러한 방식을 사용한다는 것을 아실 것입니다. 주군께서는 일찌감치 바른 결정을 하심이 옳을 것입니다. 그저 잘 지내다가 벌집인 베데국을 잘못 공격하면 싸움을 멈추지 못할 뿐만 아니라 몸에 해를 얻고, 또 큰 전란을 겪으면서 나라의 백성들을 재로 만드는 고통에 빠뜨리게 될 것이며, 이는 진정 바람직한 일이 아닐 것입니다.

비록 우리 태자께서 청혼하신 여인을 거두어 갔지만, 베데국의 군주가 이번에 케레이트를 공격하여 케 왕의 시신을 묻어주고, 또 이전에 우리 대장군의 시신을 보내온 것과 태자께서 청혼한 여인의 세 가지 부탁을 들어준 것을 보면 무슨 일이 있어도 소인배의 행동 따위는 하지 않을 자입니다. 케레이트의 친인척을 따라나온 병사들에게서 들어보면 우리 태자께서 청혼하신 솔롱고 공주는 또 스스로 '처음 맺은 인연에서 떼어놓지 말아 달라'고 부탁한 것을 또 허락했다고 합니다. 이제 우리가 예물을 바치고 사신을 보내면 분명 베데국이 약속을 지켜줄 것입니다. 이렇게 하면 두 나라가 자연히 우호적으로 지낼 수 있지 않겠습니까?"

그러자 옆에서 대원수 홀소브츠와 젊은 장수 곡사례가 함께 "그 말은 비록 맞는 말이지만 또 한 가지 곤란한 일이 있습니다. 그것은 베데국의 군주에게는 다른 사람에게 양보하는 듯하다가 상대를 자신의 권력 아래 포섭하려는 한 가지 교묘한 술책이 있다는 것이지요. 그가 처음에는 이러한 것들을 모두 따르다가 나중에 우리 주군에게 투항하라고 하면 그때는 어찌하겠습니까?"라고 했다.

뭉굴즈와 다다통가가 웃으며 말했다.

"베데국의 군주는 다른 사람을 그렇게 괴롭히는 성격의 사람이 아닙니다. 케레이트를 몇 번이나 구하고 죄를 용서하지 않았습니까? 가장 마지막에도 죽일 생각을 하지 않았던 것을 그대들 모두가 듣지 않으셨습니까?"

그러자 곡사례가 "그러면 어찌 공격을 했다는 말입니까? 케 왕의 둘째 아들 토스호에게 케 왕의 자리를 잇게 하면 그때 비로소 그가 정말 좋은 군주라는 것을 믿을 것입니다"라고 했다.

다다통가가 웃으며 "어떻게 그를 왕위에 오르게 하지 않을 거라는 걸 알 수 있습니까?"라고 하자, 홀소브츠가 그 말을 받아 "나중에 추대할 것을 대신께서는 또 어찌 그리 분명히 아신단 말씀입니까? 대신께서는 다만 세월을 보내면서 불 위에 쌓아놓은 풀 위에 누워 잠시 일시적인 평안을 찾는 것을 생각하고 계시는 것 같습니다"라고 하자 뭉굴즈와 다다통가가 길게 한숨을 내쉬었다.

"대신께서는 풀 아래 불이 있다는 것은 아시지만 불을 타오르게 하여 바람을 부른다는 것을 어찌 모르십니까? 젖은 푸른 풀로 불을 누르면, 불은 도리어 완전히 꺼진다는 사실을 어찌 깨닫지 못하십니까?"

이렇듯 문무 대신들이 서로 입씨름을 하며 서 있자 타이얀 칸은 양측을 비난하지 않고 말하기를 "모두가 우리의 조정을 위해 하시는 말씀인 줄 아오. 그렇지만 우리나라에 병사와 백성이 많으면 좋지 않겠소? 나쁠 것이 없기에 자모하에게 흩어진 여러 신하와 부족들을 모아오도록 보낸 것인데, 이에 무슨 문제가 있겠소? 그가 사람들을 모아 온 후 베데국과 싸우지 않으면 되지 않겠소? 자모하가 간다고 하니 가라고 하고, 아들의 혼사는 뭉굴즈와 다다통가 두 사람이 작은 주인과 상의하여 합당한지를 살펴보고 사람을 보내 논의하도록 하시오"라고 했다.

타이얀 칸이 단호히 결정해 명하자 금 종과 옥 바라가 울리고, 여러 악기가 연주되는 가운데 칸은 내궁으로 들어갔다. 한편 알탄샤는 크게 기뻐하며 뭉굴즈와 다다통가와 상의하고, 또 이데르 도보의 지게라는 한 신하를 함께 합세시켜 주고, 100여 명의 기병을 데리고 베데국에 가도록 했다. 그리고 금은보화와 채단, 순은 등 귀한 예물을 주어 베데국과 우호적으로 인척을 맺자고 청하러 보낼 때 충직한 이데르 도보는 죽고 사는 것을 괘념치 않고 크게 기뻐했다. 그는 큇대를 세워 어린아

이처럼 길을 재촉해 베데국의 변경에 들어가 수비병에게 자신이 온 연유를 말한 뒤 함께 보르한 갈돈에 이르러, 먼저 총사령관의 장막에 가서 보고하자 모홀리가 기쁜 낯으로 응대했다.

"한 여인으로 나라의 인심을 사서 연합하게 하는 것은 우리나라에 적지 않은 이익이 되오."

그리고 태조에게 가서 사신이 온 연유를 고하자, 태조가 말하기를 "내가 원래 솔롱고의 세 가지 부탁을 들어준다고 했소. 그렇지만 총사령관께서는 나라를 위해 자신의 힘을 바친 벨구테이 아우에게 다시 한 번 물어보고 결정하기 바라오!"라고 했다.

그러자 모홀리가 고했다.

"주군의 아우 벨구테이 역시 주군 형님의 사직을 위해 본래 생각하는 바가 깊고, 분명 그에게 맞는 다른 여인이 있을 것입니다. 만약 특별히 아름다운 여인을 취하고자 한다면 우리나라의 9개로의 수많은 신하와 백만 백성들 가운데 솔롱고처럼 아름다운 처자를 어찌 찾지 못하겠습니까? 그가 원하는 대로 선택하게 하여 취하게 하면 될 것입니다. 이제 신이 가서 다시 한번 물어보고, 그의 본심을 타진해 보겠습니다."

모홀리가 태조 곁에서 물러 나와 벨구테이에게 이러한 사정을 모두 이야기하자 벨구테이가 크게 기뻐했다.

"우리 주군 형님께서 솔롱고를 데리고 올 때 내가 그녀의 소원을 듣고, 그녀의 생각을 알았습니다. 그래서 '주군 형님의 자비와 의로움을 많은 이가 우러르기를 바란다'며 우리가 함께 들어가 청하지 않았습니까? 그때부터 나는 곧 그녀를 배우자로 맞고자 하는 생각을 버렸습니다. 이제 주군 형님께서 또 아홉 군단의 나라에서 여인을 택해 취하라고 하시는 것도 동생인 내게 너무 과도하게 은혜를 베푸시는 것입니다. 이제 나는 나이가 중년에 이르렀고, 미색을 탐하는 것에서 상당히 멀어졌습니다. 내가 아름다운 배필을 취하는 것이 무슨 이득이 되겠습니까? 베데국의 대업을 이루는 것으로 족합니다. 주군의 나라가 평안할 때 어떤 배필이 없겠습니까? 우리 주군의 나라가 막 세워져 많은 이의 마음을 규합하는 때에 내가 아홉 군단의 많은 이 가운데서 여인을 택할 것이라고 하면 많은 사람의 인심을 잃고, 나라에 해가 되는 것 외에 무슨 득이 되겠습니까?"

모훌리는 벨구테이의 말을 듣고 크게 기뻐하며 진심으로 깊은 예를 표하고, 곧 벨구테이와 함께 태조 곁으로 가서 이러한 사정을 고하자, 태조가 말할 수 없이 기뻐하며 벨구테이를 칭찬했다.

> 보르지기드의 지혜와 선조의 기예를 물려받은
> 보르지기드 씨족 키야드 종족에 빛을 비추고
> 그릇된 여색을 이기지 못해 현혹되지 않은
> 지략과 용맹함을 겸비한 나의 아우여!

태조는 동생 벨구테이를 위해 잔치를 베풀고 후한 상을 내렸다.

"아름다운 여색은 눈을 즐겁게 하지만 원기를 해치게 하고, 술은 입에 맛이 있지만 생명을 해치게 하는 법. 벨구테이 나의 아우는 이것을 알았던 것이오."

그리고 연이어 "이미 아우의 깊은 뜻이 그러하다면 이제 곧 직접 가서 혼사를 위해 온 나이만국의 일을 케레이트의 신하 안도, 폴고다이, 호라가, 아소리 등과 상의하고, 솔롱고에게 그 의사를 물어보게 하라. 그렇게 하면 그들은 나의 은혜만을 신봉하지 않고, 벨구테이 너의 지성도 생각할 것이니, 우리 형제의 의로운 이름이 널리 퍼지게 될 것이다"라고 하자 벨구테이가 기쁨을 감추지 못했다.

곧 주군의 은혜에 절하고 나와 솔롱고가 묵고 있는 토호이트 호수의 처소에 가서 안도, 호라가, 아소리, 폴고다이, 갈바, 올론호, 고르기 등을 모이게 하여, 태조의 지시를 모두에게 일러 주었다. 그러자 케레이트의 신하들은 눈물을 흘리며 태조와 벨구테이, 모홀리 등의 은혜에 깊은 존숭의 예를 갖추고 절하고, 기뻐하며 웃었다. 솔롱고 공주와 토스호, 그리고 나란 토야 부인이 주군에게 이 일을 고하고, 상의하기 위해 들어갔다. 사관은 이 글을 쓰다가 여기에 이르러 깜짝 놀라 한 수의 시를 적었다.

한 나라의 천자에게는
한 나라의 신하가 있고
신비한 복을 지닌 자에게는
신비한 복을 지닌 아우가 있네
눈물을 흘리는 솔롱고에게는
눈물짓는 마음이 있고

물러섬 없이 찾고 구하는 자에게는

불굴의 충신이 있네!

한편 솔롱고는 지난해 이미 나라가 패망하고, 집안이 무너지고, 병사들은 패하고, 자신은 붙잡혀 베데국에 온 이래로 비록 태조의 은혜를 입어 200가호의 속민들이 돌아가면서 일을 도와주어 편안하게 지내고 있었지만, 어찌 자신의 케레이트국의 많은 신하 위에 지혜로운 공주라는 고귀함과 행복이 있겠는가! 아, 자신의 지역에 있을 때 얼룩 측대말을 걷게 하여 야생동물을 사냥하고, 호수에 물고기 망을 던지며 놀고, 초원의 기러기를 쏘며 내기를 할 그때 얼마나 평안하고 즐거웠던가!

오래지 않아 또 일 년이 지나고, 뜨거운 여름이 그냥저냥 흘러갔다. 또 지내고 있다가 또 가을이 되자 가엾은 솔롱고는 모든 시녀를 대동하고, 보르한 갈돈의 동남쪽에 있는 자신의 처소 북쪽에 있는 맑디맑은 토호이트 호숫가에 멈추어 서서 주변을 둘러보았다. 그때 또 차가운 이슬이 일찍 얼어 푸른 풀에 잔솜털 같은 모양으로 빛을 내고 있었다. 북쪽에서 부드러운 가을바람이 솔솔 불어오고, 고니와 기러기가 쌍으로 쌍으로 연이어 대열을 이루며 동남쪽으로 날아가 물가에 모여들고, 새끼 기러기가 걱정스레 주위를 맴도는 모습을 하고 있을 때, 갑자기 창공의 푸른 호숫가를 날아가는 한 마리 새끼가 기러기 떼에서 멀어져 홀로 텅 빈 하늘을 맴돌며 길을 잃고 소리 내 슬피 울며 날아갔다. 솔롱고는 걱정스럽게 그 장면을 바라보며 가엾이 여길 때 그 기러기 새끼가 부모에게서 떨어져 슬퍼하고 있는 것이 마치 자신의 처지와 같았기 때문에 갑자기 배가 뒤틀리듯 아프고, 가슴이 저릿해 왔다. 여린 마음이 처연해짐을 느끼며 코를 훌쩍였다. 자기도 모르게 줄이 끊어진 진주처럼 눈물이 뺨을 타고 굴러 내리며 델의 옷가슴을 적셨다.

그때 솔롱고는 마음속으로 생각하기를 '내가 이제 이미 다른 이의 손아귀에 들어갔다. 비록 벨구테이가 나를 취하겠다고 말하지는 않았지만, 이제 다른 사람에게 예속되어 다른 사람의 뜻에 따라 지내야 하기에 언제 변화가 일어날지 기약할 수 없고, 또 나이만의 알탄샤를 만날 가능성은 하늘보다 멀어졌는데, 이생에서 어찌 다시 만날 수 있을까?'라고 하며 가슴이 만 개 화살촉으로 찔리듯 아파 왔다.

가을바람에 슬픔이 더하고, 출렁이는 호숫물 같은 눈물이 계속 흘러내릴 때 케레이트의 젊고 나이든 시종을 불문하고 모두 고향을 그리워하며, 호수에 물을 더하듯 흐느껴 울었다. 솔롱고는 가슴을 어루만지며 마음속 가득 고인 상념을 작은 소리로 신음하듯 읊조렸다.

케레이트국의 연약한 여인인 나는
초원의 기러기 떼 가운데 버려지고 길을 잃은
새끼 기러기 같구나
너무도 사랑하는 케 왕 나의 아버님은 어디로 가셨단 말인가?
아무리 보아도 눈에 보이지 않네!
즐거웠던 케레이트 고국산천은 어디에 있단 말인가?
간절히 바라고 보아도 눈에 보이지 않네!

내 나이 스물이 지나, 타인의 땅에 묶여 지내게 되었네

아, 누가 가엾은 나를 돌아볼까!

솔롱고가 목이 메여 울자 여러 시종들 모두가 그녀의 읊조림에 참을 수 없이 목놓아 울기 시작했다. 사관인 내가 글을 쓰다가 여기에 이르러 솔롱고에 대해 참으로 가슴이 아파 몇 자 시를 적는다.

우박 만난 새들이 떼 하게 하는구나, 아!

이렇듯 출렁이는 호숫가에서 솔롱고를 비롯해 모두가 울고 있을 때 뒤에서 폴고다이의 아내 오란호가 웃으면서 와서 이들이 우는 것을 보고 웃었다.

"아, 공주님께서 어찌 이같이 상심하시어 아름다운 옥체를 상하게 하십니까? 지금 남쪽 나이만국의 사신이 와서 이곳 군주에게 아가씨의 혼사를 청했다고 합니다. 주군께서 크나큰 자비를 베푸시어 원래 이르신 말씀대로 공주님을 나이만의 알탄샤에게 시집 보내기로 하고, 동생 벨구테이를 중매자로 삼아 의사를 묻기 위해 보냈습니다. 안도 어르신과 호라가 아형, 저희 남편이 와서 공주님의 의사를 밝히시기를 기다리고 있다고 고하라 하셨습니다!"

그 말을 들은 솔롱고는 곧 정신을 차리고, 마음이 가벼워져 기뻐하면서도 "꿈인가, 생시인가?" 하고 반신반의했다. 그래도 낯빛에 기뻐하는 표정을 숨기지 못했다. 천천히 눈물을 닦고 시종들을 데리고 돌

아오니, 계모인 나란 토야 부인이 입술을 다물지 못하고 마음대로 지껄이며 즐거이 웃고 있었다. 이 일의 시종을 딸에게 모두 이야기하자, 솔롱고는 길게 한숨을 내쉬었다.

"이 일은 부왕이 살아계실 때 이미 정한 것인데, 또다시 안도, 폴고다이 등이 나이만의 예물을 받은 거예요. 비록 그렇다 해도 이곳 군주께서 미천한 저에게 예전에 말씀하신 대로 저를 양녀로 여기시고, 소녀인 저를 자식처럼 여기시어 이처럼 큰 은혜를 베푸신 것이니 그 명을 따를 것입니다. 다른 무슨 고할 말씀이 있겠어요? 다만 이 가운데 자애로우신 주군 모르게 다른 이가 일을 거짓되이 만들어, 일이 잘못되게 하는 악한 죄를 범하지 않기를 바랄 뿐입니다. 동생 토스호를 보내어 주군의 후한 은혜와 의로우신 자애로움에 감사의 절을 올리게 하고, 또 가셔서 살펴 주신 총사령관의 은혜에 감사하세요. 그렇게 하면 그 가운데 다른 나쁜 일이 생기지 않을 거예요!"

그러자 나이 든 안도가 고했다.

"아가씨 이 일에 대해 의심하거나 주저하지 마십시오. 나이만국의 중매자 이데르 도보가 앞장서서 왔습니다!"

그러자 솔롱고가 부끄러워하며, 미소 짓고 고개를 끄덕였다. 그때 벨구테이가 토스호와 여러 신하를 데리고 왔다. 태조에게 절한 뒤 결정한 사항을 자세히 고하고, 사신들에게 태조의 후한 은혜에 절하게 했다. 태조는 나이만국에서 보내온 금과 옥, 진주 등의 보화와 비단, 가축 등의 후한 예물을 털끝만치도 건드리지 않고, 사신 이데르 도보에게 돌려보내 예물을 모두 케레이트의 토스호, 안도, 호라가, 아소리,

폴고다이 등에게 나누어주게 했다. 케레이트의 토스호에게 약혼 예물을 주며 혼인 예물로 삼으라고 했다. 이에 나이만과 케레이트 두 나라의 많은 사람들이 울며 탄복하고, 노래하는 소리가 종과 북이 울려 퍼지듯 했다.

한편 하브트 하사르, 부호 벨구테이 두 사람은 토스호를 데리고 수석 사돈이 되고, 알호와 수호 두 사람은 안도, 호라가 등을 데리고 사돈 신하가 되어 모두 함께 나이만의 사신을 인도해 들여 케레이트 화덕의 불을 제의케 했다. 비계를 불에 올리고, 제단에 사찰을 올렸다. 향과 불등佛燈을 켜고 비로소 케 왕의 부인 나란 토야에게 절하게 했다. 술과 고기 위치를 정하고, 약혼 예물을 놓게 하고, 큰 잔치를 벌였다. 세첸 주순 부인을 대신해 하사르의 부인과 보좌하는 홍고르 졸에게 명해 손님을 맞이하도록 보내고, 그밖에 몇천 명의 사람들이 토호이트 호수의 토스트 초원에 가득 모였다. 풍성한 잔치를 베풀어 알호, 수호, 안도 호라가 등의 나이만 신하 사돈과 이데르 도보, 지게 등을 대접하고 후한 선물을 주어 보냈다.

한편 이데르 도보와 지게는 생각한 것보다 일이 더 잘 되어 체면을 세우게 된 것을 기뻐하며 나이만국에 돌아와 알탄샤에게 뜻했던 일이 잘 이루어진 것을 고하자, 알탄샤와 다다통가, 뭉굴즈 등이 크게 기뻐했다. 다만 대장군 홀소브츠와 젊은 곡사레 등은 달가워하지 않았다.

그 사이 나이만국에 또 한 가지 사건이 생겨, 베데국과 전투를 벌이지 않으면 안 되는 상황에 직면하게 되었다. 그것이 무엇일까? 그것은 태조의 가까운 친척이자 숙부인 사인 부호 칸이 금나라 만리장성의 장

가구 밖 중원의 산서성에서 가까운 대동大同이라는 지역 일대에 시를 건설하고, 자칭 칸이라 하며 몇백만 명을 다스리고 있었다. 그는 자신의 작은딸을 오리안한 젤메에게 내어주고, 또 작은아들 잠발을 옛 베데국의 군주를 보필하도록 하고, 금나라 땅에서 장사를 하게 할 때 모두 그를 보내곤 했다. 사인 부호 칸은 한인들의 국경 가까이에서 지냈기 때문에 금나라에 괴롭힘을 당하는 것을 두려워하여 본국에 아들 한 명을 지내게 하고, 금나라가 공격하면 병사를 징집할 것을 대비했다.

지난해 태조가 동쪽 솔롱고스국을 정벌하러 갈 때, 나이만의 타이얀칸이 병사를 일으켜 침범해 올까 염려하여 곧 사인 부호 칸에게 사람을 보내, 나이만이 북방에서 공격해 올 거라는 소문을 내게 해 의심을 사게 했기 때문에 나이만과 원수가 되었다. 이로 인해 오늘에 이르러 나이만국의 대장군 홀소브트가 서하의 양주시에 병력을 지원하기 위해 갔다가 돌아올 때 사인 부호 칸의 5만 필 말을 뒤쫓아 약탈해 가지고 몰고 왔다. 그리고 쫓아왔던 사인 부호 칸의 친족들을 모조리 죽이자, 사인 부호 칸은 자신의 병사들을 징집하는 한편 태조에게 원수를 갚아 달라고 도움을 요청해 공격하게 했다.

이것을 멀리 있던 나이만의 정탐꾼이 벌써 와서 고하자, 대장군 홀소브츠가 조정에 나가 칸과 상의했다.

"서부의 왕구브라는 부족의 수장은 알락 우스인데, 이름은 데친호톨로 원래 옛 요나라 대장군이었습니다. 지금은 산을 차지하여 시를 축조하고, 강을 파서 해자를 만들어 성을 짓고, 바위를 부수어 관문을 만들고, 골짜기로 문을 만들고, 곡식을 모으고, 말과 무기를 준비해 용맹하고 우수한 병력 3만을 먹이고 있다고 합니다. 초원 한가운데 넓디넓은 농지에서 큰 수확을 하고, 궁을 정교하게 짓고, 화려한 옥과 진주로 장식하여 매우 행복하게 지냅니다. 그자는 상당한 능력과 힘이 있으니, 주군께서 그에게 사신을 보내 우리 둘째 태자 뭉군 톨리에게 그들 딸을 청해 혼약을 맺고, 서로 우호적으로 지내면서 협력하여 베데국의 군주 테무진과 대동부大同府의 사인 부흐 칸을 맞아 싸우는 것이 어떠하겠습니까?"

그러자 타이얀 칸이 그의 제안을 옳게 여겨 곧 훌소브츠와 곡사례를 그 지역으로 보내 후한 예물을 올리게 했다. 그렇게 해서 두 장수는 동료를 데리고 왕구브 부족에 이르러 데친호롤에게 절하고, 그의 돈마라는 이름의 딸을 자기 나라의 둘째 태자 뭉군 톨리와 혼인시키고, 양가가 인척 관계를 맺어 베데국을 공격하자는 계략을 자세히 말하자, 데친호롤이 위를 보고 수염을 쓸어내리며 길게 한숨을 내쉬었다.

"베데국의 군주 테무진이란 자는 원래 황족으로, 그의 타고난 용모가 비범하여 사자 같은 앞가슴과 용의 눈, 호랑이 가슴을 하고 있으며, 걸음걸이는 기러기가 걷는 것 같고, 몸에서 뿜어내는 위엄이 넘치는 빛은 열 길 너머에 비쳐 사람을 두렵게 하는 천자의 상을 지녔소. 하는 일은 공명정대하고, 마음은 자비롭고 의로우며, 성격은 용맹하고, 하는 말은 매우 신뢰할 만합니다. 오환의 북쪽에서 사람들의 인심을 크게 얻고, 자신이 입은 옷을 다른 사람에게 벗어주고, 탔던 말에서 내려 다른 사람에게 타게 하는 등 그 명성이 금나라를 넘어 남송에까지 널리 알려져 두려움에 떨지 않는 나라가 없어요. 훗날 그는 분명 천하를 다스릴 위대한 칸이 될 것이오.

또 그의 신하 가운데 총사령관 모홀리라는 자를 비롯해 그의 네 아우와 여섯 대신과 9경 등 많은 신하가 모두 차례로 천상의 별자리 행성들이 모여 태어난 존재들로 지략과 지성을 함께 갖춘 자들입니다. 또 그의 9개로의 15만 병사의 움직임은 매우 기민하고, 그들의 민첩함은 사자와 금시조와 같이 빨라 그들과 겨루기가 어렵습니다. 그러니 그와 연합하여 화합하는 것이 최선의 방책이오. 나는 테무진이 타힘강에서 9개로의 군단을 조직한 것을 놀라서 보니, 9개로의 병사들이 변화무쌍하게 대오를 이루는 기술은 귀신도 필적할 수 없고, 불과 바람처럼 빨랐소. 내가 어려서부터 남송에서부터 차례로 금나라, 서하, 우리 자신의 옛 요나라와 서역, 서강, 거란, 위구르 등 많은 나라를 모두 돌아보았지만, 이러한 용병술을 사용하는 나라는 찾아보지 못했소.

귀 대국이 만약 나와 인척 관계를 맺고자 한다면 베데국과 우호적으로 지내 훗날의 어려움을 제거하세요. 그러면 기꺼이 인척 관계를 맺겠소. 만약 그들과 싸우기 위해 나와 인척 관계를 맺으려고 하신다면 저는 제 딸을 내어드릴 수가 없습니다. 만약 내가 딸을 내어준다면, 그것이 도리어 당신들께 해를 끼치는 일이 될 것이오. 사신께서는 이를 잘 알지 못할 것입니다. 이는 천지의 기운과 예조로 모두 알 수 있소이다.

남송에 소강절邵康節이라는 자가 낙양의 천진교에 와서 두견새 소리를 듣고, 자신의 송나라에 난리가 일어나 국운이 쇠해질 것과 불의 기운이 북쪽으로 가는 것을 알고, 세상에 큰 혼란이 일어날 것을 알았다고 하는데, 금나라가 등장해 송나라가 남쪽으로 달아났지요. 이제 소문만 듣고도 배반할 것이며, 북방의 수 기운이 발달하고 남쪽에서 음기가 생겨날 것이오. 송나라와 금나라 쪽에 흉조가 계속해서 따르고, 북방 지역은 오히려 여러 가지 좋은 징조가 드러나 남송의 순희 10년, 또 금나라 대정 6년 4월 16일 오시부터 시작해 북방에서 흰빛이 떠오르고, 그 빛이 사흘 동안 하늘에 닿았으며, 사흘 밤낮으로 퍼쳐 태양에도 비쳐 보였지요. 그것에 대해 내가 남송의 변경에 있었기 때문에 얻어들었는데, 그해 사천대에서는 무지개가 남송과 금나라에 모두 좋지 않다고 말했소. 후에 내가 이곳에 오니 그해 베데국의 군주 테무진이 태어날 때 그가 태어난 델룬 볼독 산에서 무지개가 나타났다고 한 때와 내가 기록한 연월일시가 일치했소.

사실 북방 지역의 사람들이 모두 말하는 바에 의하면 베데국의 군주를 그의 어머니 우겔룬 우진이 잉태한 것은 하늘의 흰 빛이 몸을 덮었기 때문이라고 하오. 그는 분명 천자라고들 합니다. 고대 여러 기사가 적힌 문헌을 보면, 나라의 개국 군주와 처음 사직을 연 황제들은 대개 그런 한 가지 기이한 행적이 있소. 특히 작금의 테무진의 행적을 보면 염치를 모르는 모래언덕에서 태어났지만 행하는 바가 이 남쪽 예의지국의 칸들보다 더 뛰어났소. 이것은 그가 천성적으로 사대오상四大五常을 갖추고 있음을 말해주지요.

그렇게 해서 내가 북방으로 이동해 오면서 이제 테무진과 후호적으로 지내는 것을 추구하지 않을 수 없는 상황에 놓여 있는데, 어찌 그와 반목하면서 공격하여, 애써 괴로움을 불러오게 하겠소? 옛말에 '순천자順天者는 창대할 것이로되, 역천자逆天者는 망할 것'이라고 했소. 나는 무슨 일이 있어도 하늘을 거역하여 때를 거스르는 말은 하지 않을 것이오. 귀하신 사신께서는 이에 진노하지 마시기 바라오. 나의 이 말은 실제 상당히 도움이 될 것이며, 큰 공이 될 말일 것입니다. 돌아가시면 대칸께 이러한 사정을 잘 설명하시어, 귀 대국이 고통과 재난에서 벗어나기를 바라오."

데친호롤은 사신을 지극히 존중해 잘 대접하고 말하기를, "칸께서 베데국과 싸우지 않는다면, 내 못난 딸을 귀 대국에 주어 인척 관계를 맺는 것이 바로 내가 바라는 바요"라고 하고 후한 예물을 받지 않고, 대신 준마를 선물로 주어 돌려보냈다.

그리고 나이만이 공격해 오는 것을 경계하면서, 산의 협곡과 국경 관문을 잘 지키게 하고, 정병을 준비했다. 한편 남방의 나라와 자기 지역의 정교하고 부드러운 값비싼 물건과 곡식으로 증류한 청주를 여섯 대 쇠수레에 싣고, 100명의 기병을 이끌고 베데국으로 갈 것이라고 하며 길을 나섰다. 그때 나이만에서는 또 서한을 전하기 위해 호브락이라는 사신을 보냈다. 서한을 보니 전투로 겁을 주는 등의 내용이었기 때문에 데친호롤은 어이가 없어 웃었다.

"뜨거운 여름에 태어난 벌레에게 겨울의 차가운 얼음에 대해 말해 주어도 알지 못하는 것을 어찌하겠는가!"라고 하며 나이만의 사신 호브락의 두 팔을 포박하게 했다.

그리고 베데국을 향해 가면서 먼저 사람을 보내 국경 수비대에 전하게 하고, 계속해서 길을 가 보르한 갈돈에 이르자 모홀리가 먼저 칸의 인척인 젤메를 보내 그를 맞이하게 했다. 자신은 진영 밖에서 별들이 모인 것처럼 많은 사람을 데리고 그를 맞아 절했다. 서로 매우 즐거워하며 말의 먼지를 털고, 잔치를 베풀었다. 그가 온 연유를 자세히 듣고는 밤에 태조에게 절하고 연유를 고하게 했다.

다음 날 데친호롤을 먼저 궁에 들어가도록 했다. 데친호롤이 태조를 보자마자 진심으로 경외하는 마음이 우러나 태조에게 절을 올렸다. 그리고 나이만국의 일을 자세히 고하고, 나이만의 사신을 비롯해 자신이 가져온 질 좋은 물건과 여섯 대 수레에 실어 온 술을 바쳤다. 그러자 태조가 칭찬하며 곧 자리를 내어 주어 잔치를 베풀고, 네 명의 장군과 여섯 대신에게 그를 대접하게 했다. 나이만이 별문제 없이 지내다가 공연히 침범하려는 것을 이야기하자 태조가 한숨을 내쉬며 말했다.

"우리가 다른 나라를 공격하지 않는 것은 매우 쉬운 일이오. 다만 다른 나라에서 우리를 공격해 오는 것에 대적하지 않는 것은 참으로 어려운 일입니다. 나이만이 우리나라를 여러 번 괴롭혔지만 우리는 그 나라를 이웃 나라라 여기고 우호의 정을 남겨, 한 번도 죄를 물을 군대를 조직하지 않았소. 그뿐 아니라 그의 아들이 케레이트의 케 왕의 딸을 아내로 청한다고 할 때도 우리는 그에게 털끝만치도 예물을 받지 않고 돌려주었소. 그런데 인간의 도리를 알지 못하고 이처럼 우리를 공격하려는 것은 대체 무슨 일입니까? 아무 일 없이 우호적으로 평화롭게 지내다가 두 나라의 많은 신하와 나라를 재로 만들면서 서로 괴롭히고, 싸움을 일으키려는 나이만의 타이얀 칸은 어찌 늙어가면서 그런 아이 같은 태도를 갖게 된 것일까요!"

태조는 데첸호롤의 마음에 신뢰를 더하게 하고, 그가 의심을 품지 않고 계속 믿음을 갖게 하려는 생각에 그가 가져온 술을 세 잔 마셨다.

"술이라는 것은 조금 마시면 상당히 즐거움을 줍니다. 그러나 계속 지나치게 마시면 생각과 말을 혼란케 하지요."

그러자 태조의 그 말을 오요트 세첸이 단사 펜으로 청사에 기록했다. 태조는 데친호롤을 향해 "귀 지역에는 모두 농사를 짓기 때문에 가축들이 적다고 하죠?"라고 물으며 그에게 100필의 양마良馬와 300마리 소, 1천 마리 양을 상으로 하사하고, 사흘 동안 잔치를 벌여 대접했다. 그리고 나이만을 공격할 계책을 논의하고 결정했다. 데친호롤은 태조의 탁월한 지식과 놀라운 위엄, 풍성히 베푸는 은혜에 탄복하며 절했다. 그는 눈물을 흘리며 깊은 존숭의 예를 갖추고 헤어져, 자신의 일에 큰 수확이 있었음을 기뻐하며 자기 지역으로 돌아갔다. 도중에 나이만의 공격을 경계하며 갔다.

한편 나이만의 두 번째 사신 호브락을 따라갔던 수행원이 자신의 주인이 붙잡힌 것을 고하자 타이얀 칸이 크게 분노했다.

"수다스럽기 이를 데 없는 얼룩 털의 짐승. 스스로 죽음을 자초하는 데친호롤 종놈이 감히 두려움도 없이 이 같은 강도 짓거리를 한단 말이냐? 그놈을 없애 버리지 않으면 아니 될 것이다!"

이렇듯 부왕이 화를 내는 것을 알탄샤가 듣고, 두 차례의 일에 대해 전혀 알지 못했기 때문에 두 번에 걸쳐 사신을 따라간 수행원을 불러와 데친호롤의 말을 모두 묻고 상황을 알게 되었다. 그러자 알탄샤는 "데친호롤의 말이 맞다"라고 하며 편안한 때에 부왕에게 가서 몇 번을 설득하고 일을 저지했다.

타이얀 칸은 "네가 베데국 그곳에 혼인할 여인이 있기에 그렇게 말하는 것이냐!"라고 했다. 하루는 타이얀 칸이 신하와 연회를 벌이면서 온갖 종류의 화분을 나란히 놓게 하고, 화분마다 옆에 또 검은 갈색의 못생긴 병사를 세우고 아들에게 웃으며 물었다.

"이 병사와 꽃 중 어느 것이 귀하다고 생각하느냐?"

그러자 알탄샤가 부왕의 생각을 이미 알고 정성껏 고했다.

"사람이 귀합니다."

알탄샤는 크게 부끄러워하며 급히 무릎을 꿇었다.

"아버님께서 어찌 그렇게 물으십니까?"

타이얀 칸이 한숨을 내쉬었다.

"작은 여인의 미색 때문에 뿌리 깊은 자신의 나라를 나 몰라라 해서는 아니 되느니라!"

그러자 알탄샤가 어쩌지 못하고 말문이 막혀 자기 궁으로 돌아갔다. 사관은 이렇게 시 한 수를 읊는다.

때를 잃으면 비할 데 없는 고통을 겪고
진실을 거스르면 오래도록 괴로워하네
비록 자식이 자신의 몸에서 태어났어도
서로 식견이 다른 것을 어이하리!

타이얀 칸은 의연하고 용맹무쌍한 용사였기 때문에 베데국이 조만간 자신의 나라를 모두 거두어 갈 것이라고 생각하며 공격할 마음을 굳혔다. 그때 동남쪽에 있는 옛 요나라의 신하로 지내던 얄고산이라는 자가 동부의 베두네라는 한 부족을 다스리고 있었다. 그는 몇만 명의 병사를 매우 치밀하고 견실하게 지휘하며 나라를 강성하게 하여 평화롭게 지내고 있었다. 타이얀 칸은 그의 맏아들 하진샤르에게 자신의 막내딸인 하스토야 공주를 주어 혼인을 맺고, 백방에 자칭 칸이라고 이르는 베데국의 테무진을 공격해 없애 버리겠다고 마음먹었다.

"한 하늘에 두 개 태양이 없는데, 어찌 세상에 두 명의 칸이 있을 수 있겠는가!"

이렇게 생각한 타이얀 칸은 대장군 홀소브치에게 후한 예물을 주어 보냈다. 한편 왕구브 부족의 수장 데친호롤의 큰아들은 금나라의 승상 완안양에게서 시마얀보라는 이름을 얻었는데, 그때 마침 베두네 부족의 수장 얄고산의 아들 하진샤르와 의형제를 맺고 그곳에 있었다.

얄고산은 그에게 나이만의 정황을 자세히 들었기 때문에 서둘러 나이만의 사신 홀소브츠를 멀리서 영접하게 했다. 그리고 그에게 절하며 그들의 의사를 받아들이고, 그 명을 모두 기쁘게 따랐다. 또 큰 잔치를 베풀어 사신을 융숭히 대접하고, 오래지 않아 여러 사람을 데리고 가 투항하겠다며 풍성한 예물을 주어 떠나 보냈다. 그리고 자신의 나라에도 나이만국에 투항했다고 선포하고, 서둘러 남방의 피륙과 비단 열 바리, 질 좋은 쇠 5만 근을 싣게 하여, 금나라 상인으로 꾸미고 베데국의 태조에게 와서 절하고 투항했다.

그러자 모홀리 등 대신들이 크게 기뻐하며 왕구브 부족의 데친호롤을 대접한 예대로 그를 존숭하여 잔치를 베풀고 큰 상을 내렸다. 모홀리가 그에게 일러 말했다.

"그대의 이러한 행보는 데친호롤의 방식보다 더 적절하오. 그대는 이들 선물을 먼저 타이얀 칸에게 보내어 투항하시오. 우리가 그들을 공격할 때 그대는 즉시 한몫을 해 주시오. 우리가 상으로 내린 말과 가축을 그대는 도중에 즉시 빼앗아 얻었다고 소문을 내시오!"

이렇게 자세한 계략을 정한 후 맹약하고, 길을 떠나게 했다. 그리고 뒤따라 한 갈래의 병사를 일부러 추격하게 하고, 그 일행 주변에 이르러 더 추격하지 않고 돌아갔다고 소문을 냈다. 이로 인해 가엾은 솔롱고의 혼사가 또 지체되었다. 며칠이 되지 않아 베두네 부족의 얄고산은 병사와 백성을 등록한 장부를 베데국에 몰래 보내왔다. 모홀리가 크게 기뻐하며 사신에게 후한 상을 주어 돌려보냈다. 그때 정탐꾼이 와서 고하기를 "나이만에서 자모하를 보내 여러 부족 가운데 병사를 징집했는데, 그 한 갈래의 병사들이 베두네 사신을 도중에 붙잡았습니다"라고 했다.

그러자 모홀리가 이미 계략이 알려졌다며 황급히 촐론 장군에게 호일다르 선봉장을 내어 주어, 다섯 장수와 주력부대를 지휘케 하여 날듯이 달려가게 했다. 이 중요한 일이 어떻게 될지 잘 알지 못한다.

다음 이야기를 보고자 서둘러도 기다려야 할 것이다. 내가 사는 지역의 진군왕의 「어느 곳의 철 이른 가을 소식」이라는 28행 시를 사관인 타이지 인잔나쉬 내가 음미하여 읽고 외우면서, 다섯째 형의 딸인 하스토야 질녀에게 시의 몇몇 어구의 의미를 가르쳐주고, 목욕하고 몸을 식힌 뒤 천천히 이 이야기를 연이어 쓸 것이다. 독자 제위들은 다음 장에서 그 내용을 보게 될 것이다.

타이얀 칸이 제의를 생각하는 것이 실제 바른 예법이라 한다면
귀한 공자公子가 짓밟혀 가루가 되는 것을 두려워하는 것도 합당하네
농사짓는 데친호롤이 상황을 따져 말한 바는
참으로 합당하기 그지없네
우호적인 얄고산이 결정한 탁월한 계략은
모름지기 시의적절한 것이었네

【평언】

사서四書 가운데 『중용』 상권 10장에는 공부자의 제자 자로子路가 부자[3]에게 강함에 대해 묻자, 부자가 이르기를 "남방의 강함인가, 북방의 강함인가? 그렇지 않으면 너의 강함인가? 관대하고 부드럽게 가르치고, 무도해도 보복하지 않는 것은 남방의 강함이니 그 가운데 군자가 있느니라. 쇠 날과 가죽끈에 구르고 지내며 죽어도 낯빛을 바꾸지 않는 것은 북방의 강함이니, 그 가운데 진정 호전적인 강함이 있느니라. 그렇기 때문에 군자는 친화적이면서도 휩쓸리지 않으니 강함에 꿋꿋함이 있고, 중도에 서서 치우치지 않기에 오래도록 강하다고 했다. 또 나라에 도가 있으면 어려움을 당해도 변하지 않기 때문에 강함에 꿋꿋함이 있다고 했다. 또 나라에 도가 없으나 죽어도 변하지 않으니, 이

3 공자를 이름.

또한 강함에 꿋꿋함이 있다 할 것이다"라고 했다.

아! 성인의 말씀은 만대에 길을 잃지 않는다는 것이 실제 이것을 이르는 것이다. 이 장에서 이 두 가지 유의 네 가지 다른 강함이 이루어져 나온 것을 설명해 보면 꽤 웃음이 나는 측면이 있다. 네 가지라 함은 다음과 같다.

베데국의 성군 태조는 나이만의 타이얀 칸이 몇 번이나 공격했지만 죄를 물을 병사를 조직하지 않고, 도리어 혼약을 맺게 함으로 미소 짓는 의례로 이끌어 관대하고 유연함으로 가르쳤는데, 도리가 없으면서도 책임을 지지 않는 것은 남방의 강함이 될 수 없는 것이 아닌가? 또 나이만부의 타이얀 칸은 일반적으로 베데국의 태조의 좋은 면을 생각지 않고, 특히 그의 나라를 빼앗기지나 않을까 염려하여, 아들의 연인과 귀한 육신의 괴로움을 모두 생각지 않고, 힘이 미치지 않는데도 끝까지 싸울 생각을 결심한 것은 쇠의 날과 가죽끈에 구르고 지내며 죽어도 변하지 않는 북방의 강함이 될 수 없는 것이 아닌가?

또 베데국의 모홀리는 왕구브 부족과 베두네 부족의 수장을 크게 귀히 대하고, 상을 내렸으며 좋은 계략을 이르고, 또 나이만의 군대가 부드네의 사신을 붙잡았다는 것을 듣자마자 경홀히 여기지 않고 지체 없이 군대를 보냈다. 군자는 친화적이면서도 뒤처지지 않으니 참으로 강하다 했는데, 이것이 강함이 아니란 말인가?

또 나이만부의 장군 홀소브츠는 자신의 군주와 자신의 나라를 반드시 많은 적 가운데서 벗어나게 하고, 모두를 지배하게 하여 타이얀 칸이 자신에게 베푼 은혜를 죽을힘을 다해 갚겠다고 마음먹는다. 그리고 자신의 군주에게 백 가지로 합리화하여 다른 나라를 끌어모으는데, 군주는 이에 대해 그의 마음에 잘못이 있다고 생각지 않았으며, 그가 예도가 있다고 여긴 것은 그 군주에게 의로운 신하이기 때문이다. 힘이 미치지 않지만 자신의 군주에게 이들을 다스리게 하겠다고 한 것은 나라에 도가 있으면 비록 압박을 받아도 변하지 않는 강인함이 있다 할 수 있지 않은가?

또 나이만의 뭉굴즈 대신과 다다통가, 또 완구브의 데친호롤, 베두네의 얄고산 이 네 사람은 주의 깊고, 사려 깊은 것은 중도에 서서 치우치지 않는 만년의 강인함에 속한다고 할 수 있다. 그런데 웃음이 나게도 이 가운데 두 가지 강인함이 모두 가능했던 두 사람이 있다. 남북의 두 강함을 누가 가능하게 했을까? 남성 가운데 나이만의 우직한 이데르 도보가 그 한 사람이요, 여인 가운데 케레이트의 솔롱고가 그 한 사람이다. 두 사람은 나라에 도가 없어도 모두 진정 변하지 않았다. 관대하고 유연함으로 이르는 자, 쇠날과 가죽끈의 위험을 마다하지 않았던 신하 이 둘 중 어느 누구도 마음이 변하지 않았으며, 억압당하는 것을 논외로 하여 남방과 북방의 강함을 모두 갖추었다.

솔롱고는 남방의 강함을 가졌다면, 이데르 도보는 북방의 강함을 중시했다. 솔롱고는 중도에 서서 지조를 잃지 않고 꿋꿋하게 알탄샤를 기다렸다. 이데르 도보는 쇠 날에 구르며, 호전적인 강인함으로 나라에 충성을 다했다. 지혜로운 자가 할 수 없는 것을 우직한 자가 할 수 있었으니 참으로 우습고 흥미롭지 아니한가?

제30장

지략 있는 모홀리는 그릇을 엎어놓고
적을 맞설 계략을 세웠네
용의주도한 뭉굴즈는 머리를 잘라
전투를 제지하는 이유를 논했네

송나라 영종 황제 가태嘉泰 원년, 금나라 장종 태화 원년, 신유년辛酉年. 태조 나이 40세가 된 해로, 이해는 상당히 많은 사건이 있었으며, 많은 대로 기술했다.

덕이 많은 자는 모든 일에 실수가 없고
간악한 자는 무너뜨릴 계략마다 그릇되어 실책을 범하네
지모가 탁월한 타이얀 칸이지만
볼로 왕의 혼탁한 계략에 패해 모든 것을 잃게 되는 것을 어찌하리오?

한편 자모하가 모은 살지다이 부족의 한 갈래인 5백 명의 병사들이 부드네[원주] 같은 부족명을 저자는 베두네, 부두네라고 쓰기도 했다의 사신을 붙잡아 약탈하자 베데국의 촐론 장군은 병사를 이끌고 추격해 오른 간이라는 지역으로 뒤쫓아가 100명 이상을 죽이고, 40여 명을 생포했으며, 그 남은 자들을 모두 추격하여 흩어 버렸다. 그리고 그곳에 남겨진 전리품을 모두 빼앗아 부드네 사신에게 그 반을 주어 보내고, 바로 돌아와 총사령관의 명을 수행한 상황을 고했다. 모훌리가 크게 기뻐하며 성대한 연회를 베풀었다.

촐론이 말하기를 "살지다이부에서 생포해 데려온 40여 명은 필요한 곳이 있습니다"라고 하며 붙잡아 놓은 나이만의 사신 호브락과 함께 이들을 구금시켰다. 그렇게 해서 나이만은 부두네 부족이 베데국과 연합한 것을 알지 못했다.

한편 정탐꾼이 잇달아 와서 고했다.

"나이만국의 곳곳에서 병사를 모아들여 거의 20만 명에 이르게 되었습니다."

모훌리가 내궁으로 들어가 태조와 적을 맞설 계략을 논의할 때 태조가 차를 마시고 있었기 때문에 모훌리의 말을 들으며 차를 다 마시고 그릇을 모훌리에게 주었다. 태조는 적에 맞서 대적할 계략을 생각하며 아무 말 없이 있을 때 모훌리는 태조가 깊은 생각에 잠겨 있는 것을 보았다. 태조의 귀한 찻그릇은 북쪽 지역의 지체 높은 부잣집에서 사용하는 목기로 그릇 안쪽 바닥에 아홉 가지 보석을 박고, 금을 입혀 사용했다. 모훌리는 그것을 궁전 가운데 있는 큰 녹각 선반 위, 둥근 달 같은 은거울 반대편에 엎어놓고 태조에게 절하고 나갔다.

그러자 태조가 그것을 보고 이번에도 총사령관이 분명 내게 은밀한 신호를 보이는 것이라고 미소를 지었다. 그리고 거울 옆으로 가서 그릇을 들고, 또 거울 속 자신의 모습을 보고서 그가 의미한 바를 깨닫고 또 한 번 만족스러운 미소를 지으며 내궁으로 들어갔다. 그때 좌우 대신들 가운데 아무도 그 의미를 깨달아 알지 못했으며 모두 머리를 흔들며 의아해했다.

이튿날 부드럽고 귀한 종류의 물건을 보관하는 내궁 창고에서 아홉 가지 보석이 박힌 황금 투구와 갑옷 한 벌, 또 아홉 가지 종류의 보석을 박은 황금 재갈, 은제 등자가 있는 안장, 멍에 하나, 남방의 백 가지 종류의 깔개와 각종 비단, 채색 비단 100필, 러시아제 희고 검은 담비, 여우가죽 각각 50장, 탕구트의 술잔 10개, 금나라에서 보내온 백옥으로 된 옥대의 거울, 옥대 은장식, 장식 있는 옥대 고리, 장식술 10벌, 빛나는 진주 목걸이의 구슬, 큰 자개, 호박마노, 금강석, 녹주석으로 된 순금 귀 장식[원주] 그 당시 귀족들은 모두 이 시대 불교 사원 문을 지키는 4위의 사천왕상과 같이 귀에 귀고리를 하고, 겨드랑이에까지 장식했다. 귀를 뚫은 것은 아니다 네 쌍, 백은 20괴, 은 1천 냥 등 이것들을 오요트 세첸과 사이한 소르탈트 두 사람에게 시켜 모홀리에게 상으로 보냈다.

한편 모홀리는 자기 진영에서 다리를 구부려 무릎을 꿇고 태조가 보낸 선물을 받고 기뻐하며, 그 은혜에 절하고 자신의 처소로 돌아오자마자 주군이 보낸 사자들에게 잔치를 베풀어 존중의 예를 다했다. 모홀리가 말하기를 "이들 귀한 물건들은 내가 사용할 만한 물건들은 아니오. 주군께서 일단 내게 선물로 내리셨으니 은 이외에 다른 것은 모두 팔아서, 그 값으로 평생 살아갈 재산으로 삼겠소"라고 했다.

그러자 오요트 세첸이 "총사령관께서 주군의 은혜로 받은 것을 자신이 사용하는 것은 마땅한 일입니다. 그러나 그것을 팔면 주군의 뜻에 어긋나지 않겠습니까?"라고 하자 모홀리가 웃으며 말했다.

"대신께서 그 뜻을 잘 이해하지 못하신 것이오. 주군의 은혜를 혼자 향유하는 것보다 이것으로 모두가 향유하는 것이 실제로 주군의 귀한 은혜를 드러내는 것이라 할 수 있소!"

모훌리는 황실 인척인 젤메를 오도록 하고, 그에게 자신의 동생 다인산을 데려다주며, 이들 귀한 물건들을 모두 내어주고 술을 올리며 부탁했다.

수려한 모습의 젤메 아형 그대는
기지와 지혜가 탁월하므로
복된 주군께서 러시아에 장사를 할 때
특별히 그대를 가리켜 보내시곤 하셨기에
주군께서 내려 주신 이들 귀한 물건을
아형께서는 모름지기 값을 잘 받고 팔아
은자로 바꾸어 오시기를 청하오며
부하와 친지에게 소중히 나누어 주시기 바랍니다!

그리고 은과 함께 값지고 귀한 물건을 주어 보냈다. 젤메가 설핏 웃으며 여섯 바리의 귀한 물건과 60명의 수행원을 데리고, 모든 일을 하늘에 의탁하고 여러 가지 이윤 있는 장사를 위해 길을 떠났다. 이러한 정황을 태조가 듣고 머리를 끄덕이며, "과연 믿을 만한 사령관이 할 수 있는 처사요"라고 하며 미소 지었다.

한편 모훌리는 9개로의 대오 가운데 아홉 명의 대신을 지명해서 베데국에 속한 원근의 모든 부족의 병사 반을 이끌고 가서, 자신의 나라 서남쪽 타힘강의 틴 메르겐 오스라는 지역에서 큰 모임을 가졌다.

모홀리가 명하기를 "대동부의 사인 부호 칸의 군대와 우리 9개로의 대군을 기다리시오. 병사의 말과 무기를 철저히 준비하고, 만약 사고나 불미스러운 일이 생기면, 신성한 주군의 준엄한 법의 심판에서 벗어나기 어려울 것이오. 만일 병사들 가운데 노인이나 몸이 불편한 사람이 있거나, 지치고 마른 말이 있을 경우, 또 갑옷과 투구가 해지거나 무기가 무뎌진 경우 주군께서 점호하실 때 이러한 것을 보게 되면 군대의 엄격한 법에 저촉되어, 태조께서 크게 진노하실 것이오. 또한 주군의 벼락같은 위엄에 일을 당해 몸이 부서지고 집안이 흩어지는 고통을 당하게 될 것이니, 후회하지 말기 바라오! 모홀리 내가 주군의 명백한 국법이 있기에 함부로 인정을 베풀지 못한다는 것을 많은 부족 수장들은 분명히 알지 않소? 명을 함부로 바꿀 수 없으니 힘써 따르도록 하시오!"라고 선포하고, 일찌감치 일이 잘못되지 않도록 방비했다. 이에 대해서는 잠시 언급하지 않으려 한다.

이제 나이만국의 원래 있었던 정황을 말하자면 다음과 같다. 나이만국의 타이얀 칸은 원래 형이 있었다. 형의 이름은 볼로라고 하는데, 사람이 아둔하고 마음 씀씀이가 좁고 생각이 진중하지 못했다. 그의 아들 이름은 곡굴룰이라 하는데, 성격이 사납고 매우 교만했다. 또 동생 타이얀 칸의 이름은 볼로이로 태생은 큰부인의 아들이었다. 인품이 지혜롭고 강직했으며, 성정이 포용적이고 일을 마음에 들게 했기 때문에 아버지는 작은아들 볼로이에게 나이만의 중요 자리를 차지하게 했는데, 그때 볼로이는 서요하르 하탄의 땅을 얻고, 스스로 타이얀 칸이라고 칭했다. 그는 형 볼로가 악한 마음을 품는 것을 제지하려는 의도로 옛 나이만 부족의 왕[1]에 봉하고, 내란이 일어나는 것을 멀리했다.

한편 볼로 왕은 늘 동생에게 지배를 받았기 때문에 원한을 지우지 못했지만, 개인적으로 한 지역을 다스리며 평화롭게 지냈기 때문에 집안싸움을 벌이지는 않았다. 작금에 이르러 타이얀 칸은 보르지기드와 양쪽으로 싸울 일이 생겨 많은 부족을 규합하고 있을 때 부드네 부족의 수장 얄고산이 후한 선물을 보내고 직접 와서 손쉽게 투항하자, 타이얀 칸은 성대히 잔치를 베풀어 대접하고, 약조를 하고 돌려보냈다.

연이어 또 많은 부족을 모으기 위해 갔던 자모하가 와서는 오만한 낯으로 들어와 타이얀 칸을 배알했다. 그는 많은 부족을 모아 이끌고 왔는데, 대 마일즈 부족의 수장 토도를 위시해 달아났던 케레이트 부족의 남은 병사들을 다스리는 한 갈래의 수장 엘레, 바일라 부족의 수장 호비트 오하, 바야치르 부족의 수장 보돈, 하드친 부족의 수장 라호, 샬지다이 부족의 수장 마니치르, 두르워드 부족의 수장 갈조 보호, 타타르 부의 남겨진 사람들을 다스리던 수장 에넨 등이었다. 이 여덟 부족의 수장 이외에 주인 없이 흩어져 다니던 도망병들을 모은 수와 합해 전체 6만 8천 이상이 되었다.

또 타이얀 칸은 훌소브츠에게 귀한 예물을 금나라 북쪽 성 경계를 지키는 대장 독길사충, 복산규에게 바치게 하고, 요청해 데리고 온 1

---

1 여기서 왕은 한 지역을 다스리는 지역 왕을 이름.

만 명의 병사, 또 서하에서 요청하여 데리고 온 회회군 2만 4천명, 또 자신의 병사 9만 5천명을 합하면 곧 18만 명 이상이 되기 때문에 반드시 20만 명이 되게 하라며 아들 알탄샤를 자신의 형 볼로에게 보냈다. 그리고 그에게 동쪽 거란국에서 병사를 빌려 그 수를 더하고, 자신의 병사와 합쳐 가능하다면 3만을 만들어 오라고 보냈다.

그러자 알탄샤는 크게 기뻐하며 백부에게 부탁해 부왕의 생각을 저지하게 하겠다며 100명 이상의 기마병을 데리고 옛 나이만으로 달려가 숙부인 볼로 왕을 만나, 앞서 부왕의 명을 전했다. 그런 뒤 자신은 베데국과 잘 되기를 바란다며, 케레이트의 솔롱고에게 청혼한 일을 말했다. 또 부왕이 아무리 만류를 해도 듣지 않을 뿐 아니라 큰 잔치를 벌이고는 꽃과 병사를 대열짓게 하고, 어느 것이 중요한지 자신을 부끄럽게 만들며 물었던 일을 말했다. 그리고 작금 다다퉁가와 뭉굴즈 대신에게 부왕을 제지할 방법을 논의하고 있으라고 했으며, 이제 숙부에게 청해 함께 부왕을 설득하여 전투를 멈추게 하려 한다는 자신의 생각을 고했다.

이때 볼로는 알탄샤와 연회를 벌이면서 술을 마시고 크게 취해 있었는데, 자신은 동생이 하는 일을 멈추게 하지 않겠다고 했다. 그뿐 아니라 사촌인 알탄샤에게 도리어 화를 냈다.

"이 후레자식 같으니라고! 아름다운 여자 엉덩이로 조상이 일군 나라를 팔아먹으려고 하는 것은 옳지 않은 일이다. 네 용모가 준수하지만 진정 어리석기 짝이 없구나! 여자 엉덩이 때문에 부왕을 다른 나라의 하찮은 종이 되게 하려는 것이더냐? 만약 내가 낳은 아들이라면 내가 너를 잠시도 살려두지 않았을 것이다. 못된 여자의 오줌에 절여 죽여 버리고, 그 뼈를 두들겨 박살을 내어버릴 것이야!"라고 알탄샤를 욕하며 견딜 수 없이 부끄럽게 만들었다.

그리고 그 얼굴이 끈적거리도록 침을 뱉자[원주] 이 침을 뱉는 것을 보고 문인들은 잘 기록하여 두시라. 후에 태조가 금나라를 공격할 때 또 침을 뱉은 일이 있다. 이 두 가지 침을 뱉은 일에는 이유가 있다고 한다 알탄샤가 부끄러워 어찌할 줄 몰라 말했다.

"제가 특별히 베데국에서 솔롱고를 취하려는 목적에서 우호적으로 지내기를 바랐던 것은 아닙니다. 불필요한 큰 전쟁을 일으켜 우리 군대가 패해 나라가 패망하지 않기를 바라는 조심스러움 때문입니다. 일전에 다다통가와 뭉굴즈 대신들이 간곡하게 공격을 제지하고, 제가 직접 말씀을 드려도 들으시지 않고 출정해서 알락그타이에서 곡 원수가 붙잡히고, 몇 명의 장수들이 죽임을 당하고, 병사들도 상당수가 죽어 큰 고통을 겪었습니다. 연이어 곡사례는 부왕의 원수를 추격하다가 몇 번이나 패했습니다. 우리 병사가 베데국을 공격할 때마다 한 번도 이득을 얻은 적이 없습니다.

또 베데국이 케레이트국을 함락시키면서 그 위세가 더욱 강해져 타힘강에서 15만 대군을 선발하여 군대를 9개로 조직했는데, 대오를 변화시키는 기술이 대단하다고 합니다. 우리 군대는 비록 20만을 징집하였지만 다른 나라 병사들이 많고, 다른 부족 병사가 자신의 나라 병사처럼 진심을 다해 죽음을 불사하고 싸우겠습니까? 베데국의 그들 군대는 모두 한 사람 테무진의 군대이기 때문에 뜻이 하나일 수밖에 없습니다. 우리 병사는 비록 수적으로 많지만 모두 타지역의 병사들이니, 어찌 우리를 위해 진정 충성을 다해 싸우겠습니까?

이런 여러 가지 패할 동인이 있기 때문에 저는 군대가 패해 나라가 함락되는 것이 두려워 숙부에게 부탁한 것인데, 숙부께서는 어찌 여인과 관련시켜 말씀하시는 것입니까? 저도 여인의 일로 이렇게 말씀드리고 싶습니다. 우리 부왕께서 몸소 모셔온 국사이신 다다퉁가와 특히 국사에 관련된 일을 맡아보는 대신 뭉굴즈 그 두 분은 또 무슨 일로 그 자리에 계시는 것이겠습니까? 모두 나라의 뿌리가 흔들리는 것을 미연에 경계하고 조심하려는 것인데, 백부께서는 시비를 전혀 구별하지 않으시고, 어찌 이처럼 진노하시며 심한 말로 왜곡하여 꾸짖으시는 것입니까? 조카인 저는 숙부께서 저희 부왕의 어깨와 팔이 되시는 것처럼 우리나라가 무너지면 백부의 속국들도 남아있을 수 없기에 부왕을 제지하고 멈추게 하여 나라를 오래 오래 지키고, 국력을 기르고 힘을 회복하여 후대를 보고 싸웠으면 했던 것입니다. 왜 제가 베데국에 종이 되고 투항하려 한다고 생각하시는 것입니까?

이제 머지않아 금나라는 사신이 부끄러움을 당했기에 분명 베데국에 그 원수를 갚으려고 할 것입니다. 그때를 기다리라 했던 것입니다. 속말에 '활활 타는 불에 물을 끼얹지 말고, 몰아치는 바람을 거슬러 배를 띄우지 말라'고 했습니다. 이제 베데국의 군신들이 실제로 흥왕하는 때이고, 위아래 사람들이 모두 죽기를 불사하고 분투하는 때에 우리가 작은 몇 개의 다른 지역 군대를 믿고 그들과 어찌 싸울 수 있겠습니까? 이처럼 방법이 없기에 백부에게 부탁을 드린 것입니다. 백부께서 수락하지 않으시면 끝나는 일입니다. 이것 때문에 이처럼 진노하시면서 상황과 관계도 없는 말씀으로 욕을 하실 필요는 없습니다!"

볼로라는 자는 분별력이 없이 몽매한 자이기 때문에 이런 말을 듣자 불에 기름을 부은 격으로 더욱 부글부글 끓듯이 분노했다. 눈을 뚱그렇게 뜨고 펄쩍펄쩍 뛰며 금 으로 된 그릇으로 알탄샤의 머리를 피가 튀도록 쳐 쓰러뜨리고, 음식이 차려진 탁자를 알탄샤 몸 위로 뒤집어 엎었다. 그리고 큰소리를 지르며 욕설을 퍼부었다.

"다람쥐, 토끼 같은 별 볼 일 없는 녀석, 그 다다통가는 중국놈인데 어디에서 배워먹은 돼 먹지 못한 말을 함부로 지껄이며 덤벼드는 것이더냐? 내 아우가 왜 이 개방구 같은 아들놈을 보내 내 코에 연기를 피우게 하는 것이냐? 내 아들이 이렇게 지껄였다면 벌써 여자의 사타구니에 끼워 죽여 버리고, 그 가죽을 벗겨 추잡한 여자의 속바지를 만들게 했을 것이다. 한족의 종놈 같은 성미를 가지고, 베데국의 지린내 나는 오줌이 될 팔자를 가진 녀석이 어찌 천방지축 내게 대들며 성질을 부리는 것이야? 너는 그 황태자의 위패를 그 솔롱고의 사타구니 사이에 끼우고, 여기 와서 돼먹지 못하게 토끼 방귀 뀌는 소리를 지껄이고 있구나!"

볼로는 소인배의 행태를 부리며, 조카에게 악담을 하고 욕을 퍼부었다. 또 알탄샤의 얼굴에 진득거리도록 자꾸 침을 뱉자 술의 더러운 진액이 알탄샤의 입과 코로 들어갔다. 알탄샤의 마음에 분노가 솟구쳐 오르고, 숨이 막혀 정신을 잃고 쓰러져 있는 것을 그의 측근 수행원인 이데르 도보의 아들 우넨 칙그트, 볼로 왕의 아들 곡굴율 등이 부축하여 데려다 눕히자, 알탄샤는 피를 토하고 60일 동안 중병에 걸려 누워

혼수상태로 정신을 차리지 못했다.

한편 아침에 볼로 왕이 술이 깨어서 가지 않겠다고 하자니 어제 그가 알탄샤에게 그토록 분노하며 한 말이 있기에 돌이키기가 어렵고, 곧바로 가겠다고 하자니 또 베데국이 만만치 않은 나라이기에 주저하고 있을 때 아들 곡굴율이 들어왔다. 볼로는 아들에게 자신이 생각하는 바를 말하자 곡굴율이 눈썹을 찡그리며 말했다.

"여기에 무슨 주저할 일이 있단 말입니까? 나이만국의 본래 칸 자리에 앉을 자는 부왕이신데, 우리의 조부님의 치우치신 생각으로 작은아버지에게 나라를 다스리도록 하셨습니다. 베데국이 패하면 우리가 이익을 얻을 수 있고, 베데국이 이기면 부왕께서 칸 위를 차지할 수 있는데, 출정하는 데 있어 우리 자신의 셈이 어찌 없다는 말씀입니까?"

그 말을 들은 볼로는 깨닫는 바가 있어 "그렇지, 그렇지!"라고 하며 자기 나라를 위해 동쪽 거란국에 몸소 가서 한 갈래의 병사를 얻었다. 그리고 자기 나라 병사와 합해 전체 3만 명의 병력을 조직해 아들 곡굴율과 나누어 지휘하고 길을 떠날 때 알탄샤는 병이 더욱 위중해져 데리고 갈 수가 없었기 때문에 그를 보러 갔다. 알탄샤가 고개를 들어 차가운 물 한 잔을 마시고, 속이 조금 괜찮아지자 사촌 형 곡굴율의 손을 잡고 부탁했다.

"이번에 가면 어찌 되었든 부왕을 출정하지 못하게 하세요."

그리고 이어 "다다통가와 뭉굴즈 대신들에게 말씀을 드려 주세요. 근래 제가 몇 번이나 부왕의 뒤쪽에 달이 뜨는 꿈을 꾸었어요. 부왕의 태양[2]이라는 이름에 크게 어긋나는 꿈이에요. 음양이 뒤바뀐 불길한 징조예요!"라고 말을 끝내기도 전에 또 정신이 까마득해지며 쓰러졌다.

그때 곡굴율은 속으로 은근히 기뻐하며, 그 부탁을 받고 아버지와 함께 병사를 이끌고 새 나이만에 가까워져 오자 타이얀 칸은 대군을 훈련시켜 준비해 두었기 때문에 자기가 몸소 형을 맞이하고, 서요의 성에 들어가 크게 기뻐하며 큰 연회를 배설했다.

볼로 왕이 아우 타이얀 칸에게 말하기를 "태자 조카가 내게 칸 아우께서 베데국을 공격하는 것을 막아달라고 청할 때 내가 그 말을 받아들이지 않았네. 몇 마디 부끄럽게 만드는 말을 하자 조카가 열병에 걸렸다고 자리에 누웠네. 비록 좀 아파 누워있지만 그렇게 중한 것은 아니야. 우리가 나올 때 또 아들 곡굴율에게 말해 다다통가와 뭉굴즈 두 사람에게 전한 부탁의 말은 부왕을 무슨 일이 있어도 출정시켜서는 아니 된다는 말이었네. 조카 말로는 꿈에 부왕의 뒤에서 달이 뜨는 꿈을 꾸었다고 하지 뭔가? 음양이 뒤바뀐 매우 나쁜 징조라고 했네. 또 분명하지 않은 꿈으로 어찌 대군을 멈출 수 있겠나?"라고 했다.

그때 궁전 왼편의 용문龍門으로 뭉굴즈가 큰 야크 한 마리를 끌고 들어오자, 궁전 오른편 용문으로 다다통가가 십여 마리 양의 뿔과 목을 연결해 묶어 앞에서 끌고 뒤에서 쫓게 하며 들어왔다. 그러자 타이얀 칸을 위시해 조정의 모든 신하들이 크게 놀라 소리쳤다.

"이것이 도대체 어찌 된 일입니까?"

뭉굴즈와 다다통가가 야크와 양을 궁전 뜰 안의 위아래로 끌고 갈

---

2 '타이얀 칸'의 '타이얀'은 '태양'이란 뜻.

때, 그 야크는 비록 느리지만 가는 것이 조금도 주저함이 없이 왼쪽에서 오른쪽으로 들어갔다. 그러나 끈으로 연결한 10여 마리 양의 다리는 비록 촘촘히 북적대지만 서로 묶여 당겨지자, 양들이 펄떡 뛰며 잘 가지 못했다. 그러자 뭉굴즈는 또 그 야크를 도로 끌고 가서, 양의 무리에 끌어다 넣자 몇몇 양이 소의 발에 밟히고, 다리가 부러지고 어떤 것은 목에 연결한 끈에 걸려서 머리와 목이 끌려가는 것도 있었다. 뭉굴즈와 다다통가는 야크와 양을 놓아두고 궁에 나가 무릎을 꿇고 울며 고했다.

"주군이시여, 굽어 살펴 주시기 바랍니다. 베데국 군주의 10만 군대라는 것은 하나의 나라의 군대요, 우리 20만 병력은 10개 부족의 병사들입니다. 겉으로 보면 열 마리 양의 40개 다리가 많지 않습니까? 그렇다 해도 한 마리 소의 다리가 4개뿐인 것을 이기지 못한다는 것을 아십니다. 또 베데국은 오랜 대국이요, 한 시대의 군신들은 모두 탁월한 명장들입니다. 그 나라를 쉽게 섬멸할 수는 없습니다. 정말 공격하겠다고 하면 베데국의 포부가 원대하니 분명 금나라와 싸울 것입니다. 그때 상황을 보고 또 움직여도 늦지 않습니다. 지금은 잠시 우호적으로 지내며 적의 기세를 누그러뜨리고, 우리 자신의 국력을 키우고 힘을 축적하여 날개를 갖추는 것이 훨씬 나은 전략입니다. 한편 사인 부호 칸과 교전하는 것에서 끝내야지, 베데국을 애써 공격하여 어찌하실 것입니까? 그렇게 되면 잘못은 우리에게 있게 됩니다. 서로 다른 많은 부족으로부터 모은 20만 병력이라는 허명으로 어떻게 적을 분명히 이길 거라고 확신할 수 있겠습니까? 한 마리 소가 가는데 열 마리 양이 거슬러 가는 상황을 주군이시여 살펴 주십시오!"

그러자 타이얀 칸이 웃으며[원주] 이 웃음은 통쾌히 웃는 웃음이 아니었다 말하기를 "베데국의 10만 병력도 많은 부족의 병사들이 아니던가?"라고 하자, 두 신하가 동시에 절하며 "아, 그 병력을 어찌 많은 부족의 병사라 할 수 있습니까? 이미 베데국과 그들에 대한 생살권을 모두 한 사람이 쥐고 있습니다. 우리의 이 10개 부족의 20만 병사들은 각각 자기 나라와 주인이 있고, 우리의 법을 어기면 그 병사들을 죽일 수 있습니까? 또 한 마리 양이라도 혼자서 가면 아홉 마리가 가는 것보다 빠르게 갈 수 있습니다!"라고 했다.

그리고 10마리 양 떼에서 한 마리 양을 풀어 위아래로 끌고 다니게 하자, 9마리 양은 서로 매달려 붙어 어찌하지 못한 채 걸어다니기가 상당히 어려워지고 느려졌다. 그런데 한 마리 양은 껑충껑충 뛰면서 매우 빠르게 갔다.

그러자 두 대신이 또 절하며 고하기를 "아홉 마리 양은 다리가 많아 한 마리 양의 다리보다 느린 것은 서로 생각이 다르기 때문인데, 서로 생각이 어긋나면 앞뒤로 잡아끄는 새끼양이 됩니다. 많은 부족 가운데 베데국과 은밀히 연합한 부족이 없다고 확신할 수 있겠습니까?"라고 하자 얄고산은 순간 온몸에 식은땀을 흘리며 두려워했다.

그때 두 대신이 고하기를 "주군께서는 마음을 편히 하시고, 병사를 흩어지게 하여 사람들의 힘이 충분히 강해지는 것을 기다리심이 좋을 듯합니다!"라고 하며 절했다.

타이얀 칸이 생각해 보니 매우 옳은 말이었기 때문에 잠시 망설이며 생각을 하고 있을 때 옆의 작은 탁자에서 볼로 왕이 차갑게 웃으며 그 말을 받아쳤다.

"나라의 풍성한 은혜를 그저 받고, 풍류나 즐기며 꽃구경을 하고 물고기를 잡으며 제 마음대로 지내는 안일한 문신들이 베데국 쪽은 특별히 옳다고 말하고, 우리나라는 그릇된 것으로 여기며 다른 편을 옹호하고, 자기편을 누르며 20만 대군을 상심하게 하는 말을 하는 것은 대체 무슨 법도란 말이오? 칸께서 이전에 병사를 일으켜 서요를 공격할 때 그대들은 두려워 떨지 않았소? 그때 그대들이 두려워하는 대로 했다면 어찌 오늘이 있겠소? 그때 어찌 그와 같은 공을 세울 수 있었겠소? 그렇게 해서 그대들은 지금 서로 마주 앉아 축하주를 마시고, 준비된 궁전에서 지내며 부귀를 누리고 있소. 내가 그대들을 이미 알았소. 언젠가 베데국이 와서 문을 포위하면 그때 문을 열어 투항하고 또 평안을 찾으려 할 것이오!"

옆에서 대원수 홀소브츠가 다시 말하기를, "베데국은 소이고, 우리나라는 양이라고 한 것은 대체 무슨 독설이오? 또 금나라를 기다린다니 참으로 우습기 짝이 없소. 그 베데국의 군주는 죽은 사람이란 말이오? 이제 북쪽 마일즈 부족을 제외하고는 크게 칠 만한 부족이 없소. 이제 우리가 공격하지 않으면 그는 우리를 그냥 가만히 두지 않을 것이오. 자는 곳까지 불에 타고 있어도 평화로운 꿈을 꾸게 해줄 거라는 것이 실제 이것을 두고 하는 말이 아니겠소!"

그러자 연이어 곡굴욜이 또 그 말을 받아 말했다.

"두 나이 드신 대신들은 이제 많은 병사의 기백을 꺾고, 군대가 패하는 데 이르게 하고 있습니다. 처음에 우리 아버님이 병사를 이끌고 나갈 때 또 이렇게 서로 잡아끌면서 흉조를 일으켜 군대를 패하게 하고, 아버지 곡 원수를 돌아가시게 했습니다!"

그러자 안에서 자모하가 또 서둘러 그 말을 받아 말했다.

"이제 더 이상 멈출 수 없는 상황이 되었습니다. 이미 20만 대군을 훈련시켜 준비했는데, 이제 와서 병사들을 흩어 버리면 오늘 흩어지게 하자마자 내일 곧바로 베데국의 병사가 공격해 와서 우리를 포위할 것입니다. 이번에 잠자고 있던 베데국을 놀라게 하여 깨웠소. 베데국은 9개로에 벌써 명령을 내려, 타힘강에서 큰 모임을 가진 것을 두 대신께서는 잘 알고 계시면서 어찌 주군을 또 나이 어린 태자에 비유하며, 주색의 미사여구로 미혹시키려고 하시는 것입니까?"

볼로 왕의 아들 곡굴율이 또 그 말을 받아 냉소하며 큰 소리로 말했다.

"제가 오는 길에 풍문으로 듣자니 베데국의 두 사람이 놀랄 만한 진귀한 보화를 싣고, 우리나라 국경으로 들어왔다고 합니다. 이것은 분명 보화의 힘이 아니겠습니까?"

그러자 뭉굴즈와 다다통가가 심히 초조해했다.

"그러한 말은 모두 베데국의 모홀리가 우리를 이간시키려는 술책입니다. 우리가 주군의 큰 복에 의지해 귀한 재보를 마음껏 누리며 지내는데, 그 물건을 받고 어찌 죽음의 길을 찾아갈 일이 있단 말입니까? 누가 한 집안의 신하가 될 생각을 하지 않고, 두 집안의 재를 버리는 종이 되기를 원하겠습니까!"

그 말에 곡굴율이 웃으며 "보아하니 칸의 모든 보화를 향유하다가 행복을 버릴 수 없어, 온 힘을 다해 모아온 20만 병사의 마음을 흐트러뜨리는 말씀을 하고 계십니다! 우리 태자는 또 귀하신 두 대신과 논의하다가 생각이 그리되었소. 내가 태자의 말을 숨길 수 있겠소?"라고 하며 알탄샤의 말을 그대로 다 말하고 또 웃었다.

"그 베데국이 금나라와 싸우면서 우리나라를 어찌 거저 먹여 지내게 할 수 있겠소? 이것은 두 대신께서 그저 편히 앉아서 지내려고 하는 것이 아닙니까?"

곡굴율이 그 말을 이어 말했다.

"그뿐 아니라 두 대신께서는 우리 군대가 분명 패할 것을 어찌 확실히 알 수 있단 말이오!"

그러자 다다통가가 "아, 그것은 여러 가지 것을 헤아려 알 수 있습니다. 이제 우리나라의 조정과 초원에 밤에 날아다니는 나방이 대낮에 땅 가까이 날아다닙니다. 이것은 날이 어두워질 좋지 않은 징조입니다. 또 성 안팎에 많은 아이들이 참요를 부르는데 '북극성이 하늘에 나타나자, 우성牛星이 남쪽 지경으로 이동했네. 밝은 달이 동쪽 하늘에 떠오르자 멀리서 태양이 서쪽 산으로 지네.'라고 노래를 합니다. 이것은 주군의 존호인 타이얀-태양이라고 한 것에 크게 저촉되는 불길한 예조입니다. 또 우리 태자께서 꾸신 꿈 즉 태양을 가린 것은 양의 기운이 거꾸로 음이 되어 살아있는 사람이 죽을 징조라 할 수 있습니다. 일월이 함께 조화하고, 다섯 행성이 모여 연이어져 있고, 태양이 달을 가리고 떠오르면 양의 기운이 승하고, 만물이 순리적으로 생한다고 할 수 있습니다. 달이 태양을 가리면 음의 기운이 성하여 만물이 반대로 변합니다. 이러한 것은 모두 주군께 크게 좋지 않은 징조라 할 수 있습니다"라고 했다.

그때 뭉굴즈가 또 말했다.

"그뿐 아니라 우리나라 군대가 베데국에 출정해서 한 번이라도 이득을 본 적이 있습니까? 신하 된 우리를 기꺼이 어린 자손들과 함께 감옥에 가두시어 담보로 삼으시기 바랍니다. 이번에 무슨 수를 써도 베데국을 이길 수 없습니다!"

그러자 볼로 왕을 위시하여 홀소브츠, 곡굴율, 곡사례가 모두 함께 말했다.

"그런 불길한 말들은 모두 당신 자신이 지어낸 말이오. 우리는 밖에서 전혀 얻어듣지 못했소. 또 그 등불의 나방이라는 것은 조금 따뜻한 기운이 있으면 곧바로 생겨나게 되는 것이오. 또 그 꿈이라는 것은 참으로 거짓된 것이며, 근거가 없는 것이오. 또 이전에 한 번도 베데국에 출정해서 이득이 없었다고 했는데, 그것은 병사의 수가 적었기 때문이오. 이제 20만 대군이 진군하는데 패할 리가 있겠소? 또 아이들의 말은 벌레와 모기 꿈에 불과한데, 그것으로 어찌 대군을 멈출 수 있겠소? 20만 대군이 군량을 다 없애고서 어찌 이제 대군을 멈출 수 있겠소? 베데국의 귀한 선물을 얻은 자는 얻었을 터이지만 많은 병사들은 전혀 얻지 못했소. 이제 베데국을 공격하여 무너뜨리면 그때 비로소 멈출 수 있을 것이오. 그전에는 멈출 도리가 없소!"

공격해 들어갈 것을 원하는 자는 열 명, 공격을 멈추게 하려는 자는 단 두 명의 대신뿐이었기에 타이얀 칸은 반 시간가량 생각하다가 "두 대신께서 생각하시는 것은 또 나를 위한 것이요, 뭇 대신들께서 애쓰시는 것 역시 나를 위함이오. 양쪽이 모두 지당한 말씀이오만 옛말에 '뼈를 부러뜨릴지언정 자신의 이름을 더럽히지 말라'고 했소. 또 '혀가 잘릴지라도 말을 되돌려서는 아니 된다'고 했소.

내가 크든 작든 일국의 칸이 되어 반평생을 지내왔소. 일단 말을 하고 안팎으로 20만 대군을 모아놓고, 이제 어찌 갑자기 군대를 멈추어 많은 병사를 흩어지게 하겠소? 두 대신께서 비록 여러 차례 출정을 제지해 오셨지만, 그러한 이유를 내게 이처럼 이치에 맞게 말씀하지 않았기에 내가 이미 20만 대군을 모아 오늘 내일 출정하게 되었는데, 이처럼 억지스럽게 제지하는 것이 여느 때보다 지나치십니다. 실제 많은 전투에서 장수들이 모두 고군분투하는데, 두 대신께서는 나라에 편히 앉아 무엇이 두려워 이처럼 조급해하시는 것입니까? 마음을 편히 하세요!"라고 하자 두 대신이 절하며 고했다.

"그렇다면 분투하는 자들을 모두 보내시고, 주군께서는 3만 병사를 데리고 나라를 지키시기 바랍니다."

그러자 타이얀 칸이 또 웃었다[원주] 이 세 번의 웃음은 참으로 싸늘한 기운을 띠고 있었다. 타이얀 칸은 그들의 말을 받아들이지 않았다.

"내가 만약 뒤에 눌러앉아 있으면, 누가 진격을 하겠소? 또 그런 불길한 말과 작은 벌레, 이상한 꿈 등은 모두 부유하는 헛되고 사소한 것들이오. 또 진실로 내 천수가 다하고 때가 이르렀다면, 처자를 베고 침상에 누워도 죽음에서 벗어나기가 어려울 것이오. 둘째로 베데국이 진정 천하를 차지하는 데 이른다면, 내가 싸워 죽을지언정 붙잡혀 종이 되지는 않을 것이오."

그러자 두 대신이 애통하게 울며 머리에서 피가 나도록 머리를 땅에 박고 타이얀 칸이 싸움에 나가지 말 것을 간청했지만, 타이얀 칸은 진군을 멈출 기색이 없자 두 신하가 또 고했다.

"주군께서 진정 출정을 하시겠다면 나라에 5만 명의 병사를 남겨 나라를 지키게 하십시오."

그 말에 조정의 양쪽에 서 있던 좌우 대신들이 모두 입을 막고 웃었다. 타이얀 칸이 "우리 자신의 병력이 부족한 데다 다른 나라에서 병사를 요청하여 데리고 왔는데, 나라에 5만을 남기면 적은 누가 맞아 싸운단 말이오? 두 대신께서는 그리 지나치게 두려워할 필요는 없소. 그대들 앞에 나의 20만 병사가 있으니, 적군이 이곳에 오지는 못할 것이오!"라고 하자 볼로 왕이 또 그 말을 받아 크게 웃으며 말했다.

"이 많은 병사로도 주군을 지키기에 부족한데, 두 대신을 지킬 병사가 어디 있겠소?"

이렇듯 타이얀 칸이 돌이키기 어려운 상황이 되어 대신들의 간언을 듣지 않자, 두 대신은 이 상황을 목도하고 머리에 피를 줄줄 흘리며, 가슴에서 칼을 꺼내 자신의 머리털을 자르고, 목에 쇠사슬을 묶고 큰 소리로 외쳤다.

"주군을 설득해도 가능치 않은 것은 신하인 저희들의 죄의 소치입니다!"

그들이 울며 조정에서 내려갈 바로 그때 알탄샤를 문병 갔다가 돌아와 조정에 보고하기 위해 오는 이데르 도보와 마주쳤다. 이데르 도보는 다급히 조정에 나가서 곧바로 알탄샤의 병세를 고하고, 다시 절하며 알탄샤의 말을 고하지 않고 곧바로 자신의 생각을 고했다.

"베데국과 싸우는 것을 멈추시는 것이 옳을 듯합니다. 종이 베데국에 두 번 가서, 그들의 선의를 파악했습니다. 우호적으로 지낸다면 무슨 일이 있어도 해치지 않을 것입니다."

그러자 말이 끝나기도 전에 타이얀 칸이 진노하여 우레와 같은 소리로 꾸짖었다.

"베데국에 눌려 우리의 위세를 꺾는 놈, 케레이트에서 헤매며 은혜로운 나이만의 위상을 폄하하는 지린내 나는 네가 무슨 낯짝으로 지껄여댄단 말이냐?"

타이얀 칸은 탁자를 치며 명했다.

"빨리 이놈을 끌어내 죽이고, 대군의 법도를 더욱 엄격히 하라!"

그러자 검과 도끼를 든 병사가 "옙!" 하고 이데르 도보를 눌러 포박하고 데리고 나갈 때, 이데르 도보가 웃으며 말하기를 "자신의 주군에게 죽임을 당하는 것이 다른 나라에 죽임을 당하는 것보다 열 배는 더 낫습니다. 제가 단호히 말씀드리건데 죽기를 바라나이다. 스스로 늙어 죽을 때 몸부림치며 신체 기관이 막혀 죽는 것을 언제부턴가 늘 괴롭게 생각해 왔습니다. 다만 작은 주군께 부인을 맞아줄 여유가 없다는 것이 한스러울 따름입니다!"라고 하며 나갔다.

볼로 왕은 이데르 도보의 큰딸을 첩으로 취했기 때문에 개인적 정의情誼로 스스로 먼저 많은 사람을 이끌고 간청했다.

"대군이 출정하려고 하는 이때 자신의 장수를 죽이는 것은 상서롭지 못한 일입니다. 처형의 죄를 면하여 주십시오!"

그러자 타이얀 칸이 할 수 없이 그의 죄를 용서해 주고, 횃불을 꽂는 탑 아래 데리고 가 엎드리게 하고 군법으로 40대 곤장을 치게 하자, 이데르 도보는 도리어 견딜 수 없이 고통스러워하며 길게 한숨을 내쉬었다.

"아, 나는 죽는 것은 전혀 두렵지 않으나, 이 곤장을 맞는 것은 참으로 두렵네. 나무 몽둥이로 40대를 칠 그 시간에 나를 40번 죽이고도 남을 것인데. 곤장 치는 것이 언제 끝날까!"

그는 바지를 벗고 몽둥이를 쥔 병사를 향해 웃는 낯으로 사정했다.

"몇백 번이라도 빨리 빨리만 쳐 주시게. 내가 곤장을 맞는 것은 두렵지 않으나 다만 내 배가 크고, 살이 쪘기 때문에 엎어져 누워있으면 배가 땅에 눌려 숨이 막혀 힘이 드는 것이 두렵네."

이데르 보도는 곧 두 손을 땅에 대고 고개를 숙여주며 "빨리, 빨리 쳐라!" 하고 신음 소리를 내자 주위에 있던 조정의 신하로부터 몽둥이를 든 병사에 이르기까지 코와 입을 막고 이리저리 고개를 돌리며 모두 웃음을 참지 못했다.

이데르 도보는 곤장을 한 대 맞으면 한 번 신음하고, 또 사이 사이에 "빨리 치라, 빨리 쳐!" 하고 재촉했다. 곤장을 다 맞고 비로소 자리에서 일어나 울음 섞인 목소리로 숨을 헐떡이며 타이얀 칸에게 가서 거듭 자신의 죄를 인정하고, 또 그 은혜에 감사의 절을 했다.

타이얀 칸이 또 말하기를 "네가 죽는 것이 두렵지 않다면 베데국에 전쟁을 선포하러 가라!"고 하자, 이데르 도보가 간청했다.

"종은 가지 않을 것입니다. 어리석은 종은 죽는 것은 두렵지 않으나, 부끄러운 것이 참으로 두렵습니다. 종의 엉덩이는 비록 단단하나 얼굴은 얇습니다. 주군께서 다른 얼굴 두꺼운 사람을 보내시고, 종을 죽임을 당할 전쟁의 공무를 수행하도록 보내실 수 없겠습니까?"

그러자 타이얀 칸이 명했다.

"이것이 곧 죽임을 당할 공무이니라."

이데르 도보는 숨을 헐떡이며 "몇 번이나 저를 보내셨어도 베데국에서는 저를 죽이지 않고, 그저 술과 고기를 먹이고 말을 상으로 주었습니다. 나라로 돌아오면 주군께서는 또 곤장을 치게 하시니, 미치도록 숨이 막히고 답답합니다. 주군이시여 다른 사람을 보내 주시기 바랍니다. 종은 주군 대신 특별히 목숨을 건 전투의 대오를 뚫고 들어가 열심히 싸워 의연히 죽기를 바랍니다!"라고 하자 타이얀 칸은 또 웃음이 났다.

"많은 말은 필요 없다. 선전 포고문을 반드시 그대가 전해 주도록 하라. 그들이 진정 죽이지 않는다면 내 앞에서 앞장서 싸우는 선봉이 되거라!"

그러자 이데르 도보가 또 앞으로 나가 고했다.

"종이 돌아오면 또 벌로 40대 곤장이 기다리고 있기에 돌아오는 것이 편치 않습니다. 주군이시여, 이제 곧 곤장을 치시는 벌을 내리지 않으신다면 종이 안심하고 돌아오겠나이다!"

그 말은 들은 조정 전체가 모두 참을 수 없이 웃음을 터뜨리자, 타이얀 칸이 호통을 치며 그를 내보냈다. 이데르 도보가 할 수 없이 걱정스럽게 나와 전쟁 포고문을 갖고, 말 위에 올라 베데국을 향해 몸을 구부리고 빠르게 달려갔다.

사관은 글을 쓰다 여기에 이르러 긴 한숨을 쉬며 시 한 수를 읊는다.

이데르 도보는 진정 충성된 자의 진정성을 가졌네
오만하거나 딴 마음이 털끝만치도 없었기에
죽고 사는 것을 일장춘몽인 듯 볼 수 있었네
자고로 어리석은 자가 지고한 현자보다 뛰어나네

한편 이데르 도보가 베데국 국경 수비대에 이르러 그들과 함께 보르한 갈돈으로 갔다. 그곳에서 모홀리가 그를 인도하여 태조에게 절하게 하고, 전쟁 포고문을 올리게 했다. 이데르 도보는 고개를 높이 쳐들고 서서 큰 소리로 말했다.

"칸께서 만약 저를 죽이시면 제가 무릎을 꿇고 예를 갖춰 몇 마디 말씀을 고할 것이요, 만약 저를 죽이지 않으실 거라면 저는 이제부터 악을 쓰고 욕하기 시작할 것입니다."

그러자 모홀리가 그의 생각을 알고 "괜찮소. 그대를 죽이면 되지 않겠소!"라고 하자 이데르 도보가 비로소 무릎을 꿇고 태조에게 절하며 고했다.

"저희 군주 타이얀 칸께서 '베데국의 테무진 그대가 배짱이 있으면 머리를 보내오라'고 하셨습니다."

태조가 은근히 미소를 지으며 물었다.

"나이만에서 혼인을 청하기 위해 온 것이 아니었소?"

그러자 이데르 도보가 숨찬 소리로 웃으며 말했다.

"화해를 청하고, 서로 죽이고 싸우는 일을 전달하는 일을 어찌 모두 제가 해야 합니까?"

"화친하자마자 죽이기 위해 오는 것이 부끄럽지 않소?"

"부끄럽기에 방금 죽을 궁리를 하지 않았습니까? 처음에 알락그타이 대전에서 칸께서 저를 죽이시지 않아 나라로 돌아가자마자 곧 원수에게 온갖 것으로 고문을 당했습니다. 이번에도 저를 죽이지 않으시면 돌아가 이제 또 곤장을 맞게 될 것입니다! 저는 죽는 것은 두렵지 않으나, 입과 목이 막히는 것이 참으로 걱정이 됩니다. 위엄과 덕이 많으신 칸께서 저를 죽여 저의 목을 보내시기 바랍니다. 저는 사내대장부의 명예를 얻게 될 것입니다. 제가 말꼬리를 잡혀 부끄러움을 당하고, 곤장을 맞을 때 너무도 숨이 막힙니다. 위대하신 칸이시여, 반드시 저를 죽여주십시오!"

이데르 도보가 이렇듯 간청하자 태조를 비롯해 조정의 모든 신하들이 웃음을 참지 못했다. 태조가 그의 주군이 어찌하여 특별히 그대를 이렇게 괴롭히는가를 묻자 이데르 도보가 할 수 없이 자기 나라의 일을 하나하나 자세히 이야기했다. 또 볼로 왕을 욕하며 말했다.

"모두 그 못된 볼로 왕이 내가 죽을 수 있었던 것을 되돌려 놓음으로 제가 이처럼 수모를 당했나이다. 그렇지 않았다면 저번에 곧바로 은혜로우신 저희 주군께 완전히 죽임을 당해 명예로운 이름을 이미 얻을 수 있었을 것입니다. 이제 테무진 칸께서 저를 또 죽이지 않고 돌려보내신다면 아, 저는 분명 또 곤장을 맞아 숨이 막힐 것이니, 어서 죽여주십시오! 다만 제 마음에 한 가지 한이 되는 것은 저희 작은 주군의 혼인을 보지 못하는 것입니다. 작은 주군의 부인이 이곳에 계시다가, 이번 전투에 승리하거나 패해도 저희 작은 주군과의 혼약을 깨지 말아주시기 바라는 바입니다!"

그러자 태조가 한숨을 내쉬었다.

"참으로 우직한 사내로구려. 좋은 군주를 만나지 못한 것이 참으로 안타깝소!"

그 말을 들은 이데르 도보가 얼굴빛이 달라지며 달려와 덤빌듯이 말했다.

"우리 주군은 테무진 그대보다 만 배는 더 훌륭하오. 테무진 그대는 보는 눈이 없소. 내 면전에서 우리 주군을 모욕하는 말을 하지 마시오!"

태조가 진정 기뻐하며 그를 칭찬했다. 그리고 상을 주어 내보내자 이데르 도보가 반드시 자기를 죽이고, 우리 작은 주군의 부인을 내어달라고 하자 태조가 일렀다.

"나는 어린아이처럼 행동하지 않소!"

그러자 이데르 도보가 크게 기뻐했다.

"아, 이분이 진정 천자임이 분명합니다! 저희 작은 주군 태자께서 몸이 많이 좋지 않습니다. 그래서 이 전투에 오시지 못합니다. 저희 작은 주군께서 살아계실 때 부인을 남겨 주시기 바랍니다. 만약 우리 작은 도련님께서 돌아가시면 그녀를 죽이십시오. 자, 이제 제게 조금도 여한이 없습니다!"라고 하며 "이제 절 죽이시기 바랍니다!" 하고 매달리자 모홀리가 웃었다.

"그대를 죽이면 그대의 작은 주인의 부인을 내어주는 것을 누구에게 증명해 보이겠소? 그대는 이제 주군의 은혜에 절하고 가시오!"

이데르 도보는 반 시간을 생각하더니 "그렇긴 하군요!"라고 하더니 또 절하면서 다짐을 했다.

"말씀을 꼭 지키셔야 합니다!"

그렇게 말하고 비로소 나갔다. 한편 이데르 도보는 잔치의 환대를 받고, 나라로 돌아오자 타이얀 칸이 돌아온 연유를 물었다. 이데르 도보가 또 모두 사실대로 말하자, 타이얀 칸이 "우리나라의 세밀한 기밀을 누설했군"이라고 하며 정말 또 곤장 40대를 치고, 전위 군대의 선두에 서서 싸우라고 명했다. 이데르 도보는 끙끙 신음하고, 절뚝대며 나가서 병사들을 선발하여 준비하고, 작은 주군 알탄샤에게 혼약은 변함이 없다는 것을 전했다. 아, 이것은 진실로

> 충직한 신하는 머리가 베이고 죽임을 당해도
> 충심이 있네
> 반역자는 무릎을 꿇고 존숭의 태도를 보여도
> 경외하는 마음이 없네

이것이 사실이다. 다사다난했던 신유년이 여기서 끝났다. 한편 베데

국과 나이만은 대충 새해를 지내고, 2월에 곧장 대군을 움직였다. 베데국은 이미 병사를 잘 정비하고 타힘강에 모였다. 임술년이 여기서 시작된다. 나이만의 군대가 이미 출정하고, 한가이산을 향해 진군했다. 이해 태조 나이 41세가 되었다. 송나라 영종의 가태嘉泰 2년, 중원의 금나라 장종 태화 2년이었다.

한편 나이만의 타이얀 칸은 20만 병력을 모두 8개로 조직하여, 첫 번째 군단에 이데르 도보를 선봉으로 삼고, 그 위에 대원수 홀소보츠 또 곡사례가 이를 지휘하게 했다. 두 번째 군단은 수렐헥과 에데르무드, 지게 3인의 장수가 지휘했고, 세 번째 군단은 타이얀 칸 자신과 형 볼로 왕, 손자 곡굴율 세 사람이 통솔했다. 네 번째 군단은 갈조 보흐가 지휘하고, 다섯 번째 군단은 비에치룬, 보돈, 두르워드의 갈조 보흐가 지휘했다. 여섯 번째 군단은 타타르의 메넨, 하드친의 라호가 이끌고, 일곱 번째 군단은 살지다이의 마나이르, 부드네의 얄고산 두 사람이 지휘했다. 여덟 번째 군단은 마일즈의 토도와 고르로드의 자모하가 지휘했다. 군단마다 2만 8,888명의 병력을 배치하고 차례로 출정하여 항가이 산에 이르자, 베데국의 군대가 벌써 와 있었는데, 타힘강에 앞쪽으로 이동하여 알락그타이산에 주둔하고 있었다. 병력을 여전히 9개로 나누어 기다리고 있었다. 두 나라는 2월 말이 될 때까지 각 진영에 주둔하여 대치한 채 공격하지 않았다.

그때 서하의 위령공이라는 자가 거짓으로 베데국과 나이만을 화친하게 할 거라며 사신을 보냈다. 그러자 태조가 한 가지 생각이 떠올라 9개로의 여러 대신에게 각자의 생각을 은밀히 적어내라고 하자, 대신들이 자기 생각을 적어냈다. 여러 대신의 생각을 종합해 보니, 10에 8은 공격하기를 원했고, 10에 2는 말의 힘이 좋지 않다는 것을 이유로 전투가 불리하다는 생각이었다. 이에 태조가 머리를 가볍게 끄덕이더니, 네 명의 아우를 한 명씩 불러, 봄철에 말의 체력이 좋지 않다는 것을 말하고, 적을 공격할 것인지 아니면 멈출 것인지를 상의하여 묻자 부흐 벨구테이가 고했다.

"나이만의 타이얀 칸 볼로이가 남북의 십여 개의 나라를 모아 단 하나의 우리나라를 공격하려는 것은 우리를 지나치게 괴롭히는 것이라 할 수 있습니다. 일찍부터 우리의 서쪽 지역을 줄곧 공격해 왔습니다. 이제 우리의 베푼 은혜를 잊고 20만 병력으로 공격하기 위해 온 것은 끝까지 우리를 얕잡는 처사이기 때문에 우리가 이번 기회에 힘을 합쳐 목숨을 다해 공격하는 것이 옳다고 봅니다. 타이얀 칸은 그가 모은 20만 대군에 자만심을 갖고 분명 오만한 생각으로 부주의하게 될 것입니다. 이 기회를 잃으면 아니 됩니다. 말이 여위었다고 어찌 군대를 멈출 수 있습니까!"

하브트 하사르가 또 고했다.

"모든 일에 온 힘을 다하면 이루어지지 않을 법이 없습니다. 말의 힘이 좋지 않다는 것이 이유가 될 수 있습니까? 때를 잃으면 안 됩니다."

오이트 오칙이 "이번 우리 군대 예조에 한 가지 흥미롭고 길한 기운이 있는 것을 주군 형님께서 분명히 살펴 아시지 않습니까? 군대를 멈출 일이 있습니까?"라고 하자 태조가 기뻐하며 머리를 끄덕였다. 또 막내 아우 오란 가축의 말은 이러했다.

"나이만의 20만 대군을 험한 협곡과 거칠고 깊은 산속으로 몰아넣는 계략을 써서 싸우면 분명 승리할 수 있는데, 어찌 출병을 멈추는 논의를 하시는 것입니까?"

이때 모홀리가 태조 곁에 있었기 때문에 이 말을 들은 태조를 보았다. 그러자 태조가 큰 사자 장막에 앉아 여러 신하들을 모이게 해 명했다.

"내가 보니 우리 군신의 뜻이 모두 하나가 되어, 이제 맞서 싸우면 될 것 같소. 서하는 비록 나이만과 연합했지만 대개 밖으로 드러난 것이 없으니 나이만의 포고문을 보여주고, 우리가 침범하는 것이 아니라고 좋은 말로 돌아가게 하시오!"

그리고 제브와 촐론 두 사람에게 호보라이, 소보라이, 알흐, 수흐 네 명의 젊은 장수를 내어주고 2만 병력을 지휘케 하여, 항가이산 서쪽 20리 되는 곳의 자드가이라는 산에 주둔케 했다. 자드가이 산속에서 모홀리는 9개로의 많은 장수와 28명의 젊은 장수를 천체 36개 군단으로 질서 있게 조직하고, 산 입구의 중앙에 태조의 보개와 깃발을 많이 세우게 하고, 부흐 벨구테이와 하브트 하사르 두 사람에게 중앙의 대군을 지휘케 하라고 명했다.

보가르지와 보랄 두 장군에게 여덟 명의 젊은 장수와 9천 명의 병사를 내어주고, 항가이산의 서북쪽 나란 쉰게흐[3]라는 지명의 고개 뒤편에 숨어 매복하게 하고, 나이만의 병사들이 도망치는 것을 철통같이

3 '나란 쉰게흐'는 '해가 지다'라는 뜻.

막고, 타이얀 칸을 생포하라고 엄중히 명했다. 침바이, 투무르 두 사람에게는 소속 군대를 이끌고, 나이만의 군대를 유인하여 항가이산 서쪽 깊은 계곡으로 들어가게 하자마자 산의 입구를 단단히 막고, 무슨 일이 있어도 나이만 군을 내보내서는 안 된다고 명하고 보냈다. 그리고 길루겐, 호일다르 두 장수에게 소속 병사들을 이끌고 깊은 계곡의 강 입구에 매복하게 하고, 나이만 병사가 그곳에 이른 뒤 눈 깜짝할 사이에 치고 나와 돌격할 것을 명했다.

그리고 "그대들에게서 살아있는 자는 받지 않을 것이요, 한 사람의 머리에 양 한 마리를 상으로 내릴 것이다"라고 명해 보냈다. 또 시리 호톡, 하르 히루, 찬드간 세첸, 호드간 베히 네 명의 대장군은 소속 병사들을 이끌고, 한가이산 너머 30리 거리 끝의 다리강이라는 곳에 매복하여 나이만의 남은 병사를 포위해 모아오라고 명해 보냈다. 그리고 부마 보토와 보손, 인척 아즈나이 메르겐, 호다르가 바타르 이 네 장수에게 소속 장수와 병사들을 이끌고 곧바로 나이만의 변경에 몰래 잠복해 들어가 주군의 설영지를 준비하라고 명했다. 그리고 나이만의 남은 병사를 도중에 맞아 싸워 항복시키라고 명해 보냈다.

또 타르곤의 호르츠 바이르와 주르헨의 줄게데이 바타르, 오르트 보드로고트, 오한트 린친 네 사람에게 소속 병사를 데리고 나이만 군 진영 건너편에 매복하고 있다가, 나이만 병사들이 우리 군대에 포위되자마자 나이만 진영을 기습해 빼앗으라고 명하고 보냈다. 그리고 태조의 친척인 톡그통고 바타르, 잠발 사부 두 사람에게 대장군의 수호기를 내어주고, 솔롱고스, 여진, 망고스트 네 부족[4]의 장수와 병사를 이끌도록 했다. 그리고 완구브 부족의 데친호롤을 선봉으로 삼아, 사인 부호칸의 군대와 연합하고, 젊은 장수 폴곤은 안돈 친과 정찰대가 되어 곧바로 나이만의 시랴오성을 공격해 빼앗으라고 명하고 한밤중에 말을 달려가게 했다.

태조와 모훌리 두 군신은 예전 장수들을 나누어 지휘하고, 주치, 차가타이, 우게데이, 톨리 네 작은 주군에게 13씨족의 노욘과 28명의 젊은 장수들을 이끌고 태조를 지키며 따르도록 준비시켰다. 그때 서쪽 수비대의 야보가를 사신으로 하여, 3월 15일을 교전의 날로 정하고 서한을 내주었을 때 대장군의 아우 다이산이 와서 고했다.

"왕가의 친척인 젤메 어르신께서 총사령관의 물품과 보화, 식구들을 모두 데리고 나이만국으로 배반하고 떠나셨습니다!"

그러자 태조가 크게 진노하여, 젤메의 아들인 체첵을 붙잡아 가두게 했다. 이 소식이 베데국의 9개로의 진영에 퍼지면서 이런저런 말이 나기 시작했다.

한편 모훌리가 진영에 오자 데르게이 돈과 곤초드가 총사령관을 맞아 고하기를, "감방을 책임지는 신하 라샨과 장군 촐론이 붙잡은 살지다이 부족의 40명 병사 가운데 한 사람과 데친호롤이 붙잡아 보내온 나이만의 사신 호브락그타이 두 사람을 놓쳤는데, 그들이 우리 군마 가운데 두 마리를 훔쳐 타고 나이만 병영으로 달려갔습니다."

이런 상황에서 이번 전투는 어떻게 될지 알 수 없다. 사관인 타이지

---

4 여기서 언급된 것은 세 부족이다.

인잔나쉬는 어머니 태군께 아침 문안 인사를 드리고 와서, 모자와 허리띠를 풀고 잠시 편안히 앉아 쉬며, 창의 꽃 화분을 옮겨놓게 했다. 오늘 마침 7월, 베 짜는 처녀와 게으른 소 치는 젊은이인 직녀성와 견우성이 만나는 계절이 되어 두 부府의 처녀, 총각, 도련님, 아가씨들이 과일을 들고 와서 직녀성에 길쌈을 잘 할 수 있게 해 달라고 기원하는 놀이를 준비하면서 나를 조금도 가만히 두지 않는다. 그들 모임에 가서 노래하는 것을 듣고, 조금 쉰 다음 초 열흘 길일부터 다음 장을 연이어 쓴 것을 독자 제위들은 보게 될 것이다.

홍성한 나라의 군신은 보는 눈이 명철하고
망국의 군신은 만 가지 말보다 더 말이 많네
자랑스러운 뭉굴즈와 다다통가는 진정 충의가 있고
신실한 용사 이데르 도보는 변함없는 충직함이 있네!

【평언】

『대학』에 정심正心과 수신修身 전문7[5]에 언급된 것은 다음과 같다. 집안을 가지런히 하는 것은 그 몸[6]을 닦는 데 있다고 하는 것은 사람이 자기가 사랑하는 사람에게 치우치고, 멸시하고 싫어하는 것에 치우치며, 자신이 두려워하고 조심하는 것에 치우치고, 자신이 용서하고 자

5 여기서는 『대학』의 전문7 '정심수신(正心修身)'이라 했지만, 내용을 보면 전문8 「수신제가(修身齊家)」를 언급하고 있다.

6 이 부분 역시 몸이라는 단어가 잘못되어 있다.

비를 베푸는 것에 치우치고, 자신의 오만하고 게으른 것에 치우치기 때문이다. 그렇기 때문에 그 좋은 것을 칭찬하고, 그 나쁜 점을 깨달아 알며, 그 나쁜 것을 혐오하면서 그 좋은 점을 아는 자는 세상에 드물다고 했다.

이 장에서 이 말을 인용한 것은 나름 이유가 있다. 이 장의 나이만은 북방 지경 가운데 있는 여러 나라에 비하면 제의를 드리는 사당과 예악이 있는 큰 나라이다. 군주도 또한 괜찮은 자이며, 신하들 역시 능력 있는 자들이다. 자식도 어른을 공경할 줄 알고, 장수들도 충직하고 여러 면에서 괜찮은 나라라 할 수 있다. 타이얀 칸도 강하고 능력이 있으며, 사리 분별이 있는 군주이다. 다만 그 나라에 천문을 뚜렷이 아는 인재가 없다는 것이 문제라면 문제라 할 수 있다. 다른 큰 비뚤어짐이나 크게 대립하는 잘못은 없었다. 한 나라의 군주인 타이얀 칸이 정책과 그 뜻을 수행하지 못하는 일도 없었다. 참으로 하늘의 때를 안다 해도 어찌 다른 이의 종이 되겠는가! 다만 한 가지 과오가 된 것은 먼저 베데국을 공격한 것이 꽤 큰 착오였지만 어쩔 수 없는 일이다. 누가 가만히 보고 있다가 다른 이의 종이 되겠다고 생각하겠는가!

그렇게 타이얀 칸은 누워 자고 있어도 편치 않았으며, 베데국은 하루가 있으면 하루를 편치 않게 했다. 두려워 조심하면서 그들이 여러 부족의 20만 병력을 모으게 된 것은 병사의 수가 적으면 또 대적해 이길 수 없다고 두려워한 데서 비롯되었다. 예전부터 베데국을 공격해 제거하겠다고 마음은 먹었지만, 훗날 누구도 감당할 수 없게 되어 자신이 종이 될지도 모른다는 두려움에 조심하면서 또 이렇게 공격하고

자 했다.

옛 단어를 설명하는 데 있어 한자 '사람'이란 뜻의 '인人'이라는 단어는 양陽은 서 있고, 그 아래 음陰이 받쳐 힘을 주면 그것이 곧 '사람'이 될 수 있다고 했다. 사람으로 만인을 혼자서 지배할 수 있다면, 그것을 곧 '크다'고 했다. 그렇게 한자의 사람 '인'이라는 단어 위에 일一을 놓으면 크다는 '대大' 자가 된다.

또 위에 하늘을 받치고 아래로 대지에 서 있으며, 중간에 사람이 통할 수 있는 천지인 3재를 이룰 수 있다는 삼三이라는 글자는 곧바로 중간을 통하게 하면 인간의 군주인 왕王이라는 글자가 된다. 인간의 주인인 왕이었다가, 이제 어떻게 하여 상황이 바뀌어 다른 이의 종이 되는 데 이르게 되고, 마침내 사람 인人이라는 글자에도 이를 수 없게 된다. 또 나라 국國이라는 글자를 간체자로 쓸 때 에워쌀 위口 자 안에 군주를 뜻하는 왕王을 쓰면 또 나라라는 뜻의 글자가 된다. 그렇기에 나라를 다스리는 대인大人, 사람들의 왕, 나라의 군주이면서 어찌 다른 이의 종이 될 수 있겠는가?

그러니 타이얀 칸이 밤낮없이 두려워하며 경계한 것은 당연한 일이다. 타이얀 칸은 스스로 두려워하고, 조심하는 것에 치우쳤던 것이다. 사람은 뛰어나거나 과도할 수는 있어도 중도를 갈 수는 없다고 했다. 타이얀 칸은 하늘의 때를 만나지 못했던 고대 강력한 칸 즉, 손책孫策,[7]

---

7 손책(孫策, 175~200) : 후한 말기 오현 부춘 사람. 오나라를 세운 손권의 형. 손견의 아들. 손견이 유표와 싸우다가 전사하자 원술을 찾아가 의탁했다. 199년 원술이 조조와의 싸움에서 패하고 죽자 병력을 인수받아 강동의 영주가 되었다. 조조는 그의 세력이 커지자 무마책으로 그를 오후(吳侯)로 임명한다. 조조가 전쟁을 벌일 때 허창(許昌)을 습격해

주유周瑜[8] 등의 칸이나 대신들과 비교할 수 있을 듯하다. 하늘의 때를 어찌하겠는가! 알탄샤, 뭉굴즈, 다다통가 이들의 말을 타이얀 칸이 어찌 말할 수 있겠는가! 대신들이 막으면 막았지 어찌 군주가 스스로 말할 수 있었겠는가? 그렇게 타이얀 칸은 강한 군주로 때가 이르러 나라가 망한 것이지, 스스로 크게 거슬려 일을 잘못한 것으로 나라가 망한 것은 아니다. 그를 칭송하자면 성군 운창[9]의 기운이 상당히 있는 듯하다. 그의 잘못은 두려워하고 조심한 데 있는 것이 아니다. 그에게 심각한 잘못이 없다 할 수 있다. 훗날의 독자 제위들은 저자인 나의 이 말을 천천히 살피기 바란다!

헌제(獻帝)를 빼앗으려고 모의했으나, 오군의 태수 측근에게 살해당한다(이병갑, 『중국역사사전』, 학민사, 2006, 233쪽).

8 주유(周瑜, 175~210) : 삼국시대 오나라 여강 서현 사람. 문무에 능했으며 젊어서 손책과 친구 사이였는데, 손책을 따라 정벌에 나서 건위중랑장이 되었다. 손책을 도와 강동에 손씨 정권을 세웠다. 오나라 사람들은 그를 주랑(周郞)이라 불렀다. 유비와 협력하여 조조의 군대를 적벽(赤壁)에서 격파했다. 조조는 주유가 나이가 어리면서도 재능을 가지고 있다고 높이 평가함(임종욱, 『중국역대인명사전』, 이회, 2010, 1763쪽).

9 여기서 운창은 누구를 이르는지 확실치 않다.

제31장

모홀리는 아홉 가지 보화로 나이만을 섬멸하고, 성군 태조는 세 잔의 술로 아홉 부족을 투항케 했네

송나라 영종 가태嘉泰 원년, 금나라 장종 태화泰和 원년, 신유년辛酉年. 태조 나이 40세였다.

한편 모홀리가 나와서, 붙잡았던 살지다이의 40여 명 가운데 한 사람이 빠져나가 군마 가운데 한 마리를 낚아채 잡아타고 도망쳤다는 것을 듣고, 그 뒤를 추격하게 하지 않았다. 한편 타이얀 칸은 베데국에서 도망쳐 온 병사를 맞아들여 베데국 병사의 내부 정황을 물었다. 그러나 그 사람은 감옥에서 나오자마자 도망쳐 나왔기 때문에 어떤 일이 있었는지 아무것도 알지 못했다. 다만 베데국의 젤메가 배반하여 모홀리의 물품을 가져간 것과 모홀리의 동생을 죽일 거라고 하다가 돌려보낸 사건을 고했다. 또 베데국의 군마의 힘이 매우 약하다는 것을 알고 있었다. 타이얀 칸은 그가 타고 온 말을 보고 많은 대신과 상의하여 말하기를, "베데국의 말이 매우 말랐소. 우리가 길이 험한 협곡을 살피고, 베데국의 병사를 속여 그 계곡으로 몰아넣고 포위해 불시에 습격하면 베데국의 군대를 우리가 분명 이길 수 있을 것이오"라고 하자 홀소브츠와 곡굴율, 곡사례 세 사람의 장수가 나와 고했다.

"이제 우리 병력은 20만의 많은 병사로 군량과 물품 사용이 많아 시간을 끌면 힘들어지기 때문에 군대를 빠르게 움직여야 합니다. 늦으면 이득이 없습니다. 베데국의 군주는 특별히 계략을 써서 다른 나라 병사를 속이는 데 능합니다. 그가 계략을 세우고, 지형을 살펴 진을 치기 전에 공격해 들어가 제압하는 것이 좋을 것입니다!"

타이얀 칸이 그 말을 받아들이긴 했지만, 며칠 동안 주저하며 결단을 내리지 못하자 장수 홀소브츠가 크게 초조해하며 타이얀 칸 가까이 가서 고했다.

"우리나라의 군주께서 적과 싸울 때는 자신의 등과 말꼬리를 상대편의 적에게 보이지 않도록 계략을 써서, 곧바로 결연히 공격해 들어가 적의 위험을 제압하곤 했습니다. 칸께서 진정 베데국의 군대를 이처럼 두려워하시면 처음부터 뭉굴즈 대신 등이 고한 대로 칸께서 나라에 남으시고, 부인으로 하여금 병사를 이끌고 오게 하는 것이 더 낫지 않았겠습니까?"

그러자 타이얀 칸이 크게 부끄러워하며 "내일 곧 선전 포고문을 보내시오. 내가 몸소 나가 싸울 것이오!"라고 명했다.

홀소브츠가 기뻐하며 말했다.

"신은 베데국의 내막을 이미 알아냈습니다. 그들이 간교한 전략을 결정하기 전에 불시에 공격하면 분명 승리할 것입니다!"

홀소브츠가 그곳에서 나와 또 이데르 도보에게 선전 포고문을 보냈다. 이데르 도보가 포고문을 전하고, 그곳에서 음식을 먹고 마시고, 또 상을 얻고 돌아와서 타이얀 칸에게 정황을 모두 고했다. 타이얀 칸은 또 일을 만들어 그에게 화를 내지는 않았다. 이전과 마찬가지로 그를 선봉의 진영으로 보냈다.

또 젤메와 다인산이 모홀리의 서한과 예물을 가지고 가서 사흘이 될 바로 그때 젤메가 집에 도착해 서한을 펼쳐보니 다음과 같은 말이 쓰여 있었다.

"아형께서는 집안 식구들을 데리고, 나의 아우 다인산을 죽여버릴 거라고 위협해 돌려보내세요. 그리고 나이만으로 숨어 들어가 먼저 부드네의 얄고산을 만나 제가 보낸 서한을 보여주고, 함께 나이만의 병영으로 가십시오. 그런 뒤 자모하를 비롯해 물건에 욕심을 갖는 신하들을 살펴보고, 이들 물건을 거저 주어 신뢰를 얻으세요. 그리고 집안 식구를 나이만에서 지내게 하고, 타이얀 칸을 곧바로 공격하는 계략을 쓰세요. 많은 사람에게 소문이 나면 뭉굴즈와 다다통가 등에게 또 마찬가지로 한몫을 주었다고 거짓으로 소문을 내세요. 그렇게 하면 타이얀 칸이 그들을 의심하여 그들의 말을 받아들이지 않을 것입니다. 만약 그들이 타이얀 칸을 제지하여 멈추게 하지 못하면 병사를 무너뜨리기가 아주 쉬울 것입니다. 또 병영에 이르면 빠르게 공격해야만 합니다. 만역 지체하면 우리 병사에 이익이 없게 될 것입니다. 이것은 큰 공이 될 수 있으니 소홀히 생각하지 마시고 신중하세요!"

그러자 젤메가 크게 기뻐하며 곧 식구들을 모두 데리고 부드네 부족을 향해 갈 때 도중에 모홀리의 아우를 붙잡아 포박하자, 다인산이 크게 놀라 그 연유를 물었다. 젤메가 말하기를 "우리 아홉 명이 모두 개국공신인데, 태조께서 오직 그대 형만을 중시하기 때문에 우리 여덟 명의 공신들은 모두 돌아서기로 결심했소. 이제 그대를 죽이고, 나이만에 투항할 것이오!"라고 하자, 다인산이 속으로 '이것은 분명 우리 형님의 계략이 분명하다. 내가 두려워하는 척하면 된다.'라고 생각하고 많은 사람 앞에서 온갖 행태로 살려달라고 애원하자 젤메가 비로소 놓아 주었다.

그리고 젤메는 처자를 데리고 나이만을 향해 가는 도중 나이만 사람들에게 자신이 베데국을 배반하고, 나이만의 태사, 태보 뭉굴즈와 다다통가 등에게 아홉 가지의 귀한 보화를 가져다주고 투항할 거라는 소문을 내게 하면서 나이만의 군 진영에 이르렀다.

그런데 바로 그때 부드네의 얄고산이 와 있었기 때문에 곧바로 그와 상의하여 자모하를 만나 천 냥을 바치고 말하기를 "베데국의 군주 테무진이 특히 그의 총사령관 이외에 다른 공신들을 귀하게 보지 않기 때문에 내가 그를 속여 그에게 준 상을 가로채 처자를 데리고 이곳에 투항하러 왔소이다. 만약 진짜인가를 증명코자 하신다면 우리의 남은 일곱 명의 동료들이 또 이번에 전투에서 이기면 테무진과 총사령관을 붙잡아 투항하겠다고 했소. 대군이 공격해 오면 최소한 싸우는 척하다가 투항하겠다고 합니다!"라고 했다.

그러자 자모하가 크게 기뻐하며 잠시 생각하다가 한 가지 생각이 떠올랐다.

"이들을 위로 군주에게 곧바로 통과시켜 나중에 군대가 이기면 모두 이 젤메의 공이 될 것이다. 곡굴율과 곡사례, 홀소브츠와 상의하여 그 공로를 우리가 취할 것이다!"

밤에 이들 세 사람을 자신의 처소에 모셔 들여 이러한 정황을 모두 이야기하며, 이에 대해 논의했다. 그러자 곡굴율이 한 가지 은밀한 계략을 도모해 이 기회에 그 계략을 쓰겠다고 했다. 곡굴율은 원래부터 타이얀 칸 부자가 대칸의 보위를 차지한 것을 몹시 편치 않게 여기고 있었는데, 이제 이들 논의 가운데 타이얀 칸을 유인하여 혼란한 병사들 가운데 있게 한 뒤 틈을 보아 나이만의 대칸 보위를 빼앗으려는 궁리를 했다.

그러자 그들이 논의한 것을 자모하가 듣고 "이제 젤메의 말대로 베데국의 9경 가운데 모훌리를 빼면 다른 사람들은 모두 마음이 어긋나 있소. 이제 이 기회에 주군을 잘 밀어붙여 공격해 간계 많은 모훌리가 계략을 사용하기 전에 제압해야 할 것입니다. 그리고 또 남은 7경의 대신들을 우리 편으로 끌어들여 주군을 만나게 하지 말고 모두 죽여 버리면 이 큰 공훈은 모두 우리 것이 될 것이오!"라고 하자 모두 크게 기뻐했다.

그런 뒤 젤메를 불러오게 하자, 젤메가 아홉 가지 보화를 곡굴율, 곡사례, 홀소브츠에게 바치며 말했다.

"우리는 똑같은 아홉 명의 개국공신인데, 베데국의 군주 테무진은 특별히 모훌리 한 사람을 추켜세우고, 다른 사람은 조금도 대수롭게 보지 않습니다. 대국의 20만 대군이 진격해 왔다는 말을 듣고, 장병들이 모두 두려움에 질겁을 하고 있습니다. 이번 기회에 서두르시는 것이 좋을 것입니다!"

그 말에 사람들이 모두 기뻐하며 공격할 것을 결정했다. 그런데 자모하는 일을 이룬 뒤 젤메를 또 죽여 공을 빼앗으려고, 타이얀 칸에게 이를 숨기고 고하지 않았다.

한편 다음 날 양측 군대가 교전을 하는 날이기 때문에 서로 병사들을 정렬하고 준비할 때 모훌리가 전해에 케레이트부에서 태조의 친족인 아르트, 호소르, 달지다이 세 사람을 몰래 영입하기 위해 갔을 때 올론호, 고르기 두 사람을 가까이하고 있었기 때문에 그들을 불러 말했다.

"이제 그대들에게 일을 시켜 공을 세우게 할 한 가지 방법이 있네. 우리가 전날 죽이지 않은 은혜와 여러 날 살펴준 정을 생각하여, 그대들에게 이 세밀한 전략을 가르쳐 그대들을 쓰려 하네. 그대들은 진정 전력을 다해 분투할 수 있겠는가 어떠한가?"

그러자 올론호, 고르기가 말할 수 없이 기뻐하며 절을 올렸다.

"총사령관님의 하늘과 땅 같은 크나큰 은혜를 아직 갚을 길을 찾지 못하고 있었는데 한 가지를 명하여 주신다면, 반드시 목숨을 다해 분투하여 공을 세우겠나이다."

그러자 모훌리가 한 가지 계략을 일러 주었다.

"이제 자모하가 모은 나라와 작은 부족, 살지다이 부족의 40여 명을 이제 내가 사용하려고 병사 가운데 데리고 왔소. 그대 두 사람에게 이 40여 명을 죽이라고 명할 것인데, 그대들은 내게 간절히 빌어 그들의 목숨을 구하도록 하시오. 그렇게 하면 그 40여 명을 그대들에게 지휘케 하고, 거짓으로 배반한 것처럼 하여 나이만의 자모하 아래로 보낼 것인데, 그곳 자모하 아래에 또 우리의 젤메 아형께서 계실 것이오. 그대들이 그에게 우리의 서한을 전하고, 그와 함께 자모하를 따라가도록 하시오. 만약 자모하와 그 군대가 패하여 달아나고, 우리 병사에 포위되면 자모하를 곧바로 생포하여 우리 진영으로 들어가도록 하시오. 이것은 매우 중요한 일이오. 이 40명의 목숨을 그대들이 구한다면 그들이 그대들에게 진실로 온 힘을 바치지 않겠소?"라고 하자 두 사람은 크게 기뻐하며 자신들을 사용하는 은혜에 절했다.

모홀리는 곧바로 올론호, 고르기 두 사람에게 살지다이부에서 생포한 40여 명을 끌어내 형장으로 데려가게 했다. 그 사람들이 크게 울며 슬퍼하자, 올론호, 고르기가 말하기를 "이제 그대들에게 공을 세울 기회가 있다. 그대들의 목숨을 우리가 사령관께 청해 구해줄 터이니, 그대 40인은 이 일에 죽을힘을 다해 분투할 수 있겠는가?" 하고 물었다.

그러자 사람들이 울며 말했다.

"뜨거운 목숨을 구해 주시는데, 어찌 온 힘을 바치지 않을 수가 있겠나이까?"

"그렇다면 총사령관께 간청해 보겠네!"

올론호, 고르기가 돌아서서 모홀리의 장막으로 들어가 머리가 붓도록 머리를 땅에 박고 절하며 간청하자, 모홀리가 그 40여 명을 살려줄 것을 허락하고, 살지다이의 40명의 병사를 다시 들여보내게 하며 물었다.

"이 두 사람이 그대 40인의 목숨을 살려줄 것을 간청하여 내가 그 간청대로 그대들을 모두 살려주는 것이니, 올론호, 고르기 이 두 사람의 은혜를 생각하여 죽을힘을 다해 분투할 수 있겠는가?"

40인이 크게 기뻐하며 "목숨을 다해 분투하겠나이다!" 하고 소리쳤다.

그러자 모홀리가 병사들의 포승줄을 풀어주고, 또 밥과 술을 상으로 내려주자 그들은 죽도록 기뻐하며 은혜 갚을 일을 상의할 때 올론호와 고르기가 말하기를 "총사령관의 이 은혜에 그대들은 한 가지 신뢰를 보여드리는 것이 옳을 것이오!"라고 하자, 모두가 기뻐하며 모홀리 앞에 와서 피를 내어 맹세하고 절했다. 모홀리가 크게 기뻐하며 모두에게 후한 상을 내려주고, "그대들이 그러하다면 올론호와 고르기의 계략을 좇아 그를 따라가도록 하라" 하고 내보냈다.

또 밤에 올론호, 고르기는 이 40명을 데리고 나이만의 병영에 숨어 들어가 자모하에게로 갔다. 자모하가 보니 모두 베데국 사람이 아니었다. 사실 선두에 선 두 사람은 케레이트 사람이요, 다른 사람들은 모두 살지다이 부족 사람들이었기 때문에 의심하지 않고, 자신의 병영에 남게 했다. 밤에 올론호, 고르기 두 사람이 몰래 젤메의 숙소로 가서 모홀리의 서한을 전해 주었다. 젤메가 기뻐하며 서한을 펴보니 다음과 같은 내용이 적혀 있었다.

> 내일 정오가 지나자마자 타이얀 칸이 공격하기 위해 항가이산으로 갈 것입니다. 그때 부드네 부족의 얄고산이 이끄는 군대에 우리나라 기를 모두 바꾸어 세우고, 타이얀 칸의 진로를 차단하도록 하십시오. 오늘 밤에 열 묶음의 깃발을 항가이산의 올란 호쇼에 가져다줄 것입니다. 또 일곱 묶음의 깃발은 얄고산에게 주고, 나머지는 경께서 갖고 있다가 병사들이 혼란해진 틈을 타 나이만 군대 안으로 들여보내, 타이얀 칸을 포위하는 데 쓰십시오.

그러자 젤메와 올론호, 고르기 세 사람이 의논하여 사람을 보내 항가이산의 올란 호쇼에서 깃발의 묶음을 받아서 얄고산에게 분배해 주었다. 다음 날 베데국과 나이만 두 나라의 군대가 항가이산 동쪽과 자드가이산의 서쪽 사이 넓은 초원에서 서로 대오를 이루고 대치해 있다가, 베데국의 선봉인 제브와 폴고다이의 병사들이 나이만의 선봉 이데르 도보의 병사들과 맞서 싸웠다.

나이만의 타이얀 칸이 보니 베데국의 병사들의 수가 매우 적었기 때문에 이데르 도보의 군대에 공격하라는 북을 치게 하자, 이데르 도보가 미친 수소처럼 몽둥이를 돌리며 대오 앞에 나와 크게 외쳤다.

"무슨 일이 있어도 주군 앞에서 죽겠나이다!"

이데르 도보가 공격하며 나가자 베데국의 병사 가운데 폴고다이가 큰 검을 흔들며 달려나왔다. 두 사람이 스무 번을 맞붙어 싸웠지만 승패를 가리지 못하자, 폴고다이가 더 대적해 싸우지 못하고 자신의 대오로 도망쳐 들어갔다. 그때 이데르 도보가 아무것도 생각지 않고 혼자서 말을 달려 베데국의 병사들 가운데로 돌격해 들어가자, 부하 병사들이 서둘러 그를 따라 공격해 들어갔다.

그때 베데국의 병사들 가운데서 나무를 "딱! 딱!" 하고 치자, 병사들이 적군을 향해 난살을 마구 쏘아댔다. 나이만의 병사들이 진격해 들어가지 못하고 퇴각하자, 베데국의 병사들이 또 갑자기 뒤로 물러섰다. 이에 이데르 도보가 미친 호랑이처럼 베데국의 군대를 향해 종횡으로 마구 베면서 진격해 들어갈 때 갑자기 말 다리가 끈에 걸려 병사들이 말을 탄 채 굴러 넘어졌다. 그러자 베데국 병사들이 그들을 붙잡아 포박하고, 자기 병사들을 물러서게 했다.

나이만의 병사들은 베데국이 뒤로 물러난 것을 보고 분명 이데르 도보의 군대가 이긴 것이라 여기고, 대군의 북을 치고 홀소브츠가 큰 검을 휘두르며 대오 앞으로 나왔다. 그러자 베데국의 군대 대오의 문이 열리고 곧 부호 벨구테이가 쇠몽둥이를 돌리며 나와서 홀소브츠와 30번을 겨루며 교전하다가 갑자기 몽둥이를 빈 땅에다 몇 번을 돌리더니 말을 되돌려 자신의 진영으로 도망쳐 들어갔다. 타이얀 칸은 두 개 군단이 모두 승리했다며 자신이 앞장서 큰 북을 치고, 베데국을 향해 대군을 이끌고 물밀 듯 공격해 들어갔다.

그때 베데국의 진영에서 포성이 울리며 하브트 하사르의 군대가 양쪽으로 대오를 이루며 갈라져 모두 봉황의 부리 모양으로 대오를 바꾸고, 나이만 군대의 양쪽 옆구리로 돌격해 들어가서 나이만의 등 뒤쪽으로 나갔다. 그리고 곧바로 서쪽으로 달아나 항가이산의 북쪽으로 갔다. 타이얀 칸이 대노하며 병사들을 다시 돌아보니, 군대에 베데국 군주의 수호기와 보개가 있었기 때문에 서둘러 추격해 그 꼬리를 좇아갔다. 그러자 항가이산의 동편 계곡 틈에서 포성이 울리더니, 신호용 연기가 일면서 북과 징소리가 울렸다. 타이얀 칸은 추격하는 것을 멈추고, 서둘러 병사를 보내 달려가 살펴보게 하는 사이에 하사르와 제브의 군대는 이미 멀리 가 버리고 없었다.

그러자 곡굴율이 "이것은 분명 의구심을 갖게 하는 모홀리의 전략입니다. 이 기회에 추격해 싸우는 것이 옳을 것입니다. 도망치는 병사는 죽이기 쉽습니다!"라고 했다. 그리고 추격하여 항가이산의 동북쪽에 이르자 또 연기가 솟아오르는 곳에서 1개 군단의 병사가 나타났다. 또 보니 베데국의 군주 테무진이 한 무리의 젊은 장수들을 데리고 나타나 나이만의 군대 앞에서 몇 번을 공격하다가 곧바로 병사들을 남쪽으로 돌아가게 했다. 그러자 타이얀 칸이 크게 기뻐했다.

"테무진이 원래 여기에 있었군!"

그리고 다시 태조의 군대를 추격해 갔다.

베데국의 병사들은 나이만의 진영 쪽으로 달아나 항가이산 동남쪽에 이르러, 나이만 진영의 뒤쪽으로 돌아 서쪽을 향해 달아났다. 그러자 타이얀 칸이 이를 놓치지 않고 기세를 몰아 추격해 거의 따라잡으려고 하는데, 갑자기 항가이산의 올란 호쇼 계곡에서 모홀리의 병사들이 나타나 태조를 지나가게 하고, 나이만 군대를 맞으며 일제히 공격해 싸우다가 또 달아나 태조의 뒤에서 서쪽으로 달려갔다. 나이만의 군대가 또 필사적으로 추격하자 베데국 병사들이 곧바로 항가이산의 서남쪽 큰 강가로 들어갔다.

그러자 타이얀 칸이 참을 수 없이 격분했다.

"이상한 계략을 쓰고 있는 것이 분명하다. 우리 군대를 다시 되돌려 베데국의 진영을 압박하면 어떠하겠는가?"

그러자 홀소브츠와 곡굴율이 동시에 고했다.

"아니 됩니다. 우리 군대를 되돌리면 베데국의 군대가 분명 우리를 치기 위해 병사를 되돌릴 것입니다. 이들은 분명 계곡 북쪽 입구로 나와 하사르의 군대와 연합하여 진영으로 갈 것입니다. 그들이 강으로 나가기 전에 공격하는 것이 좋을 것입니다!"

타이얀 칸이 마음을 다잡고 군대를 재촉해 베데국 병사들을 추격해 강 가운데 이르자, 항가이산의 서쪽 부르헥그트 언덕 위에 태조의 군대가 서 있었다. 타이얀 칸은 그대로 부르헥그트 언덕을 향해 달려 올라가 그 계곡 입구를 향해 공격해 들어가자 태조의 많은 병사들이 언덕을 따라 위로 달아났다.

이에 타이얀 칸이 미심쩍어하며, "이들 병사가 이 막다른 강을 향해 들어가는 것은 분명 계략이 있는 것이다"라고 하자 곡굴울이 "계략이 있다면 그가 그 계곡에 있으니, 어떻게 하든 그 계곡에서 나올 것입니다"라고 하며 또 달려가자, 모홀리의 군대가 또 항가이산의 서쪽 산허리에 서 있다가 서북쪽으로 달아났다.

타이얀 칸이 크게 의구심을 품고 여전히 망설이고 있을 때 서남쪽에서 크게 포성이 울리며 1개 군단의 병사들이 맞은편에서 나와 공격을 개시했다. 그런데 선봉에 선 장수는 작은 아이로 모두가 붉은 사자 수호기와 보개를 잡고 있었다. 수호기에는 '태조, 주치, 차가타이'라고 쓰여 있었다. 그러자 나이만 병사들은 비로소 안심이 되어 계략이 아니라며 싸우자고 했다. 한편 주치와 차가타이는 모두 은 갑옷과 황금 투구를 쓰고 몇백 명의 병사를 이끌고 죽을힘을 다해 강 상류로 달아났다.

타이얀 칸이 서둘러 "저 테무진의 자식들을 붙잡으면 베데국을 평정할 수 있다!"라며 그 뒤를 추격했다. 그런데 그 1개 군단의 병사들의 달려가는 움직임이 매우 빠르고, 군마 역시 모두 사냥을 하러 많이 다녀본 말이었기 때문에 추격해 따라잡지 못하고 있을 때 주치와 차가타이의 군대가 갑자기 깃발을 내리고, 동쪽의 좁은 계곡으로 들어갔다. 타이얀 칸의 대군은 좁은 계곡으로 들어갈 수 없었기 때문에 멈추어 서서 보니 부르헥강 입구의 산등성이에 베데국의 1개 조의 병사들이 서 있었다. 자세히 보니 수호기 아래 테무진의 군대가 있었기 때문에 병사들에게 엄히 명령을 내렸다.

"누구든 뒤로 물러서면 죽임을 면치 못할 것이다. 돌격해 나가 테무진을 붙잡도록 하라!"

병사들이 돌격해 들어가 강 초입에 이르자 골짜기 입구에서 동시에 큰 포성이 울리고, 태조 스스로 대전투의 시작을 알리는 북을 치고 많은 병사들에게 명했다.

"모두 함께 돌진해 들어가라!"

그리고 병사들에게 함성을 지르게 하자, 눈 깜짝할 사이에 산등성 아래서 매복해 있던 1개 군단의 병사들이 나타나, 곧바로 호랑이 이빨의 깃발을 들어 올리고 12개 군단이 반대편에서 쳐들어왔다. 나이만 병사들은 여전히 태조가 서 있는 산등성이를 쳐다보며 가고 있었는데, 갑자기 무릎 아래서 대군이 나타났다. 이때 자모하는 뒤에 가면서 다른 부족의 수장들에게 말했다.

"나이만의 타이얀 칸이 20만 병력으로 베데국을 향해 갈 때 베데국의 군대를 양 배속에 있는 새끼처럼 머리, 정강이, 가죽, 간 모든 것을 남김없이 삼키려고 벼르고 있소. 지금 내가 이 베데국의 형세를 살펴보니 이전과 크게 달라졌소!"

그리고 일테시강의 마일즈 부족의 토도와 와일 부족의 호비트 오하와 함께 나이만의 군대 뒤에 남아 양국 군대의 전투 상황을 살펴보니, 산등성이 아래서 알호와 수호의 매복한 병사들이 곧바로 치고 들어오자 양 산허리에서 나팔 소리가 나며 양편에서 또 베데국 병사들이 쇠뇌를 쏘면서 돌격해 내려왔다. 그러자 나이만의 병사들이 대경실색했다. 그 상황에 직면해 여전히 미심쩍어하고 있을 때 또 갑자기 양옆의 계곡과 강가에서 나팔 소리가 나더니 2개 군단의 병사들이 포위해 왔다.

또 보고 있자니 하브트 하사르의 군대가 벌써 산을 넘어왔다. 그때 나이만의 병사들이 크게 두려워하며 의아해할 때 타이얀 칸이 이미 계략에 빠진 것을 알았지만, 그럼에도 군대를 3개 군단으로 나누어 세 방향에서 필사적으로 접전했다. 그러나 사람과 군마가 위쪽을 보며 싸우는 것이 쉽지 않았다. 나이만 군이 세 방향에서 싸울 때 위에서 마치 산이 무너지듯 돌이 굴러 내려왔다. 남쪽 군대의 홀소브츠는 알호와 싸우고, 곡사례는 수호와 맞붙어 싸우며 양편의 네 장수들이 20번을 맞붙어 싸웠다. 알호는 반월도를 공연히 땅쪽으로 몇 번 흔들더니, 홀소브츠의 겨드랑이 아래로 빠져나가 갑자기 몸을 돌려 홀소브츠의 등 뒤에서 머리를 한 번 찍어 두 도막을 냈다.

이에 곡사례가 깜짝 놀라 수호와 맞붙어 싸울 때 수호가 갑자기 말 뒤쪽으로 위를 보고 누워서 공격해 들어와서는 곡사례 옆으로 오자마자 몸을 갑자기 틀어 무기를 던지고, 곡사례의 몸을 안고는 자신의 말을 한 번 찼다. 그리고 곡사례의 말 위에 올라타 그의 목을 꽉 붙잡아 조르다가, 둘이서 함께 말에서 굴러떨어졌다. 그때 알호가 병사를 몰고 달려와 곡사례를 생포했다.

타이얀 칸이 어찌할 바를 몰라 몹시 초조해하고 있을 때 동쪽 산 고원에서 베데국 병사 가운데 좌로의 부호 벨구테이, 오이트 오칙이 나이만의 수렐헥을 창으로 찔러 말에서 떨어뜨렸다. 그 뒤로 대군이 연이어 달려올 때 우로 군대의 먕가탄, 갈조 보호가 베데국의 하브트 하사르, 명을 받은 보토와 함께 싸울 때 먕가탄의 말이 제멋대로 날뛰자 먕가탄이 말에서 떨어진 것을 갈조 보호가 지키며 싸웠다. 하브트 하사르가 갈조 보호의 검을 쥔 손을 활로 쏘자, 화살이 그의 오른쪽 손등을 맞추고 검의 손잡이에 박혔다. 갈조 보호가 더 싸울 수가 없어 자신의 진영으로 달아났다.

그러자 보토가 발 빠르게 대군을 이끌고 공격해 들어갔다. 타이얀 칸이 이에 더 맞설 수 없음을 깨닫고 어찌하지 못하고 있을 때 태조의 군대가 또 산등성이 아래로 날듯이 돌격해 들어오자, 북이 울리고 북소리에 바위가 메아리쳤다. 타이얀 칸은 베데국 군대와 맞서 교전하기가 어렵다고 판단하고, 병사들을 회군시켜 달아났지만 50리를 가지 못해 선두에 가던 병사들이 멈추어 섰다. 그 이유를 묻자 앞쪽 언덕 위에 1개 군단의 병사들이 있다고 했다. 그러자 타이얀 칸이 명을 내렸다.

"곧장 돌아가는 것이 중요하다. 다른 계곡으로 들어가서는 아니 된다!"

그때 양편의 큰 강 입구에서 촐론와 투무르의 군대가 함께 나와 협공 작전을 펼치며 적을 베어나갔다. 타이얀 칸이 나이만의 병사들을 2개 군단으로 나누자, 병사들이 서둘러 서북쪽의 큰 둑을 가로질러 넘어가서 항가이산 서쪽 큰 강이 있는 계곡으로 들어갔다. 그러자 태조의 3개 군단의 추격 군대가 강의 초입으로 돌격해 들어가 북쪽으로 공격하며 추격하자, 남쪽에서 또 처음의 붉은 보개를 든 병사들이 쇠뇌로 활을 쏘며 나타났다. 이때 나이만의 군대는 이미 혼란에 빠지고, 자모하는 또 1개 군단의 병사들을 데리고 뒤쳐져 가다가 산골짜기로 도망쳐 들어갔다.

한편 타이얀 칸은 베데국의 2개 군단 병사에 압박을 받고 있을 때 북쪽에서 촐론과 투무르의 군대가 달려와 돌격해 들어오자 크게 다급해져 서북쪽으로 달려갔다. 그때 또 느닷없이 포성이 천지를 진동했다. 이와 동시에 모홀리가 대군을 통솔해 밀고 들어오자 나이만의 병사들이 사방팔방으로 모두 적에 포위되어 빠져나갈 곳이 없는 상황이 되었다. 베데국의 5개 군단이 머리와 꼬리를 잇고 태조를 선두로 적을 포위하여 공격했다. 이때 나이만의 병사들의 반수 이상이 해를 입고 흩어졌기 때문에 남아있던 병사들은 완전히 간담이 서늘해져 오직 달아날 길만 찾고 있었다. 이런 상황 속에서 어찌 나이만이 베데국의 군대와 대적해 싸울 수 있겠는가!

나이만 병사들이 모두 달아났기 때문에 베데국의 병사는 바라를 치며, 사방에서 메뚜기 날듯이 화살을 쏘아댔다. 날아오는 화살에 나이만 병사들은 눈을 뜨지 못한 채 움칠 고개를 돌리고 얼굴에 화살 맞는 것을 피했다. 그때 태조는 북쪽에서 돌진해 달려와 올란 호쇼에 올라가 선두에 서서, 하브트 하사르, 초 메르겐, 보쉬그트 보토의 3개 군단의 명궁수를 데리고, 타이얀 칸의 노란색 보개와 깃발을 향해 활을 쏘았다. 그중 한 발이 타이얀 칸의 형 볼로 왕의 어깨에 맞아, 볼로가 말에서 굴러떨어지는 것을 곡굴율이 서둘러 받쳐 말에 태우면서 말했다.

"이 많은 병사와 맞붙어 싸우다가 결국 그들의 화살에 맞아 죽을 것입니다!"

그리고 급히 몇백 명을 이끌고 타이얀 칸과 함께 베데국 병사들이 겹겹이 에워싼 곳을 빠져나갈 때, 타이얀 칸의 팔뚝에 또 한 발의 화살이 맞았다. 타이얀 칸이 크게 당황하며 말에 채찍을 가하여 동북쪽으로 질주해 갈 때 동쪽 산등성이 위에 부드네 부족의 얄고산의 1개 군단에 이미 베데국의 깃발을 세워놓고, 나이만 대부분의 병사를 속임수로 투항케 했다.

타이얀 칸은 말 위에서 분통을 터트리며 발을 굴렀다.

"베데국의 얄고산에게 속임을 당했다!"

타이얀 칸 일행이 다시 말을 되돌려 남쪽으로 갈 때 촐론과 투무르의 군대를 만나 또 한 차례 죽임을 당하고, 큰 산 남쪽으로 달려가다 서쪽으로 달아났다. 그러나 다시 모홀리의 군대에 의해 길이 막히자 서북쪽으로 달아났다. 그때 나이만의 대군 가운데 있는 깃발과 보개가 모두 쓰러지자 대군은 이미 어찌할 바를 모르고 혼란에 휩싸였다.

이 기회에 모홀리는 자신의 병사들에게 선포했다.

"타이얀 칸이 붙잡혔다."

모홀리가 거짓으로 외치자 타이얀 칸이 그 소리를 듣고 분개하며 발을 쾅쾅 굴렀다.

"저 교활하고 악랄한 놈 모홀리!"

타이얀 칸은 진영으로 들어갈 수 없었기 때문에 몇백 명의 기병들을 데리고 길을 갈 때 오랜 전투로 병사와 말이 이미 지쳐 있었다. 이런 상황에서 불안한 마음으로 모두가 산을 향해 황급히 갈 때 후면에서 또 모훌리의 군대가 추격해 오자, 서둘러 항가이산의 서쪽 비탈에 이르니 갑자기 사방에서 커다란 포성이 잇달아 울렸다. 그러자 보가르지와 보랄의 여덟 명의 장수와 8천 명의 병사들이 나타나 그들을 둥글게 에워쌌다. 타이얀 칸이 보니 붉은 태양이 서쪽 산 정상으로 넘어가려 하고 있었다. 태양의 일부를 검은 구름이 에워싸자 타이얀 칸이 갑자기 의구심이 들어, "이 고개 이름이 무엇이냐?" 하고 물었다.

한 병졸이 고하기를 "이 고개는 항가이산의 '나란 쉰게흐일몰'[1] 고개라고 합니다!"라고 하자 타이얀 칸이 하늘을 향해 장탄식을 했다.

"이것이 곧 내가 죽을 자리였구나. 그렇지만 죽을 때 죽어도 여기서 싸우는 것을 그만둘 수는 없다!"

그리고 5백 명의 병사를 8개 군단으로 나누고, 또 베데국의 군대를 향해 공격해 들어가 선두에 선 병사들 상당수가 상해를 입었다. 곡굴율이 크게 초조해져 타이얀 칸에게 고했다.

"이미 대군에서 이탈한 상황에서 이제 어떻게 싸우겠습니까?"

그가 싸우지 말자고 몇 번을 만류하자 타이얀 칸이 "사내대장부가 도망쳐 죽느니 차라리 맞서 싸우다 죽을 것이다!"라고 하며 싸움을 멈추려 하지 않았다. 곡굴율이 상황이 다급해진 것을 깨닫고, 이렇게 맞서 싸워도 결국 모두 죽임을 당할 거라며 단칼에 타이얀 칸을 베어 쓰

1 '나란 쉰게흐'는 '태양이 지다'란 뜻이며, 타이얀 칸의 '타이얀'이 '태양'이란 뜻으로, '나란 쉰게흐'는 타이얀 칸의 죽음을 암시한다.

러뜨리고 병사들을 이끌고 소리쳐 말했다.

"타이얀 칸께서 이미 화살에 맞아 돌아가셨다. 시신을 가져가라! 우리는 투항할 것이다."

그러자 사방에서 싸움이 잦아들었다. 나이만의 남은 4백 명 이상의 병사들이 산부리에 서서 타이얀 칸의 시신을 보니 상처가 등 뒤로 베어진 것이었기 때문에 자신의 군대에서 잘못이 생긴 것을 알고 이를 태조에게 고했다. 또 모훌리의 군대가 와서, 볼로 왕과 곡굴율 등의 1개 군단을 포위하여 갑옷을 벗기고, 무기를 모으게 한 뒤 비로소 숙영케 했다.

그렇게 하여 자신의 병사 20명으로 나이만의 병사 10명을 압송케 하고, 태조의 군대에 모두가 투항한 것을 남은 나이만 병사들에게 알리기 위해 사람을 보냈다. 이때 날이 어두워졌기 때문에 나이만 병사들이 무리 지어 항가이산의 할가트 하드 계곡 길로 도망치려고 나가자 건너편에서 촐론과 투무르의 남은 병사들이 일제히 화살을 쏘아댔다. 이에 당황한 나이만 병사들이 서로를 짓밟아 그 죽은 자의 수가 셀 수 없이 많았다.

태조가 나이만의 대군을 투항시키고, 또 밤에 태조를 위시해 모두가 말린 유제품을 먹고 샘물을 마시며 항가이 산속에서 그대로 밤을 지냈다. 이날 밤 볼로 왕과 그의 아들 곡굴율은 안장 없는 말을 타고 달아났다. 또 다음 날 징을 치고 대군을 모아 나이만의 투항한 병사를 점호해 보니 12만 9천 명이 넘었고, 전투에서 죽은 자가 2만 명이 되었다. 또 흩어지고 도망친 자들이 4만 이상이 되었다. 점호를 한 뒤 병사들을 9개 군단으로 나누어 지휘케 하고, 태조는 몸소 타이얀 칸이 죽은 '나란 쉰게흐' 고개로 서둘러 가서 모홀리의 병영에서 잠시 쉬고 있을 때 호르츠 바이르 등의 네 명의 장수가 와서 나이만의 대 진영을 완전히 점령한 상황을 고했다. 태조는 모홀리를 크게 칭찬하며, 두 진영을 합치게 하라고 보냈다. 태조는 또 타이얀 칸이 자기 자신의 병사에 의해 죽임을 당한 것을 듣고, 타이얀 칸과 함께 갔던 4백 명 이상의 병사들을 모두 붙잡아 오게 하여 격노해 물었다.

"그대들 주군을 누가 죽였느냐?"

많은 병사들이 모두 울며 고했다.

"저희 주군의 형님 볼로 왕의 아들 곡굴율이 주군을 대군으로부터 데리고 나가 이곳에서 싸움을 제지하자, 우리 주군께서 싸우다 죽겠다고 하니 곡굴율 자신이 살아서 빠져나갈 것을 생각하고 주군의 등 뒤에서 칼로 내리쳐 쓰러뜨렸습니다. 그러고는 베데국의 병사의 화살에 맞아 죽었다고 소문을 내게 했습니다. 그리고 사방에서 병사들이 싸우는 것을 멈추게 하고, 거짓으로 투항하여 밤에 우리를 데리고 도망칠 거라고 했습니다. 우리가 도망쳐도 매복해 있는 병사에게서 빠져나갈 수가 없다고 가지 않자 그들 부자가 안장 없는 말을 타고 달아났습니다. 사실 우리가 주군을 죽인 것이 아닙니다!"

태조가 비로소 분을 가라앉히고 명했다.

"나이만의 생포된 장수가 있으면 데리고 오라!"

그러자 제브와 호보라이 두 사람이 이데르 도보를 포박하여 데리고 왔다. 이데르 도보가 자기 주군의 시신을 보더니 크게 소리쳐 울었다.

그리고 태조에게 무릎을 꿇지 않았다. 연이어 알호와 수호 형제가 홀소브츠의 머리를 갖고 곡사례를 데리고 왔다. 보식그트 보토는 먕가탄을 포박하여 데리고 와서 무릎을 꿇게 했다. 출로와 투무르 형제가 갈조 보호를 포박해 데리고 왔다.

그러자 태조가 이데르 도보, 먕가탄 두 사람의 포승줄을 풀어주고, 그의 군주의 장례를 치르게 했다. 샘물로 시신의 상처를 씻게 하고, 그 상처를 봉합하게 했다. 그런 뒤 나이만의 투항한 병사들의 진영에서 타이얀 칸의 관을 가져오게 했다. 타이얀 칸은 칸으로 지내면서 항상 관을 가지고 다녔다. 태조는 수레에서 칸의 의관을 가져오게 하여 타이얀 칸에게 입히고, 그 위에 타이얀 칸의 피 묻은 옷을 빨게 하여 젖은 채로 입혔다. 왕관을 씌워 관에 안치하게 하고, 또 나란 쉰게흐 고개의 평지에 묻고 그 위에 흰 돌로 오보를 세우게 했다. 그리고 스스로 무릎을 꿇고 술을 뿌려 올리며 이렇게 말했다.

나이만 국을 지배했던 태양타이얀이란 이름의 칸 그대는
봄, 가을이 바뀌는 것을 잘 살피지 못한 연고로
우호적인 테무진 나를 무차별 추격하고
내게 속한 서쪽 강역을 몇 번이나 침범해도
온건한 손아래 사람인 나는 애써 군대를 조직해 맞서지 않았건만
중년이 지나 강건했던 형님 그대는
가차 없이 많은 부족을 한없이 모으고
여덟 개 군단, 20만 대군에 자만하다가

악독한 조카 곡굴율에게 죽임을 당하고
나에게 뼈를 거두게 하여 장례를 치르게 하네
우의 없는 내가 이처럼 예를 다하는 것은
장난처럼 거짓 되이 허세를 부리는 것이 아니네
80만 백성에게 의롭게 칸 위에 올랐던 것을 생각하여
예를 다해 장례를 치르며
제수와 질 좋은 술로 사찰을 뿌려 제의를 드리고
나이 어린 곡굴율을 죽여주리다!

제의를 마치고 돌아가 총사령관을 비롯해 모두에게 선포했다.

"이 이후 나의 대군은 나라를 공격해 점령할 때 무슨 일이 있어도 그 나라 군주를 죽이는 상황에 이르게 해서는 아니 되오. 그 나라 백성과 지역이 모두 우리의 것이 되면 족하오. 특별히 어떤 한 사람을 죽여 무슨 이득이 있겠소? 죽이지 않는다고 해서 무슨 해로운 일이 있겠소?"

태조의 이같이 깊고 먼 혜안을 중국 사관들 특히 몽골을 얕잡아 보고 멸시하여 부정적으로 말하는 자들은 못된 저의를 바꾸지 못하고, 몽골에 흠을 찾아 말하며 글을 쓴다. 『자치통감강목』에서는 태조가 나이만을 섬멸한 어떤 부분에서 그 뒤에 다음과 같이 언급해 말했다. 즉, "테무진이 모든 나라를 이처럼 뿌리채 없애는 것은 참으로 잔인한 일이다. 훗날 다른 나라가 또 자신이 한 것처럼 그의 나라를 빼앗을 것이다"라고 했다. 우매한 내가 생각해 보면 고대 진시황 때부터 나라를 세울 때 모두 하나의 천하를 이루고자 하여 다른 나라를 정벌한 것은 태조와 마찬가지이다. 또 세상이라는 것은 세상의 세상이기 때문에 세상 사람이 번갈아 살아가는데, 어느 세상을 빼앗아서 그에게 남게 하겠는가? 이것은 이미 정해진 일인데 몽골이 한족을 점령한 것으로 이 같은 말도 안 되는 헛소리를 하며 무엇을 하자는 것인가? 내가 들은 바로는 자기중심적이지 않은 중립적인 자를 나라의 사관 부서에 들인다고 했다. 이번의 사관은 여러 사관들을 크게 모욕하고, 그릇된 생각을 드러낸 것이라 할 수 있다. 그가 고쳐 말해도 몽골이 중원을 점령하지 않은 것으로 만들 수 없는 것은 작은 것에도 힘이 없고, 또 말이 맞지 않기 때문이다. 명나라가 중원을 차지하고, 청나라가 지배하면서 또 170개 이상의 지역에 태조의 후손들이 살아간다. 만약 근간 없이 지배했더라면 이들이 어찌 오늘날까지 살아갈 수 있겠는가?

한편 태조의 병사에게 붙잡힌 나이만의 지나치게 강직한 이데르 도보를 비롯해 모든 사람이 눈에 눈물을 흘리고 탄복하며 태조를 따랐다. 그러자 태조는 많은 병사를 이끌고 항가이산의 남쪽으로 가서 양 진영을 하나로 연합하게 하여 그곳에 주둔시켰다. 또 많은 병사들을 질서있게 배치했다. 나이만의 주인 없는 병사는 9개로, 36개 군단, 180개 조로 나누어 지휘케 하고, 나이만을 향해 출병할 때 찬드간 세첸과 호드간 베히 등의 병사들은 나이만에서 빠져 나와 도망친 9천 명 이상의 부족 병사들과 맞서 싸워 승리하고, 앞에 선 수장과 하다르 부족의 수장 졸리, 살지오드 부족의 수장 메넨 등을 생포했다. 그들이 남은 병사들을 모두 데리고 오자 태조는 졸리와 메넨 등을 신뢰할 수 없다며 모두 죽이게 하고, 투항한 병사들을 점호하여 나누어 지휘케 했다. 그리고 대군을 이끌고 나이만을 향해 가다가 20리를 가지 못해 호다락 바타르가 맞으러 와서 알락 운구트의 데친호롤과 함께 연합하여, 나이만의 모든 것을 다 모아들이고 평정한 기쁨을 고했다.

한편 베데국의 군대가 지체하지 않고 나이만 대국에 이르자, 왕구브 부족의 수장 데친호롤이 많은 사람을 이끌고 나와 선두에 서서, 태조를 맞아 절하며 경하의 술을 올렸다. 그리고 나이만의 옛 서요의 궁전에 들어가 큰 잔치를 베풀 때 모훌리는 타이얀 칸의 처자를 병사들에게 보살피게 하고, 절대 괴롭혀서는 안 된다고 엄하게 명했다. 이는 나이만의 홍고르졸이 모훌리가 나라에서 나올 때 여러 번 반복해서 무릎을 꿇고 울며 인이 박이도록 간청했기 때문이었다.

한편 연회 전에 모훌리는 칠보 장식이 박힌 투구를 쓰고, 젤메와 함께 자모하를 결박하여 데리고 왔다. 태조는 자모하를 보자마자 눈에서 불이 일었다. 상황을 보니 젤메는 자모하의 병사와 함께 있었고, 또 올론호와 고르기가 40여 명의 병사를 얻어와 싸운 그 날의 전투에서 자모하는 일테시 강가 마일즈 부족의 토도, 와일라 부족의 호비트 오하 셋이서 나이만 군대와 헤어져 밤에 몰래 달아날 때 촐론과 투무르의 군대와 만나 싸우다가 패하자, 그 참에 자모하는 계곡의 강 상류로 들어갔다. 그는 급히 서두르면서 머리를 풀어헤치고 물속에 들어가 물에 또 작은 머리를 보이며, 손에는 그 끝에서 번쩍번쩍 불이 이는 검을 쥐고 도망쳤다.

그때 젤메가 먼저 손을 써 아르트, 호소르를 재빨리 붙잡아 베어 죽였다. 그리고 모홀리의 장막에 가서 쉬면서 특별히 이날의 연회를 기다렸다. 한편 모홀리는 주군이 상으로 내린 아홉 가지 보화를 나이만 병영에서 이미 모아가지고 왔다.

한편 태조는 자모하를 보고 크게 진노하며 꾸짖어 말했다.

"일곱 개 나라에서 말을 장사하던 더러운 놈. 어떤 한 나라에 이르면 어떤 한 나라를 망하게 하는 불길하기 짝이 없는 놈, 대체 네 손으로 몇 개 부족을 망하게 했는지 너 스스로 돌이켜 보라! 또 케레이트의 왕칸은 네게 전혀 못되게 하지 않았으며, 네 목숨을 구해 돌봐 준 그러한 은혜로운 사람을 너는 어찌 감히 베어 죽일 수 있단 말이냐? 너는 또 나이만을 충동질하여 이와 같은 상황에 이르게 하고, 또 다른 나라 사람들을 이끌고 배반하니, 이처럼 간악하고 의리 없는 놈이 세상에 또 어디 있겠느냐?"

태조는 그의 두 귀에 화살촉을 찌르고, 손가락, 발가락을 모두 베어 버리고, 죄인을 나르는 함거檻車에 가두고 명했다.

"나라에 돌아간 후에 케 왕의 시신 앞에서 널 베어 죽일 것이니 기다리라!"

그리고 아르트와 호소르를 이미 죽였기 때문에 그 시신과 머리를 거두고, 그의 선조의 묘에 가져다가 묻으라고 일렀다. 그리고 곧 많은 신하의 공훈을 구별하려 할 때 왕구브의 데친호롤이 머리가 긴 나이 50이 넘은 어떤 사람을 밀며 데리고 와 무릎을 꿇리고 고했다.

"이자는 나이만의 위오국 출신의 다다통가입니다. 타이얀 칸이 그를 직접 모셔와 스승의 예로 존중하고, 나라의 금인장을 그에게 맡기고 나라의 들고나는 것과 나라의 창고를 모두 그에게 맡겨 지키게 했습니다. 우리 병사가 그 지역을 점령해 빼앗자, 밤에 이 황금 인장을 가슴에 품고 도망치는 것을 우리 병사가 붙잡아 왔습니다. 또 나이만의 모든 신민과 한인 모두의 송사와 간계를 관장하는 간의대부 뭉굴즈는 주군의 병사가 궁에 들어온 것을 보고, 그들의 사당에 절하기 위해 가서 제의를 드리고 궁 앞에서 무릎을 꿇고 자신의 목을 베어 자결했습니다. 신이 보니 충직한 신하이기에 주군의 처분을 기다리며 시신을 묻지 않고 지키게 하고 있습니다."

그러자 태조가 크게 놀라, 9개로의 많은 신하와 동생, 자식들을 모두 데리고 가 그곳에 서서 손수 술을 뿌리고 자애로운 얼굴로 축사했다.

한 시대의 뛰어나고 의로운 충신이
자신의 칸 앞에서 충의를 다하고 순국한 것은
모든 신하와 대신에게 귀감이 되네
아, 그대는 효심 있는 자식보다 나은 자
은혜로운 나를 만나려고 애썼다면 그대는
귀한 나라의 중신이 되었을 것을
나라를 지키고 간언하는 자를 모르는 이 나라에서
애통해하다 불귀의 객이 된,
변치 않는 용기 있는 충신이었네!

이렇듯 그를 기려 축원했다.

"그의 시신을 그의 자손으로 하여금 거두게 하고, 타이얀 칸의 작은 아들 뭉군 톨리에게 술을 떨어뜨리게 하고, 선조의 무덤에 묻어주도록 하라. 또 그의 모습을 흙으로 조형하여, 이곳 사당 그의 선조 옆에 세우도록 하라! 그는 자신의 군주에게 충의를 다했고, 나는 내가 해줄 수 있는 은혜를 베풀었다!"

그리고 궁전에 돌아가 다다통가에게 "그대 나이만국의 군주는 때를 거슬려 자신의 친족에게 살해당하고, 나라와 백성이 이미 나의 것이 되었는데, 그대는 그 국새를 갖고 어디로 가려 했던 것이오?" 하고 물었다.

다다통가가 고하기를, "은혜로우신 저희 주군께서 내어 주신 것을 소신은 생명과 같이 여기고, 여기서 도망쳐 알탄샤라는 작은 주군께 드려 잃어버린 나라를 재건하시라 하려 했던 것입니다!"라고 하자 태조가 고개를 끄떡이며 미소 지었다.

아주 먼 것을 보고 큰 뜻을 품은 대신께서
모름지기 변치 않는 오직 한 마음을 가지셨구려
아, 이자를 구할 수 있을 듯하니
곧바로 죽음을 면하게 하리라!

태조가 포승줄을 풀어주며 그에게 묻기를 "이 국새는 무엇을 하는 것이오?"라고 하자, 다다통가가 절하며 고했다.

"이 국새는 나라의 창고의 물품과 외교 관계, 사신을 파견할 때 신의

의 증표로 삼는 데 사용됩니다."

그러자 태조가 "예전에 금나라에서 내게 똑같은 것을 보내온 것을 내가 '사람이 신용이 없는데, 어찌 인장을 신의의 증표로 삼을 수 있겠는가?'라고 하여 그것을 받지 않았소. 이제 보니 국새는 주군이 백성들에게 보여주는 신표라 할 수 있구려!"라고 하며, 다다통가를 칭찬하고 자기 옆에서 지내게 했다. 또 모든 포고문과 격문에 국새를 찍는 일을 모두 다다통가에게 맡겼다.

그리고 곧바로 명령을 내렸다.

"타이얀 칸의 식솔에게 케레이트 부족 가운데 200명을 내어 주어 일을 부리게 하라. 그들을 죽이거나 그들 물건을 빼앗아서는 아니 될 것이다. 또 나이만의 많은 병사에게 물어 원한다면 병사로 있게 하라!"

태조의 이 세 가지 명령에 사람들이 기뻐 외치는 소리를 모홀리가 직접 나와서 들었다. 모홀리는 태조의 결단을 알고 승리를 축하하는 잔치 중간에 주군께서 내려준 물품과 보화를 원래대로 탁자 위에 날라다 놓고, 처음에 케레이트를 섬멸할 때 올렸던 붉은 금장식의 비단 구두를 또 나무 함지에 얇은 노란색 비단으로 싸서 가져와 바치자, 태조가 반갑게 미소를 지으며 그것을 받았다. 그리고 다른 한 짝을 가져오게 하여 또 구두를 신자 모홀리가 절하며 "이제 신을 신으실 수 있습니다"라고 고했다.

그리고 많은 신하를 이끌고 보가르지와 모홀리는 태조에게 한 쌍의 잔을 올리고, 태조의 네 명의 아우와 네 장군, 여섯 대신, 9경이 모두 축사했다.

고대의 첫 번째 천자
용감한 영웅 부르트 촌 성조로부터
자비와 덕을 모두 갖추신 주군의
귀한 옥체에 이르기까지
그 사이 24대가 되어
뜻하시는 대로 이루시는 주군께서 태어나셔서
사납고 반역적인 많은 부족을 모아들이고
오늘에 이르러서야 비로소 나라의 발판을 굳히셨네
그러기에 귀한 금장식의 구두를
높이 올리며 아, 모두가 축복을 드립니다
날마다 신는 구두를 보며
이것으로 이제 나라의 대업을 이룰 것을 생각하고
방종과 나태함을 버리고
어제와 내일을 이어 나가 언제나 분투하며
보배로운 나라를 반드시 창건하여
만대에 영원히 번성하기를 바라나이다!

모두 축사를 하고, 세 번 무릎을 꿇고 아홉 번 절하며 큰 잔치를 베풀었다. 그리고 투항한 아홉 부족민에게 또 상을 내렸다. 9개 부족은 첫 번째, 나야한부. 둘째, 남아있던 케레이트부의 알리아, 셋째로 바야치르부의 보돈, 네 번째 툴루벤부의 갈조 보호, 다섯 번째 타타르부의 메넨, 여섯 번째 하드친부의 라호, 일곱 번째 살지고드 부족의 마니르,

여덟 번째 왕구브 부족의 데친호롤, 아홉 번째 부드네의 얄고산 이 아홉 부족이다. 마일즈 부족의 토도와 와일라 부족의 수장 호비트 오하이 두 사람은 달아났다.

그 지역 내에 있는 일테시강은 몇천 리로 아주 멀리 있는데, 이곳은 북방 지역의 베데국이 되었다. 서요의 나이만을 멸망시킨 때는 송나라 영종 개희開禧 2년이었다.

한편 태조는 큰 상을 내려 많은 신하, 장수들의 공훈의 경중에 따라 후한 포상을 내렸다. 그때 모홀리는 태조가 상으로 내려준 9가지 보화를 차례로 올려 고하기를 "나이만을 무너뜨린 이 아홉 가지 보화를 주군께서 반드시 거두시어, 이것으로 나라의 큰 창고의 기본 자산으로 삼으심이 옳을 것입니다. 주군께서 진정 돌려받지 않으시겠다면 따로 선물을 대체하여 여기 있는 신하들에게 모두 상으로 나누어 주시는 것이 어떠하오신지요?"라고 했다.

태조가 그의 말을 수락하고 오요트 세첸, 사이한 소르탈트 두 사람에게 대체할 물건을 가져오게 했다. 태조가 이번의 가장 큰 공을 세운 자가 누구냐고 묻자 모홀리가 고하기를 "가장 큰 공을 세운 자는 보가르지와 보랄 장군으로 나이만의 군주를 붙잡았습니다. 두 번째 공로자는 젤메로 주군의 원수 놈을 생포했습니다. 세 번째 공로자는 데친호롤로 나이만국을 점령했습니다. 네 번째 공로자는 제브와 폴고다이로 나이만의 선봉을 붙잡았습니다. 다섯 번째 공로자는 알호와 수호로 나이만 장수를 생포했습니다. 여섯 번째 공로자는 벨구테이로 나이만의 편장을 붙잡았습니다. 여덟 번째 공로자는 찬드간 세첸 등으로 작은 두 나라의 군주를 생포했습니다. 아홉 번째 공로자는 출론, 투무르인데 그들은 나이만의 맹우들을 붙잡았습니다!"

이렇게 아홉 가지 큰 공훈을 헤아려 목록에 올리고, 그다음으로 36명의 장수와 젊은 장수들, 15만의 병사에 이르기까지 일일이 큰 상을 내렸다. 그리고 공로의 경중을 구분하여, 나이만의 풍부한 재물 창고를 열어 많은 병사들에게 후한 상을 내렸다.

그런데 이 지역은 원래 서요의 큰 지역이었기 때문에 베데국은 이곳을 겨울 영지로 삼고, 태조는 큰아들 주치에게 그곳을 지키게 했다. 그리고 나이만의 민가 사람들을 그곳에 머물게 하라고 하자 간의대부가 고하기를 "타이얀 칸의 큰아들 알탄샤가 아직 항복하지 않았기 때문에 이곳에 남게 할 수 없습니다. 언제 알탄샤를 데리고 와서 확실하게 한 연후에 다시 돌려보내도 아니 되지는 않을 것입니다!"라고 고하자 태조가 할 수 없이 나이만의 민가 사람들을 이동시켜, 베데국에 데려다 지내게 하기로 결정했다. 그리고 포성을 울리며 고향으로 돌아갈 때 나이만의 백성과 병사들이 눈에 눈물을 흘리며 절을 하고 전송했다.

한편 알탄샤가 옛 나이만 지역에 있다가 병에 차도가 있자, 먼저 이데르 도보를 뭉굴즈와 다다통가 등에게 보냈다. 그런 뒤 알탄샤는 약을 먹고 많은 땀을 흘리고서 기력이 어느 정도 회복되자, 곧바로 있는 힘을 다해 자리를 박차고 일어나 5, 60명을 데리고 자기 나라를 향해 달려갈 때 도중에 나이만 사람들이 서로 주고받는 말이 매우 이상하여 알탄샤는 마음이 편치 않았다. 한나절을 가지 못해 갑자기 산 계곡에서 한 무리의 병사들이 나타났다.

이들이 어디에서 온 병사들인지 그리고 알탄샤가 위험에서 살아남을지 알 수 없다. 독자들이 그것을 알고자 한다면 사관인 내가 어머니 태군께 식사를 올리고 와서, 등불을 켜고 다음 장에 연이어 쓴 사건을 보게 될 것이다.

사관의 시 한 수

전투에서 죽임을 당한 타이얀 칸을 용사라 칭하고
충직하게 죽은 뭉굴즈는 의롭다 할 수 있네
붙잡혀 온 다다통가가 투항한 것은 현명하다 할 수 있고
성급하게 반역한 곡굴율은 참으로 가증스럽도다!

제32장

자애로운 태조는 높은 은덕으로 많은 대신을 감화케 하고, 지략 있는 모홀리는 인의로 두 부족에 보답했네

송나라 영종 가태嘉泰 원년, 금나라 장종 태화泰和 원년, 신유년辛酉年. 태조 나이 40세였다.

한편 타이얀 칸의 아들 알탄샤는 병세가 어느 정도 호전되자 이를 악물고 몸을 일으켜 친우들을 데리고, 마음이 불편한 상태로 나라를 향해 달려갔다. 그때 갑자기 호트산 계곡에서 한 무리의 병사들이 나타났다. 그들이 어디에서 온 병사인지 알지 못해 크게 놀라, 그들이 누군인지 묻기 위해 따라온 병졸들을 보냈다. 그런데 그들은 일테시강 지역의 마일즈 부족 수장 토도와 와일라 부족의 수장 호비트 오하 두 사람의 병사들이었다.

그들은 자모하와 도망치다가 자모하가 젤메에게 붙잡히고, 또 부두네[1]의 얄고산이 갑자기 베데국의 기를 바꾸어 세우자 마음에 의심이 들어 추격하지 않았다. 도중에 길을 바꾸어 나이만에 이르자 왕구브

1 [몽골 현대문 역주] 같은 부족명을 저자는 부드네, 베두네라고 쓴 것이 있다.

부족의 데친호톨 등이 이미 나이만의 중심 지역을 점령했기 때문에 크게 두려워하며, 다시 도망쳐 자신의 부족으로 돌아가고 있었는데 도중에 알탄샤를 만나 군대가 패한 것과 나라가 망한 것을 모두 이야기했다. 그 말을 들은 알탄샤는 황망한 마음으로 원통해하며 정신을 잃고 쓰러지자, 모두 물을 뿌려 정신을 차리게 했다. 그러자 알탄샤가 하늘을 우러러 비분강개하며 슬피 외쳤다.

크나큰 덕을 지니신 부왕께서 어디로 가셨나이까?
인간말종 자모하의 말에 잘못되신 것입니까?
불초한 저는 부왕을 잃고
신민과 모든 백성에게서 멀어졌습니다
아, 이제 이 몸은 어디로 가야 한단 말입니까?
제가 죽을 곳은 바로 이곳입니다
분명 패할 것을 알고 다시 다시 만류하였건만
반드시 공격할 거라 하시면서 결국 나라를 잃고 말았네!

알탄샤가 대성통곡을 하며 정신을 잃고 쓰러지자, 와일라 부족의 수장 호비트 오하가 아픈 가슴을 견디지 못하고 자기 부족으로 데리고 가겠다고 하자, 토도가 악한 생각을 품고 그를 데려가지 못하게 말렸다. 그러자 알탄샤가 다시 병이 재발하여 도중에 자리에 눕고 말았다. 그때 알탄샤 가까이에서 따라가던 이데르 도보의 아들 우넨칙그트가 작은 주군이 울며 괴로워하는 것을 좋은 말로 위로하며, 볼로 왕의 옛 나이만으로 데리고 왔다. 바로 그때 볼로 왕이 아들 곡굴율 등과 병사들이 모두 사로잡히고 몸에 상처를 입고, 안장 없는 말을 타고 도망쳐 돌아오고 있었다.

볼로 왕은 부끄러움이 분노로 변해 알탄샤에게 "너는 인간 새끼도 아니다. 아버지가 죽임을 당했는데, 너는 병을 핑계로 상황을 회피했다. 또 여러 가지 불길한 징조를 불러와 새 나이만을 패망에 이르게 했다. 이제 또 네 뜻대로 온 것이냐!"라고 하며 되지도 않는 말을 지껄여 댔다. 알탄샤는 이때 이미 다른 사람과 대화하는 것이 과한 일이 되어 있었다. 그는 병세가 악화되어 자리에 누워 죽음을 기다렸다.

한편 태조는 나라에 도착해 외방으로 따라가 나라를 지킨 모든 장병에게 다시 포상을 할 때 자모하를 연회 자리 앞에 데리고 오게 하여, 그의 10가지 죄상을 낱낱이 물었다. 자모하는 고개를 들지 않고 머리를 숙인 채 고했다.

"주군이시여, 목숨을 살려 주신다면 남은 나이만의 볼로 왕 부자와 마일즈부의 토도, 와일라부의 호비트 오하를 종이 대화로 투항하게 하겠나이다!"

그러자 태조를 비롯해 조정 전체가 모두 웃었다. 태조가 미소 지으며 호통을 쳤다.

"망나니 같은 놈, 간교하기 이를 데 없는 네가 사해四海를 속이겠다고 올빼미 주둥이로 감언이설을 지껄이더니, 네 사지가 다 베이고도 나를 속일 작정이더냐?"

그리고 케 왕의 아들 토스호를 불러 이르기를 "네 아버지를 두 도막을 내서 죽인 원수 놈이요, 그 피를 마셔도 모자를 올빼미 같은 자모하를 이제 너로 하여금 죽이는 신하로 삼아 명하노라. 너는 저놈을 데려다 베어 죽이고, 많은 이에게 보이라. 그리고 네 아버지의 영전에 제의를 드려 한을 풀어드리도록 하라!"라고 하며 내어 주었다.

이에 케레이트의 토스호는 태조의 은혜에 머리가 붓도록 머리를 땅에 박고 절했다. 곧 자모하를 죽일 화살을 받아가지고, 안도와 폴고다이에게 자모하를 밀고 데리고 가게 했다. 그런 뒤 형장으로 데려가 종이로 된 옷을 입히고 정수리 위로 머리를 묶고, 죄상을 쓴 화살을 척추 한가운데 꽂고 있을 때, 케레이트의 사람들이 모두 그 소식을 들었기 때문에 케 왕의 아내 나란토야와 딸 솔롱고 등이 모두 그곳에 와 있었다. 안도와 폴고다이가 이미 와서 그 옆의 장막 안 탁자 위에 케 왕의 옛 의관을 올려놓고 그 이름을 쓰고, 향을 피우고 기다렸다.

그때 자모하를 태조의 궁을 향하게 해 무릎을 꿇렸다. 앞이마의 가죽을 벗기고, 그 피를 뿌린 후에 토스호가 몸소 칼을 잡고 가서, 네 사지를 네 도막으로 베고, 배를 가르자마자 심장을 잡아뽑아 뜨겁게 흔들리는 채로 모든 것을 아버지의 영전에 올리자 케레이트의 모녀, 신하 모두가 울며 절했다.

자비가 크나크신 진정한 천자의 은혜로
잔악한 원수 자모하를 잡아 넘겨주셨네
억울하게 죽임을 당하신 부왕께 그 심장으로 제를 올리나니
이를 맛보시고 떠나시어 영원히 평안하시기를 축원하나이다!

이렇게 축원하며 제의를 마쳤다. 자모하를 능지처참하여 죽이라는 명을 수행하고, 케 왕의 아내 나란토야가 딸 솔롱고와 함께 들어와 태조의 큰 은혜에 감동하여 울며 절했다. 안도와 폴고다이는 밖에서 절을 올렸다.

한편 나이만의 새로 투항한 장수와 신하들도 크게 기뻐하고 태조를 우러르며, 우리도 어느 땐가 우리 주군을 죽인 사람을 이처럼 죽여 원수를 갚았으면 하고 소망했다. 다다통가가 태조 옆에 있었기 때문에 곧 눈에서 눈물을 흘리며 자신의 생각을 고하자 태조가 그 주인에게 충직한 마음을 보고 기뻐했다.

"그대는 참으로 충성스러운 신하요. 다만 안타깝게 뭉굴즈는 어찌 그리도 단명하셨는지. 의가 있는데도, 주인을 속이고 사건을 부추킨 자모하와 자기 군주에게 손을 대 죽인 조카 곡굴율을 죽여 원한을 갚는 것을 어찌 보지 못한 것인가?"

그러자 다다통가가 고하기를 "그뿐만이 아니라 예전에 하나라의 기자, 미자, 비간[2]이라는 세 명의 어진 대신이 있었습니다. 자신의 군주인 주 황제의 방탕함을 간했지만 듣지 않았습니다. 나라가 망할 지경에 이르자, 비간은 나라가 망해가는 것을 보고 참지 못하고 간언을 함으로써 죽임을 당했습니다. 기자는 자손이 끊어져 제사가 끊어지는 것

2 중국 은나라 말기 30대 주왕(紂王) 신(辛)이 절세미녀인 달기(妲己)에게 정신이 빼앗겨 주지육림 놀이와 가혹한 형벌로 포악함이 극도에 이르렀을 때 은나라 충신들이 죽음을 불사하고 주왕에게 간하였으며, 서형인 미간계, 충신 조이 등이 간했으나 주왕은 들은 척도 하지 않았으며, 왕자 비간도 간언을 하다 처형된다(김희영, 『이야기 중국사』 1, 청아출판사, 2006, 56~57쪽). 이들 세 사람은 은 나라 주왕의 신하로 주왕의 잘못을 간했다가 상소가 간압되지 않자, 미자는 낙향하고, 기자는 종이 되고, 비간은 처형된다.

을 두려워하여 달아났습니다. 미자는 온갖 수모를 받으며 머리칼이 잘리고, 종이 되었습니다. 후에 주나라 무왕이 황제에 오르자 천하를 새로이 다스릴 때 미자를 예악 강상의 귀감으로 삼고, 주나라를 다스리고 8백 년 동안 나라를 평화롭게 안정시키는 대업을 이루었습니다. 그렇게 해서 이제 벗 뭉굴즈가 죽은 것은 비간을 따른 것이요, 비루한 저에게 비교한다면 만대에 그 이름을 남긴 것이라 할 수 있습니다. 제가 이처럼 투항한 것은 만대에 불의한 자가 된 것입니다!"라고 했다.

태조가 머리를 끄덕이며 "그대는 참으로 진실한 사람이오. 그 말에는 조금도 꾸미거나 아부하는 바가 없소. 비록 그렇다 해도 그대는 스스로 이렇듯 의롭지 못하다고 말해서는 아니 되오. 내가 그대의 이 한 가지 옛 고사를 듣고 보니, 그대가 이 나라의 일군의 신하를 찾으면, 그 세 현자의 일을 이룬 것과 같다고 할 수 있을 것이오. 뭉굴즈는 의롭게 죽었소. 그대의 작은 주군 알탄샤는 달아났소. 그대는 이제 나에게 투항했소. 이것은 고대 세 현자에 비유될 수 있소!"라고 하며 다시 물었다.

"그대는 옛 나라의 문헌과 법을 아시오?"

그러자 다다통가는 자신이 알고 있는 것을 사실대로 고하자, 태조가 그가 마음을 결정한 것을 알고 상을 내렸다. 이로써 태조의 자식과 대신, 신하들에게 위오국[원주] 이 위오라는 나라는 어떤 나라인지 분명치 않다. 옛날 태조시대에 모두 위구르 문자를 사용했다고 한다. 위구르국의 문자는 오늘날 황문자인 것 같다. 오늘날 위구르는 서북부 청해 북쪽에 있다. 또 이 위오라는 나라는 어떤 나라인지 잘 알지 못한다. 위구르국을 말한다고 하면 베데국 스스로 위구르의 문자를 알고 사용했기 때문에 내용적으로 잘 연결되지 않는다. 또 북쪽의 위구르를 포함시킨 『자치통감강목』과 원나라 사서에 분명히 말하고 있기 때문에 또 원나라 사서대로 기록했다의 문자와 발음 그리고 고대 문헌을 가르치라고 지시했다.

그리고 태조는 나이만의 다다통가, 이데르 도보, 먕가탄, 곡사례 등을 불러 지시했다.

“그대들의 작은 군주 알탄샤가 그의 백부 지역에서 몸져누워 있다고 하오. 이제 나라는 이미 패망했소. 사실상 숙부를 죽인 곡굴율이 어찌 그 왕의 자리를 알탄샤에게 양보하겠소. 도리어 해치려고 할 것이 분명하오. 이처럼 아버지를 죽인 사람과 함께 지내는 것보다 내게 와서 투항하면 첫째, 조상에게 제의를 드릴 수 있고, 둘째로는 아버지의 원수를 갚을 때가 있을 것이오. 셋째, 육신이 편하지 않겠소? 또 그가 청혼한 여인이 여기 있소. 당신들이 그가 청혼한 여인을 데리고 가서 나의 뜻을 말하고 설득하여, 그가 진심으로 투항을 한다면 나이만의 반을 다스리도록 하겠소. 내가 비록 천하를 모두 평정한다 해도 이를 또 세상 사람과 함께 누릴 것이오!”

그러자 나이만의 신하들이 하염없이 눈물을 흘리며 태조의 은혜에 깊이 감복해 절했다. 그리고 솔롱고를 데리고 알탄샤를 찾아가기 위해 길을 떠나려 하자, 솔롱고가 이러한 사정을 듣고 몸소 와서 태조에게 절했다.

“소녀 솔롱고 저는 비록 망국에서 붙잡혀 온 여인이지만 자비로운 주군께서 또 옛날의 우의를 생각하시어, 이에 저희 어머니와 자식들을 모욕하거나 멸시하지 않으시고 예로써 대해 주셨습니다. 그러나 이제 제가 몸소 알탄샤를 찾아가는 것은 귀히 보살펴 주시는 주군의 은혜에 누가 될 것입니다. 그가 진정 자신의 부친이 죽임을 당한 사실을 듣고 와서 주군께 투항하여 부왕의 원수를 갚는다면 그때 소녀는 예법에 따라 그와 혼인하겠나이다. 그가 만약 깨달아 알지 못하여 언제까지도 오지 않는다면 저 역시 언제까지든 기다리겠나이다. 만약 그가 죽으면 저는 곧 집을 떠날 것입니다. 이것은 이미 여인으로서 정해진 일입니다. 이제 주군의 지시대로 그대로 있다가 제 스스로 찾아가는 것은 이치에 맞지 않는다고 사료됩니다! 그가 아버지의 원한을 저버리고, 어찌 여인의 일로 와서 투항할 수 있겠나이까! 주군께서도 그렇게 부왕을 잊고 여인의 일로 투항하는 자를 어찌 믿고 쓰실 수 있겠나이까? 또 여자인 저 역시 어떻게 그를 존중하며 지낼 수 있겠나이까? 자비로운 주군께서 그의 신하를 보내셔서 사정을 자세히 알려 데리고 오게 하시면 아니 되겠습니까?"

태조가 그 말을 들어보니 매우 이치에 맞는 말이었기 때문에 나이만의 신하들에게 이러한 사정을 자세히 일러주고, 작은 주군인 알탄샤를 찾아 데리고 오도록 사람을 보냈다. 그리고 태조는 스스로 대군을 이끌고 마일즈 부족의 토도를 공격하기 위해 진군했다. 이와 같은 일을 마일즈 부족의 많은 사람이 듣고 간담이 서늘할 정도로 두려워하며 모두 모여 몰래 쑥덕거렸다.

"베데국의 군주 테무진이란 자는 분명 신성한 천자가 분명하오. 최근 2, 30년 사이에 북방 지역 전체를 이미 거의 다 모아들였소. 우리 마일즈 부족의 이전 수장인 우누, 운두르 형제 가운데 운두르 수장께서 베데국에 투항하셨소. 비록 케레이트를 정복하기 위해 출정할 때 병사하셨지만, 그의 세 아들이 큰 공훈을 세워 대신의 자식의 예후대로 베데국 군주의 아들과 같이 문무를 연마하며 지내고 있소. 때를 잘 알지 못한 우리의 수장 우누께서는 베데국에 저항하며 지내다가 이번 수장인 토도에게 속임을 당하고, 토도 수장은 케레이트의 케 왕과 몰래 연합하여 우리 주군을 죽였소. 또 이 토도는 우리를 지배하며 또 그대로 가만히 있지 않고, 특별히 베데국과 싸우다가 이제 베데국의 대군이 우리를 향해 출정하는 데 이르게 했소. 우리나라 노인과 어린아이들이 모두 다쳐 죽게 생겼소.

베데국에 점령당한 케레이트와 나이만국은 우리와 비교하면 하늘 같은 대국이오. 우리는 베데국의 병력을 도저히 감당할 수 없어 모두 붙잡히게 될 것이오. 우리의 이 작은 나라에 관해 이제 무얼 말하겠소? 토도라는 자는 우리의 원래 주인이 아닐 뿐 아니라 원래 주인을 죽인 원수가 아니오? 개미집이 낙타 발에 짓밟히듯 우리가 한 사람으로 인해 한 나라를 그저 바라보다가 모두 죽기보다 우리 모두 힘을 합쳐 토도를 죽이거나 아니면 붙잡아 베데국으로 보내고 투항하면, 많은 사람이 죽을 위험에서 벗어날 수 있을 것이오."

사람들이 이렇게 상의하는 것을 토도의 친척인 다리손소그치라는 자가 듣고 대경실색하여 토도에게 가서 이런 상황을 고했다. 토도가 두려워하며 낯빛이 변해 이제 어떻게 하면 좋을지를 상의했다.

그때 다리손소그치가 조언했다.

"주군께서는 먼저 몇 명의 기마병을 데리고 옛 나이만의 볼로 왕 지역으로 가셔서 잠시 피해 계십시오. 저에게 실볼로르라는 어여쁜 딸이 있습니다. 그사이 저는 많은 이들을 이끌고 가 제 딸을 베데국 군주에게 바치고, 그에게 신뢰를 얻어 병사를 되돌리게 하고, 그 사이 우리나라 사람들과 대화를 나누어 마음을 되돌린 후 주군을 모셔 오도록 하겠습니다. 이렇게 하면 이 어려움에서 벗어날 수 있을 것이며, 우리나라가 또 패망하지 않을 수 있을 것입니다!"

토도가 생각해도 이외에 달리 방법이 없었기 때문에 곧 그의 말대로 하기로 하고, 밤에 즉시 몇 사람의 기병을 데리고 달아나 옛 나이만의 볼로 왕 곁으로 갔다. 그때 다리손소그치는 모르는 척하며 부족의 많은 사람들과 논의하여, 토도를 잡기 위해 가자 토도가 달아난 지 사흘이 되었다고 했다. 모두가 어찌할 도리가 없어 아무 말도 하지 못하는 상황이 되었다. 또 감히 가서 베데국의 병사를 맞아 항복하자는 말을 할 수가 없어 모두 두려워하고 있을 때, 다리손소그치가 많은 사람을 모이게 해 말했다.

"내게 한 가지 계략이 있소. 나의 외동딸 실볼로르는 타고난 미인으로 몸매가 아름답고 지성 또한 출중한 영리한 여식이오. 올해 17세로 몇 번이나 다른 지역에서 신랑감들이 청혼을 했지만, 우리 여식에 합당한 사윗감이 없어 시집을 보내지 않았소. 이제 우리 딸을 위시하여 금은보화와 가축, 말을 가지고 베데국을 맞아 투항하면 우리나라의 노인과 젊은이들이 죽음의 고통에서 벗어날 수 있을 것이오!"

그러자 사람들이 크게 기뻐했다. 다리손소그치가 자기 딸로 많은 사람의 고통을 구하겠다고 하자, 사람들이 감격하여 곧바로 그를 마일즈 부족의 수장으로 추대했다. 다리손소그치가 이러한 사정을 딸에게 말하니 딸 실볼로르가 울며 말했다.

"제 한 몸으로 수만의 사람들의 목숨을 구해낼 수 있다는데 달리 무슨 말을 할 수 있겠습니까!"

그녀가 아버지의 말을 따르겠다고 하자 아버지 다리손소그치는 크게 기뻐하며, 곧 황금 100량과 진귀한 보화 한 함지 그리고 500필의 수말을 가지고 국경 밖에 나와 베데국 군대를 맞아 절하고, 딸 실볼로르를 비롯해 금은보화와 가축을 바치고 투항하는 이유를 고했다. 그러자 모홀리가 명령을 내려 그들을 다른 곳에 머물게 하고 밤에 이러한 정황을 태조에게 고하자, 태조가 이런 여식이 있다는 것을 듣고 크게 진노했다.

"이 마일즈 부족은 베데국과 나를 매우 하찮게 본 것이오. 금은보화와 가축을 바치는 것은 우리 병사들에게 나누어 주면 될 일이지만, 그 아름다운 여인은 아침저녁 꽃처럼 나를 미혹시키겠다는 것이니 참으로 화가 나는 일이오. 반드시 병사를 이끌고 끝까지 섬멸할 것이오!"

모홀리는 태조가 너무 분노하지 않았으면 하는 마음에 서둘러 무릎을 꿇고 고하기를 "주군께서는 분노를 가라앉히십시오. 천천히 데려올 것입니다. 이번의 미인계를 쓴다고 생각하시는 것은 오직 주군 혼자 살피신 것입니다. 세상 사람 모두가 그대로 깨달아 알 수 있는 것은 아닙니다. 특히 그들 생각에 미색으로 주군의 마음을 기쁘게 해드리고, 아름다운 여인으로 총애를 얻겠다는 생각을 주군께서는 이미 살피고 계시니 그들의 의도를 받아들이시고, 또 미인계를 계략으로 대응하시는 것이 옳을 듯합니다. 주군께 힘을 바친 자에게 아름다운 여인을 상으로 내리시면 미색을 받았다는 오명이 오히려 좋은 이름으로 바뀔 뿐만 아니라 아름다운 여인을 얻어 사는 사람은 이제 죽을 때까지 주군을 우러르지 않겠나이까? 또 훗날 먼 나라를 받아들일 때 손쉽게 규례가 생기고, 또 그의 말대로 예물을 가지고 투항케 하심이 옳을 것입니다. 주군께서는 깊이 헤아려 주시기 바랍니다!"라고 하며 절했다.

태조가 홀연히 큰 깨달음을 얻고 미소 지으며 칭찬했다.

"심원하고, 치밀함을 두루 갖춘 총사령관, 지혜와 기지를 두루 갖춘 모훌리여!"

이어 모훌리가 또 말하기를 "벨구테이는 나라를 위해 아름다운 여인을 견디는 한 가지 칭찬할 만한 점이 있습니다. 주군께서는 곧바로 그에게 여인을 내어주심이 어떠하신지요?"라고 하자 태조가 크게 기뻐했다.

"이 일을 나는 진정 생각하지 못하였소."

그리고 곧 상의하여 다음 날 마일즈 부족의 다리손소그치를 모훌리가 인도하여 태조를 만나 절하게 했다. 다리손소그치는 투항하는 연유에 대해 낱낱이 고하고, 예물을 바쳤다. 그러자 태조가 그가 배반하지 않을 것을 확실하게 일렀다.

"만일 훗날 그대가 말한 것을 어기면 분명 괴로움이 따를 것이니, 그때 후회하지 마시오. 도리어 내가 말에 책임을 지지 않았다고 탓하지 마시오!"

그리고 그가 바친 예물을 모두 분명히 해서 받았다. 그런 뒤 그에게 상을 내리고 연회를 베풀어주고 자신의 나라로 돌려보냈다. 또 마일즈

부에서 바친 예물을 비롯해 실볼로르라는 딸을 데려다준 열 명의 여인들과 함께 다른 숙소에서 지내게 했다. 태조가 병사들을 데리고 나라에 이르자 곧 마일즈 부족에서 바친 금은보화, 가축들을 모두 모훌리에게 내어주고, 많은 장병에게 나누어주라고 명했다. 또 실볼로르를 불러서 보니, 진정 구름에서 내려온 선녀같이 비할 데 없이 순결하고 흰 백옥과 같았다. 자태는 솔롱고에 못지않았으며, 말하는 것 역시 범상치 않았다. 그러자 태조가 마음속으로 '이 여인을 나의 아우에게 주면 좋겠구나.' 생각하고 그녀의 뜻을 타진해 보려고 물었다.

"그대 부친이 그대를 내게 보내고자 데려온 것은 그대에게 나의 사랑을 얻게 하고, 그대 한 사람이 사랑을 받는다는 명목으로 한 나라를 평안하게 하겠다는 의도가 있는 것 같소. 그것은 이미 그대를 첩으로 삼게 하여, 별실의 사랑을 원했던 것이오. 그대의 몸으로 첩의 사랑을 구하는 것은 그대를 일종의 물건으로 취급한 것이라 생각하오. 다른 사람의 첩이라는 것은 이미 미천한 일이기에 내가 그대를 어여삐 여겨 내 아우에게 부인으로 삼아 주고자 하오. 첩이 되어 미천한 별실의 사랑으로 한 나라를 평안하게 하겠소 아니면 정실부인이 되어 의로써 나라의 사직을 구하는 것이 좋겠소? 이 두 가지 중 어느 것이 나은지 그대 스스로 생각하여 결정해 보도록 하시오!"라고 하자 실볼로르는 무릎을 꿇고 고했다.

"보잘것없는 제가 나라와 백성을 위해 죽음을 받아들이고 왔는데, 나라와 백성이 이미 평안하다면 보잘것없는 소녀의 일은 이미 이루어진 것이라 할 수 있나이다. 그러니 비록 죽는다 해도 원망할 것이 없는

데, 이제 주군께서 이처럼 관대히 은혜를 베풀어 주시니, 소녀는 죽어도 그 은혜에 감읍할 뿐이거늘 어찌 다른 말씀을 고하겠나이까? 주군께서는 진정 천자이십니다!"

그녀가 그 은혜에 절하자 태조가 그녀의 지혜로움을 알고 마음속으로 은근히 기뻐하며, 곧 아우 부호 벨구테이에게 부인으로 삼아 주려 할 때 벨구테이는 진정 실볼로르를 보고 침을 삼키고 있었다. 그런데 갑자기 그녀를 자신에게 부인 삼아 준다고 하자 형 태조의 자애로움에 탄복했다. 또한 진정 하늘의 운명으로 태어나 바다 가운데 있는 모든 나라를 지배할 큰 그릇임을 알고 마음속으로 경외했으며, 나라 전체가 모두 놀라워했다.

벨구테이는 보화를 얻은 듯 기뻐하고, 만족스러워했다. 실볼로르 부인도 고귀한 정부인이 되어 부르트겔진 부인과 동서지간이 되었기에 매우 만족했다. 부르트겔진 부인 역시 그녀의 총명함과 영리함을 사랑하고, 잘 돌보며 자비롭게 대하자 실 부인도 부르트겔진 부인을 어머니처럼 존중하며 힘써 모셨다.

한편 마일즈 부족이 평안히 지내며 다리손소그치가 많은 사람의 마음을 위로하고 있을 때, 토도의 아우인 일이란 자가 속으로 다리손소그치를 의심하여 몰래 나이만으로 가서 자기 나라가 베데국에 투항한 정황을 말했다. 그리고 만약 몇백 명의 병사를 얻을 수 있다면 나라 사람들을 위협하여 자신의 세력으로 만들 것이며, 그들이 베데국에서 돌아설 수 있다면 나이만에 귀속하겠다고 했다. 형제는 나이만에서 2천 명의 병사를 빌려와 태조에게 투항한 자기 나라의 백성들을 모아 병사를 충원할 때 다리손소그치가 토도에게 간곡하게 설득했다.

"주공께서는 매년 조금씩 공물을 바치시고 평안히 지내면 끝나는 일입니다. 이제 또 고통을 불러일으킬 일이 무엇입니까?"

그러자 토도가 "그대는 나를 위협하고, 베데국의 군주와 인척 관계를 맺고 가볍게 내 나라를 차지했소!"라고 하자 다리손소그치가 웃으며 말했다.

"그래도 많은 사람이 연합하여 주군을 살해하려 할 때 곧 그들과 공모하여 주군을 살해한 후 딸을 베데국에 보내 이 나라를 빼앗은 것보다 낫지 않습니까? 주군께서 또 오늘 저를 이처럼 의심하는 것은 조금도 이치에 맞지 않습니다!"

토도와 일 형제가 그 말을 들어보니 사실상 옳았기 때문에 대꾸할 말이 없었다.

"다른 사람의 종이 될 수 없네."

두 형제가 병사들을 모집할 때 마일즈의 초병이 이러한 정황을 벌써 가서 베데국의 총사령관 모홀리에게 고했다. 모홀리는 이러한 정황을 듣고, 다리손소그치가 거짓되지 않았음을 알고 태조에게 이를 자세히 고했다. 그리고 제브와 폴고다이 두 사람에게 3만 병력을 내어 주어 마일즈를 토벌할 계략을 일러주고, 그 싸울 계책을 지시해 보냈다. 그러자 제브와 폴고다이는 크게 기뻐하며 병사를 2개 군단으로 나누고, 폴고다이가 먼저 가서 곧바로 마일즈 부족의 북쪽으로 진군해 들어갔다. 그러자 토도가 자신의 2만 병력을 이끌고, 폴고다이 병사들과 반대편에 마주하여 대오를 이루고 공격하겠다는 선전포고문을 보냈다.

그리고 며칠 동안 욕설을 퍼붓고 있었지만, 폴고다이는 자기 진영을 단단히 사수하고 나오지 않았다.

마일즈 병사들은 이미 마음이 해이해져 또 가서 온갖 욕설을 퍼부어 댔다. 그들은 모두 말에서 내려 자기 옷을 벗고, 땅에 누워 욕을 퍼부었는데, 그때 갑자기 등 뒤쪽에서 포성이 울리더니 보가트산의 계곡에서 한 무리의 병사가 튀어나와 돌진해 들어왔다. 마일즈 병사들이 크게 놀라 급히 갑옷을 입고 투구를 쓰고 있었는데, 옷을 다 입기도 전에 또 폴고다이의 군 진영에서 엄청난 굉음의 대포 소리가 울리며 천지를 뒤흔들었다. 사방의 문을 모두 열고 폴고다이가 선두에서 대군을 이끌고 마일즈 진영으로 쳐들어갔다. 마일즈 병사는 원래 베데국 군대를 두려워하고 있는 데다 이제 생각지 않게 양편에서 공격해 들어오자 대경실색하며 허둥거릴 때 북쪽 길의 병사들이 벌써 적을 베면서 달려들어왔다. 그리고 마일즈 병사들을 두 군단으로 나누어 포위하며 공격했다.

그때 날카로운 칼로 푸른 풀을 베듯 단번에 토도는 왼쪽 어깨를 창촉으로 찔리자 달아나고, 그의 동생 일은 폴고다이에게 죽임을 당했다. 저녁이 되어 해가 떨어질 무렵 마일즈의 병사를 모두 투항시키고, 또 병사를 나누어 토도를 추격하게 하여 수색했지만 찾지 못했다.

그렇게 마일즈 부족을 평정하고, 다리손소그치와 토도의 동생 일의 머리를 베데국으로 보내기 위해 대군이 천천히 돌아갈 때 폴고다이가 5천 명의 병사를 이끌고 마일즈 부족을 지켰다. 한편 제브가 나라에 이르러 병사들이 승리한 정황을 낱낱이 고하고, 일의 머리와 다리손소그치를 바쳤다. 태조가 폴고다이와 제브 두 사람에게 마일즈 부족의 10의 2를 떼어 주고, 다리손소그치를 불러 정황을 묻자 그전에 병사들이 고한 것과 같았기 때문에 다리손소그치에 대해 죄를 논하지 않았다. 그리고 곧바로 벨구테이를 보내 마일즈부에서 지내게 하고, 마일즈 부족의 많은 사람을 이동시키지 않았다. 그것은 그가 인척이 된 덕분이었으며, 실 부인의 공로로 인한 것이었다. 이에 마일즈 부족은 그대로 존속하게 되었다. 한편 토도는 또 한 필의 말로 볼로 왕의 지역으로 도망쳐 가서 볼로에게 무릎을 꿇고 울며 일의 내력을 고하고, 그곳의 종으로 투항했다.

한 해가 흘러 을축년[3] 여름 나이만의 알탄샤는 몇 달 동안 심한 중병에 시달려 몇 번이나 죽을 고비에 이르렀다. 그러자 볼로 왕은 이참에 곧바로 독을 써서 죽이고, 그의 왕위를 빼앗으려고 몇 번이나 독을 먹였으나, 그때마다 이데르 도보의 아들 우넨칙그트가 그를 보살피고 간호하여 생명을 구했다. 알탄샤가 겨우 움직일 수 있게 되자 우넨칙그트가 주인을 데리고 자신의 나라 변경 깊은 산속에 숨어 지내게 하고, 자신의 친척에게서 먹을 것을 구해 10여 명의 사람을 먹이며 지냈다. 또 주인을 간호할 때 나이만 병사에게서 곡굴율이 타이얀 칸을 죽인 것과 베데국의 군주가 어떻게 존중의 예로 장례를 치러 주었는지를 모두 들었다.

그렇게 해서 알탄샤가 겨우 병세가 가벼워져 정신을 차리고 보니,

3 이전 해가 신유년이었으므로, 한 해가 지나면 임술년이 되어야 하는데, 을축년이라 한 이유를 모르겠다.

갑자기 자신이 깊은 산속에 누워 있었기 때문에 깜짝 놀라 자신이 이미 죽어서 산속에 있는 것이냐고 우넨칙그트에게 물었다. 우넨칙그트는 그간의 사정을 말하면 주인의 마음이 조급해져 몸이 회복되지 않을지 모른다고 생각해 있었던 일들을 감추고 아무것도 말하지 않았다. 대신 무당에게 보이니 주군을 이쪽 깊은 산속에서 간호하면 병이 빨리 나을 것이라 하며, 가축의 울음소리, 소란한 사람들 소리, 개 짖는 소리를 멀리 하게 했다고 하면서 꾀를 써 작은 주군의 물음을 겨우 넘겼다.

알탄샤는 많이 회복이 되어 몸 상태가 좋아졌다. 그러자 이 산속에는 모든 것이 제대로 갖추어져 있지 않으니, 다시 이동하여 백부 옆 볼로 왕이 있는 곳으로 가야겠다고 했다. 그러자 우넨칙그트는 있었던 일을 말하면 그곳에서 지내는 동안 싸움으로 번질지 모른다고 생각하고 또 속여 말했다.

"무당이 말한 날이 아직 되지 않았습니다."

그리고 또 십여 일을 지체하자 알탄샤가 매우 당황스러워하며, 하루는 운넨칙그트가 먹을 것을 구하기 위해 집에 간 사이에 알탄샤는 옆에 따라온 그의 작은아들 쇼다락에게 자기를 어찌 이곳에 데려왔는지, 어찌 이렇게 깊은 산속에 숨어있는지 또 자기의 백부 볼로 왕의 아들이자 자신의 사촌형 곡굴율이 어찌 자신을 찾지 않는지, 그뿐만 아니라 최소한 사람을 시켜 찾아보게 하지 않는 무슨 이유인지, 이 가운데 분명 한 가지 이유가 있지 않겠느냐고 물었다.

그러자 갑자기 쇼다락이 눈에 눈물을 참고 있다가 견디지 못하고 눈물을 흘렸다. 알탄샤가 의심스러워하며 추궁해 묻자, 그는 대충 얼버

무리며 이유를 말하지 않았다. 알탄샤가 화를 내며 우는 연유를 묻자 쇼다락은 아무리 감추려 해도 감출 수 없음을 알고 할 수 없이 있었던 일을 말했다. 알탄샤는 마일즈 부족의 토도를 만나 아버지가 죽임을 당한 것과 나라가 섬멸된 것을 듣고 정신이 아득해져 쓰러진 이후로 볼로 왕의 부자가 먹고 마실 것과 약에 자주 독을 섞어 먹이며, 그를 죽이고 타이얀 칸의 칸위를 빼앗으려는 생각을 품자 우넨칙그트가 할 수 없이 그를 이곳에 데리고 와 피신시킨 것, 그리고 우넨칙그트가 자신의 가까운 친척 집에서 먹을 것을 구하러 자신의 나라에 간 것과 처음 전투에서 곡굴율이 타이얀 칸을 베어 죽인 것, 베데국 군주가 타이얀 칸의 시신을 거두어 자신의 옷을 입혀 예를 다해 장례를 치뤄준 것, 그때 스스로 무릎을 꿇고 술을 뿌려 올리며 무엇이라 말한 것, 이러한 일을 주군에게 들려주면 병이 심해질 것을 우려하여 우넨칙그트가 아랫사람들에게 절대로 말하지 말라고 당부한 것을 모두 말하자, 알탄샤가 일순간 심장을 칼로 도려내는 듯 가슴이 저며와 큰 소리로 울었다. 알탄샤는 의아해 했다.

"어찌 일이 이 지경에 이르게 되었단 말인가?"

그는 울기를 멈추고 마음속으로 '이러한 말이 모두 사실이란 말인가? 사실이 아니라면 이 우넨칙그트가 나를 이곳에 데려다 놓은 것은 대체 어찌 된 일인가?' 하고 생각하면서 쇼다락에게 또 물었다.

"그렇다면 내가 벌써 건강이 좋아졌는데, 또 날 숨겨놓는 까닭은 무엇이냐?"

그러자 쇼다락이 다시 고했다.

"저 역시 그런 말을 했을 때 아버님이 말씀하시기를 '이제 주군께서 이 정도 되셨는데, 또 백부와 마찰을 일으키면 이제 주군께서 돌아가시지 않겠느냐?'며 숨기셨습니다!"

알탄샤는 비로소 십중팔구 이 일이 사실인 것을 알고, 곧 하늘을 향해 장탄식을 하며 증오의 마음을 이기지 못했다. 그때 보니 강 상류로 20여 명의 기마병이 먼지를 일으키며 다가와 알탄샤의 천막 앞쪽에 이르러 멀리서 말에서 내렸다. 그들은 다다통가와 이데르 도보, 먕가탄, 곡사레 네 사람이었는데, 우넨칙그트가 그들을 데리고 온 것이었다. 이에 알탄샤가 사정을 꿰뚫어 알고 달려 나오자, 그들은 무릎으로 기어가 주군의 무릎을 껴안고 목 놓아 울었다.

알탄샤는 또 여러 신하의 어깨를 의지하고 팔을 잡고 울자, 알탄샤의 주변에서 따르던 10여 명의 사람이 또 모두 친구가 되어 울었다. 3, 40명이 되는 한 무리의 사람들 가운데 울지 않는 사람이 없었다. 모두 울음을 그친 뒤 비로소 양편의 정황을 이야기하고, 또 곡사레와 이데르 도보, 먕가탄 등에게서 볼로 왕의 아들 곡굴욜이 병사에 포위되어 조급해지자 타이얀 칸을 죽이고, 병사를 데리고 투항한다고 싸움을 멈추게 하고 달아난 것, 또 베데국의 군주가 타이얀 칸을 칸의 예법대로 존숭하여 장례를 치뤄준 것, 또 나이만에 들어가 민가의 사람들을 조금도 괴롭히지 않고, 자신의 나라로 데리고 갔지만 진심으로 투항하면 돌려보내주겠다고 말한 것, 그리고 우리에게 솔롱고를 내어 주어 함께 보내려고 했는데, 솔롱고가 무어라 고하고 오지 않은 것, 그리고 이곳에 와서 볼로 왕의 지역에 가면 병을 간호하는 데 미심쩍은 일이 생기기 때문에 다른 곳으로 다니며, 이렇게 갈 곳이 없이 거의 한 달을 지낸 후 비로소 우넨칙그트를 만나 찾아온 것 등을 모두 자세히 말하자, 알탄샤가 그 말을 듣고 정신이 아득해져 땅에 쓰러졌다.

이렇게 해서 일이 모두 사실이었다는 것을 알고, 다다통가를 향해 말하기를 "비록 우리 아버님을 베데국이 죽인 것은 아니지만, 근본적으로 부왕께서 돌아가신 것은 역시 베데국이 우리를 공격하려 했기 때문입니다. 그러니 나는 부왕을 죽인 나라를 따르지 않을 것이며, 그 나라는 저의 한평생 불구대천지원수가 될 것입니다!"

그러자 이데르 도보와 다다통가 등이 고했다.

"우리가 먼저 베데국에 선전포고문을 보낸 것입니다. 베데국이 우리를 침범해 온 것이 아니지 않습니까?"

알탄샤가 생각해 보니 그 말이 맞았기 때문에 할 말이 없이 다만 머리를 누르고, 양쪽으로 모두 길이 없을 바에야 죽는 것이 낫지 않겠는가 생각했다.

"이제 내가 죽어야 비로소 법도에 맞을 것이오. 베데국에 투항하겠다 해도 부왕과 나라가 다 그의 군대에 패망했소. 태어난 곳으로 가려고 해도 이렇게 원한을 품은 곳이 되었소. 이제 내가 돌아갈 곳이 이미 없으니, 이제 죽는 길밖에 남아있지 않소!"

알탄샤가 검을 빼어들고 자기 목을 베려 하자 신하들이 검을 잡고 말렸다. 다다통가는 알탄샤가 죽어서는 안 되는 세 가지 이유를 말하기 시작했다.

"첫째, 작은 주군께서 죽는다면 이제 우리에게 나이만을 다스리게 할 수 있는 자가 없게 됩니다. 그렇게 되면 선산 언덕이 메마르게 될 것이고, 이것은 조상님께 불효하는 것이 됩니다. 또 작은 주군께서 자결하신다면 낳아 주신 어머니께서 돌아가실 때까지 괴로워하시는 것은 물론이려니와 주인님의 작은 동생 뭉군토야, 여동생 하스토야는 영원히 베데국에 종이 되고 말 것입니다. 이것은 살아서 효를 다하지 못하는 것은 물론이려니와 돌아가신 아버님의 원수를 갚을 수 없게 합니다. 자식된 도리로 주인님께서는 불효자가 되는 것입니다. 만약 베데국에 투항하면 살아서 평안을 얻고 잃은 것을 되찾을 수 있습니다. 이처럼 죽어서는 아니 되는 세 가지 중요한 일이 있는데, 어찌 상황을 짧게 보시고 죽으려 하시는 것입니까? 주인님의 이러한 생각은 크게 잘못된 것입니다."

많은 이들이 엎드려 절하며 투항할 것을 재촉하자 알탄샤가 "무어라 말해도 베데국은 나의 원수 나라요!"라고 하자, 다다퉁가가 곧 옛날에 진나라시대 숙부를 죽인 장한[4]을 죽이지 않고 투항시켜 후에 초나라가 망할 때까지 장한은 초나라를 배반하지 않았으며, 한나라와 싸워 죽은 예를 말하며 "이제 베데국에 투항하여 부왕의 나이만의 반을 얻는다면, 조상에게 공이 되는 것이지 무슨 벌이 있겠습니까?"라고 했다.

알탄샤가 머리를 끄덕여 수긍은 했지만, 이제 제 발로 원수를 찾아가서 무릎을 꿇고 머리 숙여 투항하고 어찌 아버님의 영혼을 만나느냐

---

4 장한(章邯, ?~기원전 204) : 진(秦)나라 장군. 진승과 오광의 난을 진압하고, 주문(周文)을 격살함. 진이세 3년(기원전 207) 거록(鉅鹿) 전투에서 항우(項羽)에게 패한 뒤 투항했다. 옹왕(雍王)에 봉해졌으며, 초한 전쟁 때 유방을 공격하다가 패하자 자결했다(임종욱, 『중국역대인명사전』, 이회, 2010, 1542쪽).

며 괴로워할 때 다다통가가 한 가지 계책을 썼다.

"그것은 매우 쉬운 일입니다. 베데국 군주는 진정 성인의 풍모를 지니고 있습니다. 그에게 가서 이러한 사정을 말하면, 그는 분명 사람을 보내어 부를 것입니다. 그렇게 하면 하는 일마다 잘 이루어질 것입니다."

그리고 알탄샤를 데리고 내려와 거란 변경에 설영하고, 자신은 먼저 가서 태조에게 이러한 정황을 낱낱이 고했다. 그리고 태조를 대신해 사신을 보내 좋은 말로 권고하면 마침내 투항할 수 있을 거라는 정황을 고했다.

그러자 태조가 기뻐하며 이르기를 "참으로 어렵구려. 내가 그 젊은이의 총명함과 일의 시비를 아는 것을 중히 여기는 바요!"라고 했다.

태조는 곧 둘째 아들 차가타이에게 명했다.

"도중에 들러서 나이만을 지키고 있는 형 주치와 함께 가서 알탄샤를 데리고 오도록 하거라. 속설에 '천군을 얻는 것은 쉬어도, 한 사람의 장수를 얻는 것은 어렵다'고 했다. 이번 전투에서 나이만국이 패망한 것에 비록 우리가 잘못한 것은 없지만, 다른 사람의 한 나라를 멸하게 하고, 또 투항시켰기에 그것은 우리의 잘못이라고 인정하고 그를 이곳으로 오도록 청하거라!"라고 했다.

차가타이가 그 연유를 깨닫고 태조의 명을 받고 다다통가를 먼저 보냈다. 뒤이어 자신이 5, 60명의 사람을 데리고 나이만국에 이르러, 형 주치에게 아버지의 명을 전했다. 그리고 함께 나이만의 변경 밖에 있는 알탄샤와 만나 자신들의 과오를 인정하며 말하자, 알탄샤가 조금도 어쩌지 못한 채 눈물을 떨구며 부왕의 묘 앞에 자신의 머리카락을 잘라 죄 많은 자식이 되었다고 절하며 대성통곡했다.

그리고 알탄샤가 주치, 차가타이와 함께 태조에 투항하기 위해 오자, 이데르 도보가 알탄샤에게 고하기를 "종이 몰래 나이만에 가서 젊은 주군께서 심부름을 보냈다고 하고 볼로 왕과 곡굴율을 만나 곧바로 그들을 찔러 죽여 우리 주군의 원수를 갚겠나이다. 그들이 비록 저를 죽인다 해도 저는 결단코 주군의 원수를 갚고야 말 것입니다!"라고 했다.

그러자 알탄샤가 "아니 됩니다. 첫째, 그가 우리 아버지를 죽인 일이 드러나지 않았고 둘째, 우리 아버님을 살해한 것은 사촌 형 곡굴율이지 백부가 아니기 때문입니다. 셋째, 내가 지금 원수인 베데국에 투항하는 이 오명이 작다 하여 죄가 드러나지 않았을 때 숙부를 죽이는 것은 참으로 부끄러운 일이며, 장군 역시 죽게 될 것입니다!"라고 막으며 원수 갚는 일을 멈추게 했다.

많은 사람과 베데국을 향해 가는데, 옛 나이만의 볼로 왕과 곡굴율 등이 이 소식을 듣고 서둘러 병사를 이끌고 알탄샤를 죽여 없애 버리려고 왔다. 그러나 알탄샤가 이미 가 버렸기 때문에 나이만의 변경에 들어갈 때까지 추격하다가 주치의 정찰병을 만나게 되자 그제서야 돌아갔다.

한편 알탄샤는 베데국의 태조에게 가서 투항했다. 이에 태조가 매우 기뻐하며 상을 내렸다. 또 그를 좌익의 편장으로 봉하고, 나이만국의 반을 다스리게 했다. 그리고 그의 어머니와 동생, 식구들을 내어주고, 또 솔롱고를 아내로 맞게 해주겠다고 하자 알탄샤와 사람들이 모두 울며 엎드려 절했다. 그리고 알탄샤는 태조의 명을 받들어 혼사에 대해 고했다.

"자비로우신 주군께서 부인 될 사람을 지금까지 돌봐 주셨으니, 신이 부친상을 다 마칠 때에 데려가겠나이다. 그 사이에 주군께서 또 보살펴 주시기를 바랍니다!"

그러자 태조가 알탄샤를 효자라 칭찬하고, 그가 고한 바를 윤허했다.

알탄샤가 어머니와 동생을 데리고 돌아와 부왕의 묘소에 가 절하면서 태조의 은혜에 깊이 감사했다. 곧 나라에 가서 선조의 사당에 제의를 드리고 절할 때 뭉굴즈의 묘가 조상의 사당 옆에 만들어진 것을 보고 크게 애통해하며 뭉굴즈의 묘 앞에 예를 다해 절을 올리고, 태조의 은혜에 다시 깊이 감읍했다. 그때 나이만 전체가 잃어버린 나라를 되찾고, 모자母子와 군신들이 다 함께 만나 서로 대성통곡했다.

그리고 백부 볼로 왕이 추격해 왔던 정황을 듣고, 베데국에 투항한 일이 때맞춰 참으로 잘한 일이었기 때문에 이로써 태조의 은혜에 무한히 감사하고, 주치와 함께 나이만을 다스렸다. 비록 칸은 아니지만 평화로움은 칸과 마찬가지였기에 알탄샤를 비롯해 신하들에게 이르기까지 태조의 은덕에 감사하며 때를 좇아 성심을 다해 따랐다. 다다통가는 여전히 베데국의 국학에 있게 하고, 태조와 그 동생과 자식들에게 글을 가르치게 했다. 한편 모홀리는 날마다 다다통가와 벗하며 공무로부터 조금 짬을 얻으면 곧바로 와서 고서와 경서를 듣고 깨우쳤는데, 이치에 부합하고 부합하지 않는 것, 군신의 공과 실을 구별하여 논하자, 다다통가는 크게 놀라며 천부적으로 뛰어난 재원이라며 크게 탄복했다.

그때 태조가 모홀리, 보가르지와 논의하여 또 케레이트의 토스호를 돌려보내고, 그들 부왕의 원수를 갚고, 자모하를 죽여 준 것에 케레이트인들은 성심을 다해 감사했기 때문에 케레이트의 백생들을 모두 자신의 나라로 돌려보내라는 명을 내렸다. 그러자 토스호와 솔룽고는 뭇 신민들을 데리고 태조에게 가서 무릎 꿇고 울며 절했다. 그리고 태조의 슬하에 들어가 양자가 되겠다고 고하자, 태조가 그들의 마음이 진심인 것을 알고 크게 기뻐하며 이를 허락했다. 그러자 솔룽고가 자기 동생을 데리고 태조에게 아버지의 예법대로 절하며 양자가 되었다.

이에 태조와 부르트겔진 부인은 긍휼히 여겨 후한 상을 내리고, 케레이트의 반을 토스호에게 다스리게 하고, 반을 하브트 하사르에게 다스리게 했다. 또 태조는 하브트 하사르를 나이만의 알탄샤에게 보내, 알탄샤의 여동생 하스토야에게 청혼하여 그녀를 케 왕의 작은 아들 토스호에게 아내 삼아 주기로 했다. 이것은 태조가 예전의 케 왕과의 좋은 우호 관계를 생각하여 행한 음덕이었으며, 모홀리가 케레이트 사람들의 마음을 깊이 얻기 위한 보이지 않는 자애로운 계략이었다.

그렇게 해서 케레이트 사람들은 모두 눈물을 흘리며 태조에게 절하고, 자신의 나라로 돌아가 선영에 제를 드리고 선산에 절했다. 이렇게 한 나라가 평화를 회복하게 되자 태조의 사냥과 원정에 힘을 다해 협력하고, 이전에 투항한 나라보다 더욱 힘써 분투했다. 다음 날 태조가 아침에 일어나 식사를 하기 전에 갑자기 나라에 축하의 관례대로 풍악이 울리기 시작하더니, 태조에게 조정에 모시고자 하는 신호를 올렸다. 태조가 길상을 상징하는 예복을 입고 백옥 허리띠를 매고 나가자,

총사령관을 위시해 조정의 많은 신하들이 또 모두 길상무늬의 옷을 입고 흰 하닥을 잡고 무릎을 꿇었다.

태조가 무슨 일인지 그 연유를 묻자, 토르곤 샤르가 모홀리를 비롯해 뭇 신하들을 데리고 무릎을 꿇고 고했다.

천상의 백천신의 화신이시여
덕이 무궁하신 복되신 주군이시여
용맹함과 의로움으로 온 나라를 모으시고
자만에 찬 북방 지역을 평정하셨으니
힘든 난관을 뚫고 이제 조상의 대위를 이으시고
베데국의 칸에 오르시기를
우리 모두 감히 고하고 간청하나이다!
자비를 베푸어시어 모든 이의 소원을 들어주소서!
충직하고 의로운 신하 모두가
많은 나라에 알리고
크고 작은 모든 나라의 신민을 모아
복되고 귀한 사직을 빛내게 하소서
큰 의례를 따르시고
길일을 정해 칸 위에 오르시기를 바라나이다
나라와 백성을 모두 다스리시는 주군께서
기뻐 미소 지으시며
만인의 소원을 이루어 주시기 바라나이다!

그러자 태조는 얼굴에 기쁜 표정이 없이 말했다.

옛 선조의 신령이 감찰하심으로
많은 북쪽 지역을 모두 평정했지만
남쪽 지경의 가까운 하국夏國이 남아 있어
수년 동안 내가 보위에 오르지 않았소!
지극히 충성스러운 그대들의 분투로
거칠고 혼란스런 북쪽 지역을
비록 모두 평정하기는 했지만
문밖의 하국이 저항하고 있는데
이 부끄러운 보위에 어찌 오르겠소!

태조가 서둘러 다시 내궁으로 들어가려 하자, 모든 신하들이 가슴섶을 잡아 뜯으며 다시 다시 고하자 위엄이 가득한 태조가 뒤돌아서 일렀다.

"이제 다음 하국을 정복한 연후에 귀하신 대신들의 그 말씀을 따르겠소!"

그런 뒤 태조는 내궁으로 돌아갔다. 이에 토르곤 샤르와 모홀리가 나와서 구름같이 많은 사람들을 사방으로 보내 많은 나라에 이를 선포했다. 그리고 보름 안에 모두를 정복하는 천하무적의 병사 20만을 모으고, 곧 출정할 것이라고 태조에게 고했다. 이에 태조는 자신의 뜻과 부합하자 매우 흡족히 여겼다. 징이 세 번 울리자, 전통과 활을 매고 살진 말을 타고 모든 병사를 이끌고, 침범해 왔던 서하를 공격하기 위해 출정했다.

그때는 가을이었기 때문에 8개 조의 병사들은 용맹하고, 군마는 충분히 살집이 있었다. 때가 또 시원하고 사람들도 기백이 넘쳤으며, 군대 명령은 엄격하고, 병사들은 천둥, 번개같이 빨랐다. 병사들이 서하 변경의 요지인 역길리채에 이르자 곧 포성을 한 번 울렸다. 모훌리는 많은 병사들을 2개 조로 나누어 보가르지와 보랄에게 5만 병력을 지휘케 하고 모두에게 선포했다.

"이번에 출정을 하는 데 있어 서하의 병사는 조심성이 없고 잘 놀라기 때문에 계략을 쓸 필요는 없다. 다만 이번에 낙사성을 얻지 못하면 우리 군대에 이익이 없고, 북방 베데국 군대가 처음 다른 나라에 출병하는 것이기 때문에 많은 장병들이 반드시 죽을힘을 다해 싸워야 할 것이다. 어떻게 해서든 이 첫 번째 전투의 공을 쟁취하는 것이 마땅할 것이다! 우리 베데국이 남쪽 바다에까지 이를 수 있는지는 이번 전투의 성공 여부에 달려 있다. 모든 장수와 병사들은 주군을 위해 사력을 다해 분투해 주기 바란다. 한 걸음도 뒤로 물러서지 말라. 이 명을 절대 어겨서는 아니 된다. 만약 이번에 서하의 역길리채와 낙사성 이 두 곳을 쟁취하면 우리 베데국의 40만 병사는 3년 동안의 양식을 충분히 얻게 될 것이다. 모두 사력을 다해 공을 세우기 바란다!"

많은 장수와 병사들이 산과 초원이 가득하도록 기뻐하며 기꺼이 그의 명을 받들었다. 또 모훌리가 밤에 두 병영에 몰래 들어가 시찰을 해 보니, 많은 병사들이 모두 즐거워하며 기민하게 움직이고 있었기 때문에 이번에 분명 공을 세울 것이라고 생각했다. 그리고 탄우니의 사이한 소르탈트와 젤메의 아들 체첵 두 사람을 불러 몇 마디 말을 이르고 밤에 말을 달려가게 하고, 대군을 2개 군단으로 나누어 보가르지와 보랄은 역길리채를 공격하고, 태조와 모훌리는 낙사성을 공격하기 위해 달려갔다.

한편 보가르지와 보랄은 많은 병사들을 이끌고 이틀 길을 하룻길로 해서, 살진 말의 힘에 의지해 말에 채찍을 가하며 전속력으로 달려가 서하의 크고 견고하다는 역길리채라는 곳의 대 진영으로 들어갔다. 여러 거리의 사람들이 모두 자고 있었기 때문에 성의 네 개 대문을 포위하고, 그 지역의 책임자, 거리의 책임자, 세금을 담당하는 책임자를 모두 붙잡았다. 또 많은 사람을 모이게 하여 그 수를 헤아려보니 6만 이상이 되었다. 그 가운데 7천 명을 선별해 만 냥의 은과 천 마리 말, 여러 가지 피륙과 비단류 수백 수레를 끌고 세 명의 신하와 함께 태조에게 보내고, 자신들은 명을 받아 역길리채를 지켰다.

한편 보가르지, 보랄과 헤어진 태조의 병사들은 서하의 낙사성으로 돌격해 들어갔다. 원래 낙사성에서는 이런 상황을 전혀 생각지 않고 있었기 때문에 베데국의 병사가 이미 공격해 들어가 성문에 이르자 성문을 지키는 신하가 문을 단단히 걸어 잠그고, 성의 네 모서리 쪽에 북이 있는 성루에 올라가 징을 치게 해도 병사들이 전혀 공격하지 않았다. 낙사성에서 개, 돼지 같은 오합지졸의 병사들을 모으고 있을 때, 갑자기 한 무리의 4, 50대의 소금 수레를 몰고가는 사람들이 포성을 울리자마자 수레 안에서 무기를 꺼내 곧바로 손을 움직여 문을 지키는 사람들을 모두 베어 쓰러뜨리고 남쪽 문을 활짝 열어 병사들을 맞아들였다. 병사들은 군단별로 나누어져 공격해 들어가 성시 사방의 문을 빼앗아, 성으로 들어가는 길을 이미 봉쇄했다. 또 시를 지휘하는 문무 관원 6, 7명의 신하를 모두 생포했다. 그리고 병사의 수를 장부에 기록하고, 창고의 장부를 모두 거두어 들였다. 이러한 상황은 젤메의 아들 체첵과 사이한 소르탈트가 모홀리의 지시에 따라 케레이트의 올론호, 고르기 두 사람의 40명의 정병들에게 소금 수레를 몰게 하여 먼저 시에 들어가 일을 처리하면서 일행을 기다리고 있었던 것이다.

한편 검에 피를 묻히지 않고 경도京都와 낙사성을 빼앗고, 모홀리가 역길리채의 세 신하와 함께 열 명을 불러들여 무릎을 꿇게 했다.

"그대들의 군주에게 우리가 전혀 그릇된 행동을 하지 않았건만 나이만에 2만 병사를 내어준 것은 무슨 까닭인가? 그 2만 병력으로 이 두 지역을 지키는 것이 낫지 않았겠느냐?"

그러자 그 열 명의 신하들이 모든 잘못을 자신의 군주에게 떠넘기고, 자신들의 목숨을 살려줄 것을 간청하자 모홀리가 분노하며 질책했다.

"쓰잘데없는 한 무리의 짐승들이 자신의 군주가 명한 일을 이처럼 만들고는 또 목숨을 부지할 것을 간구하다니 참으로 염치없는 놈들이로다!"

모홀리는 검과 도끼를 쥐고 있던 병졸들에게 그들을 내어주고, 내보내 죽이려고 하자 태조가 사이한 소르탈트를 보내 일렀다.

"소인들을 죽일 필요는 없소. 검에 피를 묻히고 이름을 더럽히는 것보다 이들 10명 중 다섯은 그 군주의 죄를 물으러 보내고, 나머지 다섯 명은 이곳에 가두어 두시오. 만약 죄를 묻고 돌아와 고하면 이 다섯을 놓아 주어 돌아가게 하시오!"

이렇게 해서 살려 주어 보내고, 젤메와 사이한 소르탈트 두 장수에게 성을 지키게 했다. 그리고 성의 창고를 모두 거두어들이고, 말과 낙타를 모두 모아 베데국에 보내게 하고, 창고의 식량을 내어 백성들에게 나누어주게 했다. 그런 뒤 곧바로 대군을 이끌고 와서 역길리채를 장군 촐론의 아들 오치르, 알마스 두 사람에게 지키게 했다. 낙사성 창고의 20만 냥 이상의 은과 낙타 2천 마리, 말 8천 필, 양 9만 마리 이상 그리고 갑옷과 투구 3만 벌 등 이 모든 것을 베데국의 신하와 병사들에게 상으로 나누어 주었다. 그리고 태조가 사이한 소르탈트의 공을 말하자 부르트겔진 부인이 태조에게 고했다.

"사이한 소르탈트는 우리 밑에서 성장한 아이입니다. 이제 성을 얻는 데 있어 앞장서 갔던 공이 있고, 또 나이가 차 아내를 얻어 줄 나이가 되었습니다. 제가 보니 나이만의 홍고르졸의 용모가 참으로 아름답고 지혜로워 사이한 소르탈트와 아주 잘 어울릴 듯합니다. 또 홍고르졸도 이제 스무 살이 되었고, 혼인할 나이가 되었습니다. 주군께서 공을 세운 것을 기회 삼아 이 아이들에게 짝이 되게 해 주시면 참으로 좋은 듯싶습니다!"

그 말을 들은 태조가 매우 기뻐했다.

"현명하신 부인의 생각이 제 생각과 일치합니다!"

태조는 사이한 소르탈트를 데려오게 했다. 그러자 사이한 소르탈트가 들어와 절하며 태조에게 고했다.

"소자가 달려오다가 도중에 지쳐서 풀밭에 누워 잠시 쉬고 있었습니다. 그때 구두를 벗고 누워 있자니 불길한 날인지 올빼미가 종의 몸 위를 맴돌면서 계속 꾸우꾸 소리를 내길래 서둘러 올빼미를 향해 한쪽 신발을 던졌습니다. 그러자 신발 속에서 붉은 대가리가 있는 일곱 자 길이의 푸른 독사 한 마리가 떨어졌습니다. 이것은 모두 주군의 수호신께서 가호하신 것입니다!"

그러자 태조가 미소를 지으며 축사했다.

불길한 전조를 알리는 올빼미는
참으로 흉측하지만
승승장구하는 신하 그대에게
분명 길한 일의 화신이 되었네
최선을 다해 분투한 공훈으로
우리 국모께서
비단처럼 고운 홍고르졸을
두말없이 그대에게
부인 삼아 준다 하여
힘들고 먼 시에서
복된 사자使者를 보내 불러오게 했으니
몸소 들어가 절하기 바라네!

태조의 칭송을 받은 사이한 소르탈트가 모자를 벗고 뛸 듯이 기뻐하며 절했다. 그리고 궁으로 들어가 국모 부르트겔진 앞에 나가 정성을 다해 공손히 무릎을 꿇고, 전하는 명을 듣고 뒤로 물러 나왔다. 이 혼사를 주도하는 주군의 중매인 오욘고를 따라 먼저 홍고르 졸의 양부모홀리에게 예를 갖추어 절하고, 예물로 가축과 보화를 바쳤다. 홍고르졸은 친정과 키워준 두 집안사람 모두가 훌륭한 남편을 얻게 해준 은혜에 감사하며 태조와 부인에게 절을 올렸다.

한편 베데국은 나라가 확장되고, 전란이 잦아들어 평화롭고 즐거운 한 해가 지나 임술년 봄이 되었다. 태조와 부인 부르트겔진은 네 장군과 9경, 여섯 대신의 자제들 가운데 신랑감을 택하고, 혼인을 하지 않은 자녀들에게 신부를 택해주는 일을 위 우겔룬 우진 어머니께 고할 것을 상의하고 있을 때 밖에서 나라의 중대사를 알리는 신호 소리가 들렸다. 태조가 의관을 갖춰 입고 나가려 하자, 밖에서 또 두 번째 조정에 임하는 예로 포성을 울리고 징과 북을 치며, 태조를 모시는 악기 소리가 울리기 시작했다.

이러한 정황을 보면 또 어느 편에서 전란이 일어나 힘든 일이 생긴 것인지 모른다. 독자들은 이것이 무슨 연고인지 알고자 한다면, 사관인 나의 망을 친 서재 '월낙정'의 창을 달빛에 밝히고 시원한 서재에 앉아서 쓴 다음 장에서 그 연고가 무엇인지 살펴 보게 될 것이다!

사관의 시 한 수

별 볼 일 없는 토도는 계궤가 참으로 많고

지혜로운 실볼로르는 아름다움의 깊은 의미를 아네
총명한 솔롱고는 이치에 합당한 말을 하고
아, 가엾은 알탄샤의 투항은 참으로 쓰디쓰구나!

참고문헌

1. '몽골 현대문 역자 서문' 참고문헌

Булаг, *Арван долдугаар зууны Монгол түүхэн уран зохиол*, Өвөр Монголын хэвлэлийн хороо, 1987.

John Gombojab Hangin, *Klke Sudur(THE BLUE CHRONICLE) : A Study of the first Mongolian Historical Novel by Injannasi*, O. Harrassowitz, 1973.

Дамдинсүрэн.Ц, *Монгол уран зохиолын дээж зуун билиг оршвой*, УБ, 1959.

Дундад сургуулийн хэлбичгийн багшийн гарын авлага, Тунляо. 1994.

Дэлгэрсан.Т, *Инжаннашийн шүлгийн судлал*, Өвөр Монголын Ардын Хэвлэлийн хороо, 1987.

Дэсрайжав, *Их зохиолч Инжаннаши*, Бээжин, 1993.

__________, *судар хийгээд арван анги судрын харьцаа*, Өвөр Монголын соёлын хэвлэлийн хороо, 1991.

Жамсранжав.Г, "Ванчинбалын Инжаннашийн романуудын тухай", *Монголын уран зохиолын тойм* III, Улаанбаатар, 1968.

Залгаа, *Инжаннашийн оны бичиг*, Өвөр Монголын Ардын Хэвлэлийн Хороо, 1995.

Инжаннаши, *Хөх Сударын нөхвөр дэвтэр*(Содбилэг харгуулав), Хөх хот, 2002.

Эрхлэн найруулагч Сайшаалт.Н, *Монголын уран зохиолын түүх*, Лянин, 1995.

Сүх.В, Буянтогтох, Буянцугла нар голлон найруулав, *Монголын уран зохиолын түүхийн мэдлэг*, Өвөр Монголын Ардын Хэвлэлийн Хороо, Тунляонийн, 1997.

Нагуусайнхүү · Нарийнголхүү, *Тэмгэтийн намтар*, Улаанхад, 1989.

Намжил.Г, *Чингис хааны засаг ба бичиг*, Хайлар, 1990.

Эхийг харьцуулан хөрвүүлж, тайлбар хийсэн Чоймаа.Ш, *Оюун түлхүүр*, Улаанбаатар, 2002.

Төвгэрэлт, "Инжаннашийн шүлэг зохиолын сонирхол", *Сувд тана бутран сацарсан уянга*, Хөх хот, 1992.

Хишигтогтох.Ч, *Монгол сурвалж бичгийн судлал*, Бээжин, 2003.

Цэрэнсодном.Д, *Монголын уран зохиолын тойм*(XIII~XX зууны эхэн), Улаанбаатар, 2002.

Цэрэнсодном.Д, *Чингис богдын дурсгалын түүвэр*(Хөрвүүлж тайлбарын хамт хэвлүүлсэн Пүрэвжав.Э), Улаанбаатар, 2000.

Чингис хааны цэдиг, Бээжин. Монгол бичгийн хороо, 1925.

Чоймаа.Ш, *Монгол судлалын өгүүлүүд*, Улаанбаатар, 2003.

________, *'Монголын нууц товчоон' Лувсанданзаны 'Алтан товч' эхийн харьцуулсан судалгаа*, Улаанбаатар, 2002.

________, *Хаадын үндсэн хураангуй алтан товч*, Эхийн харьцуулсан судалгаа, судалгааны оршил, галиг, үгийн хэлхээ, эх текст, Улаанбаатар, 2002.

2. 국내 저서

강정만, 『송나라 역대 황제 평전』, 주류성, 2021.

김경한, 『인물 삼국지』, 북오션, 2014.

김옥자·김영옥, 「송원대의 과학에 대하여 II」, 『한국수학사학회지』 v. 28, 2015.

김정희·송정수·정면·김유철·박지훈·송미령, 『중국 정사 외국전이 그리는 '세계'들』, 역사공간, 2016.

김희영, 『이야기 중국사』, 청아출판사, 2000.

라시드 앗 딘, 김호동 역주, 『칭기스 칸 기』, 사계절, 2003.

______________________, 『칸의 후예들』, 사계절, 2005.

______________________, 『부족지』, 사계절, 2016.

마르코 폴로, 『동방견문록』, 김호동 역주, 사계절, 2006.

박지원, 김혈조 역, 『열하일기』 2, 돌베개, 2017.

소준섭, 『중국사 인물 열전』, 현대지성, 2018.

예태일·전발평 편저, 서경호·김영지 역, 『산해경』, 안티쿠스, 2009.

유리리, 「배역에 따른 중국 경극 의상과 분장의 표현 특성－조씨고아 사랑탐문 목계영괘사 사례를 중심으로」, 서울대 석사논문, 서울대학교, 2012.

유원수 역, 『몽골비사』, 사계절, 2004.

이병갑, 『중국역사사전』, 학민사, 2006.

이상각, 『열정과 자존의 오백 년 고려사』, 들녘, 2010.

이안나, 『몽골인의 생활과 풍속』, 첫눈에, 2005.

______, 『몽골 민간신앙 연구』, 한국문화사, 2010.

임종욱, 『한국역대인명사전』, 이회, 2009.

임종욱, 『중국역대인명사전』, 이회, 2010.
저자 미상, 김장구 역, 『몽골 황금사』, 동북아역사재단, 2014.

3. 몽골 저서

Ч.Арьяасүрэн, *Монгол ёс заншлын их тайлбар толь* III, Урлах эрдэм, 2000.
____________ · Х.Нямбуу, *Монгол ёс заншлын дунд тайлбар толь*, Сүүлэнхүү хүүхдийн хэвлэлийн газар, 1991.
______________________, *Монгол ёс заншлын их тайлбар толь тэргүүн боть*, Сүүлэнхүү хүүхдийн хэвлэлийн газар, 1992.
Ш.Бира бусад, *Монголын нууц товчоо*, Мөнхийн үсэг, 2005.
Л.Болд бусад, *Монгол хэлний дэлгэрэнгүй тайлбар толь*, Монгол улсын шинжлэх ухааны академи, 2008.
Д.Дагвадорж, *Монголын шашин суртахууны тайлбар толь*, АУИС-ийн хэвлэлийн товчоон, 1995.
Ц.Дамдинсүрэн, *Монголын уран зохиолын тойм* III, БНМАУ-ын Шинжлэх ухааны академи, 1968.
Л.Жамсран бусад, *Монголын түүхийн бага нэвтэрхий толь* I, Орбис, 1998.
_______________, *Монголын түүхийн бага нэвтэрхий толь* II, Орбис, 2000.
_______________, *Монголын түүхийн бага нэвтэрхий толь* III, Орбис, 2002.
Лувсанданзан, *Алтан товч*, УБ, 1990.
Д.Лувсандорж бусад, *Уран зохиол соёмбо нэвтэрхий толь*, Соёмбо пресс, 2012.
Х.Лхагвасүрэн бусад, *Чингис хааны нэвтэрхий толь*, Чингэс Хаан дээд сургууль, 2004.
А.Очир бусад, *Монгол улсын түүх* II, Адмон компани, 2003.
Х.Сампилдэндэв бусад, *Монголын уран зохиолын лавлах толь*, Бемби сан хэвлэлийн газар, 2001.
О.Сүхбаатар, *Монгол харь үгийн толь*, УБ, 1997.
Д.Цэрэнсодном, *Монгол ардын домог үлгэр*, Улсын хэвлэлийн газар, 1989.
______________, *Монголын нууц товчоо*, Мөнхийн үсэг, 2000.
Ш.Шагдар, *Монголын газарзүйн нэрийн товч толь бичиг*, Старт лайн, 2007.
Д.Цэрэнсодном, *Монгол уран зохиолын товч түүх*, Монгол улсын шинжлэх ухааны академи, 2002.

4. 중국 저서

尹湛納希, 黑勒·丁師浩 譯,『青史演義』上·下, 內蒙古人民出版社, 1985.

新蒙漢詞典 編纂委員,『新蒙漢詞典』, 商務印書館, 1999.

5. e-book

방기혁 역,「칭기스 칸 이야기」,『원사본기』 권1(e-book), 슬기야단비야, 2015.

________,「우구데이 황제 이야기」,『원사본기』 권2(e-book), 슬기야단비야, 2015.

________,「무칼리」,『원사열전』 권6(e-book), 슬기야단비야, 2015.

________,「야율초재」,『원사열전』 권33(e-book), 슬기야단비야, 2015.

________,「사병직, 사천예」,『원사열전』 권34(e-book), 슬기야단비야, 2015.

________,「장유소」,『원사열전』 권34(e-book), 슬기야단비야, 2015.

________,「석천응」,『원사열전』 권36(e-book), 슬기야단비야, 2015.

________,「야율유가」,『원사열전』 권36(e-book), 슬기야단비야, 2015.

________,「장덕휘」,『원사열전』 권50(e-book), 슬기야단비야, 2015.

________,「선종 오도보 이야기 2」,『금사본기』 권15(e-book), 슬기야단비야, 2015.

________,「선종 오도보 이야기 3」,『금사본기』 권16(e-book), 슬기야단비야, 2015.

________,「애종 수서 이야기 1」,『금사본기』 권17(e-book), 슬기야단비야, 2015.

________,「애종 수서 이야기 2」,『금사본기』 권18(e-book), 슬기야단비야, 2015.

________,「완안승휘」,『금사열전』 권39(e-book), 슬기야단비야, 2015.

________,「최립」,『금사열전』 권53(e-book), 슬기야단비야, 2015.

________,「도단오르덴」,『금사열전』 권54(e-book), 슬기야단비야, 2015,

________,「포찰관노」,『금사열전』 권54(e-book), 슬기야단비야, 2015.

6. 인터넷 DB

https://mn.wikipedia.org/wiki/Солоон,_Солонгод

https://mn.wikipedia.org/wiki/Харчин

https://mn.wikipedia.org/wiki/Хийморь

https://mn.wikipedia.org/wiki/Хотон

https://wordrow.kr/의미/연감유함

https://kangxi.fandom.com/wiki/페르디난트-페르비스트

https://blog.naver.com/bhjang3/140201007630

https://blog.daum.net/ersan.tisory.com/58
https://namu.wiki/w/위무자
https://namu.wiki/w/진사
https://namu.wiki/조간자
https://ko.wikipedia.org/wiki/공자
https://ko.wikipedia.org/wiki/구처기
https://ko.wikipedia.org/wiki/금나라
https://ko.wikipedia.org/wiki/나타
https://ko.wikipedia.org/wiki/뇌진자
https://ko.wikipedia.org/wiki/류큐국
https://ko.wikipedia.org/wiki/문창제군
https://ko.wikipedia.org/wiki/시헌력
https://ko.wikipedia.org/wiki/십악_(불교)
https://ko.wikipedia.org/wiki/야율직로고
https://ko.wikipedia.org/wiki/연성공
https://ko.wikipedia.org/wiki/왕세충
https://ke.wikipedia.org/wiki/유태공
https://ko.wikipedia.org/wiki/유표
https://ko.wikipedia.org/wiki/적로
https://ko.wikipedia.org/wiki/정릉
https://ko.wikipedia.org/wiki/조논
https://ko.wikipedia.org/wiki/조운_(촉한)
https://ko.wikipedia.org/wiki/주_목왕
https://ko.wikipedia.org/wiki/태호석
https://ko.wikipedia.org/wiki/홍문연
https://encykorea.aks.ac.kr/Contents/Item/E0049085(한국민족문화대백과사전)
https://encykorea.aks.ac.kr/Contents/Item/E0064109(한국민족문화대백과사전)